安吴商妇

李文德　王芳闻　著

陕西新华出版传媒集团
太白文艺出版社

图书在版编目（CIP）数据

安吴商妇 / 李文德, 王芳闻著. — 西安：太白文艺出版社，2017.1（2017.9重印）
ISBN 978-7-5513-0874-8

Ⅰ. ①安… Ⅱ. ①李… ②王… Ⅲ. ①长篇小说—中国—当代 Ⅳ. ①I247.5

中国版本图书馆CIP数据核字（2015）第278346号

安吴商妇
ANWU SHANGFU

作　　者	李文德 王芳闻
责任编辑	申亚妮 刘 涛
封面设计	可 峰
版式设计	高 薇
出版发行	陕西新华出版传媒集团
	太白文艺出版社（西安北大街147号 710003）
经　　销	新华书店
印　　刷	陕西金德佳印务有限公司
开　　本	787mm×1092mm 1/16
字　　数	470千字
印　　张	25.5
版　　次	2017年1月第1版
	2017年9月第3次印刷
书　　号	ISBN 978-7-5513-0874-8
定　　价	48.00元

引　子

1872年夏。陕西三原县孟店村。

夏日的黄昏，残阳如血。

碧空里一丝丝薄如蝉翼的云，缓缓地飘过孟店村上空时，村子里几乎没有一个人注意到它的存在和美丽。此时此刻，人们对食物的渴望已到了急不可耐的地步，谁还有心思去欣赏美丽的画面呢？孟店村的“乡饮正宾”周玉良，在黄昏里迈着方步，沿着自己宅内通道在散步。多年养成的习惯，已经根深蒂固了。七十三岁高寿对他来讲，已经是梦里长寿、人间寿星了。

周玉良一辈子活得十分开心，三十岁前几乎没管过家务琐事；三十岁后，日子蒸蒸日上。八个儿女和一群孙子孙女围绕在身旁，一家老少其乐融融，还有什么比这更值得高兴的呢？

他慢悠悠地走到儿子周海潮的宅院门前时，并未惊动任何人，而是站在门口，向院子里望去，他对儿子住宅内的一砖一瓦，闭上眼睛都能一一道清它们的各自特色和风格。对周氏十七座宅第他可谓日看百遍也看不厌，父亲生前曾对他说过：“再过一百年，三原县也不会有第二座周宅出现，将来它会变成宝呀！”眼下，自己活到了这么一大把年纪，该把这片宝贝和生活重担交给孩子们管了。

周玉良有七房妻妾，为他生了十一个儿女，其中三个未成人；在活着的八个儿女中，他把周氏未来百年的希望，寄托在周海潮身上。因为周海潮天生聪明，多谋多智，是个从商为官的难得人才。全靠他不懈地拼搏，才保住了三原首富的荣光，因此，平时他往周海潮的宅院进出的次数就多于去其他子女的住处。今天，他又一次站在周海潮的宅院门前看着，脸上带着晚霞般的笑容。他返老还童了，伸手拍了拍门口西侧的石狮子，瞅着门内屏风正上方的横匾，笑出声说：“‘克襄内政’四个字好啊！海潮有福，娶胡氏为妻，一切家庭内务，都不用操心，比老爸我有福呢。”说话间，他想抬腿进门，小儿子周海斌走来，喊住了他说：“爸，回家吃饭吧。”

周玉良甩甩手说：“我咋没感到饿呀？”

周海斌笑道：“爸往饭桌前一坐，闻到那股香味儿，准能胃口大开。”

周玉良嘿嘿一笑：“有理，有理。咱们回家吃饭去。”

夜幕降临的时候，劳动了一天的孟店村人，刚刚走向香气扑鼻的饭桌，准备吃晚饭时，从村外传来的人喊马嘶声，把全村人重新引出了各自院门。

孟店村人还没明白过来发生了什么事，村四周的田野里，突然冒出黑压压一片手持刀枪棍棒和火枪的人，一手挥舞武器，一手高举火把，向着村庄围过来。

孩子们的尖叫声、男人们的吼声、女人们的惊呼声，在夜空形成一股不断扩散开的声浪，迅速把孟店村淹没在惊恐、慌乱、六神无主的境地。

孟店村陷入令人寒彻肌骨的旋涡。

高举火把和各种武器的人群，包围住孟店村后，十几个骑着高头大马的剽悍男人，在火把照耀下，策马驰进村中。一个满脸胡须的汉子，抬臂举起手中的单响火枪，向空中呯地打了一枪后，对站在各自家门外的村人吼道："孟店村人听着，我是回民起义军第一百三十八骠骑队头领马三阳，今晚来向你们筹粮筹银筹措军服来了。限你们村在三更前交给我们一百石粮，五十万两官银，八十匹马，四百件上衣，四百条裤子，否则，我们将把孟店村夷为平地。"

孟店村是个有着三百多户人家的大村，村中周氏家族是三原县首屈一指的富户。马三阳率军围了孟店村，首先是冲着周氏家族的财富而来，所以，开出令人匪夷所思的价码，但在马三阳心里，这一价码对孟店村人来讲，仅仅是小菜一碟。

正在深宅大院里细嚼慢咽的孟店村村主周玉良，听完在门口探听音信的小儿子周海斌禀报，把手里筷子一放，忽地离开座椅，睁大眼睛自言自语道："马三阳不是一盏省油的灯，这回咱孟店村要遭大劫难了！"

周海斌忙问："爸，你知道马三阳这个人？"

周玉良叹道："马三阳的爸叫马明康，同治元年陕西回民起义时他也拉了一杆人。马明康并不是回民，他是甘肃庆阳人，率军横扫渭北时，被皇上派兵围歼，兵败后逃往甘肃途中，迷路撞进咱孟店村。当时你二哥在村里主事，接待马明康时在饭菜里下了迷药，迷倒了马明康和他十五个结拜兄弟，然后报了官。马明康等人被官府处斩。暴尸第二天，马明康的儿子马三阳逃亡途中得知消息，连夜潜回，趁夜黑偷走了马明康的人头，临走投信给我，发誓有朝一日，一定要为他爸报仇雪恨。当时爸并没往心里搁，以为马三阳只不过是一句话，岂料时隔十三年，马三阳真的来向咱们索仇了！"

周海斌一下怔在那里。他活了二十一岁，还是头一次知道这回事，急得满头流汗，说："爸，咱孟店村怕是凶多吉少了。爸就是把一百石粮，五十万两官银，八十四马，四百套衣服全给了马三阳，他也不会善罢甘休呀！”

周玉良说：“爸怕的正是这一点。”

这时，得到通知的周玉良四个儿子，从各自院子来到周玉良住的院子堂屋里，共同商讨对策。父子六人商量了足足一顿饭时间，也没能商量出个一致意见。赞成满足马三阳条件的三儿子周海潮说：“把马三阳这个瘟神打发走，不仅能保住周氏家族生命财产，而且能保住孟店村人的平安，否则，结局就难预料了。”反对向马三阳低头的二儿子周海清则说：“马三阳是惯匪，他爸马明康被斩后，他占山为王，当了土匪，杀人劫财，无恶不作。眼下又趁回民起义，打着起义军的旗号发国难财，咱们若满足了他的勒索，岂不是助纣为虐？退一步讲，眼下他就是不杀咱们，事后，让朝廷和官府知道了咱们资助马三阳的事，咱也逃不脱一个通匪的罪名，得砍头呀！”

周玉良听完二儿子的话，一拳擂在桌面上说：“大家别争了，事到如今，给是个死，不给也是个死！若让官府砍头，还不如让马三阳砍了咱们的头，将来官府知道了，咱也落个满门忠烈的名声。”

五个儿子见老爸表了态，同声说：“我们听爸的，爸说咋办都成。”

周玉良胸脯一挺说：“通知全村人，准备和马三阳对着干。告诉全家人抄家伙上房。马三阳的人马若攻进咱周家大院，所有金银财宝归他；他若打不进来，咱就是胜利者。只要咱们能守到天明太阳升起来，官府定会来为咱孟店村解围。”

周海玉、周海清、周海潮、周海水、周海斌五兄弟，按照父亲周玉良的吩咐，立即各回各院，把家丁庄勇和凡能上阵的男女组织起来，堵死了院门，上房的上房，伏墙的伏墙，准备与马三阳决一死战。

孟店村人等了一更天工夫，得知村主周玉良拒绝马三阳勒索，决定和马三阳兵戎相见后，把能用的家伙全拿了出来，上房堵门，进入临战状态。

马三阳在同治元年跟随父亲马明康起义失败，父亲马明康被周玉良的二儿子报官后，马三阳逃回陕甘边界山中，拉起一杆旗，经过十年苦心经营，聚集起三百多人马。回民发动又一次起义的第二个月，他便把联络到一块的十几支山大王聚集到自己旗下，打出回民起义军第一百三十八骠骑队旗号，一路杀出山来，一心想在浑水中摸到条大鱼，报父仇、发大财。

马三阳边打边走，专走小路，经过二十多天行军，在麦黄前夕，悄悄逼近孟店村。他本想来个一吓二拿三杀，报了仇，雪了恨，还不损兵折将，待官兵得知消息，他已鞋底抹油，溜回了老巢。所以，包围住孟店村后，他向孟店村人宣布了自己开出的条件。原以为孟店村人和周玉良父子为保命，会立马把粮食、银子、马匹、衣服一股脑儿送到他手里。不料，等了一个多时辰，不仅没收到一个麻钱、没见到一件衣服，连孟店村人也没一个出来向他回一句话。

马三阳知道自己一吓二拿三杀的策略失败了，脸往下一沉，回身对自己身边的山大王们说："孟店村人不买咱爷儿们的账，咱爷儿们只有叫剑出鞘、刀见血、枪上膛了。"十几个大大小小头目，虽然举着起义的旗号，可骨子里仍是有奶便是娘的刀客、棒子客，听马三阳一说，唰地把手里刀剑一举，吼道："弟兄们，把家伙亮出来！"

孟店村以周宅为中心，形成一个南北长、东西窄的建筑群，周宅占地一百六十亩，由东至西一字排开，建有十七座院落，一道砖砌高墙呈长方形将十七座院子围住。围墙北边设有三个大门，中间大门平时很少开启，家人出入时，规定主子走东门，下人与车马走西门，逢节日或重大事件才开启正门。街门至宅第中间空地形成扇状，铺有十七条砖砌甬道，甬道之间为花圃广场，各宅第门外两边为拴马桩、上马石，第九座宅第门前有周氏华表。围墙南边设有两个大门，门内为马厩、车棚、粮仓、猪舍、厕所以及下人住房。中间有一道矮墙将正宅隔开，矮墙内为各宅主子后花园与厕所。矮墙上开一门，平时上锁，只有主子用车马时才开启。围墙四角建有四座望月楼，平时为巡更人员值更处，遇紧急情况，则可起到抵御入侵者的功能。

一千多人马，围住一个孟店村，自然是声势不一般了。

马三阳耀武扬威，率马队在村中来回冲了一遍，见没人敢照面，便下令："给我往院子里冲！"

这时名叫孙大巴的二头领，跑过来对马三阳说："马爷，咱们心不能有一点软，干脆把孟店村捣平，放一把火，出了咱一口恶气再说。"

马三阳点头道："兄弟说得对，凡敢抵抗的格杀勿论，叫不开门的，给我用火攻。二弟，你率三、四两队，把周家十七座大院先给咱端了，我和其他弟兄把穷鬼们给捂住，不让一个人跑出村去。一定要速战速决，要不天明官兵赶来，咱就没戏唱了。"

孙大巴把手中的单响火枪一抡，下令："三、四队跟我来！"

三百多号人马跟着孙大巴向周家十七座大院扑过去。

火光中，喊杀声此起彼伏，火球如同夜空中的流星，不停地溅落在草堆上、房顶上、禽舍和牲口圈里。瞬间，狗吠、猪嚎、马嘶、羊咩、鹅叫、鸡飞、鸭鸣，乱成一团；孩子哭、老人骂的声音在空中回荡，向远处传播着；不时有从火中逃窜出来的家畜猫狗从匪徒们中间穿过向村外逃去。

火越来越大，火舌从村东到村西，再由村北到村南飞舞起来。此时已是三更时分了。

孟店村陷入血与火的深渊。土木结构的房屋一间接一间在火中倒塌，无法逃出火海的妇弱老幼发出的惊恐惨叫，无情地撕扯着孟店村男人们的心。火中有人高嗓门儿怒骂："马三阳，你一点人性也没有呀！"

马三阳一听，火冒三丈，破口大骂："孟店村杂种们听着，马爷爷我定把你们踏成肉酱，烧成白灰。你们等着，看爷咋收拾你们吧！"

退到老房顶继续抵抗的周海清对在院子里急如热锅蚂蚁般的周玉良喊道："爸，咱们突围吧，不然全得被活活烧死。"

周玉良吼一声："男人突围能成，婆姨、孩子们咋办？要死死在一块，全烧死了也不能让马三阳从咱们手里得到一钱银子！"

周玉良的父亲周一行活了六十三岁，四十二年用在创建孟店村上。

孟店村的真正创始人并不是孟姓人家，而是为逃避白莲教起义，从河北大名府逃到陕西三原县的周一行。

1796 年，周一行逃到三原县后，在离城十里的西北一隅，一块林茂草丰土厚地肥的地方，花了四两六钱银子，买了孟姓人家十亩六分土地，经过四年建设，盖起第一座宅第。随着人口不断增加，他又花去八百吊钱，买进二十亩土地，扩建成三座宅第。到嘉庆十八年，孟店村由原来的七户人家，发展到四十七户。周一行把经商挣的银两，几乎都用在修建周氏宅第和购买土地上，结果形成一片占地三十多亩，又各自独立的十七座院落，奠定了孟店村最早的轮廓。

周一行生前，共娶了十七房妻妾，令他遗憾的是，十七房妻妾仅为他生了两个儿子，六个女儿。大儿子活到五岁时，不知咋的一个人跑出村去，让狼给叼跑了，因此，二儿子周玉良长到十五岁时，才准许他一个人外出走动。

周一行一生为人诚实忠厚，从商守信重义颇受同人尊敬拥戴。五十岁时，三原县让他拿出十万两银子，为他上下打点，给他捐了一顶官帽，后来头上就有了一个朝仪大夫刑部员外郎虚衔。周一行集官商于一身后，为了斯文，又给自己起了一个名字周梅村。他五十八岁生日前夕，亲朋好友和子女们为给他庆祝五十八岁大寿，放话要为他举行一次大的庆寿活动。他听到耳里，喜在心头，为给自己寿辰增加几分热闹，留佳话于后人，心血来潮的他，突击花了两万多两银子把他住的十七号院改三进二出的格局为四进三出的格局，并将新建小楼命名为“谦受堂”。五年后，周一行寿终正寝前夕，将十七号院分给了周玉良。周玉良在三儿子周海潮成婚时，把十七号院给了周海潮夫妇。

周玉良是个持家务农经商的多面手。继承父业后，里里外外一把手，在三原县城开酒楼、布庄、棉花行，在孟店村周围买进一百八十亩地，关着门过日子，从来不缺啥东西。周玉良耕读传家，在他手里，虽没有再扩建过宅第，但家里的银子在地窖里堆成了堆，多时，银库里堆到过十万枚铜钱，五百多锭银元宝。家里奴仆成群，整整一百二十六号人。

一辈子待人接物讲究一个诚字，本着和为贵三字处世的周玉良，做梦也没想到，自己儿子为贪图一时名利，把马三阳的老爸马明康推上了断头台，给周家和孟店村埋下一粒仇恨的种子。

仇恨的种子要发芽。如今马三阳为父索仇来了。周玉良在进一步是死，退一步还是死的情况下，选择了进一步，率领全家老少和孟店村人，与马三阳刀对刀、枪对枪地干了起来。他不愿在临死前，把自己一世忠君爱国的良好声誉化为乌有。虽然他知道，当今清朝的皇上是那样软弱无能，但他要用自己的死来告诉儿孙们，忠君爱国是庶民百姓必须恪守的情操。没有了国，哪里还有安宁的家呢!

周玉良拿着自己几十年来防身的宝剑，命人搬来自己坐了四五十年的太师椅，正襟危坐在堂屋门口，面对院门。门外马嘶人喊，大火映红了天空，撞击院门的声音一阵紧似一阵，他高声喊着：“把房上瓦全揭了，给我狠狠地砸。”

院内，庄勇家丁们不停地把灰撒出墙去；房顶上的人，不停地向院外射着箭，抛着砖瓦。眼看就要坚持到五更天了，飞蹿的火苗烧上了房顶，成捆的柴草从院墙外抛进院内，石砌砖垒的院墙突然轰的一声倒塌在地。孙大巴手抡大刀，从火光中冲进院里。

周玉良银须飘动着，手中明光闪闪的钢剑一横，几乎在同一时间和孙大巴手中的刀撞击在一起。

火球从房上掉下来，太师椅被大火吞噬了。成群的匪徒拥进院内，一扇一扇门被踢开，女人们的惊叫和孩子们的哭喊，像刀一样扎在周玉良心上。他狂舞着宝剑和儿子周海清、周海斌并肩向孙大巴发动攻击。匪徒们蜂拥着扛着大大小小的包袱从火中窜出来，女人们的呼救声沉寂了。孙大巴想喝住抢到银子往院外跑的匪徒们重新投入战斗，没防周海清斜刺里一标枪刺来，枪头扎进肚里，就在他用手往外拔枪头的一瞬间，周玉良剑尖一抖，把孙大巴的头一剑挥掉半个，在收剑时，三名匪徒的标枪把周海清挑了起来，然后重重地摔在地上。

马三阳率领三十多人，冲进周宅第九院，迎面碰上周玉良的四儿子周海水率领庄勇阻击，双方打在一块。没几个回合，马三阳一刀砍下了周海水的右臂，接着下令："给我搜，凡周家的人，一个活口也不留！"

烈火一栋房连着一栋房地蔓延着，当马三阳杀进周宅第十六院时，周海清、周海斌已成了血人，火光中马三阳拦住周海清、周海斌冷笑着："你周家要不想断子绝孙，就放下武器，把藏的金银财宝拿出来！"

周海清朝马三阳脸上唾了一口，大声说："你休想从我们手里拿走周家一钱银子，有本事你自己抢去！"

马三阳恼羞成怒，左手一抬，照周海清就是一枪，周海斌挥剑向他刺去，马三阳右手一扬，滴血的大刀一闪，照周海斌肩头砍下。周海斌连吭也没吭一声，咕咚倒在血泊里。

火舌吞卷着房屋，在大火中跑出跑进的匪徒，直到墙倒屋塌了，才退到村中空地上。马三阳在混战中，刀劈了周海水，把周海玉抛进火中活活烧死，才纵马把十六座已变成火海的宅院看了一遍，狂笑声中下令自己的人马迅速撤出村去。

孟店村在烈火中失去了原有的庄重大气和美丽，周家大院里写着"福"字的照壁墙，一堵接一堵地坍塌了，原本为避免邪气入侵内宅的防线，崩溃成一堆堆焦黑的碎砖瓦砾。曾令周家人感到骄傲自豪的四座看家楼，变成了四座黑中发红的空壳，楼门口的石狮子在火中爆裂成一片片石屑，战死的庄勇和家人全被火烧变了形。往日出出进进的人群，此时已消失得一干二净，连个影子也难看见了。

孟店村除了仍在燃烧的火，便是满目疮痍和灰烬了。

大火的噼啪声，在黑夜中奏出令人恐惧的音符，火光照亮了树林和孟店村四周一里路内的夜空，田野里的兔子，流窜的狗，四处觅食的狼狐，纷纷向树林深处逃去。马三阳和他的人马，拦住了四十多匹从大火中逃出的马骡，拖出十几辆马车，五辆轿车，把从周家大院里抢劫到的金银珠宝，十几箱银两铜钱和数十捆衣物，在火光中搬上马车、轿车，然后把拉不走的物件，全部抛进火里，趁着晨曦掩护，迅速消失在田野深处。

孟店村从劫难与火中逃出的人，在马三阳率队走远后，陆陆续续回到仍在燃烧的村子里，他们想找到灭火的工具，可是一个个全失望地一屁股坐在地上，抱头痛哭起来。

天刚亮，从三原县城匆匆赶来的官兵进入孟店村，从废墟里把死人的尸骨挖掘出来，摆在村中道路上，由于已烧得无法辨认出模样，在征得村人同意后，只得就地起火，将尸骨火化，全部葬在村外一处干涸的池塘里。

周海潮从昏迷中醒来，被刺伤的大腿和下腹部仍在流着血。他没有死，他的妻子周胡氏没有死，四岁的女儿周莹也没有死。因为，马三阳在最后一刻，对他们手下留情。

马三阳随自己手下人马冲进周宅第十七座院时，下令说："给周家留下这座宅院，院里没死的全放了。"

马三阳手下人马不明白地问道："为啥?"

马三阳哈哈大笑道："这你们就不懂了。我要让周家活着的人知道，种下仇恨的人，得到的回报是生比死更惨。"

马三阳把十七号院内所有财物洗劫一空，连周氏族谱也没有放过。临出门下令："把周家祖先牌位全抛进火里。从今后，他周家先人是谁，让他们去苦思冥想吧。"

1

公元1885年阳春三月的三秦大地，寒意未尽，只是阳春烟景点缀了残雪薄霜留下的痕迹，给从严冬中挣扎过来的生命以复苏的力量，去迎接杏花滴露、柳絮沾衣季节的到来。

关中平原上此时已是人欢马嘶牛吼，农人们扬鞭扶犁，商贾们驱车忙碌，文人骚客结伴出游踏春，孩童们奔跑放风筝。宽阔的渭河由西而东、湍急的泾河由北而南，从泾阳、三原、高陵三县厚实的胸膛上奔腾而过，向着遥远的黄河和大海，一路跌宕而去，也把两河的激越注入母亲河的胸怀。宽宽窄窄的河滩上，一群群迁徙中觅食的野雁，似乎终年都很难填饱嗉囊的鸬鹚，永不知疲倦的灰鸥，爱唱爱跳的黄鹂，贪得无厌、人见人烦的乌鸦，灰色的斑鸠，白脯的喜鹊，喳喳叽叽吵闹不休的麻雀，聚集在迎风绽绿的草丛、苇塘、水洼、沙滩和河岸的树梢上，展开了迎春的大合唱。激越的渭水与泾河，为关中平原编织出的图案，宏伟中显见粗犷，深邃中带着明晰，锦彩中略显荒凉，热切中流露惆怅，冷峻中凸现柔情。阡陌纵横的田野里，绿茵铺毡，白杨泛青，迎春绽黄，油菜茎叶舒展，牛吼羊咩，鸡鸣鸭叫，把闹春的信息，从平原、河谷推向远方的山峦坡塬沟壑里。

晨光洒在露珠晶莹的麦丛上，通向远方的车道，像一条伸展开躯体的蟒蛇，蜿蜒在麦苗茵茵的田垄间。此时，一阵昂扬激奋的鼓乐喧闹声冲破清晨的寂静，由远及近，鼓、钹声越来越铿锵，唢呐声越来越高亢，火铳的轰响声越来越震耳。早起驱赶着羊群漫过草丛曲径的牧羊人，停住移动的脚步，昂首面向鼓乐声传来的方向眺望，只见一支浩荡的乐队，在五颜六色的旌旗引导下，由北向南，然后由南向东，行进在通往远方的官道上。紧跟乐队后的队伍，更是人头攒动。骑在高头大马上的英俊男子，面带喜色，头戴扎红高冠冲喜帽，肩披红绸，率领抬着各种礼品柜盒的数百人队伍，不时将点燃的爆竹抛向高空；紧跟礼柜队伍的是四辆披红扎花的铁轮轿车，赶车的车夫，个个气宇轩昂，胸戴大红花，不停地吆喝着，鞭子在空中抽出清脆欢快的响声。轿车后六辆平板车上，载着大大小小的箱柜和包袱。几十支唢呐时而合奏着《百鸟朝凤》，时而吹奏起《喜洋洋》，引得村寨乡镇的闲人与孩子吆吆喝喝跑来瞧热闹，就连田畦旷地里正在拱地的猪，啃草的羊，拉碾子磨面的驴，甩尾巴发情找伴的牛，在坟地里嗅东嗅西一心想把野兔子撵出窝的狗，在墙头叫春的猫，爱追在人身后咬脚后跟的鹅，伸长脖颈叫鸣的鸡，也不约而同地停住各自不同的身姿，把头眼一齐转向官道上那令它们感到新奇的声音。孩子们更是围着鼓乐队的汉子们蹦跳着，不时叫嚷着："好听哩，声再吹大点。"

迎亲队伍走到弯道的时候，站在路边看热闹的几个半大小伙子突然指指画画喊叫起来："快看，快看，第一辆车里坐的一定是新娘子。"两个胆大的迎着轿车走过去，在靠近轿车时伸手就去掀轿车门帘，想看看里面的新娘长什么模样。不料两人的手还没挨住轿车门帘，就被跟在车后一左一右护着轿车行进的两名威武剽悍、身穿紧身靠甲武士装的年轻男子喝住："离远点，再伸手小心挨鞭子！"

在好奇心驱使下，两个半大小伙嘿嘿笑道："好哥哩，我们只看新娘子……一眼。"

这时新娘轿车后的轿车上突然传来清脆的呵斥声："要看到安吴堡。"两个半大小伙吐吐舌头，扮了一下鬼脸，指指发出呵斥声的轿车说："吴大老爷的大小姐可不是吃素人物，咱还是往后退吧！"

他们没说错，代弟迎亲的吴大老爷的大小姐，确实不是等闲之辈，尽管她早已为人妻，但在当姑娘时的狠劲与泼辣，则是尽人皆知的。

四辆轿车、八匹骡马在官道上嗒嗒驰过，就像合奏出一曲动人心魄的"喜相逢"一样，招惹得沿途看热闹的人们一个个伸长了脖子，瞪大了眼睛，纷纷猜测着轿车内的新娘，长的是何种姿色，体态是胖还是瘦，模样是俊还是丑，脸蛋是白还是黑；人是聪明还是笨拙，是好人还是恶妇，是知书达理还是目不识丁……

终于，这支排了足有五里长的迎亲队伍，走出了三原县地界，进入泾阳境内，沿途看热闹的男女老少终于搞清楚了谁是迎亲的主家了。

"大户人家娶媳妇，真是气派到家啦！"

"三原孟店村周海潮的千金，嫁给咱泾阳安吴堡吴尉文老爷的公子吴聘为妻，才是真正的门当户对哩。"

"也就说嘛，在这青黄不接的季节里，谁家娶亲敢这样张扬？"

"泾、三两县周吴两家门当户对的大财东，嫁姑娘娶媳妇不花钱，积成山聚成囤的金银用来做啥？"

"这就叫有钱用在向上，有粉搽在脸上。古话说得好：风光一时，传颂百年。大清王朝，能出几个吴尉文这样的大财主嘛！"

"对着哩，对着哩，咱乡党说得对着哩。"

鼓乐喧闹声中，迎亲的队伍下了官道，折进嵯峨山麓一条黄沙铺过的大车道，朝着一座远眺如城似堡的寨子漫过去。

安吴堡位于北仲山与嵯峨山的交会线上，在泾阳县孟侯原、丰原、白鹿原三原之中，是首屈一指的大堡，其他村、堡、寨凡筑堡而居者，多为黄土筑墙为屏障，抵御匪患功能远逊于青砖砌墙的安吴堡了。因此，三原县的姑娘们都以能做安吴堡媳妇为幸，在她们看来，嫁进安吴堡便是嫁进了安乐窝。所以，每有姐妹嫁进安吴堡，便会受到无数人的羡慕祝福，沿途人群漫路便成为一种常态。此时，盘腿坐得腿酸腰困的新娘子周莹，伸展开双腿，掀开红盖头，将车帘撩出一道缝儿，一股春天才有的清新湿润的禾苗与花草的芬芳随风扑进轿车内。她忍不住张开嘴，贪婪地吸了一口气，然后又舒舒服服吐了一口气，眼睛直勾勾向外窥视着。她从没到过安吴堡，也从没见过吴聘的人，虽然听人说，背靠嵯峨山麓的安吴堡是一块风水宝地，北依山岭屏障，东临红塬卫峙，西傍泾河润田，南有渭水浇地，可谓是一座上有青天佑护，下有厚土植物的乐园。八百里秦川中，要找到第二处如此得天独厚的安身立命之所，实在是比登天还难。一辆轿车从一株茂密的皂角树下碾过，一个年轻的高个儿挑夫，靠在皂角树干上，瞪着惊奇的大眼，望着从面前漫过去的迎亲队伍，见坐着新娘的轿车走过来，身不由己地往路中间走了两步。周莹透过轿帘缝瞧了个清楚，见那挑夫虽是出力人，但却长得英武精悍，强壮有力。猛地，她的脑际飘浮出那位素未谋面的新郎官，安吴堡吴尉文老爷的命根子吴聘少爷的形象：他，是高，是矮，是俊，是丑，是胖，是瘦？是大度豪爽，还是猥猥琐琐气量狭小？是善解人意，还是刚愎自用？是知书识礼，还是粗俗不堪？是体健英武，还是弱不禁风？许许多多的疑问使刚满十七岁的周莹心潮澎湃，红云堆面，耳边响起母亲周胡氏的叮嘱声：“莹娃，嫁到吴家，进门你就是少奶奶了。自古道，嫁鸡随鸡，嫁狗随狗，嫁给屠夫抱猪头。你一定要知礼守教，谨遵妇道，持家以勤，待人以善，凡事慎思而行。你婆婆早逝，公公已年过花甲，一生里里外外忙于商务，上得应侍官宦，下得应酬士农工商，难免有时疏于持家教子、问寒暖于家人。若逢一时不悦事，千万别耍小性子，做个贤惠淑庄的好媳妇，娘心就安生了……”

周莹轻叹一声，松开手中车帘，眯着眼身靠在轿车隔板上，心随轿车向前滚动。她的一颗心，一半飞回到三原县孟店村母亲身边，一半飞进了那个既陌生又神秘的安吴堡内，渐渐地贴在那个她从未见过面、然而就要生活在一起，并为他生儿育女、持政管家的男人胸脯上。

阳春的太阳悬挂在头顶，照得大地暖洋洋的。坐北向南的安吴堡城门外，铺撒了黄沙的洁净路面上，布满了清晰杂乱的脚印，堡内的乡民们不约而同拥出城门洞，站在路的两边，一个个伸长了脖子，向传来鼓乐声的方向眺望着，迎亲队伍渐渐走近。高大的城堡上，数十面龙凤旗迎风飘展，不时发出猎猎响声。钉满了圆头铁钉的两扇高大厚重的堡门上，左右两边各贴着一个五尺大小的红双喜字，两盏点燃蜡烛的四尺大红灯笼，把城门洞口照得红光闪烁。几个顽皮的孩子站在灯笼下，仰头指画着喊叫着："灯笼灯笼再亮亮，给我娶个好婆娘；灯笼灯笼你笑笑，我和媳妇亲嘴了。"

笑嚷声中，憨厚朴实的庄户汉子们，立在几张摆满鞭炮的方桌后，摇着手里还没点燃的火香，大声嚷嚷道："快点香，轿车马上就到堡子门口啦……"嚷叫声中，一位银须飘胸、红光满面、精神矍铄的老者从城门洞里走出来，扬扬手说："别急，别急，听我指挥，迎亲炮要点到节骨眼上，早了三娘圣母赶不到，迟了送子娘娘会不高兴，那就麻达啦。"

有人大声问："槐树爷，是啥麻达呀？"

"啥麻达？让爷告诉你们，迎亲鞭炮放早了，三娘圣母会说：好嘛，你们不等我到便放炮，白无常若赶来捣蛋，事就费周折了。迎亲鞭炮放迟了，送子娘娘会说：好嘛，你们眼里没我，那就让牛牛娃再睡三年大觉吧。"槐树老头有板有眼地说，"三娘圣母和送子娘娘势利着哩，咱们咋得罪得起嘛！所以，你们就得听从我指挥，任何人敢违爷的令，今儿个的喜酒就不准喝了。"

吴府大少爷吴聘迎亲喜讯，半个月前便传遍了渭河南北两岸，泾阳、三原、高陵、耀州、乾州、咸阳、西安、旬邑、淳化，东至潼关、西至宝鸡，凡与吴府有着关系的各地官宦名儒、士农工商，无一不缺地都接到了吴府请柬。阳春三月三日，通向安吴堡的各条道路上，便出现了前往安吴堡贺喜的车辆、马匹。

吴尉文为了给儿子迎亲，思谋再三后，在安吴堡搭建了十座席棚，各能容纳三十桌席面，在十六间大厅里摆下十桌贵宾席。吴府正堂设下三桌主席，内宅里摆下八桌至亲席。光是凤翔柳林镇的凤翔烧酒就用大车运回来十几车，藏在酒窖里。

吴尉文是个喜欢别出心裁的人物，为把儿子的婚礼办得非同凡响，下令吴府大门、二门、三门喜联一律空缺，留待前来祝贺的嘉宾贵客在新娘进门前现场挥毫，以显隆重与新鲜。

当安吴堡外如雷般轰鸣的三眼铳响声传进吴尉文耳朵时，吴尉文起身向前来贺喜的百十位贵客抱拳道："尉文这里有请诸位仁兄小做舒筋动骨之劳，前往大门、二门、三门一走，共书三门喜联若何？"

百十位贵客，都是各地有名有望、有权有势、富甲一方的人物，听吴尉文如此讲，无不感到突兀新奇，于是纷纷离座，笑声中议论道："尉文兄别出心裁，实乃奇思妙想，但不知尉文兄将点哪几位仁兄挥毫献宝？"

吴尉文道："到得大门外，诸位仁兄自会知晓了。"

嘉宾贵客们一个个随在吴尉文身后，鱼贯而行，一直走到大门外方停步散立。

吴府大门飞檐斗拱，姜子牙镇山，门高六尺六寸，宽九尺，左右悬宫灯，挂铁铃，两边石狮镇守，左有下马石，右有拴马桩，石条铺地，两扇大门厚达一尺五寸，上钉六十四颗圆鼓铁钉，显得庄重古朴、沉稳威严，简洁中显出富有。众人怀着不同心思，一心想见识一下吴尉文要玩出何种花样来，所以把目光全盯在了他身上。只见吴尉文走到泾阳县知县面前，抱拳施礼道："大人是朝廷命官，这头门喜联，非大人莫属了。"

泾阳县知县一愣，随即哈哈大笑说："承蒙尉文兄看得起小弟。小弟不才，勉为其难吧。"说话间接过家人递过的毛笔，走上台阶，略一沉思，举臂悬空，在门框上的红纸上龙飞凤舞写下：

安吴梧桐树　筑巢固金汤
百鸟朝暮思　凤凰理锦裳

写完，把笔放在托盘上，回身抱拳面对围观宾客说："献丑，献丑！见笑，见笑！"

吴尉文抱拳致谢说："尉文望背也！"

众人笑嚷声中进大门至二门，吴尉文回身抱拳向三原县知县施礼说："天朝兄请勿推辞哟！"

三原县知县字天朝，与吴尉文虽非八拜之交，但亦算无话不说、推心置腹的朋友，因此并不推辞，执笔在手，沉思中回视了众人一眼笑道："尉文兄实乃难为下官了……"

吴府二门是座碑亭式建筑，古色古香，左右门脚各植一株紫藤，院中假山旁空地上设了十二张圆桌，每桌上红双喜字上摆了一碟红干枣，一碟红瓜子，一碟红果，一碟红干梅镇住，正中的紫砂嵌喜香炉此时正青烟飘香。

三原县知县想了片刻才蘸墨挥笔，悬臂于空，用魏体写下：

文封阁老武封侯　吴聘周莹偕白头

众人忍不住喝彩道："祝吴兄早得孙子好当爷哪……"

吴尉文喜在眉梢，率众人来到三门，堡外的鞭炮声与铳声，已是如雷当空，告诉他新娘子就要进入安吴堡了。

吴尉文回身从宾客中拉着一老者出来说："内宅门喜联，尉文要劳百里翁挥毫了。"

百里乃泾阳名儒，是一个热心公益慈善事业的老学究，在泾阳民众中享有威望，是吴尉文多年好友，吴尉文之所以选中他来为内宅门书写喜联，是想借百里之寿，佑护自己多灾多难的唯一宝贝儿子吴聘能通过冲喜，逢凶化吉、增岁添寿，早一天养儿育女，以承吴氏三百年兴旺发达基业。宾客们自然不知他用意，但听他请百里为内宅门书喜联，自然会发出赞同的喝彩声。宾客们知道，百里虽满腹经纶，但命运不济，数十年来奔波乡里，积德行善，无奈总是难成旷世之功，老了老了，仍在清贫中度日，若没有吴尉文接济相扶，日子会过得更加困苦。吴尉文在此时仍能待他为上宾，可见为人之诚，心肠之善了。

百里也不推辞，接笔在手，走到内宅门前，一边吟哦一边挥笔写下：

上正天自顺　德馨家自安
妻贤夫祸少　子孝父心宽

吴尉文高兴得连连击掌说："好，好，好啊！多谢百里翁了！"

吴府内宅，是一座花园式的庭院，充满江南的韵味。整座内宅占地九亩六分，院中池塘，水面二亩八分，塘内睡莲碧绿，游鱼穿梭；东南西北方位各有一小小码头，石条台阶直通水底，面南北向码头石桩上系一小舟，可供三人同泛舟水面。池塘岸边冬青、红柳、芙蓉、海棠、月桂、石榴、青松、翠柏、中国槐各有领地，其间散布着片片花圃，菊花、鸡冠花、太阳花、米兰花、芍药花、月季花……点缀其间，石鼓、石条、石桌分布于树荫下，池塘中心假山上还有八角亭，红栏垂柳，略显北方粗犷景貌。

内宅门是圆穹建筑，但圆穹内又是框式结构，门两边爬墙藤密密匝匝，朱红色的门扉上黄铜狮头口衔梅花图案，是难得一见的艺术佳品。

内宅正堂是一座五间一担式的飞檐滚脊建筑。吴聘、周莹大婚之礼将在此举行，因此正堂内外张灯结彩，充满了喜庆祥和的气氛。

新郎吴聘听到大门外鞭炮轰响时，急忙整理好衣冠，在书童搀扶下，向内宅门走过去。在新娘步入内宅门，跨过火盆，切断不归路后，他得扯起红绫，引导新娘进入婚礼大厅，完成标志他们新生活的开始与成家立业的礼仪。

唢呐再次吹奏起《百鸟朝凤》的曲牌，大门外新娘下轿的吆喝声传进宾客耳里，高亢的迎花轿歌声在蓝天下回荡：

通喜报，喜通报，嫁妆礼盒前头到。
一队乐人来开道，后面抬的是花轿。

下了轿，响鞭炮，搭了天桥撒草料。
入了洞房揭头罩，新郎喜来新娘笑。
吉祥神前把表瞧，这才是今世的姻缘前世造。

歌声中，十二个年轻汉子高举着双臂，围着新娘前前后后跑动，不停地把红毡从新娘头顶传过，铺垫在新娘要走过的路上。搀扶新娘的伴娘，则不停地提醒着新娘脚朝哪里踩，以免走出红毡。婆家拥亲的人，则不断把斗中混合的五谷杂粮撒向新娘。媒婆紧随新娘，扯开嗓门儿唱着：

花轿到门前，鼓乐一声喧。
天仙送贵子，撒谷福无边。
今日喜临门，吴府迎新人。
凤凰拜花堂，红花戴胸前。
郎才配女貌，鸳鸯结同心。
亲友喜洋洋，媒人笑春风。

新娘被簇拥着穿过人巷，进入内宅门时，吴府上下迎亲的女人们齐唱起了《谢媒歌》：

养儿养得满院红，媒人能把事办成。
百客百宾齐声赞，媒人恩情念一生。
当众谢媒古来礼，一个红包表心声。

歌声落，身披红绫戴红花的傧相拖长了声音喊道：“新娘跳火塘，一心相夫百年长；儿孙满堂喜洋洋，敬老爱幼乐安康。跳火塘——”

一盆火苗跳跃的木炭火，摆在内宅门内路中央，伴娘提醒被红盖头罩住视线的新娘：“把腿抬高，跨大步——”

新娘闻声轻声说：“松开我胳膊，让我跳过去。”

伴娘应道：“小心，火盆大着哩。”

新娘笑道：“再大也挡不住我。”话音刚落，只见一团红光一闪，新娘已站在火盆前三尺远的地方。

院中即刻爆发出一阵“好啊”的喝彩声，纷纷道：“看来新娘子身手不凡呀。”

新娘随身丫鬟骄傲地说：“我家小姐是个文武双全的美佳人呢。”

新郎吴聘立在路正中，只等新娘跨过火盆，便扯起红绫，引导新娘进入正堂拜天地，不意新娘一纵身从火盆上跳过，一下踩在他脚上，吴聘忍不住哎哟了一声。新娘从盖头下看得清楚，急忙伸出右手，一把抓住弯腰摸脚尖的新郎，轻声问道：“踩疼没有？”新郎一听忙说：“没，没，谁知你一步跨了五尺远，正踩在我脚上！”

“千万别叫出声来。”新娘叮咛声中把红绫一头塞在新郎手里说，“慢点走。”

新郎忘了脚尖疼，扯住红绫转身就往前走。绕过池塘，进入正堂，傧相高喊：“吴聘公子、周莹小姐新婚大礼开始：一拜天地——”

新郎新娘双双跪拜站起。

傧相又喊：“二拜祖宗——”

新郎新娘二次双双跪下站起。

傧相再喊：“三拜高堂——”

新郎新娘朝坐在正堂祖宗牌位左下边太师椅上的吴尉文叩过头后，吴尉文含泪点头，把两个红包递给儿子儿媳说：“爸祝你俩相敬如宾，白头偕老。”

新郎新娘跪拜站起时，新郎往后闪了一下，像是要站不住一样，咬了咬牙才站稳。

傧相又喊：“四拜宗亲——”

接着喊道：“夫妻对拜——”

新郎新娘互拜，又转身面对嘉宾贵客拜过，傧相大声喊道：“新郎新娘入洞房——礼成！”

吴府内各院少爷小姐，哄笑声中，簇拥着新郎新娘向新房走去，贺客们则在吴府家人引导下，走向各院芦席棚里。瞬间，参加婚礼的六百多名贺客，各归其位，内宅内仅剩下五十几位官吏与吴尉文的生死之交。闲不住的孩子们，则在前后院内和席棚中窜来窜去，追逐嬉闹。

吴聘将周莹引导进入洞房后，胃里一阵上翻，弯腰干呕了几声，就要向下倒去，紧随他身边的书童背了吴聘，便往书房奔去。由于事出突然，周莹并没多想，只好一个人进房，坐上了炕。吴聘不在，盖头自然没人敢揭，所以凑热闹的人一直无法看清周莹到底长啥模样。

洞房里传出阵阵哄笑声。吴聘自小就是病秧子，他缺场，也没人在意。周莹不知详情，见不到新郎，心里自然有点不好受，又不敢说出口来，一个人闷声任人闹着、挤着，宽敞华丽的新房塞了个水泄不通。吴府马夫陈三学的女人陈二娘，站在新娘炕前唱着古老的《撒床歌》：

欢天喜地进新房，东家请我来撒床。
进新房，抬头望，砖铺地，纸裱墙。
八仙桌儿当中放，送子娘娘笑眼张。
上面画儿真吉祥，高高贴在炕墙上。
一幅画的鸳鸯配，一幅画的是凤求凰。
锦绣帐，罩大炕，两边挂在金钩上。
欢笑声中手携手，抬腿就能上热炕。

陈二娘十六岁嫁给陈三学，十多年里都在吴家土地上流汗，虽然无冬无夏，没春没秋，但不缺吃穿，不缺零花钱，因此对老爷是感恩戴德。在她眼里，吴尉文不仅是一堡之主，而且是全堡人的衣食父母。吴尉文把上千亩土地，交给全堡二百多户来自四面八方、无依无靠的佃农耕种，每年每亩地仅收三斗租粮，逢旱遇灾，便免收地租；还给无房者盖房安室，使他们成为安吴堡的长住居民。几十年来，安吴堡平安祥和，没发生过一次匪盗贼偷事件，在泾阳、三原、淳化、高陵一带是唯一的太平福地。所以，安吴堡人便编了许多民歌小调，来歌颂自己的故乡，歌颂给安吴堡人带来安居乐业日子的吴大官人。《撒床歌》本是流传渭河南北两岸的婚娶民俗歌谣，各地为了凑热闹，许多自乐班子和民间艺人便各取所需，信口唱来，添词加句，越唱越长，唱到清同治时期，《撒床歌》已变成一首长达二百五十六句的歌谣。今儿个吴尉文为自己的宝贝儿子娶亲完婚，陈二娘一早便进得吴府，忙前忙后，一心为吴聘娶妻唱一段吉利词儿。

陈二娘虽已三十岁，嗓门儿却好得出奇，只唱了三句，便把闹哄哄的笑闹声给镇住，满房的人由闹房看新媳妇，变成了听她唱歌。陈二娘一看，劲头更足，嗓门儿更大了：

这个炕，真是美，两个枕头成一对。
这个炕，真是好，两边低来中间高。
新娘喜，新郎笑，亲亲热热似皮胶。
这个炕，真叫嫽，能工巧匠精心造。
喊相公，先别乐，夫妻齐把枣儿数。
来年春暖花开时，咱把娇儿抱怀里……

陈二娘唱得正起劲，忽被尖声尖气的喊声打断：“陈二娘，你撒啥炕哟，都快成孙子她婆了，还不让位给小媳妇小姑娘们!”

人们哄笑了。当人们把说话的人推到陈二娘面前时，陈二娘扑哧笑道：“狗娃子，你有本事就唱，二娘让位给你啦。”

狗娃子脸红道：“我是牛牛娃，咋唱《撒床歌》嘛！”

没有人敢接陈二娘的歌谣词儿。新娘子周莹悄悄拉了一下陈二娘衣襟，低声说：“二娘，你接着唱吧。”

陈二娘来了精神，端过桌上一笸箩染得红里透紫的花生、红枣、核桃，一边朝炕头摞的新被上撒着，一边唱着：

撒把核桃智能高，养儿长大穿锦袍。
撒把红枣花开红，有女赛过穆桂英。
撒把花生儿成双，多子多福金满堂。
核桃花生一齐撒，吉星高照寿安康。
……
九撒鸳鸯偕白头，福禄齐眉同长寿。
十撒官星当头照，欢天喜地合家乐……

陈二娘唱得声情并茂，正待继续唱下去，不料一口气没换过来，嗓子眼儿像被什么东西刺了一下，连咳了几声，居然发出嘶哑的吼声，憋得脸红脖子粗，光想干呕。伺候新娘周莹的贴身丫鬟红玉忙端过八仙桌上放的一杯茶水，递到她手里说：“二娘，喝下润润喉咙。”

陈二娘一仰脖咕咚咚把一杯水灌进肚去，嗓子仍干涩难忍，眼泪也咳了出来，一下变得狼狈不堪，人群中笑声哗然。陈二娘又急又臊，放下手中笸箩，急急挤出人群，向新房外跑去。

此时，在另一间房里的新郎吴聘避开欢闹的人群，走进奶奶的房门，对在炕上斜靠被子养神的奶奶说：“奶奶，你去看看周莹，设法把房里的人撵走，她怕到现在还饿着肚子呢！”

奶奶笑道：“还没喝合欢酒就知道疼媳妇了。”

吴聘说：“奶奶，我求你啦，你去嘛。”

奶奶起身道：“好，好，奶奶替你去试试……”

奶奶在吴府是个有威望的老太婆，吴聘母亲死得早，他是跟奶奶长大的。吴尉文年轻时也得到过奶奶照料，故对儿子奶奶尊敬有加，凡儿子的事都由奶奶料理，其他家人，见主人如此，自不敢在奶奶面前流露任何不敬言行。当奶奶拄着拐杖进入洞房时，乱哄哄的人群突然静下来，有孩子喊：“吴少爷奶奶来了，快让路！”

奶妈走到周莹跟前，拉住周莹的手大声对房里的人说：“少奶奶要喝点水，吃点东西垫垫肚子，你们挤在房子里，多丧眼，都给我爬出去，到晚上再来闹洞房不迟。”

挤在房里的人，你看看我我看看你，一时拿不准主意，跟周莹到吴府的书童脑子转得快，忙跟上喊：“大家快去喝喜酒，等吃饱肚子再回来闹房……”

有人一听到喝喜酒，猛然觉出肚子真饥了，因此随声附和说：“对着哩，咱们先去喝足吃饱，再来闹房呀！”

闹房的人一溜烟奔宴席的地方去了。奶妈问周莹：“少奶奶你想吃些啥呀？”

周莹这才把盖头掀开说：“我只想喝口清淡些的汤。”

奶妈对站在门口的一个丫鬟说：“小琴，快去厨房，让江妈给少奶奶做碗合欢汤，拿一碟香油酥饼过来。”

小琴回了声“是”，便出了房门。

房内只剩下周莹的贴身丫鬟红玉、奶妈和吴府内宅女管家七巧嫂，周莹喝了几口茶说：“奶妈，求你去给我公公说，别让兄弟子侄们夜里闹房好吗？”

奶妈说：“新婚三天无大小，这是咱关中风俗，夜里咋能不闹房呢？”

周莹说：“我发现少爷在拜堂时就打趔趄，如果晚上再闹房，身体怕吃不消，能搁住几下折腾呀！”

奶妈拉住周莹的手说：“你说得对，说得对，少爷是架不住彻夜折腾啊！我这就去对老爷说，我这就去对老爷说。这闹房的事，免了吧。”

2

周莹让奶妈转禀吴尉文取消夜里闹房，吴尉文猛然一震，心想：刚过门，炕沿还没坐热，就发号施令，看来这丫头心眼够多呀！但转念又一想：周莹是个好媳妇，入门便为自己男人身体着想，真乃吴聘之福。于是，他亲自找来老二老三老四老五，兄弟五个坐在一块酒过三巡后，吴尉文笑道：“吴聘病恹恹的，精气神不足，夜里闹房稍有疏忽，就会捅出乱子来，我意，你们各自对孩子们传出话去，闹房的事这就算了……”老二吴尉斌接话道：“不闹房于理不通，也坏了祖宗规矩，今后安吴堡娶媳妇，就少了几分热闹情趣。”

老三吴尉武不以为然地说：“二哥说哪里去了，此一时彼一时的事，没那么严重。吴聘体力难支，众人皆知，我同意大哥安排，闹房事取消后把全堡老少往戏台下赶，不会有人出来反对。”

老四、老五也同意取消夜里闹房。于是兄弟五人告诉子女和家人们晚上一律不准到东院闹房，不愿在家待的，可到广场看戏去。

各院子弟和家人没人敢违背大伯父吴尉文的命令，天黑后没一人进入东院闹房，堡里人一看这架势，知是吴尉文下了取消闹房的话，一个个知趣地照原路返回。远道来的贺客，早被主人安排到戏台下各自座位上，自然也没人想到去闹房看热闹了。

夜色降临时，吴聘缓过气来，喝过一碗银耳莲子粥后，他才想起自己已经是新郎，匆匆忙忙走进洞房，出现在正疑惑为何不见新郎的周莹面前。周莹见吴聘站在自己面前，脸一红轻声抱怨道：“你还能想到洞房里还有一个等你揭盖头的人呀?”

吴聘在烛光飘忽中，忙伸手把周莹头上的红盖头扯下，目不转睛地瞅着周莹的脸庞，有点口吃地说：“让小姐久等本不是我心意，只是我一时感到不适，没能照规矩揭开小姐盖头，向小姐赔礼道歉了……”

周莹忍不住笑出声来：“张口闭口小姐小姐的，难道我不是相公你的妻子?”

吴聘一听，啊了一声说：“我真昏了头，今天是我们的新婚之喜，你我已拜过了天地……”

“洞房花烛夜，夫君病中吟。这是咋回事呀?”周莹忍不住问道。

吴聘苦笑说：“难道你真不知我有病在身? 我活在世上十八年，喝了十五年苦汤，可以说是靠药养大的人!”

周莹惊恐地睁大了眼睛，许久方说出话来：“如此讲，是骆荣骆大叔骗了我妈?”

“骆荣怎样向你母亲提亲我不知道，但我知道他确实说了谎话，为此，我曾和我爸理论过，要求把我的病况如实告诉你和你母亲，以便你们能做出抉择。但今天你还是与我有缘，和我走过了红毡，你也跨过了火盆，同我拜了天地……”

“骆大叔对我妈说，咱爸要赶在麦子上场前到江南巡视各地商号，来往需时三年，在他临行前想为咱俩完婚，以便心无牵挂，待他返家时，能见到咱们抱着孩子迎他在安吴堡城门外。”周莹如实相告，“我妈听骆大叔的话在理，便答应了要咱们提前完婚的要求。”

吴聘虽知书达理，但心眼直，为人从不拐弯抹角，没有酸儒们那种爱故弄玄虚的俗套，哄人的事更不齿。见周莹并不明白自己的话意，因此苦笑道：“实不相瞒，我自知命在踏薄冰踩浮萍，不忍心小姐为我而葬送青春年华，曾极力反对搞冲喜，现小姐已入吴府，进到洞房中，若不愿与我结为秦晋，我愿打开后花园门送小姐回孟店村逃婚。这样，事闹出去，我爸虽有财势，但碍着脸面不好声张。到那时，小姐仍可选择一健壮郎君结百年之好。”

周莹睁大了双眼，满脸含羞，慢慢从炕上下地，站在吴聘面前说：“相公差矣，我周莹虽读圣贤书不多，但懂为妇之道。自古到今，却是从一而终。嫁鸡随鸡，嫁狗随狗。我今日既和相公拜了天地入了洞房，我周莹就是你吴聘的结发妻。况相公言出有情，重义重德，想我周莹亦非草木。我这里谢过相公好心，今日大喜，望相公不要瞎想，与我周莹同甘苦，共命运。”

吴聘长叹一声，携周莹之手走到桌前，斟满一杯凤翔烧酒说：“小姐不悔，我吴聘深表感激，来，你我夫妻共饮这一杯喜忧参半的酒，祈祷上苍保佑，让我吴聘能成为一个能尝到人间温暖的男人！”说着自己一仰脖先喝下去了半杯。

周莹接杯在手，和吴聘对杯相视，一饮而尽说：“相公莫太丧气，为妻自幼跟随师父学文习武，对各种内疾外伤也略知一二，让为妻给你诊脉视病，看能否找到一个药到病除的方法。”

吴聘没料到周莹还会看病诊伤，听言忍不住面露喜悦，忙将椅子拉过，让周莹坐好后，说：“难为小姐了。”

周莹为吴聘号脉足有一碗茶工夫后，面露难色说：“相公之病久矣！从脉象上看，你得病已在十年以上，庸医们一直以壮阳补虚之方，以固阳驱寒为标，而忽略了治本，误了宝贵时光！恕为妻直言，相公每日盗汗、气喘、咳嗽，虽似风寒，实乃肺痨之症趋恶，不知近日是否咯血？”

身为泾阳县候补郎中的吴聘激动万分，忙说：“小姐一言中的。半月前我曾连续咯血七日，血呈绛紫色，味腥，连服九剂药后方止。今婚礼中间，我又感晕眩恶心，故进入洞房后不辞而去，实愧对小姐了！”

“如此看来，仅靠银耳鹿茸、猴头燕窝、人参鱼翅作补，已很难控制病情。”

“我自知肺痨之疾，难以久活人世，所以对治疗已失去信心。”吴聘见周莹一语道出己之病根，大为惊奇地说，“依你所见，我尚有几春之期？”

周莹嘴里不说心里叫苦不迭：你岂止患一种无药可医的病呀！如今肝胆俱损，脉象紊乱，心血弱无勃发之力，纵我有起死回生之术，也难挽你共度二春之时了！但她脸上却强作笑意说：“相公莫要急躁，从明日起，再不要服用那些十年一剂到底，已是有害无益的苦水了。”

“我这么多年，一直是靠这些苦水挣扎！”吴聘说，“可惜每况愈下，一年不如一年，至今徒有一副皮囊，实乃行尸走肉一般！我听你的，从今往后不再喝那些苦水了。”

“我是说要改改方剂，对症下药。”周莹严肃地说，“相公千万别丧失信心。古语道，医病三分药，七分养，养最为重要，夫君且放宽心。为妻明天另开一方，且试试看吧。”

吴聘抓紧了周莹的双手，激动万分地说：“我吴聘能娶小姐为妻，乃不幸中之大幸。但愿老天爷能假以我时日，回报小姐不弃之恩。”

周莹、吴聘洞房之语，被伫立窗外听房的姐姐吴英玉和奶妈听得清清楚楚。吴英玉忍不住泪从眼眶涌出，忙转身拉着奶妈离开窗台，走到池塘畔曲径小道上方说：“吴聘娶周莹为妻，乃吴门之福，我爸可以安心前往江南巡视各地商号了。”

奶妈也高兴得直吧嗒嘴说：“这就叫好人得好报。老爷一生乐善好施，积德积福，老天爷看得见，记得清，咋能不赐福给咱安吴堡少主子呢！”

吴尉文正在书房等待女儿听房结果，一见吴英玉掀帘进门，便问：“周莹有何种反应？”

吴英玉笑着回答：“爸，你就放一百个心好了，周莹是个通情达理的好媳妇，一言一行，循规蹈矩，有理有节，对我弟弟没啥说的，她不仅没抱怨爸隐瞒弟弟有病冲喜之举，而且为弟弟号脉诊病，明天就开出新方，为弟弟治病呢。”

吴尉文高兴得连击双手说：“我儿有救了，我儿有救了……”说着突然转身问吴英玉：“你刚才说什么，周莹给你弟弟号脉，开方？这么说周莹也懂医理？”

吴英玉扑哧笑道：“我说爸，你连自己儿媳妇有啥能耐也没搞清，如果给吴聘娶回来的周莹是个一字不识的丑媳妇，该咋办嘛！”

吴尉文忍不住也笑了起来：“爸在此之前，仅见过周莹两次，一次是在她十岁时候，一次是在她十三岁那年，咋能搞清她到底都学了些啥能耐！”

奶妈这时开口说：“听陪周莹过来的丫鬟说，周莹不仅知书达理，而且武功了得，是个文武双全的俏人儿，吴聘前世烧了好香，娶了一个没啥可挑剔的媳妇。”

吴英玉说：“奶妈，往后你多操心点弟弟和周莹的生活，就等着抱孙子好了。”

奶妈连声说：“说的是，说的是，明年我就能当奶奶了！”

吴尉文笑出声来说：“我也盼这一天早日到来呢！”

这边新房里，吴聘解衣伏在炕上，仰头对手持银针的周莹说：“针灸真能止喘止疼提神吗？”

周莹在他说话间，已把一根根银针刺进穴位，手轻轻捻了捻说：“感到麻时就吭声。”

吴聘随即笑出了声：“哎哟，麻得很哩。”

周莹行针手法迅速准确，力度适中，一连几针下去，吴聘并没感到疼痛，只是感觉行针处麻酸中略有一点困倦之意，但十分舒适，心情很快便松弛下来。约三杯茶工夫，针退完，吴聘一下坐起说：“我感到精神强多了，心跳得也慢了。”

周莹笑道：“新婚夜，你可不准忘乎所以。”

吴聘也笑道：“我哪敢呀，再说有你提醒，我能掀起啥浪？”

更鼓响了两声后，周莹才打开洞房门，向外张望了一阵，见确实无人听房后才关门落闩，走到炕边解衣上炕。

已睡了一觉的吴聘，此时睁开眼睛，瞅着已经脱去衣服露出雪白肌肤的周莹，忍不住说：“你身子像出水芙蓉一样姣美……”

周莹脸一红，转脸伸手放下锦帐要吹红烛时，吴聘说：“别把灯吹灭。”

周莹问：“为啥？”

吴聘说：“我想好好看看你。”

周莹忍不住笑道：“你够坏了……”

一觉醒来，周莹见窗纸泛红，知晨阳已经高升，忙掀被坐起穿衣。吴聘被惊醒，眨了眨睡意未消的眼睛说：“再睡一会儿，不会有人催我们。”

周莹说：“你是真不知道还是假不知道规矩？”

吴聘说：“吴家大院规矩虽多，可对我们可以例外。”

周莹不以为然地说：“无规矩不成方圆，一个大家族若没个规矩，岂不要乱成一锅粥了。快起来，爸怕已在等我们请安呢！”

吴聘忍不住摇了摇头苦笑着坐起来。

洗漱完，喝过汤，周莹和吴聘一道去给公公请安。

吴尉文早睡早起的习惯，可谓是雷打不动，当吴聘、周莹出现在他面前时，他已围着院内的池塘走了四圈。

吴尉文接过周莹奉上的早茶，喝了一口说：“爸对你们无所苛求，只希望你们能够早日主持家政，为爸分担忧愁，分享欢乐。”

周莹说：“儿媳将铭记爸的教诲，尽早熟悉家政，为爸减轻负担。”

吴聘接话说：“爸，你尽管放手把家政事让周莹替你管好了，我相信她有能力把安吴堡管好。”

吴尉文对自己儿子的话并没反感，他知道，要让一个风吹就倒、雨淋就瘫的儿子当顶梁柱，纯是梦想。周莹过了门儿，也只有把希望寄托于她了。

这时管家骆荣把一摞书册放在吴尉文面前说：“这是老爷要的东西。”

吴尉文把书册翻看了几页对周莹说：“这是家族族谱，家规家训，资产详册，土地分布详图，你拿去仔细读读，心里有了数，往后发号施令就有底气了。”

“谢爸对儿媳的信任。”周莹接过书册说，“儿媳定会用心细读，不辜负爸的希望。”

吴尉文又道：“回头到你们几个叔处走走，以尽孝道。”

“是。”吴聘、周莹同声回答后退出房门。周莹把吴尉文交给她的书册送回自己的住房后，立即和吴聘一道前往各位叔公家请安，直到天将黑尽，才回到自己房里。

五月端午那天午后，平时很少到吴聘、周莹住处走动的骆荣，突然出现在两人面前。

骆荣在安吴堡的威望除吴尉文外，无人可比，在吴宅是说话极具分量的人物，有些事，吴尉文还得听他的话，因此，吴宅上下都把他作为吴宅实权派看待。但骆荣很有自知之明，自控力颇强，大凡不该抛头露面或者吴尉文尚不知底的事，他即便知道该怎样处理，也从不做越俎代庖、狐假虎威的蠢事。他十四岁便成为吴尉文父亲的贴身随从和心腹，吴尉文子承父业后，他矢志不渝，像伺候老主子一样成为新主子的知己，二十六岁时成为吴宅总管家，是看着吴聘自小到大的人。骆荣的突然出现，吴聘像周莹一样，真是喜出望外，因为他想从骆荣嘴里知道这个比亲叔还亲的管家，是怎样连哄带骗给他娶回来一个天仙般美丽贤惠、心灵手巧、智慧过人的媳妇的。

长辈进小辈住房，在吴宅是很少见的事，长辈进小辈新婚居室，更是罕见的事了。

骆荣自知自己毕竟是吴尉文手下的一名管家，而不是发号施令的主人，在主子们面前，不论老少，终归是低人一等的奴才，所以，在进门之前，先发话问道：“少爷、少奶奶在吗？”

吴聘正躺在炕上养神，周莹则正在刺绣，听得骆荣在房门外问话，两人几乎同时回答：“骆叔，你老请进来吧。”

骆荣进得房门，一边往椅子跟前走，一边笑呵呵地说：“老爷让我来向少奶奶转述吴氏治家律戒、安吴堡治理律条和吴宅在陕境内财产分布详情近况……”

吴聘从炕上下来，高兴地连声说：“这么说，我爸要把咱家和堡里的管理大权交给周莹了？”

周莹已离开刺绣架，听吴聘如此说，也抿嘴笑出了声：“我哪能有本事管好安吴堡内外的事？”

骆荣坐了下来，将手中一个蓝布皮手折放在桌上说道：“少奶奶能否管好吴宅和安吴堡，老爷心中有数。少爷从小到大，老爷从没讲过一句把吴宅和安吴堡管理权交给他的话，少奶奶过门儿仅两月有余，老爷便做出权交少奶奶的决定，可见老爷对少奶奶信心如何了。”

“我爸现还精力充沛，体魄健壮，正值宏图大展之时，因何突然要交权于我？”周莹一边给骆荣沏茶，一边说，“我怕有负我爸的信任和委托，一旦管不好，咋对得住我爸呢嘛！”

骆荣说：“少奶奶无须多虑，老爷现只是先为你接管吴宅和安吴堡管理权进行前期准备，你过门儿时老爷交你的册籍，是让你对吴氏家族史和资产概况有所了解，现在你要知道的则是如何使自己尽快融入安吴堡这个大环境里，吃透吴宅内部的酸甜苦辣所在，为将来管好吴宅与安吴堡，做好思想和精神准备。”

吴聘说：“还是爸想得周到。周莹，你给咱放开胆子，准备早点为爸分担责任好了。”

周莹说：“就你心大，你咋不去对爸讲，由你来分担爸的担子！”

吴聘无奈地叹道：“老天爷给我身上扣了一个病篓子，阎王爷随时都可能叫我去，爸能忍心把担子往我肩上压？你过得门儿来，爸有了指望，不靠你靠谁呀！”

骆荣忙插话道：“少爷、少奶奶别争论了，接权挑担迟早的事，早做准备从从容容不会临阵手足无措。”

周莹这才说：“那我就只能唯命是从了。”

骆荣品了一口茶，开始向周莹讲述吴氏家族治家律条。两炷香时间过去时，太阳已经偏西，吴聘早已撑不住，靠在椅背上打哈欠。骆荣见状停住话头说：“少爷，你别逞强硬撑，快上炕睡一会儿。”

吴聘从椅子里站起，手捶着后腰自嘲地说：“年纪轻轻十八岁，瘟神相伴同我舞，不知何日会阎君，我是真正的废人一个啊！”

周莹嗔怒道：“相公净胡说八道。我就不相信阎王爷敢向你伸手。瞎瞎好好，我也算半个郎中，我知道你总会有一天药到病除，变成一个强壮的男子汉。”

骆荣接住话茬说：“少爷别太过伤感，听少奶奶的话没错，只要有信心，坚持治疗，自会病去人健。”

吴聘感叹道：“但愿苍天有眼，保佑我吴聘逢凶化吉，还我健康，让我变成一个真正的男人。”

骆荣讲完了应讲的话，站起才想告辞，吴聘从炕上坐起说：“骆叔，先别急着走，你把如何给我提亲，把周莹给我娶回来的详细经过讲一讲，权当给我讲故事听咋样？

骆荣瞅一眼周莹，面有难色道：“事都过去两个多月，木已成舟，少爷和少奶奶终日厮守，相敬如宾，还提那些陈芝麻烂谷子的事干啥？”

周莹哑然一笑说：“骆叔，相公想听故事，你老就讲给他听，免得他动不动就疑神疑鬼，好像全家人都在哄他骗他。”

骆荣无法再拒绝少东家要求，只好重新坐下，沉思了一会儿才说：“好，我就把当初为少爷提亲为媒的事唠叨一遍。只是有一个前提条件，少爷少奶奶听完故事后，不准骂我为老不尊。”

吴聘来了精神，连声说：“骆叔放一百个心，这世上哪有小的敢骂老的，你只管说，我给你重新沏壶酽酽的茶，算孝敬你老的一片心。”

骆荣笑道：“冲少爷亲手为我沏茶的分上，我也得把少爷想知道的故事讲个明白。”

吴聘真的跳下炕来，向门外喊了一声：“狗娃子，提壶煎煎的开水来。”

在门外读书、准备随时伺候少爷少奶奶的狗娃子应声提了一壶开水走进房来。吴聘接壶在手，为骆荣沏好茶，吩咐道：“去给咱拿几碟三原特产小糕点过来，拣软点酥点香点的拿，骆叔不喜欢油腻的东西。”

狗娃子往外走着说：“知道了……”

当他到厨房拿小糕点时，进门和厨娘陈二娘撞了个满怀。二娘长得人高马大，两个乳房像两座山堆在胸脯上，一步三晃，因此有人给她起了个绰号：肥乳陈二娘。

狗娃子因是吴聘贴身书童，从小在内宅长大，所以和二娘交往甚多。狗娃子十岁那年进吴宅，人小不懂事，二娘心疼他，每每帮他干些他做不了的活，日久天长，狗娃子把二娘当成亲姐姐一样看待。二娘高兴时，在没人处，总是把狗娃子抱在怀里，又是亲又是摸的，习惯了，狗娃子习以为常，从没想到有啥不妥。

狗娃子和二娘撞了个满怀，没等狗娃子回过神，二娘一把搂住他，狠狠亲了一下嘴说：“又要啥东西来啦？”

“少爷要几样小糕点。”狗娃子抬胳膊擦了一下被二娘亲过的嘴说，“要酥点香点，不油腻不咸的。”

二娘笑道：“不是要老婆饼吧？”

狗娃子说：“是老头吃。”

二娘一怔问：“哪个老头吃？”

“骆管家。”

“他钻少爷少奶奶房里干啥？”

“代老爷讲家规家训什么的，我没听清楚。”

“这么讲，老爷又要出远门了？”

“你咋知道？”

“狗娃子，等你长到姐这大年纪，就会知道咋动脑子想事了。”

二娘把几样糕点装好盘子，放进食盒，交到狗娃子手里叮咛说：“提平了，小心脚下，吃不完的给扫地的吃了。”

“好哩。”狗娃子提上食盒就走。

“狗娃，今儿晚上在你房里等姐一会儿，姐有话要对你说。”二娘追上一步放低声音说。

“知道了。”狗娃子顺嘴回了一句便出了门，等走出几丈远，猛然想，“二娘姐今儿个晚上找我干啥？”想了一会儿也想不出所以然来，由不住笑道：“管他呢，到晚上不就知道了。”

狗娃子还没进房门，就听到了吴聘的笑声。

吴聘笑得前仰后合，连声对骆荣说：“骆叔，想不到你老也如此狡猾，为了给我讨媳妇，居然也当起了骗子……”

吴聘取笑骆荣是骗子，为他骗到了周莹，其实并不冤枉他。

周莹是孟店村方圆百里的美女，书读十载，武练九春，不仅知书达理，而且胆略过人。长到十四岁时，已出落得如花似玉，招惹得四乡八里的公子哥儿们，纷至沓来，上门提亲。只是由于回民起义火烧孟店村，周氏家族陷入灭顶之灾，其父周海潮死里逃生，无心他顾，而把女儿婚嫁搁置起来。家道渐渐复苏中，周海潮祸不单行，在风雨侵击下，一病不起，临死前抓住妻子周胡氏的手流泪叮咛道：“你我夫妻一场，只留得莹儿一个骨血，时到今日，周氏无子，难以为继，祖宗在天之灵也不会瞑目啊！我死后，你要尽力为莹儿招个上门女婿，以继周氏香火……”

周家折去了顶梁柱，日子自然一落千丈，此时的周胡氏已少了昔日的心高气傲，一心想为女儿招赘一个女婿上门，完成周氏香火继承大事，所以对上门求婚者，第一句话便点明允婚条件，结果把找上门的媒人，一个个送到了门外；小户人家虽有想成为周宅上门女婿者，无奈周胡氏嫌贫爱富，所以，当了解求婚者意向后，一一婉言拒于门外。而周莹也不愿过早离母而去，因此放出风声：要娶周莹为妻者，一是必须从一而终，不得再纳妾偷春；二要人才出众，乐善好施，不以财富权势欺凌乡邻；三要入赘于周氏，继周氏血脉以撑周氏门庭，若不能入赘者，必须立下文书，在母亲百年之后，行全孝代儿送归，守孝三年，立碑书儿为周姓，养第一子归周氏为孙。

消息一经传出，却步者叹息，想为者不是人才庸俗，便是家无雄资做后盾，因此，一直到周莹年入妙龄，再没有人敢找上门来。

周莹十七岁生日那天，家人突然入内禀报周胡氏：“老夫人，现有吴尉文管家骆荣持聘礼候夫人接见。”

周胡氏听报停杯住箸，对周莹笑道：“武德骑尉卫守府下聘于我，乃为我儿之姻也。传他在客厅稍候。”

周莹闻言，脸起红云说：“母亲怕是急于给女儿找婆家，才如此猜断？”

周胡氏离座说：“男大当婚，女大当嫁，圣人亦然。况我儿年已花蕾当绽，婚嫁之事，为娘自然日夜思虑。今喜鹊枝头鸣歌不断，骆荣出现，实乃天遂人意呀！”

武德骑尉卫守府是名声显赫一方的大家族诰封之称谓，吴尉文之父生前曾官拜议叙布政使之职，其父死后，吴尉文继承了百万家产，成为全国有名的盐商大贾，财富连城。所以一提吴尉文三字，周胡氏便猜出其派人持聘求见的本意，不由得喜出望外，心想，这下周氏又有出头之日和靠山了，假若吴家能将儿子入赘于我，何愁不东山再起呢！因此，便对女儿说：“吾儿少安毋躁，待为娘见到骆荣便知详情了。”

周莹说：“如果真如母亲所言，望母亲别忘了女儿的允婚条件。”

周胡氏笑道：“娘不是善忘的人，三个条件早根植于心。为娘意，吾儿现已豆蔻年华，学业已成，若吴尉文愿允吾儿条件，当与其交换帖相，定下吾儿终生，不知儿意下如何？”

对于吴家之势，周莹早有所闻，但不知吴尉文是否为儿子求婚，所以说：“母亲应先问清吴家为哪院提姻，若是为南北西中四院，女儿不能应允。”

原来吴尉文共有兄弟五人，其为长，是一族之尊，五兄弟共有子七个，女八人，无论从农务商，买官兴学，还是婚丧之举，置物买地，均需吴尉文点头实施，周莹对此早已知晓。心想，吴尉文若为其侄求婚，嫁进吴府只能唯吴号令苟活，而无掌吴氏家族之权、成一家之长可能，如此，还不如嫁一普通门第，便能居长媳而不受冷眼。所以才提醒母亲问清吴尉文为何院问娶。周胡氏见女儿如此，心想：莹丫头将来绝非是个甘居人下的人，因此满面堆笑道：“吾儿放心，娘自有主张。”

周胡氏虽是妇道人家，但在丈夫在世之日，也常行走江湖，是个广交社会名流、文人侠士，见多识广，颇具大家风范的非常女子。进得客厅，与骆荣见礼后问：“不知骆管家屈尊寒舍有何见教？”

骆荣虽年过五十八岁，但精气神充沛，儒生气质十足，眉宇间充满自信，一双深沉能透析他人内心的眼睛，显露出足智多谋。虽然是第一次走进周家，但进门向里一望，忍不住心里暗叫一声：“周宅原来如此宏伟壮丽，真不愧渭北第一大宅也！”

因周宅男丁极少，平时大门紧闭，凡来访者，如获得主人同意接见，都由家人引领，由西偏院进入周宅，然后进西侧院门，到会客厅拜见主人。

骆荣在管家引领下进入周宅，双眼一亮，但见经过洗劫的周宅，仍是诗情画意浓郁，蕴含人文气息，宅院青砖铺地，迎门那座巨型照壁上书“克襄内政”四个大字告诉来访者，这座宅第的女主人们不仅聪慧贤能，而且是帮助丈夫们管理家庭内务的能手。楼前明柱基座上精雕有四根小柱，小柱上雕有四双小蝙蝠，寓意“四季福临”。院内东西两厢面墙上“尧舜放象”“大禹牧牛”和吉祥物麒麟口吐彩球，上书“福禄喜寿”四字的砖雕，组成一幅巨大的吉祥图案，可以看出主人对美好生活的向往与期盼。步入中院，映入他眼帘被称为“十柱顶抱亭”的紧凑结构，秀气美观，更是让他精神一振，他仿佛从中看到了延续几千年森严的等级制度以及令人不寒而栗的权势与财富。门楣上“闻善心喜”四字，使他从中了解了主人对积德行善的执着虔诚、乐善好施的良好愿望。走进周宅二进时，东西厢房门隔板上的木雕，不仅再现了渔、耕、樵、读四大行业的景象，而且再现了关中八景的宏伟壮观和“八蛮进宝”的历史史实。第三进的大厅，则是宾朋好友欢宴相聚的地方。他随管家进入大厅，就像进入安吴堡吴尉文会客的大厅一样，心里充满了一种宽敞豁达的感觉。只是令他不解的是，管家把他一直领进第四进退厅时，才请他入座。他仰脸向上看了一眼，才知是走进了传说中人们所说的周宅独有的建筑——让客人喝茶休息聊天的退厅。只见厅梁上悬挂着十二盏宫灯；巨型屏风上高悬的横匾上书“谦受堂”三字。他眼珠一转，不由自主地哦了一声，自言自语道：“谦受堂应是源于《三字经》中‘满招损，谦受益’的寓意了。”他坐了下来，下人立即端上茶来，放在他面前的桌上说：“骆管家，请用茶。”他淡淡一笑应了声：“谢谢。”随即将茶碗端起，一边喝茶，一边和周宅管家不时交谈着，等待周胡氏的到来。当他发现周胡氏从第四进小楼上下来时，忙放下茶碗，起身抱拳施礼笑道：“请夫人原谅骆某冒昧登门打扰。在下奉主子之命，前来为我家公子牵线说媒，当月下老儿来了。”

周胡氏入座后略作沉思问：“不知骆管家为吴氏哪家大院择女而娶？”

“吴氏东院长嫡吴聘。”骆荣坐直了身子，面带喜悦说，“此子年已入冠，温文尔雅，人才出众，学识渊博，心地善良，胸怀大志，来日大器可成。”

周胡氏笑道：“吴聘此子，我虽未见过，但听人讲过，此子可教可塑，来日必能成大器。但我听人讲，此子自幼体弱多病，非长寿之相，不知实否？”

骆荣听后一愣，随即又哈哈大笑说：“传说纯属无稽之谈，夫人权当村言听之。我家公子身高六尺一寸，虽无吕布英武，但却胜贾宝玉体魄。文，上知天文地理，下知五行万物；武，双臂能开十石强弓，驰骋能纵百里路程。自古道，壮士之躯，焉惧小恙之扰。夫人实无过虑必要。”

“多谢骆管家实言相告。”周胡氏见骆荣说话时心平气和，神色如一，心里道：吴聘弱不禁风，人所共知，你骆荣在此卖关子，可谓关爷面前要大刀！只是，我周氏家门因公死夫丧，不能走南闯北，重整昔日实力，吴尉文才敢欺我母女，你才敢找上门来，大言不惭。自古有言，己欲所得，必有所失。我周胡氏正期借助外力，重整旗鼓，你安吴堡既然找上门来，我若因小失大，岂不太过鼠目。现在给你来个装聋作哑，看看你吴家能在周胡氏面前开多大口子！于是一笑，道：“乡野传言，无源之水，我自不会当真了。不过骆管家是否知道，周家允婚有三个条件？”

骆荣点头回答：“夫人所言三个条件，早已传遍泾、三、高城镇村堡，吴门焉有不知之理。”

周胡氏问：“这样说来，吴门愿按三个条件与周氏联姻？”

骆荣不做正面回答：“若不是小姐三个条件传出，我家老爷也不会派在下前来提亲下聘。我家老爷说：周莹孝女也，吾儿娶妻如此女，吴氏之幸矣。”

“如此讲，周氏门庭香火将由吴聘以续了？”

“夫人请听我讲，我家老爷研究过小姐许婚三个条件后，完全同意在夫人百年之后，以周氏族姓为老夫人立碑守孝，得第一子为周姓，承继周氏基业，续周氏香火。至于入赘之事暂难应允，因吴氏家族中能光大吴氏家业的人除吴聘外，实难挑选出第二个人来，我想夫人定能体谅吴氏苦衷吧？”

周胡氏虽感意外，但一想骆荣的话也有道理。俗话说，将心比心，一样理儿。想我周胡氏仅有十万贯家业，尚且盼子承孙继，吴氏家业百万，岂能置于不顾？话又说回，有女嫁得如此夫家，进门荣华富贵，长子长妻，权重一族，将来女儿自会荫护周氏香火，得子必先承周氏、光大周氏，何愁周氏再无靠山？女婿入赘与否，已不是什么问题，若为入赘耽搁了这门亲事，未免眼光太过短浅了！想到此，脸转向骆荣说：“骆管家，这门亲事，我应允了。”

3

骆荣听周胡氏允了求婚，一颗忐忑不安的心才算定下来，于是连忙交上聘礼单和吴聘的生辰八字。

周胡氏看过吴聘生辰八字，心往下一沉，暗想，我生莹娃时，夜梦一只老鹰追逐一只白鸽，白鸽钻进长满皂角的树枝丫中，然后扑入正在皂角树荫下乘凉的我怀中。第八天，莹儿呱呱坠地，莹儿从小性情温和善良，聪慧好学，从不招惹是非。吴聘命相八字属阴为水，乃命短之相，看来传言他体弱多病是真实的，我若允婚，将来就苦了莹丫头；如不允婚，周氏一族将失去重整旗鼓的绝好机会。犹豫再三，她把礼单和吴聘生辰八字放下，再拿起，再看，如此反复了三次。骆荣看在眼里，急在心上，暗中嘀咕，佛祖保佑，周胡氏千万别拒婚呀！周胡氏在骆荣目不转睛地盯视中，把看过的礼单和吴聘的生辰八字与命相文书，放置桌面，牙一咬，将自己管家拟好的回赠礼单与周莹的生辰八字和命相文书，交与骆荣说："骆管家，你回安吴堡告诉吴老爷，吴聘求婚我应允了。"

骆荣闻声心中大喜，嘴里则平静地说："周吴联姻，是命中注定的好事，骆荣先向老夫人恭贺了。"

周胡氏强抑内心的苦楚，对起身准备告辞的骆荣说："吃过饭再走不迟。你第一次到周宅，不妨看看莹儿的生活起居、学习与习武的环境，回去好向吴老爷交代清楚我们周家的真实情况。眼下周宅虽然显得清贫了一些，但你会发现，和外人说的相比，我周宅仍是富足殷实之家。"

骆荣连声说："老夫人放心，骆荣知道怎样回复吴老爷。"

周胡氏笑声中离座说："骆管家，我领你到后楼看看莹儿读书、习武和起居的地方?"

骆荣忙说："多谢老夫人视骆荣为族人相待。"说话中随周胡氏进入后楼。

骆荣步入后楼，方发现后楼是一幢内庭套楼式建筑，即高大厦房内隔层为楼，外看不见楼宇，入内方知房中有房，形成室内楼层，对内眷来说，此种建筑格局，既方便又安全。怪不得不知内情的人说"周宅楼不见，房中客楼多笑声"了。

骆荣缓步抬眼，认真地看着头顶悬挂于正房门楣上的"怀古月轩"横匾，见经过战火洗劫的建筑整体，虽仍留创伤痕迹，但却未伤元气，由不得从怀中掏出眼镜戴上，仰脸上瞧，默默读着匾上文字：

> 轩，何以为怀古月也，考太白《把酒问月》诗云：今人不见古时月，今月曾经照古人，古人今人若流水，共看明月皆如此。唯愿当歌对酒时，月光长照金樽里。夫古今共此一月，而月分古今，自太白发之，月以因人为古今者，则余之对今月，不犹是曾是照古人之月乎？余之把酒对月，即不及见古人，而对古人所对之月，不依然如今月所照之古人乎？兹余新构小楼数间，虽非近水楼台，然登临之，既切信其解先待月

焉。于是楼迟偃仰，或居牙床，或凭玉栏，喜圆月之牖，赏新月之穿帘，则与子女辈宴宴其中，敲诗析韵，训女课工，冉冉进等，陶二解颐，所序者天伦之乐事，所兴者我躬康强。不使金樽空对月，何古今之人乐不相及也，原缀数语，以名其轩。

骆荣一口气读完匾文，忍不住拍着巴掌，喜不自禁地说：“先公一语，石破天惊，气势磅礴，前无古人，后无来者，今能拜读，晚生之幸也。”

周胡氏听言，微微笑道：“我周氏数百年耕读世家，虽毁于匪患，但托祖先庇护，尚有上知天文，下知地理，文韬武略，医工农学识深藏于心的继业人周莹一支健在，今能与吴氏嫡传吴聘喜结连理，周吴二氏，必将发达在望了。”

骆荣连声附和，笑挂眉梢，用去半炷香时间，对周莹书案、武器架等处一一看过，叹道：“周氏有女周莹，实乃祖宗庇护之功也！”

周胡氏陪骆荣吃过午饭，骆荣起身告辞，兴高采烈，马不停蹄回到安吴堡，将提亲的事报告了吴尉文。吴尉文听完骆荣讲述求婚经过，连连点头说：“吴聘体弱多病，一旦被周胡氏母女知得详情，此门婚事怕就好事多磨了！”

骆荣胸有成竹地说：“老爷大可放心，我知道怎样把消息传出安吴堡，孟店村想知其中真相，怕不那么容易。”

吴尉文叹道：“我总担心夜长梦多啊！”

骆荣不以为然地说：“这事老爷交我办到底好了。”

周胡氏送走骆荣，立即把允婚之事告诉了周莹，说：“从现在起，妈就要为我儿操办嫁妆了！”说完，这才展开吴尉文的聘礼单。细细看了一遍，她一下睁大了双眼，愣怔在那里。周莹看着母亲呆怔模样，忍不住说：“妈，咋了？”

周胡氏把礼单递给周莹说：“你看看这份礼单，吴尉文为给儿子娶你，出手大方得令人咋舌！”

周莹忙拿过礼单，从头到尾看了两遍，才长出一口气说：“有钱人家的气派大，咱们望尘莫及啊！”

原来吴尉文派骆荣到孟店村说媒提婚前，亲自拟了一份聘礼单，作为骆荣求婚的信物。他想，周莹就是真如四乡传说的那样俊美贤惠、能文能武，周胡氏就是真如传言所说，周海潮为她母女留下了十万贯家产，见了这份礼单也会心动眼开，忘却吴聘是个“病秧子”。毕竟，钱与财物是把开山劈道的利斧，更何况，周胡氏做梦也想再现公公周玉良在世之日周氏家族的雄风，一心借助外力重整周氏河山呢！

吴尉文自以为是自己的策略获得了胜利，他怎知，骆荣的三寸不烂之舌才打动了周胡氏的心，周胡氏在允婚前根本就没仔细看他亲拟的礼单。

周胡氏允婚第三天，骆荣二进孟店村，把吴尉文定亲礼单上开列的全部礼物如数交到周胡氏手里。聘礼一共六十六种，计有：罗丝织锦三十匹，绫绸三十匹，锦缎三十匹，绡丝三十匹，绮丝织锦三十匹；白布三十匹，青布三十匹，印花布三十匹；湘绣软坎肩十件，川绣裙十件，苏绣女服十件，苏绣鞋面二十双，双面苏绣扇六把，红丝宽带八条，大红双喜羽绣被面十二条；枕头六个，玉如意两个，金钗八支，金银耳环各八副，金簪花五对，玉戒指六枚，金戒指六枚，金银手镯各四个，玉手镯四个；镀金手炉两个，镀金脚炉两个，镀金脸盆两个；红木盆架两个，红木雕花轿车一辆，辕骡一头，楠木雕花架床一个，锦帐一顶，核桃木衣柜一对，核桃木圆凳四只，硬木方桌一张，梨木刻花箱两个；绢花屏风一副，铁树盆景一对，红珊瑚盆景一个，白珊瑚盆景一个，玛瑙杯一对，穿衣镜一个，桌镜一个；盘龙砚台一个，双金字墨十锭，大小狼毫笔各十支，西洋闹钟一架；《女儿经》一部，《道德经》一部，《史记》一部，《论语》一部，《春秋》一部，《烈女传》一部；青城剑一把，少林刀一把，七尺牛绳银丝钢球鞭一条；西域汗血马一匹，镶铜鞍具一套；西洋白绒球狗两只，波斯猫一对；丫鬟、书童及车夫各一人。如果说上述六十三种礼品都是可算得出价值的东西物件，并没什么值得大惊小怪的话，最后列入礼品单的三种礼物，则是令周胡氏难以抑制住激动。

骆荣亲手把三种礼物交到周胡氏手里时说：“夫人，这是十万两可兑银票，你随时可到三原银号兑取银两。”周胡氏接在手后转身交给账房先生说：“先入账吧。”

骆荣又将一张写满字盖了印玺官印的文书交给周胡氏说：“这是一张交割钱庄的文书，从你接收时起，三原县庄里钱庄就归周氏所有了。”

周胡氏有些激动地说：“我一个妇道人家，怎会管理钱庄呢？”

骆荣说：“夫人放心，钱庄里没人敢在你面前弄鬼耍奸，吴老爷已为你物色好了理财能手，每年你只需到钱庄走上两次，年底会有人来向你报告经营账项结果。”

周胡氏说：“真难为吴先生想得如此周全！”

骆荣第三次开口说：“这是三百亩地的地契，我交你手后，三原县境内原是吴老爷的三百亩地就归周氏所有了。”

周胡氏手拿钱庄营业执照和三百亩地契，喜得嘴张了老大，许久没说出话来，心里一个劲嘀咕：一个女儿换了常人家做梦都想不到的财物！我夫周海潮若不死，见到周家能东山再起，该作何种感想呢?!

孟店村的周胡氏眨眼间财富增加了一倍还多，消息不胫而走，没出七天，全三原县大大小小村庄，都在议论着周莹的婚事，知吴聘根底的人叹道：周莹哭在后边呢，出不了三年，小媳妇不变成小寡妇才是见了鬼！

周胡氏自接受吴尉文聘礼那天起，便开始为女儿张罗起嫁妆。为了有一个与门户相称的陪嫁，她准备拿出六万两银子派人到各地采购订货加工，要求一律在夏至前交货，就在周胡氏紧锣密鼓做着嫁妆准备时，骆荣突然行色匆匆出现在周宅内。

骆荣寒暄几句后，开门见山地说："吴老爷要在近期离开安吴堡，前往江南巡视各地商号，安排来年商务，来去须时三年，希望在他行前为吴聘、周莹完婚。待他从江南返回时，便能抱孙子了。不然，他们的婚礼就会向后推迟三年之久，对儿女来说未免有失公允。"

周胡氏为难道："我正在为女儿置办嫁妆，若匆匆完婚，岂不要让孩子双手空空进吴宅了！"

骆荣也显得有些迟疑的样子，沉思了片刻才说："夫人所言不无道理。我想，嫁妆不宜太过繁杂，有现成的就不要做新的，可替代的就无须购买多余的，吴家也不在乎嫁妆多少，小姐进门便是一家之主，还能缺少了她用的东西？少准备一些嫁妆，也能减少夫人花费，何乐而不为呢！"

周胡氏心想，骆荣的话在理，既然是吴尉文提出提前完婚，我没有足够准备时间，嫁妆陪置不齐，并非我周家小气吝啬。想到此，笑了笑说："请骆管家回禀吴老爷，若他不嫌嫁妆寒酸，那就按他意见，三月三日给孩子们完婚吧。"

骆荣再三谢过后才出门上马回了安吴堡。

周胡氏送走骆荣，回到堂屋，将安吴堡决定提前完婚之事告诉了周莹。周莹思之再三后，对周胡氏说："吴尉文乃当今泾阳首富，渭北大户，能屈尊周宅，必有所谋。据女儿所知，吴聘确实常年染病在身，安吴堡聘礼之丰，足可证实此事不假。"

周胡氏故作糊涂问道："我儿此话怎讲？"

周莹道："安吴堡决定提前完婚，证明他们心中有鬼，否则，任何一家决定了婚娶时间，都不可能轻易更改。儿怀疑，安吴堡提前婚期的真正原因，除骆荣所讲外，另一个原因是吴聘出了问题，吴尉文要借举办婚礼，为吴聘冲喜！"

周胡氏不以为然道："我儿多虑了，话退一百步讲，即使吴尉文为吴聘冲喜，对我儿来讲，也绝非坏事。我儿如果陪着一个病男人，那么进入吴宅后，后院说话的权利就成为你一个人独有，这对妈和我儿来说，是失呢还是得？"

周莹道："妈是想靠牺牲女儿的人生欢愉，来换取重振周氏家道了？"

周胡氏道："我儿把妈看得太过恶毒了！儿是妈身上的肉，儿受苦受罪妈能好受？我儿放心，妈只能把我儿往福窝窝里领，绝不会把我儿往火坑里推。虽然老话说哪家锅台都放碗，但妈给我儿选的，永远是高灶头大锅台。"

周莹此时心里已十分明白妈的用心，更明白妈和自己在父亲死后的处境。父死母为纲。作为女儿，孝字当头。妈既然决定把自己嫁给一个"病秧子"，也只有服从妈安排的份儿了，尽管她知道，伙伴们所讲句句是真，进得吴门，自己面对的将是一个弱不禁风的公子哥儿，可自己也无法打退堂鼓了！

安吴堡内，仍像往常一样，男耕女织，人出人进，一派祥和安宁景象，只是在吴氏东院宅内，气氛显得有些紧张，丫鬟仆妇家丁，一个个脸色惶遽，连走路也踮起脚尖。

吴尉文一下苍老了十岁，满脸的愁苦、惶恐，背着双手，不停地在房间里走动着，时不时发出无可奈何的叹息声。

狗娃子双手端着托盘，冲吴尉文低声说："老爷，少爷的药熬好了。"

吴尉文伸手端过药碗，看了看汤药成色后，转身掀布帘进入内室，对坐在炕沿边护侍吴聘的奶妈说："喂他药吧。"

奶妈把吴聘扶起背靠在被垫上后，用食匙喂他喝了一口，吴聘摇摇头，有气无力地说："喝这种苦水有啥用呢？爸，我喝了十五年，越喝越不顶用，看来，老天爷不愿放过对我的惩罚。"还没说完，就急剧咳起来。奶妈忙放下药碗，拿过放在炕脚处的铜盆，让吴聘把痰吐进盆里看了看，叹道："又咯血了，不喝药咋成呢！"

吴尉文极力抑制着无奈带来的焦躁说："儿呀，你一定要活下去，爸的指望全系在你身上，你若不喝药，不是要爸的命嘛！"

吴聘眼中流出泪来，说："爸，儿对不起你老，不争气的身子，辜负了爸的期望！"

吴尉文忍不住也流出泪来，接过奶妈手里的药碗，给吴聘喂起了药。吴聘无法拒绝父亲的心意，只得张大了嘴，一口口把汤药咽进肚去。

吴宅内凝重的气氛，如同铅铁压在人们心头，所有的人围着吴聘打转，一连几天，吴尉文没走出二门一步，直到奶妈提出借婚冲喜驱邪，挽救吴聘生命的办法时，宅内才出现一丝平和。

已无计可施、走投无路的吴尉文牙一咬，决定按照奶妈的说法，为儿子冲喜，或许能救聘儿的命。骆荣硬着头皮到了孟店村，编着词儿哄周胡氏上钩入套。周胡氏人再精明，耳目再多，也难识破安吴堡吴宅主人设下的套。

周胡氏虽心有疑虑，但却稀里糊涂答应了骆荣提前成婚的要求，为给女儿送一份既体面又符合身份地位的嫁妆，能赶在吴家迎亲时装上车，想了又想，最后一拍手嘿了一声，自言自语地说："看我这记性，安吴堡提亲时给的那么多彩礼，女儿嫁进吴家，留着做啥？骆荣说得对，从哪里来回哪里去，把那些个物件当嫁妆不就结了！"

吴尉文急于为吴聘冲喜，实出于无奈。他自知，儿子一旦有个三长两短，吴氏财富将会在眨眼间成为其他兄弟囊中之物，他虽然不会变成穷光蛋，但一生奋斗积攒下的权势财产，将会因无后而失去光彩。这是他最害怕发生的事啊！

作为吴宅掌门人，吴尉文原有两子一女，女儿吴英玉为长，十八岁出阁，已是有着一儿一女的母亲。二子长到十一岁时，在一次郊野驰马狩猎中，不幸马失前蹄，坠入崖底身亡，只留下吴聘一棵苗儿。掌管五门政权的吴尉文，按吴氏家规族制，有继承祖宗基业的优先权；若吴聘夭折，吴尉文再无子嗣续承香火，将从四个弟弟中挑选继业承祖之人；再若四个弟弟中无能守业和创业、光大祖宗业绩者，则由弟弟们子女中选择能者继承吴氏大业。而吴尉文在分析四个弟弟才智后，得出的结论是：难委重任。对四个弟弟子女观察得出的答案则是：吴氏子孙有商业头脑者寥寥无几，实乃吴门不幸啊！每当他想到面对的现实，他的心就会揪在一起，痛得摇头顿足。他把吴氏的全部希望，寄托于自己的儿子吴聘，怎奈老天不怜有心人，偏偏给了吴聘一副多疾多病的身子骨。一旦吴聘先他而去，他的一生心血付诸东流不说，后继无人的局面一旦出现，四院纷争定起，到那时吴氏家族必然分崩离析，失却立足嵯峨山麓的基础，祖宗三百多年的奋发图强史，就将写成一部悲怆泣血的历史了！

吴尉文决心和老天爷来一次抗争，尽全力扛住吴氏家族久盛不衰的大旗。心急火燎中，谋士们的争论被奶妈的提议声淹没，经过一番议论后，想不出更好办法的谋士们，只能跟在奶妈屁股后煽风点火了。

周胡氏万万想不到，吴尉文在提亲成功的同时，已下令安吴堡封锁吴聘身体的实际信息了。她为了解吴聘身体是否如传弱不禁风，先后在一个月时间内三次派人，以探病问安为名，给吴聘送去人参、鹿茸、猴头、燕窝等名贵补品，怎奈安吴堡人一谈到吴聘时，不是借故言他，便是异口同声说：吴少爷像个牛犊，整天跳蹦得欢哩。她得到的反馈信息，自然是一好百好了。

骆荣说到此，端过茶杯喝了一口茶笑道："少爷，少奶奶，我把给你们提亲冲喜的前前后后全讲完了，你们不会骂我为老不尊吧？"

吴聘把一块软香酥递给骆荣说："骆叔，我感谢你还来不及呢，哪敢再挑你的不是？”

周莹说：“生米做成了熟饭，瞎瞎好好，我已成了安吴堡的媳妇，如今只能听天由命了。我只能怪自己命运不济，嫁给了一个“病秧子”，往后少不了闻药味！”

狗娃子忍不住插嘴说：“我一闻见药味，饭就能多吃两碗。少爷一定会很快好起来。自成亲到今天，少爷一次伤风也没犯过，这全亏了少奶奶精心治疗照顾。”

周莹说：“这也有你一份功劳。往后你要把少爷看牢了，不准他随便往外跑才对。”

骆荣一笑起身说：“今天我的差使已完，就不再打扰少爷少奶奶了。”

周莹把骆荣送到房子外，一直看着他走过假山才反身回屋。

狗娃子等把吴聘的洗脚水倒掉，才对周莹说：“少奶奶，如果没啥事，我就回屋了。”

周莹说：“回屋睡吧，明天一早起来后，记住给白绒狗打扫一下窝。”

“记住了。”狗娃子退出门后，径直回了自己的居屋。他从桌上摸着火镰火石打燃纸煤，吹着点亮油灯，见桌子上摆了两碟自己爱吃的小菜：一碟三鲜布丁，一碟卤豆干花生米，还有一壶凤翔烧酒，忍不住笑出声说：“二娘姐真好，我正想填填肚子，抿上两盅解解乏呢！”说话间一屁股坐在凳子上，便自斟自饮起来。

二娘见狗娃子房内灯光亮了，知他已回屋，这才顺墙根走进他房内，随手掩住了房门。

狗娃子见二娘进门，连忙离凳说：“二娘姐，多谢你拿来的酒菜，我已喝了一少半酒进肚。”

二娘坐在桌边，也自斟了一盅说：“姐也喝两盅。”

狗娃子说：“有啥事姐只管说。”

“事不大。你先把酒喝完再讲。”二娘说话间给狗娃子的酒盅倒满了酒说，“这可是凤翔烧酒，老爷喝的货，咱老爷家几辈都爱喝这凤翔烧酒。据老爷说这酒有三千年的历史了，过去只有皇亲国戚才能喝上。”

狗娃子用鼻子闻闻酒，馋得直流口水，端起盅子一连干喝三盅，这才咂巴着嘴问二娘：“你说这酒咋这么绵、这么香？”二娘说：“听老爷说，这酒是用上好的白豌豆和大麦做的，水是太白山上的甘泉水。尤其是那贮酒的海子，就是个宝物。它是用太白山的藤条编织后裹上麻布，一层层用鸡蛋清和猪血涂上。原浆酒在里面装上几十年上百年，发酵后酒有一种奇异的香味儿。”二娘神神道道云山雾罩地这么一说，狗娃子觉得机会难得，又连喝了两盅。狗娃子酒量本来有限，喝多了脸就红。这会儿他额头已沁出了汗，心跳也快了。他放下酒盅说："不喝了，再喝非醉倒不可。你说吧姐，啥事要我去做?"

二娘说："我攒了一百五十多两银子，想把它买成地，听少奶奶讲，她能为我找到卖地的主，出钱不多，还能买到好地。你回头抽空对少奶奶说说，请她为我买几亩水浇地咋样?"

狗娃子笑道："你咋不亲自对少奶奶说?"

二娘说："你是少爷少奶奶身边的红人，说话有分量，事办成姐好好谢你。"

"我试试，如果少奶奶不答应管你家事，可怨不了我哟。"

"姐不是那种小心眼的人。"

"其实你应让三学哥去办这种事，一个男人不管家里事，算什么男人!"

"别提你那三学哥，他除了喂马，连女人咋养孩子也搗弄不清，若不是他心眼好，我早和他蹬蛋了。"

狗娃子扑哧笑道："三学哥人模人样，让你这么一讲，岂不变成了你炕上的一截木头。"

"差不多，他早就变成了一个废物，摇不起，拉不展的货。"

狗娃子并不明白二娘话里的含义，一抹嘴说："明天我就对少奶奶讲你的事，不过据我所知，少奶奶自进安吴堡到今，只出过两次大门，咋能知道外边土地买卖行情?你的事只怕弄不成时多。"

"你说了，成与不成就与你无关了。"

"我照你说的办就是了。"狗娃子一边把菜碟摞到一块一边说，"我要睡了，明儿个一早得为白绒狗打扫窝窝。"

"那我走了，"二娘起身往外走着说，"把姐的事当回事。"

狗娃子跟在她身后往外送，刚走到房门口，二娘突然转过身来，伸出双臂，猛地把他揽进怀里，嘴一张便咬住他的嘴唇，使劲吻着。狗娃子被搂得一时喘不过气来，张嘴想说话，她的舌头忽地伸进他嘴里，他嗯嗯的就是无法说出话来。

二娘人高马大，力气也比狗娃子大，抱住他像抱一个孩子，轻轻地便放倒在炕上。没等他回过神来，二娘的手已解开了他的裤带。

狗娃子心跳得嗵嗵响，连声说："二娘姐不敢，让老爷知道了，还有你我活的吗?"

"姐不会让你吃亏。"她把他的裤子终于褪下来。

"二娘姐，我害怕，我还小，不懂啥。"

"姐十六岁就嫁给你三学哥了。你十八岁大小伙了，啥不懂得?乖乖听姐的话没错……”

二娘终于如愿以偿。

鸡叫四遍时，二娘把伏在自己身上发出鼾声的狗娃子摇醒说：“行啦，姐得回去准备早饭。明儿个晚上姐再来。”

狗娃子睁开滞涩的眼说：“你咋对得起三学哥嘛!”

“他要管用我能拉你往身上爬？傻蛋样!”

二娘走了，走得从从容容，就像什么事也没发生一样，出了房门，头也不回地直奔厨房而去。

狗娃子又睡了一觉才穿衣下炕，给小白绒狗收拾完狗窝，方走进厨房灌了一壶温水，提到吴聘、周莹房内，伺候他们盥洗。

吃早饭的时候，他将二娘想买地的事讲给了周莹，周莹听后笑道：“二娘想当地主是件好事，一百五十两银子，可买十五亩水浇地，只可惜她男人三学没本事，除了喂马，啥事都得由二娘抛头露面。”

“少奶奶答应帮二娘买地了？”狗娃子不放心地又问了一句。

“安吴堡西门外，有一块地，主人破产要卖，老爷一直没发话，外村无人敢要。回头让二娘去看看，若可以，就买进它，银子若不够，我先给她垫上，买下来是一整块，好种好管。”

狗娃子转眼工夫便告诉了二娘，二娘高兴地连声说：“有个弟弟就是好，几句话就把事办成了。”

六天过后，经吴尉文发话，卖主把十七亩六分地的地契连同转让契约一并送进安吴堡，二娘掏了一百八十八两银子，变成一个有了自己土地的雇工。周莹为她出了三十八两银子，帮她圆了一个甜甜的梦。当她隔夜又一次走进狗娃子房里后，火辣辣地搂住已经不再害怕的狗娃子说：“等你娶了媳妇，你就知道姐和你苟合偷欢的真正原因，并感谢姐传授给你的经验有哪些好处了。”

狗娃子说：“再好，也是偷欢，让人发现了脸皮破了事小，挂牌子游村示众，让人吐口水，还能活呀？”

“别怕，在安吴堡里，只要你不背叛主子，天大的事也是小事一桩。”二娘自信地说，“我比你大十六岁，见得广经得多。少奶奶能垫银子帮我买地，老爷为我买地发下话来，就是一个信号。主子对自己奴才，用的是恩威并施两手，他们也不想为自己树敌呀!”

4

吴尉文的祖先，原籍江苏常州，其先祖在大唐时曾在泾阳为官，辞官归隐前，几经踏勘，选下了安吴堡一块风水福地建宅立业，把家眷从江苏常州迁入三秦。为保吴氏后辈永远安宁，便把宅地命名安吴，后经历代子孙不断努力，时至清朝初期，吴氏家族人丁逐代繁衍，事业逐渐兴旺发达，三百年日月更迭后，到吴尉文主政安吴堡时，吴氏此一支衍化成五支。

渭北地域内，士农工商，仁人志士，乡贤豪绅，贩夫走卒，武师侠客，僧侣道人，三教九流，七十二行，谈到吴尉文时，尊重者多，鄙视者少。

吴尉文的形象在人们心目中之所以高大，原因颇多，其中主要被人们津津乐道的有两件事：第一件事是粪土官衔爵位，弃官于安吴堡外。其父在时官拜议叙布政使，享三品之尊，穿黄马褂，曾为其争得四品府台之职，不料，吴尉文跪在其父面前，力辞道："父亲若不以安吴堡长治久安为重，甘让吴氏家族陷入群龙无首、自生自灭中，孩儿就携带家眷走马上任，背井离乡，移根他土。若为安吴堡百年大计着想，就让儿守一方热土，固安吴基业，务光耀吴氏门庭之实，待到安吴富甲一方时，吴氏子孙定将人才辈出，科考为官定非难事。儿所以如此抉择，父亲大人心知肚明，今父亲五子中，能保祖宗基业久固之人非儿莫属，父亲若让儿离家为官，后果不说自明，儿请父亲三思决断。"

吴尉文以忠孝诚信表白说服父亲改变了决定，在其父百年后，他果然成为安吴堡举旗人。

第二件事是：仗义疏财，倾全力救一方灾难。

清同治元年陕甘回民起义，大批难民为逃避战乱而背井离乡，流浪到关中地区，进入泾三高地区的难民最高峰时多达七万之众，地方官衙无力承负重压，最后干脆视而不见，任其自生自灭。吴尉文得知详情后，立即组织乡民，在安吴堡外搭建席棚，安锅立灶，收容难民，并为难民寻医问药，前前后后数月，被赈济的难民为感谢他乐善好施、救人于水火，给他送了一幅镏金匾额，上书"心慈如佛"四个大字。随着难民的流动回归，吴尉文的名字也传遍了三秦大地。回民起义平息后，清王朝表彰有功臣民时，同治帝颁旨，赐予安吴堡吴家一个令世人望而生羡的荣衔：武德骑尉卫守府。这一封誉匾额，一直挂在吴氏老宅的正厅里，直到 1926 年，军阀抢劫焚烧安吴堡时化为灰烬。

吴尉文虽无官职，但却被同治帝赐了一个四品官衔。因此，远远近近的知县知府，每每上任离职，抑或遇到什么难事，总要屈尊于安吴堡，向吴尉文讨教取舍进退之策，加之安吴堡内养活了百多口能攻善战、忠心耿耿的庄勇、武士，吴尉文俨然像是一方土皇帝。

吴尉文之所以像一方土皇帝，有着令行禁止之威，靠了皇恩，靠从其父手中继承下来的商业王国做后盾。

安吴堡吴氏三百余年的历史中，有近百年为商的记录。最大的财富有两宗：一是盐，二是茶的经营权。吴尉文抱着“腰缠万贯下扬州，南柯一梦富敌国”的理想，接手父亲在扬州开设的裕隆全商号和设在泾阳的裕兴重商号后，经过拼搏，发了家，光了宗，耀了祖。

从明王朝开国在陕西、山西实行以粮换盐引的食盐开中政策，输粮换引时，陕西商人的脚步便开始踏上了扬州的繁华之地，在扬州经商的陕西商人多达五百余人。

吴尉文继父业后，在扬州盐商中从默默无闻到称雄一方，历经二十余载，财富年年增，分号遍布长江南北。而陕西商人此时在和山西商人貌合神离的竞争中，迅速衰落，只剩下不到十几家盐商，吴尉文独领风骚而成为陕西盐商的旗手，从而奠定了他在渭北的知名度。

常言道：“金无赤金，人无完人。”吴尉文虽然有钱有势，过着日进斗金的富裕生活，但也有不顺心不如意的事令他苦闷烦恼，甚至长吁短叹。在许许多多苦闷烦恼的事里，最令他不安与伤神的莫过于中年丧妻，子嗣岌岌可危了。

以妻为荣为傲的吴尉文，为感谢苏玉莲为己生儿育女之劳，决定带她走一趟江南。

吴尉文在江南的资产，均系继承父业，为管理这些产业，安吴堡物色网罗了上百名具有经营头脑的人物，经过考察培训，作为骨干派往各地总号分号，负责买卖的管理。吴尉文则每两年出巡一次，根据各地经营情况，做出经营决策，平时则通过书信往来下达指示。为保证信息畅通，他专门养了三十多名体格健壮、身手敏捷、胆量过人、能文会武的传信人，轮番不断地往返于陕西、甘肃、山西、湖北、江苏、上海、四川等地，把分散的商业网点牢牢掌握在手里。吴尉文偕苏玉莲江南行往返用时六个月，苏玉莲在大开眼界的同时，对吴氏垄断扬州盐务的实力留下深刻印象，对丈夫的才智和驾驭财富的能力，有了进一步了解，心里对吴尉文的爱升华到一种全新境界。由苏州前往杭州途中，在包乘船舱看船女起舞欢歌时，她见其中一女姿态万千，举手投足充满诱人魅力，吴尉文看得几乎有点神不守舍，忍不住掩嘴微笑，低声对吴尉文说：“老爷若对此女有意，为妻就将她带回安吴堡伺候老爷如何？”

吴尉文脸红道："你想哪里去了！你我结婚生子，至今已非一朝一夕，你发现过我在外在家拈花惹草吗?"

苏玉莲认真道："为妻不是拿老爷寻开心，实因为妻精力大不如前，已出现颜暗色衰之兆，寻一年轻女子伺候老爷，并非有违族规家训，况你五兄弟中，四个弟弟哪一个不是三妻四妾？唯你独守于我，为妻于心何安呢?"

"夫人差矣！"吴尉文严肃认真地说，"恩爱夫妻，白头偕老，乃人生大福大幸。朝情夕移、见异思迁、贪美色忘道义的男人，能成大器者寥寥，究其因，乃心猿意马，情不专一之过。二弟三弟四弟妻妾成群，终日争风吃醋，纠缠于琐碎，闹得鸡犬不宁，你说，是祸是福?"

苏玉莲点头道："你不要后悔，错过良机，回到安吴堡，再想物色如此江南美娇娘，就不容易了。"

"为夫若想妻妾成群、寻花问柳，何能等到二十四岁方与你完婚?"吴尉文轻拍苏玉莲说，"有你伴我一生，为夫知足矣！"

苏州至杭州运河水道多年未疏通，航道淤积严重，船行速度便慢了许多，为打发船上寂寞，很少在人前拨弦弄琴的吴尉文，竟然坐到了琴台前说："为夫抚琴，夫人来一段《藏舟》如何?"

在江南运河行驶的船舱里飞扬出激昂的秦腔秦韵，不仅征服了船主船工，而且很快招引来数十艘彩船尾随其后，努力捕捉着来自三秦大地的高亢的秦曲秦声。

吴尉文与苏玉莲游完杭州，出安徽界首入河南沈丘，走项城、扶沟、鄢陵、许昌而后转向西，取洛阳进潼关回陕，不意在西华境内遇到狂风暴雨袭击。由于吴尉文骑的马受惊，把他掀下马鞍，摔伤了腰，因伤及肾脏，精神再也没能恢复如初。苏玉莲因乘坐的轿车车篷被风揭掉淋了雨，病倒在床，一次本来欢欢喜喜的江南游，在叹息声中收场，苏玉莲从此躺在病炕上，无力抚育儿女。吴尉文当爹又当娘，操办完女儿吴英玉的婚事，把心思全用在两个儿子身上，一连三年没离安吴堡远巡，对各地的商务管理，全仰仗信来信往发号施令。因此，各地上缴利润银两连续三年没出现任何增减数。从次子吴澄死于非命的打击与痛苦中挣脱出来后，他意识到如果自己仍不能振作起来亲巡各地，安吴堡散布各地的财源，就有可能因失却监管而流失。他不顾骆荣、王坚等谋士武师反对，重新带领十多名心腹助手，在时隔五年后，乘快骑，又一次到了江南。经过查核账项，盘点库存，督促各商号把应交而未交的红利全部解回安吴堡，才弥补起安吴堡财政亏空。

吴尉文自感精气神每况愈下时，苏玉莲也走到了人生尽头，五十岁不到便撒手西归了。

看着吴家产业越来越大，吴尉文又是安吴堡掌门人，苏玉莲在去世前不久，好心地对他说："老爷，你应续弦，再娶一房，添个儿子，聘儿也好有个兄弟做伴。"

吴尉文苦笑说："老姐呀，我已不是三四十岁的后生啦！"

妻子在时，他没想过娶妾的事，妻子死了，他也不愿违背自己对亡妻许下的诺言。他比所有的人都清楚，即使自己想续弦，生儿养女，以防绳从细处断的悲剧发生，自己的年龄也不容非分之想了。肾脏受损，已夺去了他再为人父的权利！

儿子婚后一天比一天精神，吴尉文悬着的一颗心，一下落在肚子里。

两个月时间过去。一天，周莹与吴尉文和奶妈共吃午饭时，故意问道："爸，你啥时到江南各地巡视咱家商务？"

吴尉文一愣，立即明白了儿媳话意，微笑道："爸正在进行南巡准备，快在秋后动身，晚在明春可行。"

吴聘说："我听人说，扬州瘦西湖景胜杭州西湖，不知是否属实？"

吴尉文笑道："景有千般好，景景皆不同，瘦西湖与杭州西湖各有千秋，优劣难由人定。"

吴聘说："孩儿不知今生有无身临两地的福气，目睹一番江南风光！"

吴尉文笑道："等你的病有了起色，能经得住长途奔波劳累时，爸定带吾儿前往江南一游。"

吴聘说："孩儿先谢爸了。"

吴尉文对过门儿的儿媳是疼爱加信任，没一点含糊。他发现周莹不仅文知周秦汉唐，史记春秋，而且武能舞拳拔剑，并且心细如发，对过目文字能背诵如流，吴宅三年收入账项，一月未出，笔笔能说出来龙去脉，在安吴堡仅转了三次，便对安吴堡了如指掌，就连堡内井有多深，也做了测试。最令他感到欣慰的是：周莹待下人如同兄弟姐妹，在他们面前从不摆少奶奶威风，有事总是细语和声交代清楚后才让下人去做，即使下人做得不够完美，也难见她发出一句斥责话。凡接触过她的人，都说安吴堡烧了高香，娶了一个菩萨心肠的少奶奶，吴宅今后必将福星高照，财源茂盛，人丁兴旺啊！他们哪里知道，周莹自从没了父亲，家中事情，母亲常常和她商量，自然知道怎样待人接物，怎样管理家财了。

吴尉文听在耳里，笑在心上，所以在周莹进门儿一百天时，便把吴宅财政管理权交给了她，并对全族上下说："今后吴宅一应开支，不经少奶奶点头认可，均不可为。”

吴尉文期望这样做能够牢牢拴住儿媳的心，毕竟他清楚，儿子在可享的时日里，是无法分担他肩上重担、为他分忧解愁的。

周胡氏自将女儿送进安吴堡后，宅内失去了许多乐趣，尽管终日丫鬟仆妇围在四周，想方设法逗主子高兴，无奈人不亲话难暖心，孟店村周宅里，总难再现周莹在时的愉悦场面了！

周胡氏的娘家弟弟胡十一、胡十二，各有二男二女，兄弟二人见侄女周莹出阁后，姐姐一人守着一座大宅，整日无欢可言，便碰在一块合计说：“姐守着万贯家产，苦于无后继承，咱哥儿俩何不将儿子过继给咱姐，以防姐身后因无儿孙而造成财产流失充公！”

胡十一说：“我把二小子过继给咱姐，你把小三过继过去，他兄弟俩将来把咱姐家财产继承到手后，省了他们哥儿几个争家里资财。”

胡十二说：“如果咱姐喜欢咱哪个女子，也过继给咱姐。”

“行，只要咱姐认可，咱还有啥说？”胡十一高兴地往起一跳说，“夜长梦多，咱这就去给姐说去。”

兄弟俩赶到孟店村时，太阳已经偏西了。进得周宅大门，胡十一、胡十二进门前先喊了一声说：“姐呀，我们来看你了！”

正在与三个丫鬟玩花花牌的周胡氏听到喊声，把手里的牌往炕桌上一放说：“两个讨厌鬼找上门来，把咱们的牌局也给搅和了……”说话间，胡十一、胡十二已掀帘进了门。

丫鬟们退出去后，兄弟俩才坐下来，周胡氏冲门外说：“翠红，给二位爷上茶。”

名叫翠红的丫鬟很快把茶端来，放在胡十一、胡十二面前的桌上，悄悄退了出去。

周胡氏问道：“你兄弟俩是不是睡不着找汗流，顶着日头往我这儿跑有啥急事？”

胡十一嘿嘿笑道：“我们为给姐解闷才来的。”

周胡氏嘴一撇说：“给我解闷？我有啥闷要你们来叨叨！”

胡十二说：“自莹嫁到吴家，姐一个人进进出出，不闷才怪哩。”

周胡氏想了想说：“话也有点道理，只是你俩多操了心，我和丫鬟仆妇们在一块，哪天能把话说完？你们看见了，我若心闷心烦，还能有心思摸花牌？”

胡十一心想，干脆打开窗子说亮话，和自己姐有啥不好意思说的？想到这儿张口便说：“姐呀，我们想把二小子和小三过继给你，以填补莹丫头走后留下的位子，让两个孩子跟着你生活，孩子们能为你增添点情趣，我们也省点心，反正手心手背都是肉，你就把他们当自己的亲儿子好了。”

周胡氏一听，眼里忍不住涌出泪花来，说：“你们海潮哥死得早，我守着莹儿心里还踏实些。莹儿出了门儿，我真是神不守舍地过日子，别说多烦心扯肺了！”

胡十一说：“我和十二说到了这事，心里也不好受，所以才决定把二小子和小三给你送过来，姐若不反对，我们给姐立下文书，让他们改姓周，做周氏子孙，为周家延续香火。”

周胡氏沉思了片刻说：“那姐不是沾你们光了？这样吧，你哥儿俩再好好想想，回去和孩子他妈商量好了再说，姐不想为争孩子伤了一家人脸皮。”

胡十二说：“姐尽管放一百个心，咱们一手写不出两个胡字来，我和哥全是为姐着想哩。”

“姐心里清楚。”周胡氏说，“回头我问问莹儿，她若不反对，姐就把二小子跟小三过继过来，让他哥儿俩顶起周家的这一片天！”

时过半月，周胡氏在县上办好过继胡十一、胡十二兄弟俩儿子的文书后，在孟店村举行了一场热热闹闹的入族谱仪式，正式为胡十一的儿子改名为周继祖，为胡十二的儿子改名为周继业。周海潮死后十年才有了继承人，若真有在天之灵也该笑出声了。

周莹得知母亲将大舅二舅家两个儿子过继膝下，解除了无子的后顾之忧，一颗悬着的心不再感到空荡，在高兴之余对吴聘说：“我母亲不会再纠缠我们将来生儿改吴姓为周姓的事了。”

吴聘有点伤感地说：“我这一身病，能为咱育儿养女？你只怕会因此而背转过去就流泪呢！”

周莹嗔道：“不准胡说八道，我们一定能生好几个胖小子娇女儿，让东大院人丁兴旺起来。”

吴聘长叹了一声：“好好好，我们一定能生一大群孩子，让孩子们的笑声把东大院给抬起来。到那时你我就是太爷爷太奶奶啦！”

吴聘的病，婚后经周莹治疗调理，咳消血止，原来的一脸灰青色，渐渐泛白泛红，饭量也有了增加，人也变得精神许多。吴尉文见儿子死里逃生，一直认为是冲喜的结果，每天早晚两遍在佛堂里诵经念佛，求菩萨保佑儿子病消体健，早一日能继承他的事业。

吴尉文的性格变化，骆荣感到不解，武师王坚也有点难以理解。有一天谈到老爷身上出现的某种变化时，骆荣说："我跟老爷二十三年，从没见过他像近几个月如此信神拜佛过，我并非担心他虔诚对佛，我担心他丧失进取之心。一旦如此，安吴堡走下坡路的危险就在所难免了！"

"我也在想这件事。"王坚接住话茬说，"一旦仁慈多于拼搏进取，在大是大非面前就可能犹豫不决，丧失良机。现在麦已开镰，成都总号、扬州盐行去年应交红利尚未解到安吴堡，老爷沉迷于吃斋念佛，对此不究不问，我怕如此先例一开，各地总号分号跟着仿效，安吴堡难免有财源危机。希望骆先生能对老爷进言，指明利害，使老爷尽快醒悟，当机立断，防患于未然。"

骆荣点头道："我已思谋多日，只是没找到进言的合适机会。"

王坚说："事不宜迟，再拖下去，我真怕四川成都总号、扬州盐行发生变故，一旦成真变实，老爷就鞭长莫及了！"

骆荣、王坚的担心在吴尉文看来，似乎是一种多余的忧虑，他十分相信自己控制全局的能力，更相信自己的用人策略和管理手段。三十多年风风雨雨，他见得多经得广了，林再大鸟再多，养鸟手段万变不离其宗：看鸟安窝配食，老鸟小鸟一齐喂。翅膀再硬，只要主人手里有食，鸟能飞出林子多远？

他并没把骆荣、王坚的意见往心里放，依旧不断派出信使，把自己的指示传到各地总号。为催促成都总号、扬州盐行把头年红利押解安吴堡，他命武师秦甲前往成都、武师刘炳文前往扬州就地督办。他嘴里不说心里想：骆荣啊骆荣，你跟了我这么多年，你应明白我的苦衷。难道你没发现，自三年前伤及腰肾至今，长途鞍马之劳我已很难适应，我借吃斋念佛修身养性，实盼尽早恢复体能，早一日再行走南北东西呀！

吴尉文并没向骆荣、王坚等人讲明自己的想法，而是依旧晨起舞剑，黄昏打太极拳，不紧不慢处理安吴堡外一应事务，按时诵经拜佛。吴宅内务事，则放手让周莹料理。如此一来，外人以为吴尉文真的要当老太爷享清福，安度晚年了。

冬去春来，1886 年的春天到了。

桃花绽蕾的时候，吴尉文决定起程外巡前的一天，泾阳县知县奉旨到了安吴堡，在吴宅宣读了诰封周莹为三品夫人的圣旨，颁发了诰封文书。对突然降临头顶的诰封之喜，周莹激动得泪光闪闪，跪接册封文书后，拜谢知县说："多谢大人荐举之劳。"

知县连忙摇头说："少夫人谢错了人，你应该谢的是你公爹。如果你公爹不张罗，这诰封之喜怎能飞进安吴堡？"

原来吴尉文一年不出门远行，全是为了观察周莹是否能心口如一、全心为吴宅安危兴衰着想。当发现周莹不仅具有创业守财之能，心地善良之美，聪慧善思之智，处事果断之魄，而且具有居安思危之怀，为了把她紧紧拴在安吴堡这条船上，在周莹嫁进吴宅九个月后，他捐出四万两银子给朝廷为周莹讨得显贵身价的三品夫人诰封。

三品夫人荣衔虽非荣华高贵至极，但对远离京城、地处三秦腹地、足未进过西安府的周莹来说，已是做梦未曾想过的崇高荣誉。

周莹对吴尉文感激不尽，说："儿媳今生今世，将永记爸的恩情，为我吴氏家族鞠躬尽瘁，死而后已。"

吴尉文满面喜悦说："吾儿能有今天，乃你自身努力的结果，皇上褒奖吾儿，实乃我吴氏盈门之喜。"

吴聘把册封文书看了几遍后方说："爸太过偏心，为啥不为我也捐得一个三品夫男嘛！"

吴尉文忍不住笑道："蠢材才说蠢话，如果被外人听到，人家会讥笑我教子无方了。"

吴聘说："爸，我只是说个笑话，我若蠢到这种地步，吴氏的脸早叫我丢尽啦！"

5

嵯峨山上的草丛刚刚泛绿，吴尉文终于决定了出行的日子。

当年他外出巡检自己的商号，都是以马代步，少则三十骑，多则六十骑，一路奔驰起来，二三里地尘土飞扬，远远望去，甚是壮观。他认为：这种画面的出现，不仅证明了自己财富的真实力量，而且证明他的权威与地位是四品以下官吏望尘莫及的。尽管他并不是在职的官吏，但是他们见他下跪叩拜，与在职四品无二。这一次不同，当他决定在 1886 年外行巡察自己的经济王国时，却一改几十年形成的制度，准备弃坐骑乘船离陕。他的决定令多次跟随他远行的武师们感到不解。骆荣笑对武师们说："老爷已非当年，今已老矣！若再受鞍马之劳，焉能行千里而不疲惫?"

武师们仿佛醒悟过来，立刻把准备乘骑外出的行囊重新做了调换。

1886 年阴历二月二十六日，吴尉文率领六名武师，两名账房先生，一名炉头，两名贴心家人，四名挑夫，十名家丁，离开安吴堡，取道咸阳乘船东行，开始了又一次例行的巡察。

吴尉文一行乘轿车抵咸阳后，落脚在咸阳甜水巷福来客栈。不知消息怎样被咸阳县知县得知，他刚刚盥洗完毕，咸阳县知县便进了门。

咸阳与泾阳隔着一条泾河，虽同属渭北，但咸阳与泾阳不是隶属关系，咸阳县知县完全无须拍吴尉文马屁，然而他在吴尉文面前，却是毕恭毕敬的一副谦卑相。因为无论官品爵号，还是财富地位，他都与吴尉文无法相比，尽管吴尉文并无实权，更极少打出皇封御赐的行杖招摇过市。他在闻知吴尉文出行下榻福来客栈消息后，不敢怠慢，连忙走进了上任后从来也没进过的福来客栈。

吴尉文对咸阳县知县到客栈拜访很是高兴，两人谈了一炷香工夫，咸阳县知县起身告辞说："明日晨，我定到码头为吴大人送行。"

吴尉文笑道："那我就先谢过了。"

咸阳县知县拜访吴尉文一来出于礼数，二来也有自己的目的：请吴尉文将他孝敬父母的银两物品捎带到永济。因为他探知吴尉文离陕后第一站是山西永济，他的家在永济县城里，而吴尉文在永济县城开设的秦晋铁木货栈，是永济境内最大的向陕西提供铁锅、火炉等铁质用品的批发商号，每年进出银两在一百二十万上下。把孝敬父母的心意托他带到永济，自然是万无一失了。

吴尉文自然不会拒绝，他爽爽快快应允了咸阳县知县的拜托。他深知多一个朋友多一条路的道理，即使自己一时用不着咸阳县知县帮啥忙，也不会忘记了"天有不测风云，人有旦夕祸福"的古训。

咸阳古渡沟通了渭河南北两岸，是关中交通咽喉，自古东往西来，南行北去，都必须经咸阳渡口，因而这里每日商旅游人络绎不绝，车马舟楫如织，处处显示着昔日帝王古都的气质，成为西出阳关的第一道天然要冲。北岸渡口码头出甜水巷数十步便到，码头东西长一千七百多尺，南北宽三百六十多尺，码头靠东处有张飞庙，庙前石柱上有一铁鞭，相传为张飞用来镇水降妖、保护咸阳渡平安的神鞭。码头正中是渡口管理所，一字儿排列着五间大房，大房西是堆货码头，东为客运码头。装饰华贵，五十担载重量的永安号客货两用船，靠在张飞庙前的岸边，装卸工们正忙着把货往舱里背运。

咸阳县知县和几位随行官吏陪伴着吴尉文一行走进码头时，永安号船老大赶忙下船，拾级而上，迎住吴尉文和咸阳县知县，躬身道："小人向吴老爷、县老爷请安。"

吴尉文笑道："免礼免礼，出门在外，礼节讲究不了许多。"

咸阳县知县说："自古到今，礼多人不怪，只是等级太过森严烦琐了，未免强人所难!”

上船入舱，咸阳县知县将送父母的物品交给吴尉文说：“多劳吴大人了。”

“你我之间，何需客套。”吴尉文说，“抵永济后，我将亲自将银两与物品交到老人家手里。”

一杯茶过后，船主进舱报告：“吴老爷，现午时一刻，是否起航?”

咸阳县知县起身出舱，吴尉文送至船舷住脚，咸阳县知县抱拳说：“祝吴大人一帆风顺。回来后下官定到安吴堡请安。”

吴尉文抱拳回礼说：“到时你我定要一醉方休。”

船缓缓驶离码头，船身横着进入渭河主流航道，吴尉文扬臂抬手，向岸上送行人告别后，对站在甲板上的王坚等人说：“此次出行，离陕一年后返回安吴堡时，若能抱到孙子，我该多开心啊!”

五十担的大船，顺水向东驶出五里多路时，河风起，船上大帆升起，船行速度加快，太阳下山前，船便进入渭南河段。

渭河流入渭南境内后，河道变宽，主航道水流缓慢，船行速度也慢了许多，抵达渭南时已近子夜时分，船老大请示吴尉文是停泊还是继续夜航。

吴尉文睡意蒙眬中翻了个身说：“渭南无须停泊。”

船在夜色中继续顺水而下。武师王坚、秦甲、刘炳文等都是第一次乘船顺渭河水道东行，一心想知道沿河风光到底与江南水乡风光有何不同，自咸阳起航后，便聚在甲板上谈笑风生，指点沿河所见，当得知吴尉文要船夜航时，王坚不由得担心说：“渭河上夜里行船，船老大也够胆大了吧?”在咸阳码头上船前，他已经问过几个船老大，他们告诉他说：“没啥急事，最好别在夜里行船，因为渭河主航道变化大，夜里无法观望到航道前边发生什么变故，一旦大意，就可能酿出事故来。”

渭河每年雨季泥沙含量大，枯水季节主航道水深在二到三米之间，载重量一百担的大船可由咸阳直抵山西风陵渡，然后乘船出三门峡至大海或通过漕运驶入运河故道。雨季河水升涨，主河道可行载重二百担大船，五十担以下船只，一年四季可行。因此，渭河便成为一条连接东西的畅通水路。陕西船到山西风陵渡后，向上逆行可至黄河壶口，下行可顺黄河而下，至洛阳古运河再下江南。只是黄河水急滩多浪恶，船过三门峡更是险情丛生，多数船家除非万不得已，一般由陕至风陵渡后便不再逆行或顺黄河水而下。吴尉文选择水路至山西永济的方案，是想先巡察山西永济、运城铁木与盐务经营状况后，再从陆路直奔河南陕县进洛阳，入运河至镇江，然后到南京、扬州、上海，再逆长江至武汉入川到重庆，下成都，走剑门翻秦岭到宝鸡，返回安吴堡。如此安排，是为了少走弯路，减少鞍马之苦。毕竟他年过花甲，在一年多时间里走完万里路，不是一件容易的事。尽量少消耗体力，保证安全往返一遍，是头等的问题。

常言道，百密难免一疏。吴尉文尽管想得周到，准备得也够周全，但却忽略了走水路危险一旦发生，后果却比陆路要严重得多。因为水火无情，是人完全无法预料的事。

王坚对夜里行船提出异议后，船老大说："王武师无须过虑，渭南过后至风陵渡河段，水深滩平，顺水船无大碍。"

王坚难以说服吴尉文改变决定，只得回舱倒头睡下。船在夜里缓缓顺水而下，大约三更时分，河道里突然风起，船一下陷入逆风而行，船速更慢了。船老大见船工们撑竹篙非常吃力，无奈才在一河湾里落帆停泊。

第二天一早醒来，吴尉文发现船停靠在前不着村后不靠店的河湾里，有点纳闷，问船老大为啥落帆停船，船老大指指扬起的沙尘说："半夜里起风，船顶风行驶，船工们难以持久，为防不测，我才让停泊过夜。"

吴尉文上得甲板，向河两岸看了看，只见河道里沙飞尘扬，风呼呼地响，才知船老大所言非假。

船在河湾里等到风停，已是第二天早饭过后，再次起航时，王坚等人已失去了观渭河两岸景致的兴趣。

船老大陷入了困惑，一夜的东南风像给春寒料峭的原野鼓了一把劲，为原本还显睡意的大地披上一层淡淡的勃发向上的绿色春衫；本来在薄冰下流动的河水，此时也掀开寒彻肌骨的冰衣，让混浊中泛着黄白色泡沫的浪涛，抽打着船体，水流速度明显变快。一望无际的芦苇滩把宽达十数里的渭河紧紧拥抱在怀里，空中不时飞过长鸣北飞的雁群、翱翔的苍鹰、成双成对的喜鹊、永远喳喳叽叽叫个不停的灰雀。寸步不离河滩的鸬鹚和野鸭，则成为芦苇丛中的大家族，把春天的喜悦告诉东往西行的船只游人。但此时船老大脸上并无喜悦流露，他钻进很少进的货舱，不停吆喝着正蹲着趴着堵塞船底裂缝的船工们："手脚麻利点好不好？几条裂缝若不能及时堵住，把货淹了，你们还吃个屁！"

船底出现的裂缝船老大也感到莫名其妙，停泊河湾时，船体并未受到外力冲撞，航行中也未遇到什么麻烦，船刚刚维修过不久，裂缝突然出现岂不是碰见了鬼！

一张张裹了油胶的灰白色麻纸被船工们用钩刀塞进裂缝里，然后在上面压上镇舱石。水终于停止涌进船舱时，船老大长长吁了一口气，掏出手帕来擦拭额头沁出的汗珠，对船工们说："舱里积水弄干净后，把货物重新垛好。"

吴尉文并不知船舱底部发生了什么事，一如上船后的心平气和，和王坚、秦甲、刘炳文在船舱里搓麻将耗磨时间，而账房先生和其他人都在通舱里玩花花牌。船在芦苇夹着的河里像是一片树叶漂动着，几只小船超过永安号后，很快便消失在视线外。

永安号船舱底的裂缝并没被彻底堵死。船工第二次报告船老大时，船老大一脸怒气，骂道："一个个都变成了废物，连条缝也补不好，光能吃呀！"

船老大检查完舱底裂缝，感到事有些麻烦，命船工们重新倒舱移货抢修后，上了甲板进入吴尉文舱内报告说："吴老爷，船舱出现几尺裂缝往里进水，为安全起见，船得暂时抛锚，待堵住裂缝再开船。"

吴尉文一听，停住出牌问道："漏水严重吗？"

"有点麻烦，不过问题不大。"

"需多长时间？"

"快得一顿饭工夫。"

"如果不停船抢修呢？"

"水流速度在船行过程中对船体有一定压力，堵漏较难，停船堵修，压力较小，易一次成功。"

"如此讲，就把船停下来堵吧。"

永安号离开中心航道，在南侧浅水处抛锚后，开始了抢修。

吴尉文出得船舱，向两岸观望良久，方对王坚等人说："渭河汇入黄河的水面，虽比不上长江入海处水涛连天般壮观浩瀚，但也有一番令人心旷神怡、热血沸腾的双重感受。渭水之无畏无惧、粗犷咆哮的气势，就像三秦男儿冷峻豪爽、勇往直前的性格一样，是任何一条河流都无法与之相比的。"

王坚表示同感说："千百里渭水，穿山过峡，进入关中平原后，变得温驯善良了许多，像三秦人的宽大胸怀，就像老爷所说，渭水润地阔，山横三秦雄。要不咋说天下粮仓当数秦川，中州遇灾求陕川呢！"

秦甲则说："依我之见，天下水色山光皆相似，若有别，也不外清澈浊流深浅缓急而已。"

吴尉文笑道："若如此，华山与五台山就无异了！"

王坚也笑道："那干脆就把你秦甲叫王坚，还分啥姓秦姓王嘛！"

刘炳文忍住笑说："秦兄之所以只能当武师，就因为在他眼里，刀枪剑戟皆杀人利器，就像鱼钩也能置人于死地一样。黄河渭水长江皆为水，既能载舟又能浇禾润物，人饮之能活，狗喝了还能活呢。"

众人听罢，哄地大笑起来。秦甲脸红道："读书识字的人，拿粗哥儿们当笑料，未免有失斯文吧？”

吴尉文说：“不说不笑不热闹，我看往后秦师也该多读点书了，不然王坚他们还会拿你调笑。”

船老大并没在一顿饭时间内堵住漏水裂缝。因为一块槐木板被虫蛀空，检修时未能察觉，船在航行中底部触及硬物撞破油漆封泥，虫蛀船板变朽，裂缝扩大。毛病找到，船工们只得临时采取应急措施，在裂缝处加铺隔水油纸封泥，然后加钉木板条，待船抵风陵渡码头卸货后再行修理。

抛锚停泊修理，远远超过了船老大预计的时间，待船再次起航时，已是掌灯时分。

船顶风逆行，水流虽然平缓，水面也宽阔，但负重的永安号靠人力划动，每前进一尺，都要付出巨大力量。船桅灯在风中摇晃，船老大睁大了眼睛，观察着波涛起伏的混浊水面。三更时分总算把船划进渭河汇入黄河的水域里。

风陵渡码头在黄河东岸，依地形呈自然状态蔓延，青石条砌成的码头，有数十尺沉入水底，风中浪击青石，发出一阵阵轰鸣。就在船向码头靠时，河道里突然旋来一股强大的旋风，载重五十担的永安号竟像一叶小舟，被吹得身不由己，在浪谷中，向下游迅速漂去，眨眼便驶出了码头地段。船老大大吼一声：“用力把船稳住……”但风浪声淹没了他的吼声，船工们虽加强了划桨频率，想把顺河而下的船划向岸边，也已显得有心无力了。就在这节骨眼时刻，船体不知被什么撞了一下，发出咚的一声沉闷响声，船老大睁大了恐惧的大眼，借着微弱的船桅灯光向水面查看，只见原本零星漂浮的融冰块，此时几乎布满了整个河面，他不由得倒吸了一口凉气，嘴里嘟囔道：“他娘的，河开得这么突然！”

自古黄河冬春三重险：风急、浪高、冰如剑。因此，船家们在这个季节里行船，多以压舱载货为主，载客为辅，除非万不得已，才硬着头皮载客远航。吴尉文远行前，船老大在分析了近几年水文天气资料后，得出一个令人欣慰的结论：今春无大风穿河，冰无早融的可能，因为黄河河道每三年一个气象流动循环周期，三年两头为风动沙扬浪涌变化大的时间，中间一年冬春间则风平浪静流冰少，安全系数大，顺水而下，载客不会出现意外。基于这一情况，船老大才答应了吴尉文二月底赴山西的出行安排。谁料，人算不如天算，当船从渭水汇入黄河的瞬间，气候突变带来的剧变，不仅吹开了黄河里的坚冰，而且把船抛进了浪谷里。压舱的货物虽然有二十担重，大船此时在浪涛中也变成了无足轻重的一片飘叶。当船体第六次被风浪掀起的一瞬间，船底那块朽木被震裂了，船工们钉在舱内的木板条，抵抗不了浪打，与朽木决裂了，待船体再次被抛到浪尖时，随河直泻而下的冰块与落下的船体又一次发生撞击，船尾被冰削去了一大块，河水忽地灌进了船舱，船迅速向水底沉去！

船老大的心几乎被冰与船体的撞击声撞出血来，手中的橹反弹中把他打倒在甲板上。他没有任何思维地跳起来，重新把橹抓住，还没来得及考虑如何采取措施，又一块浮冰把船一下撞得猛地向前冲出近一丈远，紧接着船舱里传出“船体裂了……”的惊呼声。

船工们不敢懈怠，全力以赴，一心想把裂船向岸边划动，冰块不断撞击着船体，被撞裂的船体在河水冲推下，裂口一点一点扩大，当五名船工把身体堵在裂口处，准备搬动货物堵塞时，舱中积水已淹到了腰处。

船老大发出了求救的信号，帆顶上升起一串三个红色灯笼。

夜色中很快传来呐喊声，火把在河岸上跑动，由于浮冰顺河涌流，不断发出冰块相互撞击的声音，河上虽然灯影摇晃，但担心被浮冰撞击的舟船，却迟迟无法靠近永安号。

吴尉文此时已站在甲板上，看着行速渐渐慢下来的船体和紧张得喘不过气来的船工们紧绷着的面孔，已感觉到面临的危险了。他对站在身边的王坚等人说：“一旦发生不幸，你们中不论哪一个能活着回到安吴堡，都要告诉吴聘和周莹，要他们坚强地活下去，继承吴氏未竟的事业。告诉吴聘，他是吴氏家业第一继承人，周莹是第二继承人。吴聘将来若有子，取名孝先，为吴聘继承人。这些我已写在遗书里，藏于花园地下室铁匣内。”

“老爷吉人天相，定会逃过这一劫。”王坚说，“我拼命也要把老爷救上岸，活着回到安吴堡。”

吴尉文苦笑道：“我们一行中会水者无几，后果可想而知，除非出现奇迹！王武师，你要尽力游上岸去，一定要协助吴聘、周莹管好安吴堡，让安吴堡永立嵯峨山麓。”

船已无法划动，河水漫上甲板后，船老大走到吴尉文跟前说：“吴老爷，我有罪，让我背你游上岸去将功折罪吧！”

船老大手持一支船桨，不容吴尉文答话，往背上一驮，大声命令船工们：“每人背一个客人下水，往岸上游，快……”

三十多名船工，纷纷拉住吴尉文随员，在船沉进水底的瞬间跳进水里。

提前到来的桃花汛，融冰漂浮撞击的黄河里，水彻骨地凉。

入水后吴尉文和船老大向西岸划动，王坚、秦甲、刘炳文在黑暗中相互招呼着，在船工们的帮助下，跟在吴尉文身后吃力地游动着。浪涛中翻上翻下的冰块，如同一块块利刃，不知何时从何方向撞上水中的逃生者，因为他们无法看清水中任何三尺外的东西，尽管沉船离西岸滩头仅有二百多尺距离，此时在他们眼里已成为水连天般的无边无涯。

船老大水性极好，拉着吴尉文向前游了三十多尺，黑暗中一块浮冰撞在了他的头上，他哎哟一声不由得抬手捂住被撞击的地方，就在他松开手的一瞬间，吴尉文猛地呛了一口水，心里一惊，手脚不由自主地上下挣扎了几下。待船老大回过神来，伸手去抓他时，黑暗中一手抓空，他大声喊道："吴老爷……"王坚听见喊声条件反射地也喊了一声："老爷，你在哪儿?"

吴尉文随浪漂向下游，他扑腾中浮出水面吃力地喊着："救我……"一块浮冰从他身边流过，撕破了他的衣服，把他重新掀入水底。

吴尉文第二次呛了水，混浊的河水呛得他眼睛冒金光，一阵恶心，他失去了自持能力。

船老大在黑暗中一把拉住了拼命向岸边划动的王坚，大声问："你是谁?"

"我是王坚。"

"吴老爷咋样了?"

"黑灯瞎火，老天爷杀人不眨眼呀!"

"老爷……"王坚可劲在水中呼喊。

"吴老爷……"船老大声音有点颤抖了。

十几支火把终于撵上顺流向西岸游近的落水者。

冰冷的水，冻僵了落水者的手脚，他们失去了游动的能力，当王坚扑上滩头时，再也动不了了。

晨曦中，王坚苏醒过来。他发现自己躺在一只货船的船舱里，便挣扎坐起，看了看躺在身边的几个人，见账房先生用呆滞的目光正在盯视着自己，忙问："苟先生你不咋吧?"

苟账房吃力地坐起身子叹道："天降灾祸，我死不了啦!"

王坚站起来，挨着查看了一遍问："其他人在哪?"

这时一个头戴双耳羊皮帽的汉子走进舱门说："永安号沉没在主河道偏西的地方，离西岸滩头二百二十多尺，如在白天，不会死人，谁知梁老大昏了头，赶在三更半夜进港，又偏偏遇到流冰旋风，船被冰撞裂时，风大水急，谁敢冒险摸黑驾船救人?唉，天灾呀天灾!"

王坚问："请问先生尊姓大名?"

"免尊，我姓于名江水，晋峰号船老大。"

"于兄在上，王坚多谢仁兄救命之恩。"

"别客套了，我能做的仅是把遇难的朋友们安置到船上，死去的尽量把尸首找到！”

“不知于兄一共救起几人？”

“活着的吴氏家人十三个，船工二十九人，已找到捞上岸的尸体十二具。”

王坚急道：“请于兄带小弟前去看看？”

于江水往舱外走着说：“请……”

河滩上，一连摆放着十二具已变僵的尸体，王坚一一查看后，忍不住失声痛哭。

永安号船老大此时带着一帮船工从河下游走过来，两个船工抬着才找到的一具尸体，走到王坚跟前停下后，船老大说：“王武师，吴老爷尸体打捞到了，他老人家被冲出了足足四里路远！”

王坚扑上去抱住吴尉文的尸体，看了又看，由于在水中浸泡了几个小时，皮肤已经发白发胀，连身上的衣服也被水冲得一件不剩。王坚急忙脱下自己身上的衣服，包住了他，哽咽道：“于兄，是否能帮王某找几件衣服，先为吴老爷穿上！”

于江水爽爽快快回答：“区区几件衣服，小事一桩。先把吴爷尸体抬到我船上，冲洗后再说。”

一行人上了停泊在西岸滩头处的晋峰号货船，于江水让人端来温水，擦洗过吴尉文的尸体，穿好衣服后问王坚道：“王兄，你准备如何料理吴家落难人后事？”

“小弟请于兄帮忙到底了。”王坚说，“吴氏一次有十三人遇难，实属天大不幸。望于兄先把尸体停放舱中设坛以祭。我立即赶往永济，购置棺木和寿衣寿物，争取五天内把他们运回安吴堡安葬。”

于江水说：“如此安排甚好，王兄可立即动身前往永济。”

“回头，还望于兄不辞辛劳，帮小弟将灵柩运回咸阳。”

“王兄信得过于某，于某焉有推辞之理。”

王坚带了账房苟先生和活着的三名家丁，乘小船过河到风陵渡上岸后雇了五匹坐骑，立即赶往永济。

永济县城内的秦晋铁木货栈大掌柜袁中庸得知吴尉文老爷遇难风陵渡，哭了个死去活来，当即命人在寿枋店购买了一口柏木棺，十二口松木棺和寿衣寿物，火纸冥钱招魂幡等，雇了十三辆平板铁轮大车，连夜赶到风陵渡过河，装上晋峰号货船，伙同王坚一道，护送着灵柩返回安吴堡。

船行逆水，三天三夜不停地摇橹撑篙，晋峰号一靠咸阳码头，王坚便命袁中庸下船骑快马赶往安吴堡报丧，他则组织雇车运棺随后而行。

王坚没敢擅自通报咸阳县知县吴尉文遇难消息，因为吴聘、周莹虽然行事能体谅下人，但吴尉文的死非寻常小事，作为下人，是无权代主子行事的，故一路上，他命大家节哀，不准声张，以免引起不必要的误会和麻烦。

袁中庸二十一岁跟随吴尉文走南闯北，六年前吴尉文命他管理秦晋铁木货栈，由于经营有方，一连五年上缴红利都在纹银十五万两上下，受到吴尉文奖赏五万两，并在永济县城为他建造了一座有着十二间房的独院，他因此视吴尉文为再生父母。吴尉文遇难他如丧考妣，哭红了双眼，哭哑了嗓子，踏进吴宅东大院跪在吴聘、周莹面前时，只说了几句话便昏倒过去。

吴聘展开王坚写的报丧信，几乎在袁中庸昏倒同时，也大叫一声昏倒在座椅里。

周莹一下急得乱了手脚，救了吴聘救袁中庸，满面泪珠也滚下来。

骆荣得知吴尉文遇难的消息，一时呆坐在椅子里，眼珠动也不动地直瞪着前方，好久才嘿一声哽咽道："老爷，你死的不是时候啊！"

吴宅东大院一下陷入混乱，下人们一个个聚集到吴聘、周莹房前，准备听从主子吩咐。可是等了足足半炷香工夫，也未见主人传下令来。

周莹把吴聘安顿好，让人把袁中庸抬进客房，派人照料后，才与总管骆荣、账房房中书老先生等人研究迎灵车和治丧事宜。

骆荣对周莹说："少奶奶，先安排十几个人把位于花园下面的地洞打扫干净，把冰储进去，待老爷灵棺回来后，暂停灵棺于内，至于发丧治丧事，待把其他人安葬后从长计议是上策。"

周莹考虑片刻说："骆叔的意见我明白了，就照骆叔的话办吧。"

夜过四更，灵车进了安吴堡，根据周莹命令，吴尉文灵棺直接移进地洞置于冰块中间，灵堂则设在东大院内宅正房厅堂里，其他十二副灵柩，则停在临时搭起的席棚里，等待与死者家眷研究后再行移棺安葬。

王坚等将所有灵柩安顿停当，才去见吴聘、周莹，报告了船被流冰撞击沉没、吴尉文等人溺水而亡的经过以及他遇难前留下的遗言。刚刚苏醒过来的吴聘，又一次哭晕过去。

吴尉斌、吴尉武、吴尉梦、吴尉龙先后到了东大院，见吴聘哭晕过去，周莹在主持研究治丧事宜，吴尉斌说："侄媳妇，你公公遇难，一宅不能无主，吴聘这节骨眼撑不起，拿不住咋成？好好劝劝他，要撑得住才行。"

"叔公放心，侄媳定会把一应事项料理出眉眼来，待吴聘醒来，决定何时举丧后，我一定报知各位叔公。"

吴尉斌率三个弟弟到灵堂烧过纸，上了香，后又到地洞看视了躺在棺中的吴尉文遗体，才告辞回到各自宅内，等候吴聘、周莹治丧的通告。在他们心里，尽管有些难过，但吴尉文的死却是他们重新获得争夺家族管理权的良机，所以既没责怪吴聘、周莹的该断不断、该决不决，也没讲出如何治丧的意见，走了一圈，便算是尽到了兄弟手足亲情。

吴聘第二次苏醒过来，两眼痴痴呆呆，嘴角流着暗红色的血丝，不管周莹如何问他，他也毫无反应地躺在炕上，只有出的气没有回的气一般，喃喃道："爸，爸，你为啥不带我去，你为啥不带我去……"

大夫瞧着他的样子，不由得摇头叹道："少爷，你哭吧，哭出来也许好受些。"

周莹也急道："你咋心眼针尖大呀？爸走了，这个家是瞎是好，全看你了，你若再有个三长两短，安吴堡的天谁来撑？二叔三叔四叔五叔全过来了，等你说句话，爸的丧事咋办？你不说话咋成嘛！"

吴聘眨了眨无光的眼睛，嘴唇嚅动了几下，有气无力地说："爸的后事，你和骆叔、房叔他们商量着办。要对得住爸，让爸鹤游仙归……"

骆荣、房中书、王坚和武师史明聚在上房里，研究了吴尉文身后可能出现的几种情况后，一致决定，把他们的担心讲给吴聘、周莹，以便少主人少奶奶做出抉择。

骆荣走进吴聘房中，对周莹说："少奶奶，请你到上房听听我们对老爷身后事的意见，好做出决断，不能再迟疑了。安吴堡是吴氏天下，而吴氏家族尚有四兄弟，正在垂涎欲滴瞅着东大院的权力呢。少爷现是这个样子，少奶奶如不当机立断，一旦捅出娄子来，安吴堡就危矣！"

周莹听完骆荣所言，对大夫说："你守护少爷，我去去就来。"说完，随骆荣向上房走去。

上房里，火香烟雾缭绕，气氛悲切，房中书、王坚、史明跪在灵堂棉垫上，正在低声交谈。

周莹走进灵堂，跪在房中书等人对面说："灵堂里没有外人，请诸位直言，老爷后事如何料理？"

骆荣先开口说："我认为，一是老爷后事不宜久拖，最好能在七日内入土为安；二是治丧规模不宜超过太爷，以免四院异议；三是不向各地商号通报老爷遇难之事，亦不通知他们来安吴堡奔丧。"

周莹问房中书："房叔，你咋样看？"

房中书说："我同意骆兄意见。老爷遇难出巡途中，过早被各地总号得知准确音信，必然会带来负面影响。不怕一万单怕万一，防患于未然较为稳妥。"

王坚也说道："治丧前后一段时间里，再不要派出信差往返各地，凡来安吴堡解缴红利的人员，一律暂住安吴堡，待少爷、少奶奶制定出管理各地商号新措施后，再让他们走不迟。"

武师史明则说："老爷在，各地出不了大事，现在老爷不在了，我担心的是扬州盐务、成都总号和上海总号三地出问题。上次我随老爷出巡时，在三地便发现有些异样征兆，老爷虽派人加强监视，但鞭长莫及，稍有差错，后果就堪忧了！"

周莹听完几人意见后，沉思片刻方说："立即发丧，由骆叔、房叔主持，王先生、史先生协助，具体办事人丁，由骆叔决定。从现在开始，停止派出信差，返回安吴堡的信差要问明各地商号近况，以防不测。从今天算起，七天后也就是三月初八太阳升起前下葬。"

6

周莹尽管聪慧机智，也具有男子汉般的坚毅果断性格，但毕竟年轻，缺乏应对突发事件的经验，吴尉文的突然遇难，吴聘的过度悲伤，给她造成的冲击和压力，完全超过了一个十八岁少妇的承受能力。所幸的是，骆荣和房中书对主子的忠诚，善为主人分忧的责任心，为她增添了一种无形的助推力，促使她站在突发事件面前，来展示她的能力，提高她在安吴堡的威望，巩固她少奶奶应有的地位。

西大院的吴尉斌对于东大院有关吴尉文的治丧安排，并没发表任何表示赞成或反对的意见，而是独自冷笑着说："东大院，东大院，还能风光几天？"

吴氏四大院，并没派出什么得力的人手到东大院协助治丧事宜。他们一心想看看吴聘、周莹能玩出啥花样来，让吴尉文风风光光走完最后行程；看一看，他们哥哥的继承人是马还是驴，能驮呢还是能跑，或者只会拉磨围着磨盘转。

第一个赶到安吴堡奔丧的是三原县知县，紧接着出现在吴尉文灵堂吊唁的官吏是泾阳县知县、咸阳县知县、西安府知府、乾州府知府、淳化县知县，随后大批商界有头有脸的人物，各地乡绅名士，接连不断出现在安吴堡，占地一百余亩的吴氏东大院，几乎变成了一座雪染的世界。灵堂内外摆满了各种祭品，高达三丈的招魂幡在安吴堡城头迎风飘荡，连高高的城门也被白麻纸罩了一层。大院宅门外的双狮也披上了孝衣，连夜搭建的二十多个席棚里，坐满了四面八方来的宾客。

周莹瞅着这一切，才真正知道了骆荣、房中书的办事能力，真正了解到了公公吴尉文在世的威望与影响力，真正体验到了作为吴氏家族继承人的重要性。

她必须承担起吴聘因病无法在灵堂前守孝的责任，在灵堂跪了白天跪黑夜，一连六天六夜，迎来送往各地前来吊唁的六百多人后，体力渐渐有些不支。她对骆荣说："骆叔，我能不能进房去打个盹儿?"

骆荣心疼地说："去好好睡一觉，免得明天一早出殡时倒在路上!"

吴聘一直没能走进灵堂，他几乎变成了一具僵尸，哭不出声，泪已流干，嘴角的血迹却总是擦不干净。守护他的狗娃子和大夫，虽轮流睡觉休息，也被折腾得人困马乏，哈欠连天。

王坚忙里忙外，安吴堡有脸面能上得场的人物被他指挥得团团转，总算为东大院争了面子，没让外人掩嘴笑。初八一早，晨露中王坚从墓地检查完回到东大院，对正安排出殡的骆荣说："骆总管，少爷若不能摔纸盆送终咋办，你是不是另有安排?"

骆荣回答："已顾不了许多，到时只有让少奶奶抱盆摔了。"

"其他几个大院会同意吗?"

"蒙住周莹头，孝袍拖长，让狗娃子搀扶上，咋样像咋样弄。"

"让其他院的人看出马脚咋办?"

"我量他们没吃豹子胆，敢公然在外人面前胡说八道。"

"那我就让史明带十几个家丁，全戴重孝，把少奶奶夹在中间，防止其他人靠近，以防闹出笑话。"

"记住，灵柩一入土，你要立马把少奶奶抬回来，要给人造成一种少爷体力不支的印象。"

吴英玉对骆荣、王坚的安排虽有异议，但一时也想不出啥好办法，若孝子送灵连盆也不摔，岂不真要让外人耻笑吴尉文死得也太窝囊了? 因此，只好点头同意由周莹代丈夫吴聘行孝子之道，并提醒王坚："越少人知道越好，一旦让人看出破绽，东大院可就惨了!"

灵柩抬出东大院头门，哀乐声中，跪着送葬的吴氏家族老少近二百来口人一齐伏地叩拜。被狗娃子搀扶着的周莹，跪在灵柩前，狗娃子替她点燃瓦盆中火纸的同时，她头已触及地面，三叩头完，藏在孝服里的双手捧起仍蹿着火苗的瓦盆，用力摔在地上，瓦盆碎块四迸，纸灰溅在她的孝袍上。狗娃子装出吃力的样儿，把周莹扶起，一声"起灵——"的吆喝声传出，周莹一手拄着哭丧棒，一手抓着狗娃子的胳膊，迈开走向坟场的第一步。

周莹身后跟着吴氏家族的送葬队伍，再后是来自各地的吊唁者，最后是吴氏家族的雇工佃农们，送灵的队伍整整扯了六里长。吴尉文的灵柩葬在柏树林吴氏祖坟其父的坟旁。灵柩入穴，盖上石条，周莹在狗娃子的帮助指点下，把第一锹土抛进墓穴。冥钱飞扬中，十几把锹一齐挥动，眨眼间土穴便被填平。

狗娃子趁众人往墓穴铲土，一用劲，几乎把周莹背起，大声喊："让开路，少爷支撑不住啦！"

狗娃子喊声没落，史明便伸出双臂，把周莹一背，一口气便跑出墓地，送葬的人还没明白过来是咋回事，周莹已被几个家丁连背带抬往安吴堡跑去。

回到东大院，进入内宅，周莹才说："快把我放下来。"

史明和十几个家丁见周莹揭开孝布露出头脸来，忍不住笑道："请少奶奶原谅我们的鲁莽。"

周莹苦笑着说："我得好好感谢你们才是，少爷在节骨眼上上不了场，若没你们帮助，我咋冒名顶替少爷为老爷摔盆送终？"

吴尉文的葬礼尽管没有吴家分布在大江南北的商号人员前来吊唁，但规模比起其父吴汝英的葬礼并不逊色多少，骆荣因此颇感满意地说："我对得起老爷在天之灵了。"

吴尉文入土为安当天下午，咸阳县知县返回咸阳时，王坚将三百两银票交给他说："大人托吴老爷带给永济的银两和物品未能如数送到，在下受少爷、少奶奶之托，现物归原主，还望大人谅解。"

咸阳县知县接银票在手感叹道："昨日之事仍历历在目，今日是生死两界眼迷茫。尉文兄在天之灵不知将发出何种感慨呀！"

咸阳县知县并不知道，他手里的银票是周莹根据王坚的记忆从安吴堡的库银里取出的，他托吴尉文带往永济的银子，早沉入黄河水底了！

吴尉斌、吴尉武、吴尉梦、吴尉龙四兄弟对吴聘、周莹主办吴尉文丧事的能力颇感惊奇，在吴尉文入土第二天聚到一块，商量如何面对吴尉文故后的诸多事宜：今后谁来主持安吴堡事务？吴氏财富是分还是统一管理？吴聘多病之身，能否延续吴氏守家创业之责？等等。吴尉斌没有通知吴聘或周莹参加，他认为做小辈的只有听长辈话的份儿，而没有与长辈同堂议事的份儿，长辈们决定的事，小辈必须照办。他的自信使三兄弟低估了吴聘与周莹的抗争胆量和应对突发事件的能力。

四兄弟并不是能够拴在一个槽上的马，虽然同是吴汝英的儿子，由于同父异母，血缘有异，性格自然泾渭不同，可谓是同拜一个祖宗，各唱各的小曲，见了面兄弟长兄弟短，转过脸，不是哥骂弟弟不识抬举，就是弟骂哥哥手伸得太长，管得太宽。一个吴字写在五个大门上，外看没两样，进到门里，差异就大了。

兄弟四人争过来论过去，整整一天时间，也没能说出一个道道行行来。谁都想在未来的吴氏家族权力中，占得一个有利于自己的位置，故谁也不愿明确表态同意还是反对另一个人提出的方案，最后不得不含糊其辞地决定：待东大院三七过后再说。

周莹得知四个叔公议而未决的准确信息后，问骆荣："骆叔，你看咋样收拾我爸留下的这一摊子?"

骆荣胸有成竹地说："当务之急，先安内而后攘外。我之所以不向各地商号发丧，是怕各商号掌柜趁老爷亡故，安吴堡无暇过问经营管理的空隙，搞转移或挪用资金，架空安吴堡财源。现老爷已入土，少奶奶应立即派人连夜兼程，将各地商号掌柜、账房先生召来安吴堡，先弄清各地现有资金与在账物品，心中有了底，就不怕他们再搞鬼，必要时对各商号主事人员重新进行安排，以防不测。"

"安吴堡内该咋样安排?"

"可先予安抚，看各院动向再做道理。"

"我几个叔公已经开始了行动。"

"少奶奶放心，他兄弟四个各怀鬼胎，在短期内，不可能形成一致意见，待外边事理出眉眼，安吴堡内即便掀起一阵风浪来，也难刮倒根扎十丈的大树了。"

周莹采纳了骆荣的意见，召集来十八名有办事能力且能言善辩的可靠家人，对他们交代了一番，立即让他们上路，乘快骑在信使带路下，分赴湖北、江西、四川、重庆、甘肃、江苏、山西、河南等地吴家开设的商行、货栈、盐行等总号分号，持着盖有吴尉文印玺的信函，召集所有掌柜到安吴堡汇报近两年的经营情况，将两年应解缴红利解回安吴堡。

周莹派出的人马上路后，通知了四大院。吴尉斌兄弟四人见周莹一心为安吴堡吴氏家族利益着想，原来的小算盘停止拨打，想见到结果后再做计较。这样安吴堡暂时风平浪静，一切照常运行。

东大院的气氛却变得沉闷紧张起来，吴聘由于悲伤过度引起的病变，随着天气时暖时寒的变化而时好时坏，吴尉文三七祭日，他被狗娃子背进正厅，向吴尉文画像跪拜时，仅喊了一声"爸"，便口喷黑血，一头栽倒在地。

大夫和周莹一人抓住吴聘一只胳膊，急切切按住脉，几乎同时发出一声无可奈何的长叹，泪珠儿已挂在了周莹双颊上。

骆荣、王坚见状，相视一眼，同声说："少奶奶，你千万别乱了方寸呀!"

周莹悲咽道："我命咋如此苦啊！爸刚走了二十一天，少爷就要跟着爸走了!"

吴聘直挺挺躺在地上，当被家人抬回他房中平放在炕上时，他的眼睛睁开来，目光游离中对泪人般的周莹声音微弱地说：“我不能和你白头偕老了，爸正在向我招手，我这就要跟爸走了。安吴堡我替爸交给你了，你要把安吴堡管好，千万别让吴氏祖先失望。”

骆荣、房中书这时也靠在炕沿上，吴聘目光转向他们强打精神说：“骆叔、房叔，我跟爸走后，你们一定要协助少奶奶管好吴氏基业，不然，吴氏和安吴堡就完了！我二叔三叔四叔五叔心虽大，可没真才实学，他们成事不足，千万不能让他们把持家务、接管安吴堡啊……”说到此，他挣扎着把头侧向站在房门口的王坚，可劲说：“王坚兄，请你走近点，我有话要对兄说。”

王坚忙走到炕边俯身说：“少爷，有话你只管吩咐，王坚定当铭记在心。”

吴聘喘息中说：“王坚兄，我把少奶奶托付给你了。你记住，有她在，安吴堡的天就塌不下来；有你在，周莹的脊梁就能挺直。兄一定要保护好她，保住安吴堡东大院呀！”

王坚眼睛一湿，泪珠夺眶而出，双手紧紧抓住吴聘冰凉的手说：“少爷，你放心，王坚只要有一口气，就要把安吴堡东大院的院门守住守好！”

吴聘嘴角抽了抽，苦笑中嘴猛地一张，一股腥气扑鼻的黑血喷射而出，身子突然抽搐着，周莹想把他按住，哽咽着说：“相公，你会好的，你会好的……”话音没落，吴聘像泄了气一般，抽搐的身体一下松弛下来，头一歪，再也僵着不动了。

周莹失声痛哭，伏在吴聘身上抽咽道：“你好狠心！留下我一个人该咋办？你不该走的，你才十九岁，我们的日子才刚刚开始啊！”

悲伤与哭泣，重新把东大院淹没在令人窒息的氛围里。就在此时，信使刘青军手持马鞭，风尘仆仆进了内宅。

骆荣听完刘青军的报告，二话没说转身走出房门，匆匆走进吴聘、周莹卧室，对伏在吴聘身上哭泣的周莹说：“少奶奶请节哀，刘青军已由甘肃返回，各地商号掌柜最迟在明后天就会进安吴堡……”

周莹抬起泪脸问：“少爷后事咋办？”

“少爷后事往后推迟几天。”骆荣不容商量地说，“少奶奶面对的现实是，必须千方百计震慑住所有吴家外派经营管理商号的掌柜们，稍有一点犹疑疏忽，吴氏千万资产在一夜间就可能化为乌有。我不说，少奶奶也知道，缺少了老爷、少爷这两堵墙，你唯一的制胜法宝是先下手为强。”

周莹抬手把泪一擦，从炕上下地，强抑悲伤说：“骆叔，告诉所有的人，一律不准将少爷病故的消息泄露出去，谁若胆敢走漏风声，定按家法严惩。从现在起，外来客人，不经我同意，一律不准擅自领进后宅，包括西南北中四院人在内。将老爷灵位迎入列祖列宗神龛供奉。王坚负责迎接各地商号掌柜，史明负责加强门房管理以防不测。”

骆荣把东大院全部人员召集到一块，宣布了吴聘病故暂不发丧的决定，要求所有宅内人员严防祸从口出，以免招来皮肉之苦。他同时提醒众人，在各地商号掌柜们在安吴堡期间，不要与他们谈及宅内发生的事情和老爷故去的情况。

东大院内上上下下对主子不急发丧和不准谈论老爷已故之事，虽不知其中奥妙，但皆知定是有一时不便说出口的原因，因此一个个口贴封条般，在外人面前少了许多口舌。

最先进入安吴堡并解缴上年度未缴红利银两的是甘肃平凉西峰总号大掌柜肖南驹。账房总管房中书在清点完银票后说：“肖大掌柜，这两年的红利怎么只有十七万两?”

肖南驹回答道：“平凉这两年灾情较重，百姓购买力大不如前，能解十七万两银子进安吴堡，我是咬牙把应留的两万周转银两拿出，才凑够这个数!”

房中书也叹道：“蛇大洞粗，安吴堡这两年花销增加了三成，而收入却减少了三成七，已亏空六十三万两数了!”

“有一点办法，也不会只往安吴堡解缴这个数。”肖南驹认真地说，“老爷待我不薄，我能亏他老人家吗?”

“如此说，我是多心了。”房中书笑着对肖南驹道，“回头我把平凉实情告诉老人家，肖掌柜千万别多心，主子一定会体谅咱下人的苦衷。”说到此转身喊道：“铁子!”名叫铁子的青年伙计应声从里间出来，房中书吩咐他，“领肖爷先去休息，然后告诉厨房速为肖爷一行准备好接风洗尘席宴。”

“是。”铁子应声转向肖南驹，“肖掌柜，请跟我来吧。”

天黑时，天水陇西棉布行大掌柜张长功一行十六人押着十辆车进入安吴堡，缴红利银十六万两。张长功开口便说：“房先生，望转告老爷，陇西这两年日子不咋的，这十六万两是勒着裤带才省出来的数。”

房中书一笑答道：“你的心意我如实转告主子。”

第二天，河南、山西吴氏所有商号大掌柜先后抵达；第三天，湖北商号大掌柜进了安吴堡；第四天，江苏、上海商号也解银入堡；第五天，重庆商号大掌柜也报了到。又等了三天，扬州盐务、成都总号大掌柜仍没见来。先来的掌柜们急于见吴尉文，在第九天头上一齐进了吴宅，对出头露面接待他们的骆荣说：“老爷咋啦，几天也不和我们照个面?”

骆荣说：“诸位少安毋躁，明天主子在内宅与大家见面并设宴为诸位接风洗尘。”

周莹决定在内宅客厅会见为吴氏家族创造财富的管理人员，是与骆荣、房中书、王坚等东大院核心人物反复商量后而定的。吴尉文、吴聘的死，可以瞒得一时三刻，但瞒不了半年一载，在适当的时间适当的场合，把实情告诉所有围绕吴氏家族利益而转的人，并争取他们由忠于老爷子转向忠于新主人，是她能否守住吴氏家业与财富的关键。好了一荣俱荣，坏了一败俱败。她对此心明如镜，但能够笼络住人心，争取到所有分别管理着一方财富人物的支持，绝不是她一厢情愿的事。她知道，假若自己缺少一种强有力的威慑和驾驭全局的智慧，鞭长莫及的后果转瞬间就会使自己由主子沦为仰人鼻息的可怜虫。她绝不愿看到如此场面出现在安吴堡。在考虑了骆荣等人的建议后，她决定了将要采取的对策。

吴聘的灵柩停放在冷气逼人的地洞里。灵堂里守灵的家人们已是九天与香火为伴了，他们不知道少奶奶何时才能下令发丧，所以疲惫中失去了最初的哀伤，每日除早中晚三炷香和三次点燃冥钱火纸外，多数时间用在玩花花牌与狼捉娃的游戏上。西南北中四院曾派人先后到东大院问及吴聘的病情，均被守在门房的史明客客气气告知：“少爷的病仍未见好转，不便见人，请回吧。”而回到安吴堡的各商号掌柜们，全被安排在东大院侧院客房里，没有主子的话，自无法进入内宅。安吴堡风平浪静，谁能料到他们的新主子吴聘已在九天前停止了呼吸，他们的女主人，正在为如何保卫住将要继承到手的权力而绞尽脑汁呢？

骆荣、房中书、王坚、史明等人，率领着包括来自山西永济秦晋铁木货栈大掌柜袁中庸、运城盐栈大掌柜丁利平、甘肃天水陇西棉布行大掌柜张长功、湖北裕隆重珠宝首饰行大掌柜武玉泉、南京国货行大掌柜路一行、上海裕隆聚总号大掌柜佟秋江、重庆裕隆兴土产杂品行大掌柜赵佩章、陕西潼关典当行大掌柜马鸿、蒲城钱庄大掌柜王战利、三原西街布行大掌柜朱玉如、高陵南糖糕点店大掌柜刘甲斌、淳化山杂货栈大掌柜柯大年、三原钱庄大掌柜赵川、三原粮行大掌柜牛力、蒲城粮行大掌柜周进、宝鸡凤翔酒楼大掌柜郑天祥、岐山面馆大掌柜王军、咸阳粮行大掌柜木三玉、乾州棉花行大掌柜李德福、西安百货行大掌柜范平杰、西安盐栈大掌柜朱前山、泾阳铁木货栈大掌柜田玉川、泾阳粮棉货栈大掌柜韩一真、泾阳裕兴重茶庄大掌柜史大山等二十多名大掌柜进入东大院内宅。

东大院内宅客厅，是一幢东西一字形坐北朝南、两坡泄水的五间跨度建筑，靠西头一间为吴尉文生前单独会见客人的地方，室内陈设保持着吴尉文在世时的样子。其余四间相通，环三面墙共摆有二十四张核桃木靠背椅，六张长条茶桌，四壁挂着数幅字画，其中吴尉文父吴汝英手书挂在北墙正中，进门便可一览无遗。吴汝英的字苍劲有力：“礼之大要在于精白纯粹事国事君”十四个字，如行云流水，一气呵成；手书下靠墙处一张方桌，髹漆得明光闪亮，桌上有一尊二尺五寸高佛祖瓷像，像前有一只宜兴陶香炉，香炉里三炷火香香烟缭绕。整个客厅简洁朴实，没一点奢华之迹，方砖墁铺的地面，几乎一尘不染，陌生人走进房门，不免生出一种虔诚拘谨。长年不进安吴堡、极少踏进东大院内宅的掌柜们，猛地走进客厅，难免举手投足都显得小心谨慎，进门落座许久，也没人带头打破室内的寂静。

客厅内新增加了几把座椅，摆在每张长条桌两头，而吴尉文的单独会客室门外两边，也临时增设了四把座椅，冲门正中则摆了一块高出地面一尺多的平台，台上铺一织花羊毛毡，毡上放一把铺了坐垫的雕花靠背椅。掌柜们心里想，那平台上的椅子，自然是吴老爷坐的了，高高在上嘛。主子就是主子，主子什么时候都要高人一等，否则咋分出主仆来呢！

家人为各位掌柜沏水泡茶完退出房门后，一商号掌柜冲骆荣一笑问道："骆管家，我们到安吴堡多则九天，少也四天了，吴老爷他老人家是咋了，连面也不露？"

湖北裕隆重珠宝首饰商行掌柜武玉泉说："老爷是不是不在安吴堡？神秘兮兮的可不是老爷作风。骆管家，你葫芦里到底装的啥药？"

永济秦晋铁木货栈大掌柜袁中庸张了张嘴想说，可话到嘴边硬是咽回肚去，因为骆荣向他摇了摇头，像是对他说："不要多嘴。"

骆荣等武玉泉话落音，接话道："诸位请听我说，吴老爷业已归天一月，现由少奶奶主管安吴堡……"

众人一听，在一片讶异声中全愣在座椅里。

"咋死的？你们咋不报丧，把我们全蒙在鼓里？"运城盐栈大掌柜丁利平眼中泪花涌动说，"老爷待我们不薄，我们为啥不能在他老人家西归后送最后一程呀！"

"也就是的，"陕西潼关典当行大掌柜马鸿说，"其他地方远，来不及奔丧，你们不通报说得过去，潼关离安吴堡两天骑程，咋也不通报一声嘛！"

"我们在三原也没见到有人告诉一声。"三原钱庄大掌柜赵川有点激动地说，"老爷故去，不是小事，骆总管你们不发丧，太过分了！"

掌柜们议论纷纷，有的情绪激动地站了起来，要向骆荣讨个说法。

房中书一看这架势，忙站起说："大家别激动，老爷临终前留下话，不准惊动各位掌柜，不准掌柜们离开职守千里奔丧。他的后事从速从简料理，以减少安吴堡负担，因为这两年收支不济，有数的银两要用在正地方。我们能违背老爷意志，擅自向你们报丧，让你们千里迢迢往安吴堡赶吗？"

掌柜们被房中书一席话给压住了火，叹息声中离座而立的人纷纷悄然坐下。

客厅重新恢复了沉寂。

王坚这时从吴尉文的单独会客室走出，将一卷文书交到骆荣手里说："现在请骆总管宣读老爷临终遗嘱。"

骆荣离座展开文书念道："各位掌柜，天年有限，难以强求。吾在行将西归时，郑重宣布，诸君所管理字号，无论资产多寡，均为吴氏家族所有，吾后由子吴聘继承并全权管理。由于吴聘染疾在身，若不能实地行使监管权力时，则由其媳周莹行使管理。吴聘有子后，则由其子继承其业，无子则由周莹继承。各商业实体不得擅自更改字号，资产不经继承人吴聘或吴聘子、吴聘媳周莹同意签署文书，并报官备案，不得擅自转让经营权。望诸位履行誓约，勤奋敬业，助吾后人共同为安吴堡兴旺发达、长治久安尽心竭力。此嘱。吴尉文。丁亥新春。"

掌柜们对骆荣宣读的吴尉文遗嘱本身并不存疑，只是有人想不明白，安吴堡封锁消息的真正用意是什么？交头接耳议论中，袁中庸站起来说："诸位仁兄，老爷生前待我等不薄，我们应知恩图报，全力帮助少爷渡过难关，管理好各自管理的商号。我袁某绝不会让老爷在天之灵失望，秦晋铁木货栈将一如既往，努力为安吴堡创造财富。"

三原县西街布行大掌柜朱玉如说："老爷西游，子承父业，天经地义，我等自当孝敬新主子。请骆管家让我们见见新主子，主仆间相互做番沟通，彼此有了了解后，我们有了事，就好及时请示料理。"

其他人随声附和说："朱掌柜的话有道理。骆管家，把少爷请来我们好拜见新主人。"

骆荣说："少爷有病在身，实在难以与诸位共商大事。我去把少奶奶请来与诸位见上一面，共议来日之事如何？"

"少奶奶能见我们也好嘛。"掌柜们异口同声地说，"听人说少奶奶是个能文能武的美人儿，可是真的？"

房中书笑道："你们的耳朵蛮尖的，连内宅的事也打听到了。"

"没有不透风的墙。"高陵南糖糕点店大掌柜刘甲斌说，"老爷亡故的消息，半月前我已闻说，只因没接到安吴堡报丧的帖子，不敢擅自前来探听虚实罢了！"

宝鸡凤翔酒楼大掌柜郑天祥说："刘兄太过忠厚老实，不然我们也能赶到安吴堡，送老爷最后一程了。"

正在这时，客厅外有人喊："少奶奶到……"

掌柜们闻声离座而立，眼睛齐刷刷盯在房门处。

周莹头上戴一绿色湘丝头罩，身着黑色丝织旗袍，上绣白色菊花图案，脚蹬绣了白色海棠图案的平底布鞋，款款移步，进入客厅后，径直走上吴尉文会客房间冲门摆着的平台，转身面向众人，声音清脆地说："各位掌柜请坐。"

掌柜们是第一次见到周莹，虽然隔着一层湘丝头罩，看不清她的真实容貌，但她从容与健康苗条的身姿，已令他们感到安吴堡的新东家少奶奶，绝非一个平庸无为的女人。

周莹落座后开口道："周莹代表少爷欢迎各位掌柜风尘仆仆赶来参加这次相聚。吴氏不幸，老爷仙逝，诸多事宜尚待料理，因此慢待了诸位。今后各地商号经营方针不变，望诸位遵先公遗嘱，按原款约行事，各商行货栈字号仍由诸位各负管理之责，希诸位能恪守誓言，同心同德，尽心尽力，周莹将感激不尽。"

"少奶奶放心，我等将会像忠于老爷一样，忠于少爷少奶奶。"掌柜们不知出于何种心情，竟不约而同地说，"望少爷、少奶奶能继承老爷遗愿，率领我们创造更多财富，壮大吴氏实力。"

周莹脸露喜悦道："谢谢诸位祝福，周莹绝不会辜负老爷的嘱托和诸位的期望，我相信，只要我们能上下一心，共谋发展，吴氏产业定会更上一层楼。"

掌柜们根据周莹的要求，报告了各自商号的经营情况与存在的问题后，周莹说："安吴堡未做出新的安排前，诸位不必急于扩大经营范围，以防琐杂而分散精力，造成不必要的资金分流。对于各地具体实情，我知之甚少，故请诸位掌柜要善于把握商机，灵活处变，前提是稳妥、严防盲目，牢记贪多嚼不烂的古训。此外，据我所知，个别商号掌柜不经安吴堡同意，私下与当地官吏勾结，用不正当手段欺行霸市，已引起民怨，若不立即罢手，吃亏受损的将不仅仅是安吴堡了！诸位掌柜应牢记，信义是立商之本，利字之下多勇夫的古训；否则，乱将由内生，败也就随影而至了！……"

太阳当空时，掌柜们才先后走出客厅。

永济秦晋铁木货栈掌柜袁中庸对并肩同行的蒲城粮行周进、乾州棉花行掌柜李德福说："想不到少奶奶如此厉害，年纪轻轻，足不出户便知我等所思所想，对商业情况熟悉更不亚于我等。"

"这就是有志不在年高迈。"周进笑道，"今后，我们得小心伺候少奶奶了，搞不好，她会毫不留情将我们扫地出门。"

"没这么可怕。"李德福说，"我想少奶奶不该是一个心狠手辣的人吧?"

"这得走着瞧了。"周进说，"老爷在时，是欲擒故纵，把我们搞得服服帖帖，现在新主子才露面，给我们的告诫是：不准越雷池半步。今后日子好过与否，只能拭目以待了。"

宴会在客厅举行，四间大房里摆了五张圆桌，主仆共五十人入席，主席设在正中。周莹除去头罩，乌黑的发髻上斜插着一朵白菊花，柳叶眉下一双丹凤眼，水汪汪的，高贵典雅，不怒自威。掌柜们惊得目瞪口呆。他们想不到自己的新主子少奶奶竟长得如花似玉，美若天仙。举手投足，如诗如韵，不仅能倾倒王孙公子，连庶民百姓也会心醉神迷。紧跟其后的武师王坚，英俊潇洒威武，如不知底里，定会把他们视作一对夫妇。掌柜们不言自明，王坚是少奶奶的保镖无疑了。

周莹入席后，骆荣把盛满凤翔烧酒的瓷盅高高举在手中说："少奶奶举行家宴欢迎各位仁兄，各位不辞辛劳，亲自解押红利到安吴堡，见证了吴老爷遗嘱宣读和主人承业之实。从今后安吴堡兴败荣辱，已与各位的命运紧紧联在一起。望各位能一如既往，管理好各自商号，为安吴堡和我们自身福祉而不辞艰辛，共进共荣。干杯！"

五十个人齐举杯说："为共进共荣，干杯！"

重庆裕隆兴掌柜赵佩章斟酒举杯说："承蒙少奶奶亲自设宴款待，我等将铭记于心，今后我等将会像孝敬老爷一样，孝敬少爷少奶奶。我提议，为少爷早日康复、为少奶奶早得贵子，干杯。"

周莹举杯一饮而尽说："多谢赵大掌柜祝福，来年春暖花开时，保不准我会请诸位重聚安吴堡，喝我与少爷的喜酒。"

"好……"众掌柜们高兴得齐声喝彩，客厅不时传出阵阵笑声。

周莹酒过三巡后起身告退说："诸位慢饮，少爷还需我照料，我早走一步，望能谅解。"

王坚护送周莹归去转回，重新入座后，说："诸位仁兄，今日我等不醉不休，不然怎对得住少爷少奶奶一番好意呢！"

袁中庸接声说："对着哩，咱们放开量喝个痛快。"

第十天一早，周莹在客厅开始分别单独接见各地商号掌柜，根据各商号解缴红利多少，分别给予奖励。她的决定是经过认真思考并与骆荣、房中书、王坚等商量后做出的。她十分清楚要把各地商号掌柜们牢牢控制在手中，恩威并施势在必行。尽管在安吴堡内他们唯唯诺诺，一旦走出安吴堡，他们能对一个从未走出过安吴堡的年轻主子百依百顺、忠贞不贰吗？老爷在世时，几十年运筹打下的江山，即便有人图谋不轨，也得思虑利害后果，而新主子的权威在没确立前，不轨之人，就可能利用权力衔接出现的空当兴风作浪，若出现如此苗头，作为一个女人，她能采取何种措施防患于未然呢？

成大事必须有谋有略。要想通过一次会晤便震慑住各路诸侯，就得有过人的胸怀和气魄以及独到的方式来让对方俯首称臣。恩威并施是唯一可行的尝试，为此她从解缴安吴堡的两年红利银一百六十二万两中，取出六十万两，按照各个掌柜解缴银两的多少和行业利润收益情况进行了奖励。

她之所以分别接见掌柜们，是想给他们留下一个亲切的印象，使他们把她视作可信赖而不可欺瞒的主子，同时也对每一个人做一番考察了解。

掌柜们并不笨，她的良苦用心，在他们心目中留下的痕迹，自然深浅不一了。远在江南与川豫甘晋的掌柜们和陕西境内掌柜们的感受就显著不同，远处的掌柜们心想：少奶奶你虽用心良苦，但难免会有一种山高皇帝远的苦衷。而陕西境内的掌柜们则想：少奶奶的绳套越松，我们的呼吸越急迫，往后得倍加小心伺候着笑脸多于怒脸的少奶奶啊……

各地掌柜们离开安吴堡时已是第十五天头上。十四天里，安吴堡的权力接力棒在各地商号掌柜们的心里扎了根。口头服从也罢，心里不服也罢，今后孝顺的再不是昔日有着四品荣誉官衔，对下属知底知里的吴尉文老爷，而是有着三品诰命夫人称誉、开始统治安吴堡的少奶奶周莹了。

掌柜们走了，但周莹心里并没任何一点轻松的感觉，扬州裕隆全盐务总号是吴氏家族最主要的经济支柱之一，每年有一百六十多万两银子的利润，一旦失去了这一经济支柱，吴家的半边天便会塌下来，偏偏这么一个大号的掌柜胡玉佛在节骨眼上没露面！另一个财源大户是四川成都川花总号，但它的大掌柜厉宏图仅派了二掌柜押解五万两红利进了安吴堡，扬州裕隆全盐务总号掌柜胡玉佛和成都川花总号掌柜厉宏图到底存什么心，就值得认真思谋了。

如果扬州胡玉佛、成都厉宏图不进安吴堡是一种外在威胁，还不能动摇东大院在安吴堡的统治地位的话，令周莹心感不安的第二个原因，则是如何摆平吴氏内部的权力之争了。她必须在最短的时间内，宣布吴聘病故的事，处理好与四个叔公争夺吴氏家族管理权的事。以小抗大，以女抗男，在传统理念与道德上，是无法得到外界认同的事，尽管她手里有着吴聘的遗书，有着公公吴尉文将权力与继承权传给自己的遗嘱，到时四个叔公若拧着脖子不认账，死搅蛮缠咋办？作为进门儿刚刚一年的媳妇，尚未生得一子半女，有何资本与子女成群的叔公们争夺吴氏家族的掌门权呢？

骆荣、房中书、王坚、史明虽是吴尉文忠心耿耿的心腹，视吴聘、周莹为自己的衣食靠山，但在关系到吴姓家族纷争的关键时刻，能否成为一种制胜筹码，周莹心里实在无多大把握。她思前想后，一时也难打定主意：是主动提出放弃继承吴氏家族管理权，还是乘机将财富一分为五，自己卷起一份归己继承的财产回孟店村择机再嫁，抑或是继续控制吴氏家族，当一个安吴堡守业与创业并举的女主人？

周莹又一次走进停放吴聘灵柩的地洞里，围着灵柩转着圈，说：“相公，你对为妻说，我到底该咋办？”

她在泪水洗面中等待着回答，可是灵柩中长眠的吴聘早已变成一具僵尸。周莹心里明白，他即便活着，也无法给她一个能令她感到宽心的回答，他能想到的早已告诉了她，想不到的，她怎能从他嘴里掏出来呢？

她忍不住长长叹道：“当一个小女人难，当一个小寡妇难上加难啊！”

7

吴聘病故的消息震惊了安吴堡，也震惊了吴氏所属商号里所有的人。

吴尉斌第一反应是急急匆匆赶到东大院，查看了已入殓于棺中的吴聘，不由得长叹一声滴下眼泪来。他与吴尉文是一母所生，其父吴汝英生前疼爱哥哥吴尉文刺伤了他的自尊心，在兄弟间无形中产生了隔阂。各自成家后，吴尉文事业蒸蒸日上，干啥成啥，吴汝英越发器重长子，在他六十大寿时，亲自宣布由吴尉文继承家业。吴尉文当时刚刚三十五岁，为了保证吴尉文行走江湖有可靠后盾，官拜议叙布政使的吴汝英花十万两白银，为吴尉文捐得一顶四品红缨。五年后，已牢牢控制安吴堡的吴尉文，因赈灾有功并向朝廷捐八万两银、二千石粮而受到朝廷嘉奖，安吴堡获“武德骑尉卫守府”的皇封，吴氏家族成为名声显赫一方的商贾巨富。吴尉斌见哥哥功成名就，更加心灰意冷，自暴自弃，终日沉迷于酒色。吴尉文看在一母同胞情分上，每年按时拨供银两，并为他建造独院，才保证了西大院一支血脉。吴尉文死于非命后，吴尉斌虽有点幸灾乐祸，但忆及哥哥生前待己不薄，也落下几滴伤心泪。今见哥哥寄托希望的儿子、亲侄儿吴聘又一命呜呼，东大院一脉香火无继，一时间悲从心起，待看过吴聘遗容后，泪流满面道：“聘儿，你不该走啊！你爸的希望全在你身上，你走了，咱吴家的天谁来撑呢！”

周莹见吴尉斌哀痛绝不亚于自己，心想，亲不亲一家人，二叔公终归是相公至亲，我对他是不是太过忌惮了？想到这儿，准备上前劝慰，房中书在其身后轻声提醒说：“少奶奶请止步，二爷的性格你不甚了解，最好不要劝慰他，以免……”

房中书还没把话说完，吴尉斌突然一仰头，抬手擦了一下双眼，立即泪止如初，转身便退出了灵堂，因为灵堂外传来喊声：“三爷四爷五爷到——”显然，吴尉斌不想在自己三个弟弟面前表现出失魂落魄的样儿。小辈终归是小辈，长辈能步入小辈灵堂，已是给小辈最大的脸面了。

吴尉武、吴尉梦、吴尉龙在周莹陪伴下，看了看吴聘遗容后，吴尉武说：“人死不能复生，侄媳要节哀顺变。把后事办好，就是对吴聘最好的慰藉与悼念了。”

弟兄四人退出灵堂后，周莹看了看吴聘的遗体哽咽道：“钉棺吧！”

“钉棺——”王坚一声令下，吴聘的灵棺被合住，十几颗木钉很快钉入楔孔，一块红布转眼覆盖住了漆黑发亮的棺木，棺头那个二尺大的金“福”字，在烛光照耀下，像一个哭着的人脸，给整个灵堂增添了几分令人胆寒心怯的阴冷感觉。狗娃子猛扑在棺木上，号啕道：“少爷，你走了，我该咋活呀！”

二娘悄悄走了过去，拉了狗娃子一下说：“兄弟，不要哭坏了身子骨，少奶奶许多事还等你去做呢！”

周莹悄然走出灵堂，独自回到自己那幢变得空荡凄凉、一年前才点亮洞房花烛的新房里。泪已哭干的她，无力地倒在炕上，睁大一双失去往日光彩的凤睛，呆呆地望着贴满红双喜字的顶棚，自言自语道：“我是一个寡妇了，我是一个名副其实的寡妇了。老天爷……我才十八岁啊！”她忍不住号啕大哭起来。

昏昏沉沉中，周莹感到有人在移动她的身体，并感到有人为她盖上被子，她想睁开眼看一看是谁，可是极度的困倦，苦涩疲惫的眼皮硬是不听指挥地锁闭着。

第二天一早醒来，周莹第一句话就问：“昨夜谁来过?”丫鬟红玉回答：“王武师来过两次。”

她没再说什么，洗完脸草草梳理了一下头发，便与红玉向吴聘灵堂走去。她要为吴聘点最后一炷香，烧最后一次冥钱火纸，好让他安心上路，去与他爸做伴。

自冲喜嫁进吴家，一年来，她是在呼吸药的苦辛气味中度过，至今也不知新婚的真正喜悦是何种滋味。严格地讲，她仍像当姑娘时那样，多数长夜和衣而卧，随时准备着伺候在病痛中发出呻吟的丈夫，为他喂药或针灸，以减少他的苦痛。

她信佛信神也信命，她想过许多次，命里注定了的事，她是无法做出选择和抗拒的。她心里清清楚楚，吴聘活着时还能说说体己话儿，哄哄自己，但现在他撒手走了，男欢女爱的愉悦，生儿育女的企盼，对她来讲，已是一种梦幻世界中的缥缈画面。吴氏家族的财富与权势，为她铸造起的是一座真正的生命囚牢，而不是外人所羡慕想象的充满欢愉和甜蜜、荣华富贵的宫殿。在生命的囚牢里，她拼搏了一年，原有的自信和企盼，一点点被无情的现实所粉碎。公爹死于非疾非病的灾难，丈夫死于悲痛欲绝与久病不治的绝望，是天意，是她无法抗拒的天意，她还能为明天的吴氏家族做出怎样的牺牲呢?

她在纠缠不清的思绪中睡了一夜，现在又一次出现在灵堂上时，她已没有了眼泪，也没有了昨日揪心扯肺般的悲痛欲绝，她没有扯下头顶的孝布掩盖自己的真实面目，而是机械地跪在棉垫上，把金箔冥钱火纸点燃，把火香插进装满麦粒的陶盆，然后叩拜下去。

所有在场人的眼球，随着她的一举一动而转动。他们知道，吴氏家族东大院的天如今已是她的天，地已是她的地，人也变成了她的奴仆。她的言行，决定着他们的言行，尽管她还那样年轻，还缺乏真正的人生经验，甚至还没能具有不怒自威的威慑力，但谁能否认她是安吴堡未来命运的掌门人呢？

周莹站了起来，一手握住一根棍上缠满白纸的柳木哭丧棒，转身向灵堂外走去。随着她的走动，起灵的呐喊声传进人们耳鼓，吹鼓手们卖力地吹奏出的哀乐悲曲，在晨阳未升的空中回荡。

灵柩抬出宅门时，四十天前为公爹吴尉文摔过瓦盆的周莹，又一次抱起装满火纸灰烬的瓦盆，行使她既为妻又为孝子的权利了。她双手端起瓦盆，面对棺顶卧着一只雄鸡的吴聘灵柩跪地三叩头后，突然高声喊道："相公，为妻送你上路啦——"瓦盆掷地发出砰的碎裂声，使送灵的人们震惊，他们有生以来，还是第一次听到摔盆人发出这如泣如怨、如吼如诉的呐喊声。安吴堡的人们事后则议论说："少奶奶是个不寻常的女人，是个有胆有识的女人啊！"

吴聘的葬礼进行了七天，规模自然无法与他爸的葬礼相提并论，因为他活着既没有创造过什么业绩，也没有得到什么皇帝封赐，他仅是一个富家子弟，一个仅有着泾阳县候补郎中头衔、但还没走进社会便走完他短暂人生路程的年轻人，他生前死后能有一个美若天仙的女人陪伴度过一年时光并送他上路，足以令他感到欣慰和满足了。他不会忘记，他能多活一年的秘密，正是由于有了一个懂医知礼、对他体贴入微的妻子，才使他享受到了一个男人应有的人生乐趣。也正因此，在他行将西行的最后一刻，昏迷多天的他突然睁开眼睛，伸出哆嗦无力的手，慢慢拉住周莹的衣袖，断断续续地说："吴氏家族的来日……商事……家事……你要撑起来呀……"说完他才合住了眼睛。他死得应该没有多大遗憾了。

送走了公爹又送走了丈夫，周莹并没因此失去生活的勇气。吴聘入土第三天，她召来了骆荣、房中书、王坚、史明问道："与老爷一道遇难的十二个人的丧事办完至今，你们并没告诉我最后料理结果，我想知道，他们家眷可曾提出过啥要求？"

王坚说："武师秦甲、刘炳文等五人父母年迈，孩子又多，拖累大，给他们每家的两千两银子，维持不了多久。少奶奶是不是考虑……"

周莹接住话茬说："当时给每家两千两银子，主要是让他们家人先办丧事，入土为安后再做计较。老爷、少爷丧事今已料理，请房叔把治丧花销结算出来后，再把安吴堡内现有实际财产银两等详数列册交我过目，我心中有了数，下一步棋咋走，就有了底。堡外的事，短时间内不会出现啥动静，现在我们要考虑的当务之急是咋样处理堡内的事。我估计，出不了几日，西、南、北、中四院就会向我发难，让我表态由哪一个院的小辈来承继吴聘，以继吴氏家业。此事关系重大，牵一发而动全身，处理得好，安吴堡相安无事，处理不好，安吴堡内讧即起，后果将会不堪设想。我想在此之前，抓紧时间，把老爷在时遗留下来、没处理完的大小事情妥善处理完，好集中精力准备应对可能发生的急迫问题。"

房中书说："少奶奶考虑的极是。我在近日内把治丧花销的账结算一清，先呈少奶奶过目，至于堡内现有资产及银两账项已全在册，随时可送少奶奶过目。现需少奶奶立断的是购买三原东乡二百五十亩水浇地的事，老爷遇难前已交定银一千五百两，卖主已几次前来催问，安吴堡是否还要？若不要他们就另找买主，定银便成为违约金归卖主所有。"

"二百五十亩地共需多少银两？"

"当初双方协商每亩五十八两官银。"

"现在呢？"

"对方没提出新的报价。"

"安吴堡现有多少官银？"

"账面为一百三十九万两。"

"你们可实地踏勘过？"

"骆总管和老爷生前曾看过。"

"骆叔，你认为可买不可买？"

"买。"骆荣说，"我估摸，两年后，那块地价最少也会翻一番。"

"既如此就定下来，由骆叔负责办理过户手续。"

"老爷在时，为安吴堡定制的一批刀枪剑戟武器，近日将交货。"史明说，"少奶奶决定，这批武器还要不要？"

"安吴堡的武装只能加强不能削弱。"周莹果断地说，"周边土匪山贼时时为患，没有力量保卫自己咋成。当初是谁经手办的这宗买卖？"

"是老爷命我办理的。"史明回答。

"那你就办到底吧。"周莹转向房中书说，"房叔，购武器的银两如数给史武师好了。"

骆荣这时开口道："老爷在时，曾答应给龙泉书院捐银四万两做修缮费，少奶奶看咋办？""老爷答应过的事，我们不能因人故而不认账，若那样，安吴堡还有啥诚信可言？派人照数把银两送交龙泉书院。”

“明天我就让人送银过去。”

“还有啥事?”

“已故武师们的家眷生活如何料理?”史明再次提出新问题。

周莹忍不住笑道：“说了东忘了西。史武师不再提，我还真会忘在脑后呢!你们看这样处理好不好？与老爷一同遇难的人，除已拨两千银两外，根据他们遗属实际人数，每人再给一千两。家中无地户按人头就近给买地一亩，以使他们生活有保障。武师家在农村、若无土地者一视同仁，家在县城无生活来源保障的，可再增发五百两。这样，对死去和活着的人都是一种安慰和交代。”

王坚说：“碰到少奶奶这样的主子，下人活着也有劲头，死也会安心。”

骆荣点头说：“老爷没看错，为吴氏娶了一个活菩萨，他在天之灵可安息了。”

周莹说：“你们先别夸我，往后保不准哪天你们会骂我：死丫头，做事咋一点情面也不讲呀!”

房中书笑道：“说是说，笑是笑，不过我得对少奶奶先说清，你今天的决定，安吴堡将因此多支出十万银两。”

“银子是用来为人造福的，有银子锁在柜里、埋在地窖里不花，生不出利来。”周莹说，“我虽年轻，但见过十几个守财奴，临死还在念叨：把银子埋好，千万别糟蹋了。结果咋样？他们前头死，后头子孙便为争财夺宝打得头破血流。我活着，决不学他们那样当守财奴，死了也不会留下能引出血案的财宝让人厮杀。”

“有了这份心思，少奶奶你这辈子定会吃得香，睡得稳，日子过得会舒舒展展。”骆荣认真地说，“可惜的是，那四大院的叔公们，不会这样想。我不是倚老卖老，我只想提醒少奶奶：害人之心不可有，防人之心不可无。毕竟你还年轻，来日路还很长很长，现在你才刚刚开始走自己的路呢。”

安吴堡并没有像外人所谈论的那样，富到连黄土里也可以抠出黄金来。晚年的吴尉文由于疏于管理，资金流失日积月累，年复一年，当他死于非命后，房中书的账簿与银库实银都显示出连续三年入不敷出。到吴聘治丧结束，库里实银是五十万两，三原钱庄压库银两满打满算扣除存银与应支付利息后，能归安吴堡调度的数字仅有三十二万两。连同各地解缴安吴堡的两年红利，周莹继承到手的实际数是一百八十二万两，若再减去应支付的各项未过账的开支，账面实际只有一百三十九万两。

周莹把账簿看完往桌边一放问房中书道：“骆叔、房叔，假若把这一百三十九万两分成五份，对安吴堡将意味着什么？”

骆荣不假思索地说：“安吴堡武德骑尉卫守府，从此便消失在嵯峨山的沟壑里。”

房中书则说：“三百年的吴氏家族历史，到此终结，族谱变成一钱不值的废纸。”

“那么我呢？”周莹问。

“你……”骆荣想了想才说，“吴氏家族的掘墓人，不会再有啥好听的话流传后世。”

房中书接着说：“再过若干年后，吴氏若仍有后人，他们会诅咒你是一个成事不足、败事有余的小女人。”

“谢谢二位叔叔教诲，周莹知道该咋办了。”

当天午后，周莹让房中书带上账簿，叫王坚跟随，进了西大院大门。

西院吴尉斌，南院吴尉武，北院吴尉梦，中院吴尉龙，午饭前后接到周莹手书，请他们到西院相聚，听她汇报有关吴尉文与吴聘治丧花销，研究安吴堡今后由谁出头露面管理，吴氏家族分治还是统一管理等等事宜。接到周莹手书，作为长辈的吴尉斌心想：周莹礼数想到、走到，也够难为她了。如果她主动提出由西院接管安吴堡，我当叔的，定将全力保护东大院财产不被分割。

吴尉武则想：周莹若提出吴氏家族分治而立，我当叔的定当全力支持，分了家，我要看看老二有啥能耐管理好家里那摊子？

吴尉梦想得更好：分了家，没人再敢在自己头上念紧箍咒，想上天想入地全由自己，咱也当一个名副其实的财主，在人前露露脸。

吴尉龙的想法与三个哥哥大不相同：分了家，周莹无子嗣，我把二小子认给她，将来她那一份家产就成自己的了。

由于四个兄弟各有所想所图，一个防一个，意见自然无法统一，听完周莹为吴尉文、吴聘父子治丧的结算后先后表态说：“大哥操劳一生，花多少银子为他治丧也应该。吴聘是东大院唯一继承人，青春年华夭折，从厚殓葬也属常理，花几万银子说得过去。侄媳心细如发，桩桩件件花销全列账簿，我们还能说啥？”

周莹也没说多余的话，听他们同意了治丧花销结算，随即说：“各位叔公，安吴堡由谁来管理的事，侄媳考虑多日，作为吴氏长子长孙长媳，我爸与吴聘遗书写得虽然十分清楚，但作为一介女流，侄媳实难肩负如此重任。因此，侄媳想请叔公们做出选择，由哪一院来做吴氏家族牵头人？若不能定下来，侄媳提议将吴氏家族一分为五，以利于各院根据自身情况谋生存求发展。”

吴尉斌立即表态说：“侄媳既然考虑多日，想必会有一个成熟意见，不妨讲出来，供我们考虑选择。”

周莹说：“恕侄媳愚昧，我还真没想过由何院牵头！”

吴尉龙说：“依我看，能者多劳，能者是帅，牵头的人如无智无能，把吴氏家族庞大家业交他，把安吴堡管理权交他，岂不是让他把人往火坑里引？”

吴尉梦说：“老五，你说了半天等于没说，你认为谁能像大哥一样把家把安吴堡给管好？”

“我心里若有数，早说出来了。”吴尉龙说，“现在我不是提出来了吗？谁能像大哥在时一样把家把安吴堡管好，谁就当牵头人、当安吴堡的头。”

兄弟四人没一个敢站起来说：我能。屋子里的空气窒息了一般，许久都没人出来打破沉默。周莹看看火候已到，说：“叔公们既选不出合适的牵头人，侄媳无奈，只能继续履行我爸和先夫遗嘱所托，负起管理吴家和安吴堡的职责了。”

吴尉斌心知若自己强出头，必然招来三个弟弟的强烈反对，弄不好兄弟翻了脸，往后安吴堡就不会有安生日子，但又不甘心让一个过门儿才一年的丫头摇身一变，成为吴氏家族的太上皇，骑在头上吆五喝六，因此说：“侄媳管理吴氏家族和安吴堡，必须有一个条件。”

周莹说：“请叔公明示什么先决条件？”

“你必须在吴氏兄弟子嗣中择优而立，过继为子，继承吴氏基业。否则，不孝有三，无后为大，你会因无吴氏骨肉继祖承宗，而失去继承吴氏家族管理的权力。”

吴尉武、吴尉梦、吴尉龙一听，心想，老二说得在理，若不然，让一个外姓女人成为吴氏掌门人，往后还能有好果子吃？因此，齐声说：“二哥所言有理。侄媳若想继承吴氏家典，成为吴氏家族掌门人、安吴堡之主，首先得从吴氏直系子孙中择优而立子嗣。不然，我等将按族规家法收回你全部继承权。”

周莹没想到吴氏兄弟能来这一手，一时还真有点乱了方寸。

房中书见状，起身拱手对吴尉斌等说：“吴氏家族内部事务，外人本不应插嘴，不过我跟随大爷三十余年，大爷生前视房某为手足，也算得上是吴宅一员了。让少奶奶择优过继子嗣而立，是一件关系吴氏家族百年千年基业的大事，绝不能草率行之。我认为应给少奶奶一个考虑时间，让她对吴氏嫡系子孙做全面了解熟悉后，再择嗣而立。常言说：忙和尚赶不上好道场，何况是择嗣而立此等关系吴氏家族未来命运的大事呢！”

吴尉龙首先起身离座说：“房先生所言极是，择嗣而立是十分严肃的事，应给侄媳时间，让她在我们四个兄弟的儿子中先做一番观察了解比较，最后把最有培养前途、将来能扛旗负重的孩子挑选出来过继为子，方不负列祖列宗在天之灵的企盼。”

周莹此时已从困窘中挣脱出来，听吴尉龙如此讲，心想：我再不顺杆往上爬，就别想成为安吴堡和吴氏家族明天的真正主宰了！因此接住话音说：“请叔公们给侄媳一个考虑时间，择子嗣过继的事我将尽快定下来，侄媳绝不会辜负叔公们的期望。”

吴尉斌见事已至此，多说无益，只好说：“在两个月内，侄媳必须做出抉择，东大院不能长期没有吴氏血脉镇宅。”

周莹决定择子承继的消息一公布，安吴堡内外，一下掀起了轩然大波。按亲缘血宗，西大院吴尉斌和吴尉文为一母所生。其父吴汝英在时，先后娶妻三房，吴尉斌和吴尉文生母在他们启蒙时，因病而逝，兄弟俩跟着奶妈安玉茹长大成人。安玉茹早年丧子，吴汝英见她身强力壮，性格温柔，是带孩子的可靠女人，便把她男人和她接进了安吴堡。她男人成为吴宅守门人，安玉茹则成为吴尉文、吴尉斌哥儿俩的奶妈。吴尉文从小好学上进，待人知礼懂事，极少对下人出言不逊，深受吴宅上下喜爱。吴尉斌从小性格孤僻，对待下人常常冷言冷语，不招人喜欢。天长日久，上上下下见了他就躲得远远的，长大成人后也没交上几个知心朋友。兄弟俩性格的差异，在吴汝英心中泾渭分明，决定了他的倾向。吴尉文成为他指定的事业继承人后，吴尉斌对吴氏家族原有的责任感，几乎在一夜间消失殆尽，他成为安吴堡一个无足轻重的人物。

他想利用哥哥死、吴聘无子嗣的机会，夺回他应有的一份尊严和在吴氏家族中应该占有的地位。他想过很多次，只要能把自己最小的儿子吴赛过继给周莹为子，成为吴聘的继承人，当吴赛长大成人后，安吴堡的天下就非他莫属了。到那时，作为老太爷，还有谁敢在自己面前说三道四呢？

他认为周莹择嗣承继，非吴赛莫属，他以为周莹心里明白，亲不亲血缘分，吴赛是她亲叔公的儿子，嫂子为娘，亲上加亲。何况，吴赛刚满四岁，过继膝下容易培养感情，十年二十年后，定会视如己出，周莹何乐而不为呢？

吴尉武、吴尉梦、吴尉龙没想那么多，他们采取了一种听天由命的态度来对待周莹的择嗣承继。他们心里明白，血缘、亲情必将成为周莹择子而继的首要考虑条件，他们与吴尉文是一父三母的兄弟，在血缘上和吴聘多少都存在着差异，如果从相貌上看，他们和吴尉文站在一块的时候，从没人说过他们有着手足之情的话；吴汝英活着时曾不止一次摇头叹息：“一母十崽，十崽九不同，何况他们兄弟五人出于三个母亲之腹呢！”

兄弟五人中，聪慧者当数吴尉文，愚笨者非吴尉武莫属，脾气古怪不合群者是吴尉斌，胸无点墨、常常异想天开的是吴尉梦，老五吴尉龙则是个心狠手辣的主儿，但常常满脸堆笑，在下人眼里，却是个温和的人物。奇怪的是，他老婆偏偏为他生了五个儿子，五个儿子个个长得生龙活虎。最大的十二岁，最小的三岁，和四个哥哥比起来，他是人丁最兴旺的一院。有人说，若论人气，吴氏家族五门中孙辈七子八女，吴尉龙独占鳌头了。

周莹赢得了时间，因为在叔公们各打自己小算盘的时候，她才可能与自己的心腹们，从从容容研究出应对长辈们的策略，一旦力量对比形成一对四局面，她知道自己在安吴堡的命运，就只能是面对青灯一盏、一生默默无闻的小寡妇了。

她永远不希望也不甘心出现如此局面。为此，在与吴聘拜天地入洞房后知道吴聘身体状况的第一时间，她便为自己未来的命运着想了。她把无法言明的痛苦与哀怨，深深掩藏在心底，在公公面前扮演着一个贤惠端庄、孝敬长辈、一心为公公分忧解愁、为丈夫命运操心、为吴氏家族未来竭心尽力的孝字当头的好儿媳形象。她用最短的时间确立了在吴氏东大院不可更改的地位。取得公公信任后，对安吴堡的事务有了知情权，对家族内部点滴之事有了过问的机会，所以当吴尉文死于非命时，才避免了狼狈和被动。在忠实于吴尉文和安吴堡的总管骆荣，账房总管房中书，武师王坚、史明等倾力协助下，她牢牢掌握住了家族和安吴堡的实际权力。迈出第一步后，周莹心中多少有了一点底，对几个叔公的能量进行了初步试探后，决定迈出第二步时，叔公们急于要她择子嗣承继的决定，给了她又一次增加掌控吴氏家族权柄的良机。她决心通过择子嗣承继，达到最后分裂吴氏四兄弟的目的。骆荣、房中书对她的所思所想，都在预料之中，所以，当她回到东大院，告诉骆荣已同意择日从四个叔公子辈中择子嗣而立时，骆荣笑了："少奶奶心想事成，东大院在安吴堡举足轻重的地位随着择子嗣承继的确定，将成为一个不可逆转的事实。我认为此事既不可仓促决定，也不可拖延太多时日。"

"骆叔认为放在何时进行为好?"

"老爷百日祭时，渭北各县衙与老爷交情甚密者必然前来安吴堡祭奠，趁官吏们在场，当着吴氏家族全族老小和安吴堡上下，完成择子承继礼仪，让泾阳县知县主持，到时，不管西、南、北、中哪个院提出异议或反对，都无法推翻少奶奶择子承继的决定。"

"房叔你说呢?"

"骆兄所言极是。在此之前，少奶奶一定要守口如瓶，不让任何人知道你选择哪个大院哪个孩子做少爷的继子。如果你过早泄露了出去，恕我直言，少奶奶从今往后，就别想有安生日子过了!"

王坚却不以为然地说："没那么严重吧？瞎瞎好好，一手写不出两个吴字来，西、南、北、中四大院心眼再多也不至于为争一个子嗣过继而大打出手吧?"

骆荣说："老弟你还年轻，没见过兄弟间反目为仇的残酷血腥，俗话说，不怕一万，单怕万一，小心一点，总比疏忽大意好啊！"

周莹说："骆叔、房叔放心，我会掂出是八两轻还是十两重来。老爷百日祭说话就到，我们还是早做准备。择子嗣承继事如何安排，还得骆叔、房叔多操心。"

8

周莹的抉择，不仅出乎吴氏四兄弟意料，连骆荣、房中书、王坚、史明等对她自认了解较深的人也是出乎意料。她最终选择了吴尉龙的次子吴庚为承继子嗣。

吴尉文百日祭仪式一完，当来自泾阳、三原、高陵、淳化、咸阳、乾州、潼关、西安、宝鸡、扶风、蒲城等地的宾客和泾、三、高三县知县与吴氏族人、安吴堡长老们入席酒过三巡后，周莹起身说："周莹十分感激各位大人、诸位嘉宾贵宾父老乡亲，来参加先公百日大祭，借此机会，我宣布关于吴氏家族东大院一支子嗣承继决定，请各位大人、诸位嘉宾、父老乡亲能够为周莹做证。"

在座宾客多数对东大院择子嗣承继事前并不知内中详情，所以对周莹的宣布颇感意外，心想，这小寡妇做事令人难以捉摸，她为啥要选择这种场合宣布择子过继的事呢？转而又想，各家都有一本难念的经，怕是周莹有苦难言，才用这种非常办法，堵住几个叔公和家人争执不休的嘴吧？

泾阳县知县闻言，站了起来说："少奶奶请我们大家为她做证，是件好事，说明她信任我们大家。我看，咱们还是请少奶奶先公布择子结果，如果大家认为合乎吴氏家族族规族制，咱们当一回证人，有啥不好？"

许多人随声附和道："少奶奶宣布吧，我们当你的证人了。"

周莹郑重地宣布说："根据先公与先夫的临终嘱托，按照吴氏家族择子嗣承继必须择优而定的族制族训，经过反复了解、观察、对比，周莹决定择五叔吴尉龙次子吴庚过继吴聘膝下为子，以承东大院百年基业。"

吴氏家族家人多数对周莹的决定表示了认可，有人大声说："少奶奶有眼力，给少爷选了一个好儿子，老爷在天之灵可安生了！"

宾客们听吴氏家人如此说，也随声附和道："祝贺少奶奶喜择贵子。"

但是，吴尉斌当场拍案而起，大声责问周莹："择子嗣承继乃大事，你不和长辈研究，擅自决定，岂能算数？"

吴尉龙一听，忽地离座而起说："东大院有权决定的事用得着你西大院说三道四吗？我看周莹择子过继没啥可挑剔处。"

吴尉梦慢慢站起来，不紧不慢地说："周莹为吴聘择子而继，不违祖制祖训。至于择何人之子，只要是吴氏嫡系血统骨肉，都无可非议。二哥出来反对，于理于情都说不过去。我说二哥，你能不能在外人面前为咱吴家保住点颜面？"

吴尉斌一下被噎住了，脸红脖子粗地嘴张了几张也没能说出话来，一跺脚，推开座椅，气呼呼走出了宴会厅。

泾阳县知县对周莹说："你二叔绝不会放下这事，因为他不想看到吴氏家族大权旁落。别忘了，吴尉斌和你公公是同母兄弟，他咋想，你不会不知道吧？"

因四门兄弟发生内讧，过继吴庚一事只得暂且搁置。

安吴堡内的不和，第一次暴露在众人面前。吴尉斌与周莹的隔阂因此加深。

席散人空后，骆荣对周莹说："择子嗣的事你应该先与我们几个通通气儿，常言说，三个臭皮匠，顶个诸葛亮。我和房兄、王坚、史明，虽比不上诸葛先生足智多谋，但对吴氏兄弟的了解，总比少奶奶多。和他们过招，不能任自己性子，要讲究策略。你虽然给了五老爷面子，但却伤了二老爷的心，少了一个至亲支持，东大院就少了一堵挡风的墙！"

"我……"周莹想说什么，话到嘴边又咽回去，叹道，"我并不想把人都给得罪啊！"

王坚说："你年纪轻轻，难道真打算为吴家守一辈子？别忘了，过继一个儿子，就多了一条绳索。少奶奶你若愿听我们建议，就别急着择子嗣，先设法稳住阵脚，想好走哪条路后，再选择不迟。"

周莹说："你说得轻松，我若不择子过继，吴家四兄弟能容我在安吴堡发号施令？"

骆荣说："若欲立，必先破。择子过继，势所难免，否则，少奶奶只有卷铺盖回娘家。择子过继，是策略，而不是最终目的。少奶奶的最终目的，应该是成为安吴堡真正的主宰者。"

史明则说："戏唱到高潮处，总得有个喘息机会，不然非唱砸不可。少奶奶应考虑咋样才能放长线钓大鱼，而无须计较一时一事的得失利弊。"

就在周莹和骆荣等研究如何摆平因择子嗣引发的纠纷时，不甘继承权旁落的吴尉斌，纠合对此事本抱无所谓态度的吴尉武进了泾阳县衙，告周莹废长立幼有违族规祖训，请求县老爷主持公道，判周莹择嗣无效。泾阳县知县与吴尉文相识多年，得到过吴尉文许多好处，更知东大院立嗣事关重大，接过吴尉斌诉呈后，不着边际地安慰了兄弟俩一番说："一家人有事好好商量，闹到公堂，对安吴堡有啥好处？尉斌兄、尉武兄，二位请放心，我定将规劝少奶奶慎重考虑另做选择。”

三天后，泾阳县知县将周莹请进衙门，将吴尉斌、吴尉武诉呈事说了一遍。他看过吴汝英、吴尉文、吴聘三人的遗书后说：“按照祖训，少夫人抉择无错，只是你二叔公极力反对，争纷因此而起，若解决不好，少夫人确实难立吴门。本县有一主张，不知少夫人愿听否？”

“大人只管言明，周莹定当认真考虑。”

“子嗣不但要立，而且要立一个将来能听命于少奶奶的继子。俗话说，猫看三日毛色，狗看七天腿短长，儿子要看六岁相。古人有言：天下熙熙，皆为利来；天下攘攘，皆为利往。吴尉斌和吴尉武反对立吴庚为子嗣，说穿了就是为了一个利字。你何不利用他们的心理，来一个放长线，变被动为主动呢？你不要忘了，你选的是吴庚，今年才四岁，看似敦实聪明，实际到底咋样，多观察些时日十分必要，少奶奶想想，本县的话有无道理？”

周莹只是点头表示同意，一笑算作回答。

“少奶奶年纪轻轻，来日方长，吴老爷和少爷入土时，你戴孝摔盆，为啥不能掌门？有吴汝英、吴尉文、吴聘三人遗书在你手里，我谅吴尉斌、吴尉武、吴尉梦、吴尉龙四兄弟，三年五载内，还无法撼动东大院在安吴堡的领导地位，到那时，你根扎深了，脚站稳了，他们失去与你抗争的力量后，你想立谁，就由你不由他们了。”

周莹想：知县的话不无道理，若自己此时硬着头皮要确定吴庚过继东大院，斗嘴怄气少不了，放着清闲不过找烦恼何苦呢！于是说：“谢大人指点迷津，择子立嗣事，我回去后一定妥善料理。”

“该断不断，必遭其难。”泾阳县知县说，“少夫人千万不可迟疑不决啊！”

周莹给泾阳县知县留下五千两银票，作为感谢他为己排忧解难的酬金，回到安吴堡第五天，宣布了暂缓择子承继的决定。

吴尉斌认为自己获得了胜利，周莹将来迟早都得从他西大院择子而立，因为他是吴聘的亲叔父，从血缘上讲，他的儿女与吴聘才是一个藤上的瓜。吴尉龙是爸的小妾所出，怎能代表吴氏正统呢？

吴尉龙到手的财富被吴尉斌给搅和干净，得知周莹取消吴庚过继权后，怒火中烧，关住门破口大骂：“吴尉斌，你小子别太过张狂了，总有一天，你会因张狂受到惩罚，到时候咱看是谁哭谁笑。”

安吴堡风平浪静。

周莹日子过得轻轻松松、从从容容。当她巡视完泾阳、三原、高陵就近几个县境内吴氏家族所有的商号后，对市场情况有了进一步了解，对经商的不易和劳苦也有了某种体会。高陵南糖糕点店地处县衙附近，每日买卖超过一百多宗，店内十五个伙计，挤在两间房里，转个身都不方便。加上送货的马车，连人带车带马在不到二分地面上兜圈圈，每逢下雨，马粪雨水流淌一地，脏得人难下脚。周莹眉头皱了老高，问糕点店掌柜刘甲斌："人住的地方，咋这样窄狭，马厩车房转不了弯，急不急人?"

刘甲斌笑道："老爷在时，我曾提出过，可一直没得到老爷回复，一直将就着到现在。"

"我看过左邻右舍，你去打听打听，如果能将他们的房地盘过来，问题不就解决了?"

"那敢情好，只是银子从哪里出?"

周莹看了刘甲斌一眼说："弄了半天，原来你怕从你手里抠走银子。"

"少奶奶，你冤了小人。"刘甲斌争辩说，"每年店里一应支出都得报老爷同意后方能列账，从盈利中冲销，名义上我是店掌柜，实际上我只有十两银子的使用权。"

"这样吧，你先别管银子从哪里出，如能把左右两院地方买到手，我自然不会让你受紧。"

"有少奶奶这句话，我敢说南糖糕点店出不了两年，就将成为高陵城里的第一大户。"

"到时候你刘甲斌腰杆也会挺得直直的。"

送走周莹第二天，刘甲斌便找到左邻右舍房主人，与他们谈起买房事。

刘甲斌对左邻右舍知根知底，没费神便找到了房主人，经过讨价还价，最后讲好，左右两院房地产各付二百八十两银子，过户所需花费银两由买主支付。

周莹在安吴堡听完刘甲斌报告，看过房地契约，让房中书将银票开出，办完过户手续，又拨出六百两银子，让刘甲斌做修缮费。七个半月后，高陵南糖糕点店重新开业时，已由原来的三间门面变成十二间门面的大店，经营品种也由原来的一百三十八种，增加到二百四十种，并且增加了两间经官府特许开设的晋盐专卖和茶叶专卖铺面。当年底，仅晋盐和茶叶专卖便占有了高陵市场六成份额，南糖糕点店也成为高陵县城中名字叫得最响、买卖最红火的字号。这件事使渭北地区所有吴氏家族商行货栈钱庄的掌柜们，看到周莹办事雷厉风行、不拖泥带水的实干作风，原来怀疑她无控制管理能力的掌柜们，此时全改变了看法，一个个心甘情愿为她尽忠效力了。

王坚对于周莹撤回择子嗣承继的决定，一直存在不同看法，他认为周莹之所以退让，是女人的软弱无能，成不了大气候。被吴尉斌几句硬话便吓得步步退让的少奶奶，充其量也只能成为一个外表精明强干、内心懦弱畏怯的小寡妇，跟着她还能有何作为呢？他甚至怀疑敢于直面压力为吴尉文、吴聘摔瓦盆的周莹，当时胆量是不是真的发自内心，他希望周莹能像吴尉文在世时那样，成为一个足智多谋，敢想敢说敢干的主子，在风浪临头时心不慌眉不皱，做出一番令世人刮目相看的事情来。自己作为她的保镖武师，也会因此感到神气和光彩。可是，女人终归是女人，女人天性软弱是无法在男人的激励鼓舞下，变软弱为刚强的。他想离她而去，去做一个真正的男人，在江湖上闯出一片属于自己的天地。只是他又无法忘却周莹留给他的一个纯净女人的美好印象，她单纯、善良、平易近人，从不以主子的身份对待下人，更少对下人们呵斥责备，遇到不顺心事，宁抱头大睡，也不会发出一句怒吼声。虽然与她接触的时间有限，但给他留下的许多令他难以忘却的事，并没有随着她的悲声叹声而变得模糊。她是一个令人心疼的小寡妇，一个才走进青春年华便遭遇霜打风磨的女人。她需要男人的帮助和关爱，需要他人的同情和安抚，在她需要温暖的时候，离她而去，算是怎样的人呢？他又犹豫了、动摇了，不辞而别的念头退到了脑后。他不承认自己在想入非非，在他心里，认定自己是一个顶天立地的男子汉，一个敢用生命为保护她的安危而挺身而出的武师，若因一两件想不通看不惯的事便怀疑她驾驭吴氏家族、管理安吴堡的能力，未免太不公平了。

在矛盾与混乱的困惑中，王坚对自己的去留做了多次假设，每一次假设又都被否认推翻，他不知自己啥时候变成了一个谨小慎微、瞻前顾后的男人？

周莹撤回择子嗣的决定，催化了他离开安吴堡的决心。他认为，出尔反尔的事在众目睽睽下已经出现，以后还有啥出尔反尔的事不能发生呢？跟一个没有主见的主子打交道，需要承担的道义责任和风险，随时都可能落在头上，与其将来被人指责为主子的帮凶，不如早一日远走他乡，去过自己无憾无怨的清白生活。他决定不辞而别。但在收拾完行囊走出房门的一瞬间，他脑子里又闪出周莹的面孔，那双对他投来气恨爱怨的眼睛，令他打了一个冷战，也使他想到了她的勇敢和果断：一个十八岁的女孩能在失去亲人的悲痛中，毫不迟疑地推迟发丧；采取果断行动，召回各地掌管吴氏家族商业的管理人，制止了财富可能出现的流失；安抚遇难者遗属，稳定安吴堡内部，以图后进的种种措施，不仅获得了成功，而且对东大院在安吴堡早已确定的权威和地位，更增添了不可撼动的砝码。由此看来，周莹确实是一个工于心计，善于在大风大浪中逆风行船的主人，照此下去，安吴堡的来日定会变得更好，跟这样的主子往前走，咋会没有前途呢？

他收住了往外走的脚步，把背在背上的包袱放下，拍着脑门儿自言自语：

"我到底咋了嘛!"

西边天上最后一抹红霞消失后，周莹走进花园，丫鬟红玉手提宝剑跟在她身后，像往日一样，两人之间保持着三五步的距离。

周莹刚刚走进通向假山的鹅卵石甬道，一个黑衣人忽地从假山背后冲出，手中的柳叶刀直向周莹胸脯刺去。

周莹听到风声，见柳叶刀已逼近胸脯，倒吸一口冷气，下意识地急忙侧身滑步，脚下用力旋身移动，硬生生躲过了一刀。

黑衣人出手虽快，似乎并不想真的伤到周莹，所以在周莹侧身滑步旋身躲避时，已收刀向后，待周莹站稳时才第二次挥刀进击。

丫鬟红玉吓得嘴张了老大，愣怔在一边，想喊就是喊不出声来，呆呆地看着周莹与蒙面人过招。

在黑衣人第四招出手时，她已看出对手并无意要自己性命，出招虽狠，但都是半招即收，明显是在试探自己的应变能力。一个不敢来真格的，一个手中没有兵器，只有躲避呼喊："有刺客，来人哪……"

愣怔在一旁的红玉被周莹的喊声惊醒，忙把手里的宝剑抽出鞘喊道："小姐，接剑……"

周莹怕被对手乘虚而入，所以没敢回身接剑，而是就地纵身上跃，顺手折得一根树枝，脚尖落地时，右腿往前一蹬，几粒石子风鸣疾起，直射黑衣人头脸。黑衣人举刀击落石子，才要收刀，周莹手中树枝已如剑扫在他肋下，嗞的一声响，黑衣人后背衣服已裂了一条尺长口子，此时，被红玉的呐喊声招来的十几名庄勇与仆人，见有人持刀攻击少奶奶，哗啦一下，各持棍棒刀枪扑了上来。

黑衣人见庄勇仆人向自己扑过来，往后纵跃中将手中的柳叶刀往地上一撂，高声喊道："少奶奶请住手。"声音没落已一把扯下罩头黑纱，双手抱拳说："少奶奶，恕王坚冒犯之罪。"

庄勇与众仆役见是武师王坚，个个目瞪口呆，手持刀枪棍棒木立原地，进不是退也不是，脸一齐转向周莹。

周莹抛掉手中树枝，瞅瞅王坚，向庄勇仆役们摆手说："大家回去吧，虚惊一场，原来王武师想试探我的胆量!"

王坚的用意被周莹一语道破，心里嘀咕："看来我小看了她，也误解了她，她确实不是个甘居人下的女人。我王坚为她效力，不足愧也!"

周莹见众人退出花园，理理衣裳对王坚说："先生试探我的胆量，用心良苦，但你小视我周莹了。我虽女流之辈，亦知不进则退、不搏而亡的道理，安吴堡生死存亡，今系我一身，我焉能高枕无忧？况且，一个年轻寡妇在长辈与同辈者的心目中，有多大分量，我心里清楚。宁在曲中求，不在直中取是上策。吴氏家族五门，现在每一门都比东大院人丁兴旺，我若与他们直面比高见低，出不了两年，东大院就将消失在安吴堡的凄风冷雨里了！”

王坚抱拳致歉道：“少奶奶心思王某望尘莫及，刚才莽撞万望海涵。从今往后，我王坚将一如既往跟随少奶奶左右以效犬马。”

“无须自谦也无须自责，自与先生结识至今，我从没把先生看作外人，因为先生为人我心中有数。如果说骆叔和房叔在我心目中是长辈靠山，你在我心目中便是安全的保护神。”

“少奶奶越是看重我王坚，王坚越感无地自容了。”

“此处不是谈话之地，我们到客厅相叙吧。”

王坚年已二十八岁，长得魁梧剽悍，一表人才，知书识礼，武功高强，是八卦掌创始人董海川得意弟子之一。十八岁时经人介绍投身安吴堡吴尉文门下，不久便以出色的智慧和非凡的勇武表现，赢得吴尉文赏识，成为吴尉文的左膀右臂。在安吴堡九名谋士武师中，是举足轻重者。过去十年间，他从不露锋芒于外，待人接物，平易可亲，一言一行，皆有分寸，在老老少少的心目中是一个文晓天下事，武不辱师宗的文武全才。十年间，他的八卦掌威震渭北，为武林人士所敬服。

周莹知道自己在安吴堡的地位是建立在什么基础上，更清楚一旦失去管家骆荣，账房总管房中书，武师王坚、史明等人的支持，将面临的是什么结局。四个叔父中只要有两人坚持要她交出安吴堡管理权，她在吴氏家族中的权力，就将丧失殆尽，成为东大院真正的孤家寡人。四个叔父之所以不敢轻易向她发难，一是内部之争难以平息，二是顾忌会遭骆荣、房中书、王坚、史明等实力人物的抵制反对，三是担心官府出面袒护东大院。毕竟，吴尉文生前为自己身后构筑起的防护网，是那样的坚固，那样的庞大。上至京城，下到省州府县，各级官吏只要提及“武德骑尉卫守府”的名字，便会想到吴尉文和他的事业继承人吴聘、周莹，要从周莹手里夺走吴氏家族对安吴堡的管理权，吴尉斌兄弟四人心里明白，这许多关节打不通，等于是痴人说梦。

周莹以自己的诚实和亲切语言，把王坚易动感情的大脑，说得天旋地转一般时，他对自己早先的想法做法感到无地自容了。他像发誓般表白着：“少奶奶，放一百个心，从今往后，王坚若再胡思乱想，你就拿剑把我的心剜出来喂狗。”

周莹忍不住微笑道：“话重了。一家人不说两家话，在先生面前，我是小妹妹，焉能对自己哥哥起疑心？”

客厅里一时陷入寂静，红玉此时换了一对红烛，说：“小姐，西大院刚才来人说，二老爷出事了。”

周莹一惊，忙问：“出了啥事?”

“二爷坐的轿车连车带人掉进了泾河里。”

“二爷咋样?”

“好像灌了水。”

“真的?”

“我听得不准，骆总管马上就会来向少奶奶报告。”

“快点去把骆叔叫来。”

红玉刚要出门，骆荣便跨进门槛说：“少奶奶，二爷掉进泾河被活活淹死了!”

周莹一听，张大了嘴，半天没说出话来。

红玉急了，上前摇着她说：“小姐，你倒说话呀。”

周莹长叹一声，泪已挂在脸颊上，喃喃地说：“老爷走了才几天，二爷就跟上走了，安吴堡造了啥孽呀!”

“都是择子嗣过继惹的祸。”骆荣突然说，“我太低估了吴氏兄弟呀!”

“此话怎讲?”王坚问。

“半月前我听二娘讲，她看到有人盯二爷梢，当时以为是闲扯，谁知现在二爷就溺水而亡了!”

“这与择子嗣咋能扯上呢?”

“二爷虽为人尖酸刻薄，拈花惹草，在安吴堡却没啥仇家，除和五爷在少奶奶择子嗣上发生争斗外，这许多年，从没和他人发生争执，自和五爷闹翻后就再没安生过。这不是明摆着的事？二爷溺水，逃不脱此事。”

“我劝骆叔慎言为要，人命关天，可不是道听途说的玩笑话，传出去，还了得?”

房中书这时闻讯赶来，进门便说：“骆兄一生出言谨慎，今晚咋啦？嘴上那把锁跑哪里了?”

“我只是在内宅说说，看把你们吓的!”骆荣也感到自己一时有失老成，转身对周莹说，“少奶奶别往心里放，权当我没说过。”

周莹叹道：“真也罢，假也罢，我们权当不知道就是了。现在你们先和我一道到西大院走一趟看看情况，若二爷真的殁了，治丧就得抓紧筹划。”

这时几个家丁已等在客厅外，每人手里提了一个白灯笼，等待主人发话前往西大院。

周莹在前，丫鬟红玉紧随，骆荣、房中书、王坚、史明在后，开路的家丁前六个灯笼，后四个灯笼，把路照得一片白，出了东大院街门，朝西大院走去。一行人到了西大院门口，见没一点动静，周莹说：“咋回事，西大院不该无事一般呀？”

家丁叫开西大院街门说：“东院少奶奶来了。”

西大院看门的说：“二奶奶在上房呢。”

周莹也不多说，径直进门往西大院上房走去。

西大院三进院子，没点一个灯笼，不像死了人的样子。周莹进得上房，见二婶正坐在炕上拿手帕擦眼，便上前问道：“二婶，我二叔出啥事咧？”

“刚才西乡来人说，你二叔坐的轿车掉进泾河里，人是死是活还不知道，我已打发你兄弟吴亮带人去看究竟。”

周莹长出一口气说：“接报把我吓得十魂跑了九魂，没停点就赶过来了。”

“回去吧，等吴亮回来，我打发人过去给你一个准信。”

回到东大院，一路没吭声的周莹说：“是谁报的信？连个准话也说不清！”

骆荣、房中书、王坚等人离去后，周莹和红玉往自己房里走去，刚走到水池西边，周莹转脸向西墙根望了一眼，恰巧此时月亮从云层里钻出来，照得西墙根的树荫铺了一地。就在同一瞬间，一个移动的人影闪进了她的眼帘，她一下来了兴趣，心想，谁黑灯瞎火顺墙跑啥？

毕竟还年轻的周莹，好奇心一来，拉上红玉就朝西墙根走过去。红玉不知周莹要干啥，问道：“小姐，西墙根有啥好去处？黑灯瞎火，踩住蝎子就有痛喊了。”

“到地方你就知道了。”周莹说，“月亮出来了，我都不怕，你怕啥？走快点。”

两人到了西墙根，人影早不知跑到了何处。周莹有点纳闷，心想：我不是见鬼了吧？就在她想找到答案时，花园门侧的那三间厦房窗户上突然亮出灯光。她又一想：刚才那人影是二娘没错，可她黑灯瞎火乱窜个啥？当她拉住红玉走到狗娃子的住房窗下，准备戳破窗纸看究竟时，房里传出一个女人说话的声音：“我紧收拾慢收拾，还是来晚了半个时辰，让你等急了是不是？”

“我刚躺下你就来了。”是狗娃子的声音。

“三学明天要进县给马换马鞍，我为他烙了一个锅盔路上吃，耽误了我们的好事！来，我们先亲热亲热。”

周莹听出是二娘的说话声音，心里忍不住想笑：一个三十二三，一个十七八，居然打得火热，如今世道怪事真多呀。

她转身拉住红玉就走，红玉已吓得浑身打哆嗦，直到回到房里，也没敢大声出气。

周莹对红玉说：“别乱说，让外人知道了，东大院能叫人放火烧光。”

红玉小声说："二娘一大把年纪，就不怕三学知道了要她的命？"

"馋嘴猫见了腥，总要伸爪子。"周莹卸了头饰洗着脸说，"百人百性百脾胃，喜恶不同啊！"

第二天早饭过后，周莹召来骆荣、房中书、王坚、史明说："老爷和少爷过世后，内宅仆妇用人多出许多，我看把他们另行安排一下，免得整日四处转悠没事干。"

骆荣同意说："少用几个人也能节省一些开支。少奶奶你看减少哪一方面用人？"

"厨房减少一人，让二娘回去照料家务孩子吧，她家那二十亩地少了人手咋成？"

"二娘做得一手好菜，让二娘回去，少奶奶今后怕吃不上可口饭菜了。"房中书说，"还是让老丁到大厨房去吧。"

"不，让二娘回去照料家务为好，三学老是住马厩里，二娘一个月不回家一次，长久下去咋成？"

"还减哪里用人？"骆荣问。

"让狗娃子跟刘甲斌当学徒去，过几年他能独当一面时，另做安排。"周莹说，"他跟少爷多年，没有功劳有苦劳，少爷不在了，我们不能亏待了他。"

"小伙子心眼蛮够用，若能学会做买卖，这一辈子就有福享了。"房中书赞同说。

"让庞甲、刘虎、朱玉章、拴虎、铁柱去学务花种树吧。"王坚提议说，"他们不是学武的材料，当庄勇太过胆小，紧要处派不上用场。"

"可以。"周莹说，"还有几个丫鬟年纪已大，该成家了，骆叔房叔考虑一下，替她们想想，有合适人家就让她们成婚自已过。"

史明笑道："少奶奶菩萨心肠，我若是丫鬟立马就给你磕头谢恩。"

周莹也笑道："你若愿娶哪个丫鬟，我陪她五千两做嫁妆，咋样？"

"谢少奶奶，只怕我奶奶得知我娶小妾，会拿剪子要我的命，你五千两嫁妆我要不起呀！"

笑声使周莹忘记了昨夜的不快，也使她考虑起该如何管家治内了。

9

周胡氏自姑爷辞世，女儿成为小寡妇那天开始，便陷入悲恨交加的自责自怨中。她含辛茹苦把女儿养大，一直企盼女儿有一个理想的归宿，为此，做主答应了吴宅的婚约。令她追悔莫及的是对骆荣的轻信，自己嫌贫爱富的贪婪，鬼迷心窍中一步步走进安吴堡设下的圈套，把一个纯真无邪、如花似玉、能文能武、善解人意、敬老爱幼、在方圆百里名声极佳的女儿，推进生不如死的囚笼里。

吃不香睡不稳的周胡氏带着两个弟弟和过继给她的儿子，在吴聘百日祭后到了安吴堡。

母亲的到来，让周莹既感高兴，又感酸楚，她无法解释自己与母亲的命运：缘何都要备受守寡的折磨，更无法说清将来自己要走的路是与母亲同向呢还是背道。

“我娃受苦，都是妈误听误信了骆荣那个老东西。”周胡氏坐上炕后说，“妈当初若多一个心眼，先派人潜进安吴堡探听明白，哪能狠心将我娃许给一个病篓篓，活活误我娃一生嘛!”

“妈，木已成舟，人都入土为安了，再说顶啥用？我认命了。”周莹眼圈一红说，“只要吴家把我当人看，我就不会丢下东大院这一摊子。再说安吴堡总得有人支撑，我是长子长媳，丢人败兴的事咱不干。”

“好娃哩，你若想回孟店村，妈去给吴尉武哥儿几个说。”周胡氏瞅着女儿的脸认认真真地说，“妈不是不明事理的人，十八岁的娃，活守一个摆在供桌上的牌位，是造孽嘛!”

“妈……”周莹泪如雨下喊了一声，双臂搂住周胡氏抽泣说，“我头上若没三品诰命夫人那个凤冠，咋想咋做都可以，眼下我是皇上册封过的女人，哪敢越雷池半步呀!”

周胡氏对三品诰命夫人是咋回事，一时也搞不明白，听女儿如此说，一巴掌拍在脸上哭道：“我娃这一辈子真的只能抱住枕头熬天明了？”

母女俩抱住哭了一阵，周莹止住眼泪说：“妈往开了想，天塌不下来，我就不信活人能叫尿憋死。”

周胡氏一愣，放低声音说：“好娃哩，你千万要前后长眼，心里咋想都行，万万不可给人留下话柄。”

“妈只管放宽心，我又不是傻瓜蛋，知道尺长寸短。”

周胡氏长长叹了一口气说：“妈是过来人，知道家家锅台上都放碗的道理。来日还长得很，我娃一定要走一步想三步，一步踏空，就可能招来不幸，妈不操心能成？”

周胡氏说的是心里话，因为她一生只守着周莹一个女儿，她想过许多，女儿过门一年便守寡，全是自己想高攀安吴堡门第，重振周门，才惹出的悲多于喜的事，当初如果听信传言，拒绝骆荣提亲一事，为女儿招个上门女婿，安安生生过日子，咋能引出姑爷一朝死，女儿守空房的悲剧来呢？是我当妈的害了自己的亲骨肉啊！

周莹对母亲的苦衷和想法，并不是无一认同，只是她想过多次都不敢贸然拿主意。她知道，叔公们只要向官府送一道诉呈，告她不守妇道，有辱三品诰命夫人之誉，等待她的是什么后果。三品夫人的诰封之誉虽然是吴尉文捐钱买的，但既成为戴在自己头上的凤冠，一旦被剥夺，周莹的名字下写上的就不再是为人羡慕尊敬的文字了。从踏进吴家宅门第一天起，她便想成为一个被安吴堡所有人仰视跪拜的主子，而不是被人指东道西的奴仆。放弃或被剥夺了三品诰命夫人的诰封，就是终日与另一个男人同炕欢愉，还会有什么真正的人生意义呢！

她想的与周胡氏想的虽然都是同一件事，但当母亲的是用世俗的眼光只看事情的一面，而女儿则是站在另一个角度，审视着事情的两面。女儿的多思善谋恰恰表现出一个与众不同女人的聪慧。她想过，仅为一种自身的欲望而放弃众人的期待，是一种鼠目寸光的笨拙选择，她能在争取众人的期待成为现实的前提下，经过努力奋争，自身欲望无须过于苛求，也会水到渠成、开花结果。只是，她不是那种见风就是雨的人。她把所思所想所要达到的目的，深深掩藏在心里，不仅瞒过了母亲，而且瞒过了跟随她左右的人。

“不龇牙的狗才是真正的好狗。”她相信家乡这条谚语。

周胡氏虽然精明，理财守家是个出色老手，只是和女儿比起来，智商却是相差甚远了。因此，她不仅无法猜透女儿的内心世界，更无法弄明白女儿此刻想到了哪一个人。

当周胡氏看到东大院里的上上下下，无一不是围绕自己女儿转时，原本打算领女儿回孟店村重打锣鼓另唱戏的想法打消了。她想，女大不由娘，守寡不守寡由她去吧。

在安吴堡住了七天的周胡氏临走时，对周莹说：“娃呀，妈还是那句老话，别折磨自己，咋想就咋办。一个女人花开花谢，经风经雨，经霜经雪，不比唐僧取经受的罪少。要修成正果，得拿出你爸在时的那股劲来，不怕鬼，不信邪。妈跟你爸过了半辈子，你爸从没把妈看小了。你爸临死对妈说：不要为我守活寡，如果有合适人家，能心疼咱娃，你就招进门来过。妈不改嫁，是你爸恩重如山，妈不是那没良心的东西，为你爸守住你，值。我娃被骗进吴家，一年没出便守寡，不值。妈不强迫我娃进退，只希望我娃不要太苦了自己。因为妈也是从你这年纪过来的，知道一个女人苦命付出的代价是啥！”

周胡氏抹干脸上的泪水，钻进轿车回了孟店村。

周莹一直送母亲到安吴堡寨门外，待看不见轿车影子时才长叹一声回了家。

对于母亲，周莹有着说不尽的感激之情。尽管母亲为了高攀，把女儿许给了疾病缠身的吴聘，但在她眼里，母亲不仅是自己的保护神，而且是她生命的原动力。如果没有母亲的呵护，今天的她是一个咋样的女人，就很难说了。她永远不能忘记小时候发生过的那件令她刻骨铭心的事。那天，她被一个名叫洪五婆的老女人紧紧夹制住了双腿，一双肉乎乎的小脚被浸泡在一盆煮成褐红色、散发着辛辣气味的铜盆里。她拼命呼号着："妈……妈……我怕……我不缠脚……"

洪五婆是远近知名的缠脚能手，一生不知为多少女娃儿做过缠脚手术。许多经她手缠脚长大成人的小脚女人，无不心有余悸，说："洪五婆心狠手辣着哩，只要她那双黑手一攥一拧，别说是四根嫩脚指头，就是四根铁棍，也会被她拧捏成麻花！"

周莹被洪五婆抱上炕时，已经哭得声嘶力竭。坐在炕上守护着女儿，看洪五婆缠脚的周胡氏想到自己缠脚时的那一幕，眼泪不禁夺眶而出，手按住周莹拼力挣扎反抗的小腿，哽咽道："娃别哭，一咬牙就挺过去了。"

周莹并不知道咋样才能咬牙挺过去。当洪五婆把白布向她脚上缠时，那四根被强压弯的脚指头，一阵刀绞锥刺般的疼，迫使她发出一阵鬼哭狼嚎般的号叫。她突然晕倒在周胡氏的怀里。

周胡氏见女儿晕死过去，身不由己，伸手一把抓住洪五婆的手吼道："住手……"

洪五婆吓得双手猛然收回，睁大双眼瞅住周胡氏说："头一关不过，咋缠呀！"

"为缠脚若把孩子命要了，缠有啥用？"周胡氏哽咽道，"我娃命重还是缠脚重？"

"自然孩子命重。"洪五婆怯怯地说，"我可没害娃的心，是夫人找我来为娃缠脚，我敢不来？"

正在这时，周海潮由县上回来，没进屋已听见屋内争论的声音，所以进得房门便说："咋啦？缠脚上头，女人命里二回愁，娃哭几声难免嘛。"

周胡氏没好气地说："你说得轻松，你试试看？"

周海潮笑道："那你说咋办？"

"不缠啦！"

"这话可是你当妈的说的，将来娃长大，脚大找不上婆家，你可别抱怨别人。"

"亏你当爸的能说出来。你是走州又过县的人，旗人不缠脚哪个女人没男人？老佛爷没缠脚，照样指东喝西，哪个男人敢放个屁！"

"你有理，可别忘了，咱娃是汉人，和旗人不同。"

“敬的一个老祖宗，吃一样的粮，旗人女人是女人，汉人女人就不是女人？”

周海潮一听，心想，娃他妈说的也有道理，可天下汉人的女人缠脚一千多年了，祖宗传下来的规矩，咱敢破吗？

就在周海潮犹豫时，周胡氏已抱周莹下炕，把缠脚布往地上一撂说：“我宁愿女儿嫁不出去，也不让她死去活来像我一样，走一步扭半天！”

洪五婆见状叹道：“汉人学旗人样，女人若都不缠脚，天下三寸金莲美女从哪找呀？”

伺候小姐缠脚的仆人们，收拾完家什，送走了洪五婆。周胡氏望着怀里的周莹说：“大家听着，刚才我说的话别传出去，免得招惹是非。”

仆人们齐声回答：“夫人放心，我们会管住自己的舌头。”

周莹这时已苏醒过来，周海潮把她抱起来说：“这娃也太过娇气，一只脚没缠住，就哭个死去活来。”

周莹双手抱住周海潮的脖子说：“爸，我不缠脚。”

周海潮忍不住笑道：“乖女儿，汉人自古至今，女娃都得缠脚，不然长大了找不到婆家。”

周莹问道：“为啥？”

“爸也说不清。”

周胡氏这时从书架上取下两本书来，往周海潮面前桌上一放，说：“你还是读书人，连这种事也说不出道道行行来，还算哪号读书人？”

周海潮看了两眼桌上的书笑道：“没那么严重，我还没愚到青红不分、皂白不辨的程度。娃还那么小，能懂多少事理？”

“你说，娃到底缠脚呢还是不缠？”

“你当妈的，先说个准话，我再说不晚。”

“咱三原县老爷一家是旗人，你看人家那三个小姐，一个个长得多俊多英武，一双大脚站得稳走得快，骑马射箭哪个比男人差？我想了，咱周莹为啥不能像县老爷家小姐一样，长成个能文能武的女儿呢？让她死去活来受罪，我心疼，脚就不缠了。”

“那她长大了，就得变成旗人样，不然婆家还真不好找呢！”

“我就不信大脚女人找不到婆家，我问你，西安府知府的二女子是大脚还是小脚？人家的夫婿长得比谁差？”

周胡氏的话让周海潮想起第三次见到西安府知府二千金时的情形：三原县每年正月十五闹元宵，从正月十四到十六的三天里，是一年中最热闹最红火的。在这三天时间里，来自四邻八乡、渭河两岸的老老少少，把县城挤得水泄不通。同治八年正月十五，那天中午，一行男女拥进三原县城最大的酒家天福楼，酒保见来客不像是渭北人，便上前招呼说："客官，请楼上就座吧。"那一行男女也不搭话，跟着酒保就上了楼。

天福楼是座六间跨度的酒楼，楼下多是散客吃饭处，楼上则是有身份的人士相聚的地方。一行人上得楼后，在靠窗处找了一张桌子坐下来，酒保一看，正好是一桌，忙转身去提水拿杯沏茶。当摆好茶杯沏茶时，一个年纪大的男人向一个身着旗人装束的女子问道："小姐要啥茶？"

"出外讲究不得，入乡随俗吧。"那女子说，"若早知三原县城有这么好的酒楼，我早来看龙桥逛庙会了。"

"小姐走到哪儿都怕没个可心吃饭的地方。"坐在那女子身边的红衣女子说，"三原城是渭北大地方，若找不到小姐吃饭处，岂不要让人笑掉大牙。"

"先别说宽心话，等饭菜上了桌，吃到嘴里才知道是瞎是好。"

酒保沏完茶，才说："请问上啥菜？"

"把你们天福楼最拿手的菜往上端就是了。"那女子主子一般说，"酒只上女儿红。"

酒保不敢怠慢，忙下楼告诉掌柜说："楼上一桌客人让咱把最拿手的菜往上端，东家你看咋办？"

天福楼掌柜周海潮听了说："先给上四个凉菜，四个热菜，待我探知底细后再讲。"

周海潮在三原县有名是沾了父亲周玉良的光，他虽然仅管理着天福酒楼，但却以豪爽、正直、乐善好施著称。当他上得楼去，无事般走到那几位客人桌前，眼一扫，忍不住笑出声来："二小姐，今日你咋有空来三原城看热闹？"

二小姐听声抬头一看，连忙起身离座说，"周叔你咋在这儿？"

"周叔是天福楼东家呀！"

二小姐笑道："我咋没听你说过？"

"是吗？现在知道也不晚吧！"

"那敢情好，今儿个我们可要白吃白喝一顿了。"

"别说一顿，你就是住下来，吃一年半载，周叔也管得起。"

酒保这时端着托盘上楼来，把四个凉菜摆好，放好酒壶说："请先用酒，热菜随后就上。"

"告诉王师，准备上龙凤盘。"周海潮对酒保说，"味儿不要太浓，清淡为宜。"

"啥是龙凤盘？"二小姐好奇道，"我还是头一次听说这道菜名。"

“等菜端上来，你就知道我天福楼为啥能成为三原城里第一酒楼了。”

二小姐是西安府知府千金，在人们眼里是个天不怕地不怕，常常会做出出人意料之事的人。她生在蒙古，长在草原上，是一个在马背上长大的姑娘，跟随父母到西安后，仍无法改变从小养成的习惯，动不动便带上家人策马外出，不是狩猎就是找热闹处玩。

西安府知府上任后为结交地方绅士商贾，借为母亲做寿之名，邀四邻八县十乡头面人物做客西安府衙，周海潮只身前往西安祝寿时，结识了知府和他的家人。

二小姐在天福楼遇到周海潮，白吃白喝了一顿说：“周叔，我想到孟店村一游，看看关中乡下和蒙古有啥不同处，可行？”

“咋不行。”周海潮说，“孟店村好玩着哩，你到地方就知道了。”

周胡氏见了二小姐，一看那双大脚，忍不住问道：“你爸妈咋没让你缠脚？”

“缠脚？”二小姐忍不住哈哈大笑，“小脚女人能像我一样骑马射箭，行走如飞吗？周姨，将来周莹小妹妹长大了，你千万别让她缠脚。不缠脚的女孩学文习武比缠脚女孩要强一百倍，我如果缠了脚，今儿个能骑马过渭河到孟店村来逛？”

周胡氏点头说：“也是，周莹长大若不同意缠脚，姨我就让她像你一样。大脚有大脚的好处，我这一双小脚，走三里路就得累趴下。所有旗人女子都不缠脚，活得多潇洒、多自在，哪像咱们汉人女子，一个个自找罪受，三寸金莲有哪一点好处？”

“姨，从历史上看，汉人老祖宗是没缠过脚的，唐贵妃杨玉环多亏有一双大脚，不然她那么胖咋能站稳跳舞呀？”

周胡氏拿出西安府知府二小姐没缠脚也嫁了好男人的事，来反对再为周莹缠脚，周海潮一时找不到反驳词儿，加上心疼女儿，也就没再坚持。如此一来，周莹才逃过一劫。一晃多年过去了，一天晚上，天福楼突然起火，当时风大夜黑，救火的人虽然不少，但真正敢往上扑的除县衙里的官兵和从天福楼逃出命的伙计外，出上力的并不多。待火扑灭，天福楼只剩下了四堵墙。周海潮被人从火中救出，浑身烧伤，在炕上躺了三个多月才能下炕。不料祸不单行，在返回孟店村途中，遇暴风雨，所乘轿车被掀翻，淋了雨，回家便发高烧，医治无效，十几天后咽了气！

周海潮病故第二天，他的生前好友、东乡堡首富、姚氏长子长孙、长安东乡堡总商号东家大掌柜姚平义，接到周海潮老婆周胡氏及其女周莹的讣告文书，沉默良久，方对妻子孟小娇说：“明天我到三原孟店去吊唁海潮，他膝下无子，撂下这一老一小，香火都断了。”

孟小娇惊道：“二十多天前海潮还来长安看病，咋就突然走了呢?”

“天有不测风云，人有旦夕祸福啊!”

“海潮的女儿周莹今年十四五岁了吧? 过几年，可以招个上门女婿，把周氏门户给顶起来嘛。”

“没那么容易，周胡氏心高气傲着呢，平庸无能之辈，她连白眼也不给，有才有貌有财子弟，谁吃撑了愿改姓换名做他人窗下傧相? 高不攀低不就的事，心想事成难得很哩!”

“咱给沃野说说，他三个光瓢，老大十八九岁了，让上周家当顶门杠保准成。”

“党沃野就是同意了，也难通过他老婆那一关。沃野老婆麻迷着哩，你千万别出馊主意找挨骂。”

“那就眼睁睁看着海潮从此断了后啊?”

“车到山前自有路，看你急得火烧屁股了!”

第二天，姚平义骑马来到孟店村，太阳已偏西，从吊唁棚退出来，见到渭北商贾旋璟、刘万才、李如意、萧雨轩、蓝青云等友好同人，唏嘘不已中李如意说：“党沃野和李平岭哥儿俩眼下在茶马古道上奔波，不知啥时才能收到海潮西归的讣告文书?”萧雨轩说：“接到也只能默哀洒泪了!”

“人活着为活下去，围住银子企盼掘井及泉，累死拚活，到头有的连泉水是啥味道也没尝到便倒下去了，每当看到这种情况，我有点寒心!”李如意说，“今天我们来吊唁海潮，明天不知谁又来吊唁我们呢?!”

姚平义拍拍李如意的肩头说：“别太悲观了，你才多大? 放心，等你送走了我们这一群老哥儿，你再想谁送你不迟。”

这时，两辆轿车一前一后，停在周家的院门口，姚家老二姚平岭入赘货郎李家改姚姓为李，李平岭的发妻李红霞和丁钦伟的妻子钱惠珠各带一丫鬟下车来。周胡氏闻声赶出来，上前接迎二人，一见她们便泪眼汪汪。望着周胡氏哭得红肿的眼睛，李红霞抱住周胡氏说：“嫂子一定节哀顺变，千万别伤了身子。平岭和钦伟哥儿俩远在千里外，不能赶回来为海潮哥送行，我和惠珠代表他们来为海潮哥送行了!”

周胡氏说：“谢谢你们了。”

李红霞拉住周莹的手说：“莹啊，快点长大吧，长大了好分担你妈肩上的担子。”

周莹说：“姨妈，我长大一定孝敬我妈，不会让我妈失望伤心。”

钱惠珠一听，泪挂双行，抱住周莹说：“莹啊，将来一定要把周家重撑起来。”

从灵棚吊唁出来，李红霞、钱惠珠进周宅后厅休息时，在灵棚外见到姚平义、萧雨轩、旋璟、易三朝、尤大同、李如意、蓝青云、刘万才正聚在一起说话，便上前对姚平义说："大哥，你们兄弟哥儿们早来了？"

姚平义笑道："单骑比轿车快，我想赶在城门未关前，能回到西安城里，所以赶了个早。不想，他们比我到得还早。平岭、钦伟最近有信回来吗？"

李红霞说："一个月前平岭写信回来说，他们由云南腾冲、龙陵，为成都、重庆组织到价值七十多万两缅甸产玛瑙、缅玉、金银玉首饰，我想他们可能已到成都、重庆交货了。"

李如意叫道："我的妈呀，平岭哥一次生意，就超过我三年买卖的总和，我这辈子只能望尘莫及了！"

"小子，你如果只用望尘莫及看着平岭拼搏，你这辈子只能小打小闹当小小老板了。"蓝青云对李如意说，"创造财富是要花代价的。你要尝到成功积累财富的快乐，必须向平岭兄学习，首先付出吃大苦耐大劳、不怕失败和牺牲的代价。如果你犹豫不决，前怕狼，后怕虎，趁早在家替你老婆抱孩子洗尿布。"

众人哄地笑了。

因孟店村遭马三阳纵火焚烧后房屋紧张，前来吊唁的外乡他地宾朋友好结束吊唁后马不停蹄返回，姚平义和旋璟等人喝了杯茶，便告别周胡氏和周莹，上马出了孟店村各奔东西。

周海潮一走，孟店村从此日渐衰落，在三原富甲一方的荣耀成为历史烟云。

周海潮故去后，周胡氏失魂落魄，几乎哭瞎了眼，多亏周莹整日陪伴左右，没明没夜开导劝慰，才使她从悲痛欲绝中解脱出来。

失去父亲的周莹，在周胡氏心里眼里，成为自己生命的支柱和寄托。只是考虑到久远，她不得不做出痛苦的决定：量入为出。为此辞退了周莹的老师百里和十一名下人，以节约开支。对于武师董海川的去留，她一时拿不定主意。她不想违背先夫意愿，尽可能让女儿学到更扎实的功夫，能在危险时刻，保卫自己和亲人安全。眼下女儿武艺在董海川眼里，已有了七成功力，若此时将武师辞退，女儿的武艺岂不要前功尽弃了？而董海川武功造诣精湛，是螳螂拳高手，对南北少林武术皆有研究，人品极佳。当初进得周宅，第一眼见到周莹，就开怀大笑说："此女可教也。"原来他发现，周莹不仅天资聪慧，反应能力超人，身体条件也好，是天生的练武坯子，而且是一个没缠脚的小姑娘。在习武人眼里，缠脚的女人已失去了习武防身的最起码条件：扎不稳马步，失去爆发力的根基，小脚女人别说疾步腾挪，就连大步进退也难保持平衡。翻开历史查看，哪朝哪代，习武强身卫国的巾帼英雄是小脚？杨家女将没一个是缠过脚的；梁红玉擂鼓战金山，能够拒敌的先决条件是她没缠过脚；花木兰能替父从军，若是缠了脚的女人，军营还没进就会被人识破；陈圆圆之所以被男人们掂过来掳过去，原因很简单，她既无反抗能力又无法拔腿逃跑，因为她那一双三寸金莲破坏了让她站得牢挺得住的根基！

董海川二话没说，当下便收周莹为徒，成为影响周莹一生的启蒙老师之一。

百里是泾阳名人名士，肚子里装满了墨水，只因脾性太过刚直，一生不得志，只能靠寄馆教书育人。进得周氏宅内后，发现周莹天资聪颖，禀赋过人，非寻常女孩可比，高兴之余，倾心以教。百里、董海川在周宅共事九年，把周莹调教成一个出类拔萃能文能武的女孩。与同年的女孩比，她已是三原县少有的才女。特别是在武艺上，她已能刀枪剑戟十八般武艺集于一身，足可与一般高手对阵。周莹对母亲的苦心，自是心知肚明，为了减少家庭开支和母亲共同度过艰难岁月，她咬牙违心地对母亲说："让董先生与百里先生一道走吧！"

周胡氏对女儿的决定，似乎并不感意外，只是说："娃呀，你可要考虑好呀！"

周莹斩钉截铁地说："往后我自己加强练习吧！"

老师全走了，周莹在成长中第一次面对独立选择的命运后，一夜之间突然成熟了。

周海潮入土为安儿年之后，渭北城乡突然传出周胡氏为周莹招赘上门女婿的消息，并且将三个条件公之于众：一、入赘周氏为婿者必须更姓改名；不准倚仗财势为害乡里；二、成婚后所生第一个儿子为周氏子嗣，女婿尽百年后之孝；三、与周莹成婚后，不准纳妾再娶、寻花问柳。上门女婿本人具备条件自然少不了相貌堂堂，体格健壮，人才出众，文知孔孟诸子百家，史知三皇五帝商汤春秋秦汉隋唐，天文地理皆可言对，诗词书画不能两眼墨黑……人们谈论如沸，应者寥寥。乡人坐到一块议论，出言多为苛刻，笑曰：金殿考状元也不过如此。姚平义等听到耳朵里，并没往心里放，以为周胡氏是想用这一招堵媒婆子的嘴罢了。不意消息传到安吴堡家，吴尉文打发总管上门拜见周胡氏，代表吴尉文为独子吴聘求婚，除了入赘周家，余皆满口应承。

周胡氏说："我想招女婿上门，吴尉文为何不允？"

管家说："吴氏家资数百万，土地上千亩，商号遍布渭北与川陕苏豫鄂晋甘宁青等地，吴聘是吴氏事业唯一举旗人，入赘孟店大材小用。老夫人想想，你是愿有一个呼风唤雨，一呼百应，财富积山的女婿呢，还是招进门守住百亩土地一院过火房，让你日夜为他熬煎过日子，伸不开拳脚的女婿呢？话再说回来，你把周莹嫁进吴家，把你已不足万贯的家业让女婿和女儿共同管起来，生下第一个儿子抱来孟店由你管教调养，最终不是把周家塌了的天，重新给撑得天高地圆，人财两旺了？"

周胡氏虽嫁进孟店周家二十余年，吃香喝辣，见多识广，毕竟没主持过家政，没理过财。周海潮自己在马三阳刀下活下命来，仅得到价值不足十万两银子的三原天福楼酒家，周玉良没战死前从没预料到悲剧能在孟店他的头上开锣擂鼓，因此没留下片言文书。孟店毁于战火后，各地商号乘机易帜变旗，掌柜变成老板，周海潮有心追究，但口说无凭，只得挨了肚子痛，加之时局动乱，他也无力追究，只得面对现实。周海潮为扭转艰难处境，亲自管理酒楼，不料深冬寒夜灶火没管好，将酒楼化为灰烬，他自己被烧伤之后又遭遇暴雨，引发感冒发烧转为肺炎不治而亡，留下周胡氏周莹孤儿寡母。周胡氏无计可施，只得走招上门女婿这条路。她唯一的资本是周莹美若天仙，文武全才，上知天文，下晓地理，熟读诸子百家，诗词歌赋琴棋书画皆通，一把女娲剑在手，足令男子汉们汗颜。周胡氏想：凭这些条件周莹招个上门女婿易如反掌。岂料，真正找上门来的小伙并不多，来的一见面，多数是周胡氏看不上的俗子凡夫，没本事的徒有一张漂亮脸蛋，有点水平的长相多是歪瓜裂枣，周莹连正眼也不瞧！直到安吴堡吴家管家上门求婚，周胡氏才见到比她门楼高的求婚者。

安吴堡吴家，是渭北著名世家，其祖先在唐初在冀州为官升迁到华原郡任上，途经嵯峨北上时，见嵯峨山岚如黛，林茂花香，草肥地广，水清鱼跃，是难得一见的风水宝地，于是记在脑海，在任三年返乡时，走到嵯峨山麓，不再前行，在一块草肥水美视野广阔的地方，面南坐北盖了数间草屋定居下来。当时唐朝还没有一统江山，战事频仍，渭北人烟稀少，一户人家深藏密林草地，并无人干扰侵袭。李世民入主皇位后嵯峨山麓得到开发，嵯峨吴家成为大户，子孙繁衍成群，多时达到二十八口，有子五人。吴家人多势众，当过华原副刺史的吴一令活到八十八岁无疾而终，其子孙为纪念老人，把自己住的地方命名为安吴堡。时光如梭，到了清乾隆年间，吴家后人分支外迁关中各地，都无什么大的建树，只有坚守安吴堡的吴氏五十九代孙吴十三官至正七品知县，在任时加强了对子女四书五经的教育，奠定了吴氏后人的家学基础。到了吴尉文父主政安吴堡时，官拜议叙布政使，享四品之尊，穿黄马褂，吴家财富一跃成渭北大户。

吴尉文七岁开始读圣贤书，二十一岁时其父让他到京应试从宦，举荐官员都是实权派，从地方到省城到北京，一路畅通无阻，只要走完过场，头上戴顶五品乌纱帽轻而易举。作为四品议叙布政使的老父亲，心里不仅有数，而且十有八九把握。但吴尉文跪在老父亲面前说："大，你如想让子孙后代富贵安康吉祥，将来出现更多为国尽忠栋梁之材，实现长久荣宗耀祖辉煌百年夙愿，就别让儿进京当官从政，让我弃官从商。待我为吴氏打下雄厚物质基础，培养好真正可独立胜大任的人才时，还愁咱吴家没有飞黄腾达的时日？这样做，比大眼下走后门花银子，找人情寻路子为儿弄顶乌纱帽要强十倍，走后门花钱寻路当上官，心里也不踏实，与其提心吊胆，还不如不戴那乌纱帽呢！”老父亲听后，考虑良久，才说：“大不勉强你，你既已选择好要走的路，大支持你！”吴尉文真的走上弃官从商的路。经过四十多年商场拼搏，终于成为关中大地最成功的秦商代表人物之一。

吴尉文的从商之路，可谓要风得风，要雨得雨，原因十分简单，他有一个在朝廷任四品议叙布政使的老父亲做后台。地方官吏和京城实权人物互为利益往来，在大清朝是公开的秘密，只要彼此一句话，再难办的事到他们手里，就成为水豆腐、软柿子，没有办不成的。吴尉文从商，见盐、茶是生活不可或缺的商品，只说了一句话，花了几纹银子，便拿到了六百盐引，在扬州设了一家名为裕隆全的大盐栈，在山西运城开了一家大粒青盐栈，在渭北设了一家茶业行，不到十年便家大业大，地方官吏们不看僧面看佛面，为自身利害着想，自然遇事都要给他足够面子。风光无限的吴尉文用他那智慧的大脑，指挥、调动了无数为他出谋献策的脑袋，把安吴堡变成他商业王国的大本营，在这个大本营里，他潜心研究总结历史上成功商人的营商经验，集前人之大成，不断改变经营策略，以适应商场形势需要。他最得意的杰作是借用《孙子兵法》中有备无患、百战不殆的谋略，在生意场上从不做无准备、无制胜把握的买卖。加上他对孔孟的中庸之道熟读于心，在为人上从决定从商那天开始，便以“和谐、圆世、慎微、诚恭”八字为准则，与人交友求义，面对三教九流、七十二行，他都能礼贤下士，和气生财，不妒不嫉。“见车让路宽，见人礼为先”的吴尉文，到死都没忘记教导儿子和儿媳：宁可舍得十万银，不可恶言伤人心。在他留给子孙的《从商札记》文稿里，留下一篇洋洋两千余言的《营商必备》，列举了二十条商人必须具备的条件和品德，他告诫后来的商人们，商人如果不能成为族群中的精神楷模或领袖，就不可能成为一名成功的被世人尊敬的商人。

“商人应成为百姓日常生活的老师，在售出物资时，也售出为人处世的美德与经验。”晚年，吴尉文在与他的伙计讲到什么是商人时，创造了这一经典语句，在秦商中引起了强烈反响，只可惜时局的动乱，把他的声音淹没在战火硝烟和喊杀声中。

吴尉文可以说是秦商中活得快乐逍遥的人，连嵯峨山安吴堡周边的山大王强盗首领们也敬他三分。他一生积德行善，解囊救穷，扶贫送医，乐善好施，和尚们为他诵经，道士们为他祈福，官吏们为他歌德。他可谓是心想事成的人物了。但是，他也有永远无法驱散的愁云紧锁眉头，有他至死心痛的愁怨，生前多次黯然神伤泪流。他曾在他的《每日札记》里填词吐露苦衷：

财富君王带笑看，富国安。家人千面也来看，皆心酸。
一子病缠吾疼爱，怕绳断。宾客劝慰把心宽，愁更添。

在他六十岁寿辰时，他从地窖里搬出祖上藏了三百多年的凤翔烧酒，大宴宾客亲朋，一时兴起贪杯，接连十几盅下肚，喝过量的他，竟于席宴上吟：

金溢秋水，银积云山。可怜根须少，树细枝摇，辉煌家业谁来继？
唤儿振奋，肌骨铁质。无奈骨瘦轻垂，回天无力，堪叹晚景凄凉。

前来贺寿的数百宾客，听到他的吟诵黯然神伤，他的家人更是悲从中来，唏嘘不已。所有人都知道，他在为子嗣病危而肝肠寸断！

自古道：祸不单行，福无双至，福贵总难全。吴尉文虽然有金山有银山，但却人丁不旺，时时陷于子嗣危急的苦楚里。因此，在他知道自己唯一相依为命的儿子命悬一线时，听从了奶妈的问卦于天的建议：红鸾冲喜驱白虎凶星，跪求送子娘娘发善心。此时，孟店村周胡氏为女儿招上门女婿的消息传进安吴堡，管家骆荣眉头一皱，计上心来，对吴尉文如此这般一说，向吴尉文道："你若不反对，我就挺平了脸，到孟店探探周胡氏底线，如马到成功，自然能好事成双了。"

吴尉文多年前于三原县三月三城隍庙会上见到过周莹，当时她大带着她到城隍庙赶会上香，吴尉文一见笑道："莹丫头静如水仙浴阳，动如南燕绕梁，长大了准能成为梁红玉第二。周兄，等我儿子吴聘成人时，咱兄弟把二人领见领见，如二人能彼此相中，咱们做儿女亲家如何？"

周莹她大说："到时再说，我不主张搞娃娃亲，照你说的，等他们长大了自己决定。"

周吴两家生意上往来不多，不存在利害之争，故一直保持着友好的关系，平时往来甚少。眼下为了给儿子冲喜保命，吴尉文才想起几年前和周海潮说过的话。心里思量：如此做未免太过缺德了点，我吴尉文一辈子行事为人，光明磊落，名正言顺，为啥遇到这种事，就阴阳混沌，黑白不分了呢？又一想，危急时刻，大丈夫男子汉失却快刀斩乱麻的气魄，只能后悔终生。罢罢罢，我就自私一回，老天也会可怜天下父母心啊！所以对骆荣说："你做主好了，我乐见其成吧。"

骆荣是吴家忠实奴才，他大给安吴堡吴家当了五十年管家，到他手也已干了四十年，主子心里咋想，只要使个眼色，他心里便知主子的心意了。骆荣赶上自己那辆他大用了几十年的楠木打造的轿车，晃晃悠悠进了孟店村，一看孟店村被马三阳纵火烧毁的家院废墟惨景，心里说：周胡氏如今巴不得和安吴堡联姻呢，红鸾冲喜没麻达了！

骆荣处事老到，周胡氏在他面前，简直是小巫见大巫，没法比的对手。上得场去，三说二道，就钻进了骆荣早设计好的圈套，自动把周莹的生辰八字拿出来交到骆荣手里，骆荣这才慢吞吞把吴聘生辰八字递给周胡氏。

出乎所有人意料，吴尉文给儿子订婚后二十多天，便向远近亲朋好友发出请柬：邀请他们定于当年乙酉阳春三月赴安吴堡参加吴聘与周莹的婚礼。渭北官商界为之愕然。姚平义、孟小娇、李红霞、钱惠珠、刘万才、李如意、旋璟、萧雨轩、蓝青云、尤大同、易三朝等人距孟店村都在一日行程内，他们和周莹的父亲周海潮友谊深厚，是周胡氏、周莹向吴家提出的必须邀请嘉宾，户县的盐商牛志飞返回扬州，韩城党家的行商党沃野、三原李家的大总管丁钦伟远在雅安，货郎李家的掌门人李平岭、尚素雅远在上海，自然没在邀请之列。渭南的商贾蓝青云做事十分缜密，接到请柬后趁到西安盘货，找到姚家大掌柜姚平义谈及周莹出嫁安吴堡随什么礼才符合他们的身份，礼随安吴堡还是孟店村合适？姚平义想了想说：“周莹、吴聘婚礼我们不参加对周莹不利，娘家没人压住阵脚，婆家人难免会看不起娘家人。咱们不如作为周莹娘家亲朋，给周胡氏助助阵，所以行礼于周胡氏，礼金意思到了就可以了，我认为咱们每人五十两为上限，统一交周宅。然后随送亲队伍赴安吴堡，一探吴尉文为啥急匆匆为吴聘完婚？”

蓝青云把与姚平义商定的事通知了刘万才，都刘万才告诉了李如意，李如意又告诉了旋璟。三天没出，小圈子里的伙计们都知道了姚平义的意见，所以三月二日晚在三原县东门龙桥李红霞的新宅会齐后，三日一早，十一人九骑一乘轿车，由三原县城出发抵孟店村，加入送亲行列。周莹见八位叔叔三个婶姨来为自己仗势，搂抱住李红霞、孟小娇、钱惠珠泣道：“有叔叔和婶姨们来为我送亲，我心里好受多了！”

吴尉文果然气势不凡，赶到安吴堡参加他儿子儿媳婚礼的人多达四百六十多位，其中关中泾阳、三原、高陵、乾州、礼泉、咸阳、大荔、韩城、淳化、旬邑、长武、邠州、周至、户县、宝鸡、渭南、西安，陕北延安府、陕南汉中的嘉宾同人，皆是在各地大名鼎鼎的商贾。泾、三、高三县的知县，咸阳三县知县，乾州府知府，西安府知府也大驾光临，渭北著名关学名儒百里等也成为座上宾。多亏姚平义等人作为周氏娘家人出现在安吴堡，婚礼傧相在介绍孟店村送亲亲朋时，吴尉文和年过花甲的老商人们方睁大了眼睛叹道：“不料今日秦商有如此阵势，实乃可喜啊！”

婚礼热闹非常，只是姚平义等人和宾客们发现，拜天地的新郎却是一个弱不禁风、离不开人搀扶的病恹恹的年轻人！姚平义第一反应便是吴尉文欺骗了周胡氏，更欺骗了周莹。他不由得摇头长长叹了一声，对孟小娇轻声说：“人有恶念，天必恶之啊！”

孟小娇也看出了问题，说：“噩梦醒来时已晚，莹儿今生多悲痛了！”

萧雨轩更是怒在脸上，说：“恶恐人知便是大恶。吴尉文可憎也！”

李红霞伏身桌面轻声道：“我们生活在一个忘功不忘过，忘恩不忘怨的时代，然而怨由恨生时，天怒则不可恕矣！”这时周莹强忍伤心越过两排席宴，走到姚平义等十一人挤坐一席的席宴前，向他们敬酒说：“叔叔、婶姨，周莹向你们敬上这杯滴了泪的酒，请叔叔、婶姨们为我祝福吧！”

钱惠珠没喝酒，说：“莹啊，听姨一句话：忍者身之宝，慎勿与人争。慈悲之力，最为广大。你千万不可只寻他人病，不究自己过。你听懂姨的意思了吗？”

周莹把杯中酒一饮而尽，点头道：“谢谢姨教导，莹儿谨记。”

周莹决然走出了席宴棚，再没出现在人们眼前。

姚平义本来想在酒宴开始后与吴尉文进行沟通的，见状起身说了声：“这苦酒我们不喝也罢。”十一人没向吴尉文告别，出门上马登车而去。

年仅十七岁的周莹在母亲将她许配吴聘时，满怀希望要成为一个贤妻良母，岂料踏进吴宅看到的丈夫完全不是骆荣所说的能开弓能骑马、身强力壮的男子汉时，便知道自己今后的命运了。当吴聘向她表明心迹，让她从后花园逃出安吴堡拒婚时，她被吴聘的憨厚、诚恳所感动。心想，老天如果能可怜吴聘，给她以时间，让她用自己学的医术，助他夺回健康，他们将会甜甜蜜蜜走完人生，甚至能为吴氏家族创造更多财富。为此，她拒绝了丈夫的好心，不但没逃回孟店村，反而坚定了与吴聘厮守一生的信念。尽管在她心里仍活着一个难以忘怀的男人。

最初的努力使她信心大增，在服过她开方调配的三十剂汤药后，吴聘咯血的症状得到控制，东大院上上下下，都沉醉在一片喜悦之中。

在吴尉文眼里，周莹既是儿子的救命恩人，又是安吴堡的希望之星。他一改不让女人主家的思想，主动将东大院的内部事务交周莹照料，他则把主要精力用在外部事务上。经过近一年观察，周莹的治家与管理才能得到他认可后，才做出东出潼关、巡察吴氏各地商业的决定。不料，老天不怜有心人，一场突如其来的大风，掀动浮冰撞沉他的乘船，夺去了他的生命。

周莹的努力随着吴尉文的溺水身亡而前功尽弃。经不住亡父打击的吴聘步吴尉文之后魂飞天外，留给周莹的已不再是夫妻共享人伦欢乐的梦了！

母亲周胡氏的安吴堡之行，使周莹本已麻木的心，突然又复苏起来：母亲的话也许有她的道理。我尚年轻，为啥要为吴家守空房当奴隶呢？自己若离开吴家，西大院、南大院、北大院、中院的吴氏家族的人们，将会做出何种反应？走出安吴堡我又能得到何种幸福，仅仅为了能得到一个新的男人爱抚？得与失之间哪一个有价值呢？她苦苦思索着，直到她和红玉发觉二娘和狗娃子苟欢时，她才收住了自己心中奔驰的野马。心想：人原来是可以有多种活法的，二娘守着男人，却要另寻刺激，把比自己小那么多的男人搂进怀里；而狗娃子年纪轻轻，身强力壮，找哪个姑娘不行，却偏偏喜欢上一个半老徐娘。可见，人不论男女老少，各有各的活法，各有各的喜恶，若为了一时欲望，而丢掉另一种欲望，实在是又蠢又笨的作为。想入非非中，她眼前浮现出自己的师兄，那个对她矢志不渝，却被她从自己视线内撵走的男人。

周莹扑哧笑了。红玉转身问："小姐，你笑啥？"

"我笑自己好傻。"

"你还傻？那我不是更傻了！"

"哪个女人都有犯傻的时候呀！"

"我弄不清楚自己有没有犯过傻。"

"等你长到我这年纪，遇到我遇到过的事时，你就会知道，自己是否也会犯傻了。"

"但愿我一辈子也别遇到小姐遇到的那许多事，我更不愿自己犯傻。"

"事不由人呀！"

10

吴尉文父子入土百日后，吴尉武、吴尉梦两兄弟，由安吴堡到泾阳，再到长安，花天酒地了一月有余，银两花光花尽，才回到堡里找到周莹说："贤侄媳，叔们手头紧得慌，先支一些银两，到年底你从红利分成中扣除吧。"

周莹皱眉道："两位叔公，你们总是挥金如土，月耗银都在万两以上，吴氏家族即便有金山银山，也架不住你们这么折腾，恕侄媳话不好听，侄媳希望叔公能为子孙做个表率，节俭过日子，这才是本分。"

吴尉武脸往下一吊，老大不高兴地说："你公公在时，也不敢如此对待我们。"

吴尉梦跟上也说："我们又没花你周家一分一文，你管得太过头了！"

周莹没心思和他们磨牙，没好气地命房中书给每人预支了一千两银子，说：

“全族日需斗金，方能维持一族上上下下生活，侄媳我主持家政，靠的是先人留下的有数资财，若二位叔公不加节制，不量入为出，从俭花销，出不了几年，安吴堡吴氏家族怕当叫花子也没人打发了。”

吴尉武看了一千两银票一眼，冷笑道：“一千两还不够我塞牙缝，你也太过抠门儿，太过小气了。”

吴尉梦则伸手取过银票，往怀里一揣说：“侄媳妇，你会因不孝招寻烦恼。”说着回头冲吴尉武说，“走吧哥，花完了，咱们再来问她要。”

吴尉武、吴尉梦悻悻走后，在场目睹了全过程的房中书摇头长叹道：“吴氏家族出了如此子弟，实在是天大的不幸啊！”

王坚则恼火道：“什么叔公老爷，简直是无赖，长此下去，如何结局？少奶奶若听王某之言，应当机立断和他们分家，各过各的，免得怄不完的气。”

骆荣不知怎的一反常态，气愤异常地说：“依我看，吴氏家族迟早非分家不可。少奶奶仔细想想，分过好呢还是保持现状、整年在怄气中过日子好？老话说：夜长梦多，福祸难说。望少奶奶三思。”

周莹本来就窝了一肚子火，听众人如此讲，心火更旺，站起身子一拍桌面说：“分家，早分比晚分好，他们若不自重自尊，怨不得我做小辈的无礼无节。”

周莹在一怒之下做出与西、南、北、中四院分家决定的当天，骆荣便与房中书、王坚共同协商，重新将财产列账造册，加大了实际支出数目，抽去了五百亩地契，改写了陕西境内商号资本数额，把外省各总号、分号全改在吴聘继承名下，排除在分配财产之外，理由是：外省商号实体全是吴尉文生前用私房银两所创。为有证据，骆荣、房中书让王坚仿吴尉文字体，重新写了遗书，盖上吴尉文印玺，将原遗书收藏于地洞里。所有列入财产分割账册中的资财造册完成后，交周莹过目定夺。周莹发现财产列册中少了五百亩地和四十五万两库银，问骆荣、房中书：“咋少了五百亩地，四十五万两库银？”

骆荣说：“我们考虑，应把老爷在时用私房钱购进的地亩和积攒的银两，作为少奶奶直接继承财产处理，不应列入再分配数字。”

周莹笑道：“如此做不妥。老爷用私房钱所购产业亦应视为吴氏家族共有财产纳入再分配，我若私吞，有违公道。你们应记住：‘上有好者，下必有甚焉者矣。君子之德，风也；小人之德，草也。草尚之风，必偃。’孟子的话应成为我们做人行事立本的准则。倘若我有私心，往后咋能服众？己欲立而立人，己欲达而达人，只有自己愿意做好事，才能要求别人也去做。我如果起了坏头，往后咋让你们做事？把它重新改过来吧！”

骆荣、房中书、王坚等人一听，连连点头，高兴地齐声说：“少奶奶高风亮节，言之有理，我等服了。”

王坚说：“少奶奶能善养浩然之气，安吴堡来日定当财源滚滚，力能撼山，所向披靡了。”

房中书立即将造册数字照原账数字改过来，重新交给周莹过目。周莹从头到尾又看了两遍，把王坚仿写的吴尉文遗书抛入火中，才对骆荣说：“骆叔，你老把分家的事和列入分家的财物明细目录，给西、南、北、中各院送过去，好让他们做到心中有数，免得到时疑神疑鬼。”

骆荣这才把周莹决定分家的事通告了西、南、北、中四院。

吴尉武、吴尉梦、吴尉龙接到周莹分家提议后，连夜碰头相聚，商量对策，研究分与不分。西大院因殁了吴尉斌，吴尉斌老婆只好亲自出马，参与商讨。

四个人商量了半夜，由于想法各异，竟无法取得一致意见。

吴尉武说：“让一个晚辈控制长辈，长此下去总不是办法，上次老二不同意分，是怕咱吴氏家族贻笑世人，死了张屠夫，吴氏子孙只能吃带毛猪。眼下，周莹主持家政，以下管上，是她目中早没了咱们这些当长辈的，咱还和她混搅在一块过日子干啥？再说，二哥死后，咱兄弟谁能取她而代之？恕我说话难听，凭咱哥儿几个的能耐，想管好安吴堡里里外外的事，只怕是天狗吃月亮，做梦也是空想。因此，我主张分开过，家小事少，咱们活了几十岁，也该独立撑起属于自己的一片天了。”

吴尉龙则反对分家，因为他心里还在想着儿子过继给东大院的事，如果分了家，那儿子过继给周莹也得不到多少油水，所以故作沉痛地说：“大哥在天之灵若有知，知道他辛辛苦苦维护了一生的吴氏家族毁在他的弟弟们手上，怕也会悲痛欲绝的。再说了，一旦分了家，安吴堡就失去了原来的地位，咱们行走在人前，脸上还能有啥光彩？因此我认为：如能维持现状是最好不过的。”

吴尉梦则站在吴尉武一边，极力主张分开过，他说：“只要财产按人头数公平合理地分，我同意三哥意见，分。”

吴尉斌老婆对吴氏家族内部财富到底怎样，可谓只知皮毛，而不知底里，加之失去了丈夫，少了主心骨，若分开另过，她心里没一点谱，同意分也不是，不同意分又讲不出道理来，所以说：“嫂子听大伙的意见，你们都同意分，嫂子就同意，你们不同意，嫂子也没意见。”

由于意见难以统一，第二天早饭过后，四个人又聚到吴尉斌堂屋里继续商量研究对策。吴尉龙回家和自己老婆谈了分家的事后，他老婆说：“你反对分没道理，你若一辈子想在周莹影子下过活做人，那就反对分，若想成为一家真正的主人，就同意分。若她愿过继咱儿子，将来她那一份资产，在她百年后自然会落在咱儿子手里。多与少暂且不论，即便是十万两银子，也是从天上掉下来的馍馍，总比没有强吧?”

吴尉龙一听，老婆的话在理，当场便说：“那明儿个我就站在三哥、四哥一边，同意分他娘的。”

吴尉武、吴尉梦、吴尉龙兄弟三人取得了一致意见，吴尉斌老婆只好说：“那就分开过吧!”

兄弟三人各怀心事，虽然一致同意分家，但却忘了如何一致对外、研究出一个分家的具体办法来。

周莹拿着聪明当糊涂说：“既然叔公们同意分家，明天侄媳便进县备案了。”

吴氏家族分家的消息，迅速传遍了泾阳城乡，泾阳县知县成为当然的监证人，见证了吴氏家族分家的全过程。

吴氏家族一分为五，所有资产，包括土地、房屋和陕西境内商业店铺、商号以及山林、家什、牲畜，周莹事前让骆荣、房中书、王坚等分别造了五本册子，每本册子上列着同样的数目：十五万两白银，六万两银票，一千两黄金，珍珠二百粒，玛瑙手炉一对，玉佛两尊，玉如意两柄，镀金罗汉一尊，白布三十匹，绫缎二十匹，锦缎二十匹，杭绣被面十条，苏绣枕头十对；牲畜土地则按人头分，每人十头骡，十匹马，百亩地，百石粮；房产则各用各的宅院。

吴尉武、吴尉梦、吴尉龙虽然人不傻，由于几十年没问过吴府具体事务，吴尉文到底创造积累了多少财富，他们心中根本没底。从证人手里拿到所分财产册后，一算数字，觉得差不了多少，和各自所知情况基本相符，一个个笑眉飞扬，心想，分了家老子成了真正的百万富翁，往后在人前人后也能昂头挺胸当爷了，因此，二话没说，一齐在分家议定书上签字，认了分家结果。

吴尉斌老婆更是两眼墨黑，自嫁到安吴堡，成为西大院主妇，至今还是头一次见到如此多的金银财宝土地资产，喜得早忘了丧夫的悲痛，喃喃道：“从今往后我就是西大院真正的主子了!”

泾阳县知县见吴氏分家顺顺当当，没出现任何意外，才长出了一口气对周莹说：“恭喜少夫人完成了一件了不起的大事。大户分家，而且一分为五，没发生一件意外纠纷，实在是奇迹呀!”

周莹笑道：“多谢大人为小女子主持公道。”

县老爷说：“不看僧面看佛面，我为少夫人出力，全看在尉文兄的面皮上，谁叫我是你公公生前的挚友，是你的长辈呢!”

周莹自然不会忘了酬谢县老爷辛苦了，当县老爷坐轿回府时，县老爷的衣袋里已经多了五千两银票。

分家三个月后，吴尉武从分到自己名下的银号伙计们嘴里听说：在分家前，周莹已将银号里的利银调走一百五十万两，使本来有二百万两资本的银号变成仅有五十万两存银的银号，若把存银支付储户，银号所有资金仅余十万两数，一旦遇到风吹草动，银号不关门才是怪事！

吴尉武一听，暴跳如雷，破口大骂了几句，可坐下来想一想，不对，周莹不是没心没肺的人，她年纪虽轻，但为人做事，从来都是一是一，二是二，绝不会为一点银子败坏了自己名声。若轻信了伙计们无根据的胡说八道，自寻苦恼不说，让人知道了，自己老脸往哪搁？想到此，他脸往下一沉，对传话的伙计说："把你的臭嘴闭紧，往后说话要注意点，信口胡说八道，挨嘴巴子都是小事一桩，懂吗？"伙计一听，知道自己说漏了嘴，忙说："爷，小的记住了。"

吴尉武训过伙计回到家，琢磨了半天，心想，无风不起浪，可又找不到什么事实能证明周莹搞了鬼，因此十几天都在生自己的闷气。一天，吴尉梦、吴尉龙找到吴尉武说了听到的风言风语，问他咋办？吴尉武没好气地说："鬼才知道你们该咋办？你们当着县太爷的面画了押，认了账，承认了分家结果，若再找周莹混闹，闹不好县太爷训斥你们一顿是轻饶了你们，让安吴堡人知道了你们为钱不要脸，为老不尊，搞不好把口水会吐在你们脸上，让你们没法做人呢！"

吴尉龙一听冷笑道："如此说，你是认了？"

吴尉武说："我认为周莹没搞鬼，分得公平呢，我没理由不认。"

吴尉龙一听冷笑道："原来如此。当初我不同意分家，你们当哥的非分不可，如今我听人说咱们少分了银子，对你说，你却反说我们没理，让人莫名其妙。"

吴尉武说："你们如果不想丢人败兴，我劝你们还是当哑巴为好。"

吴尉龙一跺脚，扭头就走，说："行，只要你当哥的能咽下窝囊气，我他妈的也能自认倒霉。"

吴尉武在自觉不自觉中把一场可能引烧的火给熄灭了，无形中帮助周莹渡过了一次难以一时说清楚的难关。事后周莹听了风声，心想：如此看来，亲缘关系还是没从几个叔的心里泯灭净啊！

周莹将吴氏一家一分为五。没有了家族长辈约束掣肘，周莹如同鱼游大海，鹰击蓝天，有了更大的活动空间。当她把全部精力放在吴氏商业经营管理上才发现，吴尉文建造起的安吴堡经济帝国，原来并不像想象的那样坚如磐石，资金并不像外人预料的那样可日进斗金，分家后经查对实际收支账项，她发现吴尉文生前统治的吴氏天下，实际上除不动产未减值外，各地商业实体创造的财富一年少似一年，到了吴尉文溺水而亡时，陕西境外的十多处商业字号，在三年时间里总共才上缴安吴堡利润银二百一十六万两，而被吴尉文拿去贿赂各地官吏、为周莹捐买“三品诰命夫人”荣衔等，支出就多达九十八万六千两，支付吴氏五院生活开支六十八万三千两，若不是陕西不动产收入填补，吴氏家业就将陷入沙中楼阁的危境。分家后，周莹得到的实际资产除实物外是八十九万多两银子，这个数，对周莹来说，并不是可以高枕无忧的财富。然而，值得庆幸的是，她全部保住了陕西境外所有吴尉文在世时的商业资本，如果她有本事把它们管理好，就不愁家业不兴。

1887年春节过后，元宵节晚上，正在赏灯的周莹接到信使带回的信息得知：四川成都川花总号大掌柜厉宏图正紧锣密鼓准备将“川花总号”易帜，变吴氏在川资产为己有。

信息是原来跟随吴尉文多年，后被吴尉文论功行赏、提拔重用、委以川花总号二掌柜的何一清，特派心腹和信使一同到安吴堡报告的，来人被安排住进了客房。

周莹得到信息，一刻也没敢拖延，立即让王坚召回在家里过节的骆荣、房中书，连同几名在安吴堡内同她一道过元宵节的谋士、武师，连夜开会商讨对策。

骆荣说：“厉宏图此人抱负甚大，仗恃有几石臂力，不把少奶奶放在眼里，妄图乘机易号自立，看来何一清不会陷害诬告他。如今之计，只有以力伏之，否则，一旦让他易号成功，便无法慑服其他总号，若出现如此局面，少奶奶一脉可真要哭天抹泪了！”

房中书说：“事不宜迟，少奶奶就立即派武师入川进成都，出其不意，将厉宏图捉拿到安吴堡问他一个犯上作乱，妄图侵吞吴氏资产罪。然后另派人进川，管理川花总号。”

周莹听完大家的意见，思之再三方说：“我本一介女流，公开抛头露面，实非所愿，但厉宏图妄图易号自立，实乃欺人太甚，若不给他一个当头棒喝，往后如何有效管理大江南北各地商号？我得亲自去一趟四川，来一个快刀斩乱麻，短痛比长痛要好，否则，传扬出去，士绅农商定会讥我无能，愧对吴氏列祖列宗。”

王坚说：“入川道路崎岖艰难，少奶奶焉能受此鞍马之劳？如少奶奶信得过王某，让王某前往成都处置厉宏图。”

周莹说：“王先生不必为我担心，四川乃天府之国，山川秀丽，人杰地灵，我此去亦可顺开眼界，领略一下沿途风土人情，锻炼一番，对今后经营管理定有裨益。只是要辛苦诸位武师，与我一道奔波劳累一番了。”

骆荣说：“老爷在时，事必躬亲，三十年中七下江南，六次进川，十次赴甘，三入晋域，九次赴京，在陕西境内更是勤于走动，才使得安吴堡财源不断，成为三秦大户，一方望族。现少奶奶继承先公家业，亦要大事亲力亲为，着实令人钦佩，我同意少奶奶亲自入川，以便视事而动。”

房中书也说：“少奶奶正青春年华，经风雨洗练是件好事，我支持少奶奶入川料理此事，重树安吴堡权威。”

谋士、武师史明犹豫不决中摸着头说：“按大清从商律条，少奶奶至今尚未取得直接从商的资格，一旦川花总号、扬州盐务总号的大掌柜们以少奶奶没有权力干涉他们经营做借口，事情可就麻烦了。”

史明的话一下提醒了骆荣和房中书。骆荣一拍腿说；“我全忘光了这件事，少奶奶的为商权，应火速办理好。大清律条明确规定：女人不经省都衙门和朝廷批准，是不准从事商务和干预商事的。”

周莹听了，一时睁大了眼，好久才说：“我咋不知道清律里还有如此规定?”

王坚说：“若不是安吴堡出现接二连三的不幸，少奶奶怎能嫩肩挑千斤？大清律条别说少奶奶搞不清，连我们这些终年在外跑的男人，也知道得有限。史明今天不提，我连听也没听到过朝廷颁过女人不得从商问商的律条。”

周莹说：“骆叔、房叔，你二老看这事咋解决?”

房中书先开口说：“我看少奶奶立马亲自进西安，找陕西巡抚大人急事急办，先拿到省衙批件，就不怕各地商号大掌柜们节外生枝了。”

骆荣说：“回头再向朝廷申报在大清国行商的批件，不然以后保不准会从哪儿生出事端来。”

周莹想了片刻说：“这回怕又要额外花大笔银子了。”

骆荣说：“没办法，如今的世道，只有用银子才能解决少奶奶燃眉之急!”

战乱打乱了原来的商品流通渠道，丁钦伟的老婆钱惠珠管理的布店，由于失去进货渠道，为克服暂时遇到的困难，在丈夫丁钦伟随表哥、东家李平岭绕道而行于茶马古道后，她改经营南货为经营当地货物为主，保住了自力布店。四年里虽没挣到大钱，但也小有斩获，当左宗棠把捻军剿灭，回师陕甘时，南北水旱交通也渐次恢复。她不等不靠，让账房算了算实有银两，命伙计姚大壮前往上海，找到李平岭给调剂了四十多个丝绸、南布花色品种，随船押运到商州龙驹寨码头，由罗海泉亲自押运到三原，赶了一个早市。当其他布庄、布行动手组织货源时，她的自力布店，批发出的第一批商品已在兰州、银川等地上市。孟小娇得知消息，对姚平义说：“惠珠脑瓜里渠渠沟沟就是比我多，我组织了三十二个花色品种的苏杭丝绸，她组织了四十六个品种，不知咋弄的，我的三十六万两货还没卖完，她四十一万的东西已经售罄了。我是得去向她求教了。”

“你早该去向惠珠取经求教了。”姚平义说，“从悟商之道到为商之道，惠珠比你少走了许多弯路。她由实干涉足商场买卖，比你理性问商到管理经营，少走了两个弯，她跑在了你前边，实际经验自然要丰富于你。在商场上，世事洞明的人，远胜读死书不务实的人。这次惠珠所以能走在你前面，是她的直觉告诉她，久旱逢甘霖抢耕抢种才能早得收获。乱后百事兴的道理很简单，抢得先机者必然是识先机而动的人。别的窍道虽多，只要你能真正把握住其中最主要的一点，就能少走许多弯路。万事无不可遂，经验无不可得。只要你孟小娇愿放下大掌柜架子，你将会在不久的将来，成为一名真正拿得起放得下，敢为人先的商务经营管理人。”

“你啰唆了半天，不外是一句话，虚心能使人进步。你一句话烫过来烫过去，烦不烦？”

“我让你吃烫饭，是为你着想，不然光跟在别人屁股后面跑，永远是跟屁虫，没出息！”

这时，一仆人走进房门对姚平义说：“安吴堡少奶奶周莹来访。”

姚平义说：“请进来就是了，报啥嘛！”

“平义叔，我跟着哪。”周莹说话间人已进了房门。

周莹为公公、丈夫守孝，还是素衣素服，上着白锦缎绣青花夹袄，下穿黑绸缎镶边宽腿裤，眉宇间透出几分妩媚和英气。小娇迎上前，伸手抓住周莹双肩看了看身前身后，说：“还没啥大变，只是大辫子绾成了髻。瘦了点。”

姚平义亲自泡了碗茶，放到周莹面前的茶桌上说：“来西安处理啥事？”

“我想到我公公留下来的各地商号走走瞧瞧，处理一些具体事务。听骆荣等人说，我如出省巡察吴氏商业，首先要办理经商批准文书，否则，各地商号有权拒绝我对他们商务的过问和干预，各地官衙也不会准予女人干涉当地商号正常营业。我来请教姚叔、小娇姨可知这律条存在与否？”

姚平义说：“大清朝律文多如牛毛，其中就有女人经商需经朝廷批准，方能走县过州出省。由于这个律条早已颁布，因此，大清国至今尚无行走全国从商的女商贾。你若想出省巡察吴氏商务，首先要获得官衙批准方可。”

周莹苦笑道：“大清朝准慈禧垂帘听政号令全国，却不准女人经商，这是哪家的律条嘛！”

孟小娇笑道：“慈禧才当了多长时间无冕女皇？不准女人从商的律条是咱们女人生的儿子、孙子们关住门制定的，怪慈禧你就冤枉了好人。”

姚平义也乐道：“你们话倒是没说错，眼下要想法把衙门批准文书拿到手才是正事。我想周莹你决定出马察看吴氏商业网点，一定事出有因吧？”

周莹说："我得知信息，成都、扬州等地，先公活着时三年多没去巡视商号，有人便借他死我刚继承吴业鞭长莫及时，妄图易号自立，如不能及时制止防患于未然，事就麻烦了。"

姚平义说："如你所说，必须当机立断。我这就去找唐耀祖问问，看通过啥渠道，能尽快弄到省巡抚或总督衙门批文。"

周莹问："唐耀祖是啥官？"

姚平义说："原任西安府知府，现在巡抚衙门，是管理全省农工商具体事务的正五品主事。"

"我来时，管家骆荣和账房房中书让我直接去找巡抚试试，可我没见过巡抚，找上门人家不认，丢人现眼事小，传出去能让人笑掉大牙，所以我直接来叔这里想办法。唐耀祖如肯帮忙，我不叫他白忙活就是了。"

"这事叔会处理。你就在这等着，我先到唐耀祖家看看。"

姚平义到了唐耀祖在火神巷的住宅，随门人进入他书房，见唐耀祖正在审视一只周朝的青铜酒樽，便笑道："唐叔，我来送叔要的玛瑙鼻烟壶来了。"

年已六十多岁的唐耀祖抬头见是姚平义，笑笑说："你倒孝顺，隔三岔五就来给叔送些宝贝，叔可没多余银子给你哟！"

姚平义把一个红蓝青三色玛瑙鼻烟壶双手递给唐耀祖后，顺势坐在他对面，唐耀祖摆弄了一会儿鼻烟壶才说："质地纯正，是上品，你又得花万两吧？"

姚平义回答："小小不言的事，只要叔喜欢就值。"

"说吧，有啥事让叔给你代劳？"

"没啥大事，安吴堡吴尉文的儿媳妇周莹，继承了吴家商业经营管理权，但周莹是个小寡妇，按大清律条，女人管理营商做生意跑买卖，必须经省衙或京城批准，才能走县出省逛全国。她找到我帮忙，想劳驾老叔帮帮劲，给弄一张批件。"

唐耀祖坐下笑道："你小子不是打小寡妇主意才出面为她跑腿磨嘴吧？"

"老叔说歪了，周莹叫我叔呢，在叔你面前是孙辈。平义为人叔不是不知，对女色，平义虽不是唐僧，但却是真正的正人君子一个。"唐耀祖哈哈大笑道："你吹吧，我可听人说过，你和你老婆可是先进洞房后拜天地的。"

"都十几二十年前的事了，你老还提它干啥？我就不相信叔年轻时，没做过跳人家墙头敲姑娘窗子的风流事。"

唐耀祖把鼻烟壶放到书架上说："我替周莹把批件办好后，人情她得还。眼下官场风气龌龊，我这主事当不了几天啦，只好睁一只眼闭一只眼，装聋作哑，同流合污蹚浑水了！"

姚平义从袖口里掏出一沓百两银票放在桌上说："叔拿去周旋吧！"

三天后，唐耀祖把批件交给姚平义说："你回去对周莹说，她无须来谢我，我也不想见她。再过五十天，我就告老还乡，回山野抱孙子颐养天年去了，你再想找叔帮忙就难了。如今兴的是人不走茶就凉啊！"

姚平义说："每年春节，我到山洼里给叔拜年请安就是了。"

"那敢情好嘛，我先谢你了。到时你小子不到，小心我骂得你眼跳耳热！"

"老叔，再说一遍，平义是一言九鼎的男子汉。"

周莹从孟小娇嘴里套出姚平义为给她办营商批件，送给唐耀祖一个玛瑙鼻烟壶和给办事官吏好处费四万两银子，临离开西安返回安吴堡时悄没声把一张六万两的银票放在姚平义书桌上。姚平义送周莹到街口返回进到书房，在桌前坐下才发现，扭头对孟小娇说："周莹这丫头办事认真着哪。"

孟小娇问："你指啥说？"

姚平义把六万两银票递到她手说："她留下六万两银票。"

孟小娇说："其实，凡事认真点好。好朋友多算账，免得疑神疑鬼。"

房中书开出的六万两银票，换回的是陕西省衙一张准予周莹在陕西境内外从商并管理属于安吴堡吴氏商业事务的批件。周莹从西安返回安吴堡，一刻没停又召开了一次会，当即决定：东大院一应事务在她入川返回前，由骆荣全权管理，财务由房中书负责，并协助骆荣共同处理内外事务；武师史明负责安吴堡安危，在她外出的日子里，东大院尽量不要与外界陌生人物往来，以防不测。一切安排妥当后，第三天，经过连夜准备，上路一应用品绑上马鞍，说风就是雨的周莹，带领王坚等三名武师和家丁庄勇一行三十人，出了安吴堡，过泾河修石渡，取武功，出眉县齐镇，翻越秦岭，日夜兼程，直奔四川成都而去。

为了给厉宏图一个措手不及，使他易号的图谋胎死腹中，周莹一行在十五天中两换坐骑，当进入成都住进客店时，所有坐骑的铁掌都磨成了薄片，有三骑竟累倒在地而亡。

陕西人入川经商由来已久，明末时川中经张献忠战火焚烧，人口伤亡惨重，大量秦人移垦川省，形成"秦人填四川"的移民潮，且多居于川北成都。大批秦人入川，生病自然要吃药，吴家便在川投资开了处山货药材店，秦岭山的上好山货、药材，经齐镇出山码头源源不断地运到成都。吴家山货药材店，货源充足，质好价廉，红红火火。当时投资四十万两白银，每年约可获净利银十五万两，十年后，川花总号资本达到二百万两，每年可获净利八十万两，从而成为吴氏家族重要经济支柱，川花总号亦一跃成为四川境内颇有影响和实力的财团之一。川花总号到吴尉文之手时，厉宏图以他的经营业绩和超人的管理能力，在获得同人一致认可和赞扬的同时，受到了吴尉文的赏识与重用，被破格提拔成川花总号二掌柜，又过三年，便被委以总号大掌柜，从此独立撑起吴氏家族在川商业的一片天。出任川花总号大掌柜仅两年，厉宏图便在新都、万县、南充、大安等地设了分号，从此川花总号在四川全境形成九角相连的经营网络。直到吴尉文溺水黄河亡故，代表厉宏图回安吴堡述职并解缴利银的属下返川后，将安吴堡的变故如实相告于他："吴老爷、吴聘少爷先后亡故，如今少奶奶周莹主政，安吴堡虽然平安无事，但一个小寡妇主持安吴堡内外事务，将来会否发生变故，实在是难以预料的事。"厉宏图没到安吴堡述职，一方面确实忙于业务无法分身，另一方面他见吴尉文三年未进川，猜测安吴堡定是出了问题。按吴尉文的性格和对下人的监察考核使用管理惯例，绝不会三年不出远门，放任外地商号的营销事务。他想证实一下自己的猜测是否准确，便派人代他进安吴堡，看看安吴堡如何反应。

厉宏图之所以有此想法，是他不愿再做吴尉文的奴仆，一心想自立于川中商界，做一个资产真正属于自己的老板。在过去的近三十年时间里，他夹着尾巴做人，在吴尉文面前像一条哈巴狗一样摇头摆尾，谨小慎微，呕心沥血，为吴氏家族不断创造积累财富，眼睁睁看着安吴堡不断昌盛发达，自己一家四十多口老小仍凭着吴尉文每年支付给自己的十万银两薪俸过日子。如果不趁壮年有为为自己创造出一个做人上人的机会，到人老无力时，还有什么前途呢？他开始一点一点把川花总号应该入账的零星银两存入自己选择的银号，在离成都不远的金堂县开设了一个完全属于他的商号，而商号所有商品全是由川花总号购进货物中分拨，让供货人直接送货到金堂，成都仓库进货量则如数入账。

厉宏图的行为开始并没人发现什么破绽，两年时间不到，他居然从川花总号窃取到五十多万两的资财。1886 年年底，川花总号二掌柜、吴尉文心腹何一清，一次到金堂县与供货商见面，探问供货商交货量与入库实际数量为什么先后七次出现差错，供货商说："何掌柜，我可没少一两一钱货，每次供货都是我亲自送上门的，怎能出现差错？"

何一清从腰里掏出七次差错详册，指点给供货商说："你咋解释呢？"

供货商想了片刻，抬手一拍后脑勺笑道："我想起来了，成都总号仓库所以收货数量与账不符，是因为其中一部分货送给了金堂分号，不信你到金堂分号去查查就清楚了。"

何一清一愣道："川花总号啥时设了金堂分号，我咋一点也不知道？"

供货商说："这就怪了，当掌柜的竟不知自己有几处分号，岂不成了笑话？"

何一清问："你告诉我，谁让你把货送金堂分号的？"

供货商回答："厉掌柜呀！"

何一清沉思了片刻，扑哧笑道："你看我这记性，厉掌柜曾向我讲过金堂分号开张的事，由于事多又杂，过后给忘了个干净。老兄，今儿个我不该责难你，这里我向你赔礼道歉了。"说话间便向供货商打躬施礼说，"话到此打住，老兄千万别与他人提及此事，更不能对厉掌柜谈及，若不然，老兄今后就会失去川花总号这个主顾了。"

供货商认真道："何掌柜放心，我若对第二个人提及今天的事，让我出门跌进茅坑淹死变成蛆！"

何一清笑道："老兄言重了！"

何一清买了两贴膏药，贴在额头与左脸颊上，然后戴了一副石头墨镜，进了厉宏图开的金堂杂货行，和店伙计们摆了一个时辰买卖龙门阵，临走说："过几天，我来贵号进货，今天就不再打搅了！"

金堂杂货行的伙计们并不认识何一清，何一清没费吹灰之力，便弄清了金堂杂货行的经营规模和内情，回到成都，他进到川花总号仓库，不动声色查对了入库出库账项以及购进与实际入货数字差，一一记于纸后，又经过半个月的调查研究，终于发现厉宏图企图架空川花总号的种种蛛丝马迹。

感觉此事非同小可的何一清叹道："人心隔肚皮，真是知人知面不知心，谁能想到，规规矩矩跟了老爷这么多年，厉宏图原来是别有用心呀！"

何一清不敢怠慢，急急伏案写了一封长信，在信中详细列举出厉宏图企图架空川花总号的种种情形，最后指出若不及时制止厉宏图所为，后果将不堪设想等等。信写好，天不亮便叫醒自己的心腹家人，命他会合安吴堡信差，日夜兼程赶往安吴堡向主子报告。

为了早日实现自立梦想，厉宏图自从得知吴尉文死亡那一刻起，便加速了准备工作，为了让成都府衙站在自己一边，默认或准于厉氏取代吴氏成为川花总号的东家，厉宏图第一次取出十万两银，作为买通官衙的敲门砖，亲自出入有关官吏宅院，转弯抹角表明了自己的意图。看在银子的份儿上，所有听过他陈述的官吏，再也不吱声了。与前不同的是：所有收他银两的官吏都采取了睁一只眼闭一只眼的态度，权当不知道吴尉文老爷的川花总号将要发生变故。成都主要的官吏们和主管商贾的官吏，差不多都接受过吴尉文的好处，加上吴尉文祖上还有一顶"议叙布政使"的荣誉头衔，若明目张胆为一介白脖商贾开罪吴氏家族，无疑是自寻麻烦，吴尉文的继承人虽然是一介女流，可她头上三品诰命夫人的凤冠，却是老佛爷亲手所赐，得罪了少奶奶周莹，也不是轻松的小事，所以成都的官吏们来了个只收财礼，只许空头愿来搪塞厉宏图，拿不到官方认可文书，川花总号的东家自然还是吴尉文。

厉宏图的努力不能说一点成效也没取得，银子也不能说白花了，一个被他再三纠缠的经办商号注册、更换商号名称的小官吏，在无法拒他于门外时，对他说："你多动点脑子想一想，此路不通走彼路。你为啥子脑壳一根筋呀？吴尉文这么多年没给你写过一封书信？那信也会说话呀！"

一句话点醒了厉宏图，他连连作揖，连声说："多谢指点，多谢指点。"匆匆回到家，厉宏图一头埋进伪造吴尉文文书的勾当里。他对吴尉文手书颇有研究，没几天，吴尉文给他的书信多出了十几封，上边全盖上了吴尉文私印，他拿着这些书信，重新出现在有关官吏的宅院里，成都官衙认可了他的呈请，批准了他将川花总号易号自立的申报，因为吴尉文的书信上写得明明白白、清清楚楚，为酬谢厉宏图数十年来的精诚努力，决定将川花总号易名赠给厉宏图……

厉宏图见伪造私印书信起了作用，兴高采烈中向四川商界同人发出欢迎光临的请柬：兹定于丁亥年五月端午举行川花总号易名另立开张大吉庆典……到了此时，厉宏图一颗悬着的心，才落到了肚子里，他长长舒了一口气，自言自语道："皇天不负有心人啊！"

厉宏图抱着万事俱备，只欠东风的心态，加紧了筹办五月端午易号自立的事，自然不会想到有人偏偏在他行动的紧要时刻，在他背上狠狠捅了一刀。

11

周莹一行风尘仆仆进入成都后，并没直达川花总号，而是不动声色地住进一条小巷中的客栈，包了客栈全部客房。安顿下来，周莹命同她一道回到成都的何一清家人去传告何一清，让何一清在天黑后到店里与她会见。

何一清家人走后，王坚说："少奶奶应亲自上门拜会何一清。"

周莹问："为啥？"

王坚说："何一清如果没有一颗忠诚的心，厉宏图妄图易号自立的事很可能就成功了……"

周莹离座而起说："多谢王兄提醒，我们马上去拜谢何一清。"

王坚带了两名家丁跟着周莹出了客栈，叫了一副滑竿让周莹坐上，便直奔府学街而去。

何一清家在府学街正中，是一院有着十二间青瓦平房组成的院落，是吴尉文二十年前亲自为何一清所买，以作为对何一清忠心耿耿为吴氏家族服务多年的犒赏。二十多年过去，何一清已是年近花甲的老人，一家老少八口，生活在成都，虽然不时思念着故乡的山水，但日久天长，对陕西秦川的印象逐渐淡漠，在和本地人交往时，已少了秦腔秦调，多了些川腔川音，也算是半个成都人了。

何一清正在房里听家人汇报，猛听得街门传来叩门声，便对在灯下写大字的大孙子说："去看看谁叫门。"

十九岁的大孙子转身出房门未久，何一清便听到喊声："爷爷，安吴堡少奶奶来啦！"

何一清一听，忽地站起，跑出了房门，才走出几步，周莹已经到了院中花坛前。何一清也没看清周莹面貌，双腿一弯伏跪在地上，一边叩头一边说："少奶奶，老奴总算盼到你来了！"颤抖的话音中充满了悲伤。周莹见状听声，心里一酸，眼泪便夺眶而出，忙伸手扶何一清站起，说："何叔，你是要折侄女阳寿呀，快起来！"

何一清一边往起站，一边泣道："叩见少奶奶是应该的、应该的，乱了礼节，哪有家法族规呀！"

何一清住了两间房，室内陈设十分简朴，家什都是粗件，仅有一柄玉佛手是较值钱的古董。周莹听何一清家人说：这柄玉佛手是吴尉文在何一清五十寿辰时，派人专程由安吴堡送到成都为他祝寿的礼物，何一清把玉佛手供奉在案，成了全家人心目中的圣物。

何一清把老伴、儿子、儿媳和孙子、孙女以及跟他从安吴堡到成都的两名家人全叫到一块，拜见周莹问安后，才坐下来诉说了想念之苦、失主之悲，最后又将厉宏图如何准备易号自立之事从头到尾详详细细讲了一遍，说："少奶奶此来，一定要制厉宏图于马下，不然川花总号九个分号十八个店铺就不归吴氏所有了！"

周莹说："何叔放心，我既敢入川，就不会空手而归。厉宏图想从我手里把吴氏家族资产窃为己有，除非他有上天入地的本事！"

何一清连声道："这样我就能睡好觉，吃进饭了！"

商量了如何制服厉宏图的办法后，周莹叮咛何一清暂勿走漏风声，让厉宏图忙他的易号自立事，以防他得信狗急跳墙，待自己搞定地方官吏后再动手制服他不迟。

周莹第二天一早起来，盥洗完，吃过早饭，在王坚和四名家丁护卫下，乘轿车到了成都府衙，呈上折子。府尹见折，连忙迎出，一见周莹，暗暗吃惊道：想不到吴尉文还有一个倾国倾城的儿媳妇，而且是一个敢抛头露面的非凡之辈。她能千里跋涉，不辞辛劳到成都来，定是为厉宏图要把川花总号易号自立的事，看来，本官得小心伺候了！

成都府知府是旗人，年过六旬，曾和吴尉文有过几次交往，对安吴堡的实力和其在朝廷的影响，自然心知肚明，因此，对周莹就多了几分敬意。他把周莹迎进衙门后，径直把周莹、王坚一行带入后堂，唤夫人女儿出来作陪，然后才说："少夫人千里迢迢，翻山越岭，走完难于上青天的蜀道，实在令本官佩服啊！"

周莹欠身道："出于无奈，只能选择进川一条路了！"

府尹明知故问："发生了何事，非让少夫人亲自出马？"

周莹微微一笑道："想必大人知道，先公在成都有一处川花总号资产，先公不幸辞世未久，川花总号掌柜厉宏图妄图乘安吴堡无暇外顾之机，偷天换日，窃夺吴氏资产，小女子闻知实情后，只得抛头露面，挺身而出，维护吴氏家族正当权益！"

府尹正言道："此等不法所为，本府自不会任其逍遥法外，少夫人放心，你若在处理此事时遇到不便，成都府衙定将为吴氏主持公道。"

"谢大人对小女子的支持，小女子将倾尽全力，争取稳当解决厉宏图妄图易号自立引发的危机。"周莹腔正声甜地说，"如果出现不测，定会求大人按律行事，还吴氏一个公平。"

"好，说得好。"府尹提高嗓门儿说，"稳当解决此事，实乃最理想的办法，本官祝你马到成功。"

周莹一听，知道府尹在下逐客令，转脸对王坚说："王武师，请把给府尹夫人、小姐所带的陕西土特产品拿进来。"

王坚走出客厅，从家丁手里取过礼品，回到客厅，将礼物放在周莹面前的茶几上，悄声站在了周莹身边。

周莹将十盒红木盒装三原蓼花糖，十盒红木盒装泾阳茯茶，先交到府尹夫人手里，然后将一对蓝田玉手镯、一对白金镶红宝石戒指交到府尹小姐手里，回身拿起一对蓝田玉观音再次交到府尹夫人手上，最后将一柄带金丝穗的青龙宝剑交到府尹手里说："大人晨起舞剑多年，这柄先祖用过的青龙剑，乃明孝宗帝所赐，今小女子作为孝敬大人的见面礼，还请笑纳。"

成都府尹接剑在手，哈哈大笑道："下官夺人之美，要让人耻笑了！"

周莹道："大人言重了。"

一连三天，周莹数次出入成都府各有关官吏衙门，拜会他们的内眷。官吏们受了礼，加之周莹头上有一顶三品诰命夫人桂冠，有吴尉文在时的威望相助，厉宏图易号自立的一切文书便失去了效用，任何官吏自然不会因一介白丁，而开罪有钱有势的吴氏少奶奶。何况，当官吏们得知厉宏图伪造书信，私刻吴尉文印欺骗官衙的事时，心中产生的恐惧、对厉宏图的怨恨一起涌上心头，厉宏图图谋的真相一旦暴露于公堂上，收受贿赂之事吃不完兜着走，与其大家败兴出丑，不如一齐动手，把图谋不轨者踩于脚下，让他从人们的视线里永远消失，这样天大的事也会变成过眼烟云。

三天过去，成都府衙内外连一个为厉宏图说话的声音也听不到了。

周莹打通了官府重重关卡，接下来又拜访了成都有名望有势力的乡绅商贾、名士长老，向他们说明了入川之意，请求他们予以关照。众人见一个年轻女子，不顾鞍马劳顿，千里驰骋，为保护祖宗家业不被侵犯而抛头露面，内心先受到了感动，纷纷叹道："吾等若有此女，家业何愁不兴？"

厉宏图正忙于易号自立庆典筹备的事，在川花总号里大动土木，一心赶在端午节开门大吉鞭炮燃响之前，让蓉城商号面貌焕然一新，好给成都商界留下一个良好的印象。川花总号不断有人出出进进，当周莹带着王坚一行三十多人进入川花总号时，正在现场指挥施工的厉宏图，还以为是哪家小姐少奶奶来买东西，起身赔笑说："小号正在修葺，小姐若要购物，请到楼上暂候片刻，待我让伙计将所要之物取来过目。"

周莹也不答话，率众径直扶梯上楼，进入客厅，朝四壁一瞧，何一清所讲的吴尉文亲笔手书"川花总号"匾额已不见，挂在墙上的四个字变成了"蓉城总号"，顿时心头怒火腾地燃起，转身冲随后跟进的厉宏图冷笑道："厉大掌柜，你唱的这台易号自立的戏不错嘛，川花变蓉城，只变了两个字；只可惜花未开，树便要被砍断了。"

厉宏图近年根本没进过安吴堡，自然无法认识过门儿不久的少奶奶周莹，猛听周莹出言冷嘲热讽，正欲开口还击，代表他去安吴堡的伙计这时恰巧上得楼来，抬头见周莹在座，忙整衣冠，几步走至周莹面前请安道："少奶奶何时到的成都？小的们不知，未能迎伺，还望少奶奶恕罪。"

周莹微笑抬手道："秦玉，你还记得我这个少奶奶，可见孝心未变，你们掌柜若有你一半心意，何须我千里奔波、自讨苦吃，到成都来找别人脸看！"

秦玉忙说："少奶奶息怒，厉掌柜未见过少奶奶，自然不认识少奶奶，至于厉掌柜大动土木，修葺总号，也是经少奶奶批准后动工的，总号易号也是经老爷同意并有书信可查，只是日期尚未最后确定，故还没来得及禀报少奶奶。"

"啊，果真如此吗？"周莹转向厉宏图说，"厉掌柜，老爷在时，何年何月何日何时同意过你易号之事，我又何年何月何日同意你修葺川花总号？"

厉宏图这时已经明白，坐在自己面前的女人是真正的吴府少东家，自己的顶头老板、新的安吴堡主子周莹，一时脸色大变，汗水直冒。秦玉不知底里，当他面戳穿了他的西洋景，使他更感狼狈，许久，方张口结舌说："少奶奶恕厉某不识之罪，易号之事纯属谣传，望少奶奶切勿当真。"

"请问你挂出蓉城总号招牌也是假吗？"周莹一指墙上匾额说，"川花总号匾额为先公手书，你把它如何处理了？"

"这个，这个……"厉宏图心虚，一时找不到合适托词，这个了几次，心一横，暗想：奶奶个屁，大丈夫男子汉敢作敢当，既想当山大王，就不怕引火烧身，蓉城总号匾额挂在墙上，赖也赖不掉，如果面对一个女人也畏畏缩缩，今后还有何面目见同人？还能成就何种事业？想到此，一咬牙恢复了常态，昂头挺胸，大言不惭地说："我为你吴氏一门苦心经营川花总号三十载，所获利润总和已超过原资本十多倍，难道还要再为你吴家当牛做马？我决定易号自立，也是靠自己力量，没拿你家分厘银两，况易号自立是吴尉文生前同意，成都府衙已经认定的事，我何理不足？"

"如此讲来，你厉宏图不是妄图侵吞吴氏资财，而是合理合法了？"周莹起身而立，怒目圆睁，口气冰冷地说，"那么请你取出先公同意你易号自立的文书，取出成都府衙准予你易号自立的文本来，让我见识见识。"

厉宏图自不敢取出伪造的吴尉文手书让周莹查看，更不敢拿出成都府衙同意他易号的所谓文本。他知道，一旦让周莹识破其中破绽，把他告上府衙，他就会面临头掉血溅的下场，但他又不甘就此败下阵来，前功尽弃。斗败的公鸡三伸头，他要再一次反攻。于是也冷言相对说："这是我厉某的私家事，你在安吴堡可以发号施令，但你现在是在蓉城总号，凡事由不了你，按照大清律条，女人不得插手商务，你虽是安吴堡主子，吴氏商号东家，但过问川花总号具体事务，却是非法的，在我未见到朝廷准予你插手商务的批件前，恕我难以奉陪，请便吧。"

一直在旁冷眼静观事态之变的王坚，见厉宏图要起了无赖，公然撕破脸皮，下了逐客令，这才向前迈动一步，双拳一抱说："厉掌柜，现在这里的真正主子是吴府少奶奶周莹，川花总号的东家还是少奶奶，明告诉你，少奶奶若没有朝廷批件，我们绝不会千里迢迢赶到蓉城来处理川花总号具体商务事宜。你如此态度对待主子，后果你想过吗？"

"这里是成都，不是安吴堡。"厉宏图恼羞成怒，仗着自己有几分蛮力，根本没把王坚往眼里放，见王坚出来说话，态度更加骄横地说，"我如今是蓉城总号大掌柜，川花总号已不存在，你算什么？我请你们离去，已算是客气了。"

"你若不客气呢？"周莹问。

"我便让人把你们轰出门去。"厉宏图说，"你最好不要逼我走这一步死棋。"

“你把川花总号全部账项银根交出来。”周莹见已无商量余地，也撕开脸皮厉声说，“如果川花总号财产没有损失，我不再追究你图谋不轨，否则，后果自负。”

厉宏图想：易号自立之事走到如此地步，退，轻罚被扫地出门，重一点坐几年牢，出来变成一个穷光蛋；进，保不准还能有一线生机，在威压面前，周莹保不准会示弱相退。既然善罢不能，那就武力解决，让周莹知道，我厉宏图也不是好捏的软柿子。想到此，他大声喝道：“来人呀，把这一伙强人给我逐出门去。”

随着厉宏图的喝喊声，十几名手持棍棒的店伙计，先后跑上楼来，动手便驱赶周莹和随从家丁。

王坚怒喝一声：“放肆，当着主子的面，尔等竟敢如此无理，谁再敢动一步，我定叫他手断脚跛，死也不痛快。”

伙计们被王坚一喝，全定在原地，看看厉宏图，又看看王坚，再看看周莹，一时不知听谁的是好。

厉宏图见状，心里叫苦不迭，暗想，如果不能首先制服王坚，就无法驱走周莹，驱不走周莹，自己苦心谋划的易号自立梦想就会落空。想到此，脚下一用力，人已滑到王坚面前，双臂齐伸，使出擒拿手，就去擒拿王坚。心想，只要抓住他把他甩出楼窗，便能吓住周莹与她的随从家丁，过了此关，再与之理会，到时强龙不压地头蛇，周莹就是有三头六臂，也休想在成都地界内打赢这场官司。

王坚见厉宏图扑向自己，因不知他底细，怕一旦被他抓住无法施力，看看掌风将触及自己双肩时，身子一斜，脚下滑动，早闪躲在一旁。厉宏图第一手抓空，反身又进，眨眼间，连进三招，都未能触及王坚，他才意识到自己面对的绝不是普通的对手。厉宏图此时气运丹田，一声吼，纵身飞脚，直取王坚面门。王坚见楼内地方狭窄，双方打斗，必将毁及房内家具摆设，误伤伙计，因此只躲闪不予还手，数次闪避过厉宏图进击时，周莹已看清了厉宏图的拳脚路数，乘王坚躲闪留出的空间，突然滑步迎着厉宏图的拳脚上前，怒道：“不知羞耻进退的老东西，你是不是活得不耐烦了！”

一瞬之间，厉宏图脑子里转了几个念头，若认输，等于自己砸了自己的锅，白白耗费了心血，花了一笔冤枉钱；若与周莹和她手下人等对抗，王坚那小子身手不凡，一旦栽倒在他手里，今后还有何面目混迹江湖，立足于成都！进退两难中，出手便慢了下来，此时偏偏被周莹发现破绽，正当周莹要飞脚将他踢翻时，王坚怕周莹力量不足，踢不倒厉宏图反受他借力打力之害，因此急转身飞腿，直扫厉宏图面门。

周莹一见忙说：“不要伤及他要害，免得招惹是非。”

王坚听到耳里，半空里收力，落地，改招来了个探臂捞月，弓腰蛇进，一把抓住厉宏图脚脖，说了声：“倒下吧!”厉宏图人高马大，远不如王坚利索，本事也差得多，待脚脖被抓，才要下扑，想用饿虎扑食把对手压在身下，不意王坚身手更快，疾步后退中手一用力，早把厉宏图摔了个仰面朝天，重重跌倒在地板上。

川花总号的伙计们忍不住啊的一声惊叫，这才知道，厉宏图遇到了可怕的对手，一个个把手中棍棒不由自主地抛在地上。

厉宏图被王坚制服，跪在地上，哭丧着脸，呼哧呼哧喘着气，对周莹的问话连一句也没听进去。

周莹望着脸一阵红一阵青的厉宏图，又气又想笑，心想，这样一个不经打的人物，居然也敢造反，妄想侵吞他人资财，搞什么易号自立，真是癞蛤蟆吞天自不量力。

周莹瞅了许久，见厉宏图仍没回过神来，便把桌子一拍喝道：“厉宏图，你是自动交账交钥匙交印呢，还是等到皮开肉绽时才回心转意?”

“你用武力逼我交账，没门儿。”厉宏图抗争说，“川花总号即便是你吴家资产，也有我厉某人一份心血，你休想从我手里收回全部资产。”

“这么讲，我倒要求你了?”周莹说，“你想没想过非礼勿动的古训?不义之财莫取，是做买卖人的规矩，你连这一点道义也不讲，还有何面目出没于市面，来往于公众场所?又怎让相与们看得起你?你贪图他人财富，黑心欲吞，难道不怕落一个吃红灭黑，忘恩负义的臭名?退一步讲，你就是易号自立，伙计们一旦知道真相后，能和你同心同德，共创财富，共渡难关吗?他们往后若也学你的样儿办，造你的反，分你的财产，侵吞你的血汗，你又将如何对待?凡事不论大小，都是一个理，你好好想想，你这种举动，于理于法，于情于义，有哪一点相宜处?你若想在社会上还有立足之地，当一个讲信誉的买卖人，就应该悬崖勒马，主动交出川花总号全部权力和资财，免得到头来落一个人财两空、身败名裂的下场。”

厉宏图本来就心虚，阴谋败露，易号自立梦被粉碎，把柄全被周莹抓住，自知硬撑下去也不是一回事，经周莹一番说教，心如鹿撞，只是还不甘心即将到手的金疙瘩眨眼变成土蛋蛋，因此强打精神辩解说：“我为川花总号熬白了头发，胡子一大把了，还是一名奴才看门狗，我不服，心更不甘。”

周莹一听忍不住笑道：“你既有如此想法，为啥不早说呢?现在我对你明明白白说清楚，只要你交出全部账项和资财，我周莹决不亏待你，也不会让你一贫如洗，更不会撵你出门。否则，我只要一纸诉呈送到官衙，告你一个侵吞吴氏在川资产，伪造文书私制私印罪，你后半生就别再想走出牢狱门一步。”

“我若交出川花总号全部账项资财，你又将如何发落我？”厉宏图终于暴露出外强中干的虚弱本质，在黔驴技穷后，知如抵抗到底，一旦周莹告到官府，自己只能挨铐戴枷，脑壳能不能保住还在两可之间。自己死了也就罢了，留下一家老小为自己背黑锅，让人指脊背就更惨了！不想还罢，越想心越虚，汗顺脊背往下淌，眨眼间湿了衣衫，矛盾中一横心，暗道，我向周莹认错，兴许还有一点退路，能争得尽可能好点的结局，总比坐牢掉脑壳好。想到此，厉宏图一屁股坐在地，擦了一下额头的汗珠，大声喊道：“秦玉，让胡先生把总号总账和资产注册拿给少奶奶查看，回头通知各分号封仓待少东家清查。”

秦玉不敢怠慢，应声下楼，请账房胡先生去了。

厉宏图败下阵，周莹长长出了一口气，归座后，说：“厉掌柜请起，旁坐吧。”

厉宏图站起坐在周莹左边的一把藤椅上，抱拳赔罪说：“少奶奶，厉某一步走错，留下终生遗憾，若少奶奶法外开恩，给厉某悔过自新的机会，厉某自当感激不尽。”

周莹神情严肃地说：“人非圣贤，孰能无过，有过改之，善莫大焉。厉掌柜几十年来兢兢业业，勤勤恳恳，任劳任怨，把川花总号管理得秩序井然。川花总号能成为川中知名商号，若论功劳，应首数你厉宏图。遗憾的是，在你得知先公不幸辞世，由我继承先公事业的音信后，突然背弃誓言，妄图变吴氏资产为己所有，于是便鬼迷心窍，私制先公私印，伪造先公文书，欺骗官府，企图通过易号之举，行侵吞吴氏资产之目的。常言说得好，取不义之财，行不义之事，天地不容，神鬼不容，同人鄙之，道义谴之。现在事实证明，你的图谋从一开始便注定了彻底失败的结局，因为你忘记了一个道理，人心向背绝不会因某一个人故去而发生骤变。先公生前心存仁厚，善待同人下人，仁德是击破你叛主图谋的法宝。我能在千里之外，发现你的不轨行为，靠的是什么？就是我周莹从先公身上继承到手的品德。我可以告诉你厉掌柜，吴氏家族能容得千百种个性的人，但容不得背信弃义的人。但看在你过去的功劳与辛苦上，看在你为吴氏家族所做出的贡献上，我可以饶恕你今日的过错，条件是将川内川花总号和十八处分号的所有资产，全部交割清楚，交出全部库存资金和存在银号钱庄的银两，在我认证后，我将根据你的选择，划出一个分号全部资产和账上所有资金，归你所有。今后，你能否成为一个川中富商巨贾，就看你自己的本事和运气了。”

周莹自安吴堡出发便考虑，如何处理厉宏图妄图易号自立的棘手问题，当进入成都，从官吏们言谈中了解到川花总号一些已所不知的情况后，更坚定了平稳解决纠纷的想法。她清楚，如果不能平稳解决川花总号的内讧争斗，而诉诸公堂，到了官衙大堂求官判决，花费银两事小，赔不起时间事大。若川花总号官司久拖不决，各地商号一旦闻风，乘她在川官司缠身之机，将资产转移私分或席卷逃遁，到那时哭皇天也没泪了。所以，在厉宏图认罪后，她察言观色，见厉宏图精神防线已经彻底崩溃，于是见好就收，决定以退为进，以柔克刚，迅速收回厉宏图手中权力和资财，然后迅速取道江南，巡视处理江南各个商号出现的问题，以巩固自己继承到手的经济王国，免得夜长梦多，发生不测事件。

厉宏图听了周莹一番说教训斥，心想，事已如此，只能顺她杆儿往上爬，只要不受牢狱之苦，不当叫花子就阿弥陀佛了，何况她答应给自己一个分号为容身之地呢？话又说回，一个分号少则也有三十万两资产，大安分号资产更多达六十二万两，我若得到手，何愁来日不兴旺发达，出人头地，立于川中商贾巨富之列？如此一想，就又恢复了原有的神气劲，抱拳对周莹言道："少奶奶放心，我厉某虽说忘恩负义，但还没坏到狼心狗肺的地步，我既然答应，就会分厘不留地交出川花总号全部原始账册、资产详数和存在银号钱庄的银两，我若出尔反尔，此生不得善终。"

周莹点头道："厉掌柜言重了，我再次重申，只要你能言必行，行必果，我会履行诺言，赠一处你选定的分号归你所有。"

厉宏图起身，走到周莹面前，扑通跪地，叩头拜谢说："谢少奶奶恩典，厉某今生今世，绝不会忘记少奶奶网开一面的大恩大德。"

秦玉伙同账房胡步云走到周莹面前，把三十多本川花总号原始账册，一本资产清册，一本银号钱庄存银详册，所有固定资产详册以及各种契约、官方文书，全摆在桌上说："请少奶奶过目，川花总号全部账项都拿来了。"

胡步云原籍陕西富平，二十一岁时由吴尉文带进四川，先为相公，后任采办，三十六岁时，被吴尉文任命为川花总号账房主管，成为吴尉文心腹之一。他为人诚实，从不投机取巧，所以厉宏图要想通过他的手改变账项，比登天还难。如此，川花总号的账项和原始单据，从未发生过差错，只要一查账，就会知道川花总号的真实经营情况，算出历年收支数字。吴尉文在时，对胡步云的认真负责精神大为赞赏，在他四十岁生日时，特别赐他八万两赏银，在成都为他购置了一院住宅，在富平为他父母修葺了老房，胡步云像何一清一样，更加死心塌地为吴氏家族效忠尽力了。当何一清发现厉宏图妄图易号自立后，两个人聚到一块把原始账项全检查了一遍，然后与入库数字查对，才发现了厉宏图偷天换日的真凭实据。眼下主子亲自来到成都，要查账，胡步云自然要把所有账项交出来，让账项证明自己对主子的忠贞不贰。

由于胡步云的忠心，查账速度自然快了许多，经过七天六夜的查对，验看完全部库存与银号钱庄清单。厉宏图在易号自立的过程中，共挪用川花总号三十六万多银两，连同用于行贿的十万两，共四十六万两，而川花总号实有在账资金是二百一十四万七千一百六十两，固定资产折银三百二十七万多两，土地六十二亩，水塘七处共有水面二十一亩三分，山林三座，合计三百八十余亩，总资产达到七百多万两白银。

周莹面对这一数字，目瞪口呆，许久都没说出话来。因为在安吴堡的账册里，吴尉文认可的数字仅是一百一十四万两，连同土地山林折银为一百九十二万七千多两，两个数字相差之大，简直匪夷所思。面对如此巨大的出入，怎不令人咋舌呢?

周莹十分庆幸自己当初亲自入川处理厉宏图易号事件的决定，如果自己一时畏难，怕苦怕累怕险而裹足不前，守着窝等人送草上门，怎能发现自己继承的财富与实际存在的差距悬殊呢?川花总号拥有的财富，安吴堡账项的不实，更坚定了她巡察各地总号、分号的决心，她决定在处理完川花总号事件后，花一定时间，搞清吴尉文到底给自己留下了多少财富。

十天后，账查清，库查清，厉宏图挪用川花总号资金开设的金堂杂货行被周莹收回，成为川花分号；厉宏图用来贿赂官吏的十万两银只能销账处理。为此，周莹对厉宏图说：“当初你若把自己打算自立的事向我讲清楚，何须挪用几十万两银子打水漂?厉掌柜，吃一堑长一智，这次我原谅了你，往后你自立了，千万别忘记了这次的教训，官家是一个永远填不满的坑，你就是把百万银子填塞进去，也难保住到手的不义之财啊，因为没有人愿意为你的发财梦去丢官。”

12

周莹用一个月时间，终于将川花总号十八处分号走遍巡察完，见到了所有掌柜和伙计，对他们的工作环境和生活有了实际接触了解和感受。她这才真正相信了姚平义对她念叨的生意经：“做生意说难也不难。说难，因为你还缺少实际营商管理的知识与经验。说不难，是指只要你能有一颗平常的心，像民谣唱的那样：做买卖不用学，人家咋做你咋做；嘴甜点，眼亮点，介绍商品带吆喝；和气生财人缘好，吸引买主要策略；多与官家做沟通，遵守律条不会错；同人团结心一条，生意红火没啥说。这是指一般小本买卖而言，如像你周莹一样，一梦醒来变成了一个大商人，在你旗下集合起的是数十支人马，如没领兵冲杀的胆量，在商场想打胜仗没门儿。因此，你首先要具备一个敢字。这个敢字，不是匹夫之勇，而是知识与智慧的综合结晶。你如在思想上不做好充分准备，这个商家大掌柜、大东家，你很难做到底。所以，一个敢字必须成为你事业成败的根基。没有这个敢字或动摇不定，我劝你周莹，最轻松的选择是在安吴堡里坐享其成，走完饭来张口、衣来伸手的人生。吴尉文虽然欺骗了你，欺骗了吴聘，也欺骗了他自己，更欺骗了安吴堡吴氏家族，但他却把财富留给了你和他的家族。他对你周莹唯一的希望和寄托，是能够让安吴堡的事业在你手中越做越大，不致衰败。因此，你为商后如企望有所成，第二点要学会的是把自己尽快融入人海，成为各色人等的对话者，借助外界的智慧和力量，完成或实现你生命的抱负。我们的先哲们对我们说过：登高而招，臂非加长也，而见者远；顺风而呼，声非加疾也，而闻者彰。莹娃子，你记住，你个人的力量十分有限，只有充分调动借取外界和身边智勇贤能者的力量，努力学会你不懂的经营管理知识，你才有可能把安吴堡牢牢掌控住，达到你的目标，获得事业的成功。第三，你具备以上条件后，一定要学会付出，没有付出就没有回报。在时局动荡战乱不休的社会大环境里，商人付出的多少，决定了得到回报的多少，这是举世公认的道理。何谓官商勾结？说白了就是一种利益交换，付出与回报的命题。人心莫测，但并不等于人心无迹可寻。付出与回报恰是这一等同线上的轨道，商人谁能在这两条并行轨道上保持平衡前进，谁就能笑到终点，成为真正的商贾巨富。”

在川中的活动中，周莹把姚平义向她讲过的话，进行了验证，完全明白了自己今后走的路，必须尽可能沿着姚平义切身体验得出的结论轨迹前行。事实告诉她，如果一开始她面对厉宏图一硬到底，很可能把平息厉宏图图谋易号自立的内乱，酿成一场骑虎难下、旷日持久的官司。那样一来，消息传到她尚未涉足的各地商号，很可能引发一场难以收拾的易号风暴，她周莹就可能成为埋葬安吴堡的真正掘墓人。多亏她反应机敏，思谋全局，权衡再三才强压住心头的怒火，以柔克刚，避免了与厉宏图的针锋相对，解除了厉宏图的思想武装，最终平息了一场箭在弦上的内乱，也使她明白了得饶人处且饶人的重要性。

通过平息川花总号厉宏图易号的内乱，周莹真正明白了化敌为友的难能可贵，知道了在生意场上，虽然没有真正的朋友，但也并非不能化敌为友。厉宏图之所以乘安吴堡天灾人祸自顾不暇之际，冒险而动，追根寻源仍是一个利字作祟。既然厉宏图和自己都是共吃一碗饭的人，图的都是利，产生了利益冲突，把问题摆到桌面上，结果证明比两败俱伤要好百倍，何乐而不为呢！周莹因此对在吴聘死后，自己变成年轻寡妇而对吴尉文产生的怨恨，产生了怀疑和动摇，暗自责怪自己：周莹啊，你心眼咋就针眼大呢？吴尉文无后，想用冲喜的办法挽救吴聘生命，可怜天下父母心，有啥罪呢？睡了一夜醒来，自言自语道：树敌容易，化敌难呀！一家人都如此，你还能获得什么友谊呢？怨恨不消自难安，周莹，你把心眼放大点嘛！

周莹在研究分析了川中商业发展趋势和自己的掌控能力后，写下字约，履行诺言，将大安分号赠予厉宏图，平息了一场川花总号已点燃导火线的内讧。成都府衙凡受到周莹好处的大小官吏，无不拍手称赞周莹处理突发事件的魄力、智慧与技巧。因为当他们知道周莹到成都平息川花总号易号内乱时，曾经担心，内讧若处理不好，那些受了厉宏图好处的官吏不会坐视不理，要摆平纷争，不但棘手，搞不好骑虎难下，事情一旦闹大，后果就难预料了。所以，当成都府知府得知双方平稳解决了纠纷，厉宏图交出川花总号管理权，周莹将大安分号赠给厉宏图自理时，去向四川巡抚报告时说："大人世侄女周莹真乃女中英杰，她把川花总号易号内讧，处理得非常妥帖，既没伤筋又没动骨，可谓官商皆大欢喜。"四川巡抚说："周莹不是老夫亲侄女，只是远房带点亲沾点故罢了。川花总号内讧能平稳解决，是你知府的福，不然事闹大，周莹终究有个三品诰命夫人头衔，她若告到北京，你成都府不知谁又要丢乌纱帽呢！"

巡察完川花总号各分号，周莹对总号人事进行了调整，任命何一清为大掌柜，胡步云为二掌柜兼账房主管，秦玉为三掌柜。各分号人事根据何一清、胡步云意见，除新都分号掌柜退休另聘，金堂杂货分号掌柜由何一清次子何锋出任外，一律没动，保持了内部稳定。为鼓励全体川花伙计齐心协力创造财富，周莹命何一清从库存资金中拨出六万银两，奖励伙计们多年来恪尽职守、精诚服务取得的良好业绩。如此一来，川花总号二百三十七名来自陕西和四川各地的伙计，向周莹一致表示："效忠少奶奶，齐心协力，克服困难，拓展市场，创造积累更多财富，让川花总号的旗幌永远在川中高高飘扬！"周莹从心底笑了，在成为安吴堡少奶奶近两年的时间内，还是第一次笑得那么甜，那么自然，那么开心。因为她从伙计们的欢呼声和发自肺腑的心声中，看到了自己的实力，看到了明天会更美好，自己的梦想追求定会变成现实。她知道，站在自己身后的伙计们，才是她奋勇登攀向上的真正力量源泉，和他们在一起，还有什么困难不能战胜呢？她信心倍增了。

没有任何处理危机经验的周莹，几乎在一夜间，学会了世间最难学到手的果敢行动和做人必须具有的钢铁意志。她对时局引发的动乱能否在短期内得到平息，还是缺乏足够信心，在她离开成都前一刻，突然对何一清、胡步云说："我走后，你们立即将库存银两中的现银，留下三十万两做周转金外，其余整数解往安吴堡，我已通知安吴堡派五名武师和二十五名堡丁前来押运。你们明白我为什么让你们把存银解回安吴堡吗?”

何一清、胡步云异口同声说：“厉宏图易号敲响的警钟!”

周莹点头说：“清楚了就好。我请你们记住：做任何事都有一个度，过度了，难免出问题。你们按我的计划行事时，尽可能保密，知道的人越少越好。往安吴堡押解过程中，不要忘记，把你们库里存放的中药材往陕西载运。”

何一清、胡步云笑道：“明修栈道，暗度陈仓嘛。”

笑声中，周莹出了川花总号，抱拳向何一清、胡步云、秦玉和送行的伙计们致礼告别说：“两年后我再来成都看望大家。谢谢你们了!”

“少奶奶一路顺风啊——”

周莹身着紫缎斗篷，乘着车轿，一行日行夜宿，马队抵重庆朝天码头住进重庆江岸旅店时，不意碰到从康定贩运药材到重庆的丁钦伟，周莹眼尖，进门便看到丁钦伟背影，喊了一声：“丁叔——”丁钦伟回头，朝大门口一望，扭身高兴地叫道：“莹丫头——”人已经迎了前去。

他乡遇故知，说不出的喜悦挂在征尘罩面的脸颊上，周莹显得顽皮了许多，一面往院里走，一面说：“丁叔，几年不见，你结实得让人羡慕得很嘛，惠珠姨见了你，不高兴得跳起来才怪呢!”

丁钦伟说：“叔恭贺你出征川花总号旗开得胜，你很了不起，初出茅庐，便以智降服老奸巨猾、野心勃勃的厉宏图，为咱秦商争了一口气。佩服，佩服!”

“你咋知道?”

“坏事传千里，好事一溜风。你智取易号内奸厉宏图的事，从东川到西川，自南川到北川，连西藏地区凡有商人的地方，都在传说陕西关中安吴堡少奶奶周莹，千里纵骑入川，智胜背主丧德、趁火打劫、易号自立的川花总号掌柜的故事呢，我咋能不心花怒放，为你高兴得拍巴掌呢?”

众人在旅店伙计引导下，进入账房，王坚走至前台说：“上房一间，普通房十四间。马三十匹，每日每匹精料四斤。”

账房喊：“二楼上房一间，普通房十四间。三十匹马入第四号马厩，每匹马每日精料为四斤。”

楼上有人回应：“二楼山城洞天上房一间，普通房十四间为六至十九号。欢迎贵客入住重庆朝天码头江岸旅店。”

账房门外有人回应：“三十匹马入四号马厩，每匹马每日精料四斤。”账房先生这才对王坚说：“请先生随我上楼——”

江岸旅店是一家有着两座两层砖木结构六十八间客房、可住一百二十多人的一等旅店，陈设富丽考究，川中文化浓郁，服务细致周到，入住其内，有一种宾至如归的感觉。周莹进入“山城洞天”房间，举目瞧了一圈，账房先生笑道：“小姐如有吩咐，随时可摇铃通知前台，我们将保证随叫随到，令小姐满意。”

周莹说：“谢谢，有事我会通知前台。”

账房先生领王坚看过普通房间说：“普通房实为三等客房，为二人间，我想先生定是小姐保镖和管家，故冒昧建议先生住在‘山城洞天’东隔壁六号房，可以随时照料你家小姐。”

“先生倒是心细如发，我先谢过了。”

账房先生说：“先生有吩咐时只管开口。”

账房先生下楼后，王坚进入“山城洞天”房间，见丁钦伟和周莹正在交谈，便问道：“是吃过饭见重庆总号大掌柜赵佩章呢，还是明天召见？”

周莹说：“让大家歇一宿再说吧。连续几天奔波都够累了，你早点安排吃饭，大家也能早点上床扯呼噜。”

“我就去安排晚饭。”

丁钦伟说：“王坚，沿江岸左右有几家重庆小吃店，风味纯正，花钱不多，吃得舒适，一会儿我领你们去品尝品尝，权当我当叔的为你们接风洗尘。”

王坚笑道：“行啊，只要你当叔的请客，哪怕你只让我们吃碗重庆担担面，我们也要谢你老叔了。”

“那就定了，今晚的饭我做东。”

周莹笑道：“行，我乐享其成了。”

丁钦伟起身说：“周莹，你先休息，我去对跟我来重庆交货的伙计们说一声，晚饭不要等我，然后我回来和大伙一块去吃重庆风味小吃。”

丁钦伟下楼而去，王坚问：“少奶奶咋叫丁钦伟叔叔呢？”

周莹笑道：“我四岁时，马三阳放火烧孟店，虽没被烧死，但却被烟熏火烤呛得病了一场，我大伤重，我妈顾了我大顾不了我，李平岭叔打发丁钦伟到孟店，整整照料了我三个多月，我不认他叔叔认谁？他虽然是武师，但为人肝胆赤诚，为朋友两肋插刀。在我大最需要帮助的时候，他把他每月仅有的二三十两花销，总是悄悄压在我大枕头下，我妈用这些银子全买了药，我能不感激他这个小叔叔吗？他虽比我仅大十一岁，但在我心目里，他丁钦伟永远是我的好叔叔。我手里的女娲剑是他从古董商手里买来的，剑术是他教的，他不仅是我的叔叔，而且还是我的师傅。我如果没有我大交下的一群肝胆相照的朋友做叔叔，我周莹敢在安吴堡挺直腰杆，和吴家那几个不务正业，只知伸手要银子，向我发难的叔辈们抗衡吗？往后，不论在何种情况下，王坚兄你记住，你都要像我一样尊重我周莹的叔叔、婶姨们。”王坚长出一口气说：“原来如此，怪不得你见了姚平义、李平岭、李红霞、钱惠珠等人，总是叔长姨短地那么尊敬呢！”

13

重庆的商事，在吴尉文生前的理财格局里，只是一个支撑点，他虽在上海设有自己理财的总号，但并未将长江上游的重庆视为他生财聚宝的福地，原因他从没和人谈过，在他生前亲自坐镇重庆的时间也极为有限，来也匆匆去也匆匆，奇怪的是他却在重庆聘用了一位土著居民做掌柜，一做就是四十多年，直到周莹出现在重庆名为裕隆兴的总商号为止。

裕隆兴总号下属四个分号，分散在重庆四个居民区，以经营布匹百货和食品土产杂货为主，属综合性商业实体。四个分号最大的一间设在离朝天码头只有百丈多远的闹市区三岔路口处，夏冬春秋四季三面皆可向阳的建筑，像一座依山而建的塔楼，上下共分三层，底层为进深二丈四尺的敞开店面，货物分类摆在宽大的货架上，六间营业面积共分了十二个小货区，顾客可以从三条甬道自由进退，近距离接触每一种商品，而每一个小区内有一名伙计，不断在他负责的货位四周巡视，随时向顾客解答问题介绍商品，如顾客选购商品多时，则帮顾客将商品提到柜房，待顾客交了钱再把货提到商号门外，才返回自己岗位。周莹进得门来，一直没吭声，看到伙计们工作流程后，心想，这大概就是吴尉文放手不问裕隆兴总号经营管理的原因之一吧？她走到柜房前问：“请问，你们大掌柜赵佩章老先生在柜上吗？”

坐在柜房的先生年约五十，见问笑答：“我们大掌柜家离总号较远，可能正在路上。如小姐有事，可先到账房稍候片刻。”

周莹笑道：“账房外人能随便进出吗？”

“我们账房有专人接待。”

“原来如此。打扰你了。”

周莹转身和王坚等人刚向二楼楼梯走去时，就听柜房的伙计说：“赵大掌柜，有位陕西口音的小姐找你呢。”

“人在哪？”一个苍老的声音问。

“上楼去了吧？”

周莹闻声转身回望，和赵佩章视线相遇，喊了声：“赵伯，你老好！”

赵佩章高兴地喊道：“少奶奶，你咋不吭声就到了重庆！”赵佩章兴奋中走到楼梯处，抱拳躬身说：“老朽向少奶奶请安了。”

周莹忙说：“使不得，使不得，周莹应向你老请安才对。”

赵佩章说："那老朽就不恭了。请少奶奶先到账房就座吧。"说话中赵佩章已踏梯引路，"少奶奶注意脚下，这楼梯陡了点，上下不能快。"

裕隆兴总号二楼是总号账房和库房区，楼体纵深比一楼缩小了三尺，为二丈一尺宽，也是六间，账房为二间一门二室，外会客，内办公。光线充足，室内明亮，地板油漆照人，会客室中间铺有一方新疆产手工羊毛地毯，茶几四周摆放着六把单人藤椅，左边靠墙处摆有两把长背藤椅，右边靠墙通向内室门两侧各摆一花盆架，上摆两盆万年青，窗前是一雕刻隶书"裕隆兴总号"楠木巨匾立于红漆底座上。整间会客室简洁肃穆，一尘不染，给人一种如入佛堂的感觉。

账房内室宽大敞亮，靠窗一张宽六尺长八尺的写字台上，文房四宝、卷宗、文函各归其位，算盘压于写字台左上角数册包了蓝色布面的台账上，右面墙壁上挂一幅宽四尺长八尺的水墨行商图，周莹细瞧后说："想不到赵伯老当益壮，七十高龄仍挥毫作画吟诗，周莹佩服至极，望尘莫及。惭愧，惭愧！"

赵佩章说："为商四十三年，守着裕隆兴四十年，没学会什么大本事，只练就了扒啦算盘和涂鸦两种手艺，七十岁生日前，心血来潮，用时三月涂抹出了这张水墨横幅，我把它作为留给裕隆兴的最后纪念，准备作为见面礼，移交给我的继任者。"

"如果我挽留你老继续干下去呢？"

"人老了迟早都得让位后生。少奶奶啊，你让我老头子在死前，也享几年清福好吗？"

周莹接受了赵佩章的请求。在清查完裕隆兴总号账项库存，盘点清四间分号资产，结清财务账项与在库银两，和钱庄对完账，与伙计们座谈听取意见后，周莹找到丁钦伟说："钦伟叔，赵佩章老人退休了，但他没向我举荐大掌柜人选，你看我眼下该咋办？"

丁钦伟搔头说："大掌柜人选选好选坏，决定着裕隆兴的命运，你必须认真酌定。随你行的人中，你考虑谁可胜任？"

"动身时，我根本没考虑到走马换将的事，到了重庆赵佩章突然提出退休，不答应有失公允，再说我想盘清裕隆兴实际家底，所以就应了下来，不然下次来不知在哪年。这次弄不清，下次半路上出意外，再想弄清就晚了。现在我同意了，但让谁当大掌柜，却发现没猴耍了！"

"川花总号谁能胜任大掌柜角色？"

"胡步云倒可以，只是我刚让他当二掌柜兼账房主管。"

"把胡步云先调重庆来压住阵再说。川花总号账房主管让何一清聘任顶缺。"

周莹由愁变喜，连夜打发一名武师赶往成都，调胡步云日夜兼程到重庆裕隆兴总号上任。

重庆裕隆兴总号四十年前成立时，投资是六万五千两银子，四十年后经盘点核查，固定资产为六十二万七千五百六十两，抵置易耗设施为三万九千三百两，周转金为三十八万五千两，库存货物总值二十二万五千一百二十二两，外欠货款一万六千六百两，未支付供货方在途商品和载运费款二万四千二百二十两，收支相抵后总计在账资产为一百零五万九千四百六十二两，是当初投资的十多倍。四十年中每账年，裕隆兴平均上缴安吴堡利银为二万一千二百两，共计交安吴堡利银八十二万四千两，也就是说，赵佩章用四十年时间，为吴尉文赚回了二十二个裕隆兴总号，平均每两年便增加一倍财富。周莹不明白老头子用什么法术，变出了如此多的财富？但事实摆在那里，在重庆商界，赵佩章的名字就是财富的象征，已是人皆共知的事实。周莹问："赵伯你能向我介绍一下你经商的经验和秘密吗?"

赵佩章一笑说："有什么秘密可言呢？经验也是老生常谈。少奶奶如想成为一个成功的商人，记住：先做人，识大体；遵商道，明事理；勤思考，要大气；细谋略，莫投机；吃小亏，头宜低；对同人，不可欺；不贿官，少嫉妒；坦荡荡，少戚戚；敢作为，善化敌；出奇招，抓商机；用良才，远媚俗；奖要准，罚要惜；取正财，驱邪意；拿得起，放得下；往前走，戒犹豫；诚为本，信为基；谋大事，方能立。"

周莹听得正出神，赵佩章突然哑了口，因此说："赵伯，咋停了?"

赵佩章笑道："我四十多年从商就这么一点经验，全给你端出来了。"

周莹说："够我学一辈子了。赵伯，你听我重复一遍，不对处，你纠正，不然记错了，我走了岔道，那可就得不偿失了!"

赵佩章说："你背我听，不对处再教你。"

周莹真的张嘴就背道："先做人，识大体；遵商道，明事理……"一口气一字不差背了个顺溜。

赵佩章拍手说："少奶奶周莹过目成诵也！老朽如果没看错，二十年后，秦商领军人物非你周莹莫属了!"

周莹说："你老把我高估了，二十年后我能成为一朵开在路边的太阳花，也就不枉用青春洗泪，在人间走一回了!"

赵佩章轻声叹道："少奶奶，你听老朽一句话：静坐常思己过，闲谈莫论他人非。我和你公公吴尉文打了四十多年交道，他的为人我比你了解得多。总的说，你公公是个好人啊！他为把你娶进安吴堡，也实出无奈，设下局把你迎进了吴家。我想事后他也会感到对不起你，所以在你嫁进安吴堡不到一年，他便拿银子为你换回三品诰命夫人的凤冠霞帔，为的就是赎罪补过，让良心安宁。他为你做了那么多，那份舐犊之情和良苦用心，你会体会不到吗？你应以大人大量的胸怀，原谅他，忘却业已发生的不幸。既然你接过了他的遗产事业，就应振作起来，忘却一切恩怨，把你周莹的名字和功绩，写在安吴堡甚至渭北秦商的商业史上，这才是你用青春换明天的正确选择呀！"

周莹泪光闪闪地说："谢谢你赵伯，我会对自己的思行进行检点，尽快忘却心中的痛，把安吴堡引领上更广阔的大道。"

赵佩章把印章交到周莹手上说："我把裕隆兴印章和账房的钥匙交给你，从现在开始，我就不再过问裕隆兴的事了。"

周莹把一张十万两的银票交到赵佩章手中说："赵伯，这是我的一点孝心，你老不准推辞，不然，我便不接受你交我的印章和钥匙。"

"好吧，我多谢你少奶奶了。"赵佩章说话中离座，向房门走着说："胡步云到任后，如有什么不清楚的地方，你告诉他让他找我，我会告诉他怎样和重庆人打交道，开展营销。"

胡步云风尘仆仆赶到重庆，接过裕隆兴的印章，看完总账，听了周莹叮咛的第二天，召开了裕隆兴主要管理人员会议，宣布赵佩章在任制定的一切规章制度一律不变，人事一律不动，根据东家大掌柜少奶奶周莹的安排，从即日起裕隆兴的伙计每月薪俸提高一两二钱，希望全体伙计同心协力，把裕隆兴生意做得好上加好。他还特地把周莹回忆抄录的赵佩章的经商"三字经"让人刻在竹简上，挂在会议堂的正墙上。

在周莹离开重庆前夕，丁钦伟整装待发时，王坚到他住的重庆江岸旅店对他说："丁武师，少奶奶周莹要我来请你，参加裕隆兴今晚举行的全体伙计聚会，有事和你商量。"

丁钦伟按时赶到裕隆兴伙计相聚的川江大酒店，方知周莹临行前想通过会见全体伙计，一是联络感情，二是把胡步云介绍给裕隆兴的伙计，给他增加点权威，免得发生老伙计欺新主现象。她请丁钦伟，是因为她和王坚一行三十人因改水路前往武汉、南京、扬州、苏州、上海巡察吴氏商业实体，没法包船把马匹运过去，如果卖掉，她又舍不得，尤其她乘的那匹汗血马，她更舍不得让与他人，所以便求丁钦伟说："丁叔，你把我的马给牵去，等往陕西载运货物时，把它们给送到安吴堡行吗？我求你啦！"

丁钦伟笑道："就你会想方寻点给人出难题，你的马我牵去，要让它们听我的话，少说也得半月三十天。"

"我总不能白把它们送人嘛！你没看街上那些川马，白给我都不要。"

“真拿你没办法。”

“你答应我把马牵回去了？”

“明儿一早我和马队往绵阳载货，今晚你把马送过去吧。”

丁钦伟接到三十匹良马，连夜又打了五十八件各重六十斤的软包装驮鞍，作为压马货物摆在马厩外，才回到房间躺倒扯起呼噜。

乘骑良马上长途，如不骑人压重，马走到路上一有动静就龇牙咧嘴，长嘶尥蹄，牡马甚至往牝马身上压，让人气不是笑不是拿鞭子教训它。丁钦伟给自己的乘骑背上也驮上一百二十斤货，然后骑上周莹的汗血马，拍拍它脖子说：“雷云，咱俩可是老相识老朋友了。你主子把你交给我，要我把你们三十个哥儿们送回安吴堡，你一定要乖乖听话，起个好带头作用，路上别给我出难题。”

汗血马雷云摇摇耳朵龇龇牙，打了个喷嚏，前右蹄刨着地，扭头瞅瞅丁钦伟，迈开四蹄，走到鞍上驮了软鞍货物的二十九匹马跟前，昂头咴咴了一阵，带头走出了车马店大门，赶马帮的驭手们一看全开心地笑了，马队领队贡哲笑道：“想不到汗血马蛮有权威呢！”

丁钦伟也笑道：“这匹汗血马之所以名叫雷云，原因就在于它飞奔起来如雷鸣云涌，气势非凡。其他马见了它，全得龇牙点头臣服，不然我吃了猴脑，敢当弼马温呀！”

周莹一行乘船顺江而下，抵武汉在武昌上岸，住进汉江旅店，稍事休息后，步行五百余步，在王坚引导下进入设在武昌商业区繁华地段的湖北裕隆重珠宝首饰行。裕隆重原本以经营盐、茶为主，吴尉文在十年前的一次冒险巡视湖北总号时，接受伙计们建议：乱局下应多行多业齐上市，才能多中取胜，单打一生意不好做，赚不到钱分不到红利，谁还有心干下去嘛！于是湖北总号改弦易张，兼营起珠宝首饰和南北干鲜货，经伙计们合力打拼，由最初一家门面发展到八处分号，共有一百八十多人的商业集团。

湖北总号设在裕隆重珠宝首饰行里，现任大掌柜为武玉泉，曾赴安吴堡参加过吴氏企业会议，目睹周莹代吴聘行使管理权的经过，在安吴堡期间双方相互观察了解，彼此留下的印象都较深刻。当周莹突然出现在裕隆重时，伙计们是惊喜参半。武玉泉正在亲自接待武汉大财主邱义仁的千金小姐，听到伙计报告周莹少奶奶驾到，忙对邱小姐说：“我们主子、陕西渭北安吴堡新掌门人、少奶奶周莹驾到，对不起，我得先迎接，然后再过来为邱小姐效劳，请稍候片刻如何？”

邱小姐人长得有几分姿色，虽然是阔小姐，但甚为和善好说话，听武玉泉如是说，笑道："武掌柜，不知你们少奶奶长得如何？"

武玉泉认真回答："我们少奶奶周莹是万里挑一的美人坯子，在武汉三镇怕也难找到她一样美的仙女！"

邱小姐来了兴趣，心想：我非见见这个所谓的美夫人不可，我就不信，武汉三镇找不出一个像她这样美的女人？遂说道："武掌柜，我在账房候你可以，但有一条，你得让我见识见识你们主子少奶奶。"

武玉泉想：见有何难？为拉住你邱小姐，让少奶奶当一回招牌，也未尝不可。因此，满口答应道："可以，可以，我这就去迎少奶奶到账房来和邱小姐见面。"

武玉泉匆匆推门进入铺面，往前走了几步，抬眼见一个铺面伙计正陪同周莹、王坚向账房这边走来，连忙躬身行礼说："武玉泉不知少奶奶亲临武汉，有失远迎，望少奶奶恕罪。"

周莹说："武掌柜免礼，不知者不为罪，何况事前我并未通知你我要到武昌来你总号，何罪之有？"

"谢少奶奶宽容在下。"武玉泉侧身让开路说，"请少奶奶暂到账房休息片刻。"

周莹在铺面伙计引领下进入账房，邱小姐眼前一亮，不由得离座而立。武玉泉忙上前向周莹介绍说："少奶奶，这位小姐是武汉邱翁邱义仁先生的大千金，来裕隆重选购首饰，恰遇少奶奶到来，我只好怠慢了邱小姐，请她稍候片刻。"

周莹闻言，满脸堆笑说："请邱小姐谅解周莹打扰之罪。"随之侧身对武玉泉说："武掌柜，先不要管我，你和千仁掌柜陪邱小姐挑选首饰才是正事。"

邱小姐听在耳里，心想：看来这位少奶奶人不仅长得美若天仙，而且很会做买卖，定是个生意场上的能手，怪不得年纪轻轻就成为安吴堡掌门人呢！

武玉泉不敢怠慢了邱小姐，于是对邱小姐说："请邱小姐吩咐，先看金银首饰呢还是先选玛瑙美玉饰品？在下一一详做介绍，保证让邱小姐乘兴而来，满意而归。"

邱小姐笑道："仅凭周小姐刚才一句话，我就不能空手出门了。武掌柜，我们先选玉饰品吧。"

周莹接声道："武掌柜、千掌柜，邱小姐今日选购饰品，一律按八五折结算，折扣数记在我名下。"

邱小姐走到周莹面前，拉着她的手说："今天我又有了一个新朋友。周小姐，后天我做东，在东湖为你接风洗尘，我交你这个朋友交定了。到时，我的轿车来接，你一定要赴约哟！"

周莹一笑回答："先谢邱小姐盛情之邀。"

邱小姐在武玉泉和千仁陪同下，在铺面里待了半个多时辰，指着柜台上摆的看过的首饰说："我全要了。"

账房先生在柜台拨动算盘珠，噼里啪啦一阵响，然后把清单递到武玉泉手上，武玉泉看过对邱小姐说："邱小姐，十七件首饰按八五折共计十万零七十八两银，你看开票吗？"

邱小姐回脸冲身后站着的年轻汉子说："金声，付银。"

名叫金声的年轻人从胸衣内掏出银票来数了几张，交到武玉泉手中说："这是十万零一百两，二十二两银做小费不找了。"

伙计们一听齐声喊："多谢邱小姐赏赐。"

邱小姐一挥手笑道："小意思，谢啥嘛！"

武玉泉和千仁送邱小姐出门，一直等到邱小姐上车远去，才返回店里。

周莹见武玉泉、千仁回到账房，问道："这邱家在武汉是何等门第？"

"武汉船王，富甲一方。"武玉泉回答，"能买得起祖母绿、鸽血红与和田玉大件珠宝的人家，在武汉三镇屈指可数呀！"周莹莞尔一笑，转过话题，向武玉泉、千仁等在场的人，讲起武汉之行的目的。

武汉河川水产品商行新任东家大掌柜，刚年满十九岁的尚李昌英，在上海外国人办的商校学了三年，在他大李平岭、他妈尚素雅的秦盛和百货庄和水产品店实习了一年多，尚素雅和李平岭一商量，让他回到武昌接管了由左文声代管的水产品商行。尚李昌英脑瓜子聪明，学起商业知识来比其他人要快得多，加上身边又有左文声等伯伯叔叔不断指拨，成为大掌柜半年，便入了道，成为一个名副其实的小老板。这天下午，他正在店里查看舟山发来的干海参质量，王坚悄没声进入店里，伙计迎上前问："客官，想选购什么？"王坚指指低头忙活的尚李昌英说："我来买他。"

伙计忍不住笑道："他是我们老板大掌柜，你买走了，我们咋办？"

王坚也笑道："让他弟弟接他班嘛。"

尚李昌英听有人在说话，抬头向外看了一眼，把手里干海参一撂叫道："师哥，你咋不吭声就钻出来了？"

伙计摇头说："这哥儿俩真逗人！"说完，转身干自己的事去了。

王坚和尚李昌英相差七岁，先后见面虽少，但两人特对脾气，一个是有钱人家大少爷，一个是给有钱人家当武师。两人一个在天南，一个在地北，见次面十分难。头次见面是在西安，当时尚李昌英十一岁，跟李平岭到西安回三原先看望伯父姚平义、伯母孟小娇及二哥姚扬扬，叔伯哥姚长泰、姚长松，妹妹姚剑琼，后到了大妈李红霞家，和大哥李晔、妹妹李一鹏、李一锋团聚，当和丁钦伟、钱惠珠儿子丁西峰、丁西阳，女儿丁玲玲聚到一块拜螳螂拳师董海川为师学艺时，王坚作为董海川大弟子参加了师弟师妹们的拜师仪式。在三个月集中学艺期间，王坚先后六次到三原龙桥李家新宅，帮助师傅教师弟师妹们基本功，所以成为姚家李家的熟人。只是丁钦伟当时在茶马古道创业没到场，王坚直到在重庆认识丁钦伟，才知自己师弟丁西峰、丁西阳，师妹丁玲玲是丁钦伟的儿子女儿，这才硬着头皮把丁钦伟叫了声叔叔！

后来周莹嫁到安吴堡，由于姚平义、李平岭、丁钦伟、党沃野、李红霞、孟小娇等一伙兄弟姐妹，对吴尉文设局骗婚，让周莹年纪轻轻成了寡妇而耿耿于怀，吴尉文翻船溺水黄河后，他们连葬礼也没去参加。直到周莹因过继子嗣之事和吴尉文几个弟弟有了矛盾，姚平义才和在三原左近的几个哥儿们到安吴堡安慰周莹，以示叔伯们对她的同情关怀支持。现在周莹成为安吴堡主子，到了武汉，又住在武昌，自然要看望自己的师弟师妹了。加之周莹也是董海川的弟子，同门师兄弟姐妹，在他乡见面更加显得富有意义了。因此，到武昌第二天午后，周莹打发王坚到了河川水产品商行。

尚李昌英一听周莹到了武昌，一跳老高说："好啊，我马上写信告诉我大我妈，让他们来见见周莹姐。"

王坚说："省了吧，回头少奶奶还去上海呢。"

尚李昌英说："那就算了，我只告诉左文声伯伯他们就是。走，我先去看看周莹姐。"

汉江旅店离江岸河川水产品商行也就一里路远近，转眼间尚李昌英和王坚已进入周莹住的芙蓉房间门，进门尚李昌英就喊："周莹姐，想死我了，听说你成了安吴堡大主子，我和左文声伯伯他们，还专门摆了一桌为姐庆贺祝福呢！"

"那敢情好，姐谢你和左伯了。"周莹说，"你当了老板感觉咋样？"

"没当老板想当老板，当了老板方知可怜。起五更，睡半夜，担不完的心，做不完的活，吃饭还得想货从哪里进，往哪里送，做梦也在想，是赔了还是赚了。哎呀，反正没个消停的时候！姐，我只管了一个河川水产品商行，三十六个伙计，每天做三百六十多次买卖，顶多给外地发二千三千两的货，就把我过得紧紧张张，狼狼狈狈，你管了一个堡子几十处商号，不觉得累吗？"

周莹忍不住笑道："眼下还没感到累，只是有点紧张。姐紧张不是怕把买卖做砸了，各总号掌柜、分号掌柜们替我把心操了，姐怕啥？姐熬煎的是咋样把各地总号、分号的真实情况掌握住掌握好，做到心里有数，不当糊涂糨子老板娘。

不然，有天让人给卖了，还不知咋回事，那才叫可怜呢!”

“姐是当大财东大老板的料，考虑的事大，想的事远，我难和姐比，累也就不奇怪了。”尚李昌英说着一拍脖颈说：“姐，回头我在家给你接风洗尘，你也看看我继承到手爷爷的遗产和姐继承到手的遗产，都有哪些不同地方。”

周莹笑出了声说：“你是在姐面前显富吧?”

“错了。我想让姐看看我曾祖父留下来的那本《营商杂谈》，它可是一本好书，里面写的是曾祖父从商四十八年心血凝成的智慧精华。对姐管治安吴堡绝对有参考价值。”

“这么说，姐一定要到你爷爷留给你的安乐窝里拜读一下《营商杂谈》了。”周莹说，“今明两天不行了，我得抓紧时间，把裕隆重的事料理出个眉目来，后天我到你窝里走走坐坐，先讲一下你得准备下三十个人的吃喝才行。”

尚李昌英起身笑道：“我准备十桌席宴，把左文声伯伯和他的文臣武将，我的军师先锋和相与们，一齐邀来拜见安吴堡主子少奶奶尊驾。”

湖北总号裕隆重下属八个分号设在汉阳、汉口、武昌、宜昌、老河口、襄樊、通城、秭归等地，年营业额在二百万两上下，年纯利在二十万至三十万两之间浮动。近几年由于时局动乱，战火无常，买卖受到严重影响，裕隆重的利润直线下降，周莹成为安吴堡主子时，上缴到安吴堡的年利银仅有六万五千两。为此，大掌柜武玉泉再三向周莹表示歉意说：“玉泉无能，有愧少奶奶厚望，虽时局动乱不安，但与玉泉疏于管理有关，请少奶奶选贤任能，力挽狂澜。”

周莹从王坚、骆荣、房中书等人嘴里得知，武玉泉是一位忠厚老诚的人，自受聘于吴尉文门下任裕隆重大掌柜八年来，一直勤勤恳恳，兢兢业业，任劳任怨，无论巨细，事必躬亲，一年四季奔波往返于总号与各分号之间，才保得湖北总号在动乱中艰难经营为继。老河口、襄樊先后受捻军冲击，虽有损失，由于掌柜和伙计们早有思想准备，商品转移及时，没造成灭顶之灾实属大幸。吴尉文生前曾多次对武玉泉进行表彰奖励，武玉泉为此感激涕零，信誓旦旦效忠安吴堡，说：“老爷如此重用关怀玉泉，玉泉今生今世若对安吴堡稍有不忠不义，将会不得善终。”因此，周莹不但没走马换将，反极力安慰他安于职守，把裕隆重带出困境。战事波及湖北时，武玉泉怕周莹鞭长莫及，一旦失却对其旗下经济王国的掌控能力，势必殃及裕隆重。为防患于未然，他将分散八处分号的流动资金进行了一次重新调配，相对集中到了武汉三镇，以防出现变故就近好做应急。

听完武玉泉汇报，周莹心想，武玉泉果然是有胆有识的干才，所以表态说：“武掌柜的决定很好，把资金相对集中，在减少风险上是一种有效措施。据我了解，秭归、通城、老河口分号因时局动乱不宁，经营困难，收入锐减，已出现亏损。在多事之秋，从事珠宝买卖，风险日增，把战线缩短，资金相对集中是正确抉择。待我看完总账与库存后，我们再共同研究，如何调整湖北总号经营布局。”

武玉泉说：“裕隆重将按照少奶奶的安排行事。”

周莹一不出游，二不会客，伙同王坚等人，连轴转了两天一夜，核查完裕隆重账项，查点完库存，然后约见了几名总号分管业务的掌柜，了解了他们的工作、生活情况，听取了对总号经营方面存在的意见后，才把总号账房主管、负责采供营销的掌柜等主事人员召集到一块，共同研究讨论裕隆重存在和亟须解决的问题。

第三天黄昏，邱小姐专用轿车停在汉江旅店院内，周莹无法谢绝邱小姐盛情相邀，临下楼突然笑着对王坚说：“你去把尚李昌英叫来，你俩陪我一道赴邱小姐盛宴。”

王坚一愣说：“人家邱小姐只请你呀？”

“你只管把尚李昌英叫来就是了。”

王坚只得匆匆到河川水产品商行，进门拉住尚李昌英就往外走。

尚李昌英问：“啥事呀？说清再走不迟嘛！”

“你姐让你去赴宴。”

“赴哪家的宴？我总不能穿沾了鱼腥味的裙子去吧！”

王坚一瞧扑哧笑道：“快去换了衣服跟我走。”

尚李昌英往店里走着说：“谁请客，我不去可行？你没看我正忙着加工明儿一早的货呢！”

王坚说：“武汉船王邱义仁的千金大小姐，在东湖为你姐接风洗尘。”

尚李昌英把围裙撂在商行门口一个鱼案上说：“不吃酒席看美女，况且是船王的千金，我去定了！”说完进房脱光了身上衣服，穿了一套西装，打上领带，礼帽一拿，出房门问：“你跑腿来，车呢？”

王坚说：“我哪来的车！”

“土鳖，在武汉赴头面人物之宴，见谁踮住脚丈量路呀！东湖离汉江旅店四里半路，你跑呀？”尚李昌英说话中拐进后院喊，“蚕豆，快把哥的车套上。快。”

蚕豆把马拉到院里，然后把车拉出车库门，把马套好才说：“你总是出门了才让套车，预先脑子叫狗吃了！”

尚李昌英拉住马出了后门才说：“蚕豆，哥今晚给你带回猫叫唤。”

蚕豆说：“这还差不多，我等你。”

尚李昌英把马车停在汉江旅店院里，王坚下车上楼接周莹，周莹问：“咋才回来？”

王坚说："备车误了时间。"

"东湖远吗？"

"四里半路呢！"

"这个邱丫头，咋就只派一辆车来？"

"她大概想你会预备跟班人的车。"

邱小姐的轿车在前，尚李昌英和王坚的车跟在后进了东湖酒家，西边天上晚霞已由红变暗。

邱小姐在大堂可能候了多时，所以在看到周莹出现时，不等周莹进大堂便迎上来边走边说："我真怕你借口不来了呢！"话中显然有些抱怨情绪。

周莹倒是不在意地笑道："我忘了让旅店给备车，发现误了时间，请你见谅。"

两人抱到一块彼此拍拍对方脊背，相视一笑，像什么也没发生一样，携手穿过大堂，走进名为"金橘"的包间里。金橘包间约四十平方米，中间放一张八仙桌，上铺一条绣着喜鹊登枝图案的白绸桌单，正中摆一盘雕花插花组合的孔雀梳羽，桌四周摆了四把高靠背椅，桌面摆的四张餐巾上各压一景德镇产淡黄色六寸盘，盘里是一只凤头盖茶碗，茶盘两边右为酒杯左放乌木镶银筷。显然，邱小姐的宴请，是一次名副其实的小小聚会，邀请对象是周莹和王坚，主人是她本人，作陪的是她的贴身随从金声。所以，当步入包间，入座前周莹把尚李昌英拉到她面前介绍二人相识时说："邱小姐，这位先生是我师弟尚李昌英，武昌河川水产品商行东家大掌柜，秦盛和百货庄小东家二掌柜。今天他到旅店看望我，我顺便拉他来与你见上一面。你不怪我事先没打招呼吧？"

邱小姐一瞧尚李昌英一身洋装，长得英俊潇洒，心里先喜欢了三分，没等尚李昌英开口，已把手伸向尚李昌英说："我叫邱玉蕙，能结识尚先生甚感高兴。"

尚李昌英伸手轻握邱玉蕙手指微一躬身为礼说："结识邱小姐昌英备感荣幸。"

邱玉蕙莞尔一笑，回身对金声吩咐："让酒店增加一把座椅和一份餐具。"然后对周莹说，"周小姐请入座。"

周莹笑道："一齐坐吧。"

酒保这时搬来一把高背椅问邱玉蕙："邱小姐，椅子怎样摆放？"

邱玉蕙一瞧周莹笑道："咱姐妹俩今天坐上席，尚李昌英最小，让他坐下席，王坚坐左首，金声坐右首，怎样？"

周莹点头说："很好，咱俩坐上席，让他们各霸一方，看他们今晚谁先三碗不过冈！"

接风洗尘宴说简单，规格却十分高，先后上的八道菜：龙虾、大闸蟹、石斑鱼、海石花、海三鲜拼盘、鲍鱼、紫海参、墨鱼，清一色的海鲜和河鲜。

周莹拉着邱小姐坐在上席，命王坚打开凤翔烧酒酒坛，香气霎时弥漫了包间。

邱玉蕙笑着说："姐，赴宴还带着酒，你是怕我请不起啊?"

王坚赶忙打圆场说："非也，非也，我家主子带来家乡名酒，是想请你饱饱口福呢。凤翔烧酒可不是一般的酒。上自周秦，下至唐、宋、元、明、大清国，可都是拿它当宫廷御酒呢。"

"妹妹有所不知，凤翔烧酒岂止是御酒，它还是神酒福酒呢。妹妹可曾听说过'凤酒醉蝶'的故事?"

"看你说得神的，妹妹孤陋寡闻，愿闻其详。"邱玉蕙一脸好奇。

周莹拿起酒杯说："咱先喝了开宴酒，品着余香再听故事更有意思。"

"好，好，就依姐姐，那我就借花献佛了。"邱玉蕙笑盈盈地端起酒杯说，"这杯酒首先欢迎周莹姐和大家到湖北来，干杯!"

"干杯！干杯!"大家都高兴得一饮而尽。

周莹放下酒杯，这才开了口："凤酒醉蝶可不是我胡诌的，古籍都有记载呢。说的是唐仪凤年间，吏部侍郎裴行俭护送波斯王子回国，行至凤翔县柳林镇亭子头，时值阳春三月，凤翔郡守给他们二人饯行，打开随带的酒坛，突然蝴蝶翩翩飞来，又纷纷坠地而卧，裴公心中甚奇。凤翔郡守解疑说，'这凤翔烧酒乃三百年陈酿，这一带人人皆知，这蝴蝶是闻酒香而醉'。裴公闻言大喜，即兴赋诗一首，'送客亭子头，蜂醉蝶不舞。三阳开国泰，美哉柳林酒。'那时的柳林酒就是咱们喝的凤翔烧酒。裴侍郎回朝后又将此酒献与高宗皇帝，皇帝饮后大喜，自此，凤翔烧酒也就一直作为皇室御酒。当然凤翔郡守也没忘记给波斯王子送了几坛凤翔烧酒，那波斯王子把酒带回波斯献给父王，父王大喜。自此，每年都要派胡商带些凤翔烧酒回去，自然，凤翔烧酒就和中国的瓷器、丝绸一样，销往丝绸之路沿途各国了。"

"喝酒，喝酒，说得我都馋了。"邱玉蕙执壶倒上第二杯酒，"我们湖北的酒俗，这敬客人要敬三杯，这第二杯酒敬周莹姐呼风唤雨，财源滚滚!"

大家连声说："谢谢，谢谢!"一齐举杯，一饮而尽。

王坚按捺不住插嘴道："说到这凤翔烧酒神奇，还有一奇，就是这酒与我家少奶奶有缘。那还是少奶奶待字闺中时，有一年中秋月夜，周老爷全家在阁楼饮酒赏月，当少奶奶举起酒杯，霎时蝴蝶飞来落在了少奶奶的头上、肩上，情景还真有点像香妃引蝶呢。自此，我家少奶奶只喝凤翔烧酒。"

"是吗?"邱玉蕙瞪大了美丽的眼睛盯住周莹求证。

周莹笑而不语。

尚李昌英见故事讲得也差不多了，就想给喝酒再添个兴头，今天女眷为主，猜令划拳自然太俗，他提出以凤翔烧酒为由，大家联诗，谁输了谁喝。

周莹、邱玉蕙都是饱读诗书的女子，自然是连声说好。

周莹说："我先带个头，苏轼在凤翔做知府时畅饮此酒，赋诗说'身闲酒美谁来劝，坐看花光照水光'。我说'身忙酒美勿用劝，不思身更入长安'。"

"好！好！少奶奶这句诗道出了有家乡美酒相伴不思归。"

从小喜爱唐诗宋词的邱玉蕙自不甘示弱："我来联周莹姐这两句，'安得酒美喝不醉，来看东湖岭翠微'。"

"邱小姐，我来联你这两句：'微雨临湖饮美酒，佳人相伴消永日'。"

"看把你美的。"邱小姐看着尚李昌英含情脉脉地说。美酒佳人使尚李昌英的心早都醉了，不住地望着邱小姐那双黑星星般的眼睛。

轮到王坚了，他虽是武师出身，但受周莹熏陶，也能诌上几句。只见他略一沉吟说道："日光爽气云中坐，岸柳系舟期尽醉。"

没想到王坚说出此等儒雅的句子，周莹高兴地说："醉，醉，我看是酒不醉人人自醉。今天没输家，我们共同饮了这一杯。"

"别忙，别忙，还有我呢！听了半天，我也能吟几句了。"金声嚷道。

邱玉蕙笑道："等你金声能吟出朗朗上口的诗句来，尚李昌英老得胡子要拖地了！"

周莹、王坚忍不住全笑了……

宴席进行中，邱玉蕙首先把自己的家庭和自己的情况向周莹做了简单介绍。周莹出于礼貌，亦把自己的真实情况告诉了邱玉蕙。邱玉蕙知周莹是小寡妇，惊得嘴张眼瞪，许久才回过神来，伤感地说："莹姐，苦了你啊！"

周莹神情平淡地说："凤凰飞落丝绳网，试把深爱付与谁。天命难违，周莹认命了！玉蕙妹妹，你年已十九岁，缘何仍守闺中？"

邱玉蕙长叹一声说："妹妹我命也苦啊！我十三岁时爸妈将我许配一官宦人家长子为妻，约定我们十八岁成亲，不意他在十五岁时到汉江游泳，潜水时头碰在石头上，被人救上岸业已停止呼吸，经抢救，命虽保住，但已变成僵尸一般，至今仍挺在床上，只剩下一副骨架。我爸妈将聘礼退回那官家，不料那官家发话，'我儿只要还有一口气，你邱家就休想退亲。'因此，至今妹妹我仍在闺中！"

尚李昌英叹道："民言，民不与官斗，看来船王在官家面前，也无力回天，无法把自己女儿救出火坑呀！"

周莹安慰邱玉蕙说：“妹妹想开一点，常言说，车到山前必有路，你耐心再等一年半载，终归有个了断。”

这时，酒家将一中年男子引进包间说：“邱小姐，有人找你。”

邱玉蕙见那男子进门，起身问道：“陈管家，有啥事吗?”

陈管家说：“老爷和夫人让我来告诉小姐，向家少爷两个时辰前死了。”

邱玉蕙一听，转身抱住周莹喜极而泣，说：“周莹姐，我得到解脱了!”

周莹说：“我刚才还在说再等一年半载，咋就话没落音便成真了呢!”

金声倒满了酒杯，递给陈管家一杯说：“来，我提议为我们小姐婚姻获得解脱干杯!”

陈管家大嗓门儿格外洪亮地喊道：“干杯!”

邱玉蕙干完杯说：“陈管家，你也坐下，咱们痛痛快快喝一场。”

酒家听了赶忙又搬了一把高背椅进来，然后在金声旁边摆好盘筷，陈管家只得遵命入席。

邱玉蕙对酒家说：“再添四个菜上来。陈管家，酒你点吧。”

陈管家也不客气，说：“上一坛茅台。”

新添的春耳爆牛肉、竹笋腐竹、生菜鱼子、红油肚片四道菜上桌后，邱玉蕙对酒家说：“给陈管家另上龙虾一只。”

陈管家赶忙说：“多谢小姐赏赐。”

邱玉蕙笑道：“先别谢，我还有话说。”说着指着尚李昌英说，“我给你介绍一下，这位尚李昌英先生，是我周莹姐的师弟，武昌河川水产品商行东家大掌柜、秦盛和百货庄二东家小掌柜，回头你见到老爷和夫人时，可要替他美言几句。你懂我意思吗?”陈管家笑道：“小姐放心，我心里亮堂着呢。”

周莹手捂住嘴，睨了尚李昌英一眼，笑挂眉梢，忙举酒杯说：“大家请举杯，为邱小姐心想事成干杯!”

接风洗尘宴直到酒光菜尽，众人才尽兴出了东湖酒家，周莹把送给邱玉蕙的礼物让王坚重新提放到邱玉蕙轿车里说：“玉蕙妹妹，你路远，坐你的车回。我近，坐昌英的车走，免得车来回折腾。”

酒喝得有些多了的邱玉蕙说：“行，我听姐你的。尚李昌英你听着，把马管好，千万别颠了周莹姐。”

尚李昌英说：“你注意脚下，小心让石子绊倒。”说着把邱玉蕙扶上了轿车。

金声和陈管家抱拳向周莹告辞后，上了陈管家乘的车，跟在邱玉蕙车后出了东湖酒家院门。

周莹这才往尚李昌英轿车跟前走过去，说：“尚李昌英啊，你现在知道姐为啥让你来参加这次接风洗尘宴了吗？”

“早知道了，要不，我敢接住你的胡叨叨呀！”

“算你脑袋里面装了点水水，你如不喊打住，我直接会吟出‘只愁醉梦难持久，醒来悲泣叹声声’来。”

“其实我也是歪打正着，当我听了你吟的句，心想，你准要有感而发，悲从心生，那样一来，把气氛就全搞糟了！”

“有钢用在刀刃上，好得很。我如果没猜错，你要走桃花运了。你如能把邱玉蕙娶到手，这一辈子，你就算不枉人间走一回了。”

“若真如姐所想，我到时一定给姐磕三个响头。”

王坚说：“你们是不是喝多了？八字没见一撇呢，就五花六花糖麻花了。”

周莹上了车说：“事不往好处想，人还活啥意思？你王坚往后，也该想想自己的好事了。”

邱玉蕙终于和向家解除了婚约。这天，陈管家和邱义仁、老夫人在一块谈到邱玉蕙婚事时，笑道：“奴才想到一个人家，不知老爷、夫人愿听否？”

邱义仁说：“你不讲我们怎知行与不行。”

陈管家说：“老爷可知江岸河川水产品商行和秦盛和百货庄？”

邱义仁说：“整天吃的河海产品，用的百货品，都是从河川水产品商行、秦盛和百货庄买的，自然知道了。”

“老爷、夫人可知这两个不同商号可是同一个东家？”

“这倒是没问过。”

“这两家商号的大掌柜、二东家是一个人，名叫尚李昌英，今年刚满十九岁，比小姐小三天，人长得一表人才，熟读诸子百家，专攻商经四年，武能自卫防身，三十六路螳螂拳在武汉是独学。其父是上海秦盛和百货庄东家大掌柜李平岭，其母是武汉秦盛和百货庄总监、上海秦盛和百货庄账房主管尚素雅，夫妻二人皆是秦商中出类拔萃的人物。如果把他们的儿子尚李昌英招为老爷、夫人的东床，对小姐来说，可是最好的归宿了。”

邱义仁笑道：“你怎么摸得如此清楚？”

“老爷和夫人可知道小姐近来结交的秦商周莹吗？”

“周莹是陕西渭北安吴堡主子，三品诰命夫人，近日在武汉巡察她旗下商号，玉蕙和她姐妹相称你是知道的嘛。”

“老爷夫人怕不知道周莹和尚李昌英不仅是师姐弟，而且是世交姐弟吧？”

“这倒是不知。”

“小姐为周莹接风洗尘那天，尚李昌英恰去看望周莹，周莹在赴宴时把他介绍给小姐，小姐见到尚李昌英时，被他的人品和学识智慧一下给征服了。这是奴才亲眼所见，没有半句虚言。所以，奴才大胆建议老爷、夫人，不妨约见一下尚李昌英，做一番观察，如奴才所言不假，千万莫失去这样一位万里挑一的女婿。”

邱义仁哈哈大笑说：“陈管家，老夫就听你一次建议，你代我约尚李昌英到东湖酒家，我如满意你荐，定重重赏你。”

邱夫人听了说：“要约见就约到家里来，让我也看看行不行？你当爸的总不能独断专行嘛！”

邱义仁一听大笑道：“陈管家，听到了吗？照夫人的话办好了。”

陈管家高高兴兴出了房门，没停点便告诉了邱玉蕙，说她爸妈要见尚李昌英。邱玉蕙高兴得连忙找出一块玉佩，给了陈管家说：“玉蕙谢谢陈叔了！”

陈管家到邱宅三十一年，还是头一次听到小姐称自己为陈叔，喜得把玉佩往手里一攥，忘了自己年岁，转身连跳带跑回了自己屋。

正午阳光灿烂，风轻云淡，江上帆鼓兜风，岸上人流涌动。关在旅店房间，紧张忙碌的周莹在审查完裕隆重最后一个分号账册后长出一口气，把看过的台账放好，瞧瞧窗外的太阳，见太阳已经西沉到房顶，回头瞅瞅躺在床上的丫鬟红玉，问道：“感觉好点了吗？”

红玉回答：“头还有点沉。”红玉是随周莹外巡的丫鬟，十五岁，有时还得周莹照料她，但记性特好，周莹嫁进安吴堡前，给周胡氏点名要的只有红玉做她的伴儿，两人虽是主仆关系，周莹却视她为小妹妹，不管走到哪儿，自己能做的事，从不叫红玉动手。自出安吴堡一路走来，红玉成为游山逛景的逍遥客，抵武昌几天她外出玩的地方比谁都多，不知在外边吃啥吃得闹了肚子，吐了一河滩，头沉得抬不起来。周莹给她把了把脉，开了一张方，让家丁苏茂到街上抓回药熬好喝了，才渐止住泻，所以，周莹只好让她躺在床上休息。周莹听红玉说还感到头沉，起身走到床边，摸摸她的额头说：“头不烧，不用怕，关在房里三天，空空肚子就好了。往后看你嘴还馋不！”

“人家只吃了一块黄梨，谁知肚子就坏了！”

“说到底还是你馋的过。一会儿我们去尚李昌英家，你去不去？”

“不去，省得光往茅房跑，丢人现眼。”

“这可是你说的，回头别怨姐又不带你。”

“跟你出去看着你和其他人又吃又喝，我得站在一边咽口水，当丫鬟在人前老是低人一等，我要知道出外这么多规矩，就不跟你出来了。”

“原来你在怨姐呀！那好，等你好了，在人前我对人说你是我亲妹妹，和他们平起平坐咋样？”

红玉扑哧笑了。

王坚走进房门问：“天不早了，我们该到昌英家去了吧？”

周莹问：“通知其他人了吗？”

“通知了。”

“走吧。”

红玉躺在床上没动，王坚说：“红玉，起来走呀！”

红玉回答：“我没胃口，少奶奶让我留下守门。”

王坚笑道：“今天你乖了，昨天你出门逛时，我就提醒你，别乱买街上小摊东西吃，你不听，找罪受，活该。”

红玉气得往床上一坐，抡起枕头照王坚打过去，说：“死王坚，你咒人！少奶奶，你管不管？”

周莹已出了房门，说：“王坚，你别逗她了，让她好好休息吧。”

王坚在前引路，一行二十九个人出了旅店朝东走，穿过两条街区至汉江长江汇流处江岸，进入江岸街区走了百十步，拐进一条深约十丈的巷子，在巷子深处离江岸约半里远的地方，建有一座宅院，院门可进出轿车，两侧各植伞松一棵，青砖铺地，连接院内车道至一幢上下各九间房的二层砖木结构楼中门，车道两侧为长条状花圃，各宽六尺左右，花圃后建厢房各三间，靠院墙四周植着数十株冬青，看门人、护院住在院门楼两边房内。楼房后有车房、马厩、库房、水井、厕所，植有数株中国梧桐树。整座宅院占地二亩六分。是尚李昌英爷爷生前花三万一千两银购买给孙子的礼物。尚李昌英成为河川水产品商行东家大掌柜后，才住进院内。因房子多处空闲着，他便让左文声和他儿子搬进来，连同护院、门房、膳厨、仆妇，一共九人住在里面。

尚李昌英早已迎候在院门外，见周莹率人马到来，笑道：“周莹姐，你是我成为这座宅院主人后，迎接的第一位远方贵客，所以，我把河川水产品商行的伙计们全召来，让他们看看我有多么美、多么有本事的一位大师姐！”

周莹说：“你不怕我对他们说你拜师学艺时，因偷懒让师傅罚上树，上不去哭鼻子的事？”

“你说了也没啥，谁小时不顽皮嘛！现在咱们比上树，我准赢你。”

“不见得，姐在咱二十七个师兄弟姐妹中间，上树总是在前三名不假吧？”

王坚笑道：“你俩别王二卖瓜了，有一次少奶奶爬树爬到树股上，风刮大了下不来，吓得又哭又叫，师傅让我上树去接她，我搬了一个竹梯子往树上一靠，上到树股上把梯子拉上去，伸到她爬的树股处，让她扶住梯子爬到我骑的树股上，我再把梯子放到地靠牢树干，她才下地。等我下地，她却说我，‘师哥，你那本事不是上树下树，而是上梯子下梯子’！尚李昌英，这种上树前三名的真功夫也值得拿出夸呀！”

众人听了笑道：“少奶奶，王武师的话可是真的？”

周莹也笑道：“你们想有没有演义成分，答案就有了。”

尚李昌英领周莹等进入中堂，是三间相通中有二柱，成为二担三横梁承重式空间，楼板合缝甚严，每张楼板长一丈四尺，宽一尺二寸，厚三寸，原色漆过，整个板面平滑光洁，连一点颜料也没用。周莹抬脸看了许久才问：“楼板是啥木？”

管家回答：“白松楼板，楼房用木全经过烘干除虫防腐处理，一百年内不会变形，无须修缮。”

“盖这房的人考虑得倒是周全。”周莹说，“我看这幢楼比汉江旅店的楼要结实。”

管家说：“让少奶奶说准了。这座宅院原是江防总兵的府第，盖时动用官兵和兵船运来的料，大树每棵都是三尺以上胸径，三丈以上长，盖了一年四个月。那总兵搬进来仅住了两年半多一点，在和洪秀全的军队水战中沉江而殁。他老婆和孩子是关外满人，因终年在河川水产品商行买水产品，认识老爷，回老家前让给了老爷，只收了三万一千两银子，比市价低了四成。”

周莹笑道：“你家老爷占了大便宜。平时定是和总兵夫人关系不错，不然能便宜四成，把如此好一院宅卖给你家老爷？”

管家也笑道：“少奶奶说对了一半，我家老爷和总兵关系确实很好，自然和总兵夫人见面次数多些，熟悉。总兵活着时兵营用的水产品，全在河川行买，是大客户。少奶奶你想，我们老爷能不用心伺候人家嘛！”

“有道理。”

尚李昌英问：“姐，你住的吴家老宅比这房要好吧？”

“不咋的。只是比你这宅院大，人多。”周莹走近中堂神龛，动手点燃三炷香，拜了拜，说，“尚氏牌位咋只有你曾祖父？”

“曾祖父在时说，他是孤儿，不知父母何姓氏，所以我只能供奉曾祖父！”

“啊！怪不得你大让你改尚姓以继尚氏血脉。”

尚李昌英在中堂内供奉于神龛内的神位是观世音菩萨，周莹问：“你妈信上帝，你咋供观音？”

“我没闲工夫一跪几个时辰去听那些我永远记不住的信条。有那时间，我多读些商经和孔孟之道，要实用得多。”

周莹笑道："没看出，你倒是实用主义者。"

往二楼上时，周莹对楼梯用材发生兴趣，俯身仔细观察后说："用花岗岩做梯，好得很，好得很。上铺地毡又软又舒适，扶手配以梗木原色更显雅致，回安吴堡后，我如建新宅，定用砖石作梯，木梯又窄又响，咯咯吱吱，让人堵耳！"

上得二楼，周莹见廊檐宽五尺，全密封窗，镶无色琉璃，廊地全铺红毡，房门间墙壁上悬挂字画，如同走进画廊一般，忍不住叹道："武汉文化氛围安吴堡难比，渭北望尘也！"

楼上九间房分左中右各三间为一组，中间为会客厅，内摆四张各宽二尺五寸长一丈二尺并排于中的水曲柳条桌，两边各有八把靠背椅，向阳窗下有茶几梗木靠背长条椅两张，左山墙悬装裱好的八尺横幅"知人者智，自知者明"八个颜体大字。周莹见书者名为乞翁七十寿书，回头问尚李昌英："乞翁是你曾祖父吗？"

尚李昌英点头答："正是。"

"老人功力透纸，我等相差甚远啊！"

周莹站在横幅前，望着右山墙上悬挂的那幅名为"千帆破浪竞上游"的水墨画，笑道："此画意境甚佳，泼墨亦显功力，但仍显笔道稚嫩，不知出自何处高人之手？"

尚李昌英道："师姐眼力锐利也。不瞒师姐，此画作是我妈三十岁生日时和我大共同完成的一幅习作。我搬进此宅成为主子时，在曾祖父宅内见到此画，感到意境深远，画虽稚嫩，但不失江天浩瀚、浪托千帆、乘风远航的无畏气势，所以，我自己动手装裱成轴，挂于客厅。"

"子知父母意，喜从心底生。来日角端露，同龄皆会惊。昌英啊，再过三五载，姐得向你求教学问了。"

"姐把我高看了，我才念了几本书，做了几天买卖？差的码子大呢！"

客厅左侧三间为尚李昌英的居室，一明两暗，中为办公处，左为书房，右为卧室，室内铺新疆手工织的地毯，书房靠墙全是书橱，橱内书满为患，连书桌下也堆了书。周莹叹道："姐不如师弟书多矣！仅藏书一项，姐得快马加鞭赶三年，也难收藏到师弟藏书中绝版本的一半。我出门前，列了一个单子，到武汉至今，仅买到四套古籍！"

尚李昌英说："我收藏的这些古籍绝版本，全是曾祖父的遗产，凭我的读书涉猎面，我连许多书名也记不住，别说收藏与读了。"

周莹说："你不让我看看你曾祖父写的《营商杂记》吗？拿来一睹为快嘛！"

尚李昌英从抽屉里拿出一个蓝布硬壳书匣打开，把一册线装手抄本递到周莹手中，说：“我曾祖父手抄本《营商杂记》，共二万一千二百三十四言，虽无惊世之语，但对你我后来从商小辈，却是一位无声胜有声的好老师。”

“那我更要认真拜读了。”

周莹接书在手，往椅子上一坐，掀开书页就埋下头去。

其他人一见，便悄然退出房进了会客厅。

周莹没动地方，在书房看了近两个时辰书，才把《营商杂记》读完。抬头看窗外，见夕阳已被晚霞拥抱，端起桌上茶碗，喝了几口茶笑笑，自言道：“尚建吾老头有意思，他从乞丐的行乞方法中看到的营销方法，倒是一种匪夷所思的发现。乞丐为讨到施主的施舍把肚皮填饱，通过打莲花落、说快板等方式，宣传自己的诉求，向自己欲达的目标步步进逼，从而打动施主解囊，应该说是乞者求生存的一种技巧。尚建吾反其道而为之，用在对自己营销商品的宣传上，通过打莲花落，说快板形式，加深顾客的印象，把更多顾客吸引到自己的店里面，达到扩大营销的目的。尚家生意越做越大，证明这在商品营销中的作用是不可低估的。洋人通过广告宣传，不正是这种方法的翻版吗？中国的商人在这一方面，是酒香不怕巷子深的理念，确实不如洋商想得远呀！尚建吾想到了，所以，他从乞丐到成为一名成功的商人，他的伟大和可贵之处，不正是表现在敢于发现并付诸实践吗？”

周莹拿起笔来，伏案将《营商杂记》里一首《秦商悟道七绝歌》抄录纸上：

秦商悟道独七缘，花开天下结果甜。
仁义做事树榜样，诚信为商史书赞。
兴商富国境高远，丝绸古道全传遍。
明清两朝秦商帮，叱咤风云名播远。

“为人绝学”开先河，和气生财是血脉。
处处与人多为善，仗义疏财广结缘。
谦恭谨慎防人妒，宽容大肚不为恶。
赢得人气成事业，宅心仁厚天地宽。

“关系绝学”是基石，真诚感人情义结。
成大事者靠朋友，困难临头援手多。
解人危困勇出手，雪中送炭助人乐。
众人成事力量大，高山可攀海能过。

“生意绝学”学问大，懂得商道方活络。
重视创立金招牌，诚信开得万家锁。
先赚名气后赚钱，办事恭敬不欺客。
买卖做得越灵活，财源滚滚流成河。

“用势绝学”费思量，把握时事商机多。
时势能把英雄造，乘势而上胜算握。
掌控时局争分秒，抓住商机敢掌舵。
运筹帷幄敢为先，创造辉煌人生乐。

“用人绝学”靠谋略，有才谋事创霸业。
荟萃精英人才济，千艰万难可突破。
以利激人情动人，用人之长容小节。
鼓励下属敢决策，精心栽培积大德。

“谋略绝学”成大事，有谋有略为智者。
凡事长远放眼量，抱守残缺酿大祸。
学会借鸡下鸡蛋，蝇营狗苟绝不做。
要想取之必先予，利义成就非凡业。

“成事绝学”非易事，需有胸怀和气魄。
自信开得大海船，乘风破浪锲不舍。
吃亏也是占便宜，学会吃亏能成佛。
遇事天塌沉住气，福祸所倚有因果。
得失之心抛脑后，赚财致富终生乐。

秦商独领风骚早，营商悟道经验多。
享誉中华数百年，吾辈虚心好好学。
古有先秦陶朱公，近有秦商百家姓。
我辈今朝学先贤，汲取经验振雄风。

乞翁老友李可军由渭北抵武昌宅下为吾贺七十寿辰时，击酒而吟《秦商悟道七绝歌》，吾记于册。“七绝”乃吾辈商道同人共同财富也。

效之能立，行之能胜，后来人读之，茅塞可开，少走弯路也。乞翁备注于同治乙丑秋末。

抄录完复读一遍，周莹起身走出书房，笑对正在看书的尚李昌英：“我今收获良多。《营商杂记》是一部好书，我将其中《秦商悟道七绝歌》抄录于纸，旅途读之学之。如师弟同意，姐出资将杂记刻印五百册赠送友好同人如何？”

尚李昌英说：“我就没想到刻印散发供同人参阅之事，经师姐提醒，我明天交书社刻版印刷就是了。”

管家此时进房对尚李昌英说：“少爷，酒宴已好，可以进餐了。”

尚李昌英对周莹说：“师姐，请下楼进餐吧。”

周莹进入位于一楼中堂右侧的餐厅时，见三间餐厅里六张圆桌前已坐满了人，见她进门全起立，掌声相迎中，左文声在主桌前笑对周莹说：“我怎么也没想到，你会千里迢迢，跋山涉水，巡视你的商业王国。不简单，不简单啊！”

“左伯，你不值得夸我，我又不是娇生惯养的大家闺秀，经不起风吹雨打。话说回来，我也是被逼出来的，自进吴家门，我就做好了与命运抗争的准备。因此，即便天上下刀子，我也要把到手的商业王国，牢牢掌控在手里，让它按照我的意志运转。左伯，你说我野心大不大？”

左文声笑道：“行啊，伯在你六岁拜师习武时对你大说过，从小看大，莹丫头长大了，一准会成为一个出类拔萃的主子。现果然不出伯所料，你已显示出统领一族的天赋和气势。”

周莹笑道：“来日方长，我到底能成出啥精来，最快十年才能看出分晓。”

左文声说：“十年后左伯怕早已骨朽如泥了！”

周莹入座说：“左伯今年才六十八岁，再活二十年没麻达。到时候伯准能看到我唱得好坏了。”

尚李昌英入席说：“今晚河川水产品商行和秦盛和百货庄全体同人在这里聚会，借安吴堡主子少奶奶、三品诰命夫人、我师姐周莹巡视湖北裕隆重总商号之机，来和乡党们见见面，给在武汉三镇经商的秦商们助助威，让大家知道，咱陕西愣娃商队里，不仅有冲锋陷阵的男子汉，而且有不让须眉的巾帼。周莹成为咱大清朝第一位注册的女商人，可是咱秦商的一大光荣和骄傲。来，伙计们，让我们为秦商的光荣和骄傲干杯！”

在场的六十余人一齐起立举杯高喊：“为秦商的光荣和骄傲干杯！”

“现在请诰命夫人、安吴堡掌门少奶奶讲话。”尚李昌英说，“我师姐肚子里装的学问深着哩，伙计们好好听听对自己有好处。”

欢呼声与掌声中，周莹离座而立笑道：“大伙别信尚李昌英胡咧咧。我肚子里装了多少墨水，只有我清楚。充其量我仅读了十一二年圣贤书，全熟记于心，也不过六七十万言，实话说，记于心并完全理解的还达不到十分之一，这半瓶子醋晃荡不出多大声来。所以呀，尚李昌英的话你们千万别当真。隋唐时代有个诗人叫贾生，曾写过这样两句诗，‘可怜夜半虚前席，不问苍生问鬼神。’意思是说在动乱之秋，你问我如何让苍生过上安定的生活，我根本无法告诉你，只能去问鬼神了。眼下咱大清平民百姓生活在动乱之中，商人为使平民百姓日子过得好点，不惜冒风险走南闯北，从西到东，组织货源，为的是保民安国。遗憾的是，自是今朝帝王醉，不关大清有山河。我们商人商家，缚鸡之力怎能挽狂澜一二呢？面对现实，我们能做到的，只有尽心竭力分国忧了。我由安吴堡动身巡察吴氏分布各地的商业网点，目的之一，是想整顿调整一下原有布局，把拳头攥紧，将有限的物力财力人力，用在真正能为民生解小忧的地方，而不仅仅只为吴氏一族安享其成上。目的之二，我不想在有生之年，当一个夜郎自大的安吴堡主子，我想通过巡察吴氏商业网点，学到我尚不知不懂的好的农商经营管理经验、经营管理模式，提高经营管理水平，把自己锻炼成一个有所成的农商管理人，而不是徒有虚名的少奶奶东家大掌柜。为此，我希望在座的商界前辈和兄弟们，能把你们从商的好经验传授给周莹，我会感激不尽呢！”

左文声离座而立，鼓掌说：“周莹讲得好，讲得好啊！”参加宴会的人，全站了起来，拍手欢呼：“好样的，好样的！”

餐厅四壁的灯点燃时，西边天上最后一缕晚霞被夜色掩进淡淡的夜幕里，看门人走进餐厅，行至坐在主桌边的尚李昌英跟前，低声说了两句，将手中一封信递他手里后转身离去。

尚李昌英抽出信笺看过，脸挂笑容将信递给坐在他上首的周莹说：“师姐你看，邱义仁派家丁送来的信。”

周莹接信笺看完笑道：“姐恭贺你好运如潮。不过去邱府前你要想好，该说什么不该说什么，一定要打有准备的仗。记住，别显富，更忌华而不实。邱义仁的财富和地位是你无法企及的，不亢不卑，才是你胜券在握、征服邱义仁和他夫人心的良策。”

“我照姐的话行事，见好就收。”

周莹端起酒杯说：“姐祝你马到成功，干杯！”

“谢姐了！”

左文声见尚李昌英喜在眉梢，不知何事，问周莹：“啥事让尚李昌英喜得红光满面？”

周莹低声说：“有红娘找上门来了。”

“啊！尚李昌英也老大不小了，该考虑终身大事了。”

月挂树梢时，周莹等人回到旅店，进房间见红玉坐在灯下看书，喜道：“头不沉了，好了？”

“我喝了一大碗药水水，好多了。”红玉说话间把一封信递到周莹手上说，“邱小姐让陈管家送来的。”

周莹洗完手脸，卸了妆，换上晚服，接过红玉沏好的茶，放在面前的茶几上，慢慢展开信笺看了邱玉蕙的手书，忍不住笑道：“闺中思春到忘情程度，也难怪人说女儿大了不可留了！”

红玉说：“你是说邱小姐？”

“在武昌我能认识几个闺中大小姐？”

“她心里人是谁？”

“你没看信？”

“少奶奶的信，我吃了豹子胆，敢看吗？”

“行啊，你能管住自己，算是长大了。”

“我都十五了，本来就不小了嘛。”

“小不小嘴上别硬，今后只要少哭鼻子抹眼泪，我就把你当大丫头用。”

“让我看看邱小姐的信可行？”

“看吧，学着点，看人家是咋写信表心迹，将来写信给心上人时，免得闹出笑话来。”

红玉把邱玉蕙写的信笺拿到手，坐在灯下看起来。看着看着笑出声来。

周莹问：“你笑啥？”

“我笑邱小姐乱了方寸，她明明心已属尚李昌英哥哥了，却引用了如此词句表述心迹，‘撩乱春愁如柳絮，悠悠梦里无寻处。’驴唇不对马嘴了！”

周莹往起一站说：“红玉，你行啊，姐都没注意到这点，看来你的学习大有长进。冯延巳的词你也读懂了？”

“算是吧。不过读得不多，只记下七八首！”

“邱玉蕙引用的两句词出自哪首词？”

“《鹊踏枝》。”

“背背，让姐听听行吗？”

“听好了，我背啦。”

“背吧。”

几日行云何处去，
忘却归来，
不道春将暮。
百草千花寒食路，
香车系在谁家树？
泪眼倚楼频独语，
双燕来时，
陌上相逢否？
撩乱春愁如柳絮，
依依梦里无寻处。

周莹忍不住也吟道：“‘百草千花寒食路，香车系在谁家树？’是啊，是啊！‘撩乱春愁如柳絮，悠悠梦里无寻处’。一点也没引错呀？”

红玉把邱玉蕙的手书一扬说：“她明明引用错了地方嘛！”

周莹苦笑道：“傻丫头，你才十五岁，咋能理解姐姐们的心呢？”

是夜，周莹辗转反侧，难以入眠。一个年轻寡妇的怨恨愁绪，愁肠百结，如烈油煎烹，折磨着她年轻的心。平日她无法在人前袒露她内心的苦乐，把一切烦恼都要深埋心底，不露痕迹。女人无才便是德，在大清王朝的律条里，贞节牌坊是青石或汉白玉砌成，它可百世耸立在大地上展示它的坚贞，而埋于黄土下的贞节烈女们，却是含泪走完她们苦水泡心的悲伤人生。苍天不公啊！

周莹泪眼迷离，在心中一遍遍诅咒着苍天，三更过后仍无法入睡，索性披衣而起，剪了烛花坐在桌前，伏案持笔在手，写下了守寡后第一首诗：

夜深伤怀视画屏，眼前幻像难入静。
青春突与悲同舞，恩爱相隔心失灵。
嵯峨似腾红颜怨，安吴尽伤玉女心。
终生难解陆游问，《钗头凤》诗吟谁听！

第二天晨起，红玉见周莹的枕巾已被泪水湿透了一片，悄然站在她床头前，嘴唇哆嗦着说：“少奶奶，你睡梦中为啥哭啊？哭得很痛很痛，我陪着你掉泪，又不敢喊醒你！”

周莹被红玉的泣语惊醒，伸双臂搂住红玉说：“好妹妹，出了房门你一个字也别对人说姐在睡梦中哭泣的事。”

红玉点头说：“我知道。”

周莹洗漱完，吃过早饭对王坚说：“告诉武玉泉，让他通知总号各位主事，早饭后到裕隆重开会。”

武玉泉按周莹的安排，通知各分号掌柜提前赶到武昌参加总号掌柜会议，所以，周莹出现在裕隆重会客室时，各分号掌柜已在座了。

14

周莹走进会客室后，没说一句开场白，便开门见山地指出：“珠宝的消费对象主要是富人大户，对普通平民百姓的吸引力有限，尤其是高档珠宝，价值连城，问津者更是屈指可数。由于时局动乱，各地难民饥民如潮，对珠宝需求日渐减少，因此有的分号便出现亏损局面。为了避免这种局面的扩大，把分散资金相对集中到一起，则是一种防范风险的较好措施。我考虑再三，决定把裕隆重总号经营网点做一次调整，撤销老河口、通城、秭归、襄樊珠宝分号，把资金、人、财物充实到武汉三镇。我认为，攥紧拳头往外打，力量会更大，目标会更明确，把握性相对增加，而且会减少管理与运输费用。老河口、通城、秭归、襄樊市面近几年利润总和，还不及宜昌分号数，撤销不会构成对总号的生存威胁，不知大家对此有何不同意见，可各抒己见，如能取得一致认识，我们就着手实施。”

武玉泉对周莹的决定并不感到意外。他想过，让一个女人用所有心思容纳上百个商业网点于头脑里，实在是件苦不堪言的负荷。她不会也不可能像她去世的公公那样，每隔一两年便不辞舟车劳顿，全面巡察一遍自己的经济王国，把每一个环节都牢牢掌握在自己手里，不断扩充壮大自己的经济实力。尤其在动荡不安的大环境下，她不能不考虑自身的安全。如果说男人与女人在事业上存在什么显著区别的话，魄力与坚毅、果敢与牺牲就是最好的试金石了！

他也能够理解周莹调整经营布局的苦心，理解她撤销老河口、通城、秭归、襄樊分号的无奈。如此做，对他也是减轻重负的一个机会，不但能省去每每往返各分号的舟车劳顿，而且也能减少自己的精力消耗，增加安全感。如此好事，求之不得，他有什么理由反对呢？

武玉泉没有任何犹豫地表态后，在场的各分号掌柜知道事已成定局，反对也没有用处，主子决定了的事，伙计的声音就无足轻重了。

老河口分号掌柜在战事蔓延到老河口时，受到了惊吓，至今只要一想到那种可怕的景况，他就心悸得喘不过气来。听周莹决定撤销老河口分号，自是高兴，当即站起表态说："我同意少奶奶的决定，把老河口分号撤了好，我宁愿到武汉三镇当一名伙计，也不愿意在老河口守住光赚吆喝不挣钱的烂摊子!"

其他被撤销分号的掌柜一致表态同意周莹的决定。二十七天后，裕隆重总商号变卖了撤销分号的固定资产和库存珠宝首饰，所收回银两半数充实到武昌、汉口、汉阳、宜昌分号，半数则解缴安吴堡。解散分号的伙计，愿到武汉三镇与宜昌的自愿选择，总号统一安排调度，仍为裕隆重伙计，薪俸按照所在地标准发给；不愿离开原地的则发给每人一千两银安家费自谋生路。由于处理得当，撤销合并安置工作进展十分顺利。周莹雷厉风行、大刀阔斧的工作作风，获得湖北总号上下一致的尊敬，在武汉商界也获得好评，连隔行的邱义仁知道后也对尚李昌英说："你师姐是个很了不起的女商人，她的出现，必将为处于低迷状态的商业带来一股新风。"

周莹对自己的武汉之行和对裕隆重的整顿结果感到满意，内心的喜悦更溢于言表。自嫁进吴家变成小寡妇，在经历连串的不幸和打击后，她在巡察自己辖下的商业网点途中，每取得一项成效，都认为是对自我意志锻炼提高的结果。信心的增加，渐渐冲淡了淤积心底的怨恨愁绪，尤其当她看到自己无心插柳柳成荫，偶然间促成邱玉蕙和尚李昌英的爱情姻缘时，她觉得自己活得快乐了许多。她在自己的旅途札记中写道："此前，我总是固执己见，很少用同情心和爱心去为别人着想，所以才陷于孤独和寂寞，怨恨与惆怅。邱玉蕙走出阴霾的笼罩，和尚李昌英走在花荫下时，我才突然发现，人原来可以有多种生活方式去拥抱喜悦甚或爱神的。此前，我活得是不是太苦了？当初，我如果能设身处地为吴尉文公公想一想时，误会是不是可以避免呢？周莹啊，你一定要记住，缘深缘浅，道长道短，一切皆有命数；不悲不怨，不弃不离，必然皆大欢喜。"周莹写下这些半是禅语、半是自慰的话，心里觉得平静安然多了。

湖北裕隆重总商号经过整顿调整，由八个分号撤销合并成四个分号，一切工作步入正轨后，周莹对王坚说："咱们可以继续往前走了。"王坚问："是先抵南京而后镇江呢，还是先去镇江?"

"先镇江而后南京。"周莹说，"我想先从镇江分号掌柜和伙计们嘴里，了解一下江苏总号的大致情况，以免误判形势，坏了江浙盐务这盘棋。"

"少奶奶所想不无道理，但也应做好思想准备，镇江分号掌柜若与扬州总号掌柜一个鼻孔出气，咱们抵镇江后，一旦打草惊蛇，就可能陷入被动。这一点还望少奶奶深思。"

“我分析过，朱少敏不是那种见利忘义，背主求荣的势利之徒。”周莹说，“他跟我公公十一年，表现得中规中矩。虽然我不认识他，但从他写给安吴堡的信函中我发现，这个人还是可以信赖的。你别忘了，他可是高陵县人，他能和胡玉佛成为莫逆之交吗?”

王坚笑道：“少奶奶原来是如此想，王坚就无话可说了。应该承认，你的看法颇有道理，亲不亲，故乡人。”

周莹也笑道：“争取人心首先得信任人，否则，我公公在时咋能一手把江北江南几十处字号紧紧掌握在自己手里，人坐安吴堡，而知全盘事呢?”

“离开武汉前，少奶奶还有啥事需要处理?”王坚说，“望能预先安排，免得临时手脚忙乱。”

“再回请一下邱玉蕙吧。”周莹说，“我这个红娘必须把她牢牢拉住，让她最终成为咱秦商帮中一名新成员。我相信她和尚李昌英百年好合后，秦商在武汉三镇的话语权，将会分量更重。有了她，平岭叔就少了后顾之忧，可以把全部精力用在上海秦盛和百货庄的发展上。”

“少奶奶谋得真远啊!”

“多事之秋，想远点，比只看鼻子尖要安全百倍。能不想吗?”

“我这就去安排。”王坚说，“地点就定在邱小姐请少奶奶的东湖酒家如何?”

“可以。记住通知尚李昌英参加。对酒家老板讲清，饭菜一律按邱小姐的口味与喜好烹饪。”王坚前脚出了旅店，到东湖酒家安排宴请邱玉蕙之事，安吴堡信差后脚就到，风尘仆仆出现在周莹面前，双手交上骆荣、房中书联名信札说：“骆管家、房先生急等着少奶奶决定。”

周莹一听，吩咐红玉给信差沏茶，拿糕点垫垫饥，然后拆开信札看完骆荣、房中书的联名信函，坐到桌前，静静考虑了一会儿，挥笔而书：

骆、房二位叔公见字如面：

陕西巡抚手书，昭示安吴堡捐资以济甘豫两省难民、灾民和支持清军平乱，事关国家安危，我等应着眼大局，量力而为，万不可留把柄于官衙，留笑柄于世人。以安吴堡目前经济情况，尚不至因捐些许银两而捉襟见肘。故望二位叔公见字后，将库银十五万两捐陕西巡抚衙门，其中七万做赈济灾民资费，八万做军饷费用。具体事宜，请二位叔公全权料理是幸。

周莹于武昌

周莹将写好的信笺装入信札封口，交到信差手里说：“你们要四百里加快，把信连夜送到安吴堡骆管家手里，不得延误时间，否则，我等在陕西就会失去立根之本了!”

“奴才明白。”信使接信札揣入怀中，向周莹跪别说，“少奶奶放心，六天内我们一定把信送进安吴堡交到骆管家手里。”说完起身出门向楼下走去。

周莹将他未吃完的糕点拿起追到楼下对信使说：“把糕点带上吧。”

信差转身接住糕点盒，顺手塞进马褡裢里，说了声：“谢过少奶奶。”然后飞身上马，扬鞭而去，眨眼便消失在街道尽头。

王坚在酒楼订好宴席，把请柬送进邱宅，进门见陈管家在树荫下打小洪拳，待在一旁看了几眼笑道：“你年龄已不再适合打小洪拳了，强度大了对上年岁的人并不合适，一招不慎，反而坏事。”

陈管家收拳立定说：“习惯了，又不会其他路数，活动筋骨而已。”

王坚把请柬递他手上说：“请陈管家把我家少奶奶的请柬交邱小姐。”

陈管家接住问：“你家少奶奶怕是要离开武昌了?”

“让你猜中了。”

“这请柬定是告别宴请了。”

“不错。”

“我这回得去蹭你家少奶奶一顿，下次她到武昌还不知猴年马月呢!”

“只要你高兴我把请柬一并交你。”

“不用给请柬了，到时我跟邱小姐赴宴就是了。”

“到时可不准缺席。”王坚说话间转身向大门口走着说，“你代我告诉金声，我不去找他说了。”

陈管家把王坚送到大门外，见王坚消失在十字路口，才回到院内沿通向后院的曲径进了邱玉蕙住的独立于花丛中的二层小楼。丫鬟小娥正在楼厅低头看书，见陈管家进来，忙把手中的书放下站起说：“陈叔，我家小姐在书房呢。”

陈管家瞅了一眼小娥看的书名，摇头说：“你家小姐让你看《西厢记》?”

小娥说：“我们读的书，全是小姐决定的。”

“真是有啥样主子就有啥样的奴才。”

“陈叔读的书，不也是由老爷定的吗?”

陈管家无话可说，笑道：“你嘴不让人，小心哪天招打。”话落音人已上了楼。

小娥嘴一撇，坐下来继续看起《西厢记》来。

邱玉蕙在邱家是个率性女子，这边说那边忘是常事，但较起真来，连她爸妈也得让她三分。邱义仁夫妇共有二子一女，两个儿子为大，对他爸的事业极少过问，两人兄弟打小便舞枪弄棒，邱义仁使尽浑身解数，也无法让两个儿子对经商感兴趣。在两个儿子十三四岁时，只得同意让他们上武当山拜师学艺，成为武当俗家弟子。银子花到地方，师傅也舍得下功夫调教。兄弟二人在武当山学艺八年，太平天国立南京打天下，曾国藩奉旨招兵买马入川堵截石达开，邱义仁两个儿子瞒着自己爸妈，跑进曾国藩的行辕大帐，跪在曾国藩面前说："奴才邱卫国、邱卫邦愿为国效力，特来投奔曾大人帐前效命。"

正是选将用人之际，曾国藩见邱氏兄弟跪于帐中，笑道："壮士起来回话。"

二人站起昂首。曾国藩一看兄弟二人气宇轩昂，眉宇间充满英气，没开口先喜欢了三分，问二人何方人士，现年多大，家居何处，父母何业，师从何人，可曾研读兵书等十多个问题。邱卫国、邱卫邦有问必答，话语扼要简练，令在场将校为之侧目。当二人报其父是武汉船王邱义仁后，曾国藩扶案而起说："邱卫国、邱卫邦听命。"

邱卫国、邱卫邦二人胸脯一挺："邱卫国、邱卫邦受命。"

"我命你二人为本帅帐前校卫，随时听调，不得有误。"

"是。"二人没费吹灰之力，便成为曾国藩帐前参军，官虽不大，但自古官大兵也大。消息传进邱义仁耳朵，邱义仁长叹一声，对夫人说："马革裹尸是早晚，邱氏今后无子孙！"

邱卫国、邱卫邦跟随曾国藩转战八年官至军门，咸丰十年闰三月转战皖浙，大雨中兄弟二人率部力战洪秀全部，先后背中数枪，受伤甚重，兄弟二人相互鼓励，杀开一条血路，马至丹阳，血流将尽，二人下了马，跪地向北拜过后高呼："爸、妈，你们的儿子战死沙场，死而无憾，无愧于国，不辱祖宗啊！"追兵至时，无力再战的邱卫国、邱卫邦兄弟相搀前行至江岸，相抱一跃入水。水波涌卷处，轰轰烈烈的邱氏军门兄弟，已旋沉水底，走完了戎马一生！

邱义仁夫妇老来丧二子，把未来的希望寄托在女儿邱玉蕙身上，所以当向门儿子成植物人后，夫妻二人坚决为女儿提出解除婚约，无奈向氏官大难以撼动，只得听天由命！向家少爷停止呼吸的消息一传进邱家，邱义仁便命陈管家赶到东湖酒家，告诉了邱玉蕙。得到解脱的邱玉蕙，没了后顾之忧，敞开心扉，把内心的爱意转到一见倾心的尚李昌英身上，周莹的试探不意歪打正着，成全了一对本是陌生男女的爱恋。因此，在陈管家把邱玉蕙和尚李昌英相互情投意合告诉邱义仁夫妇时，深感误了女儿青春年华，对不起女儿的邱义仁，当即开了口，把尚李昌英约进邱宅，看看到底是怎样一个人物。尚李昌英听了周莹的话，见到邱义仁夫妇时，如实作答，不事张扬。诚恳老实的表现，获得了邱义仁夫妇的认可。当知道尚李昌英和周莹是世交和同门师姐弟时，心想，把女儿嫁给尚李昌英这样社会关系不错的孩子，比官宦子弟有更多安全保障，便明确对尚李昌英说："让你爸妈到武昌来，我们见一见，如双方没不同意见，就把你们的婚姻关系确定下来。"

周莹无意中成全了一对年轻人的爱情，自然十分得意，但也引出了自身不幸的伤感。好在她很快压抑住了伤感的泛滥，所以在离开武昌前，再会一会邱玉蕙，她想自己在邱玉蕙耳朵边加把火，尽快促成一对有情人终成眷属。让秦商的实力能在武汉三镇获得更多话语权，将来对自己在武汉三镇的发展也会有所帮助。

邱玉蕙把请柬拿到她母亲房里说："妈，周莹姐姐要离开武昌了，邀我再聚聚，话别，你说女儿送她啥礼物做纪念为好?"

邱夫人看过请柬，略一停顿笑道："安吴堡主子周莹是三品诰命夫人，家资千万，商号遍布大江南北，比你有钱有势，好东西绝不会比你少。你想想，送什么礼物好?"

"女儿第一次请她时，她送我一对明瓷瓶，一面铜镜，都是宝贝。现她要走了，女儿自然要礼尚往来，才符合咱邱家的名望地位嘛!"

"那你就自己决定吧。"

"女儿把那颗祖母绿回赠给她怎样?"邱玉蕙说，"只有周莹姐姐这样的少奶奶才配拥有这样的宝贝。"

"那你就割爱好了。"邱夫人并不反对，"那可是你花五万两银子才买回的东西，你舍得吗?"

"有啥舍不得?"邱玉蕙笑道，"单冲周莹姐那一身正气和我们一见如故的亲切，她为我终身大事的着想，我都得好好感谢她。"

"既然你都说到这份儿上，妈就更得支持你了。"

"谢谢妈，我赴会时就带祖母绿做礼物送周莹姐了。"

邱夫人摇头一笑："什么时候你不再让妈给你拿主意，妈就能睡安稳觉了!"

邱玉蕙笑道："那还不容易?妈啥时把我打发上了花轿，妈就能睡安稳觉了。"

邱夫人被女儿的率真逗乐了，说："耐不住寂寞的姑娘，进了婆家少不了遭白眼。回头我和你爸商量，头天和李平岭换你与尚李昌英生辰八字，第二天便送你出门儿，到时可别怪妈心狠。"

江南正是梅雨季节，从无在阴暗潮湿气候中生活过的周莹，抵达镇江当天便染疾在身，还没来得及到裕隆全盐务总号镇江分号露面，时冷时热的她，躺倒在金山客店房间里，浑身痛得像被抽了筋一般，吸到鼻子里的霉气味令她欲吐不能。红玉急得查遍房间每个角落，除墙纸有些发潮外，并没发现何种霉变东西，没法可想时，拿手帕堵在她鼻子上说："闻着手帕香气霉味就小了。"

王坚见状心急如焚，一连请了三个郎中为她诊治，郎中们说："阴热攻心之疾，用针灸驱痛，服祛寒降热之药，数日无恙矣！"果然，第六天，周莹下床走动时，身体乏力疼痛现象消失。红玉喜出望外，让店家烧了洗澡水，周莹入澡盆，泡了一个多时辰出浴，身体轻松舒适了许多。晚饭喝了一碗八宝粥，精神大振说："谢天谢地，我死不了啦！"

红玉气道："尽说丧气话，往后少奶奶再胡说，我就不伺候你了。"

周莹笑道："好，好，你比我厉害，我听你话行了吧？去把王坚叫来，我有话说。"

王坚跟红玉进门后，周莹说："我一病耽误了六天时间，明天一早，你去把朱少敏叫来，我探探他口气再讲。"

王坚说："我和朱少敏打交道数年，他人是个直性儿，少奶奶有话只管直讲，免得引起他猜疑。"

周莹说："你只管放心，我还没傻到不知轻重的程度。"

第二天吃过早饭，王坚出房门刚走出金山客店院门，就被正准备进客店的裕隆全镇江分号掌柜朱少敏拦住。

二人是熟人，虽然几年没见过面，但二人身影一映进对方眼帘，几乎同时喊道："王坚！""朱少敏！"喊声中二人抱到一块相互问，"我们咋想得如此巧，今儿个准能见到你！"

"心有灵犀一点通吧？"王坚说。

"冥冥中有神灵指引？"朱少敏说。

二人忍不住哈哈大笑。

王坚问："你到金山客店会哪里的客商？"

朱少敏摇头说："我听伙计们议论，说有武昌朋友对分号伙计小六说，安吴堡少奶奶周莹到镇江几天了，我想几天了咋没见到分号来呢？准是道听途说，没影的事。又一想不对，他们又没见过少奶奶，捕风捉影的事他们还不会编呀。于是我想，来没来，到镇江金山客店一打听就见分晓了。金山客店是镇江最大最好的客店，少奶奶若到镇江，必然要住这里，还真让我给猜中了。"

"少奶奶已到镇江六天多了。"王坚拉着朱少敏进了金山客店大门，一边往里走一边说，"因旅途受了风寒，病了六天。今早我去找你，出门便和你碰个正着。"

“少奶奶传唤我，是要问我关于裕隆全总号的事了？”

“你也这样想？”

“不然少奶奶吃撑了，没事找事，不远千里，不顾个人安危往江苏跑，自找苦吃呀！眼下江浙形势乱如牛毛，今天这里打，明天那里杀，生意难做不说，风险谁能冒得起！”

“可是偏偏有人乘乱异心起，梦想火中取栗发不义财。少奶奶出于自身利益考虑，只得铤而走险，亲赴汤火了！”

“你是指胡玉佛图谋不轨吧？”

“正是。”

“王坚兄放心，他胡玉佛可借势乘乱一时，绝不可能借势乘乱达到最终目的，毕竟大清朝还在。他如想侵吞安吴堡财富，除非大清朝完蛋。周莹少奶奶我虽没见过，仅从乡党们言谈中分析，周莹绝不是任何人想欺的角色，她这次能亲自披挂出征，证明我没看错她。”

王坚停下脚步，拍了朱少敏脊背一下说：“少敏兄眼里有水水，少奶奶没看错你呀！”

朱少敏也收步问：“此话怎讲？”

“少奶奶为啥直抵镇江先来见你，你还不明白其中奥妙吗？”

朱少敏一听笑道：“王兄快领我去见少奶奶。”

朱少敏刚满三十六岁，正是血气方刚的年龄，服务于安吴堡吴氏家族已经十八个年头，他原在安吴堡内管理货物仓储，十一年前吴尉文见他为人忠厚诚实，做事用心，为人正派，所管物品一连七年没出任何差错，便提拔他到裕隆全总号镇江分号当掌柜，管理镇江盐业营销。后随着业务拓展，为多一条生财之道，吴尉文让他开设了镇江水产品货栈。几年前，吴尉文提拔货栈账房先生芦中合为水产品货栈掌柜，让朱少敏全身心管理盐业营销，后又聘他出任总号二掌柜。朱少敏为报主子重用之恩，积极拓展业务，镇江分号很快便占有了苏南盐业市场的七成份额，成为一个年营业额二百五十多万两的大盐行，每年上缴利润达到十八万两上下。一次在与裕隆全总号负责采购的掌柜、原为安吴堡杂货店掌柜任军贤聚会时，二人谈到出现在裕隆全的一些不正常现象时，几杯酒下肚的任军贤脸红脖子粗，讲到胡玉佛所谓的为吴尉文建造园林，存在着诸多蹊跷现象：“据我所知，老爷从没打算在无锡建别墅园林的事，胡玉佛如此做，实际上是用裕隆全总号的钱，为他自己置办家产，老爷一旦发现，他小子吃不了兜上走。”

朱少敏一惊说：“你为啥不写信给老爷知道？”

“我还没弄清楚里面的渠渠道道，拿啥事实根据让老爷相信？”任军贤叹道，

"胡玉佛老奸巨猾，做事很少给人留下把柄，老爷对他信任有加，我们做下人的，若告自己头上的掌柜，可不是说话的事!"

"你从今往后多长个心眼，盯住胡玉佛的一举一动，是狐狸就会有露出尾巴的时候，若要人不知，除非己莫为。他胡玉佛既然要偷吃鱼，总有一天会在身上留下腥气。"朱少敏说，"往后有啥事咱俩在一块商量着办，裕隆全一旦出了问题，咱们咋对得住老爷?"

两个人订立了同盟，一心要把胡玉佛的狐狸尾巴揪住，所以对胡玉佛的一举一动就格外留意了。

朱少敏在镇江，很少有机会直接接触在扬州裕隆全总号的胡玉佛，所以只能靠任军贤盯住他。而任军贤是负责采购的掌柜，每笔进货都需他经手，填单入库，结算账项，每笔都要和账房先生接触，即使他不填单，经办人也得经他签字认可方能结算。他人际关系不错，账房先生对他从不设防，如此一来，给他提供了接触账项的机会。经数十天观察，他终于查清了胡玉佛用在建造无锡别墅园林的开支情况。他把一笔笔数字记录在纸后，送到朱少敏手里保存。当周莹抵镇江后，朱少敏把所掌握在手的事实与具体数字记录交到周莹手里时，周莹看过方知，胡玉佛的问题远比她掌握的要严重得多。

为了给胡玉佛一个措手不及的致命打击，周莹叮咛朱少敏，有关她到镇江的消息不得向分号任何人透露，以防消息过早传到胡玉佛耳朵里，那样一来，再想一举拿下胡玉佛就比较困难了。

朱少敏把见到周莹的事装在心里，回到分号，有些不高兴地对伙计们说："少奶奶到镇江的消息，你们从哪里听来的?让我白跑了半天腿，在金山客店连少奶奶的人影也没见到!"

伙计小六笑道："朱掌柜你听风就是雨，我们嚼舌头的话，你咋当成真的了?"

朱少敏说："往后谁再传递假消息，我发现后扣他当月奖银，看谁再敢胡说八道。"

朱少敏把周莹到镇江的事，不露声色地给封锁了，因为没有一个伙计见过周莹，众人议论了两天，少奶奶到镇江的话便没人再提了。

周莹根据朱少敏提供的情况，和王坚等随行人员进行研究后，改变了先进裕隆全镇江分号的计划，开始了对胡玉佛挪用资金，修建所谓吴氏无锡园林一事的调查取证。周莹率随从人员直抵无锡后，住进太湖岸畔在建园林集中地区的岚冈客店，经过几天踏勘，终于在建设中的十六处园林和住宅里，找到在太湖东岸畔建设中的所谓吴氏园林。周莹等人步行着以游客身份接近了园林工地，围绕工地转了一圈，仔细观察了一遍。王坚通过步量，对园林建筑规模有了一个概念。由于园林围墙已砌了三四尺高，众人绕到正门，进入工地，出于好奇地和施工人员聊了起来。施工的人见周莹、红玉长得美若天仙，说话声音如唱歌般韵味十足，全停下手里的活，七嘴八舌有问必答了。在美女人人爱，好歌众人听的心理作用驱使下，工地上二十几个年轻人干脆把周莹、红玉围在中间，有说有笑，竞相说起有关吴氏园林建造的内幕。周莹落落大方，笑道："我们之所以对这座园林建造感兴趣，是想了解一下建这样一座园林，需多长时间，花多少银子才能建成?"

一个三十岁上下的年轻人，举举手里拿的施工图纸说："这座园林，实际用地六亩七分五厘三，是座不规则龙游状围墙建筑，内建主体工程为占地一亩八分的四进三出游廊花墙四合院。进门假山用太湖石砌成，梅花湖水曲桥相绕，连接游廊至第一进院正厅穿堂到二进院；然后过石孔桥至三进佛堂，出左右檐廊可进出两边厢房；后行进四进院出后门，进入园林区。园林区的亭榭楼阁藏于林荫之中，曲径如线可至每个角落，整座园林建成费时四年九个月，如不是战事影响，两年前便可入住了。我们是躲过战乱后才回到这里进行收尾工程呢。"

"这么说这座园林已在建六七年了?"周莹问道，"还得多长时间才能落成住人呢?"

"没大意外，明年入秋就可全部完工。"

"先生是工地负责人了?"

"算是吧。"年轻人笑道，"小姐对这座园林感兴趣，不妨进内仔细看看。我如猜得不错，小姐定是也想在太湖畔起座园林建筑？如是，将来设计施工在下可以尽力为之。"

周莹问："先生贵姓?"

"免贵，免贵。在下无锡太湖营造坊技师石不破。"

一个小伙说："小姐，石不破是我们大掌柜。"

"石老板很谦虚嘛。"

"请问小姐贵姓?"

"免贵，我姓周。今日打扰石老板了。"

"哪里哪里，请周小姐来看拙作，怕连门找不到呢。"

"石老板很会宣传自己。这样吧，石老板，你如肯移尊驾，我想请你到太湖酒楼求教你些问题，不知能否赏脸?"

石不破听了，喜出望外，忙说："石不破自然乐意回答周小姐问题了。"

"那咱们就一言为定。"

这时王坚等人从内院看过回来，周莹说："石不破老板应我邀请，同意到太湖酒楼和我们谈谈有关问题。”

王坚说：“那咱们就走吧。”

周莹对石不破说：“石老板，请了。”

石不破用手里的图纸一指仍围住他和周莹、红玉的小伙子们说：“都回去干活去，回头哪个完不成今天的活路，我不给哪个饭吃。”

无锡之行，周莹进一步了解了吴尉文在世时，失于对商号管理留下的弊端，已经到了脓包欲破的程度，安吴堡出现的收支不平衡，正是这种弊端的表现。如果不能及时果断地把脓包切开除掉，后果不堪设想。

二十天后，周莹一行到了南京，经过战火洗劫的南京，疮痍满目，处处断垣残壁。商业凋零，市面死气沉沉，行人步履如铅，孩子们面黄肌瘦，战争的创伤仍在人们心头萦绕。行走在坑洼不平的街道上，周莹突然想到世事如棋局的俗话。大清王朝的掌舵人，已到了无力控制棋局的危险地步。而自己在自家这局棋中，已洞穿了其中的乱象根源，自己能将裕隆全这盘棋重新走活吗？自己最终能成为掌控棋局的胜利者吗？

周莹在颠簸的轿车里苦苦思索着。当轿车停止前进时，王坚在车厢外说：“少奶奶，巡抚衙门到了。”

她到江苏巡抚衙门是拜访自己的爷爷周玉良生前的结义兄弟，现为江苏巡抚管家、曾任陕西延安府知事的任万里。

周莹的母亲周胡氏在她动身出巡前曾对她说：“如到南京，你把妈写的信交巡抚衙门管家任万里，你有啥事只管对他讲，他会帮助你。”

周莹问：“任万里是干啥的，我不认识找人家做啥？”

“傻女子，任万里和你爷爷是结拜兄弟，两人好得穿一条裤子，你见了叫他一声任爷爷，准把他叫得把你当宝贝待。他活到今儿已九十八岁了，仍能打七十二路太极剑，唯一少的是没个孙女！”

“他咋当了巡抚管家？”

周胡氏笑道：“巡抚小女儿的女婿是任万里的儿子，眼下在巡抚衙门管事呢。”

周莹这才把周胡氏写的信收起。不料到了无锡调查胡玉佛问题后，感到事态严重，单靠自己的力量很难制服有着五品盐政官衔的胡玉佛，她想到了南京巡抚衙门里还有一个可以依靠的力量——从没见过面的任万里老爷爷。于是她信心满满地到了千疮百孔的南京城。

自鸦片战争打响到太平天国运动，再到捻军、白莲教、回民起义，纵横南北东西，各地大仗小仗不断。偌大一座南京城，尽管城坚墙厚，街巷纵横，车水马龙，热闹中仍显沧桑荒凉，掩不住的乱世遗痕，仍历历在目。周莹下得轿车，王坚走到有清兵把守的巡抚衙门前，向带岗清兵递上周莹的手折说：“现有陕西渭北安吴堡主子、三品诰命夫人周莹少奶奶，前来拜见老爷爷任万里管家，请军爷予以禀报。”

带岗清兵看了看停在下马桩处的轿车和立在车前的周莹和红玉，问：“你们来自陕西安吴堡？”

王坚回答：“是。”

“稍等，容我禀报。”带岗清兵抬腿跨过高大的门槛，进入门内，杯茶工夫，从衙门内走出一带刀清兵，手挥周莹的手折问王坚：“三品诰命夫人是任老管家孙女，我怎的才知道？”

王坚笑道：“任老爷自延安卸任跟巡抚大人南北不定至今，还未曾进过安吴堡，自然不会谈及他尚未见过面的孙女了！”

带刀清兵也笑道：“所言有理，有理。”

“职责使然，军爷问及，应该的。”

话刚落音，进去禀报的清兵领着一位年过五旬的官员走出门来，问带刀清兵说：“三品诰命夫人周莹少奶奶呢？”

带刀清兵一指轿车说：“在那里。”

那官员下了台阶，走到周莹面前躬身施礼说：“诰命夫人请进府吧！”

周莹说：“打扰你们了。”

官员说：“任老一听少夫人到来，高兴得忘了年龄，非要亲自出迎，被任军门劝阻住，命下官前来迎接少夫人。”

“多谢大人了。”红玉扶周莹走上台阶，随那官员和带刀清兵进了巡抚衙门。

王坚打发走了轿车夫，随后跟了进去。

江苏巡抚衙门设在太平天国时建造的被火烧过的一座王爷府里，虽经过修缮，但仍无法把大火留下的痕迹彻底清除，被烧焦的两株松树新枝茵翠，树干上焦黑的树疤仍在告诉人们，昔日大火无情。高大的房屋山墙上被烧过的铁图墙箍，仍保持着赤红的斑痕，连草皮下的土，也夹杂着烧成红色的土块。周莹等人一连穿过三进宅院，才被领进一幢高约三丈九尺，建在九层台阶平台上的坐北面南大厦房里。进门就见一位白髯飘胸、精神抖擞的老者。他见到周莹离座而立，冲周莹说：“不用问，你就是安吴堡少主子周莹吾孙女了？”

周莹忙上前几步，屈膝叩头请安说：“孙女周莹拜见任爷爷，并代我妈祝任爷爷寿比南山，福寿无疆！”

任万里连忙扶起周莹说：“我娃免礼免礼。能在有生之年见到故人，我任万里无憾矣！”说完指着身后一男子说：“周莹啊，他是和你大同年生的任清海叔叔，现在巡抚衙门当差。”

周莹上前拜过任清海说：“周莹见过任叔叔。”

任清海笑道：“我第一次抱你时，你刚六个月，想不到再见到你已是二十多年后的今天，日月如梭，沧桑巨变，物是人非，感慨无限哪！”

“我妈让我告诉叔叔，叔叔写给我大的最后几封信，仍供在我大的灵位下。我大在咽气前对我妈说：莹娃子长大成人后，一定要设法找到她任爷爷、任叔叔，以践我和任清海兄弟前约。后来我妈走投无路，将我嫁给了安吴堡吴尉文之子吴聘为妻，不料，吴聘早逝，我继承了吴尉文基业。今侄女乘巡察吴氏江苏商业之机，才得以见到任爷爷和任叔叔！”说到这里，周莹已泪洒在地。

任万里说：“莹娃莫哭莫哭，事不由人，我们认命吧！”

任清海叹道：“枉自问天心，谁能离魂。人生有路问迷津，只念往昔恩切切，难弥伶仃。周莹啊，不是叔心狠，事已至此，泪洗昨日痛，只能痛更痛。想通点，来日方长，你一定要坚强地活下去，让爷爷和叔也为你高兴。”

周莹这才忍泪入座。

任万里和任清海父子对周莹的到来感到欣慰喜悦的同时，对她准备从胡玉佛手中收回裕隆全经营管理权，对胡玉佛挪用贪污行贿进行追究，也感到某种担忧。作为江南最大的盐行之一的裕隆全大掌柜，胡玉佛在扬州经营了数十年，社会关系可谓盘根错节，官商交往可谓根深蒂固，他既然露出了侵吞裕隆全为己有的狐狸尾巴，并着手为裕隆全最终归属自己做前期准备，想必是已经买通了扬州府衙主要官吏，否则，身为五品盐政的胡玉佛，尽管是用银两捐到手的乌纱帽，也会明白大清律条对通过非法手段窃夺侵吞他人财产的惩处是多么严厉无情了。如没有九成以上把握，他绝不会轻易妄为动手脚自找麻烦。周莹虽已掌握了胡玉佛挪用裕隆全资金修建园林的证据，但三五十万银两并非是天文数字，一旦有风吹草动，胡玉佛必然预先想好应对之策，否则，他敢公然打出吴尉文的旗号行不义之举吗？

父子二人听完周莹叙述，连夜进行研究分析后认为：在没对扬州官府态度有所了解前，应劝阻周莹暂且不要抵扬州和胡玉佛接触，免得一招不慎乱了全局，最终反受其害。

周莹听了任万里、任清海的意见，虽有不同看法，但也不能不考虑朱少敏和任军贤之外的裕隆全伙计们的态度，倘若裕隆全伙计多数站在胡玉佛一边，加上扬州府衙官吏们的支持，失败的就不是胡玉佛，而是她周莹了。对生意场上出现的利害之争，不管走到何地，地方官吏一般都是维护地方利益，强龙难压地头蛇啊！

周莹在反复考虑后，只得点头同意了任万里、任清海的建议：推迟抵扬州的时间。

任万里为周莹、王坚安排了住处，在他住的后院，让周莹、红玉住在他隔壁房内，王坚住在任清海值班室。

周莹说："在巡抚衙门住三五日可以，久了不行。"

任万里问："为啥？"

周莹说："跟我来的还有二十七个人在客店，主子不在，他们捅出娄子来咋办？"

任万里说："这倒是个问题。"

"爷爷你看这样可行否？我在巡抚府里待三天，咱爷孙好好拉拉家常，然后我回客店，有事再来找爷爷。"

任万里说："也成。"

于是周莹对王坚说："我在巡抚府住三天和任老爷子聊聊就回客店。你回客店把他们管紧，千万别让他们捅出娄子来。"

王坚说："第四天一早我过来接你和红玉。"

王坚谢过任清海出巡抚府时，周莹把一封信交给他说："让达宁武师把信送到上海交李平岭，告诉他快去快回。"

王坚把信装好出了巡抚府，回到雨花客店，立即打发武师达宁乘船前往上海给李平岭送信，然后对大家交代说："我们得在南京待几天，等李平岭赶过来再说。大伙哪也别跑，抓紧时间休息好是正事。"

周莹住在巡抚府后院的第二天中午，巡抚走进任万里房内笑道："老亲家，我听门房说你孙女周莹来了，怎不告诉我一声？"

任万里笑道："大人整日忙得脚不沾地，给你添麻烦不好。"

"你孙女就是我孙女，啥麻烦不麻烦？叫来让我见见。"

任万里只得出房门到隔壁对周莹说："周莹，巡抚大人想见见你，在爷房里候着呢。"

周莹一听喜上心头，暗想：我不妨探探巡抚口气，如他知道扬州胡玉佛这个人，事就好办了。于是跟在任万里身后，到了房里。

巡抚见周莹进门，睁大眼睛瞅了几眼笑道："果然是个美人儿，看来当兵的眼头不差。"

周莹听巡抚如此说，躬身下拜说："民女周莹拜见巡抚大人。"

巡抚连声道："免礼了，免礼了。我听门房说陕西安吴堡主子少奶奶周莹，年纪轻轻，长得花儿一般，我老头子好奇心一来，就来了。此前，任万里老兄绝少提及他和周玉良是结义兄弟，他有你这样一个如花似玉的异姓孙女，现在一见，想起你爷爷周玉良生前模样，你这个周玉良的亲孙女，老夫也要认了。”说着哈哈大笑起来。

周莹一听，脑子闪电般做出第一反应，双膝一屈人已跪在巡抚面前，叩拜道：“孙女周莹拜见福康爷爷。祝福康爷爷健康长寿，前程似锦。”

福康喜得离座而起，伸手扶周莹说：“快快起来。老夫今日认了你这个半天上掉下来的孙女，也算是对故人在天之灵的安慰。你爷爷周玉良那个老东西，如有在天之灵，定会高兴得面南向我致谢呢！”

任万里说：“亲家老爷，你也从没向我提到过你和周玉良是故交的事呀？”

福康说：“知道孟店村毁于战火，周玉良一家老少战死的消息时，我正冲杀在沙场，自己死活尚且不知，哪有闲工夫想别的事。今天见到了周莹，才想到二十多年前我举荐周玉良戴红顶帽的事。不瞒你们，当时和所有举荐官一样，我也收了周玉良三千两银票好处呢！”任万里和周莹全笑了。三人归座后，福康说：“周莹啊，你叔任清海对我讲，你这次到江苏，要处理扬州裕隆全盐务总号胡玉佛不轨的事，收回对裕隆全直接管理经营权，这可是真的？”

周莹回答：“是。”

“听说你掌握的胡玉佛违犯大清从商律条的事实还不够充分？”

“是。”

“爷爷我助你一臂之力如何？”

周莹高兴得一激灵，忙说：“福康爷爷，你对胡玉佛也了解？”

福康从袖口里掏出一封信札来递给周莹说：“你看看我收到的举报材料就明白了。”

周莹抽出信封内材料，低头看时，福康向窗外喊了声：“庞伍长。”

昨天那佩刀的清兵进房说：“大人有何吩咐？”

福康说：“你去告诉膳厨，中午我和任管家老爷共同设宴款待孙女周莹，告诉东院老夫人，让她带玉玉、蓉蓉姊妹到小饭厅共进午膳。”

“是。”庞伍长转身而去。

福康到江苏巡抚任上不久，便接二连三收到举报扬州大盐商勾结盐政当局和地方官吏，狼狈为奸，公然偷逃漏交盐务税，并将偷逃漏税罪名转嫁零售商，从而加重了小商小贩的负担。由于地方官吏和盐商与盐政官员同流合污，无人能把他们绳之以法，走投无路为生存铤而走险的小盐商贩们便通过匿名举报，期望江苏巡抚衙门能主持公道，还他们一个公平竞争的环境。可是，大清律条，盐为国家专卖商品，各地盐政由朝廷直接管理，盐政大员对地方官吏根本没往十六两秤上放，如此一来，偷逃漏盐税现象愈演愈烈，到了同治年间愈发猖獗。到周莹主政安吴堡时，光绪已鞭长莫及，只能眼睁睁看着盐税流失了。福康偏偏想通过非常手段，在自己管辖的三亩六分地里，捉几条盐虫杀杀盐商们的嚣张气焰，抓住地方盐务小官小吏们的辫子，杀鸡给猴看，以树立自己清正廉洁亲民的形象。正在他苦于找不到缺口时，周莹的出现，让福康看到了马到成功的良机。所以，周莹进巡抚府当晚，他便把任清海叫进书房，问了周莹进巡抚府的事。任清海如实讲了周莹江苏之行的最终目的。他笑道："我明天会会周莹，看她可是个奇女子。"周莹对事物的反应之快，令福康甚是高兴，心想：这个三品诰命夫人，将来绝不是甘居人下的小寡妇。我何不把戏演热闹些，让她在前台唱，我只管在后台听就是了。将来唱好了，我白落个好名声，演砸了谁能把我福康看两眼？因此，他当场便认了周莹做自己的干孙女，并把举报有着五品盐政官衔的扬州裕隆全掌柜胡玉佛勾结官府、偷逃漏盐务税的材料，交到她手中。周莹自无法知道她刚认的干爷爷心中的打算，看完举报胡玉佛的材料，高兴得心如鹿撞，心想，胡玉佛想跳出如来佛掌心没门儿了。

周莹在巡抚府住了三天，回到客店第二天下午，李平岭、尚素雅在达宁武师陪伴下抵南京。进客店见红玉正在院子里晾晒洗过的衣物，李平岭笑道："红玉，长成大姑娘了。"

红玉一看是李平岭和尚素雅，高兴地一跳老高说："平岭叔、素雅姨，你们可来了，昨晚，莹姐和我还唠叨你们啥时才能到南京呢!"

"她猴急个啥?"尚素雅说，"见到她的信，我们没停点就往码头赶，比她还急呢!"

四个人上了二楼，进入周莹的房间，周莹正伏在桌上看福康在她离开巡抚府时，交给她的有关扬州府盐商与官家关系网的举报材料。李平岭、尚素雅的到来，让周莹长出了一口气说："平岭叔、素雅姨，这几天把我愁死了，你们再不来，我保不住会冒险闯扬州了!"

"心急吃不了热豆腐，沉住气不少打粮食。"尚素雅坐下后说，"接到你的信，你叔就打发人赶往扬州让你牛志飞叔往南京赶，人多了好办事，点子也就多。你想拿下胡玉佛，得有对扬州情况熟悉、对盐务懂行的人帮助。往后一定要记住，一个好汉三个帮，遇事单打独斗，难免顾了前顾不了后。"

李平岭洗过脸，坐到茶桌前喝了几口茶问周莹道："任万里、任清海父子俩是啥意见?"

周莹说："他们认为，要扳倒胡玉佛必须做好充分准备，不能仓促上阵，如不能一击制胜，最好不要暴露自己的打算。”

“他们的意见没错，但也不能因此而裹足不前。”李平岭说，“既然你已发现胡玉佛的不轨作为，就不能坐等他坐大站牢后再反击，那样更麻烦。等牛志飞赶来，先听听他的意见，我们再具体研究和胡玉佛面对面的斗争策略。”

“我结识了江苏巡抚福康，并拜了他当干爷爷。”

尚素雅忍不住大笑道：“你行呀周莹，有了任万里一个干爷不算，又认了一个巡抚当干爷爷，后台两根柱子撑住你，搬掉压在裕隆全身上的胡玉佛这块臭茅坑石头，劲道足够了。”

“胡玉佛不是十七八岁的毛头小子，让你拿权势一吓就尿尽了。”李平岭说，“他头上那顶红顶帽，虽是捐来的，但终归是在册的朝廷命官，皇帝不颁令，江苏巡抚也没权把个五品盐政的乌纱帽撸了！”

“我担心的也是这一点。”周莹说，“福康在交给我举报材料时也谈到了这事，他说他拿不准的是，当初吴尉文给胡玉佛捐官时，是走的哪家王爷的路子？弄清了好想对策，弄不清动手，一旦撞在南墙上，麻烦就大了。小心驶得万年船，在未摸清底细前，一定不能贸然行动。”

李平岭说：“所以说，等牛志飞到了，咱们再商量办法不迟。”

牛志飞带着任军贤抵南京时，已是李平岭、尚素雅到南京的第三天下午时分。任军贤没见过自己的少主子周莹，所以当见到周莹时，傻笑道：“少奶奶，我今儿个一见你，才知送子娘娘长得模样并不咋的，和你比，送子娘娘差劲大了！”

红玉听了捂嘴直笑说：“送子娘娘在咱陕西人眼里，可是天仙女呀！要不刘彦昌在华岳庙见到送子娘娘塑像时，连脚也移不动呢。”

任军贤说：“你说得不对，是送子娘娘见了刘彦昌脚走不动了。”

牛志飞笑道：“你俩谁见过送子娘娘和刘彦昌长啥模样？世上的神和天仙女，全是人自个儿想出来的，美丑自然是画匠手里的笔画的算数，你俩争没用。”

任军贤是牛志飞抵南京后，在码头上碰见拉到周莹面前的。他到南京催收货银，因时局不稳，盐商们进货结算不及时，滞纳银两多了，各盐行只得派员催收滞纳货银。任军贤是负责采购的掌柜，货银进不了账自然比其他人急，所以，不定期往返各地催收货银，成了一种工作。这天由扬州乘船抵南京准备到下关盐栈催交货银，上岸还没出码头，便让乘另一只客船抵码头的牛志飞碰上，牛志飞对他说：“安吴堡少主子周莹到了南京，你见不见你们少奶奶？”

任军贤听了忙说：“真的？住哪？我去买点见面礼去就是了。”

牛志飞说：“哪来的俗套，奴才见主子非拿礼才显孝敬呀？跟我一块走，省下银子自个儿花吧!”

于是二人空手进了客店大门。

周莹见任军贤心直口快,心里不存弯弯绕,先对任军贤有了好感,认为任军贤这样的人,绝对不会在主子面前搬弄是非,他提供给朱少敏的材料,准不会存在虚假,有关胡玉佛动用裕隆全资金行贿贪污的数字,也不可能存在水分。所以当任军贤入座后,周莹亲自倒了一杯茶,放到他面前说:“请用茶。”

李平岭、尚素雅、牛志飞、任军贤的到来,让周莹内心突然强大起来,她好像找到了突破胡玉佛防线的缺口一样,把淤积多日的沉闷一扫而光。当李平岭、尚素雅、牛志飞、任军贤和王坚先后看完福康提供的有关对胡玉佛的举报材料后,众人关住房门,整整研究分析讨论了三天,二十多人发表了各自意见,连从不过问主子在外事务的家丁们,也听出了门道说:少奶奶要把胡玉佛摁倒在地,一要出手准,二要出手狠,先把他周围的帮手搞掉,胡玉佛没了摇旗呐喊助威的打手,准没路可逃。

李平岭笑道:“你们说在了点子上,看来跟上你们少奶奶在外跑,时间长了,真能学到点东西。”

周莹说:“但愿他们将来都能学到真本事,再遇事我有了更多帮手,熬煎一少,活得会更快乐潇洒。”

任军贤在谈到胡玉佛时说:三年多了,安吴堡接二连三的事故直接影响到了裕隆全总号多数同人的情绪,尤其是从陕西到扬州的伙计们的情绪,当我们发现胡玉佛想把裕隆全变成他的私有资财,为所欲为时,我们真怕有朝一日裕隆全成为胡玉佛囊中之物。那样安吴堡将丧失掉几十年在扬州创造积累的财富,裕隆全商号从扬州土地上彻底消失,秦商在扬州四百多年的盐业专卖从此退出历史舞台。面对这种种可能的危险出现,我们担心的就不仅仅是饭碗被打破、人被扫地出门的事了。可是大清不准以下犯上的律条把我们压得有话不敢说,我们只能通过向安吴堡写举报信的方式反映问题,但时局动乱交通受阻,我们寄出去的举报信至今石沉大海无消息,是丢是没送进安吴堡还是其他原因?没人能够弄清楚。现在周莹少奶奶到了南京,我任军贤说句心里话,可以长出一口气,今晚可以睡个安稳觉了!说着说着任军贤掉泪了。

周莹忙替任军贤换了一杯茶,放到他面前说:“军贤叔,别激动,有话你只管说。”

任军贤的记忆力很好,对每一件具体的事,不但能交代清来龙去脉,而且连每件事发生的时间地点和知情人办事人,都能说得准确无误,尤其是对大的具体数字,连小数点后四位数也能说出来。他先后两次发言,把前后四年中发生在裕隆全的事，讲了个一清二楚。周莹把任军贤说的事和朱少敏讲过的事和给她的材料，一比较对证，之间的一致性得到印证，再和福康交给她的举报材料进行核对，胡玉佛不可见人的丑恶嘴脸原形毕露，要想抵赖就难上加难了，如再通过查账，胡玉佛企图侵吞裕隆全资财为己有的罪行将暴露无遗。李平岭、牛志飞、尚素雅都同意周莹的分析，但提出账房先生是否也能像朱少敏、任军贤一样忠于安吴堡和吴氏家族，能站在新主子一边，共同维护裕隆全全体同人的利益？如果账房先生已成为胡玉佛的死党，账面查不出破绽来，胡玉佛通过扬州府被他收买的大小官吏，判你周莹一个诬陷之罪怎么办？周莹又一次陷入绞尽脑汁的思索中。

周莹对李平岭、牛志飞、尚素雅提出的问题翻来覆去想了许久，由于她对裕隆全主要管事人员一无所知，当任军贤说账房主管是胡玉佛在得知吴尉文死于黄河沉船后聘用的，原由安吴堡任命的账房主管被胡玉佛降为库管时，还真犯了难。

王坚见周莹眉头紧锁，说："少奶奶，自古道，车到山前自有路。只要少奶奶胆正，抓住胡玉佛狐狸尾巴不松手，扬州府吃了胡玉佛糖、拿了胡玉佛银的官吏，再心黑胆子也不正，心必然虚，到时他们真胡来，少奶奶把三品诰命夫人的凤冠霞帔穿戴上，告他一个贪赃枉法，我就不信他们敢把少奶奶动一手指头。"

周莹忍不住扑哧笑道："事都像你说得那么简单，福康早把江苏大小盐政官吏们拿下马了！"

王坚说："大清国这官也能买卖，亏先人呢！胡玉佛明明变成了坏蛋，却因头上有顶买来的五品乌纱帽，律条却无可奈何他，这种世道怪不得太平天国、捻军、白莲教和回民兄弟要起义夺大清国的权。"

周莹说："胡玉佛的事咋能和太平天国、捻军、白莲教、回民起义扯到一块？出了门你千万别胡叨叨，小心辫子让人抓住，你小命就完了！"

又过了两天，周莹终于拿定了主意：不上战场的马永远是野地里的骏骑，一个炮仗炸得就吓破了胆。要变成真正的战马，先钻进刀枪剑林里冲冲再讲。于是她对李平岭、牛志飞、尚素雅说："叔、姨，迟早都得和胡玉佛面对，我想了，早面对比晚面对好，所以我决定进扬州向他宣战。"

牛志飞说："既然你下定了决心，冒次风险未尝不可。叔回到扬州给你组织后援队壮威，官司如打到扬州府，咱陕西人也不能让胡玉佛长一寸志气。"

李平岭沉思片刻说："进扬州后，你要做的第一件事是把裕隆全账房主管争取到你旗下，如成功，胡玉佛就失去了顽抗的本钱。"

"我已做好了思想准备：以其人之道还治其人之身。"

尚素雅说："那咱们明天就向扬州进发。"

15

周莹一行三十四人，从水路乘包船直抵扬州后，在任军贤建议下直接入住到离裕隆全总号约三十丈远的福和客店。据任军贤介绍，福和客店是扬州近几年战乱中突起的最大、最气派、最安全的客店，常年宾客如云，商贾大户豪爽，文人墨客风雅脱俗，福和客店因此成为战乱后扬州政治经济场上的风雨表，凡到扬州的富人政客士农工商，首选落脚处便是福和客店。因此童谣唱道："到扬州，住福和，眼观四面，耳听八方，知天下事，晓市井苦乐。"

周莹乐道："你这么一说，我们不住福和也不行了？"

任军贤说："大伙住进去，保准一百个满意。"

周莹一行，一下占据了福和客店一层的二十二个房间，店掌柜一看周莹和李平岭、尚素雅的派头，只怕怠慢了贵宾，亲自引导、问安、沏茶，足足忙了半个时辰，才算安顿下来。

牛志飞看李平岭、尚素雅、周莹全安顿好了，说："我得回自己的窝去，几天不在，得把一些事处理处理。明天早饭后我再过来。"

李平岭说："我和素雅抽空去看看你的盐栈。"

"行啊，我那盐栈没法和裕隆全比，回头你看了裕隆全再看牛志飞的店，就知道在扬州盐业中为啥又分三六九等了。"

周莹说："志飞叔是自谦吧？"

牛志飞摇头说："谁有粉不往脸上搽？等你看过裕隆全，就会明白胡玉佛为啥要费尽心思取你代之了。"

任军贤吃过饭，对周莹说："少奶奶，我先去给胡玉佛打个招呼，免得他明天借故缩头当乌龟，不照少奶奶的面。"

"跑了和尚跑不了庙。"周莹说，"他想躲我，躲得了初一，躲不了十五。你去告诉他，明天早饭后到福和客店来见我。"

任军贤走后，王坚把福和客店周围的环境观察了一番，发现街两边的店铺鳞次栉比，多显修缮痕迹，显然是易主过后，福和客店才在扬州老城区挂出旗幌成为新客店。心想，四年前这里还是菜市场，如今建成了大客店，看来这福和东家绝非一般商贾。走出半条街他发现，这条老街区变得漂亮繁华了，看来扬州的生意买卖一定不错，这就难怪胡玉佛要成精了。王坚在出客店门时，红玉正让店家准备沐浴的水，知道周莹不会有事要他做，便叼空到街上逛逛，打听打听扬州人对裕隆全掌柜胡玉佛的评价，说不定还能摸到点意外收获。

旧地重游，王坚觉得既熟悉又陌生，一时来了兴致，便沿街直走下去。不知走了多长时间，再抬头往两边一看，他不由得拍着额头说："我咋走到码头上来了！"

扬州水路码头大小有多处，能驶进长江的大船码头建在邛江岸边的有两处，一是客运码头，一是货运码头，相距数里之遥。货运码头在客运码头上游，绵延三四里路，码头上系满了粗细不一的缆绳，大大小小的船只，把个水面遮掩得严严实实，当他站住向两边张望时，见一艘下水未久的大篷船，正在往下卸货，心想：哪家字号有如此大船，实力定非等闲！他正在想入非非，一个年过三十的年轻汉子，由大篷趸船上走下来，当走近他时，伸出双臂，边快步接近他边大声喊道："王坚兄弟——"

听到喊声，王坚抬眼一瞧，连忙也伸出双臂迎上去大声喊道："钱荣兄——"

两人拥抱在一起时，几乎同时说："我们又见面了！"

名叫钱荣的年轻汉子拉住王坚的手说："码头上不是说话的地方，我们到茗香酒馆小酌如何？"

王坚说："四年多了，茗香酒馆你不说我都忘干净了！"

"茗香酒馆命不该绝，三年前一场雷雨，把它房顶掀了，损失不小，掌柜借人千两银子翻修一新，近来生意蛮不错呢。"

"那我们就进去拉呱拉呱。"

茗香酒馆离码头仅有百步之遥，两人进得门上了二楼，在临窗处一张桌旁坐下，酒保迎上前瞅了二人一眼，忍不住笑道："这不是王武师和钱老大吗？好久不见，今日啥风把二位一齐刮了来？"

钱荣说："今日是东风只暖扬州城，我们自然是借东风才来的。"

酒保说："前些天我们掌柜还在念叨二位爷呢，要不要我去告诉他一声？"

"算啦，我们还是喝静心酒为好。"钱荣说，"你家掌柜到场一搅和，我们就别想安生了！"

"那就请二位爷点菜吧。"酒保一边为他们沏茶一边说，"四年多没进茗香酒馆，不知二位爷的爱好是否发生变化？"

王坚笑道："江山易改，本性难移，爱好咋能说变就变？你只管照原来往上端就是了。"

钱荣说："老四样，外加四只大闸蟹，佐料味浓一点。"

酒保问："喝啥酒？"

钱荣说："十年陈酿凤翔烧酒。"

酒保转眼端上来酒具和一坛一斤装凤翔烧酒，开坛将酒倒入银酒壶，然后将酒壶置入热水煲里温烫起来。

四样酒菜——凉拌海蜇丝、七味拼盘、淡水虾仁、盐水板鸭块摆上桌面时，王坚说："淡水虾、盐水鸭，胡玉佛的姘头黑芝麻——钱兄还记得四年前我们在此话别时，说过的笑话吗？"

钱荣把夹起的鸭块放下，笑道："忘不了，忘不了。不过时过境迁，现今的胡玉佛可不是四年前的胡玉佛了——"

"此话怎讲？"

"兄弟有所不知，吴尉文老爷故后，胡玉佛便把裕隆全变成了他的个人资产，把裕隆全的银两用在建立个人家业上，仅为建造他的船队，据我所知，已花去白银三十二万两，全扬州新下水的船只中，胡玉佛的船占了五分之一，达到五十八只，载运总量增加了四千七百担，而吴尉文在时，裕隆全的船只载重总量为一千五百担，两者相加，胡玉佛不仅成了扬州最大的盐商，而且也一跃成为江苏漕运界举足轻重的人物。"

"这么说，胡玉佛已经成为扬州社会的头面人物了？"

"头面人物虽轮不上胡玉佛，但在官商两界，胡玉佛已不是四年前视妓女黑芝麻为美人的人物，如今出门在外，五品官的架子摆得十足，绿绒大轿一坐，跟班扶轿杠，保镖前呼后拥，威风着呢！"

"这么说，你我若再想与胡玉佛把杯同桌共饮时，淡水虾、盐水鸭就没位置了？"

钱荣忍不住笑道："说实话，我已一年半多没和胡玉佛同室喝酒行令了，因为我被他撸成了他手下一名无足轻重的小伙计，要见他，不经他跟班点头，连他的面也见不上。"

"变化如此快如此大，让王坚做梦也想不到。"王坚感慨地说。

"更严重的是，他早已开始了变更裕隆全为己有的勾当，为达目的，他收买扬州官吏已成街谈巷议的新闻，他名下的商号已出现在无锡与苏州，连扬州大名烟馆也挂出了他的旗幌。"

"果真如此？"

"我没疯，再说我无须造谣伤害胡玉佛嘛！"

"如果安吴堡少主子周莹少奶奶决定把裕隆全经营管理权收回，钱兄认为，胡玉佛能顺利交出他的大掌柜印吗？"

钱荣一怔问道："兄弟此话当真？"

“在钱兄面前，兄弟从不说不着边际的废话。”

“目前，安吴堡少主子想收回裕隆全经营管理权，已非易事。”钱荣十分认真地说，“吴尉文生前养虎遗患，故后安吴堡又没及时派人来扬州督察，让胡玉佛有机可乘，钻了时局动乱的空子。他乘扬州府官吏调整换班之机，通过行贿等手段，让官吏们为他变更了营运执照，名义上他已成为裕隆全的东家大掌柜，如果不是盐引归北京盐政专管，裕隆全一千二百件盐引一旦变成胡玉佛名下所有，裕隆全就彻底由姓吴变成姓胡了！”

“照兄如此讲，周莹少奶奶真要收回裕隆全经营管理权，困难真还不少呢。”

“难就难在官商勾结，官吏助胡玉佛把裕隆全变成了他胡氏的。吴尉文在时的老人手只剩下六七个人，而且都是不理内务的闲差事，真正有实权并了解内幕的已无一人，安吴堡少主子要想达到目的，必须首先取得扬州府官吏们的全力支持，银子花少了打水漂，花多了哪里来？周莹我没见过，一个女人又是个小寡妇，头上虽有顶三品诰命夫人的凤冠，但和五品盐政的乌纱帽比，她是个无足轻重的人物，我怀疑她没有一战把胡玉佛拿下马的本事！”

“我告诉钱兄一个小秘密：周莹少奶奶虽仅是三品诰命夫人，但却有一个当江苏巡抚的福康爷爷，当军门的叔叔，在上海商界也颇有名气的叔叔姨姨，政治、经济实力和胡玉佛相比，钱兄认为如何？”

钱荣一听，精神一振说：“果真如此？”“

“我还没对你说完呢，周莹如果缺银子，只要她对几十个叔叔说一声，秦商队伍里会站出一排排支持她的精兵强将来。”

“秦商真有如此战斗力？”

“我实讲了，这次到扬州来的李平岭、尚素雅夫妇，就是上海秦盛和百货庄的东家大掌柜，他们是专程帮助周莹从胡玉佛手中收回裕隆全经营管理权的财神爷。”

钱荣扶桌而起说：“听兄弟这么说，周莹少奶奶人已到了扬州？”

“不错。”

“少主子真的要将裕隆全从胡玉佛手里收回归自己经营？”

“千真万确。”

钱荣把杯中酒一饮而尽，放下空酒杯说：“我现在就去拜见少奶奶，因为我心里憋了许久的话，早想一吐为快了！”

王坚为一踏进扬州城就遇到钱荣而感到幸运，因为多了一个知道胡玉佛底细的人，就多了一分制服胡玉佛的把握，在异乡他土，能有自愿抛头露面的壮士相助，自是梦中难求的好事一桩了。他见钱荣说话中推杯而起，便一笑把酒杯斟满说："迟早不在一顿饭工夫，你我把酒喝足再去见少主子不迟。"

钱荣一听，重新坐下，自嘲道："你看我猴急爬树，连肚子饥饱也不顾了。"

有了心事的人，吃不香，坐不稳，睡不牢是通病，钱荣一心想早一点见到周莹，忘了斯文，连汤带水扒了一碗米饭，连喝了几杯酒，掏出手绢把嘴一抹，喊道："小二，算账——"

酒保听到喊声，忙走到钱荣、王坚桌前，一看盘中问："菜没动几筷子就结账，是饭菜不合口味还是——"

王坚把银两塞给酒保说："我们有事要办，只得忍痛割爱了！"

钱荣见王坚付了银子，一笑转身向楼梯口走去。

周莹在王坚外出后，让红玉通知店家准备了洗澡水，在沐浴桶中泡了半个多时辰，出浴后半躺半卧在床上合目养神，思量着与胡玉佛见面时，是文戏武唱呢，还是见面就开打？因为从众人提供的材料谈到的具体事上看，胡玉佛不仅有着丰富的社会经验，在官商两界游刃有余，而且极善迎合权势，见风使舵，荤素皆吃，手段圆滑，软硬都来，逢软如狼，遇强如狐，是个典型的黑白两道都可以过招的人物。在不了解他的人面前，胡玉佛是一个善解人意，同情心极强，人情味十足，愿为朋友两肋插刀不皱眉头的红脸汉子；在对手或仇家面前，胡玉佛是一个心狠手辣，阴险狡诈，不置对方于死地绝不罢休的杀手。由于他性格的多重性融于一身，在扬州商贾中，真正的知交屈指可数，同人们与他往来，多抱井水不犯河水的态度，见了面能说几句算几句，由于他是盐业经营商，大户商家和他没有业务关系，直接上他门上买盐的扬州客户，多是能做几两银生意做几两银生意，多余的话谈不上。因为，经济实力不足的商家，胡玉佛根本看不进眼里，有一定经济实力的同行，他则视为自己的竞争对手，处处设防，见缝就钻，往往冷不防打对手一个措手不及，使对方最终吃了亏也难说出口来；而经济实力比他强大的同行，则视他为"小人"，对他敬而远之，实在推辞不过的时候，往往搪塞几句、敷衍一番，事后便提醒手下，严防他使坏。尽管如此，扬州商界对胡玉佛在商业运作和经营管理策略上，为人心机善变、商机把握、处理业务的果敢作风上，多是持认可和赞同，往往感叹声声，自愧不如。吴尉文在时，集官商于一身的他是裕隆全的真正主宰，为控制住远离安吴堡的裕隆全，他从渭北带到扬州的管理人员多达六十八人，占据了裕隆全所有业务主管岗位，人事权从没放权于外姓之人。当裕隆全成为扬州盐业霸主不久，徽商胡雪岩发现盐业专卖比茶业买卖见利更大更快，便在扬州投下一笔巨资，成为扬州盐业中的又一霸。一山藏二虎的局面形成，为物色到能和胡雪岩抗争的能手智者，吴尉文打破了不聘任非秦人做裕隆全大掌柜的制度，高薪选聘了在经营管理上表现突出的胡玉佛成为裕隆全大掌柜。为拴住胡玉佛死心塌地地效忠安吴堡，成为他的忠实奴才，吴尉文亲自到北京，花了八万两白银买通相关官员，给胡玉佛捐了一顶五品盐政乌纱。为控制住胡玉佛，吴尉文至死也没对胡玉佛讲过，那顶五品红顶的举荐官是何人，因此，胡玉佛成为一个没有靠山的虚衔在头的盐政，用来吓唬平头百姓可以，真正碰到懂得大清官场内幕运行的实权人物，胡玉佛就变成了纸老虎。胡玉佛成为裕隆全大掌柜后，和胡雪岩的扬州盐行较量了十多年，摔了个平跤，对此，吴尉文甚为满意，也因此疏忽了对胡玉佛的监察，使他慢慢坐大。胡雪岩死于和洋商的利益争斗后，胡玉佛没了较量对手，得意忘形中萌生了独树旗幌于扬州的想法。时局的动荡不安，大江南北的烽火狼烟，给他提供了千载良机，于是，他开始伸出了试探的触须。吴尉文溺死于黄河的消息传到他耳朵里后，他无所顾忌中被朱少敏、任军贤、钱荣等忠诚于安吴堡的人抓住了尾巴，举报信息终于传进了安吴堡少主子周莹耳朵里。

从没有和人为商业利益较量过的周莹，虽有了与成都川花总号大掌柜厉宏图的一次面对面唇枪舌剑的经验，但双方实力不在同一水准上。厉宏图一介平头百姓，面对三品诰命夫人和财大气粗的主子，两个回合便缴枪投降，其办法和斗争策略根本无法用在和胡玉佛的较量上。周莹尽管从上海搬来了李平岭、尚素雅和扬州的牛志飞等商场老手做后盾，可真正上战场抡枪舞棒还得靠自己。她辗转反侧，想得头都要炸了，也没能想出让自己满意的办法来，她不禁叹道：“当家才知事事难呀!”

钱荣的出现，令周莹精神一振。她十分清楚，钱荣所提供的胡玉佛变安吴堡船队为己船队的人证物证，足可以使胡玉佛张口结舌，无以回答而败下阵去。

周莹发现钱荣是一个办事心细如发的男人，他谈到的每一桩每一件事，都有详细记录，胡玉佛打造的每一条船花费的银两，也都详列于册，造船的工匠是谁，住在何方，更是无一遗漏。她得到这些原始资料时，高兴得心花怒放，连声对钱荣说：“谢谢，谢谢钱荣兄雪中送炭呀!”周莹为了答谢钱荣，一改夜晚不食不饮的习惯，让王坚通知店家，准备了一桌酒宴，请李平岭、尚素雅、牛志飞作陪，亲自为钱荣斟酒，真诚令钱荣手足无措，感叹道：“少奶奶对钱荣如此看重，钱荣没齿难忘啊!”

周莹说：“一家人不说两家话，钱兄能将胡玉佛不轨的事实告诉周莹，使周莹知道了人心所向非权势金钱所能为的道理，周莹敬钱兄水酒一杯，略表谢意，钱兄无须客气。请——”

钱荣告辞后，已是午夜时分，李平岭看完钱荣提供的文字材料，对周莹说：

“明天可以直接和胡玉佛过招了，钱荣提供的事实，足可以起到敲山震虎的作用。脚上扎了刺的胡玉佛，想逃脱惩罚难了。”

牛志飞说：“周莹啊，你一定首先要做好争取人心的工作，只要裕隆全多数伙计能站到你一边，裕隆全就会完整地回到你手里。”

周莹说：“钱荣的出现，使我有了必胜的信心。”

尚素雅说：“把困难想多点，我们面对的对手，毕竟是扬州城盐业界的一霸嘛。”

早饭过后，等了一个多时辰，胡玉佛并未出现在福和客店。

任军贤走进周莹住的房间，见李平岭、尚素雅和周莹在座，说：“胡玉佛不出我所料，他做贼心虚，昨天我告诉他少奶奶抵扬州，让他今儿早饭后到福和来见少奶奶时，他脸色极为难看，只说了声‘知道了’，便没有了下文。今天，我一早去催他，才知他昨天下午便将账房先生打发到镇江，他今天一早乘轿出了扬州城不知去向。看来他是有意不见少奶奶！”

周莹眉头一皱冷笑道：“胡玉佛如从扬州城消失那才是他真本事。”

李平岭往起一站说：“胡玉佛拒不见自己的主子，说明他做贼心虚。将账房先生打发到镇江，无非是不想让你查他的账项，用拖延手段修改账目，达到掩盖罪行的目的。他出走不外是去和有关联的官吏研究对付你周莹的攻守策略。”

周莹问：“我该咋样应对他？”

李平岭说：“胡玉佛并不聪明，他出城去正好给我们提供了可乘之机，我看你立即带领自己的人马，进驻裕隆全，和裕隆全全体同人见面，讲明进驻裕隆全的目的，如裕隆全多数同人拍手欢迎，胡玉佛设置的第一道防线就土崩瓦解了。然后你宣布查封裕隆全账房，停止全部现银支出，销售收入由出纳建立临时账项；通知银号，裕隆全原印从即日起停止使用，新印待经扬州府衙主管官员批准备案后正式启用。再就是指定各部门临时主管分工负责，保证裕隆全业务正常运转。随你来的安吴堡成员，根据他们所长，分到各部门任临时监督，尽可能做好少数倾向胡玉佛者的争取工作。胡玉佛既然出了扬州城，我估计他至少在七八天后才能回到裕隆全，到那时我们在裕隆全的作用就会完全显现出来，胡玉佛自我孤立就成为定局。”

周莹又问：“如扬州府出面干涉咋办？”

李平岭说：“按照大清营商律条，地方官吏及衙门各职能部门，不得干涉商业内部未诉诸公堂的纠纷，短时间内胡玉佛也不敢贸然诉诸公堂，他知道一招不慎的后果。因此，当你稳住裕隆全同人后，去拜访扬州府说明为什么收回裕隆全的经营管理权，就成为首要工作。到时，该如何运作，我想，叔就不用说了吧。”

周莹来了精神，对任军贤说：“你立即去告诉钱荣，让他带上他的船员们进裕隆全，然后你通知裕隆全在家的所有伙计，到饭堂开会，就说我到了扬州要来看望他们。”

任军贤笑道：“我这就去。”

中午饭后，周莹率领自己的人马进了裕隆全总号。裕隆全总号四百四十七名在册人员，除镇江分号三十多名伙计在镇江外，在扬州城内外的伙计，一听安吴堡新主子、裕隆全东家少奶奶周莹到了扬州，中午饭后在总号饭堂接见大家，吃过午饭没休息便陆续进了裕隆全总号的院子。裕隆全位于扬州城老城正街东头靠城墙处，占地约四十八亩，建有十排各二十间无隔墙仓房，整个仓房可储食盐三千五百六十多担，每一排仓房中间有一长六十多尺宽三十尺左右的晒盐场坪，场坪用青砖铺地，摆有四方木杠做垫木，除堆放无法入仓的盐包外，逢好天气便用来晾晒回潮的盐包，以防盐粒融化，更多时间则是用来进出货时为骡马车辆提供装卸货场地。

裕隆全盐务总号的账房在院内中间靠前的地方，是一幢三层共十八间房屋的砖木结构楼房，楼房东西为各有九间平房的大厦厢房，中间空地为花圃，花圃正中离楼房约十五尺处竖一寿山石，高约九尺，底宽约六尺，上宽约四尺，石面保持本色形态，凸凹错落自然，上滚刀雕刻“裕隆全”三个隶体大字，古雅拙朴，雄浑大气，刚中有柔，是难得的隶书杰作，三个大字镀金呈金黄色，在阳光照耀下金辉闪闪，璀璨夺目。账房前十余丈处，建一字排开中间相隔三丈六尺，洞开大门两边临街，各有一幢底层敞开式二层十间砖木结构楼房，东为裕隆全采购批发铺面，西为裕隆全零售铺面。账房后十余丈处砌墙长四百二十六尺，左右一百二十尺的地方，各开二丈五尺宽方门一个，东为进西为出，门内有两间房，内住看门人，负责检查进出货物数量，进行登记后放行。墙内为仓库专用区，区内靠墙处栽着清一色四季青，其他场地寸草不见。仓库前后均设有消防设备，所有山墙处均排列着三口可容五担水的铜缸，墙上挂着火钩，墙脚堆有沙袋。库房东墙外有一车马道，宽约一丈六尺，通到后院，后院则是负责运载装卸的伙计的天下，占地约九亩大小，建有车房、马厩、工具保管维修等基础设施。伙计宿舍为厦房三十六间，载货车有六十八辆，马有一百二十匹，轿车为六辆，装卸工、伙夫、修理工、车夫、马夫、保管员、管理员一应伙计八十二人，全来自扬州城内外农村。是一支吃苦耐劳的队伍，没有野心，本分老实。他们唯一的企盼是每月的收入按时拿到手，送回家养活一家老小。裕隆全在城外的资产和伙计，是登记在册、总载重量为一千五百担的十二艘江河货运船。船队老大是原为裕隆全经营管理二掌柜兼船队老大的钱荣，两年多前聘任期届满，吴尉文续聘文书没到，胡玉佛笑对他说：“不是为兄不留你，而是东家没续聘你，只好委屈老弟专心管理船队事务了。”钱荣无话可说，行李一卷上了船，成为一百二十六个船工的老大。裕隆全在扬州城外的另一处资产，是九亩七分水塘和十一亩三分菜地。地里盖有一院十一间平房，雇了六名养鱼务菜的农民，负责生产供应裕隆全日常生活需要。裕隆全伙计的衣食住行全免费，实行领本制，每账年分红利一次，平时伙计需用零钱，每月可借支一定额度银两，账年从红利中扣除。裕隆全总号和铺面等部门，包括镇江分号和驻盐场采买人员及外派各地的推销员，共有伙计二百三十三人，在扬州七十二种行业中，是绝对的老大，在食盐专卖行业更无人可敌。所以牛志飞说：“我在扬州盐行这一行业摸爬滚打了三十多年，虽有所成就，但和裕隆全比，我牛志飞仅是个小不点！我之所以不与吴尉文交往，不与胡玉佛照面，非是我自卑或嫉妒他们，而是吴尉文眼睛只往上看，巴结有权有势的，远离同行不如他的，每隔三年吴尉文到扬州巡视裕隆全一次，从没和秦人秦商中资本有限的同人共聚一堂叙叙乡情！他死于非命，在扬州的秦商中，没人向安吴堡发出吊唁。我想周莹你不会骂你牛叔胡说八道吧?”

时局与天灾人祸，几方面给胡玉佛提供了变裕隆全为己有的机会，而他的谋划则始于吴尉文一连三年未到江南巡察的第三个年头。一天，胡玉佛接到吴尉文写给他的信，拆阅时，无意中问了信差一句：“吴老爷近来身体如何?”信差有嘴无心，顺嘴回了一句：“老爷这两年多，身体每况愈下，大不如前了。”胡玉佛啊了一声，心想，怪不得他这两年不来察看了！

一个没了健壮体魄的财东，想把自己的财富紧紧攥住，心有余而力不足啊！胡玉佛心底掠过一丝惊喜，他知道吴尉文的绳细处恰在后继无人上，因为他见过吴尉文唯一的宝贝儿子吴聘，在他看来，吴聘比他老子更短命，绳从细处断了。于是，他便不动声色地开始了他早已萌生于心的变吴氏裕隆全为胡氏所有的尝试。他做了一个长期准备，放长线钓大鱼，一旦时机成熟便果断实施。

大掌柜的权威掩盖了他以小变促大变，最终达到彻底变的阴谋。他首先假借吴尉文信示，调整了裕隆全各主管部门负责人和主要业务人员，变动了吴尉文带到扬州的乡亲乡党亲信家人的工作岗位，给他们安排没有机会接触业务的闲差，而每账年分红不减反增，用此法堵住了一些人的嘴。他将原任安吴堡业务主管，也就是裕隆全二掌柜的朱少敏，调任镇江分号专管经营管理而离开扬州总号。随后又让负责专司盐务购销的任军贤交出管理权，只负责外联和催收货款与信息收集具体事宜，最后以聘任期满，吴尉文未做出续聘指示为由，解除了二掌柜钱荣的职务，让钱荣也离开了总号。对账房则另安排了两名他的亲信分管银两出纳保管和流水账项，把账房主管权限集中在总账与日常业务处理上，外勤人员则直接由他管理，不再向各主管部门负责。经过如此人事调整，胡玉佛就多了几个不易被人识破的障眼点，动起手脚来便方便了许多，尤其在银两的支配上，由于有了亲信掌管银两收进支出，过去那种用一枚钱都要受到账房的制约，在无形中解除了，裕隆全严格的行之有效的账房财务制度，已形同虚设，成为胡玉佛家的账房了。

胡玉佛明是裕隆全的大掌柜，暗中则在不显山不露水地吞食着裕隆全，为来日变吴氏资财为胡氏所有日夜不停地算计着。

胡玉佛自以为他的谋划十分周详，但从不在人面前说长道短的账房主管老先生，从胡玉佛一开始调整人事安排，便对胡玉佛不经安吴堡点头认可，就擅自做主的行为产生了怀疑。尤其当胡玉佛把自己的两名亲信安插进账房管理银两出纳和流水账项工作时，老先生多了一个心眼。一年四季，不管阴晴雨雪，也不管风吹日昏月暗，只要没灾没病，便从不离开自己岗位一步，凡是在他眼前闪过的大小银两支出纳进，他都要不差分毫地另行记在自己准备的账簿上。如此一来，裕隆全便出现了两本流水账册：胡玉佛亲信记录的流水账册和账房老先生记的账册。只是账房老先生的账册，胡玉佛不知道更没见过罢了。

胡玉佛的一举一动都在无形的眼睛监视下。钱荣为他记了一本打造船只的账册，任军贤为他记了一本食盐进出库和采购实际支出银两的账册，而朱少敏在镇江也为他记了一本在外挥霍银两的账册。后来任军贤还发现连库管员也为胡玉佛记了一本账册。这几本不同账册从不同角度详细列出了他的每一笔非法收入支出，几本账在周莹出现在扬州裕隆全总号饭堂的当天晚上，便全部摆在周莹和李平岭等人面前。

周莹在任军贤、钱荣和来自陕西的裕隆全伙计们簇拥下，走进列队成巷的裕隆全在扬州的伙计组成的欢迎队伍中时，伙计们对自己年轻的新主子表现出的热情，不仅让周莹倍感意外，也让李平岭、牛志飞、尚素雅、王坚、任军贤、钱荣感到意外。周莹被拥进饭堂站在饭堂放菜盆的条案上时，饭堂已挤满了老老少少近四百人，伙计们呼喊着：“少主子好，少主子好，少主子来了裕隆全有救了！”周莹被感动得泪流满面，举起双臂可着嗓门儿说：“裕隆全的伯伯、叔叔、哥哥、弟弟、姐姐、妹妹们，周莹现在来看望大家了。我向大家鞠躬致敬，问一声好！”

伙计们呐喊：“少主子好，少东家好！”掌声如雷中，周莹抬臂一抹眼泪说：“周莹来扬州裕隆全看望大家，一是祝福大家度过了时局动乱危险的日子，二是来向大家多年来对安吴堡做出的贡献表示衷心的感谢。为表达谢意，我将拿出两万两银子作为特别奖金，奖励给裕隆全全体伙计。”伙计们一听，高兴劲一下喷发出来，齐声呐喊：“谢谢少东家！谢谢少东家！”

周莹的许诺自有她的打算：我如能充分利用裕隆全伙计的这种情绪，去和胡玉佛摊牌，他想抵赖或仰仗扬州府官吏狐假虎威，便失去了人心，扬州府接受他贿赂的官吏，敢出头露面为他撑腰打气的就要考虑后果了。我何不再在火上浇点油，把尚不知我到裕隆全真正目的的伙计再拉近一些距离呢？想到此，她便毫不迟疑地打出了一颗金钱炮弹，果不出她所料，裕隆全伙计们的心一下被她完全征服了。周莹见伙计们情绪高涨，欢呼声雷动，右臂一举说："我到裕隆全最后一个工作是从胡玉佛手里，收回对裕隆全的全部经营管理权，处理胡玉佛贪污行贿、挪用库银，妄图变吴氏资产为己所有的犯罪行为。为此，我现在宣布，收回胡玉佛的管理权，撤去他裕隆全大掌柜职务，由原任二掌柜朱少敏、钱荣，原负责采购的掌柜任军贤组成新的管理班子，负责裕隆全的经营管理工作；查封胡玉佛任大掌柜时的账项，冻结银号存银，更换原财务印信，全力保证正常营业不受影响和干扰。"

周莹话刚落音，陕西籍八十多名伙计首先鼓掌高呼："坚决拥护少东家的决定!"

钱荣跳上条案大声说："我们船队完全拥护少东家的决定。胡玉佛拥权自重，贪污我们大家用血汗挣来的财富自肥。伙计们，我告诉大家一个惊人的事实，近四年里，胡玉佛已用去裕隆全三十二万多两银子，为他建造了一支载重量达一千五百担的、远远超过裕隆全船队的新船队，大家想一想，我们还能眼看着他把我们的饭碗夺走砸烂吗?"

船队百十人大喊："把胡玉佛交官一点不屈他。我们完全拥护少东家收回裕隆全的决定!"

任军贤站到一张长条凳上说："裕隆全的哥儿们，我任军贤在扬州几十年，还是第一次对裕隆全老少兄弟说一个人的坏话。胡玉佛为把裕隆全变成他个人所有，各种见不得人的手段全派上了用场。我这里只举一个例子：他为了通过洗钱把裕隆全慢慢掏空，开赌场，设烟馆，办妓院，已经贪污了四十多万银两。再不把这只狐狸揪出来，裕隆全出不了一年就全完了!"

所有在场的裕隆全伙计惊愕、议论、鼓噪、愤怒！突然，火山爆发般举起拳头大喊："把胡玉佛交官！把胡玉佛交官!"

"没收胡玉佛贪污财产!"

"把胡玉佛从裕隆全清除出去!"

李平岭对周莹耳语道："就此打住，立即让钱荣、任军贤等人把账房查封，通知银号冻结裕隆全银根，防止胡玉佛狗急跳墙。"

周莹举手往下压压，示意伙计们静一静，然后说："对我的决定，如果大家不反对，请举手表示一下态度好吗?”

饭堂里所有人齐刷刷举起了自己的手臂。

周莹向大家说：“谢谢大家对周莹的支持。决定开始生效。钱荣、任军贤先生，请履行你们的职责吧。”

掌声又一次响彻在饭堂内。当裕隆全的伙计们走出大门，不一会儿陕西渭北安吴堡少主子周莹抵扬州，用迅雷不及掩耳之势，撤去裕隆全大掌柜胡玉佛的职务，收回裕隆全经营管理权，决定追究胡玉佛贪污行贿、妄图改变裕隆全为己有的消息，风一样传遍了扬州城内外。闻知消息的扬州府有关商务管理的官吏，坐不住了，立马派员到裕隆全了解情况。这时江苏巡抚福康的信函也送到了扬州府知府梅朵的案头，梅朵对着信函挠起了头，他弄不清楚为什么一省巡抚大人，对一位来自陕西渭北安吴堡的少主子，仅是三品诰命夫人的周莹，到扬州处理她属下商号裕隆全的事如此关心和重视？他命自己属下立即请来负责商务的官员，把巡抚的信交他看完问道：“你老实告诉本府，你们到底收受了胡玉佛多少贿赂，公然违犯大清营商管理律条，替他修改营业契照，将裕隆全东家改为胡玉佛?”

商务官主管聪明装糊涂说：“具体经办人没向我讲过此事，我回去立即查清后，向大人禀报。”

梅朵冷笑道：“你自己掂量掂量这事能放到几斤几两上吧，巡抚被惊动，可知后果会如何了。到时候我保不了你，你别怪我当知府的不念情谊!”

商务官员摇头退了出去，匆匆忙忙回了家，打发家丁赶往无锡说：“你到无锡对胡玉佛说，他后院起了大火，安吴堡主子周莹趁他不在，撸了他大掌柜，封了他账项，冻结了银号银根，决定拿他问官呢。他还慢慢腾腾和石不破搞什么攻守同盟！让他立马回来，设法灭火，不然我无法保他逃过此劫了。”

家人问：“我照老爷话说?”

“对。”

“老爷不怕胡玉佛反咬一口?”

“这——你认为怎样说好?”

“话有三说，巧说为妙。”

“你见到他按你意思说好了。”

“那我就当家做主啦。”

“快去快回，知府那里还等我回话呢!”

回到福和客店，李平岭对周莹说：“趁热打铁，不要给胡玉佛任何喘息之机。明儿早饭后，你立即去拜会扬州府知府梅朵。口气要柔中带刚，绵里藏针，必要时把你干爷爷福康、叔叔任清海也抬出来摆摆威风。让梅朵明白，来自西北黄土地上的秦商周莹，也不是可以随便打发或想拿捏就拿捏的平头老百姓。只要你占了一次上风，梅朵就得看你的风向扬帆使舵。”

周莹笑道：“好我的叔呢，我如此张狂不好吧?”

尚素雅说：“商场就是战场。气势上先声夺人，是商战中制胜法宝。”

周莹说：“我明白了。明儿早饭后，我给咱来个单刀赴会，上演一出三品诰命夫人周莹初战扬州知府的二人转来。”

笑声传出房门，在长廊里回响。

胡玉佛聪明一世，糊涂一时，自以为用躲的一招能延缓和周莹直接面对的时间，以便把洞一个个堵死，让她抓不住把柄，找不到真凭实据，没人出面做证，然后再和她当面锣对面鼓，唱一出文武角色全上台的大戏。最后请出扬州府官吏，判她一个无事生非、栽赃陷害、无理纠缠、妨碍裕隆全正常经营的罪名，把她逐出扬州城，继续当她的挂名东家大掌柜，自己再稳稳当当不见山不显水地克化裕隆全。他想：她周莹终归是一个女人，一个初出茅庐的丫头，毫无商战经验，逼她知难而退，是最好的策略。她在扬州待上两三个月可以，时间长了后院起火可挨不起，那时给她点甜头，拿出五六十万利银打发她高高兴兴回安吴堡，裕隆全还是我胡玉佛的天下嘛！在如此盘算下，他首先和扬州分管农商事务的主事恰克见了面，告诉恰克：“周莹已到扬州，她通过任军贤之口，通知我准备移交裕隆全管理权，审查裕隆全财务账项。看来是来者不善，我如不战而降，引发的后果就严重了。所以我请大人做好思想准备，一旦周莹找上门来，有个回复她的理由，挫挫她的锐气。我已命账房主管到镇江，印信全带了去，大人所需花销，随时可以到手。周莹掌管不住财权，她想在扬州城要威风，就没多少后劲。我到无锡、苏州把咱俩合伙做的生意漏洞给堵死，把我那在建的园林停停，等周莹离开扬州打道回安吴堡后，咱们接着往下唱正戏，这样就没什么可担心的事发生了。”

恰克从没听到安吴堡死了老少主子后，有周莹如此少奶奶成为安吴堡的新东家，早知如此，自己就不应该收受胡玉佛的贿赂，替他变更营业契照了！转念又想，事已至此，悔也无用，让胡玉佛先去折腾，折腾得好，我坐收渔人之利，折腾不好，到时给他来个釜底抽薪，众口一词，让他有口难辩，自食其果。想到此，恰克沉下脸说：“你早不做好准备，又没告诉我吴尉文还有继承人，眼下人家打到了门口，你才乱了方寸。照你的想法去试试吧。我给你全力挡上一阵子，尽力把周莹给稳住，免得仗未开打自己先乱了阵脚。”

胡玉佛从恰克处出来，换轿为马，带了自己的四名贴身保镖去了无锡和苏州。

胡玉佛前脚走，梅朵的手下后脚进恰克家门，一听知府大人有请，恰克一拍自己额头喃喃道："这戏要唱热闹了！"

胡玉佛做梦也没想到，他自己挑选的裕隆全账房主管先生张玉虎会背叛他。胡玉佛命他把账房五年多来的总台账和账房印信带上，到镇江分号处理账务，没接到他的通知前不得返回扬州总号。他如需使用银两时，派贴身保镖卫戍到镇江取银票。听此言张玉虎心里犯了嘀咕：这是哪家的规矩呀？你胡玉佛搞鬼搞得太出格了吧！我如照你的话往黑走下去，迟早有一天会露出马脚来，到那时，首先挨棍戴镣的是我张玉虎，我还没傻到为了银子把脖子往绞索里伸呢！

张玉虎提上出门带的柳条手提箱，从胡玉佛眼中消失后，没回头到了邛江客运码头，买了一张前往镇江的船票上了船，站在船舷人多处往码头看了看，见监视他的卫戍转身出了码头。他从开往镇江的船上跳上开往邛江上游的一艘小船。船到货运码头下船后，他上了停靠在码头上的钱荣当老大的可载重五百担的大船，进入钱荣住的船舱，放下手里的柳条箱，坐在铺上出起了神。

钱荣检查完装载了四百多担盐的货舱，指挥装卸工把两个货舱载重不一的舱位装平，才回到自己住的船舱里。进门见张玉虎躺在铺上眯着眼想心事，笑道："张大先生，怎把柳条箱也提了来，到哪去游山逛水找女人寻开心？"

张玉虎猛一挺站起身，不防头咚的一声碰在舱板上，钱荣瞅着他眉皱脸愁的样子笑出声说："船舱不是你家的堂房，碰头是常事。说话嘛，何事上了我的贼船？"

张玉虎说："我来问你，任军贤到底对胡玉佛讲了啥事，让胡玉佛坐不住了马鞍桥？"

钱荣说："你应去问任军贤，我怎知道他对胡玉佛嚼了什么舌头？"

张玉虎说："你俩唱戏一个调，我找到你等于找到了他。我是甩掉卫戍后才跳船跑到你贼船上来的。"

钱荣一听才坐下问："为啥？"

"胡玉佛让我带上总台账和印信，到镇江去住到他命我回总号为止。其间，他如用银让卫戍到镇江找我开出银票。我觉得不对劲，定是他在玩见不得人的把戏。你和任军贤、朱少敏是他胡玉佛的克星，我只有来问你，不然我稀里糊涂上了贼船，将来戴上镣铐进了大牢，还是个糊涂蛋！"

"你是胡玉佛的跟屁虫，怎么也怀疑起主子来了？"

"你是有眼不识真珠玉，怀抱僵尸当美人。我张玉虎被胡玉佛聘为裕隆全账房主管不假，但我仅是为了每年的红利不薄而为之。替他干缺德事是他看错了我张玉虎！"

“真的?”

张玉虎把柳条箱打开，从中拿出总台账和五本流水账册来，往铺上一放说：“你拿去看看，流水账上如少了一笔胡玉佛动用的银两数字，我张玉虎立即跳进邛江自洗清白!”

钱荣这时伸出双臂拥抱住张玉虎说：“钱荣有眼不识泰山，此前，是我错看了你张玉虎，我钱荣向你道歉了。”说着向张玉虎一躬到底。

张玉虎忙抱起钱荣说：“不知者何罪之有？你无须如此。你只对我说，我该怎么办吧。”

钱荣说：“一会儿你随船到镇江，权当什么也不知道，胡玉佛让你干什么，你照办就是了。”

“一旦出了大问题咋办?”

“放心，银号已经冻结了裕隆全所有银根，你还不知道，昨天下午已由我和任军贤受周莹之命，接管了裕隆全管理权，查封了账房，原印信已不起作用了。”

“那我还去镇江做啥?”

“胡玉佛开出的要银凭证也会说话嘛。”

“我明白了。”

“上了我的贼船，你不后悔吧?”

张玉虎笑声中把账册印信往柳条箱里一放锁上说：“看来我还得继续扮演个两面派角色!”

胡玉佛的失策不仅表现在拖延战术上，而且失策在对地方官吏的行贿手段和轻信上。几年内他先后对他认为在蚕食裕隆全过程中，能助他迈过道道门槛的官员采用的手段，几乎同出一辙，一访二拜三送银，四哄五骗六殷勤，见官就把兄弟叫，大小不分失身份。结果受了他礼、收了他贿赂的官员，应承帮他办事的多，动真格的人少；敷衍了事的多，认真为他着想的少。到周莹出现在扬州向他发出见主子的信号时，他拿到手可以算数的官府正式批准的有效契约件只有五艘江河混装载重大篷趸船，一家赌场，一家仅有二十间房的二流妓院，其他除了是临时契约外，便是一纸没有印信的注册附件。没有法律保证的财产一旦有人提出质疑，上得公堂即便收受了他贿赂的官吏，也不敢认定他是合法的财产拥有者。资产来源不明一旦成立，裕隆全账面财富的流失，作为大掌柜的胡玉佛自然难辞其咎，账查下去，即便有上天入地的本事，也难逃脱被抓住狐狸尾巴的命运。恰克之所以想到无回旋余地时，把他晾在太阳底下晒干菜，理由也正是在此。

胡玉佛做生意买卖是好手，对官场运作则是个十足的白痴，既不懂大清律条，又弄不清楚大清官场的行为准则、行事规矩。头上那顶五品红顶帽自吴尉文花银子捐来，他戴在头上的次数，进扬州府衙门的次数，十个指头扳着数也数不完。吴尉文曾对他讲过：穿上这身行头，就得小心你的尾巴让人踩住。尾巴被人一旦踩住，你也就无路可走了。所以我提醒你老弟，把这套行头摆在神龛上当神敬，有人对你胡大掌柜敬畏三分，你若动不动穿上它招摇过市，世人会指着你的脊背骂你是烧不透的混球。

有贼心的人，最害怕被人踩住尾巴。胡玉佛夹着尾巴做人几十年，好不容易在扬州商界混出了名声，被商界视为经营有方、管理有能的盐业行业老大，岂料天下大乱，政局不稳，社会动荡，商场有序变无序，使他忘却了夹着尾巴做人的信条，那埋在心底数十年的梦想夙愿，突然拱出邪恶的芽子，在适合的气候环境下，迅速膨胀了。吴尉文的死于黄河流冰，吴聘的死于短命，使他看到了自立扬州商界的千载难逢的良机，夹着的尾巴终于摇摆起来。他把贪婪的手伸进了不该伸进的钩着香饵的铁夹里。

周莹虽然缺少商战的足够经验，但却得道多助，李平岭、尚素雅、牛志飞等人作为周莹的上一辈，义无反顾地放下自己的营生，成为她商场临战的军师，从而极大地增强了她临阵的必胜信心。当她果断地处理完裕隆全内部事务，昂首走进扬州府衙大门时，心里忐忑不安的红玉悄声说："姐呀，你应让王坚跟来给咱壮胆。"

"把头昂起来，扬州府又不是毒蛇洞，它吃不了咱。"

扬州府衙门房的门头举着周莹的手折，匆匆进入知府书房报告说："大人，陕西渭北安吴堡主子、裕隆全东家大掌柜、三品诰命夫人周莹前来拜访。"

梅朵往起一站问："人呢?"

"在客房候大人接见呢。"

梅朵往门外走着对门头说："你去后堂把夫人请到客房，然后把水果送到客房。麻利点。"

门头把周莹的手折递到知府手里，往后堂走去。

知府走到客房门口，客房衙役喊道："知府大人到——"

周莹和红玉听到喊声从座位上刚站起，梅朵已进了客房。

周莹自报家门说："陕西渭北安吴堡周莹参见知府大人。"

梅朵说："诰命夫人到访扬州府衙，实乃扬州府荣幸。请坐，请坐。"

周莹说："周莹谢过大人。"

客房门外传来"夫人驾到"的喊声，周莹第二次站起。

梅朵夫人在丫鬟陪伴下进入客房，周莹迎上拜道："陕西渭北安吴堡周莹拜见知府夫人。"

梅朵夫人还礼说："少夫人免礼。请坐吧。"

红玉见梅朵夫人的丫鬟和自己年龄相仿，知趣地看了周莹一眼，周莹会意说："红玉，我和知府大人与夫人有些话要说，你和这位姐姐到外面转转去吧。"

梅朵夫人对自己的丫鬟说："英英，你领这位姐姐到后花园看看去。"

英英回答了声："是。"手一伸拉上红玉便出了客房。

门头把水果端进客房后悄然退出。

客房里只剩梅朵夫妇和周莹时，梅朵开口说："昨天晚上，本府接到福康大人手书，知少夫人已至扬州，并且接过对裕隆全盐务总号的管理权，查封了账房账项，冻结了银号银根，撤去了胡玉佛大掌柜职务，并宣布了对其贪污诸事追究责任的决定。本府到扬州任上未久，对裕隆全内部发生的商务纠纷尚一无所知，故对少夫人的决定只能先表示理解和支持。如少夫人查出胡玉佛犯有大清律条的犯罪不法行为，本府定将秉公执法，绝不懈怠。"

周莹坐正了说："谢谢大人对周莹的支持和理解。裕隆全发生的胡玉佛贪污行贿、挪用公款、私自更改裕隆全归属契约等严重违法行为，待周莹查清后定向大人做出详尽报告，按照大清律条，追究惩办胡玉佛。"

梅朵说："少夫人言之有理。由于近十数年来大江南北动乱频频，胡玉佛之流趁火打劫不为奇怪，本府不知便罢，既知，定要通过对胡玉佛违法之举的处理，找出扬州商界存在的违规不法行为，还扬州商界一个良好的营销环境，彻底堵住偷逃漏税的弊端，增加地方财政收入，为扬州的百姓民生做出一点有益的事来。"

周莹笑道："大人所说所想令周莹深受感动，扬州百姓有大人在此为官，实乃当今苍生之幸。周莹离南京到扬州前夜，听福康爷爷说，大人为官三十二载，以清廉著称，让我到扬州后有事求教大人，看来福康爷爷把周莹的事托付给大人了。"

梅朵听了哈哈笑道："福康大人对下官过誉了，过誉了。"

梅朵夫人笑道："福康大人心中有你梅朵，是你我夫妻的福分！"

周莹心想，见好就收吧，免得言多有失。于是从手提袋里取出三只烫着金字的首饰盒来，交到梅朵夫人手中，说："来时福康爷爷让我将他的一点心意代交夫人。"

梅朵夫人受宠若惊，连声感谢，将首饰盒接住放在身前茶桌上。

周莹转身从座位边将一轴墨宝取来打开，双手捧给梅朵说："福康爷爷让我将此幅书法带给大人一笑正之。"

梅朵忙双手执轴展开，只见卷轴上款书二寸草书"尊梅朵嘱书"，卷轴正中书狂草“居上位而不骄，在下位而不忧”十二个大字，下款书“丙戌年福康习于石城”。梅朵激动万分中边卷轴边说：“承蒙福康老大人垂爱，梅朵终生为报也！”

周莹将轴卷好系好丝绳交梅朵说：“我清海叔托我问候大人，他说，一旦抽身，就来扬州拜见大人。”

梅朵满面红光说：“任军门虎将也，能与任军门为伍，本府荣幸之至。”

周莹这才说：“周莹不再打扰大人和夫人，待裕隆全之事有头绪后，周莹再来向大人详告。周莹就此告别。”

梅朵和夫人先后离座，梅朵说：“少夫人吃过午饭再走嘛。”

周莹说：“大人无须客气，裕隆全距府衙数步之遥，抬腿就到，不麻烦大人和夫人了。”

这时丫鬟英英领红玉回到客房，红玉接过周莹手中的提兜，跟在周莹身后走出了房门。

梅朵和夫人将周莹送至府衙大门内被周莹拦住说：“大人、夫人请留步，如步出府衙大门，周莹就汗颜了！”

梅朵止步笑道：“少夫人言重了。”

梅朵夫人说：“少夫人在扬州逗留期间，有需要我效力之事请不必客气。”

“多谢夫人关照。”周莹说话间已出了扬州府衙大门，登上轿车缓缓而去。

梅朵送走周莹，往自己书房走着对夫人说：“周莹非一般女子也！”

他夫人笑道：“这两天扬州街头巷尾都在议论周莹呢，听说她十八九岁就肩挑一堡重担，管数十处商号。没点真才实学，哪敢走州进省，千里迢迢，拜爹求爷，为保卫自家财产抛头露面呀？”

“你养的两个丫头连大门也不敢独自出，和周莹不能比啊！”

他夫人忍不住笑出了声说：“一窝豆子一窝苗，种不好，结出的豆自然就差别很大了。你我夫妻还是认命吧！”

“不认命有什么办法？周莹这一来，扬州城里故事就多了。福康把手伸进扬州城，我这扬州府知府得难受些日子了！”

“为啥？”

“福康要在扬州城来一次杀鸡给猴看。我想，胡玉佛梦想变吴氏资产为己有的阴谋被揭穿，扬州管农商的官员被卷进去的少不了，否则，福康能把手伸过来敲窗棂给门听，送我一轴‘居上位而不骄，在下位而不忧’的狂草大书？这是让我每日三省吾身嘛！”

“福康大人的用意你既然已知，就应尽心尽力助他如愿以偿。你调任扬州府知府任上不足半年，手脚干干净净，没任何后顾之忧，放开手脚干一场大快人心的事，落个好名声，也不枉你为官几十年。”

“夫人所言在理，所以我才干干脆脆告诉周莹，我将秉公执法，善始善终处理好裕隆全胡玉佛趁乱劫人钱财的事。”

李平岭、牛志飞、尚素雅、钱荣、任军贤和由镇江赶回扬州的朱少敏及随周莹到扬州的王坚等主要人员，听完周莹拜会扬州府知府的情况后，李平岭说：“看来，到任尚不足半年的梅朵，不会跳进扬州府原来那口染缸里，把自己染黑染臭。福康有他坐镇扬州，要达到目的会因此多了几分成功的机会。眼下我们要做的是，必须抓紧时间，把裕隆全内部伙计提交的有关胡玉佛的犯法事实查清落实，把外部得到的材料找到第一提供人，争取他们能写出证明文字，保证一旦诉诸公堂，证人能对簿公堂，胡玉佛就成了只死老虎。”

任军贤说：“到任不久的梅朵，不知可有这种杀威?”

钱荣说：“天下的乌鸦唱的是一个调，不管林子大小，都是哇哇哇!”

朱少敏说：“张玉虎把胡玉佛近四年从账房拿走的银票数已经算出，我已带回来，少奶奶让我给大家念念，心中好有数。”

周莹说：“大家注意听，胡玉佛为把银子拿到手，编出的名目之多，让人真有点匪夷所思!”

朱少敏展开一叠纸念了起来：癸未三月九日，胡玉佛以款待扬州知府官吏帮助裕隆全完善规章制度付酬由，支取银票五千二百六十两；四月七日，以参加苏州盐店掌柜为庆祝其母七十寿辰和与裕隆全合作二十年纪念庆典由，支取银票五千五百两；五月二十日，以赴南京慰问和乱匪作战保护盐商在途货运安全受伤官兵由，支取银票二万六千两；六月六日，以支付为安吴堡设计建造园林选地由，支取银票三万八千五百两；七月七日，以支付安吴堡园林买地款由，支取银票四万九千二百五十两；八月五日，以支付安吴堡园林建材款为由，支取银票十万五千四百零六两；八月二十一日，以支付打造邛江号三百担大篷船建造款由，支取银票二万七千两，购油漆款一万三千七百七十八两；八月二十三日，以支付裕隆全伙计健身休闲馆建筑与购地款由，支取银票三万二千四百二十两。这里告诉大家一句，这所谓的裕隆全伙计健身休闲馆，就是现名为花一枝的扬州二流妓院，也就是胡玉佛本人拥有的健身休闲馆。众人听了忍不住哄堂大笑。周莹说：“大家别笑，后面比这可笑的理由还多着呢!”

朱少敏喝了一杯水，继续照单念下去，等他喝完第九杯水时，才说：“我嗓子都念干了。现告诉大家一个总数，近四年里，胡玉佛为掏空裕隆全，共支取了可兑换龙票二百八十六万九千八百二十八两。目前他打借据借出的现银六十八万五千四百两，一两未还。他安插在账房的两名出纳和银库管理员，已查出的贪污银两为四十二万六千两。也就是说，胡玉佛已经从裕隆全身上割掉了十二年利润总和与银号存银利息总和，裕隆全之所以没倒没垮下去，是仓储家底救了裕隆全，如没有救难保命的一百二十斤黄金使用权掌握在安吴堡手里，少奶奶如果不远行千里到扬州巡察，不出半年，裕隆全便将在扬州彻底消失，而且也将成为历史的笑柄！”

众人严肃的表情使会场气氛变得凝固了一般。

李平岭打破沉寂说：“昨晚子时，周莹和我与王坚迫于形势所逼，夜访扬州府知府梅朵，请求他下令拘捕了账房出纳和银库管理员，从两人住宅内搜出现银二十八万六千六百两，银票十万两。如晚一天动手，这些银两难知在何处了！”

牛志飞说：“不能让胡玉佛再逍遥法外了，应让扬州府立即缉拿他归案。”

周莹说：“胡玉佛他跑不了。梅朵已通禀江苏巡抚府，请巡抚府命无锡衙门，缉拿现在在无锡小岭家中和石不破就订立攻守同盟条件讨价还价的胡玉佛。石不破心眼不少，用此办法拖住了他，然后打发家人连夜赶到这里告诉了我。”

王坚说：“多亏少奶奶抵无锡实地调查中结识了石不破，不然想找到胡玉佛还真得费点劲。”

尚素雅说：“这就叫得道多助，失道寡助。”

梅朵接受了周莹的请求，密令捕头迅速出动，把裕隆全账房出纳和银库管理员拘捕归案后，亲自审问了一个时辰，两个有贼心没贼胆的软蛋，被绳索一绑全傻了眼，没挨一板子便招供了所知胡玉佛掏空裕隆全的所有大小事实，承认了自己贪污库银的罪过，并在供状上画了押。

梅朵知道事情不像他想象得那么简单，裕隆全被掏去了三百多万两财富，比扬州府全部官吏与差人两年薪俸总和还要多得多，在扬州府历史上是第一大商业舞弊犯罪大案。坐不住马鞍桥的梅朵，把周莹提供的报告看完，亲自动手写了一份报告，命快马连夜送住南京巡抚府，直接呈送巡抚福康。

福康见到梅朵手书，哈哈大笑：“扬州府今年不会向我伸手要银子了。裕隆全近四百万两家底收回来，周莹这丫头付给扬州府四十万两，再加上补交胡玉佛偷逃漏税银三十多万，梅朵发了，我从盐政银筐子里白白捞了一个金娃娃，痛快，痛快！”

福康叫来任清海说：“你悄悄带上十几个人马，到无锡小岭把裕隆全原大掌柜胡玉佛拘捕后，秘密押送扬州府交梅朵秘密审讯，我要把扬州狼狈为奸的官商，来一次大扫除，给全江苏的官商勾结的兔崽子们来个下马威，让他们往后学乖点！”

任清海带了十名能打敢斗的亲兵，乘快骑直抵无锡小岭位于村西一片竹林的独立院落时，正是第二天晚饭时分，任清海跳下马背，直接进入院门喊了声：“胡玉佛。”

已坐在饭桌前的胡玉佛和石不破，听见喊声，二人同时站起，石不破开口应道：“人在呢。”

胡玉佛则问：“是谁啊？请到上房来吧。”

任清海向亲兵招手一指房门，亲兵如狼似虎，哗啦啦，眨眼全拥进房内，冲两人喊：“快快束手就擒。”

石不破心里明白，乖乖举起双手说：“我叫石不破。”

任清海最后进房冲体格高大强壮的胡玉佛说：“你就是裕隆全大掌柜胡玉佛了？”

胡玉佛一看清兵的架势和对自己的态度，已知周莹把他告了官，只得说：“我就是胡玉佛。”

任清海命手拿绳索的亲兵：“把胡玉佛绑了。”

两名亲兵走过去抓住胡玉佛双臂往后一拧，缚鸡一般绑了个紧。

胡玉佛喊道：“我是朝廷五品命官，你们不能这样对我。”

任清海冷笑道：“拿银子买的破烂在我们眼里还不如狗屎。少啰唆，免得受罪。”

这时胡玉佛的老婆和儿子儿媳孙子等家人二十多口全进了上房，一见吓得张口结舌，三个十几岁的孙子孙女吓得连哭带喊：“放开我爷爷！放开我爷爷！”

胡玉佛的老婆怯怯地问任清海：“军爷，胡玉佛到底犯了什么王法？”

任清海说：“老嫂子，你自己问胡玉佛吧。”

胡玉佛的老婆擦泪问道：“他爸，你犯了什么王法？”

胡玉佛跺脚说：“我现在也说不清！你们别怕，捆几绳的事，我死不了。”

任清海心里说：“还成，像条汉子。”嘴里却对亲兵下令说：“带走！”

两个亲兵把胡玉佛架上来时准备好的马，说：“路上老实点，如不老实掉下马，可是自寻死。”

任清海断后出了竹林，小岭村西口已挤满了人，许多人手里端着饭碗，边吃边看。一老者大声问：“军爷，胡玉佛是小岭村能人，挣了一个大家当，咋就犯了王法吗？”

任清海大声说：“他太贪心，把手伸进了人家钱褡裢里，让人家逮了个正着！”

老者啊了一声说：“老话说，宁看贼大吃大喝，莫看贼抱头叫爷。自作孽，不可活啊！”

村人在叹息声中让开了一条通道，眼睁睁看着官兵捆走了胡玉佛。

胡玉佛被秘密关在扬州府衙后院存放杂物的三间库房里，梅朵亲自审问时对他说："胡玉佛，你在扬州是个家喻户晓的人物，裕隆全在你手里风光了十几二十年，你咋老了老了鬼迷了心窍，干出这等偷人粮劫人财，贪污行贿，偷税漏税逃税的勾当？既当婊子又当老鸨婆，既充好汉又当强盗，牛鬼蛇神全让你一个人演了个遍。现在你成了阶下囚。我当知府的为避免你让人给暗中做了，给你找个活命的台阶下，你考虑好，是掮起口袋爽爽快快往外倒里面装的货呢，还是网里的鱼一条条让人往外抛？我给你一夜考虑时间，明天晚上我再来听你说长道短。你识时务，我绝不动你一根汗毛，最后我尽力在你东家周莹面前为你求情开脱，你退赃退得好，我当知府的免你死罪，让你在牢里蹲上一年半载，遮掩遮掩一下耳目，让周莹恩典恩典你，给你点过日子银两，放你回小岭村安度晚年。你如不识时务，后果如何，你自己想好了。"

梅朵说完起身出了门。

胡玉佛坐不是睡不是，在空荡荡的三间库房里走过来走过去，直到鸡叫四更，才躺在铺了稻草和竹席的地铺上打了个盹。

第二天晚饭过后，梅朵在两个亲信陪同下进了库房，往太师椅里一坐说："怎么样，你想好了吗？"

胡玉佛说："知府大人，我如如实交代罪过，积极退赔赃款赃物，检举揭发受贿索贿贪官污吏和偷税漏税逃税之人，将功折罪，大人真的能网开一面，放我一条生路？"

梅朵说："我梅朵为官三十多年，所在任上，说话从没打过折扣，要不然我能从一个火头军当到门头、县丞、知县、知府？如今江苏巡抚福康老大人对本府信任有加，令本府亲自审问你，就是让本府给你留一条生路，本府怎能说话不算数呢！"

胡玉佛往地上一跪说："梅大人，我胡玉佛愿低头认罪服法。"

"好。你胡玉佛识时务，本府绝不亏待你。"梅朵说话间喊道，"鲜贵——"

门外有人应声："奴才在。"

"把桌子椅子搬进来，笔墨纸砚备好，夜点茶水端来，让胡玉佛先生写材料。"

"是。"

梅朵的攻心战术解除了胡玉佛的武装，真的没动胡玉佛一根汗毛，便把几十年来在人前以硬汉著称的胡玉佛降服，胡玉佛规规矩矩、服服帖帖，为换得一条生路，伏在桌上，用三天半时间将贪污行贿、偷税漏税、转移财产、官商勾结、改动契约、采用欺骗手段掏空裕隆全库银等二十多年犯的罪，一五一十，凡金额在五千两以上的事实，全写了出来。

令梅朵特别感到兴奋的是：胡玉佛检举出了扬州府十多年来，对商家施压索贿受贿、官商相互利用勾结偷逃税款、毁据分赃、侵吞公款的在任各职能主事官吏二十六人，和总银两超过了二百八十多万的犯罪事实。梅朵兴奋异常，对自己的夫人说："照胡玉佛所列名单，福康大人手指头抠抠，扬州府的天下就清静了。我正愁如何培植自己的势力，胡玉佛这个软骨头不打自招，送了我一个大礼！"

他夫人说："胡玉佛前车之鉴尚在火中炙烤，你就得意忘形，小心一脚踩空，掉进火坑再想往外跳就迟了！"

"我梅朵做事，从不做无把握的事，更不做留下把柄的蠢事。夫人放心，在扬州任上，我会小心行得三年船，到时安全回乡颐养天年。哈哈哈，哈哈哈……"

梅朵将胡玉佛的认罪经过和犯罪事实写成报告，秘密送报福康后半个月，江苏巡抚府派出的以任清海为首的办案人员十二人抵扬州，展开了专案调查审核。经过四十余天调查取证，先后约谈了近百名扬州府衙各级官吏差人，在取得人证物证后，拘捕了以农商主事恰克为首的二十六名仍在职的官吏。扬州商界突然沸腾了。

扬州府对在任官吏的查抄拘捕震惊了扬州百姓的同时，裕隆全大掌柜有着五品盐政官衔的胡玉佛被拘捕收监的消息同样震惊了扬州商界。社会上谣言四起：扬州府将严厉打击盐商偷逃税款的违法行为，打击官商勾结、索贿受贿、投机扰乱市场秩序等消息满城都是。有人坐不住睡不安，有人突然从市面消失……所有这一切最爱听的人恰是知府梅朵了。他把恰克等府衙管理部门主事被拘出现的空缺职位，采取缺一补一的措施，先代理后上报省巡抚府衙追认任命的方式，很快一统了天下。福康则采取睁一只眼闭一只眼的态度，通过任清海之口，传给梅朵的不可更改的信息是：自行解决两年内扬州府行政管理运作财政问题，通过追缴盐商偷逃漏交税款，整顿盐务市场。一场追缴盐商偷逃漏税的行动在无声展开。当江浙的盐政官员察觉时，扬州地方税政的主事官吏们已经把本应由盐政收缴入国库的盐业专卖税，流进了地方政府的仓库里。原打算通过官商勾结，把应缴国库盐务税用偷逃减少漏报等手段弄到自家银库的贪官们，怕和地方政府闹翻让北京知道吃不完兜上走，只得捂住肚子咬牙装不知道，挨了个肚子痛变乖。

梅朵成了最大的赢家，曾助他成为一任知府的铁哥儿们，全大摇大摆从补缺席位上坐到了有实权的宝座上，尽管有的仅是上不了史册的无品之差，但吃上了官饭总比游手好闲要强十倍，何乐而不为呢？

大清朝官场的游戏规则政出多门，哪家主事敢拿乌纱帽做赌注，碰上好运气，歪打正着是常有的事，梅朵懂，福康更熟练，所以，他们走了一局好棋。

李平岭和尚素雅在胡玉佛被秘密收押、梅朵攻心一战而胜向福康报捷的第二天便返回上海处理秦盛和事务。行前，李平岭对周莹分析了胡玉佛最终可能出现的三种结局：“一是核桃枣儿一齐数，认罪、退赃、服法，获得从轻发落；二是供出同伙，揭发检举贪官污吏，有立功表现并退赔积极，交保后当堂释放，剥夺其终身从商资质；三是认罪态度不错，隐瞒关键问题，退赃拖泥带水，由收押到公堂判刑，收监半年以上三年以下，其间追缴资产，落实待查隐瞒犯罪事实重判。这是一出颇令人费思的好戏，最终结果在导演手里掌握着，你周莹能做的，就是尽快把胡玉佛变更过的裕隆全契约，全部重新变归裕隆全名下，把胡玉佛挪动的资金变为固定资产的实物收回，对新的印信注册启用，盘活现有冻结资金，重塑裕隆全形象，把失去的客户重新吸引回来；对人事安排既要果断又要特别慎重，陕西来的老人手，年岁大的要让他们让位回乡养老，有真本事的要放到重要岗位使用，不足人手尽量从安吴堡挑选能者到扬州补充缺额，从内部巩固你的统领权威。其他部门要把扬州当地能者当主人使用，给足他们实权，团结多数，只有如此，裕隆全四百多号人才不致成为一盘散沙。你周莹不可能在扬州待几年，更不可能待一辈子。安吴堡的大门会因你的一次失策而对你关死，失去了安吴堡立根之本，你周莹就失去了立足渭北的基础。叔不是吓你，因为你面对的家族虽失去了龙头，但死虎不倒威却是自然存在，吴氏尚有三只虎在你身边，你能处之坦然、随心所欲吗？最后叔要对你说的是，对梅朵的借力打力，对福康的依靠，一定要掌握一个度，分清轻重缓急。不可心血来潮而动，但又不可怯之不为。梅朵一旦掌握了对手的七寸，就会毫不留情地下手铲除脚下绊脚石，他很可能拿你周莹和裕隆全做样板，让全扬州商家向你学习，完成他借力打力、追缴偷逃漏跑的税金，用来弥补他的财政不足。你要立即和朱少敏、钱荣、任军贤等算算这些年胡玉佛经手的营销账目，心中有数了，才不致让梅朵敲了你的竹杠。叔回上海处理完一个月积下的事务，你如需叔再过来研究什么事，你只管讲。你志飞叔在扬州熟人多，他实力虽有限，但在同人中说话还是算数的人，有事你只管去请教他。”

李平岭回到上海，第二十天时，恰克等二十六名扬州府原主事官吏正式被拘，家被查抄，财产被没收；胡玉佛亦被正式收监，所有胡玉佛名下的资财被查封。周莹这才知道，梅朵借力打力的招数，比自己想象的要高明得多、厉害得多。裕隆全的资产由于列在胡玉佛名下，扬州府查封得名正言顺，她想从梅朵手里收回来，已不是几句话几天能办到的事了。她有些后悔当初，为什么不耐心等胡玉佛归来，双方关住门，先进行内部协商解决所有问题，真正越不过坎时再诉诸公堂呢？将军决战在疆场，而运筹在帷幄一点也没错。没经过真正战阵的周莹知道后悔已晚，只有一声深深的叹息，还有什么办法挽回已射出的箭呢？

胡玉佛被收监，躺在稻草堆里追悔莫及，抱怨自己为什么听了任军贤告诉他周莹抵扬州传见他后，不掂量掂量利害关系，便以躲避策略，拖延见面时间，想待掩赃销迹后再正面交锋呢？周莹怕自己一逃了之，报官是唯一办法，结果自己落到毫无了解且到任未久的知府梅朵手里，我胡玉佛有何本事才能跳出如来佛的掌心呢？不招，皮开肉绽，死罪可免，苦罪难熬，末了还是一个穷光蛋；招了活罪可免，财产完蛋，临了也是一个一无所有！梅朵老奸巨猾，他不动我一指头，只攻心不放箭，这一招比鞭子抽得更准更厉害呀！现在好了，躺在稻草堆里让跳蚤虱子慢慢啃吧！当初我如果和周莹面对面谈，说得好双方握手讲和，也有可能嘛。晚了，晚了！你胡玉佛聪明一世，糊涂一时，成了阶下囚，自找罪受啊！悔呀！悔呀！胡玉佛后悔得直捶自己的脑袋。

双方都在追悔失策自误，唯有梅朵扬扬得意，一直处在兴奋中。他组织了一个算账班子，全是农商管理人员，不但懂行懂账，而且熟知偷逃漏跑税的手段技巧，对修改的票据更是一拿一个准，二十多个行家里手接力拨算盘看账册查原始凭证，日战夜续一个月，终于查清了扬州城十几家资本过百万银两的大商贾，乘动乱官府自顾不暇之机，明逃暗跑加偷漏，和官吏们相互勾结，偷、拿、分、骗、涂、改、换、烧、丢、转、藏，能派上用场的办法一齐上，硬是把应缴入国库的税银，装进各自腰包多达三百多万两。肥了贪官，富了奸商，坑了大清朝，苦了扬州百姓。

果不出李平岭所料，梅朵在拿到查算大商贾商号的营业收入与缴税清册后，首先把周莹请进了府衙，开门见山地说："少夫人，胡玉佛趁乱，与恰克等贪官污吏内外勾结，几年下来，裕隆全共偷逃漏跑盐务税五十八万二千七百二十二两。本府念在吴氏在扬州百年诚信守业的贡献上，不想把这种见不得世面的丑行公之于众，那样做的后果对裕隆全的声誉十分有害，所以，我把少夫人请进府来，共同研究一个两全其美的办法。"

周莹没等梅朵说完，已知他用意，只是想知道梅朵的真实打算后再开腔不迟。梅朵说完，她便问道："知府大人想必已有高见，说出来，周莹考虑考虑。"

"少夫人爽快，爽快。本府想，少夫人起个带头作用，主动补缴了拖欠的偷逃漏跑税银，本府保证不再收一厘罚银如何？"

周莹问："裕隆全的银库已被胡玉佛掏空，我从哪里弄五十八万多两银子起带头作用呢？"

梅朵说：“少夫人无须考虑银子从何处来，只要同意带头补缴税银，税银自然有人替你缴了。”

周莹笑道：“天下居然有如此慈善家？他是谁嘛。”

“胡玉佛嘛。”

“我明白了，你从查缴胡玉佛贪污裕隆全的银两中扣除他造成的偷逃漏跑税银，实际上还是让周莹认倒霉。”

“话不能如此说。少夫人是裕隆全东家，胡玉佛犯罪违法，东家也应负管理不严之过，根本谈不上倒霉二字。”

“我起了带头作用后，知府大人便把查收回的胡玉佛侵吞裕隆全的全部财产交还我吗？”

“按大清律条，正当的有主被查收财物，经查实无误后，自然要物归原主。不过原主必须支付地方官府一定的手续费和酬劳做补偿。你知道地方官府行政费用有限，不能无偿为商贾巨富承担不应承担的重负。”

“这是自然的事。不知知府大人需裕隆全补交多少税金？”

“总资财的下限为百分之六，上限为百分之十三。少夫人你算一算，裕隆全有多少财富被胡玉佛挖去贪污了？”

“我尚没弄清准确数字！”

“本府可以告诉你一个查收查封财物的总体折银数字：三百九十六万七千八百四十四两。”

“知府大人让裕隆全依下限交还是按上限缴？”

“这就看少夫人的态度了。少夫人带头缴了税银，起个模范作用，本府建议查抄财物按一成收缴总对得住少夫人了吧？”

“折腾了一阵，裕隆全还是要损失一百五十万两以上财银！”

“少夫人，你该知足了。如果不是你爷爷福康老大人一再叮嘱本府，本府就是吃了豹子胆，也不敢擅自做主减少你应补交的税银。”

周莹忍不住笑道：“梅大人，你当了三十多年官，为官经验足够写成一部大书了。”

“承蒙少夫人夸奖。再过三年，等我退了休，一定要静下心来，写一部一个大清王朝官吏的江湖，留给后来者借鉴。”

周莹说：“我这辈子当不了官，看来你将来写成的书，对我没啥用吧？”

“少夫人，你又错了，当官的为政策略与技巧，对你当好一堡之主，管理好各地商号也会大有益处。等我写好刻印成书，亲自送到安吴堡求教。”

周莹笑道：“到时候我组织安吴堡人，听你讲扬州府知府破胡玉佛贪污行贿大案的故事。”

“好。仅为讲这段公案，我也要到你安吴堡走一回了。”

梅朵说完哈哈大笑起来。

没有料到想的容易，但执行起来却遇到了很大麻烦。由于胡玉佛把挪用的银两、贪污的财富，均用了儿子孙子甚至娘舅的名字购买土地，建造房屋园林，开设商号造船，化整为零，执行查收时困难诸多，人、财、物对不上号，连名下有了财富的人也矢口否认自己有什么不动产。为此，在执行的过程中，任清海率领的查收人员，不得不反反复复提审胡玉佛及相关人，直到被冒名者同意放弃追究胡玉佛的责任，按手印将不属于他们名下的财富声明作废，才收缴回来结账。多亏是任清海亲自督阵，换了任何人，裕隆全名下财富的归属就会变成他人的财产消失殆尽。前前后后用时三个半月，周莹才将胡玉佛贪污挪用的三百九十多万两财富收回，缴纳了管理费，扣除了补交胡玉佛偷逃漏跑的盐税，减去行贿官吏无法收回的银两及挥霍掉的银两，拿到手的实际数字与固定资产，仅仅为一百九十多万两，也就是说裕隆全的财富白白蒸发了二百多万两！对此，梅朵对周莹说：“毫无办法，你只能认了。做生意搞买卖有时因管理不善付出的代价，比物价波动造成的损失更惨重。少夫人，你如能从胡玉佛身上吸取用人不慎的教训，你交的学费就算没白花，裕隆全就不会垮。反之，本府说句不应说的话，你的安吴堡将来还会出现胡玉佛第二甚至第三！”

周莹无奈地长长叹道：“乐极则哀集，至盈则必亏。我周莹一手拉不住往下陷的地，举不起往下塌的天啊！”

周莹率领朱少敏、钱荣、任军贤和裕隆全改组后新任命的账房主管张玉虎，同王坚等从扬州抵无锡、苏州，接收了胡玉佛挪用资金建造的尚未完工的太湖园林。周莹感慨地说：“这座园林已花掉三十二万多两建造费用。”石不破说：“完工住人还得往里投二十多万两，现在转让出去，能收回二十万两就是一堵墙。因为这里不是太湖景区最佳所在，胡玉佛在这里建园林的目的，是想把他的老宅竹园与太湖园林形成东西遥相呼应的姐妹建筑，象征紫气东来，瑞云高照，福地洞天，欢乐家园。”周莹说：“现在证明他是梦断百仞勒马迟，深渊无底回首难。梅朵虽答应不要他的命，但他在牢中的命运也好不到哪去。被他拉进大牢的恰克等贪官污吏能放过他？我看他命悬一丝已成定局了。我们不再提胡玉佛，还是说咋样处理这座所谓为安吴堡建造的园林吧！”

对园林一无所知的朱少敏等人，你看我我看你，看过来看过去，都拿不准该咋样表态。张玉虎打破沉默说：“少奶奶，我建议把这座园林继续建好。我计算过，银库里拿出二十万数，影响不了大局，物流周转期争取缩短三五天，只要社会秩序安定，一年半裕隆全恢复元气不成问题。明年入秋前这座园林落成，它本身增值足可超过投资的二倍。因为动乱造成商贾大户多重择地而建房，购进新的房地产园林不动产，必然会成倍增值，不愁没人问津，出手也相对从容得多。若现在出手，价卖到石不破的估价也比较困难。这种赔老本的生意咱们裕隆全不能做。”

周莹转身问石不破：“石老板，你认为张玉虎先生的意见怎样？”

石不破说：“张玉虎先生对房地产走向的分析有道理，随着社会安定局面恢复，市场复苏，经济好转，需求增加，这座园林明秋落成升值已在意料中。所以，本不便鼓动少夫人投资的承建人，只能建议少夫人认真考虑张玉虎先生的意见了。”

周莹又转向朱少敏等人：“朱掌柜、钱掌柜、军贤，你们现在可以表态了吧？”

朱少敏说：“我同意玉虎先生的意见。”

钱荣、任军贤也说：“听行家话没麻达。”

周莹说：“听人劝，吃饱饭。那咱们就算一致通过，继续把这座吴家园林往好了修。”

众人说：“修好了咱们先在园林里享受几天，看看江南园林住进去是啥滋味。”

石不破说：“啥滋味我告诉你们，一根扁担上睡三个人的滋味是啥，睡在园林里的滋味就是啥。”

周莹笑道：“你等于没说。”

苏州的水上清夫商行，是胡玉佛用六万多两银子以他情妇苏金金的名义开的一家服务船上人家的专用商号。任清海派员往回收时，本不知自己名下也有了商行的苏金金说：“既然胡玉佛用我的名义开了一家商行，我好歹也算当了一阵子老板，我当谁的情妇都是为了钱，军爷，你们干脆替我向接收这商行的老板说说，把我也接收过去伺候他多省事，人财双收嘛。”

负责查收的差官说：“你把押画了，我给接收这商行的新老板讲讲，看她可愿意打破常规，来个人财双收。”

苏金金一听，手指蘸了印泥，在自己名下狠狠按了个大手印说：“我等军爷好消息就是了。”可左等右等，十几天过去，她路过商行，见原名为清夫商行的店面换成了“南来水上专用品商行”的招牌，进去一看，伙计全换了新面孔，便问一个伙计：“你们新老板的模样儿可英俊潇洒？”

店伙计瞅瞅她说："你和她比差得码大了。全苏州城能比上我们老板长得俊的女人，还没生出来呢！"

苏金金一听，扭头就走，说："臊气，我问的是男人，女人再长得漂亮，能当我的情夫吗？"

那店伙计听了大笑道："你就是要我们老板人财双收的苏金金呀！我告诉你个秘密，我们老板和你长得一样，对你人财双收了，你是当她情夫呢还是情妇？"

苏金金出了门回头说："回家问你妈就知道了！"

周莹去接收水上清夫商行时，差官把苏金金的话，当笑料讲给她时，她叹道："女人一旦把自己当商品出售了，人格也就连一文钱也不值啦！"

本以为和胡玉佛的较量要艰难得多，但由于福康的干预和梅朵的亲自审讯，却易如反掌地获得了胜利；本以为斗争胜利，被胡玉佛挪用贪污的资财就可顺利收回，但却出现令人啼笑皆非的结果。先后费时三个多月，又损失了近十万两才算把应收回的资产收回来。事毕，周莹才真正体会到了当商人的难处，当老板的苦衷，商人在官家面前的无能为力，权势的可怕、百姓的无奈。所以，在她收回胡玉佛挪用贪污转移挥霍的财产，扬州府缴获的银两，对胡玉佛起诉判刑后，张玉虎将裕隆全已盘点清的全部家底清册交给她说："和吴尉文接到他爸遗给他裕隆全资产时相比，现在的总资产不包括原归安吴堡直接掌管的一百两黄金保证金，一百零八年来，增值了十多倍，扣除物价上涨因素，实际增长五倍多，库存银为二百七十九万八千六百六十两，固定资产折银一百八十六万多两，库存盐折银四十七万五千五百多两，未收回货款二十一万四千多两，总计五百三十四万四千多两。如加上被胡玉佛贪污挥霍行贿、官府没收扣交偷漏逃跑盐税、收的所谓行政费、酬金三百八十八万六千二百两，裕隆全总号本应有财产九百二十三万零三百六十两，出了一个胡玉佛，他折腾了四年，折腾光了三百八十八万多两，被判了十八年监禁，命算是保住了，在牢里受活罪，我看还不如让梅朵判他个死罪干净。"

周莹翻看了一下清册，放到一边说："裕隆全的事到此算个结，认吧，谁叫我公公没认清，把个贼当财神爷敬呢！玉虎先生，你算一算，退休的七十八个人每人每年按七十两养老金给发，按十五年发，得多少银两？"

张玉虎心算完说："总计八万一千九百两。"

"你认为多还是少呢？"

"扬州城商界最高养老金，每年每人三十五两，发到死为止。商号破了产关了门，也就没人管了。少奶奶给每人每年七十两，一次发十五年养老金，可是史无前例。"

“老人们在裕隆全少说也干了四十余年，功劳、苦劳全有，七十两不算多，如不是让胡玉佛瞎折腾，我原本打算给退休养老的老人每人五千两养老金。现办不成了！你回去就按这个数一次发给老人们。我走之前跟老人们告个别，我已对朱少敏、钱荣、任军贤他们讲了，在扬州酒楼宴请老人们一次，让他们高高兴兴回家去颐养天年。”

“我代表老人们谢谢少奶奶了。”

“我应感谢大家才对。”

在周莹离开扬州前的第三天，福康派人送到裕隆全一份信札，里面有一份还散发着油墨香的邸报和一封福康亲笔写给她的祝贺信。

周莹先看完福康的信，再看邸报，又惊又喜，如在梦中。原来，邸报上有皇上给陕西发的圣谕，在对为国分忧捐银赈灾解难并资助军饷的安吴堡周莹进行褒扬的同时，诰封周莹为“二品诰命夫人”的圣旨，早已送进了渭北安吴堡。

三年多前，吴尉文为笼络住周莹，给她捐了一顶三品诰命夫人的凤冠霞帔，不意时隔四年，周莹在无意中又为自己换到手一顶“二品诰命夫人”的头衔，一幅五彩诰封圣谕。有了新的凤冠霞帔，周莹忍不住笑道：“往后我要戴上凤冠穿上霞帔，连任清海见了我也得三拜我这个二品诰命夫人了！”

接到福康送的邸报和祝贺信函后的第二天黄昏，安吴堡信差成宏背着一个黄绸上绣着凤凰展翅飞翔图案，用红丝绸扎着的长匣，出现在裕隆全周莹临时住的账房里，跪地说：“请少奶奶接凤冠霞帔。”

周莹慌了手脚，连忙对红玉说：“快把水打来让我洗洗手。然后把香、烛点燃，神龛擦净，把凤冠霞帔供奉上去。”

红玉忙了一阵，朱少敏、钱荣、任军贤、张玉虎等得信，急急忙忙跑上二楼说：“少奶奶等一会儿，鞭炮马上就买回来了。”

朱少敏见信差还跪着，低头一瞧说：“成宏，先站起来，喝点水、喘喘气。你下楼，听我安排，再让少奶奶接凤冠霞帔。”

信差成宏这才站了起来，自己动手倒了一碗茶坐下喝起来。

裕隆全院子里一时人出人进，热闹起来。大门顶上拉起了一个大红布横幅，上写：热烈庆贺裕隆全少东家周莹被圣谕册封“二品诰命夫人”暨迎接“凤冠霞帔”抵扬州。

周莹见院子里人出人进，问朱少敏：“朱掌柜，你又折腾个啥?”

朱少敏说：“这不是折腾，这是千载难遇的绝好良机，裕隆全要把胡玉佛造成的极坏影响尽快消除掉，少奶奶被册封二品诰命夫人和迎接凤冠霞帔抵扬州这件事，必须大张旗鼓地宣传出去，让全扬州人都到咱裕隆全总号来进行一次朝拜，见识见识凤冠霞帔是啥个样。”

周莹说：“太张扬了不好吧？”

“少奶奶，其他事我全听你的，这件事你得听我的。”

“适可而止，物极必反，千万别忘了。”

“我会适度掌握的。”

大概过了一个时辰，成宏被叫下楼出了大门，周莹也被朱少敏请下了楼，说：“少奶奶，一会儿你听见鞭炮响，乐队乐声起，你带钱荣、王坚、任军贤、红玉等到大门口迎接成宏，一定要像迎圣旨样严肃认真。你听我的没错。”

周莹笑道：“好吧，圣旨我接过，保准出不了丑。”

周莹下了楼，见裕隆全在家的伙计们连装卸工马夫都在大门内外排起了人巷，这时只听有人喊：“朱掌柜，成宏快到大门口了！”

朱少敏快步走到大门外，果见成宏策马不疾不徐跑过来，大喊一声：“奏乐、鸣炮！”

鞭炮炸开，唢呐齐鸣，火铳咚咚，鼓乐声声中，街上行人全拥到了裕隆全大门外，只见成宏滚鞍下马，从背上取下黄绸长匣，双手举在头顶，高喊：“圣谕到，二品诰命夫人周莹迎接凤冠霞帔——”

周莹知道成宏这一喊，自己不认真也不行了，只好率众人迎上前去，在大门口跪在朱少敏铺下的红毡上，说：“周莹迎接凤冠霞帔。吾皇万岁，万万岁！”

成宏把装了凤冠霞帔的匣递交周莹手中说：“圣谕祝二品诰命夫人周莹福安。”

周莹说：“谢主隆恩。”

周莹受到皇上册封，拥在裕隆全门外的民众都想目睹诰命夫人的风采，呼喊着：“诰命夫人周莹！”“诰命夫人周莹！”向裕隆全院里拥过来。

朱少敏对往回走的周莹说：“少奶奶，你应和扬州平民百姓见见面、说几句话。”

“我说啥，有必要吗？”

“替咱裕隆全宣传宣传，问一声好，啥都行。你如果能讲几句话，明天咱裕隆全就会成为扬州人茶余饭后议论的话题，我敢保证，咱铺面的食盐销量，最少会增加四成。裕隆全将真正成为扬州人心目中食盐行业的代名词。”

周莹停了下来，把手中抱着的黄匣匣交到红玉手里说：“我明白了你的意思。我再给你朱少敏当一次梨园花旦。”

朱少敏高兴异常，回身对身边一伙计说：“快去搬把椅子来，快。”然后一扬双臂喊，“大家请不要挤，现在我请诰命夫人和大家说几句话好吗？”

“好啊！好啊！”欢呼与掌声中，一把椅子传到朱少敏手里，王坚扶周莹往椅子上一站，欢呼声瞬间停下来。

周莹开口便说：“扬州的父老兄弟姐妹们，我就是裕隆全总号的东家、二品诰命夫人周莹，我向大家问好了！裕隆全百多年来服务扬州居民生活，做了一点秦商应该做的事，成为一家奉公守法的盐业字号。不幸的是由于时局动荡，安吴堡对自己商业管理失察，出了胡玉佛等蛀虫，败坏了裕隆全良好的声誉。这些蛀虫现在已被绳之以法，对扬州百姓来说，这是我们裕隆全将功补过的一种表现，希望能得到父老兄弟姐妹们的理解和支持。为了表示对扬州百姓百多年来对裕隆全的爱护信赖和支持的感谢，我决定，从现在开始一个月内，凡在裕隆全零售铺面购买的食盐，每斤一律优惠百分之八，不限量不短斤少两，如有人发现裕隆全短斤少两者，一经查实，除少一赔十外，将由裕隆全大掌柜亲自登门赔礼道歉。”

听她讲话的人群一下欢呼雀跃了。高呼着：“诰命夫人好样的！好样的！”

当人群慢慢散去时，朱少敏对周莹说：“少奶奶，你一句一斤盐优惠百分之八不当紧，咱零售铺面前现已排起了二十多丈长的队了。”

周莹笑道：“如此快啊？刀下见菜嘛！”

“现在，裕隆全需要的是人气。一斤盐少卖二文钱，如能吸引一万人前来买盐，裕隆全的人气全年就可增加十二万人次，对扬州人来说，可是意味着每十人中就有四人吃到了裕隆全卖的盐！”

天还没黑，梅朵便得知圣谕封周莹为二品诰命夫人，凤冠霞帔已由陕西送抵扬州，裕隆全隆重迎接凤冠霞帔，吸引上千百姓围观，周莹宣布零售盐优惠百分之八，获得百姓欢呼的事。梅朵听了叹道：“商人如果都像周莹一样会顺势而为，扬州商业就能和苏杭试比高了！”

第二天上午，周莹正在和朱少敏、钱荣、任军贤、张玉虎等裕隆全新领导班子开会，研究决定各分号掌柜、账房主管、采购销主管人选，门房跑上楼报告说：“少奶奶，扬州府知府驾到。”

众人一听，全离座而起，周莹说：“梅朵不知何事亲临？先迎接进来再说。”

梅朵乘一顶小轿，只跟了一名门子，轿到了裕隆全门前停下，梅朵下轿见周莹已在门前等候，身后是跪地迎接的朱少敏等人，忙说：“朱掌柜，你们全起来吧。”

周莹笑道：“礼多人不怪，百姓见官谁敢不跪嘛！”

梅朵说：“若如此，我这个六品知府，见了二品诰命夫人也得先请安再说话了。”

周莹请梅朵进楼门上二楼说：“我才不管什么三品、二品夫人，咋省事咋来就行了。”

“我从邸报上得知少夫人被圣谕封赐为二品诰命夫人，下人说昨天陕西已把凤冠霞帔恭送到扬州，我特来向少夫人表示祝贺，一睹凤冠霞帔。”

“多谢梅大人对周莹关怀备至。”

进得里屋坐定后，梅朵说：“我可是空手来的，少夫人请莫怪本府失礼了。”

周莹说：“如果知府大人拿礼来，那才是让周莹心里没底呢！”

“这里没外人，我来是想告诉少夫人，尽快到上海去把上海总号问题处理一下，你名下的上海总商号的大掌柜佟秋江，这个人问题怕也不小。我世侄和佟秋江交往甚密，前几天来看我和我谈到佟秋江时，告诉我说裕隆聚号在上海开了一家妓院，一家烟馆，佟秋江把妓院、烟馆当成他发家致富的摇钱树，不知他从何处得知了少夫人在扬州处理胡玉佛贪污挪用转移资产的消息，现已慌了手脚，开始转移资财了。我世侄所言不能轻视。今天过来，向少夫人一来表示祝贺，二来通通气，以引起少夫人重视。”

周莹听了连忙说：“十分感激梅大人提供信息，我将很快动身前往上海，防患于未然。”

梅朵起身告辞说：“扬州事我想不会再有新发现，胡玉佛已成了一只死老虎。上海如出了问题，你少夫人又得骂老天爷了！”

周莹往外送梅朵说：“大人放心，周莹不会等闲视之。”

16

裕隆聚总商号是吴尉文生前在上海投资开办的一家专营丝绸锦绫缎绣织品的商行，开业七年后不知何故又在十六铺开了一家烟馆，挣起了人所不齿的银子。

奇怪的是，安吴堡所有的人，包括管家骆荣、账房先生房中书和经常随他巡察各地总商号的武师王坚等，直到随周莹出巡到扬州，如果不是扬州府知府梅朵为此事专访裕隆全，向周莹透了风，再过若干年，安吴堡吴氏在外标榜的仁、义、礼、智、信的道德风范，仍是渭北人传说中的美好故事。

周莹心底的怒火，在梅朵上轿离开裕隆全的瞬间，突然喷发而出：“满口的仁义道德，一肚子的男盗女娼。可耻！王坚，今晚我们立即前往上海。通知大家做好准备。”

钱荣说：“少奶奶不要把这种事往心里放，伤风败俗事，在大清朝是一种社会风气，已存在了二百多年，皇亲国戚们乐在其中，同治逛窑子成为帝王之耻，吴尉文瞒住安吴堡家人做这种买卖，虽然令吴氏蒙辱含羞，少奶奶抵上海后，不妨给他来个快刀斩乱麻，兴许能坏事变好事呢！”

周莹一听，停步回身面对钱荣说：“钱掌柜，谢谢你提醒了周莹。抵上海后，我一准按你的意见办事，将这伤风败俗的毒树连根拔掉。今晚麻烦你亲自驾船把我们送到上海，省了再去雇船，让肥水流进别人田了！”

朱少敏等人忍不住笑出了声。

钱荣说：“好。上海还有三十五担货要送，我驾客货混装船裕隆全号，送少奶奶去上海，回头载上十担二十担货，来回全挣。”

周莹脸由阴变晴说：“少敏，就这样定吧？”

朱少敏笑道：“我同意。”

到上海后，周莹一行直接进了十六铺秦盛和百货庄大门。

百货庄大掌柜陶然正好在接待甘肃、陕西和河南南阳的五位客户，一听客房主事报告：“陶掌柜，渭北安吴堡少夫人周莹一行驾到。”

陶然对五位客户说：“请你们先用茶，稍事休息，我过一会儿再来。”

五位客户说：“陶掌柜无须客气，你先忙去。”

陶然本在城隍庙批发部，因百货庄向云南昆明发茶马古道各站点的货物，由于品种和量都较多，他怕出差错，亲自回到总号仓库监督打包配货，不料甘肃、陕西、南阳五名客户进了百货庄，指名找陶然掌柜，他只得出面迎接客人。客人还没坐下，客房主事又报告周莹来到。陶然一面往外走一面对客房主事说：“你马上去告诉李掌柜或尚老板，周莹到了。我先去接待。”

陶然进了接待厅，走到坐在靠背椅上的周莹面前，抱拳施礼说：“陶然迎接周莹少奶奶驾到。”

周莹站了起来，瞅了瞅陶然笑道：“陶然你行呀，我听平岭叔说你已是大掌柜了，今天一见，果然气度不同一般了。”

陶然说：“少奶奶见笑了，我仍然是一名伙计，只不过挑了几十个担子学吆喝罢了。少奶奶请坐，我已让他们收拾房间，换被褥，稍等一会儿进房休息。平岭和素雅马上就来。”

周莹等刚入座，李平岭、尚素雅就进了接待厅。李平岭进门便说：“周莹啊，你咋不预先通个信，我们好到码头接你。”

周莹忙离座说：“平岭叔、素雅姨，事急，没来得及就乘裕隆全号客货船连夜赶了来。”

尚素雅笑道："有自己船就是方便，船停在几号码头？"

周莹也笑道："我没弄清。"

王坚说："在货运码头七十号桩泊位。"

"回去还准备载货？"尚素雅说，"如找不到货，我这里还有二十担运往南京的货，二十五担运镇江的货，顺便运过去吧。"

周莹听了对王坚说："让谁去告诉钱荣一声，把四十五担货运到南京和镇江。"

王坚打发一个家丁去了货运码头。客房主事进入接待厅说："客房已全部收拾好，请少奶奶等进房先洗漱吧。"

李平岭在前引周莹走进特一号房间说："这是秦盛和百货庄接待客人最好的房间了。周莹你先住下，待我回去把家里房收拾出来，你再搬去热闹。"

周莹笑道："那就要给叔和姨添麻烦了！"

尚素雅说："啥麻烦不麻烦，你好不容易到一次上海，我们当叔当姨的若不尽点心，晚上会睡不安生呢。"

周莹等洗漱完，稍事休息后，太阳已升在当空，陶然这时走进特一号房间说："少奶奶，请到江南酒楼进午膳吧。"

周莹问："咋到酒楼用膳？百货庄不是有饭堂吗？"

陶然说："接风洗尘的宴席，这里做不出来！"

周莹笑道："平岭叔把我仍当贵客待呢！江南酒楼在哪？"

"不远，离百货庄半里地，抬腿就到。"

周莹一行出了百货庄大门，步行前往江南酒楼途中，见街上年轻女士们的衣着都与渭北人大相径庭，和她穿的里三层外三层相比，既简朴又端庄，而且十分时尚，这才相信，尚素雅的衣着并不异化和暴露，心想：不出远门不知山山景不同，看了不同世界，方知花有千样红。人如果抱残守缺地过日子，一辈子也无法解开活着的真正意义是什么！

李平岭、尚素雅和李红霞的儿子姚扬扬、女儿李一鹏以及秦盛和百货庄的六个相与已在江南酒楼迎客厅门内迎候。周莹在和相与们相见问好后，一手拉李一鹏，一手拉姚扬扬说："你兄妹俩啥时到上海的？"

姚扬扬说："我们到上海一个月零六天了。"

"妈让我们到上海看看世面，住三个月就回去。"李一鹏说，"想不到在上海能见到周莹姐。回去时，咱们一块走，路上准热闹。"

周莹说："行，咱们一块往回走就是了。"

上了二楼，周莹见一共摆了四桌，扭头对李平岭、尚素雅说："我的人马占了一大半。"

李平岭说："本来你就是主角嘛。我已派人去请钱荣了，他也快到了。"

"我先谢叔和姨了。"

"一会儿有个朋友来为你接风洗尘，我介绍你和他见见。他会向你提供一些裕隆聚总号的内部秘密，供你这个少东家决策参考。"

"叔是指佟秋江的事？"

"你已知道了？"

"闻到了一点气味。"

"那就多听听局外人的话，兼听则明，会有好处。"

钱荣进入江南酒楼时与正往门内进的一中年男子并肩而行，他侧脸瞅了一眼那男子，不由得笑道："蕙洁兄，是你呀！"

中年男子扭脸一指钱荣说："钱荣兄，想不到能在此碰到你，咱俩有一年半没见面了吧？"

"可不是，足足一年半多了！"钱荣伸手和那男人握手道，"你王老板从南汇跑这来喝酒吃饭，太远了吧？"

王蕙洁摇头道："我如今住在石门，抬腿就到，不远，不远。"

"你搬家够勤了。打你我认识，十年你最少已搬了六次家了！"

"说少了，近十年我一共挪了十六次窝，挪一次窝发一次财，尽管每次仅挣万把两数，但我腰包里总算有了自己的家底。"

钱荣笑道："你比我强嘛，我到现在还是出门全家走，睡觉开门窗，贼想从我房里找点值钱物件，他得饿掉门牙！"

二人在笑声中走到名为"钱塘江"的包间门口同声说："找到地方了。"

门开处，李平岭说："二位请进。"

王蕙洁忍不住笑道："钱兄，原来我们拜的是同一个菩萨！"

李平岭问："你俩早认识？"

王蕙洁说："我俩认识十二年了，是患难兄弟。"

李平岭说："省了我给你们介绍。来，蕙洁，我给你引见一下周莹少夫人。"

周莹已离座而立，李平岭指着王蕙洁说："这位王蕙洁先生，是咱陕西岐山县人，在上海秦商帮里是消息灵通人士，更是为朋友两肋插刀的愣娃，是有名的王氏剪刀行老板，他的店面虽不大，但每年盈利没下过二万三千两。"

王蕙洁笑道："李兄就替我吹吧，再吹我就变成百万富翁了。"

李平岭又向王蕙洁指着周莹说："这位少夫人就是安吴堡少东家周莹女士，你要拜访的三品诰命夫人。"

周莹说："认识王先生十分荣幸。"

王蕙洁说："认识诰命夫人乃我王蕙洁的光荣和骄傲，往后在人前，我又有了吹牛的本钱了。"

钱荣说："我提醒你一句，蕙洁兄，周莹少奶奶现在已被圣谕封赐为二品诰命夫人了。你如在人前摆谱，千万别说错品位了。"

李平岭和尚素雅惊道："周莹，是真的吗?"

周莹点头说："我从扬州动身来上海前才看到邸报上登的圣谕，接到凤冠霞帔了。"

李平岭说："那好，咱们今天一块来庆祝!"

李平岭请王蕙洁和钱荣入席坐在周莹对面，酒过三巡后，王蕙洁对周莹说："我来拜见周莹少奶奶，是想看在乡亲乡党情分上，给少奶奶提供一点有关裕隆聚大掌柜佟秋江的真实信息。这件事我和平岭兄、素雅嫂于一个月前谈过，平岭兄为慎重起见，进行侧面了解后，让我抽时间到扬州走一趟，因我一时抽不开身，一直拖到今天未成行。刚才接到平岭兄让人送过来的信，我便赶了过来。"

周莹说："对王先生的诚意和热忱，周莹首先表示真诚的感谢，对发生在裕隆聚的问题，周莹虽有耳闻，由于未曾与佟秋江接触过，亦未听先公吴尉文谈及佟秋江其人的具体情况，故一直未敢仓促处理。今周莹既到了上海，待了解详情后，周莹绝不会姑息养奸，定会按照吴氏商规和大清有关律条，秉公处理。"

王蕙洁心想：耳闻不如一见。看来安吴堡这位少奶奶确实不是徒有其名的小寡妇，从她措辞酌句上看，她的智慧绝不逊于吴尉文，我向她提供信息不会变成耳边风了。因此说："也许王蕙洁是看三国流眼泪，替古人担忧吧，在近三四年与佟秋江接触交往过程中，我发现这位老先生并不像吴尉文生前向我介绍的那样，是位业精于勤的商人，更与公而不怠，诚而不废，忠而不奸，刚而不贪，柔而不色，俭而不侈，乐而不狂，有着天渊之别。三四个月前，春红楼当红妓女卫小小，经我介绍认识了徽商吴太安，吴太安家有六百多万两财富，在女人身上花的银子，比他养老婆孩子花的要多得多。他一见卫小小，只看卫小小跳了一段嫦娥奔月的舞蹈，唱了一曲花仙子，便付给卫小小一千两银票。吴太安在上海三十三天，包了卫小小三十二天，先后付卫小小三万二千两银子和一副价值三千七百两的缅玉镶金镯。卫小小把这些银子和玉镯，交给我托我替她收藏。我有些奇怪，问她：'为啥你自己不收藏?'她叹道：'王哥你有所不知，我们春红楼的老板佟秋江，不仅是个老色狼，白占我们姐妹便宜不说，而且动不动以搜查毒品和私藏外接客银两为由，搜查没收我们财物。春红楼就那么巴掌大的地方，我以前攒下的五千两私银，让佟秋江搜去，干气没法，他是老板，和老鸨婆一个鼻孔出气，谁愿为银子挨鞭子找罪受啊!'我问她：'你到春红楼三年零九个月，佟秋江一共搜过你们几次银两财物，大约搜去多少？’卫小小说：‘我被搜查三四次，其他姊妹被搜查不少于四次，具体银物我不知道，但和我关系不错的十二个姊妹，被搜去的银子就有四万多两，金、银、玉、钻、玛瑙、首饰能值三四万两！’为证实卫小小所言真假，我先后以请赴朋友酒会为名，约卫小小的五位要好姊妹外出作陪，这样每次给她们三五两银子回去交柜就行了，我也花得起。卫小小的姐妹们一致说，佟秋江把春红楼当成了他敛财肥私的摇钱树已非三年五载。春红楼如不是秦商开的，我如果不认识吴尉文，也绝不会去管这种闲事。掌柜和老鸨婆压迫妓女，司空见惯，见怪不怪，与我王蕙洁没啥利害关系，我吃撑了？我不想让吴尉文死了还当冤大头。更不想让安吴堡让人指责。说三道四，作为一名秦商，我王蕙洁还有一点维护秦商尊严的责任感嘛！”

周莹见王蕙洁伸手去端茶杯，忙对钱荣说：“钱掌柜，给王老板斟茶。”

钱荣听得出了神，并没发现王蕙洁伸手去端茶杯，听周莹说话才回过神来，于是端过茶壶为王蕙洁喝空了的茶杯倒水说：“王兄，光喝茶咋行？喝杯酒提提神再慢慢说。”王蕙洁果然放下茶杯，端起酒杯来一饮而尽，继续说了下去。可能是考虑到在场人多缘故，他放低声音说：“周莹少奶奶，有些事回头咱们再说，这里人多嘴杂，不方便！”

周莹会意，笑道：“咱们以喝酒为主，来，我再敬王先生一杯。”

李平岭也端杯在手说：“蕙洁，来，老哥和你同干一杯。”

上海裕隆聚总商号在十三年前，还是以经营食盐为主的批零盐栈，原为扬州裕隆全盐务总号上海分号。那年五月，吴尉文江南巡察安吴堡商业抵上海后，一天到苏州河桥头去看望朋友时，一高兴便忘了情，贪杯多喝了几杯，临上轿车时，不料一户人家迎亲摆宴燃放爆竹，一只二响大炮仗没飞上天，坠地后前冲飞进吴尉文乘坐的轿车辕马肚下爆炸，辕马受了惊，嘶叫声中往桥上就跑，吴尉文还没坐进车厢，马前蹄跑出了路面，连人带车一下坠进了苏州河。佟秋江见状急了，心想：旱鸭子跳河，淹不死也得呛个半死不活，大声喊了声：“救人呀！”连衣服也没顾上脱，纵身就跳进苏州河里。多亏马会扑腾、轿车有浮力，吴尉文被水一激，双手死死抓住轿车厢门，才算逃过一劫。佟秋江水性好，又正当盛年，在岸上人帮助下，把吴尉文救上岸后，轿车和马漂流到一个取水处，才被一只船给救上岸。为感谢佟秋江救命之恩，吴尉文把上海盐栈分号升格为总号，挂旗幌时亲自命名为“裕隆聚”，聘任佟秋江为大掌柜。时过不久，佟秋江陪吴尉文到十六铺码头乘扬州裕隆全的运盐船去扬州，在候船时吴尉文肚子猛地痛了起来，佟秋江把他背进十六铺烟馆，劝他吸了一个烟泡，肚子痛的吴尉文立即汗止痛消。神仙一把抓的神奇疗效，令吴尉文久久难忘。

一个月后，吴尉文又回到上海，十六铺烟馆老板户广生找到他说："吴先生，在下是十六铺烟馆东家户广生，今冒昧前来求先生助在下一臂之力，以解燃眉之急。"

吴尉文一惊，心想，我并不认识你户广生，怎助你一臂之力？因此说："户先生，你我并不相识，你让我助你解燃眉之急，从何谈起？"

户广生笑道："吴先生虽不认识在下，在下却对渭北安吴堡大东家吴先生敬佩已久，先生可曾记得你十六年前到沪兴业，为购买房地产与户均先生为五百两争执不休时，一个头缠药布的青年上前说了一句'各退让一步，买卖不就成交了吗'，说那句话的人就是在下户广生。"

吴尉文瞅着户广生问："你与户均先生是啥关系？"

户广生说："户均系在下大伯父，你买的房产是我爷爷遗产，我大伯父、父亲和三叔埋葬我爷爷后分家，为公平分得遗产，便将你看上的那院房产盘给了你们吴家。当时先生花了七万五千二百五十两银子。今天，它已升值到近八十万两，而且成为上海滩最大的食盐批零总店和裕隆聚丝绸庄两大商行的总号所在地。先生，在下没说错吧？"

吴尉文这才请户广生入座，命人上茶。坐定后问道："户先生缘何今日找上门来，求我相助以解燃眉之急呢？"

户广生说："实不相瞒，家父分得爷爷遗产后，因不善经营管理，后又遭水火之灾，到我三十九岁时只留下了十六铺烟馆一处房产，我接手经管至今，日子倒可以维持下去，但积蓄有限，最怕的是家里老小出现三灾六难。我父亲、母亲先后病故，老婆又卧病在床，已经十一个多月没下过地，终日以药养命，家里积蓄用尽，连维持烟馆正常运作也发生困难。一个月前吴先生到烟馆治肚子痛时，在下在外为还供货人货款东凑西借，回到烟馆时，我儿子告诉我佟秋江掌柜和吴先生刚走，在下未能见到先生。前天我儿子到裕隆聚打探到先生已回到上海，在下便匆匆赶来求助，在下知道吴先生乐善好施，常助人解难，是渭北有名的慈善家，一定会助在下渡过眼下难关的。"

吴尉文心肠软，听了户广生一番言语，既然人家有求于己，行善何分上海渭北呢？所以开口问："你让我助你多少银两方能解燃眉之急？"

户广生一听心想，今天找对了。所以说："还了货款再购些烟土，能使烟馆正常运作，就可以了。"

"你说个具体数。"吴尉文开了口，"我和佟掌柜研究后，如能助你尽量办吧。"话落音，佟秋江进了门，户广生忙站起说："佟掌柜好！"

佟秋江见是户广生，笑道："户老板，稀客嘛，请坐，请坐。"

吴尉文离座说："佟掌柜，你随我来一下。"

佟秋江跟吴尉文进了内室，把门一关，吴尉文把户广生上门求助之事扼要地讲给佟秋江后问："户广生信誉度怎样，借给他少数银两能按期收回吗？"

佟秋江听了笑道："此人为人处世还可以，老爷如借他银两就借他一个整数。"

吴尉文问："你同意借给他多少？"

"六万两。"佟秋江开口就说，"他如提出再加些，八万两封顶。"

吴尉文问："他烟馆一年能有多少收益，到时还不了借款怎么办？"

佟秋江笑道："你让他写借据时写清到时不能还清以房产抵债就行了。"

吴尉文说："这样做不近人情，是趁火打劫吧！"

"老爷你记住，这里是上海滩，不是渭北安吴堡。在上海滩不能和生意人讲慈善，否则，竞争就变成了一句空话。如果一年后他还不上，咱们就把户广生的那间烟馆收过来。"

吴尉文的心一下被佟秋江说动了。

吴尉文出了里间门，入座说："户老板，你先说个实际需要数，佟掌柜答应帮你渡过难关。"

户广生说："吴先生如能借我五到六万两银子，我除可以还清借债欠货银外，尚能保证烟馆正常运作。一年后我本息一次还清。"

"你写个六万两借据，把还款日期写清，利息按最低息写，不过你要写清抵押品名，好通过账房一关。"

户广生说："我用烟馆房产做抵押，到时还不上借银，你把我烟馆房产收到你裕隆聚名下就是了。"

"那就见外了。"

"生意场上讲什么见外不见外的话，咱们照规矩来就够朋友了。"

户广生写了一张六万两的借据，借据上写清了还款时间，抵押物则是十六铺广生烟馆的房产，并且在数字上全按上了手印。

信心满满的户广生揣上六万两银票，高高兴兴地回了自己烟馆，准备再进行一次人生新的拼搏，但是等待他的将是喜？是福？还是忧与愁呢？他无法预测，吴尉文和佟秋江也难以预测，将来结果是什么？只有听天由命了！

户广生确实不是一块能搞烟馆赚大钱的料。他爸把烟馆交给他时，广生烟馆只挂了一面水烟馆的旗幌，连正式名称也没有。水烟馆是随着十六铺码头的扩大繁荣，而出现的一种服务于码头搬运、装卸及流动商贩、车夫、苦力等下九流社会群体的行业。因这一群体挣的钱少，出死力多，中间休息吃饭工前工后得有个歇脚场所，喝喝水，抽几袋烟解解乏，或吃点干粮填饱肚皮。于是便诞生了一种烟茶服务性质的小摊贩，在街头路边摆一两张小桌，几个木凳，放一锅烧好的劣质茶，几杆水烟袋、几包水烟丝，有买者就有卖者，小本生意赚不上大钱，但能维持一两口人的生计。一碗茶、一袋烟花几文钱，苦力们花得起，互为生存的谋生手段，成为进入上海滩外乡人在穷困潦倒时的首选职业。原因很简单，一二两银子便能在街头路边换到一碗饭。后来，上海滩一天天变大，人一天天增多，社会秩序有人管了，街头路边变成各有归宿之地，茶水烟摊无固定地点，因而常被官家取缔、驱撵，为适应生存需要，茶水烟摊逐渐进棚盖房，成为一种被社会和官家公认的行业，于是出现了茶博士、烟供生等职业。1840 年鸦片战争爆发后，英国殖民主义者把鸦片当成一种武器用来毒杀中国人民，鸦片堂而皇之进入中国人开设的水烟馆。然而，腐败无能的大清国统治者，明知鸦片是杀人害命的毒品，却为解决库银不足而任其泛滥成灾。户广生为了挣到大钱，把他的水烟馆变成烟馆，成为毒害自己同胞的帮凶，只是他心肠太软，又爱充好汉讲哥儿们义气，人家吸了烟吃了茶点，说一声：“广生，给哥把账记下，月底一次清。”他便应声：“好了，我记下了。”天长日久，账越记越长，欠钱不清的越来越多，死了的账也死，没钱的账也死，十几年下来挣的没有赔的多。到走投无路时，去向人借贷，钱庄对烟馆避而远之；朋友对他是恭维多，十两八两可以，多了免谈；供货人守着门口不走。恰在此时，他儿子对他说，佟秋江陪陕西安吴堡东家吴尉文来过。他问做啥？他儿子说，吴尉文肚子痛，佟秋江让吴尉文吸了一个泡，不痛了，临走撂下一锭五两银子。还说：“有钱人就是不一样，出手大方哩！”户广生听了一拍大腿说：“有了，我去找吴尉文试试，他是善人，保不准他能借我们几万两救咱跨过这道坎。”于是户广生便进了裕隆聚总号，如愿借到六万两。户广生还清了货款和债务，治好了老婆病后，仅剩下四千两多一点，本咬牙发誓不再当冤大头的他，坚持了三个多月，库里银子刚多了些，架不住老烟鬼们说好话、戴高帽子，账本上欠钱的又排成了队，他儿子气得把账本一摔说：“爸，广生烟馆不死在你手里你就不甘心，是吗？”他一算账又瞪大了眼，抬手照自己脸上抡了一巴掌，抱住头蹲在地上放声哭了！但再哭也为时已晚，佟秋江找上门来，说：“广生呀，我是给足了你面子，延期三个半月才来收你借的银两。你自己说怎么办吧？”

户广生苦笑道：“佟掌柜，借钱还款，天经地义的事。白纸上写黑字，我户广生饿死也认账。我只求你替我向吴尉文先生求求情，我把烟馆盘给裕隆聚总号后，佟掌柜和吴老板给我户广生爷儿俩一碗饭吃，让我一家不要流浪街头就行了！”

佟秋江点头说："这我现在就答应你。你把烟馆房产盘给裕隆聚后，我不会亏待你爷儿们。"

户广生说："户广生谢佟掌柜大恩大德了。"

佟秋江盘过了广生烟馆，过了户换了契约，又付给户广生二万一千五百两银子，说："我替你在苏州河岸边看了一院九间房，你去买了搬进去，窝安顿好了再找我谈你们去留的事。"

户广生对佟秋江千恩万谢，照佟秋江指点到苏州河买下一院九间房搬进去住下，找到佟秋江问："佟掌柜，我来听你使唤。"

佟秋江说："你父子继续留在广生烟馆干老营生。但只负责进货和日常馆内的管理、治安，账房我已派人去了。我增加了七个人进去，掌柜我兼着，有合适人选时再说。你父子不要管别人的事，只闷头干自己的活。江湖义气从今往后要忘净。干好了，我亏不了你父子。"

广生烟馆的牌子一个字也没动，在外人眼里，广生烟馆仍然是户广生的资产，就连里面的老面孔伙计也一个没少。一年后，安吴堡账房主事房中书发现，裕隆聚总号上缴利润多了十万两，向吴尉文报告后，吴尉文只点头说了句"佟秋江干得不错嘛"，就完了事。

房中书也没再问原因，以为是当年裕隆聚买卖好的缘故。直到吴尉文死于黄河流冰，安吴堡人没一个人知道上海有一家属于安吴堡的烟馆。

佟秋江在上海商界给人一种老气横秋的感觉，其实他正值壮年，但在经营管理策略上，却是一个老谋深算的人物。他在商场上一旦发现机遇，便会迅速出击，即便机遇是一只只够一盘菜的兔子，他也会尽全力捕捉，摆到自己本已丰盛的餐桌上。在他把仅值八万多银两的广生烟馆抓到手，并将它加工成一道佳肴时，从不知如何挖掘烟馆潜力为自己创造财富的户广生，这才发现生意要做好，靠江湖义气和哥儿们情义，不但达不到预定目标，反而会把事情搞砸。自己把广生烟馆葬送了，而佟秋江接到手第一年便赚了个钵满盆溢，一家烟馆变成了三家烟馆。

佟秋江在吃掉广生烟馆一年零八个月时，从一个妓女的一句话里，又捕捉到一个千载难逢的商机：原春红楼东家因失手伤害了一名嫖客，被官家拘捕入监，被伤害嫖客家属提出赔偿二十五万银两便同意私了。官衙问那老板可同意私了？老板为活命，答应了嫖客家人条件，让家人卖掉春红楼赔人家。但一连和三个买家没谈到一块，买家想乘机低价把春红楼盘到手，只同意出十八万两。佟秋江听完那妓女的话，立即说："你领我去见见你们老板娘，我想帮帮她忙。"那妓女把佟秋江领到老板家，佟秋江和老板娘经过一番讨价还价，最后出了三十一万两盘了春红楼，又花了三万两进行了修缮，从苏州买回五名歌伎，将五十六间楼房全改成一等房，配备了三十六名年龄在十六岁至二十五岁的年轻妓女，十名歌伎，把三十八间平房变成普通房，把年过二十六岁以上妓女全分到普通房接客，并调整了最高价和最低价格，变三等妓院为一等妓院，仅用时一年半，便把全部投资赚回。第二年吴尉文到上海巡察时，看到广生烟馆、春红楼妓院后，吃了一惊，虽说烟馆妓院来银子快，但自己毕竟是读书之人，又有四品头衔压着，再心贪，也不能挣这等黑心钱。他当时就黑着脸，拍拍佟秋江肩膀，说："这钱你也敢挣呀，传回安吴堡，我这名声都败坏了。"佟秋江连忙点头哈腰地赔着笑脸说："老爷，这层我也考虑到了。你看上海的青帮、洪帮都开着烟馆妓院呢，银子哗哗地往进流，一本万利，叫人看着眼馋。咱做得隐秘些就是了。"见吴尉文还是皱着眉头，佟秋江心中涌起了一个阴险的念头，得想个招，可不能叫吴老爷断了自己的财路。是夜，佟秋江叫了妓院两个最为水灵且通晓曲文的姑娘陪吴尉文喝酒弹曲，直喝到吴尉文酩酊大醉、不省人事，被两位姑娘伺候歇息。第二天，红日已上三竿，吴尉文方才醒来，见两位姑娘左拥右抱地还赖在自己身边，急忙推开她们，披上白绸睡衣。恰巧，佟秋江推门进来，一脸坏笑地问："老爷昨晚睡得可好，这两位姑娘咋样？"平素正人君子的吴尉文一脸尷尬，面赤无语。见时机已到，佟秋江把早已拟好的文书递给吴尉文，要他签字画押。不看则已，一看吴尉文脸气得煞白，手直哆嗦。这佟秋江太心黑了，在协议中要写吴尉文将烟馆、春红楼以独立名称经营，且大小进退交佟秋江掌柜自行管理。吴尉文犹豫再三，自己把柄攥在佟秋江手里，又能如何？只要丑闻不传回陕西，保住自己的清誉，权且忍耐一时，日后再做计较。吴尉文强按心头之火，还是在上边签了字、画了押。临离开上海前再三叮嘱佟秋江，必须守口如瓶，不得走漏一丝消息。

直到吴尉文去世后，周莹到了上海，才从王蕙洁介绍的情况中，知道了裕隆聚开烟馆、妓院的事情。

作为孟店村的富商之女，周莹从小便受着严格的传统教育和熏陶，爱憎鲜明。她可以容得下百种因不明事理而做错事的人，但却容不下一种明知不可为，却纵容他人或自行损害他人利益的人和事。先公吴尉文在她心目中一向是满腹儒学，正人君子，行事严谨、方正，怎会做出这等不正的事来？吴尉文在她心目中的形象，突然间变得丑陋不堪了。当她从王蕙洁眼神中发现那种不屑的轻蔑时，她像因是吴尉文事业继承人而受到同样的轻蔑一样，脸红了，急促不安中，从牙缝里挤出一句："自作恶不可活。"她斩钉截铁地对王蕙洁说："王先生，对先公吴尉文和佟秋江所为，周莹不知便罢，现既然知道了，就不会充耳不闻、闭目不张。我会查清每一文钱的来龙去脉，还裕隆聚一个清清白白的声誉，让裕隆聚在我周莹手里，挣的每一文钱都正正当当，不该挣的即便是金山银山，我周莹也绝不动它一指头。”

周莹带着王坚、红玉和随行的全部人马，出现在裕隆聚总号时，六十多岁的佟秋江正在账房和两个涂脂抹粉、妖艳十足的年轻女人说笑。佟秋江没见过也不认识周莹，直到王坚跟进说：“佟掌柜，安吴堡少东家、周莹少奶奶到了。”佟秋江这才慌了手脚，连忙离座躬身施礼请安说：“佟秋江不知少奶奶驾到，请恕佟秋江不恭之罪。”

两个娇艳女子一见佟秋江躬身赔礼请罪，急速闪过周莹随行人员走了出去。

周莹装作没看见，说：“佟掌柜请起身吧。”

佟秋江起身向门外喊了声：“上茶！”然后请周莹入座，说，“请问少奶奶住处可曾安排？如没有，我这就去安排。”

周莹说：“不劳佟掌柜了，我们已经住下。今天我先过来看看，通知一下佟掌柜我这次到上海要做的几件事：一、听取佟掌柜五年来对裕隆聚经营状况汇报；二、检查五年来的全部账项；三、清查裕隆聚全部资产，包括固定资产与在册易耗资产、动产；四、清查库存；五、召开裕隆聚伙计会议，听取伙计意见，调整总号各部门主事。五项工作从今天正式开始，用一月时间完成。在此期间，主事人员一律不准外出，营业照常进行。总号账房由我的随员接管直至查账结束，银号银根冻结直至检查完成。佟掌柜，请按我要求，立即通知总号主事以上人员到账房来开会吧。”

佟秋江有点措手不及地愣坐在那里，过了一会儿才说：“少奶奶，是不是有点仓促了，能不能让我准备两三天再开会汇报？”

“不用了吧？佟掌柜是轻车熟路，裕隆聚只有一家盐行、一家丝绸庄、一家烟馆、一家妓院、一家百货行，又都在方圆四里内，让人通知午饭后在总号先开个碰头会，我先和大家见见面，认识了就能见面搭上话了。”

佟秋江见周莹不松口，只得起身说：“我这就让人去通知各主事人员午饭过后在总号开会。”

佟秋江虽风闻周莹到了扬州，做了些手脚准备，但却没料到周莹说到就到，所以，一时间还真有点回不过神来。当他打发三个伙计分头去通知烟馆、妓院、百货行主事和掌柜到总号开会后，拐进丝绸庄账房，对正接待客户的丝绸庄掌柜说：“海掌柜，安吴堡少东家咱们裕隆聚主子周莹少奶奶来了。”

海掌柜名叫海云雨，四十三岁，在裕隆聚盐行、丝绸庄已干了二十六年，由学徒一级一级往上爬，爬了十九年才爬到掌柜位上，是做丝绸买卖的行家里手，是佟秋江一手提拔起来的人，在裕隆聚可谓是佟秋江的左膀右臂之一。海云雨为人活道，作风正派，从不在人前说是道非，更不喜欢背后议论张长李短，在裕隆聚丝绸庄人缘不错，丝绸庄老少七十三号人，没人和他红过脸。自从当上掌柜，除开会外他连广生烟馆门朝哪开，春红楼在哪条路都不知道，就知道百货行在那儿，因为百货行也零售丝绸产品，他常去问百货行销售情况，以便进货时做选择花色品种参考。他和百货行掌柜代宗是师兄弟，一起进的上海，又一起成为裕隆聚店伙计。开始只知道盐是咸的，后裕隆聚上海分号升格成裕隆聚总号，吴尉文想发大财，把代宗调到新开的百货行当二掌柜，把海云雨调丝绸庄当二掌柜。六年前佟秋江宣布吴尉文批准聘二人当了大掌柜，和盐行大掌柜组成了裕隆聚三驾马车，成为支撑裕隆聚总号的铁三角。而裕隆聚盐行的大掌柜咸铁成是从陕西到上海的安吴堡人，把吴尉文当爷敬，海云雨大代宗两岁，是哥儿们，遇事三个人一聚，便形成一致意见，佟秋江想要说服他们也不容易。因此，当佟秋江收过来烟馆、妓院时，三人并没去祝贺，三人说定，谁要敢进烟馆、妓院的门，就是自甘堕落，哥儿们情谊便割袍而断！

佟秋江把周莹到上海的消息告诉了海云雨，转眼工夫，海云雨找到盐行告诉了咸铁成，咸铁成听了，拉上海云雨说：“少东家来了，咱们先去看看。”

海云雨说：“午饭后开会就见了，忙啥?”

“我四年没见安吴堡来人了，你不去我一个人去了。”

“去就去。”

二人跑到裕隆聚账房，王坚看见说：“海云雨、咸铁成，你们好啊?”

咸铁成抱住王坚说：“四年了，想死我了，你们咋才来嘛!”

王坚说：“快见见少东家周莹少奶奶。”

咸铁成转身见坐在藤椅里的女人，仪态端庄，脸如满月，眉宇昂扬，透出一股不怒自威的神态。他往前一步双膝跪下叩头说：“安吴堡咸铁成叩见少奶奶，向少奶奶请安了。”

周莹刚放下手里的资料，忙起身扶着咸铁成说：“快起来，快起来，往后见了面，不准再给我行如此大礼了!”

咸铁成说：“主仆有别，礼节坏不得。”

周莹说：“礼节是人定的，场合也得分分，要不然人没法活了!”

王坚把海云雨介绍给周莹说：“这位是丝绸庄掌柜海云雨。他和咸铁成、代宗是撑起裕隆聚的铁三角，也是裕隆聚的真正台柱子。”

周莹高兴道：“认识你们我十分高兴，我住在十六铺秦盛和百货庄李平岭叔家，你们有时间去看看李平岭和他妻子尚素雅，他们是咱秦商在上海有影响的人物。”

咸铁成说：“我们认识，海云雨常和他们打交道，生意上有往来。”

“亲不亲，故乡人嘛。”海云雨说，“我们常就秦商的未来发展争论不休，对秦商现状更是忧心如焚。时局如再乱下去，连上海这个大商埠怕也要朝夕两重天了！”

周莹问道：“时局动乱不是我们所能预料和左右的事，能做到的只能靠自身努力，最大限度地避免不必要的损失和受到伤害。在最紧张时，裕隆聚是咋样进行自我保护的？对此，我想听你们讲讲亲身经历。”

海云雨说：“在动乱最严重时，为保护财产不受损失，佟掌柜想了很多办法，把银库银两分散保存到金山、南汇农村埋藏，把丝绸庄的苏绣、杭绣分散到伙计家中，仓库降低库存，这样风险分散，即便局部遭到兵匪之害，也不会造成大的损失。”

咸铁成则说：“海云雨说的办法，盐行只将库藏现银做过两次转移，盐不是稀罕东西，没人对盐感兴趣，所以我省了事。不过事后我听账房先生说，分到农村收藏的银两，有的埋到啥地方因下雨起水，地势地形变化找不到，至今还没找回来！”

周莹心里一惊，但却不动声色地笑道：“藏银子的人也太糊涂了，那不就白白便宜了土地爷？”

海云雨说：“我也这样想过，并亲自和负责藏银的伙计去南汇、金山查看挖过三四次，连个瓷罐罐也没挖出来！”

周莹仍笑着说：“那你可吃亏了，年终分红丢了银子，红利准得少分百十两吧？”

海云雨说：“别提了，为这四年了，我每账年分红时，就得对伙计们说：兄弟哥儿们，对不起，今年红利中还得扣除丢掉的银子！”周莹问：“伙计们四年扣了多少？”

海云雨说：“丝绸庄每人平均是一百六十两！”

周莹问：“铁成，你盐行扣了多少？”

咸铁成说：“我那没海云雨的多，每人平均一百二十两！”

周莹笑出了声说：“你们少分百十两，不多不多，也就是上海附近农村一亩地的价钱。瘦不了谁嘛！”

咸铁成、海云雨被周莹的话逗笑了。

正在这时，佟秋江推开房门进了账房，见咸铁成、海云雨在笑，问：“笑啥？”

周莹没等咸铁成、海云雨反应过来，便说：“我们谈到上海街头流传的奇闻怪事，有些事十分好笑。”

佟秋江信以为真，说："上海滩，怪事多，黄浦江的王八会唱歌，老母猪生下了四脚象，耗子娶媳妇猫敲锣。逗人笑的趣事多着呢。"说着坐下来对周莹报告道："少奶奶，我已通知了所有主事以上人员按时到总号开会。上午我在锦秀大酒店为少奶奶一行接风洗尘，让主事以上人员作陪，席宴结束到总号开会不误时间。"

周莹说："就照佟掌柜安排办吧。"

锦秀大酒店和裕隆聚总号在一条路上，裕隆聚总号盐行、丝绸庄位于东十字路口路南，锦秀大酒店位于中十字路口路北，相距一里之遥，来去十分方便。佟秋江心想：让小寡妇到锦秀大酒店开开眼界，见见大世面，乐不思蜀时，玩她于股掌之中何难之有？锦秀大酒店是幢洋楼，高四层，占地四亩多，每天从中午到子夜营业，生意兴隆，多是商贾云聚、政客出入，花天酒地，挥金如土。走进接待大厅，周莹心想：渭北虽穷富有别，但和上海滩相比，天上、地下景不同，贫贱、富贵命不同啊！这时，一妙龄女郎娇滴滴走到佟秋江面前说："佟掌柜，请随我上三楼金凤厅吧。"佟秋江挥挥手示意女郎带路后，女郎说了一个"请"字，侧身向楼梯处走去。

金凤厅由三间房屋组成，室内摆了五张圆桌，中间为主席，四角为辅席，可供五十人进餐。当周莹进入金凤厅时，两张圆桌已有二十人围席而坐。佟秋江待引导女郎退出金凤厅后，才指着围桌而站的人一一介绍给周莹。周莹只记住了广生烟馆掌柜金一、账房主事印祥，春红楼老板侯蒂蒂、账房主事元方、妈妈一朵梅的名字。其他人听佟秋江介绍全是主事人物，就没往心里记了。佟秋江介绍完才说："今天我们在这里为裕隆聚东家、安吴堡少主、周莹少奶奶接风洗尘，是大家的荣幸，我们裕隆聚总商号有一位二品诰命夫人做东家大掌柜，在上海找不到第二家，在大清国找不到第二家。我还要告诉大家，在大清商界，我们的周莹少奶奶，是至今唯一经大清政府准予直接经营管理商号的女商家。我们应为裕隆聚有如此多唯一而感到骄傲。"

在场的主事们掌声中齐声说："欢迎少奶奶巡察上海裕隆聚总商号。祝少奶奶福安。"

周莹说："请大家坐下吧。初次到上海和大家见面，有些话我准备在下午见面会上讲给大家。佟掌柜说为我接风洗尘，咱们就闲话少说，拿筷子开吃吧！"周莹吩咐王坚把自己从陕西带来的几瓶凤翔烧酒打开，那香气霎时弥漫大厅，喜得代宗他们直呼："少奶奶你想得真周全啊。"

笑声中大家一一入座，周莹举起酒杯："美不美家乡酒啊，周莹感谢你们啦。”大家美滋滋地一饮而尽。

一巡酒过，周莹让咸铁成把代宗叫到主席入座后说：“代宗，我动身开始巡察安吴堡各地商号前，你大把你媳妇给你做的几双千层底鞋，交我带到上海给你，下午散会后你跟我到十六铺秦盛和丝绸庄去拿。”

代宗说：“谢谢少奶奶对我的关心和爱护。我大、我妈和娃她妈都好吧？”

周莹笑道：“都好着呢。你两个儿子我让他们跟平岭叔儿子一块念书呢。”

代宗高兴得连忙端起酒杯说：“我敬少奶奶一杯，我干三杯，算我对少奶奶的孝心了！”

周莹笑道：“代宗啊，你精得很嘛，便宜全让你占了。”

咸铁成说：“代宗今天如能喝十杯酒，晚上睡觉准会笑到天明。”

周莹问：“为啥？”

“家乡的名酒啊，喝多了爱做梦啊！”咸铁成说，“把代宗美的，都能梦见娃她妈了。”

代宗冲咸铁成说：“你就瞎白话吧，小心我揭你的短。”

接风洗尘宴由于周莹以饭后开会为借口，谢绝了主事们轮着敬酒，主事们怕因酒误事而缩短了宴会时间，当众人回到裕隆聚总号直接进入账房，佟秋江宣布开会，请少东家讲话，便坐到一边喝起茶来。

周莹接过红玉递给她的记事本翻开来说：“和诸位同人第一次见面，我要告诉大家的第一件事是从现在开始在今后一个月内，我要弄清楚裕隆聚现有的家底。这个家底包括人和财物以及所有易耗资产。第二件要做的事是审查自我先公吴老爷最后一次到上海巡察至今的全部账项，包括商品进出库与销售、现金进出、所有流水账册台账与实物票据等。第三，对四年来同人们应得的红利和裕隆聚福利支出做出审核，从中找出不足之处，以便改进，保证所有伙计福利真正落实。第四，对现有经营项目做一次调整，重新确立裕隆聚的业务经营范围，超出原安吴堡商业规范、有违祖宗遗训的营业项目，即便每年能赚到一座金山、银山，也要关门停业。第五，完成以上四项后，对裕隆聚总商号进行改组，把有真才实学和从商经验的能人贤才聘任到各业务主管岗位，让裕隆聚真正能不断发展。在做以上事情前，我们将首先听取佟秋江掌柜对四年来裕隆聚全面经营情况的总结报告，对佟掌柜做的报告，大家可以发表各自看法或提出不同意见，这对今后改进裕隆聚经营管理会有好处。

“我周莹对商业经营管理是个生手，在座的同人，都是周莹的师傅，希望大家能帮助我把以上几件事做好，做得有头有尾。如果同人们希望生活得更富裕些，每年账分到手的红利更多些，裕隆聚总商号的事，就必须成为同人们自己的事，裕隆聚兴败存亡，我周莹说了不算，大家说了才算，因为裕隆聚的重担压在所有伙计肩上。我周莹若撂了挑子，你们还可以挑起来往前跑，若你们肩上的挑子让他人夺了去，周莹浑身长十个肩膀头也使不上。所以我请同人能和周莹携手并肩，团结一心，手拉手往前大步走，争取用一个月时间，把上面提到的几件事做好。不知大家有信心没有？”

众人一声吼：“有！”随之众人起立，掌声中不断高喊：“少奶奶我们拥护你！”“我们拥护你少奶奶！”

周莹在欢呼中站起说：“我的话讲完了。明天早饭后请大家来总商号听佟掌柜的报告。”

佟秋江没任何表情地往起一站说：“散会。”

代宗、咸铁成、海云雨在周莹上轿车回十六铺秦盛和百货庄后分手，分手时代宗说：“打烊后我去十六铺，你俩去不去？”

咸铁成说：“你没看出佟掌柜的脸色不对吗？如他在打烊前不找我和海云雨，我俩就去。佟掌柜如找我们说什么，我俩就不去。记住了，周莹如问商号的事，你啥话都别说，免得我们说到两岔上去。”

海云雨说：“代宗你不服不行，当哥的看问题比你我就高那么一席篾！”

代宗说：“我眼没瞎，佟老头子的表情说明，他心有点虚，少奶奶要查账，他弄丢了那么多银子，从分红银里扣大家的，少奶奶不出三天就会知道，他心里不打鼓才是怪事。”

海云雨说：“你把嘴管住点，不准一个人在少奶奶面前乱叨叨。”

咸铁成说：“如果我俩让佟秋江给叫走，少奶奶问到你只说可能业务拖住就行了，明天咱仨午饭前一块去十六铺。”

代宗一个人朝十六铺去了。

因和总商号在一个大院里，盐行与丝绸庄隔堵墙，咸铁成刚回到账房，佟秋江后脚便进了门。

佟秋江见到咸铁成，一改往日下属见了他必须先向他请安问好，然后才开腔的习惯，进门便说：“我以为你送周莹到十六铺去了呢。”

咸铁成心想你老先生玩的把戏眼看要露馅了，早知有今日何必当初呢？但嘴里却说：“少奶奶人十分随和，没主子架子，说实话，吴尉文老爷在时，如有一半少奶奶的平易近人，裕隆聚相与们也不会在时局动乱时漫不经心，弄丢了那么多东西，让佟掌柜坐卧不宁！”

佟秋江伸手拖了一把椅子坐下说：“我担心的就是这事咋向少东家交代清楚，

毕竟丢失的物银不是几千几万贯铜钱，虽然由大家红利中扣了一部分填补了一些差额，但亏欠部分仍是多数。你和海云雨、代宗都是安吴堡来上海的老人手，在少东家面前说话比我这当掌柜的顶用，我来找你是想请你把丢失物银的真实情况，介绍给少东家，我佟秋江的错误在少东家心目里就会减轻点。”

咸铁成认真道：“佟掌柜，事到如今，你应实事求是，把当时经过主动告诉少东家，你瞒了安吴堡四年，不能再瞒下去了。继续瞒下去，一旦裕隆聚全体相与伙计乘周莹少奶奶巡察之机，把你扣他们红利向主子提出来并往回索要，你可就有嘴难辩清浑了！”

佟秋江叹道：“当时我不知吃错了什么药，听了户广生分散保存财物的馊主意，结果弄丢了那么多物银！”

咸铁成说：“佟掌柜，四年多了，至今你只对我们讲了丢失银子的数额，货物损失具体数字折银数，到现在，我还是一头雾水呢！”

佟秋江拿上聪明装糊涂说：“我记得当时就告诉大家了呀！”

咸铁成笑道：“那你宣布时我大概没在场吧。”

佟秋江一拍椅子扶手说：“对，我宣布那天，你和海云雨、代宗外出办事不在场。”

咸铁成啊了一声，再没有言语。

这时，总商号账房主事莆山进门冲佟秋江说：“佟掌柜，杭州飞来峰丝绸作坊掌柜石笑天前来结算货款，银库被冻结怎么办？”

佟秋江往起一站说：“你是主事，东家主子封了银库，你不去找东家找我管屁用！”

莆山说：“你是掌柜，我不找你去找周莹少奶奶，裕隆聚没这种越级管理的条文规定吧？”

佟秋江大声道：“我让你去你就去。”

莆山说：“这可是你说的，回头你别指责我越级请示解决问题哟！”

莆山拿着杭州飞来峰丝绸作坊发货清单和票据与一个记事本，天擦黑时进了秦盛和百货庄，刚好赶上周莹等人进饭堂吃晚饭。王坚把他引进饭堂，周莹见莆山手提一个布包包，让王坚拖过一把椅子让莆山坐下，说：“边吃饭边说啥事吧。”

莆山谢过坐下来说：“杭州飞来峰丝绸作坊来收货款，我看过清单和票据，发现票据里还有两年前未结算货款，石笑天说是佟秋江以前的欠款。我查了进库账发现有三张票据上开的货没进库！”

莆山把经过向周莹说完，问：“少奶奶，你说这事咋样处理好？”

周莹说："明天你让石笑天在丝绸庄账房等我，看看佟秋江明天报告都讲什么问题后再说吧。"

"那我也等他报告完，再与少奶奶详细讲讲佟秋江的事好了。"说完，莆山扒光了一碗米饭，提上包包回了自己的家。

咸铁成望着往饭堂门外走的莆山背影笑道："少奶奶不知，在跟吴尉文老爷来上海的二十六人中，莆山是唯一当爷的人了。佟秋江最头痛的人就是莆老爷子了，他软硬都不吃，只照安吴堡定的律条办事。吴尉文老爷死后，佟秋江两次要他交出账房，他把吴尉文老爷赠送他的那把钢剑往桌子上一拍说：'要让我交出裕隆聚账房，就用这把剑先把我头砍下来。安吴堡新东家啥时到上海让我交钥匙，我屁都不放。'佟秋江敢在吴尉文老爷面前说三道四，对莆山却毫无办法，这种一物降一物的现象，让裕隆聚相与伙计有了笑料。少奶奶你耐心看好了，你要把佟秋江这些年干的见不得人的事弄清，少了莆老爷子这块硬骨头，绝对不行。"

周莹说："谢谢你提醒我，要不然我还得费时间找突破口呢!"

佟秋江对四年来裕隆聚经营管理情况做的报告，可谓简明扼要，用了不到一个时辰便结束了。会场像是没人似的，除烟馆的四个主事和妓院的五个主事拍手外，连总号内部的主事人员也没一个人拍手表示态度。感到事态不妙的佟秋江擦起汗来。会场气氛有些沉闷了。周莹说："佟掌柜，我有几个问题想请教一下，因你在经营报告中可能忽略了，提到了但没任何实际东西。一、四年来你向安吴堡上缴了多少利银，做过几次请示报告？二、对烟馆、妓院的开办，为什么不给东家打招呼，也不列入裕隆聚总资产和预决算，对安吴堡的财产报告和开业请示报批在哪里？三、时局动乱期间，你在分散转移收藏物银过程中，为什么不让裕隆聚有关主管人员参与，而把裕隆聚命脉交到烟馆户广生和春红楼侯蒂蒂、元方、一朵梅等无关人员手里？四、你要如实报告在财产转移过程中，到底丢失了多少银两财物？都是谁经办，为什么不向安吴堡和官府报告立案？五、你私自从供货商手中以裕隆聚名义套走多少货物，去向在何处？以上五个问题你必须在这个会议上讲清楚。至于你私自克扣伙计红利弥补所谓丢失银两及其他问题，我不用提醒你，你该知道怎么样做才对。"

周莹话刚落，户广生站了起来说："东家少奶奶，我户广生虽没啥本事，但却从来不做偷鸡摸狗、见不得人的丑事坏事瞎事。刚才少奶奶说我户广生参与了佟掌柜转移收藏裕隆聚银两财物的事，我吓得气都出不来了！佟掌柜连让我收烟泡钱都不准，怎能让我参与他埋藏裕隆聚百万银子和财物的事呢？周莹少奶奶，你得为我做主，不然我被官府戴上铐可就冤死不得活了！”

与会的掌柜、主事们哗然而起，莆山走到佟秋江跟前，指着他问道：“佟秋江你说，户广生的话可是真的？”

佟秋江脸上的汗流了下来，口张了几张，才结结巴巴吐出两个字来“真的。”

掌柜主事们骂道：“佟秋江，你真卑鄙无耻！”

莆山转向周莹说：“少东家，佟秋江这样的人，根本不配当裕隆聚的大掌柜。”

咸铁成说：“少奶奶，我求你立即撤了佟秋江大掌柜的职务，把他交官，追回全部丢失银两财物。”

与会的掌柜、主事们一声吼：“撤了佟秋江，把他交官，追回裕隆聚财物银两！”

周莹站了起来说：“现在我决定：撤去佟秋江裕隆聚大掌柜职务。”

这时，王蕙洁、李平岭带着南汇县知县、捕头和衙役五人走了进来，知县走到佟秋江跟前，展开拘捕令念道：“南汇县捕头对佟秋江位于南汇县的三处住宅进行了搜查，共挖掘出赃银一百八十五万两，黄金二百一十两，金银线绫锦二百匹，以上财物均属裕隆聚。佟秋江贪污盗窃事实确凿，已构成犯罪，准予拘捕收监审判。”知县念完拘捕令，一声：“铐了！”两名衙役已把枷铐在佟秋江脖子和手腕上，押出门走了。

佟秋江没做任何反抗，只是在被押出门时喊了一句：“周莹，我告诉你，是吴尉文不准我将收购烟馆、妓院的事上报安吴堡，不准我在财产登记册上单列烟馆、妓院资财。他的手信就在账房文柜夹层里，你应还我一个公道！”

在场的人全哑了。莆山忍不住长叹了一声，对周莹说：“想不到吴尉文老爷也长了两副面孔，在此之前，我莆山一直把他当作自己处世为人的榜样啊！”

周莹回过神对众人说：“大家坐吧。我告诉你们，在我到扬州处理胡玉佛贪污行贿，妄图变裕隆全盐务总商号为己有时，扬州府知府的侄子已将佟秋江贪污、转移、盗窃犯罪事实通报于我。我到上海的当天，王蕙洁和李平岭便将他们掌握的佟秋江犯罪情况给我说了。为避免打草惊蛇，我全权委托王蕙洁和李平岭聘请私家侦探，对佟秋江犯罪情况进行侦查取证，然后报官，在南汇佟秋江三处私宅内查获大量赃银、赃物。南汇县知县根据我诉呈，决定今天乘佟秋江做经营报告不备，将他拘捕收监，以防他畏罪潜逃。金山佟秋江尚有密宅，现我已派安吴堡的武师和两名账房先生，协同金山官府与探员前往取证，最迟后天就会有结果，到时我会通报给裕隆聚所有伙计。现在我决定：为保证裕隆聚经营正常进行，启封被封账房和冻结的银根，由莆山老先生全权处理账房事务。裕隆聚总商号大掌柜一职，暂由咸铁成代理，二掌柜由海云雨和代宗出任，待各项清查结束，再行宣布各部门掌柜与主事人选。烟馆金一掌柜、户广生、印祥主事，春红楼侯蒂蒂老板、账房元方主事、妈妈一朵梅，请你们六位回去后，把各自家底造册报我。伙计与小姐名册一定要详尽，不可漏掉一个，小姐身价也要写准确，她们是鲜活的财富，遗漏掉一个你们损失就大了！”

众人一听全笑了。

周莹又说：“今天会就开到这儿。下次开会时间另行通知。金一掌柜，侯蒂蒂老板，二位回去抓紧时间，争取五天内把我要的资料全部送到总号来交咸代掌柜。大家如果没事，就散会了。”

掌柜主事们说：“没事了。”

周莹挥手说：“散会。”

掌柜主事们走后，周莹和咸铁成、海云雨、代宗陪同王蕙洁、李平岭进入账房，周莹对王蕙洁和李平岭说：“真不知如何感谢二位叔叔，如没有你们帮助，佟秋江的贪污盗窃犯罪事实何时能查出来，我心里一点谱也没有！”

王蕙洁笑道：“为弄清佟秋江的犯罪事实，我在三个月前便开始了调查取证，上海最有名的侦探戈无虚和叶落根，都应我聘请参加了侦破，没他们参加，哪能几天时间就抓住了佟秋江的狐狸尾巴！”

李平岭说：“蕙洁说得没错，他是业余侦探，要不咋能成为闻名商界的消息灵通人士呢！”

周莹笑道：“原来如此。回头我照付全部破案费用。今晚，我在锦秀大酒店做东，先敬二位叔叔喝几杯老酒。铁成，你们都参加作陪。”

咸铁成笑道：“成，只要不叫我和云雨、代宗掏银子，吃饭喝酒，我们哥仨场场不缺。”

李平岭说：“我看你当上大掌柜后，还能白吃白喝别人几次？”

咸铁成笑道：“东家不给我升薪俸，我照样不请客、不送礼。不然，咋养活老婆孩子！”

王蕙洁说：“少奶奶，你听到了吧？咸铁成刚当上大掌柜，便向东家叫板了。”

周莹说：“只要他有真本事，我立马把佟秋江的年薪给他。”

李平岭说：“吴尉文给佟秋江年薪是八万两，加上红利，每年不下十万，比我这个东家拿的多三倍多呢！”

咸铁成摇手说：“我消受不起，也不敢拿，还是按实际贡献拿的好。”

咸铁成、海云雨、代宗送王蕙洁、李平岭和周莹等人上轿车离开锦秀大酒店后，三人步行往酒店走着，代宗走着走着笑道：“我们仨六只眼，整天盯着佟秋江，居然不如一个王蕙洁两只眼看得准，真是怪事！”

海云雨说："王惠洁名义上开了一家刀具店，实际上靠的是包打听吃饭。他结交上海三教九流，各行各业都有朋友，你我整年围着商场转，知道的事能有几件？佟秋江吃的盐比我们走的路多，手段比我们看的戏多，沟沟渠渠比我们过的桥多，暗中干的比我们眼看到的多，你我有啥本事把佟秋江狐狸尾巴抓住？再说，怀疑的事没根没据，乱说了落不实，让人指着鼻子骂成龟孙子样，你愿干还是我愿干？所以说，我们没啥可自责的。吴尉文是东家，都搞自己家的鬼，不准佟秋江把开烟馆、妓院的事单列上报安吴堡，佟秋江作为奴才咋就不能学他样儿，当蛀虫从内部掏空裕隆聚？我想了几天几夜，才想通了这个理！"

咸铁成说："莹丫头的戏还没唱完，佟秋江的事才刚开头，我想好戏还在后头。从她的话里我能看出，她会借佟秋江事件，大刀阔斧对裕隆聚进行一次整肃，赌场、妓院会关门，小姐一定会遣散。我们仨最好先不要替她把话说出来，不然，一两个月内，我们别想过安宁日子。我们手里握的权是空的，说话没分量，谨言慎行为上策。"

代宗笑道："周莹让你当代理掌柜没错，她在观察你，顺便也把我和云雨捎带上了。"

海云雨说："这很正常，哪个东家都不是傻子，用不准人拿上家当往水里撂，除非是疯子。"

咸铁成说："我们仨一同去求教一下莆山老哥，听听他咋说再讲。"

代宗说："莆山如拧头不吭咋办？"

咸铁成说："你放心，莆山心里明白着呢。"

三个人由酒楼回到店里果然敲开了莆山的房门。

莆山正一个人喝小酒。半斤猪头肉、一包花生米、一瓶上海老白干，床上则堆了十几本账册和一把算盘，显然是算账算饿了才把酒菜放到桌上。莆山一指桌子说："想喝就自己动手。"

咸铁成从衣袋里掏出一斤罐装凤翔烧酒和一包吃食，往桌上一放说："我给老哥准备着呢。"

莆山打开荷叶包，伸手拿了一块三黄盐水鸡块，塞进嘴里边嚼边说："你小子啥时都能浑水摸鱼，这酒和三黄盐水鸡块，准是你让饭店的人替你偷留下来的。"

咸铁成笑道："我咋弄回来的你别管，总之，老弟心里有老哥就是了。"

海云雨从口袋里掏出一包洋烟，放到桌上说："我顺手牵了一包洋烟回来，孝敬老哥。"

莆山问代宗："代宗，你给老哥牵回了兔子呢还是乌龟？"

代宗笑道："我从不当小偷，要偷就偷最好的东西。"说话间从袖筒里退出一瓶法国葡萄酒来，往桌上一放，说："老弟表现咋样？"

莆山哈哈大笑："行啊，老哥这些年没白为你哥儿仨操心，如今全出息了，裕隆聚终于回到咱陕西愣娃手里，往后日子就好过了。都坐下，有话就说，有屁就放，哥全听就是了。"

其实他并不知道，他三个老弟拿给他的凤翔烧酒和菜肴，全是周莹让锦秀大酒店另包给咸铁成，让他带给莆山开夜车算账解困的。

咸铁成替莆山倒了一杯凤翔烧酒，说："老哥喝，喝。"

莆山三杯老白酒下肚后开口道："你哥儿仨现在成了裕隆聚掌舵的一、二、三把手，我当哥的喜笑眉梢，心里乐呀！秦商在上海力量本来就单薄，吴尉文老爷生前把裕隆聚交给佟秋江管时，我就提出过不同意见，他说，我把账房守着天都塌不下来。账房我是守住了，可没防住佟秋江另辟门路，明修栈道，暗度陈仓，还是掏空了裕隆聚半壁江山。吴尉文老爷的过，我咋说嘛，只能闷在心里，沤在肚子里！周莹如果不来上海，裕隆聚迟早都会变成佟秋江的私有财产。因为他手里握有吴尉文老爷写给他的可自行进退的文书。这份文书如拿不到手，南汇县知县升堂后佟秋江摆到公堂上，知县审判就得三思了。我愁的正是这份文书咋样才能找到？我估摸佟秋江还不会把这份文书转到什么地方，因为他太自信，不会料到周莹能突然兵分两路，对他合围进剿。这几天他没机会动手，因账房没断过人，我白天黑夜派人值更，经营楼我全上了锁，他飞不进去。可是，南汇县知县带人来拘捕他时，他一点也不慌张的表情，又让我对自己的判断产生了怀疑，难道佟秋江早已将那份文书转移出了裕隆聚？"

咸铁成问道："你把这情况告诉周莹了吗？"

莆山摇头说："我拿不准文书放在何处，周莹她性子急，找不到必然问佟秋江，双方顶了牛，这事就麻达了！"

咸铁成说："莆山老哥，你吃饱喝足，今晚咱哥儿四个把账房翻个遍，找到找不到，明天都得告诉周莹。"

莆山说："也只有如此了！"

哥儿四个上了楼，打开账房门锁，咸铁成对值更员说："你把楼门上锁后，记住，任何人都不准进楼来。"

值更员应了声"知道了"，便下楼去了。

莆山说："咱们分开找，文书要仔细翻看。"

四个人忙到四更天，柜子和桌子抽屉全翻了个底朝天，就是没找到吴尉文写给佟秋江那份可自行决定进退的文书。

莆山急得直挠头，仰脸向四边墙上看着看着，一指墙上字画说："把墙上字画全拿下来看看。"

咸铁成、海云雨、代宗各拖一把椅子放到墙边，站到椅子上取下四幅字画，莆山翻过背面看过，见一幅名为《旭日出东海》条幅的轴比其他轴都粗，顺手拿到条桌上，慢慢退出轴杆来，发现轴杆是两个半月形空心轴片合粘而成，拿过裁纸刀一点一点沿缝切开来，四人不由自主狂喊一声："找到了！"

莆山将卷成桶状的一卷纸展开数了数说："好家伙，这份文书居然写了十页信笺！"

咸铁成说："怕不是一份文书吧？"

莆山一页一页分开来看完说："果然不是一份文书，而是三份。"

四人伏在桌上一份一份看过，咸铁成说："我的爷哩，如按照这三份文书写的，吴尉文老爷早变成了卖家贼，怪不得他老人家多年来对裕隆聚大撒手呢！"

莆山手拿着三份文书说："这里面有问题。吴尉文的脾性是对他信任的人极少写文书的。他给佟秋江可自行决定进退的文书，写好后听取过我的意见，措辞用句改了三次，我认可后他才署名交佟秋江。另两份文书字体有些不对劲，但我又一时分不清毛病出在哪里！"

海云雨说："咱们对书法全是门外汉，莆山哥怀疑另两份文书有假，咱们得告诉周莹和李平岭，他们是行家，如他们也分不出来，还得请专家来辨认。"

代宗说："如果认出两份文书是假的，佟秋江这老小子就蹲在牢里等他儿子给他收尸吧！"

周莹看到吴尉文致佟秋江关于对裕隆聚下属广生烟馆和春红楼管理问题的请示的批复文书是这样写的：

> 佟秋江大掌柜：根据你要求，我以文书批复有关你对裕隆聚隶属广生烟馆、春红楼经营管理诸问题建议如下：一、广生烟馆、春红楼不宜单独列报安吴堡备查。因其经营行业性质比较敏感，为防止引起不必要误解，今后在年度上缴安吴堡利银中，无须列表造册。二、广生烟馆、春红楼一律以独立名称对外，单独进行经济核算，不得以裕隆聚下属部门名义和社会发生任何交往和经济关系。三、广生烟馆、春红楼规模大小进退，佟秋江掌柜可自行抉择，事后无须向安吴堡备查。
>
> 吴尉文光绪辛巳年秋于上海裕隆聚总商号

周莹看完文书后沉思良久方说："这一文书等于把广生烟馆、春红楼经营管理权拱手让给了佟秋江，实际上佟秋江成了广生烟馆和春红楼的主子，他可以为所欲为决定烟馆、妓院的生死予夺，我不明白先公当时犯了什么病？如佟秋江把他贪污盗窃裕隆聚的全部资财，都说成是广生烟馆和春红楼的利润收入，他有权拥有，我们还真的要把他白看几眼了！”

莆山说：“我急的原因就在这里，当初老爷写这个文书我极力反对，他说：‘你不懂，我如不给佟秋江一纸文书，我走后他会生出许多事故来，我鞭长莫及，把他能咋了？我给他两个让他折腾的地方，他会适可而止，不致打裕隆聚本身的主意。佟秋江是个好掌柜，在裕隆聚没培养出真正能挑大梁的人才前，我还得依靠他。几年后等咸铁成、海云雨、代宗他们成长起来，我再打发他不迟。’没法，我才建议老爷改了三次，如今这文书是老爷定下书写下的东西。”

周莹说：“谢谢你了莆山老叔，这份文书只要不落在佟秋江手里，他贪污盗窃罪就铁定了。”

莆山指着另两份文书说：“这两份文书我不知道是啥时写给佟秋江的。从内容看，老爷定是被佟秋江拿住了什么把柄，不然，老爷绝不可能写下如此文书。我怀疑是不是佟秋江通过伪造文书，以备他被抓住狐狸尾巴时，用此种文书来证明他是经老爷同意而为？”

周莹摇头说：“佟秋江不会蠢到靠伪造这种文书来为自己涂脂抹粉。对老爷的书法我比你们见得多了，这两份文书确系出自他手。他有可能做了见不得人的事，被佟秋江捉住了把柄，佟秋江要挟他很正常。他迫于无奈写下如此文书完全可能。”

海云雨说：“如果真这样，同人们一旦知道了咋办？”

周莹说：“佟秋江给自己开脱罪行时，很可能谈到这文书上写的发生过的丑事，但他已无法拿出老爷文书，不会有什么人相信。故只要咱们几人守口如瓶，事即便传出去也会不了了之。所以，我相信咱们几个人不会把它当笑料说吧？”

莆山、咸铁成、海云雨、代宗四人说：“少奶奶放心，我们都是当爷当大的人了，嘴上毛都盖住嘴啦！”

周莹笑道：“我不但嘴上没毛，连儿子也没有，孙子更别想了。不过，这种文书到我嘴里就全让我嚼碎咽了！”

五人一致同意，把文书的事压下来只字不提，不再让李平岭过目。如佟秋江在公堂上提出来，可让南汇县派员到裕隆聚总商号搜查。查不出知县自然会不认定口供。

咸铁成说：“画轴我回去换了完事。”

周莹说：“千万别换。从卷宗里找一份老爷重要手书文字放进去粘住就行了。

免得佟秋江说画轴被人换了，你反而被动了。”

代宗笑道：“少奶奶警觉性比我们强多了。”

周莹说：“等你们正式走马上任，肩上担子重了，就知道说话办事该注意啥了。”

海云雨说：“当真正的商人还真不容易，我干了二十六年，才算摸进了门。”

周莹则说：“和你们比，我是才念《三字经》的童生，要学习的东西多着呢。这次到江南名为巡察，实际上是一次绝好的学习机会，等回到安吴堡，我就知道怎样发号施令了。”

金山县捕头对佟秋江密宅的搜查，更出乎人们意料，在一座离海岸百丈远近，由杂树与竹林包围着占地二亩一分的院里，建有十六间海卵石为基，高出周围水泽四尺许，青砖灰瓦盖顶，瓦上又铺半尺厚草的凹字形建筑群，这片建筑群是何年建成不得而知。

金山县捕头率衙役，在探员和安吴堡武师、账房先生引导下进入林中时，院房内传出的丝竹声声，让捕头感到有些奇怪，问侦探：“我从没听人说过东海岸边的金山辖域有如此知乐人家，我们没走错地方吧？”

探员说：“错不了。佟秋江在东海岸边的密宅存在了十二三年了，比你们县太爷住的县衙后院要结实宽敞漂亮富丽十倍！”

捕头有点不信说：“不会吧？我好歹在金山也待了七年多，怎就不知道金山有佟秋江这样一个在上海裕隆聚当商号大掌柜的人？”

侦探笑道：“佟秋江是南汇县人，你不知道不足奇嘛。”

曲径羊肠尽头，占地约四五亩地的杂树竹林中的房舍，透过林隙映进捕头眼帘时，捕头笑问探员：“一院草房怎能和县衙一砖到顶建筑相比？你看走眼了吧？”

侦探说：“到了地方你就知道庐山真面目了。”

捕头率先进入传出丝竹声的正房，一怔，心里说：“这地方怎变成了美人窝了？”

随着衙役和探员、武师等人的进房，正在吹拉弹奏乐曲的六个年轻女人，停住了弹奏。一个十分秀气、高挑个头的女人站起来问道：“你们闯进民宅，不经主人允许，便直入正堂，未免太过无礼了！”

捕头把搜捕令一举说：“少安毋躁，你们坐在原地听我说，我们奉金山县知县令，前来对佟秋江密宅进行搜查，你们老老实实配合本捕头搜查，免得引起不快，否则，后果你们要自负了。听懂了吗？”

话落音，一在房外巡视的衙役，推着一个年过六旬的老汉进房报告：“捕头，这老东西在西厢房，见我们进院跳窗往外跑，被我抓了回来。”

捕头回身瞅了老汉一眼，问道：“老东西，你是这密宅里什么人？”

老汉说：“看院的下人。”

捕头问：“下人？那你跑什么？”

老汉说：“我害怕。”

捕头冷笑道：“你怕个屁！老实说，你是干啥的？”

老汉没了词。

捕头转身问六个女人：“你们说，这老东西是这密宅的什么人？”

六个女人彼此相视，沉默无语中摇头以对。

捕头脸往下一沉吼道：“丁丁、棍棍，把老东西吊到院里椿树上。”

名叫丁丁、棍棍的衙役，四手一伸拧鸡一般，把老汉拖出房去，只听老汉哎呀一声，人已被吊离地三尺高了。

捕头这才冲六个女人吼道：“如果你们不想品尝吊在树上的味道，就把你们臭嘴闭紧。”

那高挑个儿女人首先开了口说：“老汉是佟秋江二哥佟秋雨，是管这座密宅和我们六个人衣食起居的当家人。”

捕头向房外喊：“丁丁，把老东西身上钥匙取下来。”

丁丁把一串钥匙拿给捕头问：“吊他多久？”

捕头说：“到他求饶。”

捕头出了正房，下令从东厢房开始搜查，衙役们手脚十分利索地一瞧钥匙，最多试两次便打开一个门锁，每间房进去三人进行搜查，两炷香工夫，正房里便摆了二十一尊大小不一的金佛像、十六尊银佛像、九尊玉佛像，一个红木箱子里，装满一箱金银玉首饰，一个铁皮箱里装满了金锭。字画扎了十三捆，各种金银丝高档丝绸绫锦缎绣堆了半间房，碎银铜钱装满了三个大的水缸。

捕头、衙役、侦探、武师、账房先生，连同六个女人，全惊呆了。谁也不敢相信，当了四十二年商人，十九年半大掌柜的佟秋江，到底藏有多少财富！而这些财富，又如何在十三年里转移到建在人烟稀少的东海岸畔这一片杂树与竹林掩藏了真面貌的密宅里？

捕头命丁丁乘他的马回县衙报告知县，派车前来将搜查出的财物清点造册运回衙门，请示是否拘捕六个女人。

金山县知县接到报告，不敢迟疑，随即率领师爷和县教谕、训谕等官吏，赶到东海岸畔佟秋江建在水泽林中的密宅，连夜查点造册，现场对佟秋雨和六个女人进行了讯问。立即拘捕了佟秋雨，命六个女人留在原地，随时候传出堂做证。第二天才回到县衙，向南汇县知县进行了通报。

周莹从自己武师和账房先生汇报中，得知搜查佟秋江金山密宅情况后，预感到那六个女人很可能就是佟秋江要挟吴尉文的人物，因此长叹道："英雄难过美人关，正人君子亦然啊！安吴堡将要损失的已不仅仅是银两财富了。"

南汇、金山两县共同对佟秋江进行审问过程中，果不出周莹所料，佟秋江为减轻罪责，将要挟吴尉文通过文书确认过他对广生烟馆、春红楼经营管理可自行决定进退的事，以及吴尉文为保名节同意他可适当留截每年一成利润做封口费并立有文书之事和盘托出，当堂提出请求南汇、金山二县判决时做量刑依据，减轻罪行。

南汇、金山两县知县命佟秋江交出吴尉文文书，佟秋江说："三份文书我藏在裕隆聚账房内一幅名为《旭日出东海》的上轴里。"

南汇县知县问："除你之外，还有何人知道此事？"

佟秋江说："没有。因为吴尉文生前再三求我不要把事闹大了，否则，他便收回已写文书，故我一直守信至今。"

南汇县知县与金山县知县商量后，立即命两名捕头亲到裕隆聚总商号账房取证。两名捕头将《旭日出东海》画幅取回上堂，当堂打开将画轴刀破取出文书看过，南汇县知县脸一沉，把文书撂给佟秋江说："佟秋江，你仔细看过，这十页文书可是你说的吴尉文给你的文书？"

佟秋江拾文书在手，展开一瞧叫道："原文书被人换掉了！"

金山县知县一拍惊堂木说："大胆佟秋江，竟敢当堂戏弄二位主审知县，来人，给我掌他二十个嘴巴。"

佟秋江喊道："二位大人，在下确实把吴尉文文书藏在画轴里。"

南汇县知县一拍惊堂木说："你手里拿的难道不是吴尉文写给你的文书吗？"

佟秋江一时语塞。金山县知县说："你说藏于画轴中文书只有你一个人所为，怎就又不承认此文书为实呢？"

佟秋江嘴被打得流血不止，抬手照自己头上打了一巴掌，笑喊道："自作孽不可活呀！"

南汇县知县问："佟秋江，我劝你学聪明点，现人证物证全摆在你面前，三百四十二万二千四百六十七两多赃物赃银，你连三分之一来源也说不清，还想狡辩，顶什么用？如想皮肉多受点痛，你只管胡说八道下去。"

佟秋江虽爱银子，但更爱命也怕死，挨了二十个嘴巴，已痛得汗顺脸往下流，真要挨板子、鞭子，活了六十六年，做了四十二年生意，屁股上从没挨过板子鞭子，老了再让打个皮开肉绽，受得了吗？因此说："县老爷，你们放我一条生路，我全认了，说不清来源的三分之一银两我全是贪污来的，三分之一银财是我从应上缴利银中截留的，三分之一银财确实是我挣的。望老爷开恩给我留下十万八万两养家糊口，其余我全上缴南汇、金山二县县衙将功折罪行不行？”

南汇、金山二位知县和参加堂审的人全笑了。南汇县知县说：“佟秋江，你这个商场老油条蛮会算账分割财富嘛！你这么一安排我们就不用审你了是不是？”

金山县知县说：“佟秋江，你想争取从宽处理也可以，老老实实，一五一十，把贪污盗窃截留财银的经过和同伙全招出来，把还没被查出的财银交出来，把挥霍银两列清，经我们两县共同落实无误后，可以考虑你的请求。”

佟秋江说：“我一定从实交代写清争取从轻处理。”

二位知县头碰头嘀咕了一阵，分别听取二位师爷和县教谕、训谕意见后，南汇县知县宣布：“经堂审决定，准予佟秋江的请求，给他五天时间，写清贪污、盗窃、截留财银等全部犯罪事实经过，待南汇、金山二县合议后，再行决定堂审时间。退堂。”

四十五天过后，南汇、金山两县通知原告裕隆聚总号代理大掌柜咸铁成、账房主事莆山、侦探法通、举报人王蕙洁、李平岭及安吴堡东家代表王坚到南汇县衙公堂，出席对佟秋江贪污、盗窃、截留裕隆聚财银一案的判决。经过当堂公诉，双方对质后，佟秋江表示认罪服法不再上诉，当堂画押后，南汇县知县宣布了对佟秋江一审判决。

周莹看到判决文书是在四天之后。南汇、金山二县合审佟秋江一案，最终以贪污、盗窃、截留和强取豪夺罪定性，鉴于佟秋江认罪态度好，退赃积极，并将帮助他截留广生烟馆、春红楼利银和搜查没收小姐们私藏银物，共同分赃的烟馆掌柜金一、账房主事印祥，春红楼老板侯蒂蒂、账房主事元方、妈妈一朵梅供出，五人在七年间先后共分得赃银三十五万两，分到没收小姐们藏银及金玉各种首饰七十五件，价值约为四万七千两左右。经搜查，赃物多数收回，银两没收。五人被拘捕归案。金山东海岸水泽密宅则系佟秋江雇外海岛居民修建，南汇三处住宅一处为祖传于他，后归他二哥所有，另两处住宅为他从商后自建，从契约时间上看，属正当财产，未计算在贪污罪证内。由于有立功表现，南汇、金山二县判处佟秋江收监六年又四个月，没收金山东海岸水泽林中密宅，没收来源不明银两八十七万九千一百二十两，黄金一百一十两，金佛七尊、银佛九尊、玉佛三尊，充归官库。其余物财包括全部高档丝绸织物，归还裕隆聚总号，查没小姐财物退还原主。裕隆聚东家对下属疏于严格监督管理，造成财物被贪污盗窃截留，属渎职行为，处罚银二十二万两。收取行政管理、案件审判、取证调查等费用二万六千二百两，扣除佟秋江应得养老金八万一千两，裕隆聚总号，实际收回的财物总计为一百五十八万七千六百四十两。周莹长叹一声说：“佟秋江用六年四个月牢监之苦，葬送掉了裕隆聚十五年多利银啊！”

莆山说：“你还没将付王蕙洁和侦探的银两减去呢！”

周莹说：“按平岭叔说的总金额百分之十二给王蕙洁和侦探，二十万整数是上限了！”

咸铁成叹道：“一百三十多万能收回来，还算南汇、金山二县知县格外开恩了。”

周莹说：“我心痛的是裕隆聚三百六十九名伙计白干了十几年哪！”

海云雨说：“我已派车派伙计到南汇县把丝绸锦缎织物往回拉，莆山老哥你派谁去取银物？”

莆山说：“我和九斤去吧，不然把假金锭银锭假金佛银佛拿回来，一文钱也不值了！”

周莹说：“把银子拉回来，立即召开裕隆聚伙计大会，把佟秋江克扣的红利银如数退还他们。你们记住，今后裕隆聚若再发生如此丑事，我绝不会姑息养奸。”

四年多时间，佟秋江以赔偿丢失银两为名，每年从分给伙计、相与的红利中扣除百分之十，主事每年实扣百两左右，相与平均扣三十两，伙计平均扣二十两上下，四年共扣下六万二千多两，相与不满情绪增加，辞职事件不断发生，请假人不按时归来，往往造成业务无法衔接下去，甚至货款无法及时回收。所以，当周莹宣布将佟秋江克扣四年红利如数返还大家时，会场欢声雷动，众人高呼：“感谢东家少奶奶恩典！”“愿东家少奶奶常来上海巡察裕隆聚！”周莹在众人平静下来后说：“现在我正式公布裕隆聚总商号大掌柜和盐栈大掌柜由咸铁成出任，二掌柜和丝绸庄大掌柜由海云雨出任，三掌柜和百货行大掌柜由代宗出任，总商号账房主事由莆山出任。关闭广生烟馆和春红楼妓院，两处人员就地遣散，根据实际需要做出安排。这件事已由武师王坚负责处理。广生烟馆、春红楼旧址可做什么生意买卖，大家有什么好建议，可以直接把书面文字送总号账房，建议一旦被采纳，总号将给予适当奖励。”

到会的相与伙计们忽地全站了起来，掌声雷动中，有人带头高呼：“关闭烟馆、妓院是少奶奶积德行善的好事！”

“祝周莹少奶奶长命百岁！”

周莹关闭广生烟馆、春红楼妓院的决定，第二天便传遍了上海商界，几天后上海各行各业人士，把周莹关闭烟馆、妓院的事，当成新闻要事议论开来，赞成褒奖的多，叹息不解的少。

王蕙洁闻知后，没过夜便到了周莹在裕隆聚总商号临时办公处找到她说：“烟馆、妓院，在上海滩是两棵摇钱树，你关闭后，知道每年要减少多少银两收入吗?”

周莹说：“从春红楼和广生烟馆保存下来的流水账上数字算，广生烟馆近七年平均收入为一百三十三万多两，除去成本税收和伙计薪水及各种杂费，纯利为七十万上下。也就是说二分之一。春红楼基本上也是二分之一，平均年收入没下过一百五十万两数。但全都被佟秋江贪污盗窃挥霍了！”

王蕙洁说：“现在你周莹收回了管理权，佟秋江也受到法律制裁，你可以对它进行全面整顿，加强管理，让它变成真正的摇钱树，而不是把它关闭了。我不明白，你为啥要这样做?”

周莹说：“我自幼随家父饱读儒学，自认为还是个有信仰、有良知的人。尤其咱们秦商有帮规：生财之道，以仁义礼智为基，以货真价实为本，不强取豪夺，不欺压弱小，不赚黑心钱，不赚不义之财。王叔你调查佟秋江贪赃枉法之事也有十天半月了，你该看到不少倒在烟枪下骨瘦如柴、生不如死、倾家荡产的无辜的人了吧？你也在小姐群里出入过，她们过着被千人奸、万人淫的生活，那是女人们应该做的牺牲、满足金钱私欲的工具吗？不，那是人性蜕变的丑恶！林则徐为把中国人从鸦片毒雾中解救出来，不惜抛乌纱、洒热血而被流放迪化，作为一名大清商人，却去挣沾满血汗的钱财，还口口声声向世人表白：自己是救人于水火的善人，讲道德的正人君子，王叔你觉得做这样的商贾、富翁，能活得清高，活得风光，光宗耀祖了吗？把女人送进火坑，当摇钱树，我死都不会安心，更不想给祖宗丢脸，给秦商抹黑。所以，我不但要关闭烟馆、妓院，而且此生都会站在它的对立面，坚决反对大清朝给予烟馆、妓院合法地位的做法。”

王蕙洁哑口无言了。许久方问：“你准备如何打发春红楼近百个小姐和烟馆十几个伙计?”

周莹说：“春红楼小姐凡愿从良者，我发给她们从良安家银一千两，她们使用的衣被等用品亦归个人所有；不愿从良者我无权决定她们何去何从。烟馆伙计我将给他们一个吃饭的营生，让他们生活不受影响。”

王蕙洁说：“春红楼歌伎和二十多名正当红小姐，绝不会选择从良的道路，你看这样处理行不行？你把她们交给我，我替你给她们找新的安身立命地方，把转让她们的银两，用在安置愿从良的小姐身上，以减少裕隆聚经济损失。”

周莹笑道：“王叔好心我先谢谢了。王坚和安吴堡账房先生现在春红楼正进行摸底，麻烦王叔去和王坚商量如何把小姐们安置好，怎样？”

王蕙洁笑道：“我这个包打听心肠是不是太软了一点，没事自找麻烦？”

周莹说：“好心有好报，要不佟秋江藏在金山密宅里的那六个女人，怎会找王叔当她们保人呢？”

王蕙洁不以为然地说：“逢场作戏，见佛诵经，在上海滩要混出一个样来，光靠愣娃劲头也不行，还得多绕几个弯弯，多跑些腿，多说些好听的话才行。”

周莹下决心关闭烟馆和春红楼，是在她实地考察了广生烟馆和春红楼妓院之后，佟秋江被南汇县拘捕前，她命王坚先查了一遍烟馆和春红楼妓院。佟秋江入监后，她看完烟馆和春红楼报的报表材料清册和流水账，有点摸不着头脑，心想，二十来个人的烟馆，不到百人的妓院，一年能收入上百万两银子，这可能吗？她决定亲自去查看一番。尚素雅知道了，坚决反对她到烟馆和春红楼那种肮脏的地方去抛头露面，她笑道：“其他人能去，我就能去。话说回来，我又不住在那里，走一圈的事，没人敢把我吃了。我如不去看究竟，咋下决心进退呢？”

尚素雅阻挡不住她，只得对王坚等人说：“一定要保护好你们少奶奶，千万不要出了事。”

周莹去的那天，从陕西跟她来的二十九个人全跟了去，李平岭、尚素雅不放心，让自己武师带了十名伙计一同前往，人多势众，架势往那一摆，挺能吓住想生事寻非的人的。

十六铺烟馆是家有八十六张正式烟床，三十二个散铺位一头倒的烟馆。烟床十分考究，夏日顶扇扇风，冬日暖炉煨手煨脚，龙井茶、甜点不断，有伙计装烟枪伺候左右，烟客可传召妓女到包间，在上海滩是一流烟馆。

户广生当东家时，不懂得经营管理窍道，一锅煮式做买卖，一个烟泡收百十文钱，两三个时辰收两把银子，自然日子紧紧张张，赔了银子赚吆喝。

佟秋江投进几万银子一改造，设备换了新玩意儿，包间变成了富人俱乐部，每个时辰按一个烟泡五两银子收费，生意反而红红火火。院子里的车位老是满满当当，车进车出，昼夜不断，就连散铺一头倒每个时辰收费也不少于一两银子。

户广生看着佟秋江大把银子往回拿，心里那个悔呀，他儿子说他：“爸，你看看佟秋江是怎样开烟馆，你是怎样折腾成穷光蛋的？”户广生叹道：“爸的脑袋是榆木疙瘩，哪有佟秋江的脑袋瓜灵光呀！”

周莹进了占地一亩三分大小的广生烟馆，楼上楼下转了一遍，在平房一头倒散间铺了光席的烟床上，看到那些衣服褴褛、骨瘦如柴的烟鬼，连烟灰也吞进肚的景况时，忍不住叹道：“你们这是何苦自寻死路呢?”

一个刚进门的烟鬼见被众人前拥后护的周莹往门外走，上前往地上一跪，叩头哀求道：“少奶奶行个好，赏我一个烟泡吧！”周莹对跟在身后的户广生说：“你能做主给他一个烟泡吗?”

户广生说：“佟秋江在时，我只有引导烟客进出烟房的权力。”

周莹说：“因此，你才逃脱了牢狱之灾。”说完转脸对王坚说，“给那烟鬼一两银子让他吹泡去！”

走出烟馆大门，周莹便下定了关闭广生烟馆的决心。

周莹到达位于黄浦江岸畔的春红楼时，一进春红楼院门，便被平房里接客的妓女们围住，她们一见东家少奶奶长得比自己漂亮时，叽叽喳喳笑道：“少奶奶，和你比，我们连三流小姐也当不上，只能挣二两银子打一炮的钱了！”

周莹问：“你们除吃皮肉饭外，可曾想到过一个正常女人的生活?”

妓女们笑道：“想好事有什么用？成家过日子，没银子怎样过活嘛！”

周莹说：“如果我给你们从良的安家费，你们愿意过正常女人的生活吗?”

妓女们说：“没想过！”

周莹问站在前面的一个妓女：“你叫什么名字，多大了，接客多长时间了?”

那小姐说：“我叫罗叶叶，二十八岁，到春红楼接客十年零九个月了。”

周莹又问：“你爸妈同意你做如此营生?”

罗叶叶说：“我爸妈为救弟弟的命把我卖到春红楼，换到手一百一十两银子，妈妈一朵梅抽了我二百多皮鞭，我扛不住了，只得咬牙接客啦！”

周莹笑问：“如果我给你一千两银子安家置业，让你从良回到爸妈家或成为人妻，你愿意吗?”

罗叶叶有些迟疑地说：“回家头抬不起来呀，让人指着脊梁骂婊子，光唾沫星也能把人给淹死呢！”

周莹指着围住自己的小姐们问：“你们中间有谁愿从良?”

一个小姐捂住嘴笑道：“少奶奶，在这里丑多人不怪，反正都一样，混不下去时，往黄浦江里一跳，天不管地不收，干净！”多数小姐几乎同声一调说：“东家少奶奶，你的好心我们领情了！”

周莹气得心直哆嗦，但仍笑对小姐们说：“你们好好想一想，谁想通了，找我，我给谁发安家从良银子。”

周莹一行到楼房巡查时，有二十多个赤臂嫖客，和小姐们搂搂抱抱站在房间门口，又喊又叫。王坚低声说："到接待室找些小姐谈谈，看看这些正走红的妓女的态度，少奶奶就好做抉择了。"

周莹点头同意后，王坚在前开道，把周莹领进两间通房组成的接待室，然后叫来十二个当红妓女，和周莹面对面交谈。

这十二个妓女，年龄最大的二十六岁，最小的十九岁，都是来自上海周边地区，包括苏州、无锡、杭州、常熟，且都识文知理，并非贫寒人家女儿。周莹十分难以理解地问："你们为什么选择了这种非人的职业？"

一个名叫菲烟的妓女说："我因逃婚，不愿做老财主的第三房小妾离家出走到上海，夜半被人蒙住头抬着卖进春红楼当了妓女。当时十七岁，成为春红楼妓女的第七天，被春红楼掌柜佟秋江老爷看中，并破了我女儿身。至今时过六年零七个月，我接的嫖客绝大多数是大腹便便的富商巨贾，官宦政要，文人墨客，挣的银子比其他姐妹多五倍，银子虽沾了腥气臊味，但却是我用血汗泪换来，并没什么见不得人的地方。东家少奶奶让王坚武师来动员我们弃淫从良，心肠虽好，一旦走出春红楼这个大染缸，少奶奶，我们也不知道咋活呢！与其被人二次三次转手买卖，像牲口一样用鞭子驱来赶去，还不如守住春红楼，在醉生梦死中熬过一生。"

另一个妓女说："东家少奶奶，你的好心我们领了，你准备给愿从良的每人发一千两安置费，不少，在上海拿它过日子，够一个人十年吃喝。但少奶奶忽视了社会现实，在大清朝，女人是男人的附庸，男人可以像同治皇上一样死于洋梅大疮而仍是男子汉大丈夫，女人如果当了一天婊子就死无葬身之地！你让我们从良，除少奶奶外，你问问你身边的这些男人们，他们哪一个敢当着你的面站出来说，愿意明媒正娶我水柳儿当老婆？"

王坚傻了眼，见二十多个男人全仰脸看着天花板，没一个年轻人把眼睛对向水柳儿。接待室里一下寂静得令人头皮发麻了。

周莹扫视一下在场的男人们，不得不长长地叹息了一声，合住了她随身带的旅途记事本。她这才相信王坚所说："小姐们愿从良的几乎为零，我们几个人磨破嘴皮，得到最好的回答是：让我好好想想再回答你行不行，王武师？"

周莹陷入不尽的迷茫和苦思里。她发现仅凭一己之力，是无法改变现实生活中存在的千百年根深蒂固的劣根性滋生出的顽疾的！

王蕙洁的建议动摇了周莹原来的抉择安排，她不得不把春红楼的关闭或转让委托王蕙洁去处理，因为她对上海的色情行业内情，实在是一无所知。

李平岭、尚素雅听了周莹所讲，也如老虎吃天一样，不知从何处下爪把春红楼存在的问题解决好，只得同意周莹让王蕙洁插手料理安排了。

17

转眼间夏去秋来，已在江苏、上海待了近半年的周莹接到骆荣、房中书的书信，得知吴尉文几个弟弟乘她不在安吴堡，强迫骆荣、房中书向他们提供银两挥霍，目的未达到而大闹安吴堡的严重情况时，坐不住了马鞍轿。她不得不拍板决定，将十六铺烟馆改为客店，投资六万多银两，重新修缮，置换设备，培训人员，将随她到上海的武师兼谋士项云任命为掌柜，调扬州裕隆全总商号相与仝永为四海客店账房主事。伙计则留用原广生烟馆的伙计，户广生为领班。春红楼小姐连人带房地产，以一百六十万银两盘给蓝梦楼老板柴坪，王蕙洁从中获得中介费一万六千两，从而结束了第一次江南之行。

周莹一路风尘，在十个多月时间里，穿行于巴山蜀水，苏、浙、沪之间广阔的土地上，既开阔了眼界，增长了见识，学到了经验，广交了朋友，又对自己管辖下的各地商号状况有了知根知底的了解，对各地经营管理情况和发展前途，有了正确估价，对各地总商号主要管理者的智慧才能更是了然于胸，今后使用起来，就减少了盲目带来的弊端。加之经过对各地总商号的财产清查财务整顿，资金调剂后，把多余闲置流动资金全部解回安吴堡，实现了对资金的合理掌控，避免了资金外流或违规挪用现象再度发生，对今后谋划发展安吴堡整体经济奠定了良好基础，提供了人才和资金保证。因此，尽管存在和发生了种种不愉快的事件，损失了一笔不应损失的财富，一路舟车劳顿，备受艰辛，周莹心里的高兴仍溢于言表。经过十个多月的巡察，周莹人瘦了些，皮肤也晒黑了，但稚嫩的她变得成熟了许多，在待人接物上多了些人情味。为他人想得多了，和下人的交流，商量的口气多了，平等协商的氛围浓了，霸道武断的作风少了。当周莹一行经水路抵南阳，准备取旱路经洛阳返回安吴堡，不意抵洛阳西门外住店时，与运城盐栈相与贺人杰相遇。贺人杰认识王坚不认识周莹，贺人杰抱住王坚没说话先哽咽掉泪说："王武师，吴家在运城盐栈让流窜的土匪纵火烧了，不知因啥安吴堡至今没派人去处理善后！"

王坚一怔说："啥时候的事？我一点音信也没得到呀！"

贺人杰流泪说："四个多月了，盐栈人死的死伤的伤，日子难熬着呢！"

王坚跺脚道："你们咋不派人回安吴堡报告呀？"

贺人杰说："先后派了三个人，半路上二死一伤，没人敢再上安吴堡了！"

王坚把贺人杰领进周莹住的房间，向周莹说："少奶奶，运城盐栈出事了，这是盐栈相与贺人杰，在店门口遇上我，领他来见你。"周莹听了忙说："贺兄请坐下，把详情说一下。"

贺人杰坐下后，才把运城盐栈发生的事一一报告给了周莹。周莹临时决定过黄河抵山西运城。

运城盐栈是晋盐外销的专卖行之一，以经营产于运城盐池的大粒青盐为主。运城盐池产大粒青盐，是食用盐中的上品，入水杂质少，味醇正，用于烹饪腥荤肉禽鱼鸭，比海盐要耐嚼回香，因燃火点低，见明火易爆起火，备受饭馆酒楼厨头喜欢，紧急时刻，一把大粒青盐撒进炉膛，火焰顿起，热力迅增，炒出的菜肴鲜嫩可口。因此，运城的大粒青盐备受干旱地区居民的欢迎，陕、甘、宁、青、豫、晋、冀是其传统市场。吴尉文在世时，获得大粒青盐盐引专卖权，垄断了晋、豫、陕、甘、宁、青大粒青盐买卖，生意做到了村镇，给安吴堡创造了可观财富，由于他南有海盐专卖权，北有大粒青盐专卖权，未出十年便成为在西北地区最有影响的盐商之一。捻军、白莲教各地义军蜂拥而起，清廷镇压，时局动乱加剧，吴尉文身体出现未老先衰症状，定期巡察安吴堡商业实体已力不从心，晋盐专卖被山西盐商合力围剿，外省经营大粒青盐的盐商强龙难压地头蛇，由于供货量年年递减，多数人不得不舍近求远，改卖海盐或弃盐他为。运城盐栈在进货价格上难取得公平价格，吴尉文溺死黄河流冰时，运城盐栈只能维持当地零售业务，批发外销已无能为力。盐栈相与纷纷离去，不意一股土匪，流窜到了山西运城，见物就抢，见人就杀，火焰四起中，盐见火爆裂，燃烧迅速，店面多毁于大火，被抢劫商号惨不忍睹。运城盐栈伙计死伤多达二十三人，被抓去当脚夫三十多人，失踪七人，占地二十六亩，有着八十八间房舍和三十六座仓库的大型盐栈，就这样瞬间从地面上消失了！

大掌柜丁利平面对变成瓦砾灰烬的盐栈和死去的伙计，瘫倒在地，大喊一声："老天爷，你造孽呀！"一口气没换过来，人往地上一倒七窍流血而死！没了头儿的盐栈人心一下散了，活着的伙计因绝望而悄然离去，盐栈铺面掌柜陈书运先后写了四封信交给信差，信差让清军抓了去当夫，只得派人前往安吴堡报信，不意过河死了二人伤了一人，再也不敢派人前往。于是来自渭北的十九名汉子集合到一块，推选陈书运当头，率领乡党哥儿们开始求生存自救。经过三个多月盖起了七间房，三间仓房，一间厨房，从废墟中扒出五千多斤盐，开了间零售部，成为创业又守业的自食其力的群体。由于一切契证全被火吞没，又缺少应有的资金，他们只能靠五千斤盐卖到的钱来维持营业和生计。直到周莹进入简陋的运城盐栈，也没见到安吴堡一个字的文书到来。

周莹对十九名乡党的坚毅和忠于职守的情操给予充分肯定赞扬的同时，第二天到公墓去看望扫祭了死于动乱的相与和伙计的坟茔，然后派出一名武师和两名家丁连夜赶往永济县，到秦晋铁木货栈命掌柜袁中庸调五万两现银至运城，作为盐栈恢复建设先期启动和抚慰伤亡伙计家属资金。周莹思谋经过动乱，山西盐商也受到沉重打击，排外思想定会有所收敛，如不能抓紧机遇重建运城盐栈，晋人盐商一旦喘息过来，秦商再想涉足晋盐领域，困难就可想而知了。袁中庸接到主子的手书，没过夜便将五万两现银装箱，亲自和武师率十名能打敢斗的伙计押运到了运城交到陈书运的手中。

在运城盐栈忙了七天，一切安排就绪，周莹对陈书运和他的十八名同患难兄弟们说："有二十六亩土地在你们脚下，秦商在山西运城开的运城盐栈就不会从运城消亡。运城盐栈的来日希望和发达，我拜托给老叔老哥们了。至于盐栈重建规模及所需的资金，待我回到安吴堡后，研究出方案再和你们共同商讨决定。在此之前，你们协力把围墙先垒起来，破砖烂瓦灰烬打扫清除干净，做好动工准备，以防游民乘乱强占地方搭棚而居，再想撵就麻烦了。把头昂起，向前看，明天一定会比今天好。我现在可以告诉你们，来日的运城盐栈一定要比毁于动乱的运城盐栈更好、更有实力。我们不做盐商便罢，既然下决心做了，就要做得比以前更大更好。你们记住，明年立夏前我来给新的运城盐栈开业大吉剪彩，到时希望你们不要让我失望！"

十九个汉子胸脯一挺齐声回答："少奶奶放心，我们一定要干得好上加好。"

周莹仅在运城待了八天，便匆匆赶回了安吴堡。她怕家里再生出事故来，造成难以平息的内讧，从而毁掉十个月的艰辛努力，削弱她刚刚建立起来的威望。她想尽快平息吴氏内部事务，然后再集中精力料理外部事务。

吴尉文去世后，他制定的道德规范和家族原有的约法，再没有约束力了，吴家除吴文斌去世外其余兄弟各行其是，各取所需，恣意妄为。他们选择在新管家主子不在时机，向奴才们发难，借口周莹瞒报家产，分家不公，要查个究竟，率领家丁进入东院，把账房、银库包围起来，企图用非常手段，达到自己私欲。管家骆荣、账房房中书为避免事态扩大，在他们权力范围内，拿小钱想堵住缺口，这种抽刀断水水更流的办法，非但没起到作用，反而助长了吴氏兄弟的嚣张气焰。骆荣、房中书无奈之下，只得令武师们率庄丁武装保护银库，同时飞马报官以求平息安吴堡内乱。泾阳县衙、乾州府知府接报，在第一时间内，便派出三十骑马队飞驰安吴堡。泾阳县知县清楚，二品诰命夫人周莹后院如起了火，闹出自己人抢自家银库闹剧来，不仅无法向少夫人交代，而且会让省巡抚衙门追究治安不力之责，于大清朝廷内外也不是光彩之事。所以他不敢怠慢，派出马队前往安吴堡后，又命师爷前往安吴堡做吴氏兄弟的工作，希望他们以大局为重，不要因自己私欲得不到满足，而做出搬石头砸自己脚的蠢事来。师爷赶到安吴堡，拍桌子瞪眼睛，连吓带哄，让骆荣、房中书给了兄弟三人及吴尉斌家人每户两千两银子，总算把一场闹剧给平息下来。临走对骆荣、房中书说："写信给你们少奶奶，让她尽早结束巡察商号往回赶，陕西大户有哪一家主子敢一走三百多天不回窝？吴氏兄弟真死心来横的，泾阳县、乾州府也不敢动真格的。别忘了，清官难断家务事！"

泾阳县马队和师爷打道回府第二天一早，骆荣、房中书打发安吴堡信差上了路。

周莹一进安吴堡，堡里老少便把她拦在堡门里七嘴八舌嚷嚷道："莹娃子，你那几个叔把安吴堡人给丢扎啦，为银子居然想抢银库，亏先人了嘛！"

"莹娃子，你也心大，撂下堡里事一走十个多月，让你几个叔成出精来了。你四叔又给你娶回来一个十七岁的婶婶！"

"周莹，你三叔儿子给你娶回来一个和她妈一般大的嫂子在家，热闹着哩！"

周莹那个气呀，一下从心底直往外冒，吓得红玉连声说："姐呀，你千万别发火，免得让堡里人笑咱没涵养！"

周莹站在轿车门外大声说："爷爷、奶奶、伯伯、叔叔、哥哥、嫂嫂、弟弟、妹妹们：请大家相信周莹，给周莹以时间，周莹当一天安吴堡主子，绝不会允许安吴堡变成渭北人茶余饭后的笑料！"

安吴堡老少这才让开路，让周莹的车马回到吴家东大院。

周莹进门没休息，就对骆荣、房中书说："骆叔、房叔，你们在家受苦受累受惊了，幸亏你们及时平息了这场家乱，我谢谢你们和武师、堡丁。"

周莹面对安吴堡人的拦车相诉，对吴氏兄弟产生的厌恶情绪，几乎在瞬间达到了沸点，向骆荣、房中书讲完自己让他们立即着手办的事后，回到自己十个多月没住过的房内，让红玉找出在家穿用衣物，进了沐浴房。等走出沐浴房门，她已想好了惩罚三个叔公的手段，借此在安吴堡内树立起自己一堡之主的绝对权威。她命率武师和堡丁保护吴氏内宅、银库、账房，让武师史明上门请来安吴堡五名长老、两名乡约和堡内吴姓之外大姓朱、张、刘、陈姓代表，在会客厅内交换意见，了解吴尉文的三个弟弟大闹安吴堡的经过和堡内外民众的真实反应。这是她自继承吴氏和安吴堡管理权后，第一次和堡内长老、乡约和外姓代表进行面对面交流。所以，交流会开得十分热闹，从下午太阳偏西一直开到月上楼头，酒席摆上桌面时，五名长老和乡约等人，仍谈兴未减。

周莹举杯说："周莹年少无知，对发生在吴氏家族内的闹剧和由此在社会上引发的对安吴堡声誉的不良影响，负有不可推卸的责任。俗话说，上梁不正下梁歪。如吴氏家族能洁身自爱，何能发生将妓女也引进安吴堡的丑陋事情！我这里向全堡的父老乡亲赔礼道歉，在请求原谅的同时，向你们保证，今后如再有类似丑事发生，我周莹必将动用安吴堡祖规祖制进行严惩。这次吴氏家族引发的闹剧，我将会按照吴氏族规家法进行处理。为此，到时我将请安吴堡上下见证，我绝不会因某一个人是长辈而可以逃避惩罚。为此，我先向今晚到场的长辈敬上一杯酒，到我请出家法堡规时，为了安吴堡来日的道德风尚千年不毁，希望能得到你们的全力支持。"说到此，周莹将杯中酒一饮而尽。

众人离座举杯说："周莹，你放心，只要我们不死，我们这些老骨头，就永远站在你一边。来，为保卫安吴堡良风淳俗干杯！"

座谈会开过第九天，"严肃堡规族训大会"在安吴堡内召开。周莹为达到一举三得效果：通过严肃堡规族训，达到惩恶扬善、威慑违法乱纪行为，再树安吴堡声誉和堡主权威，不惜动用人力、物力、财力，请来了泾阳、三原、高陵三县知县，乾州府知府与嵯峨周边村堡寨乡约正宾临会见证，扩大影响，让世人知道，安吴堡少主、二品诰命夫人依法治堡管家，绝不是只挂在嘴上，而是动真格的。

大会由堡内年岁最大的长老吴宅原缝纫师刘法同主持。刘法同已九十一岁高龄，但仍耳不聋眼不花，牙齿没掉一个，每日三餐仍可食米一斤，是安吴堡从吴家东大院领取养老金最久最多的三老之首。另二老一名叫王可如，年八十九岁，原吴宅饲养员；一名叫朱一章，年八十六岁，原吴宅驯狗师。三老往设在吴氏五宅中心旷地中间的临时会场主持方桌后一坐，刘法同回头望望坐在大会主持人后的贵宾、嘉宾，再回望着黑压压站满了广场的全堡老少，手中安吴堡法杖往高一举，没等开口，全场人便鸦雀无声，伸长了脖子，支棱着耳朵，一个心思想听清老寿星咋说，说啥。

刘法同站在桌边声音洪亮地说："自我十六岁到安吴堡当缝纫师至今，七十多年来，安吴堡是第一次双双请出堡规族训和刑杖刑鞭，召开严肃堡规族训大会。大家知道，周莹继承安吴堡堡主与吴氏掌门后，她的三位叔公吴尉武、吴尉梦、吴尉龙，心多芥蒂，以长自居，不守堡规族训，行为有失检点。小酿大乱，为满足个人欲念，乘周莹外巡吴氏大江南北商务之机，公然聚众企图围抢东大院账房与银库，在社会上造成极坏影响，不仅有违大清律条，而且公然藐视堡规族训，如不予以惩处，必将使安吴堡数百年名誉毁于一旦，给子孙后代留下不良影响。故经全堡长老与各姓氏代表会议研究决定，今天召开安吴堡严肃堡规族训大会，对吴氏三兄弟公然无视堡规族训，践踏道德诸行为予以惩戒。把吴尉武、吴尉梦、吴尉龙叫上来。”

安吴堡堡丁在武师史明指挥下，把吴氏三兄弟拉扯进了会场。三兄弟平日的威风早已不见，一个个低着头颅，双臂下垂，站在主持人桌前，咬着嘴唇，闭住了眼睛。

刘法同说：“现在请王可如老先生宣布对吴尉武、吴尉梦、吴尉龙的惩戒决定。”

王可如拿起惩罚决定书宣读道：“查安吴堡西大院院主吴尉武为老不尊，纵容其长子吴贺宿娼嫖妓，不经堡内研究同意和明媒正娶，将无籍女子迎入安吴堡，公然无视堡规不准收容来历不明人员之律条，经堡内各族姓代表研究决定，将来历不明女子驱逐出安吴堡。吴尉武带头挑起制造了带领家人企图通过围攻东大院账房银库，达到满足个人欲念目的严重违规行为，为堡规族训所不容。经堡长老及各族姓会议研究决定，依堡规第十一条：处吴尉武父子十五鞭挞，打扫马厩清除粪土二十天，罚银三十两做堡内公益费。吴尉武，你服惩吗?”

吴尉武大声喊道：“我不服有啥办法，算我倒了霉。不过你们打我十五鞭，非要我的老命不可，我看你们得手下留情，一旦打死了我，当着乾州府知府和泾、三、高三县知县，各村堡寨乡约正宾的面，你们咋交代？总得考虑后果吧!”

王可如说：“你吴尉武如能为他人着想，就不会干出丧德违规的瞎事来。”

吴尉武听了冷笑道：“我不为你们着想，也得为自己着想，我还想再活几十年，一旦死在吴氏族鞭下，我哥吴尉文留下的银子全好过了一个寡妇，我死也心不甘呀!”

王可如和刘法同、朱一章凑到一块嘀咕了一阵，王可如才说：“吴尉武，家法还是要执行的。鉴于你请求在先，念你是第一次违规犯纪，服从惩处决定，经我们三老临时研究，免除你鞭刑，改判罚你在吴氏神龛前跪十日悔过自省，你子吴贺鞭刑定不能免。有意见没有?”

吴尉武忙躬身说：“谢三老宽大为怀，我服从惩罚了。”

王可如把对吴尉梦、吴尉龙的惩处决定宣读交给了朱一章。朱一章接到手，从挂在腰间的眼镜筒里，掏出老花镜来，戴好了，才念道：“查安吴堡北大院院主吴尉梦，中院院主吴尉龙兄弟二人，在企图通过围抢东大院账房银库非常事件中，带头冲进东大院，威胁账房主管房中书，索要银库钥匙，扬言不给他们二十万银两便砸开银库时，数次对保护银库武师家丁进行辱骂，态度极为恶劣。依安吴堡规第八条、族训第九条：凡聚众闹事，造成后果，引起堡民族人共愤者，处以鞭刑二十，劳役五十天，罚银五十两用于堡内公益事业。”

刘法同说：“不看僧面看佛面，看在周莹的面皮上，给吴尉梦、吴尉龙一次悔过自新的机会，抽他们二十鞭，罚他们到砖瓦窑背二十天砖，让他们知道什么是安吴堡和吴氏族人的规矩纪律，以后学乖点就行了。”

朱一章问大家：“大家可同意刘老的意见?”

堡人又一声吼道：“同意。”

朱一章一挥手说：“史明武师，施刑吧!”

史明和三狗、二牛，对吴尉梦、吴尉龙手下就留情少了，因为他们见吴尉梦、吴尉龙年轻，打重点要不了他们的命，顶多在炕上多躺几天的事。因此，把二人按住后，一口气打完，让人抬上就送回了他们各自院门里。

惩处吴氏兄弟全过程，周莹一句话也没说，直到把吴尉梦、吴尉龙抬送走，泾阳县知县讲话时说：“二品诰命夫人周莹治理安吴堡的智慧和策略，将会成为咱渭北所有大户人家的榜样，我想今天应邀到安吴堡的各村寨堡镇的乡约正宾们，一定能从中学到一些有益的经验和教训，把自己二亩六分地上的事管好，就是最大的幸事福事快乐事。时局动荡把人心都给搞乱了。周莹敢当世人面揭自己的家丑，拨乱反正，很了不起，我向周莹表示敬意和感谢了。因为她没把矛盾推给县衙州府，而是自己用堡规族训很好地解决了，全县所有大户如都能这样办，起码在咱泾阳县，能让我这个县太爷多睡上几个安稳觉。”

周莹请出了安吴堡一百五十年前订立的堡规堡约和吴氏家族祖宗订立的族规族约，请出了吴氏家族刑鞭，当着渭北近百名士乡绅和应邀前来参加安吴堡严肃处理伤风败俗，聚众闹事，破坏家规家法，为长不尊，自甘堕落的吴氏兄弟大会，分别处理了三兄弟，不仅没削弱她的影响力，相反提高了她的知名度。她严于管理安吴堡的名声一下传遍渭北各地，加上她不顾个人安危和鞍马劳顿，以女儿之身亲自巡察分布大江南北下属商号，平息内乱的事被人演义成故事传说，流传于乡野村堡，使不到二十岁的周莹一夜间成了家喻户晓的秦商女杰。

周莹自安吴堡出发，先后历时十个月，足涉大江南北，平息了川苏两地总商号萌芽中的叛逆之乱，挖出了潜藏已久的贪污耗子佟秋江，震慑住了其他各总号存异之心，巩固了吴氏基业，使摇摇欲坠中的吴氏江山，重新浮出水面，为日后的兴旺发达，夯实了基础。后人每当讲到周莹这一段业绩故事时，无不发出赞叹佩服之声。

18

运城盐栈是吴氏晋盐外销的专卖商号，以产于运城盐池的大粒青盐为主。吴尉文在时，运城盐栈鼎盛时期，年营业额达到运城盐外销的二成三，年利润最高时达到过一百三十三万两之多。随着晋商的资金相对集中和合力对外，对投资者不断进行排挤，吴尉文溺水前两年，运城盐栈的外销份额已减至不到一成，由昔日的举足轻重到影响全失，运城盐栈已没有了与晋商抗争的本钱。吴尉文之所以没有关闭运城盐栈，是考虑到关中人对运城大粒青盐存在的那份依存习惯，盐栈虽挣钱不多，但尚能自保，所以便让运城盐栈自立自足，不再上缴利润给安吴堡，但对运城盐栈的管理权仍牢牢掌握在安吴堡手里。

周莹对运城盐栈情况并不了解，她从贺人杰嘴里了解到运城盐栈处境后，由洛阳直抵运城，搞清了运城盐栈何以从盛到日渐败落。在返回安吴堡途中，便想好了重组运城盐栈的方法，只是她一时难以决定由何人出任盐栈掌柜和账房总管，又急于回安吴堡处理内乱，所以便把事压在心里。处理完吴氏兄弟违规毁纪事，才和骆荣、房中书、王坚等人重新研究运城盐栈的事。房中书提议把运城盐栈并入永济秦晋铁木货栈，成立山西吴氏总商号，由袁中庸任掌柜兼盐栈大掌柜，陈书运任盐栈二掌柜，贺人杰任账房主管，一河水就活了起来，安吴堡也不用再拨银子给运城盐栈，所需资金让袁中庸解决，一举三得。

骆荣笑道：“如此一来，盐栈不足人手从铁木货栈补充，比新招要从头培养省事省力省银子，唯一喊叫的人只有袁中庸了。”

王坚则说：“袁中庸皮厚，出点血没啥了，当总号掌柜，比当铁木货栈掌柜要风光得多，少奶奶宰他一刀，他心里虽痛，但脸上笑得不流眼泪才怪。”

秦晋铁木货栈是安吴堡在晋境投资的大型商业，最初投入十一万五千两银，经过近二十五年经营，资金积累到二百六十九万七千八百两，货栈面积扩大到占地一百二十六亩，有着一百八十八间房舍和三十六间大厦房仓库的中转批发零售兼营的货栈，基本上垄断了秦晋两地的铁制农耕机具和生活用铁制品输陕甘与川北业务。由于安吴堡垄断了这部分商品，泾阳、三原便流传出了许多有关此方面的民谚民谣，什么“山西的铁炉泾阳的塔，安吴堡主子传下话，买锅还是晋东南铸得好，晋阳的犁铧顶呱呱”；什么“铁链铁铲铁笼屉，晋人冶铸卖给秦，安吴主子做生意，大包大揽有胆气，大船小船往里运，挣得银子堆满地”。吴尉文和安吴堡在秦晋商业交流中起到的作用，由此可见一斑了。

秦晋铁木货栈的大掌柜袁中庸虽然没读过多少书，但他精通买卖行道，善于动脑子，从不因循守旧，备受吴尉文赏识，破格将他由小伙计提升为大掌柜，知恩图报的袁中庸从此成为安吴堡的得力干将。吴尉文溺水而亡后，袁中庸将效忠老爷的心移向周莹，周莹对他自不会亏待，所以在进入晋界后，立即打发家丁持书赶到永济，通知了他周莹到永济的具体时间。此种礼遇对袁中庸来说，既是主子对他的信任，又是周莹因人而异的体现，而在此之前周莹不管到何地，都是在保密甚严的情况下，悄然出现在各个被巡察的总号，对被检查者来个突然袭击。

袁中庸心里明白自己在少奶奶心中的分量，所以，在接到周莹让他解五万现银给运城盐栈运作时，半个不字没出口，第二天便亲自押送进了运城盐栈。

周莹最后接受了房中书建议，决定把永济秦晋铁木货栈升格成安吴堡派驻山西的商务总号，聘袁中庸为大掌柜兼管运城盐栈，第三天派信差到永济，传袁中庸到安吴堡接受任命和研究运城盐栈重建及人事安排诸具体事宜。

袁中庸接到周莹命他回安吴堡的信函，摸着头想了许久，也没想出周莹前脚走后脚又命信差传他进安吴堡的理由，但又没理由拒绝或推迟进安吴堡的借口，只得在接信第四天带着三名相与策马上路，由风陵渡过黄河，第三天中午时分进了安吴堡。

袁中庸虽然识字不多，但记忆力极强，天生就是一个做买卖的料。他接管永济秦晋铁木货栈后，营业额连续七年每年保持增长没低于两成过，相与伙计干劲高涨，每账年盈利分红都在一百五十两上下，平均红利高出山西当地晋商同行三分之一，因此，来自渭北的相与伙计，把他敬若神灵，他只要说一句话，一百零三名伙计，就会泼上命往前拱。所以，永济人眼里的袁中庸和他领导下的永济秦晋铁木货栈是一个真正的“愣娃抱团”商号，也因此，在兵乱时，永济秦晋铁木货栈的伙计们没一人临阵走人，一夜间便将金银铜钱藏了个房净柜空。清军借追剿叛军匪盗之名，趁火抢劫商家时，见铁木货栈到处都是铁木家什，不值几个钱，一拨接一拨冲进跑出，也没能弄到几样值钱的东西。袁中庸没受到任何损失，安全渡过了一场灾难，库里的流动资金自然就充足了。房中书老于世故，当周莹决定重建毁于动乱的运城盐栈时，他把出血的事盯在袁中庸身上。周莹心想，如让袁中庸把多余的银两解缴安吴堡，按规定只要各独立核算商号年上缴利润达到原定指标，东家就无权向商号追加上缴利银。但却可以通过拆借或转让投资方式，把商号多余资金用于新的项目。周莹听了房中书建议，信召袁中庸到了安吴堡，想通过协商，让袁中庸心甘情愿地把自己的银子拿出来重建运城盐栈。袁中庸自然不会猜想到自己东家少奶奶打他的主意了。

袁中庸进了安吴堡，乘骑刚被人牵往马厩，进入客房脸刚洗完，茶还没喝一口，周莹便满脸带笑进了房门。

袁中庸连声说：“少奶奶，我应去拜见你才对，你咋就来看我嘛!”

周莹笑道：“你们鞍马劳顿，我这几天大门没出，多走几步路值啥？我来看你们，是想对你说，一会儿在我书房吃饭，咱们边吃边研究问题，省了放下饭碗再开会。”

袁中庸受宠若惊地说："谢少奶奶精心安排。"

周莹的书房是吴聘生前读书的地方经修缮而成。位于东大院老宅三进正厅房内。是栋坐北面南，两山墙四跨五间房，中门为厅堂、东西两头隔断的建筑。厅堂神龛中供奉着一幅关公绘像，绘像两侧联为：赤兔马千里走单骑信义至笃；青龙刀一锋会群杰神勇尤嘉。绘像下香炉里火香袅袅，红烛如炬，看起来周莹心目中的关公是神圣不可侵犯的神灵了。

袁中庸上次进安吴堡是在三年多前，在吴尉文生前居住的厅房里第一次见到周莹时，周莹还是初出阁的少奶奶，举手投足中显露出的清纯稚嫩，仍无法掩饰。时过三年余，再进安吴堡，迈进周莹的书房时，他发现周莹眼睛里透射出的坚毅与自信，足以令人感受到某种震慑力。

他在暗暗思忖：周莹叫我来安吴堡，到底有啥事呢？

周莹的书房是两间无隔断的四方框式房间，靠墙处摆着的书柜与木架，书柜里多是线装书籍；楠木格架上则是她收藏的古董，唯一挂在山墙正中的一轴画像，是吴聘十九岁生日时，渭北画师李清夫为他作的速写画像。靠南墙琉璃窗下，摆着一张长八尺宽六尺特制的书案，书案上摆了一部《史记》、一部《吕氏春秋》、一部《红楼梦》、一部《汉书·货殖传》手抄本。看来是她闲暇时翻读的典籍了。另外，还有几本蓝皮财会账册和一把三十六位算盘。北墙窗下则摆了有六个座位的茶桌，用作接待来访者。

袁中庸发现，周莹与她的公公最大的不同，在于对生活的认知上存在的差异和待人接物上所持态度的区别。吴尉文在时，把自己当作施舍者，给下属一种仰视的印象，而周莹则给下属一种亲和的感觉，可以携手并肩共进的印象。当他踏进周莹书房时，忍不住啊了一声说："少奶奶，你比老爷在时会生活多了。"

周莹问："此话怎讲？"

袁中庸说："老爷把银子总想往银窖里藏，然后用来交结官宦，收买人心。而少奶奶则总想把银子接济日子苦焦的人。"

周莹说："你说得不全对。我也爱银子，希望银子越多越好。不然，我拿啥去接济生活苦焦的人家？但我挣的银子一不准带血，二不能沾腥，三不可来路不明。只有这样，花起来才能心安理得，不怕任何风吹草动。"

袁中庸入座后，红玉为他沏茶说："袁掌柜，这次回安吴堡可带了黄河鲤鱼回来？"

袁中庸笑道："没有。因为天气热，出不了半天鱼就会臭掉，想吃黄河鲤鱼，只能等到冬天了。"

周莹说："红玉吃了两次黄河鲤鱼，就变成了馋嘴猫。想吃就跟袁掌柜到永济去，啥时吃够了再回来。”

红玉说：“吃不上就等冬天吧，只是顺嘴问问罢了。”

骆荣、房中书、王坚、史明先后进入书房，袁中庸连忙站起说：“中庸失礼了，进了东大院还没来得及拜见诸位，便被少奶奶召到书房来了。”

骆荣说：“少奶奶通知我们到书房来与袁掌柜同进晚餐，共议商事，省了你来来回回跑腿，一举多得。”

房中书说：“今天相聚一堂，中庸老弟你是主角，我们全是配角，先讲下，一会儿你得给咱唱好今天这台戏。”

袁中庸被说得如坠进了五里雾中，他心里犯了嘀咕，少奶奶让我回安吴堡唱的是哪一出呀！

周莹破例在自己书房设宴款待袁中庸，目的十分明确，就是给袁中庸留下一个好的印象，让他痛痛快快拿出一笔银子来，重建毁于动乱的运城盐栈。

袁中庸被安排坐在周莹右首席位，骆荣坐在周莹左首位置后，房中书、王坚、史明才依次入席，红玉给所有人斟完茶准备退出书房时，周莹说：“红玉，你坐在王坚下首，听听有好处。”红玉只得回身坐在了王坚下首，当起了旁听。

周莹在红玉入席后说：“我把袁叔从永济请回安吴堡来，并不是仅仅为请袁叔吃一顿饭。而是有求于袁叔助我完成两件事：一是运城盐栈毁于动乱后，面临着生死选择。若要它重生，就得投入一笔巨资，重新配备一班人马；如要它死，安吴堡从此失去一棵摇钱树，从山西市场上就此销声匿迹。对这两种结果，今天咱们在座的七个人来共同议议，研究研究，看是让它生呢还是要它死？第二件事是我想听听袁叔对山西永济秦晋铁木货栈六百八十亩土地经营管理问题的意见，因为我这次到永济才知道，永济这六百八十亩土地自买进至今，每年收的粮食连养活铁木货栈一百零三口人也不够，年年仅补贴种子和人工费就得花一千二百多两银了，拿这些银子买粮吃也足够了，咱们为啥傻到了出力不落好的地步还要往前拱呢？两宗事都在山西境内，袁叔现是安吴堡派驻山西商号的大掌柜，最有发言权，所以我把袁叔请了回来，想听听他的意见，然后做出取舍进退。咱们边吃边聊吧。”

袁中庸听了周莹命他回安吴堡，原是想听听他对运城盐栈生死存亡，永济秦晋铁木货栈名下六百八十亩土地管理问题的意见，心里有了底，疑惑的心落在肚子里，三杯酒一干抹抹嘴说：“少奶奶，依我看，运城盐栈不能寿终正寝，它曾是安吴堡最挣银子的商号之一。年营业额利润最高时达到过一百三十三万两之多，尽管只有过一次，可也是值得安吴堡骄傲的辉煌纪录。老爷临终前几年疏于巡视管理，盐栈受到晋商挤压，经营情况日渐递减，动乱降临毁于战火，实属人祸而非经营不善，相与兄弟们为卫护它死伤惨重，如我们因此而让它寿终正寝，实在愧对亡灵。因此，我认为少奶奶应尽力把它从危崖上拉回来，让运城盐栈死里逃生，将来更好地服务于晋、陕、豫、甘各地民众。毕竟运城大粒青盐，是受民众欢迎的调味品呀！”

房中书接住袁中庸话茬问道：“中庸老弟，你认为重建运城盐栈，需投入多少银两，方能使它起死回生?”

袁中庸说：“当年吴太爷投资了十二万五千两银子，创建了运城盐栈，那时海盐还未大举进入西部地域，运城大粒青盐占领着晋、豫、陕、甘、宁、青、冀等市场，所以，曾创造出年利润一百三十三万两的奇迹。后来海盐大量进入豫、陕、宁、青、甘、冀及蒙古，大粒青盐市场渐渐缩小，但至今仍占有市场三成左右份额，每年如能营销二十万担，运城盐栈就能养活一百名伙计，创造十万两上下利润，是很有前途的买卖，丢掉了十分可惜！”

周莹接话问道：“袁叔，你认为运城盐栈重建需投入多少资金?”

袁中庸想了想才说：“把原运城盐栈规模缩小二分之一，十五万银子足够了。”

周莹说：“袁叔，安吴堡眼下难以物色到可信任的人手，重建运城盐栈，我想把这副重担压在叔肩上，由叔来完成重建和经营管理，然后将永济秦晋铁木货栈和运城盐栈组合成安吴堡山西总商号，叔任总号大掌柜。账房总管及铁木货栈、盐栈各部门主事，一律由叔聘任，盐栈开业头三年免向安吴堡上缴利润，第四年开始上缴总利润的四成，第五年上缴五成，你在五年内收回你的投资后，从第六年开始上缴当年实际利润的六成，四成归叔支配。叔看这宗买卖能否做成?”

袁中庸瞪大了眼，看了在场的所有人一遍，才说：“少奶奶意思是让我自力更生，用永济秦晋铁木货栈的力量，把毁于战火的运城盐栈重建起来?”

周莹点头说：“对。我看过你永济秦晋铁木货栈的账，你库银存量中周转资金为三十五万两，拿出十五万两来不会影响你的资金周转，盐栈落成我给你三年铺垫两年喘息时间，足以弥补你十五万资金投入应得利润总和，等于你用安吴堡的银子白白落下一个金娃娃，不吃亏尽占便宜。”

袁中庸挠头说：“我如果一不小心搞砸了，永济秦晋铁木货栈的相与们就得跟上我受几年苦，甚至用挖肉补疮办法来给少奶奶交应缴的最低利润！”

周莹笑道：“风险对商人来说，既是机遇又是挑战。但它又最能考验我们的胆略与智慧。我给你三天考虑时间，答案在你手上。行与否，到时你必须给我一个答复。”

袁中庸说：“好吧。三天内我一定给少奶奶一个肯定的答复。”

当讨论到永济秦晋铁木货栈名下经营管理的六百八十亩土地时，袁中庸说：

“这些地是吴尉文老爷五十岁寿辰时，以抵债形式从山西民荣堂掌柜手里收回的债务资产，当时并没派人进行勘查验收，照地契上的亩数入账造册划归永济秦晋铁木货栈名下管理，至今我也没搞清这六百八十亩地有多少块，每年上缴粮食一直按租种人原合约数字入账。每年种子及人工费用也是按租赁人报表列账，实际并未列入预决算。所以这六百八十亩地，早已冲掉了它的实际成本，永济秦晋铁木货栈每年吃的粮食也没计过成本。骆总管、房主事大概在总账上也找不到这六百八十亩土地。少奶奶这次到永济翻阅永济秦晋铁木货栈财产总账原始凭证时，看到地契，问到了为啥地契保存在永济，而没交安吴堡？我才知道这些地还没列进安吴堡固定资产册内。吴老爷在世时，定是事多，财产多，把他收回抵债的土地给忘了。我成为铁木货栈大掌柜后，老爷没交代，账房没告诉过我，相与们不知底细，我也没查看过存在库房里的资料，稀里糊涂十几年过来，要不是少奶奶无意中察觉，租种这六百八十亩地的钱大壮还会和我们打哑谜!”

在场的几人听了袁中庸述说，忍不住全笑了。

骆荣摇着头叹道：“真是家大业大，忘掉一笔资产没啥！老爷在世时，这样的事到底发生过几件？说实话，我骆荣今天是第一次听到这种令人啼笑皆非的怪事。”

房中书则说：“上海开的烟馆、妓院安吴堡总账上一个字也没写，少奶奶如果不到上海巡察，你我能知道吗？现在知道了，你我能说什么？只能叹息一声完事。永济这六百八十亩地能浮出水面，是少奶奶的功劳，是你我和中庸脸上的丑陋!”周莹说：“事已如此，现已无须追究何人应负责任。幸运的是这六百八十亩地契还掌握在安吴堡手里，咋样处理它，我们说了算。”

王坚开口说：“少奶奶准备咋处理这些土地呢?”

周莹说：“老爷拿回地契时，抵了三千四百两债务，到现在已过了十七年半，永济秦晋铁木货栈百十多口人白吃了十七年半粮，省下了三万多两银子花销，净赚没赔，也算是幸事一桩。现在我问一句：袁叔，你现决定继续经管这六百八十亩土地呢，还是不管或继续打马虎眼?”

袁中庸连忙摇手说：“少奶奶，我可不是有意打马虎眼，占安吴堡的便宜。不知不为罪，现知道了，就得按规矩办。少奶奶咋决定，我咋办就是了。”

周莹说：“我提两个方案，袁叔任选一个。第一个方案是收回六百八十亩土地经营权，重新招租，每年租金列入永济秦晋铁木货栈收入账项，按比例上缴安吴堡土地收入。第二，重新勘查实际土地亩数，进行土地质量评估，公开出售，全部收入解缴安吴堡，弥补十七年半土地损失。大家议议，看哪一个方案可行?”

骆荣说：“我倾向收回土地经营权，重新招租。这样做，每年收入虽有限，但有河就有水，细水长流，聚少为丰，对永济秦晋铁木货栈利多弊少。随着人口不断增加，土地升值势在难免，将来安吴堡如急需资金，可卖土地来解决问题，不致造成贷款利息负担。”

房中书说：“收回土地经营管理权也得进行土地重新勘查，评定土地质量等级，往外租心里有数，免得盲目吃亏。”

史明则说：“袁大掌柜，你对土地经营管理有多大把握？”

王坚笑道：“绝对比我强，我进了地，麦苗韭菜也分不清！”

袁中庸说：“我已四十多年没种地了，让我重新经营管理土地，只怕是和尚穿道袍，把经念歪了也不知为啥！”

红玉忍不住笑道：“袁叔，你干脆和尚、道士一齐当，省得念歪了经。”

袁中庸说：“要我两个方案中选一个，我选把地卖掉干干脆脆，省了份心。”

周莹说：“袁叔，我也给你三天时间考虑，考虑好了再说。”

这时月亮光已照在琉璃窗上，周莹看看摆在书架上的西洋钟表说：“十一点多了，明天我得到三原处理一下压了十个多月往来信函，后天咱们几个人再碰头。”

宴席散后，袁中庸往客房走去时，把王坚拉住说：“王坚，跟叔到客房坐一下，我有事向你请教。”

王坚只得跟袁中庸去了东大院一进院西厢客房。

周莹之所以把袁中庸召进安吴堡，而不是在永济秦晋铁木货栈与运城处理运城盐栈重建和她发现的永济秦晋铁木货栈六百八十亩土地未报安吴堡备案入册问题，是考虑到在生意场上以利激人，重赏勇夫，注重感情投资，以便能使不同性格的人，成为真正的士为知己者而效忠尽力的志同道合者。她知道对袁中庸这样识字不多，但极具营商智慧，敢于赤胆上阵，用情感支配自己行动的人，用激励产生的力量，是难以估量的。她想从袁中庸身上试验一下自己改造吴氏百多年经营管理商业的固有模式，来减少女人受限于社会因素制约带来的诸多不便，最大限度减少可能一败俱败带来的风险。她在平定了成都川花总号、扬州裕隆全总号、上海裕隆聚总号内叛风波后，便在考虑如何防患于未然的方法和策略。所以在决定重建毁于动乱的运城盐栈的念头浮于脑际时，房中书一句让袁中庸自己掏腰包的话，点醒了她另辟蹊径的一闪念。她当即下定决心，要从袁中庸身上，首先打开缺口，从中找出可行的办法来，把来日的安吴堡，重建在风险相对较小的基石上。袁中庸的忠实、诚信、爽朗、单纯、不善心计与耿直，给了她信心，因此，在回到安吴堡第一时间里，她便向袁中庸发出了进安吴堡的专递信函。

袁中庸出现在安吴堡，证明了周莹是极具智慧的。她对《孙子兵法》所指

“上下同欲者胜”的理解可谓达到烂熟于心，付诸行动，这种建立在相与感到自己利益和命运同商号效益和未来息息相关的基础上的理念，足以调动袁中庸的积极性了。经过大江南北一次行，周莹不但深谙了一个商人以“财”买“安”，以“情”换“心”的秘诀，而且窥出了商人“祸福同当”“一荣俱荣，一损俱损”的亲和力所在。

周莹在三原处理完商务往来信函文书，同王坚、红玉回到安吴堡，仍以共进晚膳的形式，在她的书房里与袁中庸就运城盐栈重建，永济秦晋铁木货栈六百八十亩土地如何处理进行研究。经过两天多反复斟酌，权衡得失利弊，袁中庸坐到饭桌前，筷子拿在手只夹了一筷子菜便说：“少奶奶，我考虑，少奶奶重建运城盐栈的方案，不仅比较可行，而且易被永济秦晋铁木货栈的全体相与所接受。按少奶奶方案，永济秦晋铁木货栈相与们的地位和权益，将会得到较大提高，五年内便能成为商号持有实股的相与，从而改变安吴堡百多年来，相与仅有虚股参与账年分红的历史，经营中赚下的利银东家大掌柜将不能再行独吞，这对鼓舞士气，团结相与极其有利。但有一个前提必须先明确下来：永济秦晋铁木货栈用自身力量，拿出自己周转金十五万两，应以入股形式，落实到每个相与头上，否则到每账年分红扣除投资银两应摊利息时，便会出现利益纠纷而影响团结，矛盾一旦出现，将来的安吴堡山西总商号，就可能不攻自破，到那时局面如何，恐怕就不是少奶奶和我能控制得了的啦！”

周莹放下手里筷子说：“袁叔所提我已考虑过，按重建后运城盐栈每年营销二十万担大粒青盐为下限，需用伙计六十五人，加上永济秦晋铁木货栈现有伙计一百零三人，共一百六十八人，按每人一千两计算，永济秦晋铁木货栈投入十六万八千两成本，五年内收回成本后，从第六年开始发给伙计红利，如无意外，三年内就会补齐前五年红利总和。其后获利多少就看你们经营好坏而定了。五年后安吴堡所得将从现在的银六人四，变为人六银四，我当东家的吃亏占便宜，连小孩子也能分得清看得明嘛。”

袁中庸说：“这种风险共担的运作模式对东家少奶奶讲，由于没有了再投入的资本数额，风险自然也减少了一半。”

周莹笑道：“坦白讲，我是在平息了川花总号厉宏图、扬州裕隆全总号胡玉佛、上海裕隆聚总号佟秋江内叛后，才想到防患于未然的事。这种办法如在袁叔手里行得通，取得成功经验，我将会用在其他总商号改革上，争取尽快实现真正的风险共担。到时我就可不用日夜把心操在防内乱上了。”

骆荣笑道：“如此一来，安吴堡每年利银就得少收二到三成，少奶奶想成为秦商首富就难多了。”

周莹则笑道："我一个人成了拥有千万银子的富婆，不如所有相与、伙计都成为不愁吃喝穿戴住行和养活家小老少的自足者好，相与们富裕了，谁还挖空心思，铤而走险兴风作浪，当蛀虫搞阴谋，夺我财富为己有呀！"

袁中庸高高兴兴和周莹签订了投资重建运城盐栈的合约，周莹当场把聘任他终身为安吴堡山西总商号大掌柜兼永济秦晋铁木货栈、运城盐栈掌柜的文书颁发给了他。

袁中庸接过任命文书后，眼含热泪对周莹说："少奶奶，我袁中庸此生如不能为安吴堡少主子换回一个衣食无忧的生财之源，绝不会闭上眼睛安享晚年！"

周莹说："袁叔，有你这句话，我周莹就敢放手一搏，为改革大江南北各总商号经营管理模式做一次生死尝试了。"

对于永济秦晋铁木货栈没上安吴堡财产总账的六百八十亩地，袁中庸心并不贪、眼更不馋，他说："少奶奶一句话，你准备咋办？我听少奶奶的就是了。"

周莹说："容我把安吴堡分散各地土地摸清楚后，咱们再对土地经营管理进行一次专门研究吧。"

袁中庸回到永济秦晋铁木货栈，在各部门主事参加的会上，介绍了到安吴堡与周莹签订重建运城盐栈文书的经过说："我为咱永济秦晋铁木货栈全体同人争取到的东西，这次全争取到手了。从现在开始，全体同人都变成了来日安吴堡山西总商号的真正主人，每人将拥有一千股实际股份，尽管这一千股实际股份在五年后，才能成为咱们实际拥有的财富，但同人们已站在自己财富的面前，来日的收获必将为咱们带来幸福和喜悦。我希望大家能团结奋斗上几年，早日把运城盐栈重建好，尽早恢复营业，多多创造财富，回报周莹少奶奶对咱们的关怀体贴。各部门考虑都抽哪些同人到运城去参加运城盐栈重建？考虑好后，告诉我，我好在明天全体同人大会上宣布。"

第一次外巡所取得的成功，极大地增强了周莹管理好吴氏商业的自信心。她回到安吴堡处理了吴氏三兄弟违规犯纪错误，挽回安吴堡受损声誉后，又与袁中庸签订了她决心改革吴氏商业经营管理旧有模式试验，组建山西总商号的合约。回过头来，耐心查阅完了安吴堡经营土地的历史资料，听过骆荣、房中书在她外巡期间安吴堡情况汇报，看了各地报表与利润完成上缴情况，又提出了永济与安吴堡土地经营中存在的问题，说："我想了又想，比了又比，总感到经营土地弊大于利。老爷在世时，安吴堡先后十三次买进水浇地一千四百六十二亩，旱地二千一百五十五亩，坡地八百九十三亩，山地九百八十七亩，共花去银两六十二万多两，截止到眼前，这些土地在十八年时间里收益总计折银二十一万多两，也就是说每亩地实际收益平均不到四两银子，扣除掉管理与成本费用，十八年来，实际上是在亏本经营，为此，安吴堡每年都要从买卖收益中，取出大笔银两补贴因经营土地而造成的亏欠。由此不难看出，地主若失却对土地潜能的真正了解，最终将会走向破产。安吴堡多年来之所以没发现这种弊端，是因为有庞大的商业利润做后盾，才掩盖住了本应早被发现的问题。老爷过世后，我在翻阅陈年旧账时才发现了这个问题，在外巡过程中，和江南几位大地主接触时，曾对他们经营管理土地的方法做了一番了解，发现我们这些地主，实质上是笨得出奇，蠢得可怜的地主！我们笨就笨在不知如何因势而动、因地而为，只知道闷着头，向土地抠粮食要饭吃。就拿安吴堡十一年前买进的那九百八十七亩山地而言，买进时，据说山上共有九十二棵柿树、三十七棵枣树、六十六棵椿树，到了现在，树不仅没增加一棵反少了四十三棵，由于山地缺水土薄，墒情难保，遇旱苗枯，有时连种子也收不回来。可就是没人想过，如何才能把这些山地变个样。十二家佃户没明没夜干了十二年，至今仍过着半饥半饱的日子，你们说啥原因？笨，死笨害了他们，也让安吴堡背上了一个年年都得操心佃户死活的包袱！

“我们经营土地更蠢得可笑可气，人家江南的地主，买进土地时不仅考虑土质肥瘦、产量高低、地理位置，而且考虑能否与原有土地连片，水利设施是否跟得上，与周围地主有无潜在的利害冲突。我们买进土地时只知道银子少就买，结果呢，你们已经看到，安吴堡现有土地散布在三省六县，名义上安吴堡吴氏家族是大地主、大财主，事实上每年收回过几担租？养活安吴堡的粮食若不是安吴堡四周的六百六十四亩水浇地，怕早就拎上破篮子讨要四方了！

“我们笨得可怜，偏偏头上戴了一顶大地主、大财主的帽子，一想到这一点我头上就冒汗！当我在永济发现秦晋铁木货栈居然有六百八十亩没有上册的土地时，我真不知道该咋样评说先公老爷在土地经营上的功过是非。

“我唠叨这些废话，目的只有一个，我们不能再干靠天吃饭，命系于丝的蠢事了，我想将陕、甘、晋三省属安吴堡现有的地亩做一次全面勘查，凡鞭长莫及的地亩，一律卖出；凡管理困难的土地该易主就易主。我不想再把生意场上挣来的利润，填进土地经营造成的亏损上。”

骆荣、房中书是头一次听到周莹对土地管理的高谈阔论，在他们几十年的人生经历和在安吴堡的几十年辛劳中，还是第一次听到对土地发出如此不恭的狂言乱语。两个老人一时不知所措地你看看我，我瞅瞅你，口张眼瞪，像哑巴一样呆愣在座椅里。

瞧着骆荣、房中书的呆相，周莹忍不住笑出声来，但她并没有催促他们表态，而是说：“骆叔，房叔，你们啥时想通了，啥时给我一句话，如果不同意我的意见，你们尽可拿出自己的意见来，咱们再商量。”

周莹起身出了房门，叫上丫鬟红玉，径直往武师与家丁们居住的院子走去。出门几个月，安吴堡安全无恙，多亏了武师和家丁庄勇们日夜操劳辛苦，她要去向武师和家丁庄勇们道一声谢，表示一下主人外出归来的问候，把从江南带回的土特产品分给众人。她知道，家要平安，心齐是第一。安吴堡要兴旺发达，缺少了主仆间的团结，等于是白日做梦啊！

骆荣、房中书虽然年过花甲，但对新主子的所思所想还是能够理解的，所以当他们从一时的惊愕中清醒过来时，两个人一直嘀咕到天黑尽，才长叹一声离开座椅，坐到摆着饭菜的餐桌前。

第二天早饭过后，骆荣、房中书走进了周莹书房，讲了两人对主子意见的商量结果。

周莹见两位老人同意了自己处理土地的意见，心里自然高兴非常，说：“骆叔、房叔，二老看让何人分头去进行土地勘查评估？”

骆荣说：“办这种事的人，对土地必须了解，不然肥地评成瘦地，水地变成旱地就麻烦了。”

房中书说：“我看让王坚负责不会出啥差错。王坚虽是武师，但跟老爷这么多年，见多识广，心眼又细，为人忠厚老实，做事兢兢业业，实事求是，善始善终，是个办事让人放心的好手。”

骆荣说：“让田沛协助王坚，两个人一个懂土地，一个善思，配合到一块，结果自然可以放心了。”

周莹说：“就按二老意见办，我回头给他们安排。”

三天后，王坚、田沛率领五名家丁出了安吴堡，开始了陕、晋、甘三省属于吴家土地的勘查丈量工作。

安吴堡购置的土地分布在三省六县境内，且各归所在商号管理，每年土地收入单列入账，笔笔一目了然，盈亏都有据可查，多年来土地账项从没出现什么大问题，只是由于土地的自然递减，尤其是山地的自然递减，每年有所变化外，持契地亩多年来基本保持在同一数亩上。王坚、田沛等持册出安吴堡，每到一地先与商号土地亩数对照，然后按地契重新记录在册，最后进行实地丈量，按肥、瘦、水、旱、坡、山地定级，参照当地耕地转让价格，评估出最低售价，就算完成了任务。

王坚是个急性子，凡事不干好就安心不下，所以每到一地，顾不上路途鞍马劳顿，事不过夜，风风火火，起早贪黑地干。勘查速度一快，用时自然少了许多，当完成三省六县安吴堡所有土地勘查，连去带回，一共用时五十六天。当王坚把制图成册的勘查结果送到周莹手里时，周莹连声夸赞道："我原估计，你们往返最快也得百十天时间，不料只用不到两月时间便大功告成。"为感谢王坚、田沛等人，周莹特设宴为他们洗尘，在宴席上她提出："将甘、晋二省商号所管理的三千二百四十七亩土地公开出售，所得银两的一半作为商号流动资金入账，一半解缴安吴堡，作为安吴堡商业周转资金，以备各地商号应急之需。陕西境内土地保留下安吴堡附近六百六十多亩水浇地，保证口粮基本需求外，其余一千五百九十亩全部交给原佃户管理。佃户自负盈亏，纳税之后，每亩地每年象征性交纳斗粮做租金，如遇歉收或灾害当年租金免收，在双方自愿基础上一经签约，即日生效，二十年不变。二十年后安吴堡若仍然如今，我周莹仍然当家做主，合约自然会继续有效，假若我周莹尸骨已寒，自然就无力过问了！"

周莹一番话，说得在场的骆荣、房中书、王坚、田沛等人一个个心潮汹涌，骆荣激动万分地说："少奶奶果然气度不凡，见地独到，查遍大清国历史，少奶奶把土地几乎无偿让佃户耕种的决定，可谓是开天辟地第一回，消息若传进京师，皇上不嘉奖少奶奶才是怪事呢!"

周莹虽出身地主之家，但自小与诗书剑戟为伍，在性格上继承了其父周海潮豪爽大度，与人为善，不拘小节，心怀坦荡和母亲周胡氏文静好思，待人平等，乐于助人的优良品德。嫁到安吴堡进得吴门时间虽然不长，但在经历了两起大悲之后，又经历了成都、扬州、上海商号之变，对人生的理解和对金钱的认识发生了一次质的变化。在夜深人静时，每每靠炕头独思：我一个年纪轻轻的小寡妇，继承和拥有的财富即便不增加一钱一文，在五十年内也可以无忧无虑地吃香喝辣，坐享其成，但如此活着，又有什么意思？一个为活着而活着的人，到头来只不过是个多了一种欲望，用别人创造的财富填饱自己肚皮的酒囊饭袋罢了。这样的酒囊饭袋，活着与死了，都是行尸走肉。如果在有生之年，我周莹能做一件有益于安吴堡父老乡亲兄弟姐妹的事，安吴堡的子孙后代，就会永远记住周莹是他们值得怀念的先人。因为她活着时，曾为他们的父母之辈解过忧排过愁；为民众操过心，出过力；为乡党服过务，解过难。只要能挣得后人如此评说，我周莹就不枉守寡苦熬一生了。

周莹的所思所想，支配了她的行动。在她牢牢主宰了安吴堡命运的权力后，向着自己的既定目标迈开了坚定的步伐。

敢想也敢干的周莹，在安吴堡开始了她理想的实验。在卖掉甘、晋两省全部吴氏原来拥有的土地后，她按照自己的安排和设想，把吴氏家族的佃户进行了排队，按照生活状况、人口多少分为上、中、下三等，然后按实有土地，做了一次平均预分，心中有了数，才亲自起草新土地租赁合约。

周莹继承管理大权时，吴氏五大院占了安吴堡二分之一面积，南北西中四大院则占了二分之一中的三分之一地盘，其余为油坊、酒坊、豆腐坊、染坊等各种作坊及服务于吴氏家族的工匠所占有，其中朱、张、刘、文、陈等姓，多是来自长安、临潼、富平、蓝田各地姓氏的后裔，成为吴家的世袭佃户，耕种着安吴堡附近二千二百五十多亩比较肥沃的土地。周莹留下六百六十多亩安吴堡四周的水浇地直接管理后，拿出一千五百多亩以象征性租金，与佃户们签订了二十年租赁合约，随后又宣布取消所有佃户房舍租金，无偿地将佃户们所住房屋划归各户所有，并对损坏的房屋进行了修缮。周莹的作为，不仅赢得了人心，而且感动了四乡八邻，连附近为害乡里的土匪也对周莹另眼看待，在内部形成一致意见，只要周莹在安吴堡主政，所有山头，一律不得对安吴堡进行骚扰。泾阳县知县更是亲自到安吴堡向周莹表示感谢，说她为泾阳的安定做出了难以估量的贡献。

周莹在一片赞扬声中，并没有忘乎所以。为了保护安吴堡平安，她对占山为王的土匪们不骚扰的承诺并没往心里放，而是划拨银两，让王坚扩充了堡丁庄勇，购置了足够与打家劫寨的山大王们相抗衡的兵器。安吴堡所有吴家佃户和居民，为感谢周莹乐善之举，自动组织起来，全堡上下协力团结，共同担负起了保家卫堡的责任。周莹仅花了两万两银子，就建起了一支吴尉文在世时，先后花去十多万两银子也没能组建起的自卫武装。

周莹在卖掉甘、晋二省土地，将嵯峨山下的土地分给佃户们自耕自负盈亏后，把卖地的资金拨到县城房地产开发上，同时在泾阳县城开办了一家烧坊，一家米店，并先后购建了半条街四百多间房舍出租。在淳化、口镇开办了油坊、粮店，三原县开办了当铺、钱庄，在高陵县城开办了药店，在长安县开办了一家棉花行，在富平开办了一家粮油行，在西安东关开办了南货店，南关开办了瓷器店，西关开办了估衣店，北关开办了面店，鼓楼开办了古董行，骡马市开办了利深钱庄。如此一来，陕西境内吴氏商业得到迅速扩展，使她就地筹资措银的能力提高二成，即使各地利银一时解缴不到，也不会影响到安吴堡吴氏一门的生活之需。

1889 年，在事业上取得长足发展的周莹，以她特有的处世风格，在赢得乡里拥戴的同时，也获得京师官吏们的赞赏。皇太后慈禧闻知后，更是乐滋滋笑口大开，在和内官们谈到周莹时说：“陕西的周莹，为女人争了气，应该重重嘉奖。”但此时全国的省、道、府、县衙门，却千方百计榨取民脂民膏。陕西的官吏们更是先后派员到安吴堡，向周莹施压，逼她捐资献银，周莹虽然肚子里憋气，但仍得硬着头皮，几百两，上千两，几万两地按衙门大小让来人不失望，多多少少都沾点油水走人。不料，来讨要的官吏这家走了那家来，个个进门都想敲竹杠，而且口气越来越大，不给银子就抡大帽子吓唬人。

经过思谋考虑，周莹决定来一次让地方官吏出乎意料的行动：我把银子直接献给朝廷以弥补军饷不足，断了地方官吏敲诈勒索贪污自肥的路子，让有钱人不再往外掏冤枉钱。

言出必行的周莹，当晚找来武师史明、仇进，要他们押解二十万两纹银进京，直接把银两献给兵部。

史明、仇进押解银两上路后，步步小心，处处长眼，晚出门，早投宿，第十六天太阳偏西时间，车马平安进入北京城，没顾上休息便持周莹亲笔书函进了兵部大门。

兵部官吏们真是喜出望外，周莹捐献的二十万两军饷，虽然解决不了根本问题，但却是足以震动朝廷的壮举，有了周莹这个活榜样，还愁军饷无法解决吗？

兵部第二天一早上朝，把周莹捐献军饷的事向皇上呈奏，朝廷上下为之喜挂眉梢，纷纷议论：二品诰命夫人周莹急朝廷所急，想朝廷所想，为朝廷分忧解难，实乃巾帼不让须眉之壮举。朝野内外有识之士，都应以周莹为楷模，为社稷安危尽心尽力，举国上下一心，必将一举平息各方叛逆，保我大清江山千秋永固。

兵部军机大臣散朝后又去了颐和园，向慈禧报告了周莹捐献军饷之事，并把周莹写给慈禧的奏呈递上，慈禧看完周莹奏呈，方知地方县吏借军饷不足之名，强行摊派行敲诈勒索而自肥的事，于是对兵部军机大臣说：“各地官吏也太不像话了，应找几个典型惩治一下，否则，他们就会翻天。搞得民不聊生，怨声载道了，大清江山还能坐稳吗？”

军机大臣说：“老佛爷放心，老臣自会妥善处理此事。”

慈禧在喜头上见军机大臣如此说，心里一咯噔，猛然一拍桌子说：“周莹此举倒是提醒了我该怎样解决银两不足的难题了。”

军机大臣忙问：“老佛爷的意思是……”

“让各地大商人们往外捐呀！”

军机大臣说：“老佛爷办法真好。听说陕西商家有人在和刀客土匪对抗时，砖石用完了，拿银元宝砸呢，可想秦商有多富了，只是不知道他们愿不愿意捐出来？眼下秦商和晋商、徽商不能比了，但像周莹这样的人还大有人在。”

慈禧说：“我就不相信商人们长了三头六臂，你立马把话传下去，先从陕、晋、江、浙等地大商人头上开刀，别忘了提醒他们，让他们向周莹学着点。”

“奴才这就去办。”军机大臣说完就走，慈禧又开口道：“慢着，等我把话说完，我早就想找一个女流树为大清庶民的榜样，让男子汉们再不敢小瞧我等。今天，周莹一炷好香，烧到了点子上。传我懿旨给周莹，我要对她进行一次破格奖赏。”

慈禧的金口一开，文武大臣们哪个敢吱声，相反一个个顺杆往上爬，在慈禧面前你讲我夸，把耳闻周莹的一些传说，全抖搂出来讨慈禧欢心。慈禧是越听越高兴，当下亲自提笔，龙飞凤舞，一气呵成四个大字，连同懿旨传出了北京城。

史明、仇进在京城待到第五天头上，兵部军机大臣传来手令，命他们立即整装起程，陪同慈禧传旨使者，一同前往安吴堡。

两人不知慈禧有何旨意传往安吴堡，想问又不敢问，只得立马收拾行囊上马驱车，跟在传旨官的队伍后边出了京城。一路水光山色千秋，人文景观各异，但他们似乎无心欣赏，一路行色匆匆，走了六天五夜便进入西安城中。史明、仇进告别传旨官，先行一步过渭河直抵安吴堡，向周莹报告说：“少奶奶，请速做准备，迎接慈禧老佛爷的懿旨。”

周莹听完史明、仇进两人京师行的汇报和他们知道的有关捐献军饷引出的传言与朝廷官吏们的反应后，忍不住喜形于色道：“天下建大功、立大业者，运气、机遇不可或缺也！想不到我向朝廷捐了二十万两银子，不但惊动了京师，而且得到了老佛爷的赏识。早知如此，我就把喂了大狗小狗们的银子全送进北京了。”

第三天头晌，凡能与安吴堡沾上边的省府州县各级衙门的官吏倾巢出动，陪同奉旨到安吴堡颁旨的御林军副总管和太监过渭河穿高陵到泾阳直奔嵯峨山，一路浩浩荡荡，锣鸣炮响，轿摆五里，马扯千丈。行到离安吴堡五里的地方，黄沙铺过的路中间鼓乐齐鸣，迎旨香案香烟缭绕，站在红毡上的周莹，向手捧慈禧懿旨的御林军副总管跪拜时，副总管说：“少奶奶快快请起，本官总不能在野地里宣读圣旨吧?”

慈禧破格奖赏周莹的亲笔御书金字牌匾悬挂在东大院正厅墙上，揭去红绸时，“护国夫人”四个大字令省府州县在场的官吏们眼界大开，从没见过慈禧墨迹的人，更是咂舌说：“老佛爷墨宝将光照安吴堡百代千年，这是咱陕西人天大的福分啊!”

周莹头上多了一个护国夫人的头衔，身价扶摇直上。为了不失身份，在款待京师宣旨官和前来祝贺的地方官吏时，周莹只得又破费了一次，给每位贺客准备了一份礼物，给御林军副总管和慈禧身边的太监备下了各值一万五千银两的珠宝和一万两的银票，满载而归的宣旨官回到京城，自然在老佛爷面前将周莹为人处世又夸赞了一番。

19

忙碌了半个月，安吴堡刚刚恢复平静，各地商号大掌柜们从信差口中和邸报上先后得知周莹受封为“护国夫人”的喜讯后，未经主子召唤，先后不约而同抵达安吴堡向主子祝贺。最先抵达的是永济秦晋铁木货栈的大掌柜、山西总商号大掌柜袁中庸，运城盐栈二掌柜陈书运，甘肃陇西棉布行大掌柜张长功，平凉西峰杂货行大掌柜肖南驹，河南洛阳豫西棉花行大掌柜胡平安；随后抵达的有湖北武汉裕隆重珠宝首饰行大掌柜武玉泉，镇江分号大掌柜谷鸣，南京国货行大掌柜路一行，上海裕隆聚总号大掌柜咸铁成，陕西潼关典当行大掌柜马鸿，蒲城钱庄大掌柜王战利，三原西街布行大掌柜朱玉如，高陵南糖糕点店大掌柜刘甲斌，淳化山货栈大掌柜柯大年；最后抵达的则是三原钱庄大掌柜赵川，三原粮行大掌柜牛力，浦城粮行大掌柜周进，宝鸡凤翔酒楼大掌柜郑天祥，岐山面馆大掌柜王军，咸阳粮行大掌柜木三玉，乾州棉花行大掌柜李德福，西安百货行大掌柜范平杰，西安商号大掌柜路安桦、西安盐栈大掌柜朱前山，西安南货店大掌柜步成，瓷器行大掌柜化一，估衣店大掌柜仝仙，鼓楼古董行大掌柜花海，骡马市利源钱庄大掌柜成荣，泾阳铁木货栈大掌柜田玉川，泾阳粮棉货栈大掌柜韩一真，扬州裕隆全大掌柜朱少敏。最令周莹感到意外，骆荣、房中书也感到惊喜的是，十年多未进过安吴堡的藏北茶庄分号二掌柜措平嘉吉，也不顾山高路远，骑了一匹汗血马，赶了二十头牦牛，经过两个半月跋山涉水，进了安吴堡。虽然他不知道安吴堡早换了主子，但他的到来，引起的欢快，绝不亚于过节般的热闹了整整一天。唯一没有来的主要人物是成都川花总号的大掌柜何一清。

吴氏资产管理人相聚一堂，是吴尉文逝去后第二次。第一次是为了催解利银进安吴堡，借发丧之机，宣布周莹为安吴堡新主子。这一次虽然人事已有所变动，但基本上保持了吴尉文在时的班底，继承了吴尉文建立起来的管理模式与营运方针，甚至连策略也没做大的改动。安吴堡的财富管理与创造财富的精英们不约而同来向主子祝贺，证明了周莹在安吴堡的地位已经牢固确立，所以当她见到各地掌柜们时，激动得眼泪夺眶而出，连声说：“谢谢大家对我周莹的鼎力相助，我坦诚地说，若没有诸位前辈、仁兄们支持，周莹即便有天大本事，也难一手捂住两个蚂蚱，把分散在万里区域内的生意管好。在这里，周莹再一次向诸位前辈、仁兄们致谢了！”

应了一句“掏心话，能暖众人心”的俗语，周莹发自心窝的表白，感动了所有在场的大大小小的掌柜们，祝贺聚会一下变成了交心会，掌柜们纷纷向自己的主子表态，在未来的日子里将尽心尽力，管理好自己的商号，创造更多财富，为安吴堡的富有开辟新的财源。

三天的祝贺相聚曲终人散的当晚，成都总号大掌柜何一清的儿子进了安吴堡，见到周莹时一头哭倒在地说：“少奶奶，我爸十天前因突然中风不治已亡故了！”

周莹一惊，伤感道：“何叔不幸仙逝是何家不幸，也是安吴堡的巨大损失，望能节哀，我立即派人前往成都料理何叔后事。”

周莹和骆荣、房中书商量后，让王坚代表自己前往成都料理何一清后事，接管川花总号管理权，待她物色到合适人选后，再让王坚回安吴堡。在王坚出发前，周莹又挑选出两个通晓营运业务的人跟王坚一同进川。王坚上马前，周莹对他叮咛道：“你可对川花总号营运情况，重新做出选择，商业网点是收是放你做定夺。我担心何一清故后，很难在川花现有商号掌柜中找出一个能与何一清相提并论，能放手大胆使用的大掌柜来！”

王坚说：“少奶奶放心，王坚会按照少奶奶指示处理好川花商务……”

在周莹的心里，王坚是个人品出众，胆略过人，魄力大，能力强，也最善揣摩主子心思的细腻的男人，所以，在一般情况下，她都把王坚留在身边，以便帮助自己解决所遇难题。而此时她让王坚入川料理何一清后事，接管川花总号，实在是出于无奈。安吴堡虽然文武之人不缺，但真正能独当一面，并能让她完全放心的人实在不多，而川花总号下设的七处分号，每年能为安吴堡创造的财富不是十万八万两银子，而是上百万两，没有一个才智、心智、魄力和营运策略、管理经验都具备的人出头露面，她咋敢把重任撒手压在他肩上呀！她也知道，在管理经验上，王坚无法和何一清相比，在守财上何一清更高王坚一筹，而王坚胜何一清的地方恰恰是灵活和善于分析市场变化，敢于不失时机放手一搏。干商业做买卖，必须要有这种精神，否则，畏首畏尾，只能因循一辈子，到死也闯不出什么名堂来。

周莹最终选择了王坚，想把川花的担子压在他肩上，看看他是否像自己眼中那样形象高大，善于遇难而进，能为主子分忧解愁，创立一番业绩。她想：若是，自然不失我所望，若不是，就太遗憾了。

王坚进了川，周莹的一颗心随他进了川。自王坚离开安吴堡那天起，周莹便觉得安吴堡空荡荡的，有时在和丫鬟红玉闲聊时，动不动便会说：“不知王坚进川后，事情可办得顺手?”红玉每当此时便会笑着回答她：“你当主子的问我，我又不是王坚，咋回答你呀?”周莹每每都会哑然失笑，自嘲道：“都怪我自找没趣，权当磨了白牙！”红玉得理不饶人说：“自己是主子，想王坚就到西安给成都发个快信或让信差传话过去，让他回安吴堡不就结了。”周莹有时忍不住叹道：“你以为我没想过让他回安吴堡来，只是我怕他一走，川花那一大摊子就树倒猢狲散了！”

“那你不如趁早物色个像何一清那样的人，让他把川花的事管起来。”红玉建议说，“金无足赤，人无完人。我看小姐物色大掌柜，条件不能太过严苛，太严苛了，万里挑一，咱安吴堡哪来万把口子人让你挑呢？”

红玉无意间的几句话，一下点醒了周莹，她忍不住冲红玉笑道：“想不到你倒会给主子出馊主意……”

红玉给周莹出主意，让她找个看在眼里，藏在心里的男人过活的话说过第六天头上，周莹进西安城料理一宗房地产买卖事宜。本来她无须亲自出马，但她想亲自看看那片宅子建筑规模和建筑风格，能否比得上她在火神庙街买的那座秘密住宅，如果环境幽静，整体建筑可以，内在质量胜过火神庙的宅子，便买下来。在西安多一处住处，将来出入更方便，免得让人发现了火神庙有她的房子，临时手脚无措。不料，她在渭河渡口过船时，河风一下吹开了她的头纱，站在离她身边一尺多远的一名男子突然冲她叫了一声：“周莹师妹。”

周莹听到喊声，侧身一瞧，又惊又喜道：“师哥。”

喊周莹的男子名叫车东盈，是螳螂拳武师董海川的大弟子。周莹拜董海川为师习武后，车东盈曾到孟店村探视过董海川几次，因是师兄妹，周莹自无法回避车东盈，一次生二次熟，两人认识后，见面便以师兄妹相称了。周莹长到十四岁那年，十八岁的车东盈有一次趁习武场只有周莹和他的时候，悄声走到周莹身后，猛地拦腰抱住还在拿式站桩的周莹，悄声说：“师妹，嫁给我吧！”

周莹当时吓得直跺脚，就是喊不出声来，车东盈得寸进尺，在周莹脸上脖子上啃了两下，周莹像是清醒过来，往下使劲一蹲，才从车东盈双臂中挣脱出来。

周莹脸气得煞白，扭身便跑回自己房里。第二天，董海川把车东盈赶出了周家大门，并下令：“你若再敢进周家大门，我就打断你的腿。”

车东盈人长得条条杆杆，匀匀称称，脸色红润，一看就是练武的人。他见周莹认了他这个师哥，无比高兴地说：“多年不见，师妹过得还好吧？”

周莹回答说：“比上不足，比下有余，能说得过去。”

车东盈笑道：“我听人讲，你如今是安吴堡东家少奶奶，跺一下脚，泾阳县都得哆嗦一下。”

周莹也笑道：“我若真有如此本领，岂不成了神啦？”

车东盈说：“神不神我倒没想过，不过你是大财主不假了。”

周莹问："师哥眼下做啥？"

车东盈回答："在河南洛阳开武馆混日子。"

周莹说："师哥如今定是桃李满天下了？"

车东盈笑道："离桃李满天下远得很呢！"

此时，船已靠岸，两人一前一后下了渡船，轿车随后也下了渡船。车夫冲周莹说："少奶奶，请上车。"周莹对车东盈说："师兄，很对不起，我得赶路，只能说再见了。"

车东盈说："无须客气，请上车吧。"

周莹上车后，向车东盈招招手才放下车门帘。

周莹抵西安后事一忙，把渡口遇上师兄车东盈的事忘在脑后。第二天早饭后，乘轿车出火神巷，到了西大街中段一条名为芦进士巷的巷子，在西安商号掌柜路安桦陪同下，走进位于巷中间坐西面东门口蹲着一对高约三尺五寸雌雄石狮，临街门上钉有一对铜猴头衔环装饰，门楣砖雕上刻"躬亲居"三个大字的老宅大院。

路安桦对宅院十分熟悉，进得门后，反手关上街门，对周莹说："这座名为躬亲居的老宅，始建于明末清初，雍正十一年进行过一次翻修，其后曾有过三次修补，基本上保持了住宅原貌。此宅原为明末一士大夫所有，清乾隆八年其子孙因豪赌，把宅子抵债卖掉，一百多年里，这座古宅四次易手，眼下房主又因抽大烟、赌博而债台高筑，债主们限他在两个月内还清债务，不然就要拆他宅子顶债。他找到了我，求我给找个合适的买主，帮他一次还清债务。我来看过两次，觉得少奶奶把这座古宅过手最合适。目前，芦进士巷仅有九户人家，虽地处闹市区，但环境十分清静，出北巷口是西大街，出南巷口通向南门，出南门过城河行二百步便到咱瓷器店，沿西大街西行数百步，出西城门过城河行三百步，便到少奶奶新开的估衣店，出巷口往东行五百步便到了咱们古董行，方便不说，而且街门一关，院内自成一方景况，幽深典雅，可谓福地洞天之所在了。加之老宅易主，不易引起市民注意，只要少奶奶下令，下人便会守住秘密，不向外暴露少奶奶真实身份，住进去便多了几分安全保障。过些年，少奶奶如不愿住了，再转手还能赚到一笔可观的升值利润。"

周莹问道："躬亲居一共几进，有多少间房，占地面积是多少？"

路安桦说："前后统一，南北宽东西窄，四进三出的建筑物。第一进为凹字形布局，少奶奶你看这门内的假山，原为照壁，雍正十一年改为假山至今未动；正房为南北一字形建筑，两坡流水，七间三开，中堂三间，现为房主祖宗神龛所在；左右各两间二门，左为书房，右为卧室，南北两厢为廊房与第二进院沟通；

南侧廊房为厦房，飞檐半敞，系看宅人居室，北厦房为书童居室。第二进院由十间房屋组成，与第一进院形成相背四合院格局，面东背西为六间两坡流水大房三开门，中间两间为女主人卧室，右两间为儿子居室，左两间为女儿居室；厢房为半敞式厦房与第三进院沟通，厦房为女仆们居住。院内为花圃，十字甬道连接走廊；第三进院内共有六间大房，两间为厨房，两间为库房，两间为膳厅；院内左为水井亭榭，右为室外膳台亭榭；南北两侧有两条石卵甬道与第四进院沟通。第四进院为马厩轿车房花房、下人居室与茅厕，后门开在芦进士巷西巷。整个宅院占地二亩六分，现有建筑面积为八千二百六十多平方尺，宅内现在海棠、梅花、蓉花、香椿、伞松、石榴等树二十六株，院后墙为爬藤覆盖。”

路安桦一口气介绍完躬亲居建筑情况后，周莹笑道：“你倒是记了个详细，这个宅子风水怎样，你可问过?”

路安桦回答：“我问过风水先生，他看过躬亲居后说，这座古宅坐西面东，现西方为二百七十度，东方为九十度，好的地气位置现在东北方和南方，较好的位置在东南方和西方，不好的位置在正北方。此宅如果属阴之人买了，将会财运亨通二十年。眼下宅主运气与地气正成反向而动，霉运当头，要躲过劫难，只有把宅院卖给一福大命大女财神，此宅风水即将反向逆转。”

周莹一听有了兴趣，又问道：“这座宅院可曾出过什么问题?”

“还没听说过。房主说他接手这座宅院后，一连十四年财运亨通，买卖兴隆，不意三年前他染上赌瘾，日子一天比一天差，到了今年初，山穷水尽降临头上，风水先生劝他尽早将房易主，以免血本流光失尽。”

“这么说，我如买到这院宅子，可以驱邪扶正，招得财神惠顾了?”周莹盯着路安桦说，“你是不是听了风水先生的话，才向我介绍这座古宅?”

路安桦笑道：“少奶奶不是早想在西安城内再购置一座宅院吗?当奴才的，自然要为主子跑断腿，磨破嘴了。至于风水先生的话，我认为虽不能太过认真看待，但也可供少奶奶参考定夺啊。”

周莹一笑转过话题，待看完全院布局，回到第一进院时，房主由街上买东西回来，见到周莹，便问路安桦：“这位少夫人是……”

路安桦介绍说：“这位少奶奶来看你宅院，如满意，少奶奶想过手买进。”

房主忙笑道：“少奶奶，你买下我这座宅院，绝不会吃亏，更不会后悔，因为这座老宅子有一绝，是一块独一无二的冬暖夏凉的风水宝地。”

周莹笑道：“老先生此言怎说?”

房主说了声：“请随我来。”随手把手里的东西往窗台上一放，便领着周莹、路安桦走进房门。

周莹、路安桦随房主进入正厅，房主走到房正中，蹲下身，揭开一块地板条，往下一指说："少奶奶你往下看——"

周莹移步到揭开地板条的地方，低头往洞内看时，猛觉一股凉风扑面而来，忙后退一步说："这凉风从地下吹出，怪不得三伏天此房中凉爽宜人!"

房主放好地板条，站直身体说："这座宅子所有房屋内，都连有流通地气的地沟，一年四季流动，保证了房内冷暖适度，我在这里住了二十年，从没受到过冬寒夏炎的折磨。"

周莹问道："老先生现在要卖掉这座老宅，不觉得可惜吗?"

"不瞒少奶奶，我为老不尊，染上赌瘾后，把整个家当全输光吸尽，眼下债主逼上门来，再不还清赌债，怕连命也得搭上。而赌债不还是失却道义的丑事，一旦传出去，我没脸没皮了，还咋往人前站? 所以，只能横下一条心，卖掉宅子还债了。"

"老先生卖了宅子，家眷往何处住?"周莹问，"你老想了吗?"

"老朽在高陵尚有薄地十九亩，宅院一座，卖了此宅，尚不至流浪街头。"房主说，"少奶奶放心，我发誓卖掉城里宅院后重新做人，回高陵后再从头干起，争取在死之前，为儿孙们多积点阴德。"

周莹被房主说得心动了："老先生准备要多少银子才转让?"

房主说："如果少奶奶诚心要买，老朽一口价，你给我二十五万五千两银子，让我还清债，我把房契立马过户给你。"

周莹看着路安桦问："路掌柜，你看呢?"

路安桦问房主："过户银两由谁支付?"

房主说："我出一半，少奶奶出一半如何?"

路安桦说："老先生是个爽快人呀!"

周莹笑道："就按老先生报价过户好了。"

房主见周莹拍板，哈哈大笑说："天无绝人之路，我闫金声混了一世，总算没把人丢在人前。路掌柜，我先谢你助老朽排忧解难，给我找到少奶奶如此慷慨的买主。我现在就把房地契约交你去过户。"

闫金声走进书房，从一部线装书匣内拿出房地契约，交给路安桦说："路掌柜，不瞒你说，我兜里连过户的银两也凑不齐，你好人做到底，替我把过户手续办好，我再请你喝个一醉方休。"

路安桦接过房地契约和闫金声印章，走出躬亲居街门，扶周莹上了轿车，才对闫金声抱拳说："闫兄静候两日，我替兄办完过户手续就把银两如数送来。"

第三天一早，周莹拿到过完户的芦进士巷躬亲居宅院房地契约，让路安桦把二十五万五千两银票送交闫金声。路安桦接银票到手说："过户花去五百二十五两白银，少奶奶为啥不扣除一半数呢?"

周莹说："闫金声为还赌债而卖掉自己的宅院，已属不幸，况他只要二十五万五千两银子，我如再扣除一半过户费用，未免太过抠门儿，不近情理了。"

路安桦笑道："碰上少奶奶这样的好心人，闫金声没啥可后悔的了。"

闫金声虽然豪赌葬送了一座古宅，但当拿到银票当天，便如数还清了债务，挺起男子胸膛说："我闫金声总算没给先人脸上抹黑，从今天起，我要重新做一个不抽不赌的庄户人，回到高陵的黄土地里重振家业。"还清债务的闫金声第五天一早，便搬出了躬亲居，在交钥匙给路安桦时说："请你转告周莹少奶奶，我至死也不会对外人说把古宅卖给了何人。因为周莹看得起老朽，没把老朽当朽木踢进垃圾坑。几百两过户银子虽不足挂齿，少奶奶能分文不取，足以证明她是个人格高尚的人，能把房子卖给她，我闫金声无憾矣!"

路安桦接过躬亲居院门及各房门钥匙时，指着房内的家具说："闫兄，这些家具你什么时候来拉?"

闫金声见问，一笑回答："躬亲居全部家具都是明末清初的古董，我搬回高陵无法和农舍配套，躬亲居如没了这些古董，很难再现它古典美的雅韵气质，所以，我一件也不带回高陵，让它继续留躬亲居吧!"

路安桦把闫金声的决定和说过的话，如实告诉了周莹，周莹叹道："闫金声正人君子也!"其后，周莹曾三度接济闫金声，闫金声曾两次进安吴堡拜访周莹，一老一少成了忘年交。闫金声回高陵后戒掉了赌瘾，活到七十六岁病故后，周莹给他的后人送去一千五百两慰问金。

周莹买进芦进士巷躬亲居，在西安有了火神庙和芦荡巷两处密宅。日后，她将这里作为坐镇西安指挥属下商号和在西安商务活动的决策中心长达十五年之久。1908 年，周莹病故前夕，将芦进士巷躬亲居赠送给了她世叔李平岭的大女儿、画家李一锋。

半个月过去。一个月挂中天的夜晚，周莹像平时一样，一个人到后花园习武练剑，车东盈突然出现在她面前。周莹一愣收剑问："师兄，你咋进来的?"

车东盈回答："你这东大院院墙挡不住我!"

周莹又问："你没回洛阳?"

车东盈说："本来我早该回洛阳了，可是那天在渡口碰到你后，我改变了主意。"

周莹说："于是你就到了安吴堡，并且贼一样翻墙进了我的后花园?"

"我想你。"车东盈一语道破了进安吴堡的目的。

周莹笑出了声："你还没忘记突然袭击我的那一幕是吗？师兄，今天我已不是十四岁的丫头了，你再想占我便宜怕没那么容易了。"

车东盈说："如今你是少奶奶，但你应承认你是活守寡的少奶奶。我不明白，你年纪轻轻，为啥为一个并不值得你为他牺牲的男人守一辈子？"

周莹沉默了一会儿说："人各有志，我既然选择了走这一条路，自然就有把这条路走到底的理由。"

车东盈靠近周莹说："师妹，我至今还没有成家，如果你愿意嫁给我，我会照料你一辈子，和你厮守一生一世。"

"谢谢师兄好意。"周莹说，"咱俩的生活相距太远，性格更是格格不入，咱俩就是勉强凑到一块，也不会开出啥香花来。所以，我劝你不要存任何幻想。"

车东盈此时突然鼓起勇气，上前一步，双手抓住周莹双肩激动地几乎是喊道："我爱你——"喊声中忽然伸臂把周莹搂在胸前，疯狂地吻着周莹，喃喃说，"嫁给我吧，嫁给我吧……"

周莹被车东盈突如其来的爱弄得不知所措，忽然她清醒过来，用力挣脱出来，嗔怪道："你老毛病没改，动手动脚吃过的亏，全忘了！"

"咋能呢。"车东盈说，"当初如果我循规蹈矩，咱俩早成了两口子，如今追悔莫及呀！"

车东盈说的是实话。

周海潮活着时，见车东盈一表人才，习武修身，读书知礼，又从董海川嘴里了解到，他的父亲车如坚，生前在左宗棠帐下当掌印官，平叛时战死，他母亲在其父战亡六年后病故。成为孤儿的他，被董海川收为弟子，并传授他武艺，希望他长大成人后继承父业，从戎卫国。周海潮和妻子周胡氏嘀咕过几次，决定多观察些时日，若车东盈没啥坏毛病，便将他招赘门下，当个过门女婿，以继周氏香火。周莹从母亲闲谈中知道了父母决定，心里自然高兴，所以在和他接触过程中，就多了几分热切，少了些顾忌。不意在她十四岁生日刚过，便发生了他强行拥抱亲吻她的风波。车东盈被驱出孟店村后，周莹曾惆怅了多天，可事已如此，只能一声长叹了。

周莹并没因车东盈拥抱和亲吻了自己而恨他，相反，每每一个人想心事时，第一个想到的人总是车东盈，在她成为吴聘妻子又成为寡妇的很长一段日子里，更是无时不在想着车东盈。现在车东盈就在自己身边，她心潮起伏，可她很快冷静下来，站直了腰，不冷不热地说："你不觉得你来得太晚了吗？"

"太晚，你啥意思？"车东盈瞪大了眼睛说，"我听到你丈夫去世的音信当天，便离开京城往回赶。"

“可你现在才出现在安吴堡，你掰指头算算，我当寡妇多久了？”

周莹哭了。

车东盈慌了手脚，连声说：“别哭，别哭，都怪我榆木脑袋，想不到你的难处——”

周莹一听，忍不住扑哧笑道：“你就知道往女人怀里钻，可又钻不到点子上。”

车东盈瞅着周莹的面孔说：“我心里有你，这些年一直没有成家，这次由京城回来，在渭河渡口见到你后，才下定决心来见你，你应明白我的苦衷，理解我的心。”

周莹仍不冷不热地说：“多谢师兄错爱了我周莹。在我心里师兄的位置早在我十四岁那年便被抹去，今天咱们的行为已出了格，白头偕老的梦早晚都是一场空。”

车东盈脸红着争辩道：“我发誓，只要师妹愿意跟我远走高飞，我若背叛你，就不得善终。”

周莹笑着摇头说：“师兄，你不了解我的心思，我今天实情告诉你，我不是一个对五常八德敬畏如神的女人，也不是一个水性杨花、放荡不羁的女人。我很实际，我不会因个人的爱，而放弃对安吴堡人的爱，我更不会为了你而放弃我已得到手的一切。我若跟一个男人远走高飞，确实可以获得一个男人信誓旦旦的爱，但却会失去安吴堡人的爱，放弃我已经对安吴堡人的承诺。当初我接管吴氏财富和安吴堡管理权的时候，我的一生便与安吴堡人联系在一起。另外我从小过惯了优裕的生活，我也不会跟上你去过清贫日子。再者，离开我现有的环境，若想再去做一番事业，还有可能吗？”

车东盈像第一次认识周莹似的，睁大了眼睛，在月光下很久才说出话来：“谢谢师妹能把心里想的话告诉我。坦白地说，你嫁给我，我能给你的仅是一个男人的热情与温存、关心和爱护，我此生完全不可能也没本事为自己或为他人创造出你现在拥有的财富。师妹把话说到了这份儿上，我若再不知趣，未免太愚蠢了。”说到此，车东盈从怀中掏出一个镇平玉坠来，递给周莹说：“师妹，把这个玉坠留作纪念吧，往后你看见了它，就不会忘记曾有过一个不争气的师兄车东盈！”说完，转脸纵身向花园墙奔过去。

车东盈跃上墙头时，转身向在月光下呆立的周莹再次抱拳施礼后，悄声跳下墙去。

周莹站了许久，收拾好衣服后，方缓步向卧室走去。红玉见她回来，说：“今晚咋啦，习武练剑这么久？”

周莹挥挥手说：“你困了去睡吧。”

红玉见状，知周莹犯了心事，不敢再问，悄声退了出去。

周莹呆坐在灯下，直到鼓楼三更鼓响起，才长叹一声："我的命真苦啊!"

20

第二天一早起来时，周莹没头没脑地问红玉道："红玉，王坚到四川多久了?"

红玉一愣，忍不住笑道："小姐想王坚了?王坚才走了七个来月，就等不及啦!"

周莹骂道："看我拧你的臭嘴。"

王坚进川第十一个月，为庆祝周莹生日，特意购买了几车四川土特产运回安吴堡。周莹见都是自己平日喜欢的川绣贡缎、绿竹凉席、凉椅，还有自己爱吃的川笋川椒等，心里甚是欢喜，夸道："王兄，你的心比绣花针还细，把我的生日还记着呢。"王坚说："主子生日若记不住，我还算啥主子的贴身武师!"

周莹忙吩咐红玉沏茶倒水，安顿厨房宰鸡杀鹅。不一会儿，厅堂里就摆好了接风宴席，周莹招呼王坚入座，让红玉拿出六十年窖藏的凤翔烧酒，亲自把盏，为王坚劝酒。两人高兴，你来我去，酒下去不少，直到红玉把酒藏起来，才作罢。

这一天，周莹比往日愉快多了，忙前忙后，院里到处都是她爽朗的笑声。夜已深时，安吴堡吴宅东大院内宅的周莹书房里，仍红灯辉映。红玉一觉醒来，睁眼见周莹和王坚仍在灯下交谈，忍不住说："小姐，有啥事明天接着谈不迟，你没看几更天了?"

周莹笑道："你困了就去睡，别管我的事。"

红玉站起往外走着说："遇上小姐你，红玉算倒了霉，回头看我到孟店村向老夫人告你的状!"

红玉真的离开书房睡觉去了。

周莹无奈地对王坚说："红玉是我妈从小收养的弃婴，跟我这么多年，我拿她一点办法也没有。"

王坚说："两小无猜是姐妹。红玉能当你的丫鬟，也是你们的缘分。"

"让你说对了。"说到此，周莹把话又转到正题上问道，"从你所掌握的情况上看，你看如果从川花总号物色大掌柜、二掌柜，谁能接替你管理川花总号全盘营生?”

“原总号二掌柜余江鱼是个难得的人物，此人是个义气血性，诚实豁达，知书达理的汉子，管理经验丰富，责任心也强，不足之处是不拘小节，有时太固执己见。若把总号交给他管理，不会捅出什么乱子来。二掌柜我主张让何一清的长子何龙来当，这样在权力分配上就起到了平衡制约的作用。何龙懂账项，像他爸一样对安吴堡忠肝义胆，对少奶奶可谓敬若长辈。有他在，川花总号各分号大大小小事务就难逃过安吴堡眼目了。”

“余江鱼此人经营之道如何?”

“是个善于分析市场变化，从不放弃商机的好手。”

“为人处世呢?”

“能周旋于各种人物之间，化解矛盾，平衡各方利益，在成都商界有一定知名度。”

“有无抱负?”

“雄心不足，守业有余。”

“其家境怎样?”

“是殷实之家，年进金约六万数。”

“亲朋社交呢?”

“仅有翁舅一脉。”

周莹沉思了一会儿又说道：“川陕交通不便，往来联系困难，川货输陕，每每遭强人抢劫，损失惨重。我思之再三，你返川后，除固定资产外，可将库存银两留十万数交余江鱼做流动资金，余额全部押解回安吴堡，改投关中地区。目前社会动荡不安，兵刀之灾各地时有发生，我们若战线过长，难免有一日会顾此失彼，难以应对，我不想把辛辛苦苦挣来的银两白白葬送掉，望王兄能助我完成川资撤退转移。”

“王坚定会全力以赴。”王坚见周莹如此坚决果断，知事难挽回，只好说，“回川后，我将立即着手安排，力争年底前完成撤退转移交割。”

“四川撤资完成后，你必须立即返回安吴堡，替我管理全盘。骆荣年迈，已该告老而退，颐养天年。”周莹叹道，“人老智衰，力难从心，我只能忍痛割爱了!”

“谢谢少奶奶信任，王坚将终身不忘。”王坚听更楼四声鼓响，起身说：“少奶奶，时已三更，若无他事，王坚告退了。”

周莹眨眨眼，脸泛红晕，低声道：“急啥呢，一肚子话呢，咱好好拉拉，一个人住在这么大房子怪冷清的。”

王坚迟疑片刻说："以下犯上，人之不齿，一旦风声传出，我王坚无地自容!"

看见周莹的神情，王坚心中涌起一股热流，恋恋不舍，但又恐人多嘴杂，传出去，坏了周莹的名声，一时竟低头无语。王坚比周莹长十岁，因无妻室，只身闯荡江湖，保养得又好，因此显得英俊年轻，在周莹心目中，他是一个很有魅力招人喜欢的男人。直到王坚入川后，周莹才发现自己对王坚早心有所属。多日不见，相思之苦，情不自禁，一句话暴露了心思。王坚对周莹亦早有暗恋之意，同情相怜之心，现见周莹把话说破了，于是默默认可。此夜两人促膝谈到天亮。这王坚确也是安吴堡下人中的一个人物。智勇兼备，在吴家十多年中，不仅扎住了根，而且获得吴宅上下的一致认可，在安吴堡人中，有着很好的口碑，在吴氏家族掌权的管家、账房先生、武师三驾马车中起着安内镇外的作用。每遇风吹草动，只要王坚带领他的武师和弟子们往那儿一站，吴氏兄弟再凶，也得看看他脸色才敢说话；下人们再刁蛮，也得低下头颅，乖乖听主子的话。

王坚在安吴堡恋恋不舍地待了十天，才收拾行装入川，年底前便将川花库存流动银两押解回安吴堡。川花总号交由余江鱼、何龙管理后，由于流动资金减少，只好按照王坚叮嘱，关掉了五处分号，集中资金和人力物力于成都，把川花总号改为单一经营药材的专卖商行。从此，川花总号从吴氏家族财源名单上删掉，成为一处无足轻重的商业点。周莹将川资改投在关中地区，在豫陕交界处的潼关县城里，开办了一家车马大店，一家酱菜作坊。由于经营方式灵活，善待客户，收费合理，车马大店在短短时间里，便远近知名。而酱菜作坊更靠质量和多品种多口味赢得众多客户，后来成为闻名豫、陕、晋三省的字号，潼关酱菜由此成为一种享誉一时的商标。川花总号年进金虽然大减，风险相对减小，权衡得失利弊，周莹认为利大于弊，心里自然十分高兴，在和王坚谈到这件事时，总要说我决策无误就是最大的成功。

1890 年，即光绪十六年，日进斗金的周莹奉慈禧传诏，进京一个月时间里，在宫廷内外不仅结识了许多权贵，而且对宫廷和朝廷官员们的真实生活情况有了较多的了解，对慈禧的擅权和喜恶也有了某种与前不同的认识。回到安吴堡后，她对自己的生活内容进行了调整，一改崇尚节俭之风，将银钱为我服务，为我所用的思想进一步发挥，过起了挥金如土的生活，一下打乱了安吴堡东大院的生活规律和安静平和。当七月的嵯峨山娇美如画的时候，一天早饭后，周莹没向任何人打一声招呼，到马厩拉出汗血马，问三学道："我多长时间没骑汗血马了?"三学回答说："三个多月了。"周莹笑道："今儿个我出去遛遛，让它好好地疯一回。"三学为汗血马梳毛刷蹄，备鞍戴口嚼，忙活了一阵子，拍拍手问："少奶奶，要不要我随你去遛马？”周莹说：“你在家照顾马吧，我不会走远。”说话间已翻身上马，双腿一夹，汗血马得到命令，昂头长嘶声中，早已冲出了马场大门。

周莹并没有明确跑马路线，当汗血马跑出堡门，她放开了缰绳，汗血马任着性子，一口气向西北方向跑去。当汗血马奔到一个小山包上时，她才勒住缰绳。汗血马见主子下了令，猛地向后一坐，四蹄像钉死在地上一般，鼻子里喷着白气，扭头看了看主子，龇了龇牙，仿佛在说：“这里有啥可看的东西？”

坐在马背上的周莹，举目向四周瞅了瞅，目光最后定格在偏西方向的远山处。

嵯峨山虽然缺少一种雄伟宏大的气魄、苍茫郁葱的壮美、神秘莫测的深奥，但也不失黄土坡塬特有的粗犷。再往远处看，苍郁与迷茫中隐约可见的乳峰山扑进她眼帘时，她精神突然为之一振，忍不住自言自语说：“乳峰山，一座为女人天造地设的山——武则天把自己的陵寝建造在那里，是天意啊！既然在老天爷眼里，女人也能撑起一片天来，我周莹为什么不能撑起一片真正属于自己的天呢！安吴堡未来的天，我一定要撑得比吴尉文还要高，让天变得更蓝，不然，就失去了我守寡的真正意义。人活着有得就有失，既然我失去了女人应有的家庭幸福，就应得到合理的补偿，我必须按照自己的意愿去奋斗，争取本应属于我拥有的一切。”

周莹在马上，对自己的胡思乱想笑出声来：“话好说，事难办呀！我要建造一座属于自己的建筑物。”话才出口，眼前便出现了一幅景象，骆荣、房中书一伙全瞪大了眼。唉！我若要做出令他们想不到的事，他们会不会唾弃我呢？

她从马背上跳下来，顺手摘起一朵业已开败的紫色打碗花看着，苦笑着坐在地上。

汗血马悠闲地啃着青草，不时看一眼草丛里的主子，像是在问：“主子，你今儿个咋了？”

不知何时，一个年轻的挑夫，不声不响走上山包，看见了草丛里的周莹，挑夫悄没声地停住了脚步，把肩上的挑担放在地上，抬手擦了一下脸上的汗说：“小姐，坐在地上小心受凉。”

周莹听声，猛地坐直了身子，睁大了双眼，望着喘着粗气的挑夫，脑子里忽然闪出自己嫁进安吴堡那天从轿帘下窥到的那个站在皂角树下的年轻挑夫。她怎么也不相信，今儿个竟鬼使神差又见到了他。尽管他显得黑了许多，脸上的皱纹也多了，可那古铜色的胸膛，仍是那样平坦健壮。她从挑夫联想到了吴聘，忍不住轻叹了一声，心想：当初我如果不是嫁进安吴堡，而是嫁给像挑夫这样的男人，我早该是孩子的妈了。现在可好，没有丈夫，没有子女，是姑娘已嫁人，是媳妇却没男人，这一辈子算是啥样的女人啊！

她从草地上站起，手中的马鞭垂下来，走到挑夫面前问道：“大哥，你挑的啥东西？”

“杂货。”挑夫回答，“把村里人要的杂七杂八日用品挑进村里，再把村里人的土产和粗布挑进城里。”

“挑一次货能挣多少钱？”周莹又问。

“不多，够吃饱肚子。”挑夫说，“一年到头，能挣十几两银子就不错了。”

“能养活家小吗？”

“够养活老娘了。”

“你成家了吗？”

“娶不起媳妇呀！”

“这么说，你还是单身汉？”

挑夫苦笑说：“没法的事！”

周莹脑子一转，笑道：“这位大哥，你愿不愿娶媳妇？”

挑夫说：“想与不想一样，挣不来钱，谁家愿把姑娘嫁给我这穷汉？”

“我帮你找个媳妇咋样？”

挑夫吃惊地说：“咱们又不认识，你帮我娶媳妇岂不成了笑话？”

“我说话算数。”周莹说，“看在我们第二次见面的份儿上，我出银子给你娶媳妇。”

“我们是第二次见面，我咋想不起来……”

“第一次我坐在出嫁的轿车里，你站在皂角树下，记起来了吧？”

挑夫想了想，猛然一拍额头，忙跪地对周莹叩头说：“原来你就是安吴堡周莹少奶奶啊？”

周莹忙说：“起来，起来，磕啥头嘛，我把伺候我的一个丫鬟嫁你做媳妇，你若同意，回头我给你们办婚事。”

“我秦河此生此世绝不会忘记少奶奶的恩德。”

周莹此时已没有了继续散心的兴趣，见挑夫秦河同意了自己的意见，翻身上马说：“秦河，你明天到安吴堡来找我就是了。”说完，策马顺原路往安吴堡飞驰而去。

回到马场，周莹把汗血马交给三学说：“给它洗洗澡，我闻着它身上有汗腥味了。”

三学说：“少奶奶放心，我马上就给它洗澡。”

周莹进入自己的内宅，当推开房门往书房里走时，听到书房里红玉喘着粗气在说："丁伟，你慢点，我要吃不消了！"周莹想收住脚步已经迟了，因为她的双脚已走进了门，人已站在房子中间。

丁伟把红玉压在地毯上，正忘情地又啃又咬着，周莹笑不是，怒不是，骂不是，打更不是，瞧着两人忘情的样子，干咳了一声才说："一对没出息的东西，小心凉着。"

红玉听到周莹说话声，把压住自己的丁伟用力一推说："少奶奶回来了！"

丁伟没防备，被红玉推了个仰面朝天，见周莹站在房子中间，吓得哆嗦着说："少奶奶饶命。"

周莹气得指着丁伟说："滚出去。"

丁伟没敢再吭声，一溜烟没了人影。

红玉急忙从地毯上站起，低着头站在那里，等着周莹发落。

周莹坐下后瞧着红玉丢魂失魄的样儿，忍不住笑道："就急成了那样儿，连白天黑夜也分不清了？"

"丁伟硬把我压住，我……"红玉支吾道。

"母狗不摇尾，牙狗不跳墙。看把你说得好的。"周莹说，"你若不是从小就跟着我，我非把你给卖了不可。"

"小姐，你千万别卖我啊！"红玉哭道，"我往后再不敢了。"

"别哭了。"周莹说，"去把翠花找来见我。"

红玉把翠花领进周莹书房后，才去换了一身衣服，洗了脸。

周莹对翠花说："翠花，你不小了，二十一岁的大姑娘了，该找个婆家过小日子了。我给你找了个婆家，明天就来领你，我给你五千两银子做嫁妆，嫁过去后要好好过日子。"

翠花说："谢谢少奶奶对翠花恩典，不知少奶奶把翠花许给了哪家？"

"挑夫秦河。你嫁他不会受亏，虽然秦河穷点，但是个老实人。你拿上我给你的五千两银子，成婚后买上几亩地，日子会过好的。"

秦河果然如约进了安吴堡，周莹雇了一顶轿，给了秦河一匹马，让他迎走了翠花。

翠花是周莹成为安吴堡主子后被她嫁出去的第十七个丫鬟，而每个丫鬟的嫁妆都是五千两银子，所以在泾阳县便流传出"周莹的丫鬟，不愁嫁妆的新娘"的话来。

周莹在自己设计的人生道路上走着，率性而为，不管其他人喜欢还是不喜欢。

周莹性格的突然变化，不仅令安吴堡人感到意外和吃惊，就连对她甚为了解的王坚、骆荣、房中书、史明等人，也感到事出突然。在他们眼里，周莹进京城一趟，几乎完全变成了另外一个人。但他们谁也没有吱声，也没有劝她不要忘记崇尚节俭的传统，因为他们一时尚无法了解，在短短时日里是何种原因促使自己的主子行为上发生如此巨大的变化。俗话说："治病先把脉，盖房先夯基。"摸不透主子的心思，无的放矢，自然无法说服规劝她重新回到原来的生活轨道上。

周莹的个性既豁达又偏执，既开朗又阴沉，思想既开明又守旧，生活上既崇尚节俭，又对时尚与奢华念念不忘，这种矛盾的性格，决定了她为人处世的进与退、创办商号积累财富的收与放。因此，从一开始，便注定了从悲剧开始到悲剧结束的过程。

为了使生活能与时俱进，成为一方土地上的显赫人物，从京城回到安吴堡不久，周莹便找来技师工匠，把从京城带回的园林图纸拿出来，让他们讨论研究在嵯峨山麓吴氏土地上，建造一座与吴氏家族名望与财富相适应的园林来。

周莹决定改造修建吴氏庄园的消息不胫而走，从全国各地拥进安吴堡的能工巧匠多时超过百人，于是一个耗费巨额银两的工程，在经过激烈竞争后落锤定音了。

骆荣为了尽到责任，不负吴尉文生前再三托嘱，冒着招来抱怨甚至被斥责的危险，反复向周莹陈述大动土木，建造吴氏新庄园存在的利害，总算说得周莹改变了原来大建主张，丢开了选址在安吴堡外建园计划，改在安吴堡寨墙内择地，仿北京宫廷建筑式样，为她修建一座内宅。经过技师几番更改设计图纸，确定正院主建筑由八间、五拱、六进共一百二十六间房组成，后花园则按照苏州园林细腻精巧风格，结合北方粗犷雄伟气魄，集南北园林精华于一体，建成后能成为渭北和关中地区独一无二的私家园林。

财大气粗的周莹，为未来庄园设想留下极大面积。骆荣虽然力主缩小规模，无奈力不从心，眼睁睁看着周莹手一挥，硬生生为她的来日庄园多圈了三百亩土地。

王坚在周莹大兴土木时，方明白了周莹的内心所思所想，知道了周莹挥金的用意：一个失去了真正爱情与家庭温暖和亲情的女人，一旦再成为金钱的奴隶，为一个并不值得自己倍加珍惜的家族当守财奴，不仅是对自身的摧残和折磨，而且是对自己生命价值的否定。只要自己在活着时，不假他人之手，达到满足自己生活欲望的目的，花再多的银子为自己换得尊严和享受，安逸舒适和欢乐，也会心安理得，问心无愧。

王坚由最初的反对到成为周莹的支持者，当建筑工程破土动工的时候，则成为施工的监督者和总管。周莹有了王坚做助手，把理想变成现实的努力，就少了许多阻力，多了些自信和坚定。

21

周莹为自己营造的庄园和花园，成为一代接一代人嘴中谈古论今的话题，成为人们评价人生价值的证据，成为嵯峨山麓后来人对安吴寡妇说千遍道万遍都津津乐道的历史见证。

周莹挥百万金为自己建造庄园的事，迅速传遍天下，引起一片哗然，更引爆了一伙强人的欲望。与嵯峨山遥相呼应的礼泉县汤王岭上的强人头领跳山虎白蛟，平时就窥伺周莹财富，欲从她手中夺得不世之财，但苦于势单力薄，虽然多次踩点试探，均被安吴堡庄勇家丁击退。得知周莹在安吴堡大兴土木消息后，经几日谋划，白蛟找到乾州梁山王梁飞虎说："安吴堡小寡妇周莹如今大兴土木，人出人进，戒备不严，我们何不抓住这大好时机，混进安吴堡，给她一个措手不及，抄了她的窝，劫得的金银财宝归咱们平分，如何?"

梁山王梁飞虎手使一把大刀，重几十斤，自占山为王以后，二十多年打家劫寨，劫富夺银无数次，从未失过手。他为人做事十分狡诈圆滑，每次动手前，总是找下手风险不大，油水适当，不会引起官衙特别重视的软柿子捏，从来没有与强手过过招，照过面。偶尔选择对象有误，只要照面一个回合难以取胜，他便不打自溜，到手的货也可以弃之不要，逃命第一永远是上上策，因此，他便获得一个绰号"活泥鳅梁山王"。当听完白蛟的话，他立即摇头道："周莹不是豆腐，由不得你我随心所欲揉挖剁切，她与官府交情深，连州府衙门也得怕她忌她三分，何况如今她头上又戴了二品诰命夫人和护国夫人两个头衔，再加上她十八般武器样样能举得起放得下，凭你我三脚猫把戏，想吓唬住她，简直是太岁头上动土、关老爷面前耍大刀。老兄若听弟言，我劝你趁早死了劫她的心。"

白蛟不甘心地说："别尽长她志气，灭自己威风，你又没和她交过手，怎知她武艺高低？她是二品诰命夫人，可有啥了不起？无非是她手里银子比你我多，我要有她那么多银子，也能当他妈二品诰命男人，护国男人。干吧，老兄，这宗买卖可是十年难遇一次，不做可惜。"

梁飞虎见白蛟有点不知天高地厚，便不想再和他多磨牙，说："你要干，我不反对，更不会戳你屁股，看在地界相连情分上，我借你一百人马，助你一臂之力行了吧?"

白蛟见说不动梁飞虎，又跑到淳化县，找到占山为王的秃头鹰段仁智，煽风点火说："段寨主，守住兔子不拉屎的穷山沟称王称霸，有啥意思？如有胆量，跟我去捣了安吴堡周莹的老窝，攻进寨去，少说也能抢回百万银两，足够养活你全寨人马五十年。"

秃头鹰段仁智在淳化一带占山为王，官府把他毫无办法，只要他不攻县城，不抢县衙，不骚扰县城百姓，县太爷便不派人进山围剿他，因此，他过得也相对平安逍遥自在，只是有时手里银子紧点。山里比不上关中平原，有银子的主儿不多，商贾大户更少，往往出动一次，劫得百十两银子就不错了。

段仁智凭一把三尖两刃刀，一手螳螂拳，降服过数十个山头大王，身上确实有几路绝活。由于长期钻在山沟里，大世面自然见得少了，如今见白蛟找上门来为自己介绍买卖，心里乐滋滋的。听完白蛟一番话，心里便痒痒起来，问了几句有关周莹和安吴堡情况，一拍大腿说："奶奶娘，听人说周莹长得赛过貂蝉，攻进安吴堡后，你不能和我争她，我便把脑袋提上，同你一道去踏了安吴堡。"

白蛟一听段仁智愿意干了，立即说："擒到周莹，归你享受，我若与你争，不得好死。"

段仁智虽念过几年书，也写得一手好字，但长期守着山寨过日子，养成了鲁莽粗犷的性格，听了白蛟一面之词，也没想一旦失手咋样把人马安全撤回，便点齐二百名兵卒，专走小道，翻山越岭，到汤王岭后与梁山派来的一百人，会合白蛟手下二百来人马，连夜赶到安吴堡外，一直等到寨门开启时，白蛟把黑虎旗一挥，五百来人，齐声呐喊着，抡枪舞棍，挥刀扬叉，直扑寨门。在寨墙上巡逻的安吴堡庄勇和吴宅家丁，猛见黑压压人群向寨门冲过来，一边鸣锣报警，一边大喊："快关城门，刀客劫寨来了。"

锣声一响，安吴堡内男女老少，知有强盗来袭，连忙抓枪拿棒，挥刀舞剑，吆喝着："快往城上跑呀，刀客攻寨啦！"

一人喊，百人应，瞬间全寨喊声如雷，周莹早起练剑回到房中刚刚洗漱完，正要梳头，猛听喊杀声震耳，忙推开面前镜子，抖落身上花袍，迅速穿上紧身短靠，从墙上摘下宝剑，对红玉说："快去通知史明，让他先鸣金抵抗住，我马上就到。"

红玉急急忙忙跑往偏院找武师史明，周莹也顾不了什么身份，径直跑进马厩亲自备鞍牵马，路过练武厅，顺手拖了一支长矛在手，然后蹬鞍策马驰出了院门。

周莹骑马驰到喊杀声最响的东门时，见庄勇家丁们正与冲进寨门的匪徒格斗厮杀，于是一挺长矛，朝一个手持三尖两刃刀的大汉刺过去。

段仁智率众冲进寨门后，被庄勇家丁们拦住，双方混战到了一起。由于双方实力相当，谁一时也无法占到便宜，段仁智和白蛟一嘀咕，兵分两路，一路与庄勇家丁格斗，一路直扑周莹住宅。不意还没摆脱庄勇家丁们纠缠，忽见一支长矛刺向面门，段仁智一个就地十八滚，硬生生躲过了矛头，纵身跃起，挥三尖两刃刀迎住周莹。论身手，段仁智并不比周莹弱，但他吃了兵刃短和连夜奔袭体力消耗的亏，周莹在马上一支长矛抡圆一扫一大片，一连刺倒三人，段仁智见状骂道："奶奶娘，今日碰上个骚货，老子算倒了霉。"

段仁智不认识周莹，但见人长得漂亮，便一边打一边喊："小娘子，你还真有几下子，本大王舍不得要你性命，你还是乖乖放下兵器，跟我上山当压寨夫人，享清福咋样？"

周莹听他说话猖狂，也不搭腔，挺矛连刺，把段仁智一下逼退一丈有余，又回马将一匪徒刺倒，救出了刀下一名家丁，然后又横矛扫向段仁智。

双方打了半炷香工夫，家丁庄勇越聚越多，才赶来的人光着膀子加入战斗。段仁智看见难突进寨中，眼看手下人倒地二十多名，知恋战下去非吃大亏不可，于是一声呼哨，引着自己人马便退出了寨门。

白蛟引着自己的二百来人，绕巷子扑到吴宅东大院门口和周莹的护院家丁交上了手。武师史明率五十多名家丁庄勇随后加入格斗，在大门口打得难分难解，史明想击退白蛟不容易，而白蛟想通过史明一关，也不是说话的事。在人力上白蛟占了优势，但在战斗力上，史明和七名武师组成的防御阵线，却是没有经过正规训练的乌合之众难以抵抗的。周莹共养了十五名武功在关中地区属一流的武师、四名保镖，除奉命外出的四人外，八名武师、两名保镖加入了战斗。王坚和另外两名武师得知土匪劫寨消息后，组织工地施工人员，准备自卫的同时，下令用竹木将工地大门堵住，以防劫匪攻入工地进行破坏。

八名武师的战斗力一旦发挥到极致，白蛟的人马要前进一步，就得血溅黄土，有死无归了。

白蛟的兵卒多是亡命徒，虽然武艺不精，但敢打敢拼，把死从不往心上放，所以战斗力也颇强大。

白蛟无法突破史明防线，史明又不贪功，双方打了喝杯茶工夫，谁也没占到便宜，就在这时，安吴堡外突然响起号角之声。白蛟听到心里叫苦不迭：坏菜，秃头鹰段仁智他妈的要撤退，这一趟水又白蹚了！

白蛟知段仁智败下阵去，自己若硬撑死打，还能有好果子吃？想到此，大喊一声："撤呀，弟兄们！"

正打得难分难解的白蛟兵卒，听到白蛟喊撤退，往上又一个猛冲，逼退了庄勇家丁，蹽开脚丫子往下就撤，史明带队随后紧追不舍。

周莹率众追撵段仁智到堡外三里处，勒住马喝住往前涌动的庄勇家丁们说：“穷寇莫追，让他们多活几天吧。”

史明将白蛟撵出寨门，紧行几步，一刀砍倒一个卒儿，抬眼再看白蛟，人已窜进沟去，他怕吴宅有失，止住了众人，回身又往东大院跑去。

王坚守住工地，直到红玉跑来说山贼已被打退才拆掉堵住大门的障碍，问：“少奶奶没出事吧？”红玉笑道：“看把你熬煎的，少奶奶一身武艺，对付几个毛贼绰绰有余，你担心个啥？”王坚长出一口气说：“谢天谢地，安吴堡经过今天一劫后，日子就会好过了。”

红玉不解道：“王武师，你这话是啥意思？”

王坚回答：“过几天你就会明白过来。”

周莹回到家，审问了受伤被俘的匪徒，得知是汤王岭白蛟率众抢堡子，咬牙道：“好你个白蛟，你竟敢找到姑奶奶头上来，官府不敢碰你，姑奶奶这回若不端你老窝，你迟早还会找我周莹晦气。”于是召来在家的所有武师下令道：“立即集合全堡子精壮人马，我要追上白蛟，不等他缩回汤王岭，就要把他擒拿问罪。”

王坚见周莹动了怒发下了话，知难阻止，转身对史明说：“史明兄，你去通知马厩，让他们火速备马，我去集合庄勇家丁。”

吴宅养有八十多匹上过校场训练有素的骏马。由于周莹喜爱骑射，平时迎来送往频繁，便从马市购回她看中的马匹圈养成群。除用于迎来送往外，偶尔也拉次车，农忙时用一阵子，马养得匹匹膘肥体壮。史明到了马厩，传达周莹令后，马夫们哪敢怠慢，十几人一齐动手，转眼工夫，八十匹能上阵的马鞍齐披挂。王坚正好率领挑选的八十名会骑善射、能在马上舞枪挥刀使剑的精壮丁勇赶到。

周莹见马队集合好，回头命史明守寨，她亲率王坚等八十多骑，冲出安吴堡，取斜路直奔礼泉县境内的汤王岭而去。

白蛟和段仁智白蹚了水，死伤了二十多名弟兄，垂头丧气地跳沟涉水，爬坡下峁，走小路退往汤王岭。尽管走的是捷径，可双腿怎比得过四条腿？等呼呼哧哧到了汤王岭下，抬头一瞧，立刻傻了眼，因为周莹早已摆好阵势等着他们呢！

白蛟见周莹马队拦住归路，知道已经到了难以罢休的地步，只得对段仁智说：“段兄，这回咱们碰上了硬石头了。咱跑不过四条腿，硬拼也许还有一线生机，不然只有头破血流横尸汤王岭了。”

段仁智瞅瞅立在马队正中的周莹，问白蛟道：“那女人是谁？”

“她就是周莹。”白蛟说，“这小寡妇有几下子，不可小看。”

“我已领教过了。”段仁智说，“如果步战，她不是我对手，奶奶娘，今儿个吃亏就吃在没马骑上!”

周莹见两人嘀咕，手中长矛一指道：“白蛟、段仁智，识时务吧，你们最好放下兵器投降，从今往后改邪归正，重新做人，我周莹网开一面，不让官府查办你们，如果不听我劝，就怪不得我不客气了。”

白蛟冷笑一声说：“周莹，吴少奶奶，少夫人，你也太小看人了，你没打听一下，白蛟、段仁智占山为王二十载，向哪一个人低过头，求过饶，下过跪？我们虽然占山为王，打家劫寨，但活得堂堂正正，在当地百姓心目里，我们是劫富济贫的英雄，并不比你周莹矮。今天让你追上，算倒了霉，但并不等于你有本事把我们打败拿下。你若有胆量、有本事就放马过来，咱们一对一地干，你若胜了我，我任你处置，我若胜了你，也不为难你，你给我们哥儿们兄弟拿出十万二十万两银子，咱们各走各的路，你说这样公平吧?”

“你说话算数吗?”周莹艺高人胆大，加之已从俘虏嘴里了解到白蛟有多大本领，心里有了制胜把握才说道：“你画出圈来，咱们一对一，如果我败了，十万两银子一厘不少给你就是了。”

白蛟说：“我若叫第二个人帮忙，就不算英雄好汉，你放马过来吧。”说完，挥九节鞭就地画出一个约有十丈方圆的圈说：“我不占你便宜，如果我被你逼出圈外，就算败给了你。”

周莹翻身下马，把长矛往地上一插，抽出宝剑，走了过去说：“你是步将，我若在马上打翻你，也算不得英雄，咱们步战更公平。”

段仁智听言见状，心里想：“奶奶娘，这小寡妇还真够意思，讲义气，明明在马上占有优势，偏偏要来这一手，我今儿个要开开眼界，看到底她是母老虎还是一条只会吠叫的母狗。”于是对手下人说：“都往后退五十步，只准长眼看，不准奶奶娘搞小动作。这是公平格斗，生死有命，胜败在天。”

白蛟、段仁智人马真的一齐往后退了五十步，然后坐在地上当起了看客。

周莹马上功夫白蛟无法相比，地上功夫和白蛟比，白蛟则占有上风，她剑术虽可占到便宜，却也不能置白蛟于死地，因为白蛟实战经验比周莹丰富，大小战斗经历百次，而且临危不惧，往往会反败为胜，并不像想象得那样好对付。

两人一前一后走进圈内，话也没搭，便抡鞭挥剑打到了一起。

鞭剑交碰，叮叮当当，十几个回合下来，周莹暗忖道：“和他拼力气不行，得寻机会点他倒地才是。”

白蛟更不敢小觑周莹，每一鞭都是经过思虑后才使出，所以十几个回合下来，根本没照原路数出手，心想，我和她多磨蹭一阵子，等她体力不支时，再施重手不迟。

一个想智取，一个想力胜，鞭风剑气，腾挪踢踏，掀起了股股尘土，把两人罩在了灰蒙蒙的尘雾里。两人斗到第三十个回合，周莹汗已沁在额头，白蛟瞧在眼里、喜在心头，暗想，再斗三十个回合，你周莹不败，才是活见鬼。

周莹见无法战胜白蛟手中的九节鞭，心里揣摩着怎样才能出奇制胜。正在此时，白蛟脚下一闪，九节鞭抡圆，朝她头顶击来，她缩身弓腰；躲过一击，一咬牙，躬身而进，贴近了白蛟，左臂一抡，出手如电，一个小擒拿手法，倏地抓住了白蛟肩头锁骨。这一招是要冒头碎身亡之险的，白蛟做梦也没想到她能来这一下，等发现上当，再想挣扎已晚。

周莹抓住白蛟锁骨，只要掌力用实，白蛟的锁骨就会被捏碎，武功就会被废掉，一辈子变成残废，但周莹没有用全力，她见白蛟是条汉子，打败他就够了，下毒手这与她性格也不符，因为她毕竟心性仁慈，除非万不得已，绝不会轻易伤人性命。何况她知道，若把白蛟杀了，自己这辈子也别想过安宁日子，白蛟手下绝不会罢休，只要有几个人逃出活命，就可能对自己突然袭击，或在安吴堡里放一把火，搞一个火烧连营，到那时，哭皇天也没用了。

白蛟被制，手中九节鞭坠地。王坚与众丁勇见周莹胜了，在马上齐声呐喊："白蛟被擒住了，你们还不投降吗？"

白蛟没敢动，他怕周莹手下用力，因此说："我认输了，你要杀要剐，我白蛟缩一下脖子，也不是娘生爸养的好汉。"

段仁智见白蛟被周莹捏住锁骨，嘿了一声说："奶奶娘，让个小寡妇生擒活拿，真丢先人！"

周莹心想：江湖汉子说话倒是算数，单从这点上，我也不能要白蛟的命，于是松开手道："白寨主，你若不服，咱们从头来。"

"七尺男儿，岂能吐出来再吞下去？"白蛟说，"少奶奶如何处置白某，只管讲好了。"

段仁智这时走过来说："周莹少奶奶，咱们不打不相识，今儿个劫你安吴堡，是我段仁智主谋，我们无非想发点横财。现在你打败了白蛟，还没打败我，若打败我，我心服口服，任你宰割，我若胜了，咱们打平，各走各路。从今往后，我们决不找你安吴堡麻烦，你看如何？"

周莹已领教过段仁智本事，知他手中三尖两刃刀分量，若不答应他过招，必被他认为自己怯阵，即便把白蛟交还，他也不会甘休，与其降一，不如降二，一了百了。想到此便说："那好，还是老规矩，我们在这圈子里对阵。"

白蛟拾起九节鞭，走出圈去，回到自己队伍前观战。

圈内，刀对剑，瞬间刀光剑影，上下翻飞，周莹胜了头阵，信心倍增，精神大振。手中剑指东打西，指南击北，剑尖所到之处，寒光闪闪，风随之而来。段仁智领教过周莹长矛厉害，自然不敢大意，使出浑身解数，也应付得甚感吃力，这才意识到，周莹马上功夫不弱，地上功夫也在自己之上，取胜把握没有了，他便立于自保，暗想，能斗到天黑，然后叫停战，先撤了再说。

观战的王坚开始还为周莹捏了把汗，心想，刚斗了白蛟又斗段仁智，她体力能撑住吗？但看了两人过了三十几招，心便镇静下来。

周莹见段仁智立于自保，故意拖时间，好找借口叫停战，于是剑掌一齐使出，步步进逼，迫使段仁智把真本事使出来。段仁智挡不住周莹勇猛气势，只好和她兜圈子，连连后退，想瞅准机会，抓住周莹败招，一击而胜。他还没完全想好应对策略方法时，周莹突然发力，弹指间，剑尖连连颤动，直袭段仁智上中下三处要害。尽管他迅速移步换位，硬生生躲过三剑，可是在躲避时，被剑尖划破肌肤，血顺手臂流出，一阵刺痛袭来，分散了段仁智的注意力，双腿往后退时两只脚惯性移动，一下踏出圈外。观战的双方兵丁庄勇忍不住发出一阵叹息和欢呼相杂的喊叫声：“段寨主败啦！少奶奶胜了！”

段仁智听到喊叫，低头下瞧，脸腾地飞红一片，长叹声中把三尖两刃刀往地上一掷说：“我认栽啦，少奶奶，你比段某强，段某败了。”

白蛟、段仁智失败认栽的同时，命令手下人马，放下兵器向周莹投降。白蛟、段仁智的四百多人马，听头儿下了令，把手里家什噼里啪啦全丢在地上说：“要杀，我们一块上刑场。”而梁山王梁飞虎的一百人马却你望我，我瞧你，既不丢兵器也不表态。白蛟见状，忙上前对周莹说：“少奶奶，我忘了告诉你，我向乾州梁山王梁飞虎借了一百号人助威，少奶奶能否网开一面，让这一百人回梁山去？”

周莹回脸瞅了王坚一眼，像是在征求他的意见。王坚会意，不动声色地点了点头算是表了态。

白蛟、段仁智说话算话，几百人马向周莹缴械后说：“不知少奶奶将如何处置我们？”

周莹胸有成竹道：“二位如果能解散手下人马，让他们改邪归正，我愿出资为他们安排生计，务农从商任他们选择。二位可到安吴堡为我训练家丁庄勇，负责保卫安吴堡一方安全。”

到了如此地步，白蛟、段仁智已无话可说，于是上前向周莹施礼道：“少奶奶义重言明，我们若再不识抬举，还算什么人？”

周莹率队回了安吴堡，第二天派人送到汤王岭白蛟寨内三万五千两银子，让白蛟、段仁智打发手下人马各自回家，自食其力。

白蛟、段仁智分发完银两，各自处理完山寨内部事务，收拾好细软之物，放了一把火，烧掉各自山寨，一同进了安吴堡，投到周莹门下，从此改邪归正，成为周莹得力干将，死心塌地为周莹服务了十年，最后告老归隐，不知所终。

22

在周莹继承的商号中，距安吴堡最远的是藏北草原的茶庄分号。她成为安吴堡主子后，由于集中精力处理江南逆叛和四川内乱，安内攘外，根本无暇过问分散于迪化、兰州、西宁、银川和藏北专事经营茶叶生意的各个分号。初步安定了内部，化解了纠纷，吴氏家族一分为五后不久，从藏北突然传来一封告急信函，信是藏北茶庄分号大掌柜赵道格尔亲笔手书，经过两个月零一天时间才送进安吴堡的。

周莹看完赵道格尔告急信函，一分钟没停，便召来了骆荣、房中书、王坚等亲信，共同研究如何处理藏北茶庄分号遇到的问题。

赵道格尔和藏北茶庄分号由于道路遥远，信息闭塞，对安吴堡近五年内发生的变故可谓一无所知，故信是写给吴尉文的。近五年来，赵道格尔曾几次想到安吴堡一行，都因妻子卧病在床而未能成行，每年他只好将上缴安吴堡利银，假手成都川花总号转呈。当市场变化波及茶市，茶叶经营在价格上连连下挫，跌至谷底的时候，他再也坐不住了，想派人东上，又担心路上发生问题，最后趁马帮赴陕，才托马帮把信带进安吴堡。

一石激起千层浪。就在周莹召来自己手下，研究如何解决藏北茶庄分号的问题时，川北、兰州、西宁、银川等地分号，也先后传来信息：茶叶的价格一日三变。

周莹坐不住了，急如热锅蚂蚁般问骆荣：“骆叔，老爷在世时，是咋样处理这种问题的?”

骆荣说：“老爷在世时，从没遇到过茶叶行情如此大的波动，个别品种上升下浮是常事，由各商号根据当地行情，酌情处理。”

房中书道：“茶叶价格小幅波动不影响大局，这次茶叶市场行情变化，我看来势汹涌，处理不当，必将影响全局，我们是得早做思想准备，以免临阵乱了手脚。”

王坚笑道："房叔的话等于没说，咱们半夜聚到一块为啥？商量对策呀。"

周莹也忍不住说："咋答复赵道格尔的信呢？"

骆荣说："给藏北写信是远水救不了急火。我看先不急于给赵道格尔回信，即便回信，快也得两个半月才能送到他手里，到时候，就是一百座茶山怕也会被火烧成灰了！"

王坚说道："骆叔的话有道理。这次茶叶价格下跌绝非小事，我们必须在最短时间内找到解决的办法，若顺其自然，咱安吴堡危矣！"

周莹一时也想不出解决问题的好办法，挥挥手说："大家先回去吧。"

人散了，王坚并没有走，周莹瞅了他一眼说："你有啥想法说出来，不要打哑谜了。"

王坚笑道："我在你面前打哑谜做啥？我只是怕说出来，骆叔、房叔两个老头儿反对，才等他们走了再说给你。"

周莹坐下来说："行啦，别绕弯子了，赶紧说吧。"

王坚道："眼下茶叶行情一日多变，是近十年来少有的，我虽对茶叶市场行情知之甚少，但依我看，滞销的主要原因，不外是市场太过饱和，自然也会存在人为原因。如果原因找不到，便盲目而动，只能把事情搞得更糟，所以，我认为咱们不妨先对茶叶市场做番了解研究，找出病因，心里有了数，对策也就找到了。"

周莹说："你这办法怕远水解不了近渴，盆水泼不灭大火。"

王坚说："枯水而为，亦不足取。做买卖，盈亏是一种必然，只要能控制在可以接受的范围内就行，少奶奶对此无须太过苛求为上。"

周莹说："你看让谁去做市场调查？"

王坚说："我给少奶奶推荐一个人。"

周莹问："谁？"

王坚说："岐山邓监堂。"

周莹一惊："邓监堂，他能答应我的聘请吗？他可是咱关中出了名的心高气傲之人呀！"

王坚说："少奶奶只要心诚，就能把邓监堂请进安吴堡来，让他为少奶奶出谋划策。"

周莹说："据我所知，邓监堂自和马合盛竞争失败后，就一直闭门不出，曲高和寡苦了他，也害得他举目无朋。眼下，我若去请他出山，他要给我吃闭门羹咋办？"

王坚笑道："心诚则灵，少奶奶心诚了，还怕邓监堂不动心？"

周莹点点头若有所思地说："你的话有理，让我考虑考虑再做决定。"

王坚退出房门走了，周莹坐在灯下，想过来思过去，足足想到四更天，才一拍桌子自言自语道："我就去会会邓监堂这位傲气十足的奇人，我倒要看看，他是九头十八臂的神仙，还是三头六臂的狂人。"

第二天天刚亮，周莹便起了床，和王坚一道，在四名保镖保护下，跨上坐骑奔向岐山。

邓监堂家在岐山城外数里远的一片塬坳中，一座高房大院成为他闲居的福地洞天，因为他的老婆是大户人家的小姐，家中丫鬟、仆从一应俱全。自与陕西大茶商马合盛对着干，争夺茶行老大失败后，一直杜门谢客。周莹的突然出现，着实令他大吃一惊，因为在他心目中，周莹作为安吴堡少主，实在是嫩了点，要想管好安吴堡那一摊子，绝非说话般轻松。再说，一个小寡妇，若成年累月在人前抛头露面，难免惹是生非，闹出说不完道不尽的闲言碎语甚至绯闻来。一旦如此，她又能在生意场上做出什么令人心服口服的大事来？所以，在把周莹一行让进堂房坐定后，开口便说："少夫人是不是进错了门？我邓监堂和令公曾有过几次交往，但从未与少夫人谋过面，少夫人突然到寒舍造访，究竟不知为了啥？"

周莹欠身道："邓老前辈乃关中名人、商界精英，作为晚辈前来向你老求教，乃很正常的事，你老千万别把我们撵出大门呀！"

邓监堂哈哈大笑道："少夫人话重了，俗话说，有理不打上门客。我邓监堂咋能做出那种无礼的蠢事嘛。"

周莹这才言归正题说："邓老前辈必然知道，眼下茶叶市场变化巨大，价格连续下跌，市场饱和，茶叶滞销，安吴堡茶叶总号下属各分店，如今已到了燃眉程度。我前来岐山就是想请前辈出山，在安吴堡急需帮助的时候，伸出手来，扶周莹一把。"

邓监堂忽地坐直了腰，侧身面向周莹严肃地说："我邓监堂虽有过五关斩六将的往事，但最终则败在马合盛手下，昔日生意场上败将，还能有啥大的作为？少夫人，你来找老夫出山相助，是不是高估了老夫的能力？"

周莹说："前辈差矣，成功与失败是生意场上的常事。前辈与马合盛在生意场上较量的结局，虽见了高低，但并不能证明前辈就是真正的失败者，马失前蹄不等于千里马成了残驹。我之所以前来请前辈再次出山，因为我相信，前辈的智慧必定能找到助安吴堡茶叶经营走出困境的良方妙药，从而引领西部茶叶市场重整旗鼓，为咱陕西茶商争回失地。"

邓监堂微笑道："少夫人把邓某看高了，看高了。"

周莹心想：看他笑容，请他出山相助之事，怕有点希望了，便一转脸向王坚使了个眼色。王坚会意，起身离座，将放在身边的礼品递到周莹手里，周莹双手捧给邓监堂说："周莹来时匆忙，没给前辈带什么贵重礼品，这是晚辈一点心意，还请前辈笑纳。"

邓监堂双手接过礼品一瞧，正色道："少夫人礼重了，这尊镶玉嵌珠宝座的金佛，据我所知，乃先公在世时十分看重的珍品，少夫人如今送给了老夫，老夫实乃不敢夺人之美!"

周莹笑道："前辈言重了。"

邓监堂被周莹的见识和气量打动了，他三天之后只身进了安吴堡。

邓监堂对安吴堡在西部茶叶市场上的领袖地位有着深刻的印象。他不会忘记裕兴重茶庄总号和设在兰州的分号掌柜胡服九成为陕西茶商通行领袖的往事。如果没有吴尉文当年的知人善用，发现胡服九的超群智慧，陕西茶商就很难成为独树一帜的茶叶大军，足迹最终遍及中国西部辽阔疆域，从而沟通了大江南北茶道，成为边茶贸易的通行领袖。吴氏和马合盛作为陕西茶商的代表人物，他们的贡献将永载史册，成为后人的榜样。尽管他邓监堂败在了马合盛手下，但他又一次出山辅助周莹重振茶道，就证明了他邓监堂是一个能站得起也能蹲得下的汉子。

周莹对邓监堂说："邓叔，裕兴重及分号的生死存亡，兴败荣辱，我全拜托你老了。"

邓监堂问："如果我管砸了，你怪我吗?"

周莹果断地说："如果我怪了你，就等于否定了自己。"

邓监堂又问："如果我不能把裕兴重引出迷途，你责罚我吗?"

周莹严肃地说："上天永远不会责罚一个尽心尽力的人。"

邓监堂再问："假若我把安吴堡的茶经念歪了，赔光了，你将如何面对?"

周莹认真地说："财富的长消就像人的生死一样自然。它是生不带来死不带走的东西，我大死后我和母亲也经历过财富流失的困惑，但我们挺过来了，因为在我们头脑里，财富只是人生道路上的一种助力，而不是生命的全部。"

邓监堂正色道："有少夫人这些话，我邓监堂心里有底了。"

邓监堂并不急于头痛医头，脚痛医脚。当他走进设在泾阳县城的裕兴重茶庄总号时，做出的第一个决定就是维持日常生意，不赶浪掀涛，不抛售一两茶叶。并再三提醒伙计们，滞销并不可怕，生意场上最可怕的是做墙头草。他给各分号发出的第一封信，写得十分清楚：茶价暴跌，卖茶越多，赔得越多，静坐静吃，天塌不下来，静待市场变化。各分号的掌柜、伙计们急得团团转，一再要求随行就市，但均被他严词拒绝。周莹看在眼里，急在心上，但又不便于出面对他发号施令，因为她不能违背当初授权给邓监堂时说过的话，许过的诺言，她不想成为一个朝令夕改，说话不算数的东家。如果那样，她在下属心目中，将会变成怎样一个人呢？言而无信对她来说，简直就是毒药，她死也不愿往肚子里咽呀！

骆荣、房中书对聘邓监堂出任裕兴重茶庄总号的大掌柜，一开始便极力反对。因为他们领教过邓监堂的手段，吴尉文在时，他们不止一次和邓监堂交过手，邓监堂为人精明耿直，人人侧目以待，但对他在生意场上的心狠手辣，却是不敢恭维的。因了这一点，吴尉文对他采取了绕道走的策略，在茶叶买卖中绝少与他较量，这样两人才保持住了以礼相待的君子之交。而设在泾阳城内的另一家茶庄的东家马合盛，在与邓监堂的交往中，却采取两雄不能并存的方法。马合盛以经营泾砖成名。他经营茶叶很注重质量，不求数量，对茶叶制作把关严格。买茶必须在春天，收购产于高山的头茶七八成，子茶不过两三成，而一般商家则是头子各半，他家的茶质量因此高过别家一筹，使他的茶叶在民众中有口皆碑，远走口外。吴尉文对他格外看重，学着他的样儿做茶叶买卖，很快成为与马合盛齐名的大茶商。他们每一次向西北偏远地区运茶，都是上百峰骆驼组成浩浩荡荡大军，一路走来，驼铃叮当，前呼后拥，蔚为壮观。

邓监堂由于贪快求多，对时局缺乏敏感，最后败在马合盛手下。

现邓监堂成为周莹旗下一员主将，把裕兴重总号下的各地茶庄分号总揽在手，这又燃起了他创业的激情和渴望做茶商老大的雄心。为了实现一番抱负，他事必躬亲，不辞辛苦，走南闯北，放开手脚干了起来。为了把滞销的茶叶保住，他冒不测风险，硬是顶住压力，坚持囤库待机，因为他深知“贵极反贱，贱极则复贵”的价格反弹规律，只要顶住眼前的一时萧条，就会否极泰来。正如他所预料，时过九月，茶价突然上升，再次出现一日三变的行情，裕兴重和其旗下分号积库茶叶，眨眼物以稀为贵，赶在新茶上市前大好商机，一销而空，不经意间为周莹赚回了四百万两银子。各地分号凡遵照他指示，囤茶于库待机而销的，都赚了钱，而且赚得钵满盆溢。那一年，周莹奖励赚钱茶叶分号的掌柜店员时，破格重赏了邓监堂一院建筑面积为六千二百平方尺的住宅，奖银八万五千两，玉如意两柄，佛手一对。邓监堂费尽心血创制的“天泰牌”泾砖商标，成为陇地牧民眼里的名牌。他一改败于马合盛时贪多求快的毛病，在经营上稳扎稳打，锐意进取，使裕兴重名气日盛，后期压倒了马合盛，占据了陕西茶商的头把交椅。马合盛败在邓监堂手下，愤愤不平中，把在泾阳的总店搬回了他的老家民勤县，从此一蹶不振。直到死他也没想明白，周莹到底用啥法子把邓监堂变成了一个非凡的茶商。

周莹为把陕西安康的紫阳茶、汉中的午子仙毫茶叶推向市场，从根本上改变陕、甘、宁、青、新等地区茶叶市场上被江南原茶和云南普茶统治地位的状况。她对邓监堂说：“咱陕西产茶叶质量和江南茶云南茶相比，在加工工艺上大同小异，陕西茶叶曾远销甘、宁、青、新等地区及中亚一些国家。自从明朝初年，咱陕西泾阳人创造了‘茯砖茶’，由于是用官引制造，交给官府销售，又叫‘官茶’‘府茶’。在明清时期六百余年间先后生产的‘马合盛’‘泰合诚’深受西部地区青睐，被誉为‘中国官茶妈祖’‘丝绸之路名茶’。后来人家云南普茶从产地出发，经大理、丽江、中甸到西藏左贡、昌都抵拉萨，然后继续前行把普茶销往缅甸、不丹，经尼泊尔到印度等国家和地区。可咱陕西人抱残守缺，一条路走到黑，茶叶生意越做越小，到如今连老祖宗给留下的财富也当成石头抛在山旮旯里晒着，任其自生自灭，搞舍近求远劳民伤财贩运江南茶叶的买卖。经过这次茶叶价格暴跌造成的损失，我们应该从中得出些什么教训，值得认真思考一下，不然，过不了两年，我们还会犯同样出力不讨好的错误。”

邓监堂听了说：“少夫人所言有理，咱陕西愣娃总是好了伤疤忘了痛，守住家门称英雄，手里有了几个银子，便不思进取，盖大房，买轿车，拴几头牛，婆娘孩子热炕头，过起守着土地，当财主的自足日子。当年咱陕西‘去农从商，争朝夕之利’的创业精神淡泊了，戴在咱陕西人头上的‘国商’桂冠也逐渐失色。眼下，留在三秦大地上的只有名声显赫但却无法再创造财富的各种大院了！如今以泾阳、三原为中心，以沟通东西部贸易为己任的秦商商帮，已到了日暮途穷的窘境。少夫人现在想再现茶叶市场繁荣景象，谈何容易啊！同治元年，关中地区仅西安、三原、泾阳、宝鸡、韩城，便有茶庄茶行一百七十四家，泾阳的马合盛、裕兴重，西安的一碗香、秦韵茶行，家家都拥有三百万两以上资本的雄厚财力，我邓监堂的资本在这些茶庄茶行中算不上大户，但也没下过二百万两的资本。眼下，少夫人你扳手指头数数，咱关中还有几家让人挂在嘴上的有名有实力的大茶庄大茶行？”

周莹说：“正因如此，我才想，咱们应该重打锣鼓另开张，再造一次关中茶叶买卖雄风。”

邓监堂说：“少夫人，你想法不错，恐你心有余力不足啊！”

周莹问：“此话怎讲？”

邓监堂笑道：“你敢冒风险，重走龙驹寨至武汉到苏杭的老路，长途贩运江南茶叶到陕、甘、宁、青、新吗？”

周莹反问：“我为什么要舍近求远呢？”

邓监堂说：“苏杭的茶叶誉满天下，你不舍近求远到哪里找茶源？”

周莹说："我刚才已经讲了，就地取材嘛，咱陕西的安康、汉中，自古就是产茶的宝山宝地，你现在喝的紫阳毛尖、午子仙毫，哪一点比不上苏杭的茶叶和云南的普洱茶？马合盛的泾砖，用的全是原茶老叶加工而成，过去我们不知道其中奥妙，舍近求远，多花了银子多受了罪，现在明白过来，再走老路，岂不是变成了十足的傻瓜！"

邓监堂一摸头，嘿嘿笑道："少夫人说得有道理，有道理，我老头子吃的盐比你多，但肚子的货却比你少，你得让我好好琢磨琢磨再说。"

周莹站起来说："邓叔，我给你三天时间考虑，到时，你老一定要给我一个肯定答复。"

邓监堂也站起来，说道："三天后，我保准给少夫人一个明确无误的答案。"

周莹决定重组茶叶市场，开辟茶叶新的销售渠道，并不是一时心血来潮，而是从邓监堂冒风险，顶住压力，坚持囤库待机，认准价格反弹规律，战胜滞销中的萧条，抓住一瞬即逝的商机，赶在新茶上市前把压库茶叶销售一空的经验中看到新的商机后，而提出的欲取之，先予之的营商策略。她知道，暂时放弃一些到手的利益，是为了得到更多的利益，如果想赚钱的话，必须先付出自己用心血换到手的部分利益。只想自己赚钱，又不敢冒风险的人，永远成不了大气候，那样安吴堡只能像嵯峨山上的悟空庙一样，迟早会悄无声息地湮没在杂草丛生的荒芜里。

周莹决定让邓监堂重整安吴茶叶买卖，闯一条新路的第二个想法，是通过邓监堂的人际关系和影响力，与各类商号建立稳固的商业往来关系，而茶叶作为一种消费量颇大的物质，恰是能与社会广大阶层建立良好关系的一种媒介，朋友见面，一杯茶，便可打开局面，便可从交谈中捕捉到市场信息，把自己的商品推介出去，争取到新的买主。这种在朋友身上找财路的技巧和策略，在周莹看来，是至关紧要的一种谋略，如果自己不能充分利用和发挥邓监堂的聪明才智和经商经验，把刚有起色的茶叶生意重新做大做强，等于睁着眼睛放走飞进笼中的大鹏。

邓监堂是一个求胜意志和求胜信心十分强烈、有着丰富商业知识的人，在茶叶经营的数十年时间里，不仅积累了许多经验，而且锤炼了永远不服输的自信，尽管在与马合盛的竞争中败下阵来，追根溯源，他仅是输在制茶技术的失误和人力无法抗拒的自然因素上，他从江南购进的六万斤春茶，再从武汉逆丹江而上运回陕西途中，船队进入武关地界时，突遇暴风雨，丹江河水瞬间暴涨，浪高十尺，水深九丈，两岸山石在暴风雨中滚坡而下，江水卷动滚石，先后掀翻砸沉了载茶的货船，血本无归的邓监堂受到致命打击，一病不起，只得悄然关闭了自己的茶庄。马合盛自以为是自己用技术和实力战胜了邓监堂，所以当周莹把邓监堂再度请出山成为裕兴重茶庄总号掌柜后，马合盛很快便发现邓监堂东山再起的勃勃雄心，他是要把马合盛的旗号换成裕兴重的旗号。三年不到，马合盛输了，输得心服口服。因为邓监堂研制的“天泰牌”泾砖茶，质量远远超过了马合盛研制的泾砖茶。

周莹的用人策略和在逆境中打磨自己的心态、从教训中奋起的意志，成全了安吴堡的事业，也最大限度地发挥了邓监堂的智慧和创业精神。

邓监堂在考虑三天后，在孟店村周宅里和周莹研究了一天一夜，制定出一个就地取材，开发安康、汉中地产原茶，研制和改进马合盛泾砖，重整秦商茶叶市场的方案。周莹拨出二十五万两白银，作为邓监堂开发安康、汉中茶园，研制陕青的专款。邓监堂手里有了银子，率领裕兴重茶庄的十一名伙计，翻过秦岭，进入陕南安康、汉中万丛山之中，经过三个多月调研考察，选择了紫阳与西乡两地的茶树作为开发品种，和当地茶农签订了茶园开发和供货合同，预付了五万银两做定金，留下四名伙计长驻紫阳、西乡做技术指导后，邓监堂回到安吴堡，一头扎在研制陕青茶和砖茶上。

自古道：“美酒千杯难成知己，清茶一盏亦能醉人。”陕西是中国绿茶的主产区，东起商南万山丛岭，西到秦岭南坡山峦重叠的西乡，绵延上千公里的山野大地河谷上，处处玉带缕缕绕山坡的茶园，皆飘逸着茶的清香。那青绿色的芽叶，黄绿色的茶汤，鲜醇的香味，曾醉倒过多少文人墨客、仙家僧侣、凡夫俗人。邓监堂看到陕西产的绿茶足可与苏杭绿叶相媲美时，一颗苍老的心突然间恢复了青春，他对周莹说：“我邓监堂在有生之年，如不能把陕西绿茶和上好的茶砖卖出三秦地界，重上古茶道，行进在丝绸路上，死也难瞑目啊！”

有着三千多年种茶历史的紫阳、西乡两地产的绿茶，翻过秦岭进入安吴堡仓房时，周莹品尝后，开怀大笑说：“‘百华投春，隆隐芬芳；蔓茗莹翠，藻蕊青黄’。咱陕西地产的茶叶，也是‘芳茶冠六清，滋味播九区；人生苟安乐，兹土聊可娱’的佳品嘛。”

经过两春三秋的实验，邓监堂终于在周莹的全力支持下，研制出了新的茶砖，陕青绿茶的炮制技术得到改进，质量显著提高，由于在研制茶砖过程中，邓监堂是在西乡县一个名叫天太的茶农家中炮制出第一块茶砖，所以，在和周莹商量后，为感谢茶农天太的全力帮助，便将茶砖命名为“天泰牌”茶砖。上市后，因“天泰牌”茶砖加工场和批发地在泾阳县泾干镇，货因地而名，后来被人俗称为“泾砖”。“泾砖”一经问市，便受到消费者的欢迎，藏北茶庄分号大掌柜赵道格尔的儿子进安吴堡代父向周莹拜寿时，对泾砖赞不绝口，说：“天泰牌茶砖比马合盛的茶砖质地更纯，味更清香，一定会受到牧民和藏民的欢迎。我回藏北时，一定要带三百头骡和牦牛驮上天泰茶砖，让藏北人尝尝裕兴重的香茶。”

周莹喜出望外，立即让邓监堂为藏北茶庄分号准备了上百件天泰牌茶砖，把赵道格尔儿子带进安吴堡的六十头牦牛、四十头骡子，全装上了砖茶，然后集会起安吴堡和三原县载运行二百头骡子，让武师任虎、何冲、张抗、关锋和安吴堡庄勇四十骑组成的马队，全副武装保护，取道子午谷道翻秦岭，进汉中取道宁强古栈道入川，经成都出雅安至康定，来去用时四个月又十天，途中死了三匹马，两头牦牛，伤了五名庄丁，先后击退七股土匪袭扰，才把全部砖茶运进藏北茶庄分号。

天泰牌茶砖在藏北一炮打响，消息很快传遍茶马古道，时过半年，丝绸路上和由陕入川的古栈道上，贩卖茶砖的茶商往来穿梭，邓监堂和周莹的名字，随着天泰牌泾砖的名字，传遍了陕、甘、宁、青、新、川、藏、蒙古，成为茶马古道上的一支主力军，马合盛的茶庄则因茶砖质量敌不过周莹和邓监堂的天泰牌而被茶商冷落，马合盛经再三思量，最后长叹一声关闭了马合盛茶庄，悄无声息地返回甘肃庆阳老家，退出茶商行列后过起了地主生活。

周莹通过重整陕西茶叶市场，在短短八年时间内，便创造了九百七十多万两纯利，使安吴堡的财富增加到三千八百六十多万两，从而成为陕西清末时期的盖省财东。

周莹慧眼识英雄，请出了一个邓监堂，救了她一半将倾的江山，只用了两年多时间，便把茶叶总号起死回生，一跃成为陕西最大的茶商首领。她对此并不感到满足，她要创造更多财富，为未来的安吴堡发展打下更坚厚的财力基础。此时三原的布匹贸易也因天灾人祸受到影响，由当时父亲周海潮在世时的五十四家，锐减至十三家。为重振三原布匹贸易，她派王坚三次到平凉，赴龙驹寨，和有志重振陕西布匹商场的志士仁人一道，做了许多有效工作，终于建起东经河南至豫南豫北的贸易通道，联系各产布州县设庄设店收购布匹，然后转运三原再分销西部的买卖网络。经过四五年的艰苦经营，这条布匹通道上出现了以许昌为布业的集散地，陕西布商在许昌坐庄的达到了三十多家。往西销售的地方，以甘肃河州为中心，运到了新疆哈密，成为陕西布商携布北上的中转站，为解决西北各族人民的衣着之需立下了汗马功劳。

当年三原人李忠业在商洛丹江岸畔的龙驹寨开设的德盛新布行，曾有过存布榻房三十余座，运布驮骡六百多头，成为名噪一时的“李半街”。到了周莹入主安吴堡后，龙驹寨又一次迎来了复苏。她出钱修复了翻越秦岭十八盘三十里长的驮路踏道，解决了货物运输问题，使龙驹寨的骡马店增加到十二家，每到晚上，骡马店里灯光闪闪，吆马的声音此起彼伏，伙计们招呼客人的声音不绝于耳，布商们喝酒猜拳的声音传出半条街，一派兴旺景象。当时龙驹寨有一首民歌这样唱道：“丹江河行木船下通武汉，脚子班送货物前呼后喊。油盐行过载行货堆如山，大街市商店内百货绸缎。骡马帮分两路日夜不断，通西安达甘肃北出潼关。龙驹寨自古来水陆方便，被誉为小武汉名不虚传。”

周莹公馆设在三原城内，坐镇指挥布匹买卖，可谓废寝忘食，有一天她正在与甘肃平凉客商就运载行运输途中安全问题交换意见，泾阳永兴合皮店掌柜党士元找到她说：“少夫人，有一宗买卖不知你做不做？”

周莹把平凉客人安顿好后才问：“啥买卖你先说清楚。”

党士元说：“兰州皮商邱成贵想拿皮子换你的布。”

周莹笑道：“做皮货买卖你是内行，你说我能做不能做？”

党士元也笑道：“只要有利可图，这皮换布生意并不烧手。”

周莹认真道：“我可是门外汉。”

党士元说：“只要少夫人敢做，我当你顾问。”

周莹想了想，才问：“皮子换布，咋作价？你清楚吗？”

党士元说：“这没啥难人地方，各算各的价，吃亏事咱自不会干了。”

周莹往起一站说：“那我就试试看。”

党士元回头找来了皮货商和周莹见了面，双方最终达成了皮换布的协议。

党士元成为周莹第一笔皮子换布买卖的顾问，把周莹引进了皮货业中。

周莹用三十八万两银子的布，换回了同价值的皮子，经过党士元加工卖掉后，净赚了八万六千多两银子，她忍不住笑道：“这钱挣得是不是太容易了？”

周莹的尝试给泾阳增加了一个新的行业——皮革加工。到了清末，泾阳成为陕西又一皮货加工转口贸易中心，陕西的皮毛加工技术传播到了兰州，成为陕西商帮在兰州垄断经营的又一行业。

周莹做买卖，买啥啥成，卖啥啥贵，银子一个劲往里收，她的兴趣也越来越广泛，在庆祝她三十岁生日时，王坚对她说：“一个叫南金昌的秀才想把他祖传下来的一个商鼎当给少奶奶，不知少奶奶意下如何？”

周莹说：“他不找当铺找我干啥？”

王坚说：“你能给他一个好价钱嘛。”

周莹一想也对，便说：“咱就开个典当铺，专收古董玩意儿咋样？”

王坚说：“那敢情好，省得你动不动就上当，老是把假古董买回家来。”

周莹说："你是哪壶不开提哪壶，商鼎你去收回来就是了。"

王坚仅花了一百二十两银子，就收回了一尊三十六寸高的商代青铜鼎，喜得周莹围着商鼎转来转去，一连看了三天也不让人把鼎收藏进库。半个月没出，一家典当铺在泾阳县城开了张，典当行有了周莹的影子，渭北人有了又一条生财之道。到了清末，关中地区开设的典当铺多达八百余处，可谓盛况空前了。

周莹虽然对各行各业都有兴趣，但一生主打方向却始终如一，把主要资金投在盐与布、茶贸易上。她到了不惑之年时，精气神因疾病纠缠，大不如前，但仍关心着陕西布业的兴衰繁荣，为把陕西布匹生产搞上去，她决定做一次大胆尝试：引进外国布匹生产先进技术设备，派人到上海，伙同裕隆聚总号大掌柜咸铁成一起，和英国、德国商人就引进纺织机械设备进行谈判。当时，英国纺织设备比较先进，但要价昂贵，她便根据关中实际情况做出决定：购进德国生产设备。因为陕西棉花绒短，只适合生产粗支纱，织粗布，德国设备较适应。为此，她拨出一百八十万两银，和德国商人签订了供货合约，可惜的是，她的抱负最终竹篮打水。运送设备的船在台湾海峡遇到风暴沉没了，她的投资也化为乌有。由于这一次引进国外纺织设备的失败，致使陕西布匹生产的落后局面一直未能打破，直到 1937 年中日战争爆发，江苏荣氏家族为躲避战火，被迫将一部分纺织设备西迁，在宝鸡斗鸡台创建了新秦纺织厂，才揭开了陕西现代纺织工业的序幕。

23

周莹收降了汤王岭山大王白蛟、淳化山大王秃头鹰段仁智后，两处山寨不攻自破。官府没动一兵一卒，坐享其成，冒领军功。消息传到周莹耳朵里后，她一笑而过，对手下谋士武师和家中男女们说："我要的是安吴堡安宁无事，让县老爷们报功领赏去吧。"但老百姓不认官衙的账，一传十，十传百，把周莹如何战白蛟、伏段仁智、瓦解山寨的事，添油加醋，编成故事，逢人便讲，一时间，周莹成了一个侠肝义胆、爱国忠君、为民除害，力保一方安宁的巾帼英雄。消息传到江南和川、鄂、陕、晋、豫、甘等地吴氏商号掌柜和伙计们耳朵里后，个个吐舌挠头，敬佩之余，也多了一份心思，对各自工作更加兢兢业业，只怕有什么闪失让周莹知道了打破饭碗。由于伙计们团结勤奋，各地营运管理质量不断提高，实力因此逐年增强，加之她言行如一、奖惩分明，各地总号、分号每年都能得到不等的奖赏。因而分到应得红利。上下更加一心，在她属下的字号里，从没发生过大小内部叛逆之事，周莹因此在商界名声大噪，成了远近闻名的寡妇商人，即使最刻薄奸诈的商贾巨富，一讲到周莹，也要伸出大拇指来，连连称赞，表示佩服。

秋天的丰盈，并没有给泾阳、三原、高陵的棉农们带来丰收的喜悦，随着上市的新棉花涌进大大小小的原棉收购点，棉花的收购价连续下降，引起了棉农们的忧虑和不满。一天午饭过后，周莹带着红玉和史明等人，到了设在三原县的原棉收购点，想实地察看一下原棉收购的进度和原棉品质。不意到了收购点就听见棉农们的叫骂声、诅咒声和叹息声。看到有棉农推着装载原棉的手推车，挑着原棉包恨恨地离去，她上前拦住了几位年岁较大的棉农问道："大叔，你们为啥把棉花往回推呀?"棉农们七嘴八舌地说："棉花行不是在收购棉花，而是抢棉花!"周莹听过棉农们连骂带诅咒的诉说后，走进自己的原棉收购点，找来伙计们详细问了一遍，才知道由于原棉丰收，各棉花行便采取了个随行就市的杀价行动，每担原棉由最初的三两七钱一下降到二两八钱，而带头压价的是西安秦风棉花行。秦风棉花行是西安棉花业的龙头老大，关中地盘棉花行每年收购棉花的价格都看着它。秦风是坐庄收购，就是让棉农要把卖给它们的原棉直接送进秦风棉花行的货栈。其他棉花行则是进入产地设点收购，待就地加工成皮棉后，再运回商号深加工销售。秦风棉花行坐庄收购，把运输费加在了棉农身上，如此一出一入，它们实际就低于每担二两八钱的收购价了。周莹经营的棉花收购业务规模不大，数量每年超不过三千担，多数是销售到了陇西北地区。故从没和西安秦风棉花行发生过利害冲突，双方也从没有过业务往来，而她的棉花收购价格，多年来一直是跟着秦风棉花行的价格随长随降。听完伙计们的讲述，周莹当天便通知在三个县各收购点收购原棉的掌柜们，到三原县城她的公馆开会研究原棉收购事情。周莹问过各收购点收购情况后说："秦风棉花行的收购价不仅是坑害棉农，而且是公开的抢劫，尽管他们表面十分文明，骨子里却是想通过降低收购价，达到牟利目的。大家算一算，棉花丰收了，一亩地卖到手的钱，反而赶不上平常年份，棉农们今年吃了亏，明年谁还有种棉花的心思？这不是坑害农民是啥？现在我找大家来商量，咱们是不是来一次和秦风棉花行相背而行的收购价，保护咱渭北地区棉农们的利益，尤其是泾、三、高三县棉农的最大利益？大家别忘了，自己家门口农民兄弟的切身利益受到了损害，咱们的日子也不会好过，买卖也不会好做。事实已经证明，近半个多月里，咱们一共才收购到手三百零几担原棉，若照眼前收购价收购，今年三千担原棉的收购计划，很可能会泡汤，咱们的老主顾就会因咱们不能保证供货而另寻合作伙伴，到时候，吃亏受损的还是咱们自己。”

泾阳粮棉货栈掌柜韩一真说：“少奶奶话有道理，咱们是不应再跟在秦风棉花行的屁股后走了，今年这收购价也太不像话了，棉农每担原棉一下少了九钱银子收入，来年谁还再种棉花！”

乾州棉花行掌柜李德福说：“我认为，咱们仍按去年每担三两七钱价格收购，这样就能逼着秦风棉花行转过来跟着咱们走。”

参加棉花收购的几个二掌柜都表示，可以按三两七钱收购价进货，以保证货源不至中断。

周莹说：“按照三两七钱收购，很可能会把大批原棉吸引到咱们各收购点上，所以，你们各点要事先做好准备，银两要保证到位，人手要准备好，全年收购定额可以打破三千担这个数。我想今年原棉丰收，不等于明年仍是丰收，关中丰收了，不等于河南也丰收，咱们只要做好以丰补歉的思想准备，就不怕收进来的棉花卖不出去，各棉花行周转资金不足时，从安吴堡流动银两中给划拨，你们放开手去收购就是了。”

三天后，周莹设在泾阳、三原、高陵三县的棉花收购点，按三两七钱一担收购原棉的布告一贴出，卖棉人接踵而来。没过个半月，周莹仓房里的棉花堆积成了山，各加工点日夜不停地工作着。当原棉变成皮棉时，西安城内的秦风棉花行却门可罗雀了。当秦风棉花行查明情况，重新调整收购价格时，一、二茬原棉已经过市，长在棉田里的棉桃已无法采摘到一等一级的上好原棉了。

新的棉花季节过去时，往年仅收购三千担左右原棉的周莹，破天荒地收购进四万一千零八十担原棉。而西安棉花业的龙头老大秦风棉花行，却仅仅收购八千多担二、三级棉花。当秦风棉花行因无法按照合约向客户供货，面临巨额索赔风险时，秦风棉花行的大掌柜朱清云，不得不硬着头皮向周莹求助。周莹笑道：“我的棉花收购价比朱掌柜每担收购价高九钱，加工后价格自然得水涨船高，不知朱掌柜愿出啥价要我转让呢？”

“少夫人，你高抬贵手，只要能帮助朱某渡过难关，我把全部利润都给你如何？”

“那不等于朱掌柜帮我做了一季买卖？”周莹仍笑道，“我周莹不能白沾朱掌柜的光，你看这样好不好，你我各得利润的一半如何？”

朱清云一听，连忙离座，抱拳谢道：“朱某感激不尽了。”

周莹之所以要主动让利给朱清云，是考虑今后棉花市场发展形势可能发生的变化。在关中棉花市场，朱清云毕竟是龙头老大，偶尔失算绝不意味着他经验的不足、经营策略的失败，如自己为一点小利而忘乎所以，树立一个不应对立的敌人，很可能引起连锁反应，最终成为商场上的孤家寡人。她知道多一个朋友多一条路，对任何商人来说，都是胜败攸关的大事。一个商人要立于不败之地，如不善于和竞争对手比智慧，而靠偶然的机遇是无法壮大产业的。只有商人同心协力了，才可能不断开辟新的财源，最终达到共富的目的。她又想：如有一天自己一时失策，遭遇到与朱清云同样的错误决策，去求朱清云助一臂之力时，他能不考虑可能发生的决策失误？做生意永不赔本在现实中是一种理想，赔了本找出原因才能接受教训，无往不胜。在朱清云需要帮助时，我让利给他，谁能说不是一门薄利多销的商业艺术呢？如果我把库存棉花压到下一年，看来可以赚大钱，扣除损耗与仓储管理费用，实不如转手于人赚到的实际银两多。忘了这一点，就难成为一个有眼光魄力的好商人。大海之所以能成为汪洋，是由千百万条细流汇入集聚而成，任何富商都是从一文钱、一钱银、一枚铜钱积少成多而成，这就需要在敢于争夺市场的同时，又善于开辟新的市场。这次我让利给朱清云，证明了我的棉花市场得到了新拓展，何乐而不为呢？

周莹的让利行为，不仅感动了朱清云，而且感动了其他大大小小的棉商，从而团结了更多人，对棉花市场的繁荣起到了很好的推动作用，周莹也因此成为三秦棉商的成功代表人物，带动了关中棉花的生产发展。

红玉的怀孕对周莹来说，是喜讯也是打击。喜的是红玉终于长大成人，并即将成为母亲，打击则是她更加感觉到寡妇的悲哀莫大于被剥夺了做母亲的权利。她多么想成为一个真正的女人啊！她又想到了改嫁，想到了走出安吴堡，去寻找一个女人应有的欢乐和幸福。可是，当她搂抱住红玉向她祝福时，红玉眼中的兴奋与不安神色，她又想到如果自己也像红玉一样成为一个真正女人时应付出的代价是什么，有多大？权衡得与失、利与弊、轻与重，能选择的空间是那样的渺小，头上那顶护国夫人、二品诰命夫人的头衔，不仅是一顶金灿灿的桂冠，而且也是一道看不见的紧箍咒。吴尉文为了自己的儿子和家业，用他手中的财富，在一个无辜的女孩子头顶套上一道封建礼教的咒符，让她在伦理道德的光环里，手足无措，至死不能越雷池半步，永远忠实于吴家家族利益。如果她要背叛，等待她的将不仅仅是失去全部财富和尊严，而且一生一世都在道德的谴责声中苟活，那样的苟活，真是生不如死呀！

她活跃的内心突然又陷进难以自拔的深渊，无声的泪滚下双腮。她轻轻拍了拍搂抱在自己双臂间的红玉，抑悲为喜说：“好妹子，姐明天就为你和丁伟举办婚礼，免得肚子大起来让人指脊背。”

红玉泣道：“姐，红玉不愿离开你呀！”

周莹笑道："傻丫头，你总不能跟我一辈子吧！你和丁伟成婚后，仍留在我身边就是了。"

红玉破涕为笑道："谢姐对红玉的关照爱护。"

"谢啥？谁叫咱是两小无猜中走过来的呢？"周莹松开红玉说："去对丁伟说，明天我为你们主婚，东大院以外的人咱一个不请，就咱东大院里的人热闹吧！"

红玉和丁伟的婚礼既简单又热闹，东大院上上下下、男男女女、老老少少，三百来口在东大院后花园里从早到晚闹了个欢天喜地，直到把红玉、丁伟两个人灌了个酩酊大醉，二十几个人醉倒在婚宴上。

周莹也喝多了，当被丫鬟搀扶着回到她卧室时，仍在喃喃说："大家放开喝，放开喝……"

尽管周莹没叫外人参加红玉和丁伟的婚礼，但三学仍让二娘进了后花园，毕竟，二娘和红玉还是情同姐妹。自二娘和狗娃子苟欢的事让周莹发现被辞退回家后，二娘进东大院的次数就极少了。她知道自己被辞退的原因，但她并没怨恨过主子，更没怨恨过狗娃子。她明白，自己种下的苦果，怨恨别人有啥用？她认了。但她并没有因此忘掉狗娃子，当狗娃子到高陵当学徒，跟刘甲斌做生意后，每个月底，她都要对三学说到高陵看望没爸没妈的狗娃子一次。三学开始还说：狗娃子长大了，你操的啥心？可次数多了，就懒得再说了。一对年纪相差悬殊的男女往来，从没人怀疑过他们之间会存在什么见不得人的瓜葛。如此一来，二娘和狗娃子的交往，反而比在安吴堡东大院更为方便了。

二娘见周莹喝多回了卧室，趁三学没注意，悄没声溜出后花园，进了周莹的独居小院，对丫鬟明儿、珠儿说："我找少奶奶有点私事，少奶奶说了，让我下了宴席来见她。"

明儿、珠儿信以为真，就让她进了院门。

周莹睡了一觉醒来，睁眼一看，二娘坐在明儿、珠儿中间打盹，便问道："二娘，你咋没回家去？"

二娘听到周莹问，忙睁眼离座说："我是受狗娃子委托来向少奶奶求个情。"

周莹一听来了兴趣，问道："狗娃子要你为他求啥情？"

"狗娃子说他如今长大了，求少奶奶给他成个家。他不想再一个人过了。"

周莹笑道："我听人说，二娘和狗娃子亲如姐弟，他若娶了媳妇，二娘你不吃醋？"

二娘脸挺得平平地说："姐弟终归是姐弟，姐姐得为弟弟着想。"

周莹认真地说："狗娃子看上了哪家的姑娘？"

二娘回答说："刘甲斌掌柜的二女儿。"

周莹点头道："巧巧那丫头今年十七岁，他们倒也是般配的一对。这样吧，过几天我探探刘甲斌的口气，如果他不反对，我就让狗娃子做他的上门女婿。"

"我代狗娃子谢少奶奶了。"二娘站起身来告辞说，"我走了，少奶奶。"

二娘刚走到房门口，周莹喊住她说："二娘，你让三学去找个郎中看看，把病治治，免得你们夫妻冷暖不均。另外你应下定决心，和狗娃子一刀两断。不然，一旦让巧巧和刘甲斌知道了真相，不仅害了狗娃子、巧巧，而且也害了你和三学。"

"谢谢少奶奶提醒。"二娘一笑说，"我不是那种死皮赖脸的女人，少奶奶放心吧！"

二娘消失在夜色里。周莹望着夜空，一种不知是咸还是甜，是辣还是苦的味道，五味杂陈，从心底涌上来，她摇了摇头，长长地叹了一口气。

第六天中午时分，刘甲斌走进了安吴堡，当他从周莹书房走出来时，脸上布满了阳光，笑呵呵地和东大院的男女们打着招呼，一直到他骑上马，往堡外走时，仍是笑呵呵的。

刘甲斌那么开心，是因为周莹不仅亲自为他的女儿巧巧提婚，而且答应给狗娃子一万两银子成婚安家。周莹说得清清楚楚，不看佛面看僧面，狗娃子伺候吴聘几年，功劳、苦劳都有。一个孤儿，能获得主子的喜爱，足以证明他是一个好孩子，一个值得信赖有责任心的男人，巧巧嫁给他，可以安安生生过日子了。人财两得的刘甲斌，咋能不高兴呢？能遇到周莹这样的主子，真是上辈子烧了高香啊！

然而，刘甲斌并不知道，周莹此时此刻的真正心情是多么复杂痛苦，安吴堡人也不会知道，他们的衣食主子，在参与全部财富游戏的过程中，为什么总是右手死抠每一文铜钱，左手会毫不犹豫地把大把大把银子送给贫家下人，捐给穷人和慈善事业？他们私下里都在嘀咕："少奶奶是个善人。""少奶奶心肠软，人太善良了。"

日转星移，周莹花费巨资为自己建造起一座豪华庄园后，一人住进内宅，独自起居。经过多次选择，挑选出三十名武艺高强的青年作为卫士，交由王坚率领，负责保卫她的安全，如果没有要事她便足不出安吴堡寨门，过起挥金如土的生活。仅为内宅装饰陈设，她便派人三下江南，不惜巨金，购回名贵家具器皿，单吃饭的瓷器就买进上百桌款式新颖，色泽艳丽，绘画精美的景德镇出产的名贵瓷具，分成青、白、红各色。凡吴氏家族逢有喜庆之事，一律用红花瓷品，而且都是官窑所制，这一套自然不是她违制自购，而是慈禧老佛爷特别赠赐。如有丧事发生，则一律用青瓷和白瓷，招待官吏显贵则用明黄为主色的瓷具，以示尊荣华贵富有。

据传，中华民国初年，军阀混战，冯、阎、于、杨、王等军阀，明火执仗多次洗劫安吴堡，将周莹所建庄园掘了个天翻地覆，仅从花园鱼塘里便刨出价值连城的大批财宝，其中一尊翠玉财神雕像，就可供十万大军一年军饷开支。而这尊财神像是周莹为使一池水映出碧绿翠蓝之色，特意请能工巧匠严格选材，费三年之工，才雕成安放水中，成为关中和渭北令人神往的一处人造景点。由此可见，周莹生前生活豪华程度，已不亚于侯王将相之家。

房中书是个勤俭惯了的人，对周莹心生不快，告老退出了安吴堡，回家安度晚年。自此能够对周莹施加影响，敢于对她进行批评的人全部销声匿迹。新的庄园落成未久，周莹再次斥巨资，为满足夏日避暑行乐，在窑店花园后的寇家堡城外，另建造起一座占地三百亩，名为寇家花园的游乐场所。花园围墙用青砖垒砌，内建高楼广厦，亭台回廊，曲径流水，并别出心裁，用砖石夯基盖了两幢三孔大窑，四周散建厦房一百余间，房与房之间，以曲折游廊连结，两侧则置假山、鱼池、花坛、流水小桥，千姿百态，十步一景，五步一画，园内暖房中名贵花木、奇花异草四季常绿绽香。为置景于真，特地从江南购回双人合抱不尽的玉兰树植于园内，使寇家花园成为西北难以见二的天上人间，神仙洞府般的建筑。

生活中的周莹，由最初的单纯无邪，到日甚一日的讲究奢侈，连和她亲如姐妹的红玉也看不过了，劝她说：“小姐，你一餐之费，足够十户五口之家吃喝用一个月，实在有点太过奢侈浪费了!”周莹并不生气，说：“放着银子不花，我死了能带进棺材咋的?”为了调剂口味，她让钱荣从扬州为她物色了两名厨师，成为安吴堡专职烹调制作江南食品、菜肴的炉头。地处嵯峨山麓的安吴堡，是古代海洋的沉积地域，地下水含碱大，喝起来又涩又苦，她便制造了专用车辆，每日往返数十里，拉清河水满足日常生活所需。设在安吴堡内的仁和里、裕丰盛两个杂货店，成为她生活用品的专供店，并备有专人专车，随时准备到西安、三原等地为她采购安吴堡没有的用品。

随着商业的不断发展壮大，周莹的排场也越来越讲究，每次外出，少说也要十多名奴婢、保镖前呼后拥地为她服务。她很得意地对下人们讲：“《红楼梦》中的贾母出游够气派了，咱也要讲究排场，让人老远就能知道，是护国夫人周莹到了。”

在寇家花园和安吴堡内，周莹设了鸽房、鹰栏、鸡埘、犬房、鸟棚、马厩、兽舍，派有专人负责饲养看管，各执其事，随时准备她的传唤。有一年，三原县腊八会上赛马，周莹看中了得了头名的名为“千二红”的骏马，便按马的名字，把一千二百两银子往马主人面前一放说：“这匹马我买了。”马主人一看，买主是安吴堡主子周莹，而且给了一千二百两银子，又是惊又是喜又是怕地连忙躬身施礼说：“谢谢少奶奶，我沾了你老的大光。”她挥挥手道：“拿去置点儿地，养家糊口吧。”

周莹可以说是万事如意，处处遂心，唯一的憾事是守寡无后，在吴家人面前说起话来总难免有点气短，按照嵯峨山麓人的规矩和吴氏家族的族规传统，寡妇若无子嗣，死了不能进祖坟。对周莹来说死后进不了吴氏祖坟，就成了一块随时作痛的心病。为此，每当独坐想到此便垂泪于腮，心急火燎，但总是一筹莫展，毫无办法。

吴氏东、西、南、北、中五院，自周莹主持分家之后，吴尉斌糊糊涂涂车坠泾河而死，其妻不能自立，守孝苦熬三年后，带子携女回了娘家，安吴堡内只剩下东、西、北、中四院。吴尉武、吴尉梦兄弟分家自立，手里有了银子，终日花天酒地，短短数年，把个富殷之家荡涤一空，名下商号全部易号，仅守着十几亩地挖抓，早没了争强斗胜的底气。吴氏三兄弟中，只有吴尉龙还算得上一个能屈能伸的汉子，分家自立日始，下狠心改掉多年养成的懒散毛病，守住了那一份属于他的家业，但吴尉龙胸无大志，过分计较，不能与人为谋共事，分到手的商号掌柜、伙计没出两年便人去房空。由于做过亏心事，恍惚中常疑神疑鬼，五个儿子先后成人后不愿受其累，各自自立于异地他乡，吴尉龙因此也失去重举吴氏复业大旗的能力。面对这种局面，吴氏三兄弟没有了威逼周莹重新择子嗣的力量，周莹落得清静了十多年。可是当财富越来越多时，她犯了难，她搞不明白，老天爷既然给了自己能改变吴氏家族命运的财富，在商场所向披靡，成为皇亲国戚知晓、官吏显贵仰慕、乡里乡党敬佩诚服的富商，为什么又给了自己一个既不能享受夫妻情爱，又失娘亲庇护的痛苦命运呢？每当夜深人静时候，她不止一次跪在佛像下祈祷佛祖能给她一个明白无误的明示：怎样才能改变这种命运，使她成为一个既能拥有财富，又能拥有常人的幸福的真正女人。

王坚看在眼里，痛在心上，经过长时间的考虑后，重新向周莹提出了择子立嗣建议，争取在百年后能名正言顺地躺卧在吴氏坟茔的土层里，在墓前立起诰命夫人的功名牌坊，让“护国夫人”的名字头衔久远地屹立在安吴堡的土地上，写入渭北各县的史志里。

周莹曾经受过伤害几将死去的心又一次复苏了。在和王坚等心腹知己多次研究后，大家建议周莹从吴尉文孙辈中，物色一个有培养造就前途的孩子，来充当东大院未来的举旗人，成为她事业的继承人。

周莹听了笑道："吴氏四兄弟孙辈中现有四个，分散在渭北三原、泾阳、乾州、高陵四县，最大的两岁，最小的八个月，现咋能看出将来是狗还是猫呢?"

骆荣笑道："安吴堡未来，既需要有狗也需要有猫，狗可看宅，猫能逮鼠，都是少不了的角儿。"

在众人的大笑中周莹说："先看看再说吧。我等了十几年，再等几年不误事，只要我死时有儿子摔盆就行了!"

王坚等人见周莹如此，知难以强求，便说："少奶奶啥时择子立嗣，我们听少奶奶的就是了。"

三月三是嵯峨山香会，周莹同王坚、白蛟、段仁智率二十骑庄勇，驰马上山进香，马队上到嵯峨山第二台时，嵯峨山悟空庙住持了了和尚正好下山来，怀里抱了个不到两个月的婴儿，周莹一见翻身下马，拦住庙祝笑道："悟空庙的住持居然抱个孩子下山，大和尚，你咋变成娃他爸了?"

了了和尚见是安吴堡主子周莹，放声大笑说："自古和尚无儿孝子多，出家人自然也能当大当爷了。少奶奶，你眼下还没择子立嗣，我给你拾了一个胖小子正想去安吴堡给你，现碰上了，证明这孩子命好，少奶奶该收养这孩子。你把他收下养大，当你义子好了。"

王坚、白蛟、段仁智等一听全笑了。王坚说："了了师父，你从哪儿偷来的孩子，在半山腰上说疯话? 不怕你孙爷爷知道了，抡你一金箍棒!"

了了和尚把孩子递与周莹说："少奶奶，你先看这孩子长得多富态，多让人心疼，如你看不上，我另找人收养他，没妈的孩子也是一条命呀!"

周莹抱孩子在手，仔细看着，孩子睁大一双乌黑的小眼瞪着她咧嘴发出啊啊的声音。周莹忍不住笑道："孩子，你愿认我当干妈咧?"孩子竟也笑了。周莹开怀畅笑说："这孩子怪逗人爱呢。"说话间把孩子递给王坚："你们看看，他长得眉清目秀，小手够大了，将来准是个习武的料。"

王坚抱住看过交段仁智、白蛟等人围住看着议论说："这娃长大了一准是块料，定能成为安吴堡未来的领班武师。"

了了和尚说："算你们有眼力。我实话对你们说，这娃是嵯峨山李家大院的丫鬟小娥的私生子，三天前，李家把小娥撵出了大门。小娥把孩子抱到庙里说，了了师父你行行好，把这个孩子收养大，让他当你徒弟出家当和尚吧，孩子没罪呀! 说完，没等我回过神来，她便跑出山门纵身跳下了山，等我找到她尸体，人已没了样。我把她埋在一个石缝里后，想了几天，才决定把这孩子送进安吴堡，求少奶奶慈悲为怀，行行好，把这孩子收为义子养大。了了不是不愿收这孩子为徒，而是悟空庙太小太穷，养不起这没妈的孩子呀!"了了和尚说着流下泪来。

周莹一听动了恻隐之心，问众人："你们说，我能不能把这孩子收为义子？"

众人异口同声说："少奶奶认个义子，救了一个生命，咱们东大院也能多点童趣。"

周莹不再犹豫，让了了和尚将孩子送进了安吴堡东大院，当着全堡老少的面，认了了了和尚抱进东大院的孤儿为义子，并请了了和尚给孩子起个名字。

了了说："此子依尘，乃因尘缘未净而生，命相含长命百岁，富贵终生之意，此子可归周姓名为依尘，幸也。"

五年前，周莹夜过修石渡，取道咸阳前往宝鸡巡视商号途中，在泾河滩里听到婴儿啼哭声，循声找寻发现一弃婴，她由弃婴怀中找出其母留字，看后叹道："家贫养子难，弃女于河滩，可怜可悲可恨啊！"于是命家人将弃婴抱回安吴堡，找了一个奶妈哺养。周莹由宝鸡返回，见弃婴长得十分令人心疼，和王坚商量后，在抱回百天时，宣布了收养弃婴为女的决定，五年后又收养了孤儿依尘为义子。"这一切都是天缘呀，如今我也成了。"周莹感叹道。

关中地区人杰地灵，物产丰富，民风朴实，交通方便，文化氛围浓烈，历来是帝王争霸之地，但因战火不断，民富国安时间十分短暂。太平天国起义军兴起之后，陕甘回民起义，清廷出兵镇压，关中地区也连年征杀不断，丁壮伤亡惨重，生产遭到严重破坏，抗御天灾能力降低，风灾雨害旱虫灾祸接二连三，此起彼伏，不是这个州闹饥荒，便是那一个府饿死人。周莹因解决经营中的问题，在三原县城住了三十多天，每天都见家人要打发几十个讨吃要喝的人，翻开邸报瞧瞧，并无灾害消息公布，哪来这么多穷人要饭？她想知道底细，便带几个人，弃轿上马，出了县城，转遍七乡三县才知道旱象严重，并不像邸报上讲的那样风调雨顺，五谷丰登，安居乐业。

自从卖掉大部分土地，将所留耕地分包给佃户后，周莹很少对农村粮食生产关心，除了对安吴堡四周田地略知一二外，连泾阳县全境情况也知之甚少，而围住她的人，除报告各地所报商号经营情况与存在问题，极少有人向她提及农业及农民出现的问题。当她实地了解灾情回到安吴堡，忧心如焚，对王坚说："我担心因灾而起的饥民大潮一旦涌来，安吴堡就危险了。"

饥民潮潜伏的危机，并不只是周莹一人的预感，连在家颐养天年的骆荣也感到了形势严峻。本不想再管安吴堡事的老人，越想越不安，于是让小儿子吆车进了安吴堡，一见周莹便说："沽名钓誉自古不断，眼下关中饥民大批逃亡，安吴堡是关中的白菜心，一旦有人鼓动饥民向安吴堡发难，你周莹就是有三头六臂，也在劫难逃！"

周莹忙迎上去，搀扶骆荣入座后说："好骆叔哩，为这事这些天我走了三县七乡，哪能安生睡着？我已经和王坚他们商量了几天，但到现在也没找到一个防患于未然的好办法。你老来，定是来教我咋办的吧？”

骆荣指指身边座位说：“少奶奶坐下吧，你若站着，我咋好意思说三道四。”

周莹入座后，骆荣才环顾了一下四周，见偌大的房子里只有红玉和一名伺候周莹读书写字绘画的书童在场，心想：这更好，省了我说的话一旦被周莹当了耳旁风，传出去让人笑话骆荣老不中用了，话没人听。

周莹见骆荣四顾，揣摸着他心思说：“骆叔，你只管说，这房里没有外人，你的话准传不出我这院门。”

“饿极必偷，饿极必抢，饿极必铤而走险，历史上揭竿起义者多是饥民。李闯王起义，口号里就有两条，一条是吃他娘，喝他娘，闯王来了不纳粮；另一条是，打开城门迎闯王，闯王来了有口粮，吃饱喝足，战死不心慌。说的就是这个理。”

“这个理周莹知道，只是不知道咋样才能防止饥民拥进安吴堡，保护安吴堡平安无事。眼下饥民一天比一天多，形势一比一天危急，官府连个动静也没有，能把人给急疯。”

骆荣喝了一口茶，放下茶碗说：“少奶奶若认为你骆叔的话可听可信，你就记住我今天对你讲的话。”

周莹忙说：“看骆叔说的，你老举一个例子，侄女哪次驳过你老的教训？”

骆荣笑笑说：“似乎不曾有过。”

周莹也笑道：“那你老还担心个啥？只管讲好了。”

骆荣说：“从今日起，你每天少挥霍一点，把省下来的银两用在赈济灾民身上，让拥到安吴堡的灾民人人有饭吃，只要安吴堡内外见不到一具饿死的尸骨，安吴堡就会平安度过灾害带来的危机，你如果做到了这一点，你骆叔敢说，周莹的名字和积德善行将会不翼而飞，用不了多久，便会传遍渭水南北，甚至传出潼关，传进北京城。”

周莹起身一把抓住骆荣的胳膊说：“骆叔，你是让我开仓放粮，设置粥场，赈济灾民？”

“你记住，救人一命，积德一生。骆荣活到今天，已是耄耋老朽了，还指望什么？我只指望，吴尉文老爷的事业承继人少奶奶你在有生之年，能多做些于安吴堡人和泾阳百姓有益有利的善事好事，不要把老爷遗留下的财富挥霍了，令人非议甚至心寒。”

周莹被骆荣的话说得脸上飞起了一片红晕，许久了，她还是头一次听到如此坦荡剖腹的实在话。毕竟，她曾有过一颗崇尚节俭过日子的心，只是随着财富的不断积累增多，亲身体会了帝王权贵们生活奢华和享受乐趣之后，才把自身存在的美德忘掉在脑后，变成一个挥金如土的贵妇。

周莹汗颜中对骆荣说：“谢谢骆叔教训，我会按照你老的话办事，绝不会让你老感到失望和伤心。”

周莹当机立断，让书童传来总管家王坚，账房先生莫人杰，谋士、武师史明，厨师邱明，仓房主管洪进等有关人员开会，研究赈济的具体措施。在意见一致后，周莹决定，由王坚总管赈济灾民工作，分别在高陵、三原、泾阳、淳化、斗鸡台、口镇等有吴氏字号的地方开设粥棚，让泾阳、淳化、乾州、三原、蒲城、富平等米粮店开仓放粮，在安吴堡外辟出五亩地设立日夜粥场，将库存粮食分给周边揭不开锅的穷苦人家。

王坚办事从来都是风雨无阻，事不过夜，周莹的话音一落他便开始了行动，先后派出马匹信使，持他手书分赴各地传令实施。当一切筹备停当后，他向周莹报告说：“从账面看，各地米粮店和安吴堡内仓房，共存粮三百万斤出头，仅够分布在十一个县的粥场用二十天，若不能保证后续粮源，赈灾善施就有可能半途而废。”

“你立即派信差连夜入川，让余江鱼火速购米五百石，设法在一个月内运进安吴堡，以解燃眉之急。”周莹决心要大展身手，买人心于水深火热之中，所以说道：“哪里有粮，你便派人吃进，花多少银子我都不会心疼，你先拿出五万银两，把拥到安吴堡的灾民打发走。安吴堡压力没有了，你我才能安心睡稳觉。”

骆荣见周莹雷厉风行地投入赈灾，高兴得眉开眼笑，说：“少奶奶如此做，虽然要花去一大笔银两，但得到的人心，比支出的银子重万斤呀！”

周莹开心地笑道：“要不是你老提醒与教训，我咋能想到这一点呢?”

周莹在十一个县开仓放粮，开设粥场，亲自为灾民打饭，为有病的灾民治疗，了解民情灾情。赈济灾民的事，随着灾民的流动，迅速传遍了关中各地，得到她赈济的灾民无不感她恩德，颂扬声从东到西由南至北，不断地传播着。各州府县衙由于压力减轻，也对周莹的善举赞不绝口，说她办了一件天大的好事，反过来又拿她当刀背，迫使地方富户效仿周莹而为。如此一来，饥民闹事的势头迅速被削弱，地方治安有了保证，社会秩序好转，减轻了地方官吏的压力，同时负担也减轻了。周莹可谓是一举多得，既买到了人心，得到百姓称颂，又获得官府的表彰。泾阳县在修县志时，特别写了一段，将周莹善举记入史册，以供后人学习仿效。

周莹获得民众拥戴，成为家喻户晓的女善人，吴氏家族中再无人敢和她抗争，吴尉武、吴尉梦、吴尉龙兄弟，逐渐从吴氏家族的政治经济舞台淡出人们的视线，给周莹放开手脚施展抱负，扫清了羁绊。

赈济灾民共耗去周莹三百六十多万斤粮食，等于是她拥有土地三料收成的总和，为弥补空虚的仓库，保证米粮店正常营业，她先后从四川、湖北调进米粮谷物，虽然长途运价增加，但她守信于民，仍以平价出售，不但平稳了市场，而且把一些乘机哄抬粮价的粮店生意抢到了手，增加了一些新的客户。干旱过后，第二年粮棉收成未见大起色，由于她事前与农民签了购粮合约并预付了定金，当市场粮价升高时，她收进仓的粮棉价格并未上涨，而进仓的原棉却比头年多了一倍。她将棉花销往甘肃、青海、四川缺棉区后，获得了丰厚利润，一下填补了因赈济灾民而花去银两造成的亏损。

24

大暑过后第四天，周莹接到母亲家书时，太阳已升到头顶。此时，还在书房处理各地商号送进安吴堡信函的她，不由得皱起了眉头。因为她母亲要她立即去孟店村的信上，根本没写啥事需要她来回奔波，而她要处理的事一宗跟着一宗，几乎宗宗都与来年的经营决策相关。作为东家和各商号的掌舵人，她实在很少有属于自己任性、懒散、无所事事的时间。她想问问送信的人，可送信的人把信交到王坚手里，没停点就走了。考虑了一会儿后，她还是起身对王坚说："我去一趟孟店村，天黑前就赶回来。"

王坚说："我这就去给你备车。"

周莹说："我骑马去，来回耽误不了多少时间。"

王坚问："让谁随你去?"

周莹回头瞅了一眼王坚笑道："你忙不忙？若能抽身就跟我走一趟。"

王坚回答："事再多，我能让你一个人出门吗?"

周莹脸上流露出一种幸福的笑容，说："那就一块走吧。"

王坚没再说什么，出房门，直奔马厩而去。

三学连忙为周莹的坐骑汗血马和王坚坐骑青云鬃备好鞍，牵出马厩说："王总管，我刚给它们饮过水，出门后不要让它们任性狂跑。"

王坚拍拍汗血马脖子，摸了摸它肚子说了声："知道啦。"牵着马便走出了马厩门。

周莹换上了平时出门的皂服，戴上黑纱头罩，跃身上马后，和王坚一前一后出了安吴堡城门，刚想扬鞭策马，王坚便说："马刚饮过水，肚子正胀着，让它们先缓缓几步。”

周莹放下手来说：“死三学，早不让马饮水，晚不让马饮水，偏偏我们出门，他却把它们灌了个肚肚圆！”

王坚笑笑说：“三学又没长前后眼，咋能知道你太阳到头顶了，才出门呢！”

王坚穿着黑褂白衫，敞开着衣襟，与周莹马头并齐行走在田野中间，像是闲庭信步般直到走了三道坡，过了两条沟，才让马加快了速度。当马从一大片棉田中间穿过时，王坚勒住马头跳下马鞍，顺手摘了几个棉桃，然后重新上马，赶上周莹说：“你看这棉桃三个足可摘到一两籽棉，今年棉花又丰收了。”

周莹接过王坚手里籽棉看了看说：“可不是，今年棉花虽然能丰收，但对棉农来说并不是好事。”

王坚点头说：“你还记得去年秦风棉花行压价收购棉花，你用高出他们的收购价收购棉花的事吗?”

周莹说：“我做的事，咋能忘掉？朱清云为此做了我的经销商，我坐享其成，净落了六万七千两利银。”

王坚提醒周莹说：“今年棉花又是大丰收，秦风棉花行大掌柜朱清云绝不会再坐堂当老大，他定会走出西安城，像咱一样下去收购。”

周莹猛地一勒汗血马口嚼，汗血马不情愿地就地转了一个半圈，才停下来，鼻子里喷着气，前蹄生气地使劲刨着土，像是在抗议说：“主子，你太不讲人情啦，我又没惹你，你为啥使劲勒我嘛！”

周莹问王坚：“你是提醒我现在就着手准备今秋棉花收购的事?”

王坚的马见汗血马就地打转停下，便收住四蹄，放慢了速度，等汗血马重新跟上来，才又往前走去。王坚回头对周莹说：“三年丰收三年歉，四年收成人哀叹，十年准有三年旱，四涝三平糠菜咽。这虽然是农谚，但却告诉我们，关中农业生产面对的自然环境是多么严酷了。忘记这一点，咱们做粮棉买卖，就可能出现一招不慎，全盘皆亏的危险。半个月前，我查看了咱们库存，在账的棉花只剩三百四十多担，仅能应付一个月门面需要，新棉若不能及时购进，就要出现断档，这对安吴堡来说，可不是啥好消息。”

“你咋不早提醒我?”周莹说，“你早提醒我，我好早做安排。”

“现在还不迟。”王坚笑道，“你是东家少奶奶，我若考虑不够成熟就向你提出问题来，一旦造成你决策失误，我不挨你骂才怪了。”

周莹娇嗔道：“就你小心眼，我哪回驳过你的面子？现在你说，今年咱们该咋办?”

王坚说：“我思量，今年是连续丰收的第三个年头，明年棉花很可能会出现减产，沿渭河两岸甚至出现绝收的可能，因为渭河三年沉默过后，来年保不准会咆哮成灾。关中明年有出现秋涝的可能，你看我手里的这一朵棉桃。”

周莹接过王坚递过来的棉桃，撕出籽棉来瞧了又瞧，才发现有两根嫩芽儿已穿透了棉绒，像黄色的花蕊，和白色的棉绒形成鲜明的对比：“真奇怪，棉桃里咋长出棉芽来了！”

“棉桃生芽，来年棉桃长成铁疙瘩。”王坚说，“这是人老几十辈从实践中得出的经验。你见过长在地里的吐絮棉花生芽的奇事吗？我敢说这是头一回。”

“来年棉桃长成铁疙瘩，啥原因？”周莹问。

“很简单，连绵阴雨作祟的结果。”王坚肯定地说，“秋天若长时间看不到阳光，任何庄稼都不可能在淫雨中熟透，棉桃绽不开壳，棉桃自然就长成了铁疙瘩一样的东西。”

“我明白了。”周莹问道，“你说咱们该咋办？”

“今秋放开手脚收购棉花，直到所有仓库装满装实。”王坚说，“今年一定要把明年收的棉花也收进来，一旦明年棉花歉收，安吴堡就会从后年的棉花行情见涨中收回两倍以上利润。”

周莹瞅着王坚说：“如果仍按照去年每担三两七钱收购，以吃进五万担计需银十八万五千两，咱们今年自己卖出量为一万八千七百担，秦风棉花行经手为二万一千五百担，也就是说五万担中转入第二年出手的将是九千八百担，为此需支出利银二百五十五两，仓储费一百二十八两，倒仓费八十八两，劳力费一百四十两，合计六百一十一两。”说到这里周莹笑道，“如此看，风险有，就是全砸进去也不过四五千两银子，这个险我冒了。”

王坚说：“你只算了风险账，可没算利润账，第二年若按现价卖出，每担净利为一两二钱，五万担是六万两。何况卖给西路的价格远远高出这个价格，再加上涨价因素，能挣到手的银子就不止两个六万两了。”

周莹扬鞭抽了一下，汗血马猛地加快了速度。她回过身对王坚喊：“回到安吴堡，我就召集各粮棉商号掌柜们，开会商讨今年收购棉花的事。”

两人一前一后策马驰进孟店村时，讶异地勒住马头，呆愣在布满枯枝烂叶的路中间，周莹嘴里喃喃说：“这是咋了，这是咋了？好端端一个孟店村，咋变成如此模样？”

王坚的马就地转着圈儿，发出一阵阵的长嘶，王坚叹了一声说：“看样子，孟店村让大风和冰雹给毁了！”

周莹双腿猛夹一下汗血马，就朝周宅门口驰去。

周宅大门外的两棵大皂角树，此时枝干倒在地上，树冠已看不出模样，青皂角散了一地，全被冰雹砸过。大门楼上的瓦几乎全变成了碎片，门也裂开了几条缝。当她和王坚走进大门，院子里景象更惨：房瓦坠地，东西两个侧院靠东西墙长的几株大树，有的压在房上，有的砸在墙上，有的断成两截。管家鱼二宝正哭丧着脸在清理挡住房门的树枝，抬头见周莹走进来，立起身子说："小姐回来了！老夫人正盼你呢。"

周莹也没答话，匆匆往后院走着说："王坚，你先查看查看整个宅院损毁情况，回头告诉我。"

王坚拉住鱼二宝说："鱼管家，你和我绕宅院仔细看看咋样？"

鱼管家丢开手里的树枝说："老天爷杀人不眨眼啊！眼睁着把孟店村毁在一场风雹里！"

一炷香时间过后，王坚走进瓦碎屋破的周胡氏卧室，对正坐在炕上叹息的周胡氏施礼道："老夫人请放宽心，我立马进县城请工匠来，先抢修房屋。"

周胡氏说："如果仅是一家受灾，我愁啥？眼下我愁的是孟店村咋从灾难中挨过来。"

王坚说："虽然这是个问题，但老夫人首先得有个安身地方，才能从容应对突然降临孟店村的灾难呀。"

周莹说："妈，你还是先跟我走，待房修好了，你再回来料理村里的事。"

周胡氏说："不行，妈一走，孟店村人能把妈骂死。妈是孟店村首富，全村老少现在把眼都盯住了妈，他们眼下需要的是能帮助他们渡过难关的银子，买砖买瓦抢修房屋、恢复生产的银子！"

"就是给人银子，也得先查看各家受灾情况，心里有了数，妈才能往外拿呀！"周莹说，"妈银子再多，也不能不分青红皂白，见人就往人家手里塞吧？"

周胡氏苦笑道："你说得在理，可妈心里急呀。风刚停，冰雹还没化，全村就哭成了一片，老老少少几十口，拥进咱家院里来，哭喊着说老夫人，你是咱孟店村的财神，你可得为我们做主呀，把我的心都哭痛了。妈我想不出法时，只好让人送信让莹娃过来拿主意。"

周莹瞅了一眼王坚才说："王坚的话也在理嘛，你先到安吴堡住下来，等派人查清孟店村灾情，给谁家多少，心里有个数，免得到头让人数落给张家多了，李家少了，那岂不是出力花银子不讨好？"

周胡氏一时无话可讲，只得点头同意说："我用不着到安吴堡，让我到三原县里住些天，也好帮村里人问问建房用材价钱，多问几家，兴许能省出些银两，办更多的事。"

周莹转向鱼二宝说："鱼管家，你让人把轿车套了，把老太太和继祖、继业送到县里山西街暂且住下，回头你抓紧时间，争取在三五天内，把村里受灾情况调查清楚，把应救助的对象和资助银两列出来，送老太太过目后，再商量决定是统一购买建材修房还是把资助银两发到户。”

鱼二宝应了一声，退出房去不久，两辆轿车已停在前院大门里。

周胡氏带着孙子继祖、继业上了头辆轿车，两个丫鬟和奶妈上了第二辆轿车，车夫鞭子一甩，手牵着马，慢慢出了西侧院大门。

周莹、王坚随后上马，跟在轿车后，往村外走。

轿车刚走到村中间，二十几个人跑到路两边大声说：“莹娃子，你妈走了，谁管我们呀？”

周莹忙从马鞍上跳下来也大声回答说：“我妈进县去看看建材价格，和工匠商量商量，用不了多长时间就回来，误不了大家修房的事。”

众人听周莹如此说，相互嘀咕着眼看着轿车出了村才散去。

轿车走出村，周莹才重新上马，冲王坚苦笑道：“当财主日子也不好过！我妈这财主更不好当，因为至今她都不知道该怎样支配自己手里的银钱。”

王坚叹了一声：“老夫人是个好人啊！”

太阳西下时，轿车停在三原县城山西街周莹住的公馆门前，周胡氏住在周莹的卧室，周继祖、周继业两兄弟住在楼下，丫鬟和老妈子则住在二楼周莹卧室隔壁。安顿下后，周莹吩咐下人们说：“老太太在县里不管说啥做啥，你们都要顺着她，千万别惹她老人家生气。”

下人们异口同声说：“少奶奶请放心。”

周胡氏洗过脸，端起茶碗时，周莹进了房门说：“妈，你先住下，我得赶回安吴堡，一安排完今秋收购棉花的事，就来陪你行吗？”

周胡氏放下茶碗说：“生意是正事，你回去吧，妈会自己照顾好自己。”

“别忘了让继祖、继业读书练字。”临走周莹又提醒说，“妈千万别娇惯他们。”

周胡氏笑道：“我会像管教你一样管教他们。”

周莹说：“真能这样，我就要念阿弥陀佛了。”

周胡氏挥挥手说：“走吧，走吧，再晚了就得走夜路，妈不放心。”

周莹没再吭声，下得楼去，和王坚一道出门上马，双腿一夹马肚走了。

两人出了城门，鞭子一挥，两匹马放开四蹄绝尘而去。

回到安吴堡已是掌灯时分，周莹一刻没停，伏在桌上，一口气写了五封信函，命王坚交给信差们连夜送去，然后才问丫鬟明儿：“红玉下午可来过？”

明儿回答说：“红玉把少奶奶绣的小孩肚兜拿走了。”

周莹说：“她若生下一个胖小子，我就认她娃为干儿子。”

明儿笑道：“我回头对红玉说，让她争争气，一定要生个儿子，认给少奶奶。”

周莹一挥手说：“想是想，若天下的事都心想事成了，哪里还能见到唉声叹气的人！”

三秦的商人做买卖，跑生意，明清间在全国有名有地位的是党、王、庞、吴、姚等家族，其中以党氏为首的秦商，曾有过名扬四海的声望和雄厚财力。被誉为“商界奇才”的党氏三门人党玉书和贾翼堂经营的“合兴发”商号，把大本营扎在唐、白河流域，在襄樊、汉口设立分号，把生意范围扩大到汉口、长沙直抵广州、佛山一带。王家则西走甘肃、新疆至西亚国家，北到俄罗斯，秦商网络笼罩了广阔地域。三秦商人以大胆、沉着、吃苦耐劳、诚信重誉闻名海内外，盛极二百年之久。清王朝中期社旗成为唐河重镇。唐、白河汇于襄樊，顺汉水而下汉口，是南北商业流通的大通道，社旗镇则是这条商业通道上的贸易中心，来自西北地区的商人车队都得在此落脚，然后把他们的货物装上船去。全盛时，合兴发店中有伙计千人以上，有庞大的船队走南闯北，并拥有南阳、唐河十万亩土地，清嘉庆皇帝曾为其御赐金匾“良田千顷”。咸丰年间，秦商进入全盛期，拥有财富富可敌国。但是，秦商由小到大，由弱到强的发展，也没能逃脱兴衰存亡的循环。1796 年的白莲教起义，1840 年的鸦片战争，1851 年的太平天国运动，1862 年的第一次回民起义，1874 年的第二次回民起义，1900 年的义和团运动，引起的动乱与战争，最终把秦商推入毁灭的境地。周莹继吴尉文后成为安吴堡主子时，秦商已日暮穷途，失去了东山再起的财力、物力基础后，小打小闹的多了，大出大进的少了；搞零售的多，做批发的少；就地打转转的多，长途贩运的少；因循守旧的多，敢为人先的少；区域性经营的多了，全国性的商业网没了。因此，被晋商们嘲笑为：“标准的月婆子坐炕，每天只要能有米汤喝、荷包蛋吃，就心满意足了！”久而久之，山西人给秦商们编了一个顺口溜：

三秦商人实本分，循规蹈矩不贪心；
左手买来右手卖，见利不过三五文；
大宗生意不敢做，小打小闹度光阴；
一片门面守十年，遇风忙着把门关；
关中千里人烟多，难见商队人成群；

西安城大街道宽，大的商号看不见；
挂红灯的二层楼，里面窑姐缺头油；
掌柜只把算盘打，万两利银没挣下。

陕西自清初到今，一直都没出现过什么闻名全国的大商家、大商号。周莹成为安吴堡主子后，一心想改变三秦商人在晋商、徽商眼中的形象，为三秦商人争口气，怎奈单丝难成线，单支麻合不成绳，经过几年拼打，吴氏名下的商业在她打造下，虽然在十几个省里巩固了立足之地，但在财力物力人力上，仍无法与实力强大的晋商相抗衡，加之她无法像男子汉们那样，风风火火走州又走县，许多商机眼睁睁白白错过，再加上陕西商人在战乱与社会动荡中，受到致命打击，元气大伤，为保命活下去，在失去东山再起力量、精诚团结的精神严重削弱下，出于利害关系，往往相互暗中拆台，彼此防范，极大地损害了整体利益，陕西的商业自然很难形成一股能左右四方的力量。面对如此境况，周莹从最初的激情澎湃，到叹息无奈，不得不面对现实，做自己力所能及的买卖，少了一些最初的勃勃雄心。

但是，周莹从不甘心就此罢手，所以，当王坚提出利用丰年之机，扩大棉花收购量，以备不测，从时间差中寻找商机的意见时，她冒风险的心又一次活跃了起来。当接到她信函的乾州棉花行掌柜李德福、泾阳粮棉货栈掌柜韩一真、三原西街布行掌柜朱玉如等六个经营棉花商号的掌柜们抵达安吴堡后，她说："请诸位掌柜到安吴堡来，我想听听诸位对今、明、后三年棉花市场行情变化的看法，自然我不影响你们的经营思想。眼下，时局多变，咱们就得多长一个心眼，把握住时机，尽可能做成几宗较有把握的大一点的买卖。"

乾州棉花行掌柜李德福欠欠屁股，面向周莹一笑说："作为向西路供货的乾州棉花行，近年来做的全是固定客户的买卖，由于少奶奶有话在先，我没敢擅自做主扩大供货范围。从眼下看，今年棉花丰收已成定局，连续三年棉花丰收，各棉行库存自然增加，今年收购价必然会再次下跌，这是一个极佳的商机，咱们若能不失商机，尽可能购进，加大库存，货源充足了，向西路供货渠道就能拓宽延长，从而增加盈利。"

泾阳粮棉货栈掌柜韩一真接住话茬说："农谚说，三丰一歉双平年。连续三年了，关中棉花丰产丰收，我想老天爷在下一年不会再给关中人好脸看了。三天前，我在乾州城外的一块棉花地里发现棉桃里成熟籽棉发芽的情况，所以我才敢说这话。再说，万一应了农谚所说，今年大量吃进棉花也是不失良机的正确决策。退一步讲，明年就是平年，库里的棉花也会成为升值的宝贝、有利可图的金银。我认为少奶奶应放开手脚大干一场，把空着的棉库塞满塞实。"

高陵张市粮棉分销店的掌柜尤金说："张市是高陵县主要产棉区，丰年原棉产量在八千担上下，头茬优等棉约占总产量的四分之一，多年来西安秦风棉花行一直左右着高陵的棉花行情，去年少奶奶在收购价格上教训了一番朱清云，他吃了一次哑巴亏，回头还得求少奶奶为他补缺口。今年若朱清云给咱们来个回马枪，在收购价格上做文章，少奶奶该如何回应就得先做考虑了。"

三原县棉花收购加工点的掌柜向玉明说："去年咱们收购原棉价平均为三两七钱一担，我估计西安秦风棉花行大掌柜朱清云，今年仍会照这个价收进，但他会改变坐等货物送上门的收购办法，派员到棉产地收购，以变被动为主动。咱们若想把质量最好的原棉收回来，就得先他一步下手，在棉农最需银子用于新棉准备采摘工作前，把预购银送到棉农手里。这样咱们就能抢到先机。"

李德福接茬说："玉明此话有道理，商场义在先，各为利所动。咱们不能再让朱清云独揽大棉花行情，眼下该和他较量一番了。"

周莹摇头道："话不能说太绝，事也不能做太绝。为商的目的自然都是围绕一个利字而动，但忘却了义与利之间存在的依存关系，商的道就失去了根基，相互倾轧绝不是咱们干的事。咱们与朱清云是对手，也是朋友，如果不能联起手来打造出一个繁荣的从商局面，咱们岂不都要变成被人指脊背骂祖宗的奸商了？咱们要想开拓更大的市场，就得去做别人不做的生意，走别人不走的路，冒别人不敢冒的风险。对于相互倾轧、压价这种事，咱们绝不能做。"

会议一直开到太阳落山，当周莹走出会场，和参加会的掌柜们走进宴会厅就餐时，周莹说："吃完饭，各位掌柜别忘了到账房把收购棉花的银票领走。"

尤金说："别人忘了不要紧，我若忘了就麻烦大啦。"

韩一真取笑说："尤金满打满算，手里只有一两周转银子，少奶奶不给他拨银子，他开着门睡觉也不怕贼偷。"

尤金也笑道："你别把人看扁了，我庙虽小，可也有几万两家当，哪天你去看看，光我那十七间库房，你韩掌柜就非害红眼病不可。"

周莹笑道："尤金那几台轧花机和油坊里的三台榨油机，在高陵县可是数得上的设备，安吴堡吃的油，用的油，全是尤金榨出来的。"

韩一真说："那我把尤金小瞧了。"

众人在笑声中入席，王坚拿着一瓶三十年陈酿凤翔烧酒说："今晚谁喝醉了，谁掏酒钱咋样？"李德福说："诸位仁兄，王总管的话大家可听清了？谁喝醉了谁掏酒钱。我提议，咱们今晚一齐动手，把王总管灌个肚儿圆，这酒钱嘛，自然就归他掏了。"

笑声中，王坚打开瓶盖，替各人斟着酒说："要灌醉我，就得看李老兄有没有本事了。”

西安秦风棉花行掌柜朱清云吃了一次亏，让周莹抢先收购了本应属于自己收购计划内的三万多担优等原棉，在面临违约受罚情况下，只得硬着头皮向周莹下话，用周莹的货填补了自己的空缺，虽然周莹把盈利的一半给了自己，但被周莹暗算引起的怨恨，却一直耿耿于怀。所以，当新一年的棉花上市前，他便发出命令，让大掌柜组织人手，准备深入棉花产地就地收购，并决定按上年收购价购进。只是他忽视了一个必须正视的问题：变坐庄收购为到产地收购，首先应选择好收购点及租用仓房等事宜。他以为只要肯花银子，一切都会水到渠成。过度自信，使他忘却了周莹给他的教训。当他把收购人员派到泾阳、三原、高陵、周至、户县、临潼等关中主要产棉区设点时，才发现农村的现实与他想象的并不完全一样。收购人员对各地棉区布局的不了解，造成了收购点设置的不合理性，当发现后重新调整时，朱清云又犯了一个错误，将收购点相对集中到了县城周围。一方面是多数棉农由于缺乏运输工具，而影响了他的收购进度；另一方面，往年习惯把棉花送进西安城的大户，见他设点收购后放松了对质量的检验，就把低等级的原棉掺进高等级的原棉里，专找人手少，经验不足的收购点交货。当按计划完成收购量进入皮棉加工时，才发现原棉质量存在严重问题，混合棉与等级棉每担的差价，不仅使他多支出银两，而且使他减少了利润收入。朱清云骂起了娘，把怒火烧向手下的伙计们。对人的惩罚往往会收到可怕的恶果，伙计们挨了罚，受了罪，怨恨情绪萌生，责任心变了，做事不认真了，事故跟着也来了。

朱清云这才发现：周莹比自己强的地方恰恰是在管理环节和计划制订的严谨细致上。同在一个县收购棉花，周莹的收购点，无一不设在产棉区的中心，收购点与周边村庄基本保持在十里范围内，棉农不仅当天可以往返，而且发现问题能及时解决。缺乏运输能力的棉农只要搭个腔，周莹的每个收购点得知消息，便会派出车辆无代价为棉农运货进仓。棉农们进了周莹的收购点，不用动手，伙计们便上前卸货、验等、过磅、开票、付银，就连人喝的茶，饮牛喂马的水和草料，也无须棉农开口，便有人代替张罗了。而秦风棉花行的收购点，大多设在了县城四周，忙闲不均不说，点与点间缺乏通气，伙计们只管验级过秤，其余的事一概不闻不问，棉农们自然不愿看人脸色，双方往往为些小事发生争执甚至摩擦，最终导致棉农在等级检验后又动手脚的现象发生。而负责堆垛的全是当地农民，看见了装看不见，吃了亏的秦风棉花行，到底亏吃在哪里，临了也没能弄清楚。秦风棉花行用了九牛二虎之力总共才收购进优等棉四万五千七百担，二等棉五万四千三百担，混合棉三万三千一百担。经过脱籽后，优等皮棉仅有二万九千二百担，二等皮棉不足四万担，其余多数变成了混合棉。最令朱清云不解的是：竟还出现了一千一百担等外皮棉，丰收年却没能完成计划收购量。

周莹对自己伙计们的出色表现自然是喜在眉梢，乐在心里。收购计划完成时，她在泾阳、三原、高陵、咸阳、乾州、兴平、临潼等周边产棉区总计收购到十万一千四百五十担原棉，其中优等棉三万五千担，混合棉七万九千五百担。因为乾州棉花行掌柜李德福建议她以收购混合棉为主，混合棉加工后，甘肃、青海、宁夏、四川地区买主喜欢接受，不愁卖不出去。优等皮棉则直接销给山西晋商，晋商加工后转销往蒙古，能卖到好价钱。周莹拍了板，混合棉经过加工全进了乾州李德福的仓房，优质棉则进了泾阳粮棉货栈的仓房。周莹由每年进出三千来担棉花到一年购进十一万多担棉花，从小打小闹到成为关中地区棉花买卖大户仅用了七年时间，这对一个女人来说，实在是一件了不起的成就。

周胡氏在三原县周莹公馆住了半个月后，管家鱼二宝进了县城，将调查的孟店村受灾情况讲给她听，并把救济对象名单和建议资助银两数的单子呈上，说："老夫人看是否可行?"

周胡氏看完单子放在炕上说："你没漏掉应救助的人家吧?"鱼二宝回答："老夫人放一百个心，我是挨家挨户走了问了看了才记下拿进县城里来的。"

"村里人是愿统一修理被损房屋呢，还是愿意自己动手修？你问过他们吗?"周胡氏问。

鱼二宝说："七嘴八舌的多，我看老夫人干脆把银子发给他们，让他们自己动手修还能节省点工钱。"

周胡氏点头说："这样倒也省事，就按你的意见办吧。"

鱼二宝问："咱们的房院咋样修，老夫人想好了吗?"

周胡氏反问："你说咱该咋修?"

鱼二宝来了精神，挺挺腰杆说："老夫人如听我建议，咱借这次天灾，把周家老宅子来次大翻修，该添的添，该拆的拆，把它建成与老夫人身份财富相符的建筑物。自大火烧毁咱周宅十六院至今，仅剩下的这片宅子在风雨中过了这些年，已变得破旧不堪了。小姐没出嫁前，咱缺金少银，没力量翻修，眼下，情况不同了，咱要人有人，要银子有银子，若再不修，保不准哪天再遇到风雨，这片老宅子就会毁于一旦了!"

周胡氏不禁笑道："我都老了，还讲啥身份和财富相符不相符？你又不是不知道，老爷活着时，家里底子是多少？莹娃子嫁给安吴堡时，吴尉文用三百亩地和一家钱庄骗了我和莹娃子，银子虽落到了手，我也变成了孟店村的大财东，可莹娃子却要一辈子活守寡，你说我的心能安吗？我之所以把银子用在救助村里有困难的人身上，无非是想替莹娃子积点福，如果我真用这些银子重建宅子，莹娃子心里咋想，我就说不准了！”“小姐是个通情达理的好人。”鱼二宝说，“如今小姐一句话值万金，小姐咋会和自己亲妈计较？再说了，如今一场风雹，把老宅子砸了个稀巴烂，重修和重建能差几两银子？再过几年，继祖、继业就长成大小伙了，咱总不能让他哥儿俩仍住厦房读书、成家吧！”

周胡氏点头说：“你说得也在理，我曾想过，咱账上现有银子八十四万两，救助村里人修房和恢复生产上宽打宽算十二万两，还有七十二万两可供咱们一家人使用，我咬咬牙拿出十万两来重建周宅，你看可行？”

鱼二宝忙说：“十万两不少不少。眼下十万两银子能盖咱一个半老宅子。等拆掉老宅，打掉后墙，咱把宅基往长加出十二丈，盖一座四进三出，一砖到顶，石条砌基的大院，继祖、继业长大了找媳妇，保准能招得十里八乡的好姑娘们来孟店村抢少爷抛的彩球。”

周胡氏笑出了声说：“天下只有抛彩球的小姐找丈夫，哪有小伙子抛彩球找媳妇的事？你看着办，咋好咋少费劲咋来，银子花不完，省下来留下给继祖、继业娶媳妇成家。不过你记住，这次咱是翻修为主，千万别贪大贪新弄巧成拙，破坏了老宅原貌风格。一旦翻修成不伦不类的东西，不但没法向先人交代，莹娃子也不会同意。”

鱼二宝听了，忙改口说：“老夫人话在理，那咱就修旧如旧，保持宅子原来风格，只换个顶，加固基础，刷新油漆，其他地方能不动的就不动。”

周胡氏说：“原则定下来，就别大动了，银子按实际支出，不用再做计划了。”

鱼二宝应声说：“我按老夫人意见办就是了。”

第二天一早，周胡氏派人把修缮周宅的信送进了安吴堡。

周莹看完信，把信递给王坚说：“我妈也学我样儿，要修房建院享受一番了。”

王坚看完信笑道：“我认为老夫人修宅子不单单为了自己享受，而是为了两个孙子着想。”

“不错，继祖、继业虽是过继的孙子，但在我妈心里却是周家真正的孙子。娘家兄弟的骨肉，是亲上加亲的嫡亲呀！”

“你是不是有点吃醋了？”

“我没理由吃醋呀？你看，我眼下不是也急着想要找一个将来能真正继承我的事业和财富的儿子吗？”

“你打算如何回答老夫人关于修缮宅子的问题？”

“我能说一个不字吗？我只能笑脸对我妈说，你想咋修就咋修好了，银子如果不够，我给你老添足添够。”

“挣下的银子就是花的，把银子用在地方啥时候都没错。既然你同意老夫人修宅，就应为老夫人计划一番，看修啥样的房、啥样的院、啥样的规模才能让老夫人高兴乐和，不然修起来显不出气派，让人笑老夫人花了银子落小气，岂不败兴？”

“你说得有理，明天我给我妈送一幅图纸过去，让她照图纸盖，准能盖成三原县最漂亮、最坚固、实用的一座宅子。”

周胡氏否定了周莹推荐给她的图纸。对鱼二宝说：“照我说的办，莹娃子的图纸用不得使不得。”

鱼二宝苦笑着说：“我明白老夫人的心思。”

25

这一天，三原县衙新到任不久的县太爷听完师爷关于孟店村灾情自救情况汇报后，手摸下巴说：“没想到我还真小看了平时把钱当命看、要钱不要命的地主财东们，这回能慷慨解囊，大大方方掏银子资助灾民修房恢复生产，这太阳真是从西边出来了。”

师爷笑道：“老爷有所不知，眼下四乡土匪横行，强盗出没无常，地主财东们想要安宁过日子，就得依靠乡亲们的力量和土匪抗衡。若因小失大，得罪了村人，土匪一旦来袭，谁还为他卖命？”

县太爷认同说：“用小恩小惠收买人心，也不失聪明之举，刚才你说孟店村周胡氏这次一共拿出十万多两银子帮助村人救灾，可是真的？”

“周胡氏带着两个孙子过活，离开村人保护，怕连一天也过不安稳。”师爷说，“周胡氏是个聪明的老太太，花钱消灾买人心，确实不简单。”

县太爷连连点头说：“有其母就有其女，听人说她女儿周莹那小寡妇为人处世颇有其父周海潮遗风，看来往后，咱们还得在周胡氏面前走动走动。”

“老爷说的是，周莹虽是安吴堡主子，可她在三原的根深着呢。”师爷说，“咱关心周胡氏，自然就是关心了她周莹。”

“往后老爷我遇到为难事求到周莹时，她就得掂掂分量了。”县太爷说到此，忍不住哈哈大笑起来。

没过几天，一个自称是华荣营造坊的大掌柜名叫秦杰的人，找到了周胡氏，说他到孟店村周宅做过实地勘察，愿承包周宅改造孟店村重建工程。

周胡氏因不知底细，又不认识秦杰，更不知道三原县有个华荣营造坊，便说："据我所知，鱼管家已和三家营造坊联系过，具体情况如何，待我问清后再回你话。"

秦杰走后，还没等周胡氏去问鱼二宝，周莹就出现在周胡氏面前。周胡氏见了女儿高兴地说："前天，有个叫秦杰的找上门来，要承包咱房屋修缮和孟店村重建，你咋看？"

周莹说："妈，我就是冲着这件事来的。"

"秦人杰也找你啦？"

"不仅找了我，而且对我说，他是按照三原县太爷的吩咐出面来承包修缮妈的房屋和孟店村被毁房屋工程的。"

"这么说秦杰是三原县太爷的人了？"

"我已问过，三原县太爷的大公子是华荣营造坊的东家，秦杰是华荣营造坊的大掌柜。"周胡氏扑哧笑道："这下麻烦大了，咱得把银子往县太爷家的银柜里放了！"

"以权谋私，三原县太爷真是无孔不入呀！"周莹苦笑着说，"我不知鱼管家是不是和别人签了合约？若签了，三原县太爷如从中作梗，周家老宅和孟店村的重建工程就麻烦了！"

周胡氏急了，对在场的丫鬟说："快去把周洪叫来。"

丫鬟下楼不大一会儿，领着周洪上了楼。

周胡氏见车夫周洪进了房门，便说："周洪，快回孟店村把鱼管家叫来，我有要紧事问他。"

鱼管家对秦杰的印象很深，见周胡氏问建筑人，回答说："因几家营造坊报价悬殊太大，我想多花些时间了解一下个中原因。若仓促决定，选择了报价低的营造坊施工，怕建筑质量出现问题。秦杰说华荣坊工匠最少也有八年施工经验，不是打短工混饭吃的游民，但我对他的说法却不放心，于是把小姐给我的图纸拿给他看，不料，他没看施工图纸便说'不用看，农房建设，没啥难的'。所以，我就把他的报价没往心里放。"

"搞了半天，他不看图纸就想揽活，想当白日鬼骗钱呀！"周胡氏说，"把房子交这种人盖，不行，决不行。"

周莹叹道："事情明摆着，三原县太爷并不是关心我妈的宅子，而是想着咋样从我妈手里弄到银子。"

鱼二宝说："咱用不着得罪县太爷和秦杰，等筹备事办妥，我让几家想承包咱孟店村房舍重建和周宅修缮的营造坊派工匠到现场进行技术比试。泥瓦匠、木匠、画匠、油漆匠、石匠、糊裱匠，营造监工一齐上阵，从识图开始一项项比拼，哪家质量好，咱让哪家干。”

周胡氏说：“这办法不错，秦杰下回找来，我就这样回他。”

周莹想了想说：“为堵住他们的嘴，比试下来，谁家在某单项上技术和质量好，咱就把那项工程包给他，免得得罪了这个，便宜了那个。”

鱼二宝说：“县太爷就是不高兴，也难说出嘴来。”

三原县太爷本想为儿子揽到一项挣大钱的工程，不料，周胡氏和周莹来了个技术比拼决定承包工程。华荣营造坊的秦杰虽然带工匠参加了比试，但比试下来，仅石匠和油漆工夺得第一名。结果连一半的土方工程在内，仅获得三万七千二百两银子的工程量，其余工程则被另两家营造坊夺得。当秦杰把中标结果报告后，县太爷摸着嘴巴叹道：“怪不得人都说周莹足智多谋，周胡氏脑子够用，单从这件事上看，周莹和她母亲，算得上是渭北女人中的人精了！”

秋去冬来，春过夏至，老天爷的脸一天三变。到了棉花结桃孕绒的关键时刻，连续三年获得棉花丰收的关中腹地，突然陷入了阴雨霏霏、阴冷潮湿的困境里。泡在水中的棉枝叶枯枝烂，棉农们在心如针刺刀扎中迎来秋收时节，等待他们的果然是王坚一年前就预料到的那种局面，绝望情绪迅速在泾渭两岸蔓延开来。

棉田里，难以看到棉絮飞白的景象，此时的周莹第一次感觉到了冒险的价值。市场棉花价格在短短两个半月内上涨了三次，由最初的每担皮棉五两一钱，一下涨到九两七钱。一年前王坚建议收购进的十万多担棉花，除供应西路老客户外，七万一千担的囤积量，使周莹眨眼间获得了三十二万六千多两的盈利。与此同时，西安秦风棉花行的东家、大掌柜朱清云却面对着空荡荡的棉库跺脚说：“我们为啥要早早抛售完库存呢！”

周莹承认朱清云是经营棉花的能手，十多年了，在棉花生意上朱清云从来没失过手。上季棉落市的时间，都是赶在新棉上市前的半月内，不想一个不小心，老天爷在他的库存变空的时刻，却给他来了一个意外的打击，阴雨连绵下了六十三天，雨下得连人心都发霉了。关中平原上到处都是流淌的水，往年洪水也冲不到的地方，水也像天河决了堤般，从天上飞泻到高高的黄土堆上，坡塬上的棉花地里居然也积起了水潭潭。棉花的天敌一是虫害，二是连绵阴雨，眼下谁还有本事让铁疙瘩般的棉桃变成人见人爱的洁白棉絮呢？被周莹认为是行家里手的棉花大王朱清云，真不愿失去一年的生意呀！但是，他有什么办法去改变面临的困境，让秦风棉花行平安度过新的棉花季节，保住自己的经营渠道不被他人切断取代呢？

朱清云又一次想到了周莹，他想再碰碰运气。上一个棉花季节，周莹不是帮助我解决了因在价格决策上失误造成供货不足的困难吗？上一棉花收购季节里，周莹收进了十万多担棉花，按她的销售渠道，是绝对无法全部脱手的，如果能让她再来一次网开一面，用她库存的积压棉花，填补一下我库房的空虚，既可解她压仓，又可缓解我缺货形成的压力，我将像上一棉季一样，分给她盈利的一半。于是，他冒雨过了渭河，进了安吴堡。

周莹见朱清云冒雨来访，已猜出他此行的目的。但她并不把谜底挑破，而是想看看他咋开口。

朱清云寒暄几句后，转弯抹角把自己的来意摆明后说："少夫人雅人大量，一定不会让朱某高兴而来，扫兴而归吧！"

周莹不露声色地说："秦风棉花行库存不足，供货发生困难，作为同人，理应施以援手。按照当前实际情况，周莹尚有五万余担棉花可供调节，只是近日，太原的两家老客户，临时追加了要货量，我已通知泾阳粮棉货栈在近期发货。宁夏、青海两地也派人到了乾州提前要货，如此一来，我能往外调剂的数量就有限了。"

"少夫人尚有多少可供调剂？"

"大约在三万五千担。"

"少夫人用什么价格供应山西、宁夏、青海等地？"

"都是老客户，在价格上我自然要一视同仁，按照当前行情，尽可能予以优惠了。"

"那么你准备什么价供货呢？"

"优级棉每担九两五钱，混合棉每担八两七钱。"

"少夫人，朱某有一个建议，咱们今年再来一次合作如何？"

"请告诉我，咱们咋样合作？"

"像上一棉季合作一样，由秦风棉花行代少夫人将三万担库存转手，利润分成仍按二一添作五如何？"

"朱掌柜，你认为去年的皇历今年能用上吗？"

"我不是正在和少夫人商量嘛！"

"周莹就是想同意朱掌柜的方案把库存转让，怕伙计和掌柜们也不会同意吧！"

"少夫人是主子，哪有主子说话不算数的事。"

"此一时彼一时嘛，朱掌柜看看老天爷的脸，就会明白掌柜和伙计们，为啥不会同意按上一棉季那样把盈利让人了！"

朱清云脸色一下变得阴沉了许多，强颜为笑中端起了茶碗，抿了一口茶，以掩盖自己的狼狈。

谈判无果，朱清云走出书房告辞，周莹笑道："欢迎朱掌柜再来安吴堡做客。"

朱清云拱手作别："进一次安吴堡实在不易啊！"

一个月后，朱清云二次走进安吴堡时，周莹的棉花价格已随行情上涨了一成半。面对巨额违约罚金局面的朱清云，咬了几次牙，经和周莹讨价还价后，才以每担十两二钱和九两五钱的价格将乾州、泾阳两地库中的三万多担棉花吃进，从而避免了违约被罚的损失。

周莹放长线钓大鱼的尝试获得成功后，在安吴堡里设宴酬谢各棉花行掌柜、伙计，挨个向赴宴的掌柜、伙计们敬酒说："蹚出的新路虽然不平坦，但总比走老路要感到新鲜刺激，这次咱们捞到一条大鱼，锻炼了咱们的胆量，也取得了经验，这是大家的功劳。我在这里敬大家一杯水酒，表示谢意。来，一干为敬。"

"谢谢少奶奶。"李德福说，"自古到今，人心齐，泰山移。心往一处想，买卖兴隆财源旺。只要咱们多动脑子，勤研究市场变化，就能做好买卖。这次棉花买卖是少奶奶抓住时机正确决策的结果，我们只是做了应做的事，少奶奶便重赏我们，我们今后只有更勤劳，做好买卖，报答少奶奶关爱。来，咱们一起敬少奶奶一杯。"

众人举杯齐声说："为少奶奶心想事成干杯！"

宴会结束前，周莹让王坚把奖赏掌柜和伙计们的银票按名单发了下去。掌柜们每人是五百两银子，伙计们人人有份各得到二百两银子，喜得伙计们一齐拜谢周莹说："多谢少奶奶恩典。"

周莹笑在眉梢，连忙扶起众人说："快起来，快起来，我今天对大家宣布，从今往后，只要有我周莹在，就要和大家同甘共苦往前闯，争取让大家的日子越过越好！"

三原县太爷的大公子，华荣营造坊的东家扎布德对秦杰只将周家宅院油漆工程和一半土方工程揽到手虽然有些微词，但也没全部否定，毕竟能揽到三万七千二百两银子的工程量，对初来乍到，要在渭北营造业站住脚，打出一块地盘的他来说，也算是旗开得胜。所以他对周莹有了一个好印象，决定在合约签订后到安吴堡拜访一次周莹，以结识这位在人们嘴里敬畏如神的富商寡妇，看看她到底是怎样一个了得的安吴堡主子。因为自到三原创办华荣营造坊至今九个月，当县太爷的老爸，还没与这位富甲一方，在渭北地区伸出一个小指头便能顶起一片天的女财东谋过面。扎布德把自己的想法告诉了他那当了八年九品县丞才升为正七品县太爷的老爸，他老爸却不以为然地说："有钱的寡妇和有钱的男人不一样之处在于：男人拿钱玩女人，寡妇拿钱养男人，除此之外，没多大区别。你拜访她屁事不顶，她绝不会把她妈周胡氏修房的工程全部交给你做。"

扎布德反驳他父亲说："你还没见到过周莹，咋就断定周莹也是一个庸俗不堪的女人呢？三原人谈到周莹是那样敬畏，总有让人敬畏的理由。"

县太爷不耐烦地对扎布德挥手说："没出息的东西。"

父子俩话不投机，扎布德甩手就往外走。县太爷在扎布德走出房门时大声说："扎布德你给我记住，再过半月，你必须把借我的一万两银子还清——"

扎布德头也不回地大声回答说："到时候我一文也不少还你。"

扎布德看到秦杰与鱼二宝签订的工程承包合约，说："从周胡氏给的预付银中抽出三千两来，先还了我那把银子看得比命重的父亲，我稍后设法补足。"

秦杰笑道："你父子俩也真较真呀！"

扎布德叹道："这大概是应了'亲不亲，银钱分'的老话。不过话说回来，我长到二十二岁才能自食其力，也怪不得当爸的要抠门儿认真，他是怕我把好不容易挣到手的银子糟蹋了。"

扎布德走进安吴堡，在东大院吴尉文生前用的书房里，见到了周莹。

周莹对三原县太爷的大公子的来访，颇为意外。她从三原县衙役们嘴里闻知这位从河北来的知县，爱财如命，办事却丁是丁，卯是卯地较真儿，就连对待自己儿女，也从不含糊。因此当第一眼看到扎布德时，心里想：有啥样老子就会有啥样儿子。

扎布德拜见周莹的借口是：经实地考察孟店村建筑布局后他发现，遭马三阳火烧血洗后的孟店村村民房舍，是建筑在原周宅被毁后的十六座宅院废墟上，当初由于缺少统一布局和银两，各户房舍大都是土坯瓦房，大小不一，杂乱无章，既不能防风又无法抵抗暴风雨袭击。由于相互失去依托，一场冰雹和暴风雨，几乎把原有房舍连根拔起倒塌在地。周家十七号老宅由于根基深，砖墙体厚，结构严谨，抗风暴能力强，除房顶被冰雹砸碎受损严重，局部被刮倒树木砸坏外，根基完好无损，按照原风格修缮好，修旧如旧并不困难，问题是孟店村村民们的被毁房屋到底咋样修，修成何种布局，周胡氏和鱼二宝并没拿出具体意见来，承包修建的三家营造坊的掌柜们让扎布德找周莹问清楚，该咋样修建孟店村？

扎布德原来是一个生得眉目清秀的跛足残疾青年，行走起来身体总是一肩高，一肩低。

周莹对他顿生怜悯之心，因此，破天荒地离开座位，亲自迎上前去，将他搀扶坐定说："扎布德先生，往后有什么事，只管让下人来办，我不会使你失望的。"

扎布德笑道："多谢少夫人好意。不过，我愿意凡事亲自动手去做，只有如此，心里才踏实。靠别人总隔着一层膜，体会不出自己动手的乐趣。"

周莹点头认同说："说得好，我也深有同感。"

扎布德说："我来向少夫人建议，孟店村被毁房舍重建应有一个统一的布局，如仍像以前乱建，再遇风暴，很可能重陷被掀翻的危险。"

周莹问道："你认为孟店村现存房舍布局存在什么缺陷？"

"各自孤立，互不相依，每遇风暴，抵御能力甚弱，一旦遇龙卷风，房顶就有再度被掀翻的危险。"

"眼下孟店村房舍布局，是在马三阳火烧孟店村后临时就地取材建成，当时经济条件有限，各自量力而为，是不得已的办法，所以降低了房舍的抗灾能力。这次重建，是应该有一个全面考虑和安排，你的意见很好。你看这样好不好？你回去和其他承建营造坊协商一下，先拿出一个方案来，我先过目，如无不妥，就推荐给孟店村乡亲们，至于建筑费用，十万两银子应该不成问题吧？"

"泥土瓦舍改造为砖木结构，银两富富有余，只是每户建筑面积要严格限制大小在三百五十平方尺内，面积一扩大，银两就不足了。"扎布德说，"三百五十平方尺住宅，对眼下孟店村人来讲，面积已不小了，因为全村没有几家大户，老夫人为首的周宅人数量多，也只有十三人。周宅修缮只要坚持修旧如旧的方针，银两就超不过十万数。"

周莹说："就按照你的意见先拿出一个大体方案来，我好和老夫人商量。"

周胡氏和鱼二宝像多数村民一样，对房屋建造布局，只是参照先人留下的传统古建，所用建材多是就地取材，有啥用啥。房屋大小，质量高低，从没统一标准，多是量米做饭，银子多了盖好点，银子不多能将就就将就，因此，经不起暴风雨和大冰雹袭击。所以，对扎布德等人提出的重建孟店村方案，也提不出什么改动的意见。见周莹说了话，也就点头认了。

周莹目送扎布德走出内院大门后，转身看见红玉抱着孩子走来，伸手逗着红玉的千金说："几天不见，妮妮又胖了一圈。"

红玉笑道："和他爸一样，死能吃，咋能不胖？"

周莹说："你的奶水充足，小妮妮吃不瘦你。"

红玉转了一个话题说："刚才我在大门口碰见吴尉梦老爷，他叫住我，给了我一封信，让我交给少奶奶。"

周莹伸手接过信，抽出信笺看了一遍，冷笑道："吴尉梦自己没本事，还爱管闲事，真是自不量力。"

红玉问道："啥事，让你生这大的气？"

周莹说："泾阳任大虎做投机买卖赔了钱，债主找上门讨账，走投无路，找到吴尉梦借钱，他拿不出来还想当善人，写信求我借给他五千两银子，让他去做散财童子。这岂不是白日做梦？你回头再碰见吴尉梦，对他说，我把信撂到池塘里了。"

红玉说："那样说好吗？"

周莹说："你就照我说的话对他说，让他知道，要当善人首先得靠自己双手把乐善好施的银子挣到手。"

扎布德修改好图纸，第二次进安吴堡，已是十六天后的事了。

周莹把王坚等人找来，一同看过扎布德绘制的新图纸。王坚说："孟店村周氏老宅地基东西长、南北窄，图纸经过修改，轴线中心后移，并加开后门，便于马粪与生活污物运进耕地，另外将老宅东西两进侧院地基抬高二尺，和老宅地基取平，不仅解决了房屋返潮问题，而且加强了采光效果。我认为原宅布局本着修旧如旧的原则，所有房屋除修缮外，一概不动，保持原貌好。因为，火灾后的老宅，并未受到严重损坏，拆掉重建，就彻底破坏了原宅的建筑风格，得不偿失得很。新建东西偏院建筑以实用为主好得很，如照老宅风格建，费工费时费银子，三五年也难修缮出眉眼来，其他不说，仅各种装饰性木雕、砖雕就需时三年以上方能完成。现改为东西侧院整个建筑应用原有偏门与老宅相通，不另建院门，避免了人为增加两厢通风阻力，再有大风袭来，也不会形成有破坏力的旋风。图纸改得好、改得好啊！"

鱼二宝是周胡氏的全权代表，看完施工图纸冲扎布德笑道："没看出你还真有几下子，起初我可没把你扎布德往心里放。"

扎布德笑着回答说："鱼管家大概见我是跛子，就小看了我。其实，我打记事起就知道自己该走什么路了。我为自己安排了搞营造这个活路。此次承包老夫人住宅修缮和孟店村重建我是志在必得，不料你来了个技术比试，我刚到三原几个月，手下工匠有数，吃了亏，要不然，整个工程我扎布德就包了。"

周莹得知施工队进了孟店村后，在三原县山西街召见扎布德叮咛道："咱话说在前边，周宅院的修缮和孟店村重建，在技术上从现在起你全部负责到底，工程若出现问题，我找你算账。自然，若干得好，我会为你增加银两，你说个数吧。"

扎布德没料到周莹如此痛快，想了想说："从工程量上讲，周宅和孟店村重建完工建好，需时一年半，少奶奶你给我一万五千两银子咋样？"

"一言为定。"周莹说，"丑话说在前边，施工过程中一旦出现问题，你可推脱不了干系。"

扎布德毫不含糊地说："那是自然，若工程质量出现问题，我扎布德照赔。"

双方当下立下文书，扎布德收起文书告辞时，周莹说：“扎布德，如果你干得好，我一定把寇家花园建设工程也交给你。”

扎布德眼猛一挤，高兴地连声说：“冲着少奶奶这句话，我就是脱一层皮，也要把周宅修缮和孟店村重建的工程搞好。”

扎布德高高兴兴地回到孟店村工地。

王坚见房里没了外人，对周莹说：“扎布德完全不像是三原县太爷的大公子，能干而且能吃苦。”

周莹说：“他若不是有残疾，我想也不会被逼干上营造这种既操心又费力，挣钱有限的营生。他当县太爷的父亲，看来也不是个吃素的人物，否则，绝不会让自己儿子走这条自谋生计的路。”

王坚则说：“我倒认为三原县太爷是一位通情达理的父亲。儿子残疾，无缘吃官饭，便让儿子学一门手艺自己养活自己，不失是个明智的抉择。”

周莹说：“如此说，三原县太爷倒是个不倚仗权势为儿子谋差事的好官了？”

王坚点头说：“眼下像三原县太爷这样的官少得很呀！”

周莹笑道：“你好像认识三原县太爷，看你把他说得好的。”

王坚也笑道：“不为自己谋私利的县太爷，如今能找到几个？相比之下，扎布德的父亲该算得上是个好官了。”

周莹在修改扩建吴宅东大院工程完成一半时，就打定主意要修建一座新的园林，所以预先便圈定了三百亩地。当认识扎布德后，她见扎布德不是一个靠做县太爷的父亲的势力捞钱，而是自食其力的人，加上周宅修缮和孟店村重建工程动工后，他对工程质量要求严格认真，便决定把寇家花园建设提前动工。扎布德雄心勃勃，一心想在渭北营造业界获得一个好名声，所以连价也没讲，便把寇家花园工程接到了手。周莹则对他说：“寇家花园银子花多少你不用担心，只要建得好，让我满意，给你扎布德的酬劳就少不了。”

扎布德在看图纸时问道：“少奶奶，寇家花园的假山为啥要建在与老宅一墙之隔的地方？”

周莹放低声音说：“你得向我发誓，至死都要为我保密，否则这工程我另找人做。”

扎布德一听认真地说道：“少奶奶放心，我扎布德如果做小人，把不应对外人说的事说出去，让另一只脚也早早跛掉。”

周莹点头说：“我想在假山下修一眼密窖，坑道穿墙与我住的院子联在一起，将来进出也方便。”

扎布德认同说：“我明白了，少奶奶信得过我扎布德，我扎布德将亲自修这眼密窖，建好后，如果少奶奶能从地面上看出痕迹来，我就一头碰死在你面前。”

周莹连忙正色道：“扎布德，我信你了。”

寇家花园所有工程完工后，扎布德只留下三名亲信泥瓦工，白天睡觉，晚上劳动，一连干了三个月零四天，在假山下十二尺深的地方，建造了一眼周莹生前只有王坚、红玉、扎布德与三名泥瓦匠知道的秘密地窖。地窖建好时，周莹对扎布德和三名泥瓦匠说：“密窖一旦被人知道了，我周莹说话绝对算数，绝不会手下留情。”扎布德和三名泥瓦匠接过周莹的赏银发誓道：“我们如果对外说一个字，少奶奶可派人割掉我们的人头让狗啃。”

26

周莹一心想对自己的商业王国进行一番改造，以符合一个女人能够驾驭且可保证安吴堡自身利益不被削弱，各地总商号掌柜与所有管理者乐于接受，全体相与欢迎，能与他们东家同担风险，共享欢乐，生活在一个充满温馨和谐的集体里。当袁中庸和她签订了第一份实验合约，启动运城盐栈的重建工程开工后，她每个月都要派出信差，到运城拿回袁中庸的工程进展报告。如此过了十三个月，袁中庸终于派了负责工程总监、聘任为运城盐栈主管经营管理业务的二掌柜陈书运和账房主事贺人杰，一同进了安吴堡，专程请周莹前往山西运城，主持新运城盐栈落成开业典礼和安吴堡山西总商号挂牌盛典。周莹见到二人，高兴得连声说：“好，好啊！这是我主事安吴堡后，创建的第一家独立核算，拥有自主经营管理权的总商号，我一定要去主持它的挂牌和开业盛典。”

安吴堡东大院里充满了喜洋洋的气氛，经过紧张准备，周莹便率安吴堡在西安和渭北两地商号的大掌柜、二掌柜们赴运城参加新运城盐栈落成开业、安吴堡山西总商号挂牌庆典。

周莹之所以这样兴师动众，大搞庆典，是想让商号掌柜们通过实地目睹，亲身了解袁中庸与她签订的经营管理模式，将来能成为这一模式的实施者，实现真正的风险共担，财富共享。

袁中庸是个极富创造性的实干家。他充分利用周莹二品诰命夫人的头衔，在运城和永济二地掀起一阵旋风，通过张贴告示散发传单，把周莹抵达运城参加新运城盐栈落成开业、安吴堡山西总商号成立挂牌的消息，提前数天传遍了城乡，花了上千两银子请来两地乐班、舞狮队、高跷、芯子、旱船、杂耍班子、锣鼓班子，穿大街过小巷，广邀晋、陕、豫各地大粒青盐分销商参会，把开业大吉与挂牌典礼，办成了一次广交朋友，共谋商事的盛会。当周莹率领的由安吴堡下属商号五十名掌柜组成的马队出现在运城街头时，为一睹二品诰命夫人风采的运城人，一下倾城而出了。

经过动乱洗劫过的运城还未从劫难中恢复元气，许多商号尚未开门营业，大的晋商商号尚在思虑重开店面规模时，毁于动乱中的安吴堡运城盐栈，用最短的时间，最快的速度，重新耸立在运城街头时，运城人从中看到了希望，因此，鞭炮与鼓乐声中，人群拥向了彩旗招展的运城盐栈，欢呼着新生活的再次降临。

运城的官吏们对周莹到运城参加新运城盐栈开业及安吴堡山西总商号成立挂牌典礼，表示欢迎和祝贺的同时，对周莹说："希望诰命夫人能把更多资金投在运城商业建设上，让晋秦一家亲的传统发扬光大，更好造福两省庶民百姓。"

周莹笑道："但愿来日我能为秦晋共富共荣多做出一点微薄贡献。"

运城盐栈开业和安吴堡山西总商号成立挂牌庆典当天，运城盐栈和河南洛阳、陕县、灵宝、巩县、固县以及陕西潼关、渭南、华阴、韩城等地大粒青盐分销商，签订了十二份共八百二十担购销合约，从而开了一个好头，喜得陈书运含泪说："这是六年多来，我签到的最大一批订单呀！"

袁中庸充满信心地对周莹说："少奶奶放心，我既然干了，就要努力干好，把山西总商号办成让少奶奶睡得香的商号。"

随周莹到运城、永济走了一遭，听过看过袁中庸和周莹签订的风险共担、财富共享内容介绍之后，与周莹一起赴运城的掌柜们心里有了底。回到各自商号没出月，便有西安盐栈的朱前山、泾阳铁木货栈的田玉川、西安百货行的范平杰、南货店的步成、瓷器行的化一、鼓楼古董行的花海、邠州粮行的牛利、乾州棉花行的李福海、三原粮行的牛力等进了安吴堡，和周莹谈到重新签约，成为风险共担、财富共享的利益共同体。周莹喜在心头，十分耐心详尽地向他们介绍了签约可能遇到的风险和获得的利益，说："我虽然开始了实验，让袁中庸走了第一步，成功与否，尚待观察。我唯一信念是相信，将实行了数百年的银六人四分成比例，改变为人六银四的股份制，绝对能提高相与们创业的积极主动性。再者，将实行了数百年相与虚股分红取酬的分配制度为实股分配制度，对稳定队伍，提高相与主人翁责任感，凝聚向心力，比虚股要强百倍。如此做，东家大掌柜虽将投资银两分给了具体的人名下，看起来吃了亏，实则并非如此，因为从虚股到实股，要有一个过渡阶段，即在一定时间内持股人不能得到规定时间内应得分红银两，而是作为股金返还东家，规定时间到，才能成为真正持股人，并成为商号的持股股东，参加盈利分红。自然在此期间，相与们所享有的福利衣食住行，与持虚股时不变。它最大的好处是当哪一位相与中途因故退出所在商号时，可以带走自己股份，病故后则成为抚恤金归家人所有。东家一次性投入包括固定资产不再增减，每年盈利分成不少于四成。由于管理人员是由股东会议选举聘任，避免了人情亲族私下相授，一旦发现某人有问题，多数相与通过便可免去其职务，从根本上避免各种弊端的发生。你们考虑好，一定不要跟风往上扑，真正有把握时再和我签约。我要对你们说：一旦签了约，所有风险每个人都要做好分担的思想准备。到时即便天塌了，我当东家的也不会也不可能把自己当成替死鬼去顶债。”

各商号掌柜们在和各自相与反复讨论三个多月后，有六个商号和周莹签订了新合约，成为自负盈亏的商号。第二年春分前后，陕西境内安吴堡所属商号，仅剩下泾阳县安吴堡内两家商店和泾阳县城厢茶庄与房地产及钱庄，属于周莹直接管理的商号了。周莹因此成为最轻松的商业经营管理者，从以前的忙于琐碎事务中解脱出来，把主要精力用于制定经营策略管理上。

骆荣吃过七十三岁寿面，几盅酒下肚，不知哪根神经兴奋了，不顾儿子再三劝阻，又乘轿车进了安吴堡。正在书房临池挥笔练字的周莹，抬眼看到身板精瘦，行动如常，老当益壮的骆荣走进房门，忙放下手中毛笔，从案后走出来，说：“骆叔，你老有啥事让人捎话过来，我上门就是了，你来回劳顿个啥？”

骆荣嘿嘿笑道：“近来我感到快不行了，已是见阎王岁数了，七十三的人还能蹦几天？有些事，我必须在能动弹时做完，不然活着也烦心。”

周莹说道：“啥事让你老烦心睡不着？俗话说，七十三赛神仙，儿孙围膝绕，福、禄、寿三全，老叔你把心放宽，活百岁没麻达。”

骆荣也不客套，入座后直奔主题说：“吴老爷在时，曾计划修建祖坟，可怜他走得早，心愿未能实现。眼下，少奶奶财力雄厚，人多马壮，有足够力量完成老爷生前夙愿，几天前我梦中见到吴老爷，他向我谈起此事，今儿个我赶来告诉你，算是对少奶奶的忠心表白吧。”

周莹眉头皱到了一块，对于修建吴氏祖坟之事，她曾听吴尉文提及过，但从没往心上放，因为当时她并不是吴门当家人。吴尉文溺水而亡后，吴聘西归，嫡系子孙们虽然不乏人在，只是尚健在的吴尉武、吴尉梦、吴尉龙三兄弟从没掌握过吴氏家族管理大权，分家自立后，失去发言权，加之持家无方，财力全被折腾尽，哪里还能顾及重修祖坟的事。不想告老在家颐养天年的管家骆荣此时突然站出来，要为主子完成生前夙愿，怎不让她感到意外。若按周莹性格，几万两银子往土坑里撂，她并不会心疼，但要为吴氏祖坟几堆土丘装点门面，她却不愿意。她想过，自进入吴门到自立自主，可谓是没享过吴家一次真正的福分，吴家人给她的，除了一个名分外，几乎全是悲痛与哀伤、叹息与流泪，在如此情况下，又能指望吴氏祖宗能有什么灵光显圣，为她换得开心欢笑呢？若用在活人能看得见、摸得着，为乡里乡党造福的事情上，不用你骆荣开口，周莹我若皱一下眉头，就算白在人世上走了一回。可是，她不愿拂骆荣的意，毕竟，骆荣跟了吴家一辈子，先后为吴家几辈人效力。吴聘死后，又倾尽全力和智慧，助她周莹闯过重重关卡，由一个小寡妇成为一个远近知名，有着足够实力，能与渭水南北商贾比肩齐眉，与权贵士绅平起平坐，让官家也不敢小看的女中丈夫。骆荣的功劳可谓是入书载册都不为过，如今活到古稀之年，仍对老主子忠心耿耿，堪称不贰之臣，其心之诚着实令人可敬可佩。若拂其意，作为晚辈，一旦传扬出去，必然会有人指责自己忘恩负义，编造出一些令人汗颜的故事来，把我周莹骂个狗血淋头！想到此，周莹没动声色，说："骆叔，我日日心在各个商号上，各地商务压得我喘不过气来，其他事自然顾及不到。你老今天既然提到老爷在世时曾打算修整祖坟之事，你老看谁去办合适？"

周莹用意不外乎是，你骆荣老得快走不动了，还敢接办这种出力难落好的差事？你若不接，我便以找不到合适人选为由，将这事压下，等你骆荣归了天，此事也就进了坟墓。话说回来，不孝有三，无后为大，我个寡妇，不能生儿育女，死后，吴家人必然要借口我无亲生儿子而不准我入吴家祖坟，与其让我躺在荒郊野地里当孤魂野鬼，还不如大家伙儿一块住荒草滩，吴家祖坟就留给吴家有本事有钱的孝子贤孙去修整好了。

周莹话一出口，骆荣便猜出了她的用意，他不紧不慢说出了让周莹出乎意料的话："我这一把老骨头，若能散在吴氏祖坟的修整工程上，对老爷在天之灵也算是个交代，不用另找人，你就让我去负责吴氏祖坟的修整吧。"

周莹自知失算，说出的话难以收回，心里直叫晦气，但仍平心静气地说："那好，我拨三万两银子给你老，你老看着修吧。"

骆荣连声说："三万？不行，不行，吴氏祖坟既修整就要修得符合吴氏门第，让后人知道嵯峨吴家是怎样一个家族，不然太寒酸了，咋让安吴堡人在人前说得起话？"

周莹拿骆荣没一点办法，气话说不得，拒绝更被动，只好问道："你老说需多少银两才够气派、才够用？"

"最少也得六七万两银子。"骆荣来了个狮子大张口。

周莹不愿再和骆荣磨牙，一狠心，一锤定音道："照你老说的数，我给你六万两行了吧？"

骆荣高兴地咧嘴笑道："差不多，差不多，那我就张罗去了。"

周莹送走了骆荣，冲立在一边抿嘴直笑的红玉瞪了一眼说：“你笑个屁，今天让老头子硬敲走六万银子！”

红玉说：“谁叫你心眼里打算盘，光顾自个儿拨珠子，忘了骆老头是个拨算盘珠子的老手！”

周莹叹道：“我死后，若能有个一半像骆荣这样尽忠不贰的奴才为我挖穴建坟修墓，我就没白在世上走了一遭啊！”

红玉脸红道：“小姐把人都看扁了，咱走着瞧，我若死在小姐后头，不为小姐挖穴建坟修墓，就叫五雷轰顶，让我死无葬身之地！”

周莹猛地止步，站在红玉面前，盯着红玉看了许久，突然伸出双臂把红玉抱在怀里，眼中涌出了泪珠说：“红玉，我的好妹子，有你这一句话姐心满意足了！”

骆荣人老心不老，劲头十足，整日东奔西颠，一辆骡车不停点地转，跑遍泾阳、三原、高陵三县，请齐了能工巧匠，安吴堡外柏树林吴氏坟园破土动工了。周莹见事已无可挽回，硬着头皮看了看骆荣拿来的平面设计图说：“就照这样修好了。”

吴尉武、吴尉梦、吴尉龙对周莹仅拨六万两银子修整祖坟大为不满，一齐找到周莹说：“你有成千上万的银子，怎么舍不得为先人修建一座让人一见起敬的坟园？”

周莹本来就不愿修祖坟，只是被骆荣逼进死角不得已而为之，一听这话，窝在心中的火，腾地燃烧起来，冷语相对道：“按辈而论，三位叔公应是修墓或重建吴氏祖坟的当然主事人，你们竟不顾身份来向晚辈兴师问罪，就不觉脸红？”

吴尉武说：“你公公是长子，你丈夫是长孙，你是吴家当今的主事人，你当然得管此事。我如果是当家人，就不找你了。”

“分家时，你们没少要一分一厘，没少拿一柴一木。”周莹针锋相对道，“我如今代我公公和我相公行孝，拿出六万两银子修整吴氏祖坟，已对得起吴氏一门了。你们既然认为寒酸，修起来不够气派，你们每人也掏出六万两来，我为吴氏修一座金堆银砌的陵园。”

周莹一句话，噎住了吴氏三兄弟，别说六万，就是六千，他们也不想出，吴尉武、吴尉梦更糟，连六百数一次也拿不出来。没银子话说起来气短，面对周莹的逼人气势，三兄弟哑口了。

吴氏三兄弟之所以找周莹，无非是想让周莹多出点银子，把祖坟修整得更排场点，好为自己增面子，在人前说话时能气粗点，反正钱出在周莹身上，花多花少都不心疼，找周莹施加点压力算啥事？不料经周莹一驳斥，讨了个没趣，只得低下头，偃旗息鼓败下阵。

周莹憋了一肚子火，打定主意要让吴家人知道马王爷长几只眼，出出自进吴门以来心里憋下的苦气、闷气、怨气。过了四五天，她便放出在安吴堡兴办义学的风，并买通风水先生，在堡里转了一圈，然后围着南、北、中三院品字相接的地方，看了又看，风水先生说："义学建在品字中间，将来安吴堡定会出几个状元、将相和名人显贵。"

风水先生的话，一传十，十传百，没过夜便传遍了安吴堡。安吴堡里的人早就想办义学，苦于无人出头号召，眼睛全盯着周莹，但见她不吭不哈，没人敢去上门向她提出来。今听周莹心动了，愿意办义学了，哪能不高兴不支持。听了风水先生的话，堡寨里的老人一齐找到吴尉武、吴尉梦、吴尉龙三兄弟说："风水先生说三位老爷院子品字中间的空地，是出状元和将相的宝地，全堡人希望三位爷把这片空地捐献出来建义学，全堡人和子孙后代会永远记住三位爷的无量功德。"

吴尉武、吴尉梦、吴尉龙虽然厉害，可也不敢得罪全堡父老，再说，如今他们财微气短，一旦得罪全堡人，往后万一有事，别想指望有人相助相帮。话又说回来，品字中间空地，原是停车马的地方，三院败落后车马无几，空空荡荡的车马场连麻雀也很少落了，若把义学堂建在那里，也难说不合情理。堡子里大的空地也只有这一片，不让用也说不过去。按吴氏祖传家规，空地凡用在公益事业上，任何人都无权拒绝和反对，今全堡人提出要在他们拥有的空地上建义学堂，自然难以拒绝。兄弟三人面对全村父老，三张嘴自然难辩过一堡人，闹翻了，把官司打到县衙理也亏，兴义学是官家提倡的事，要不谁能知道山东出了个兴义学的武训呢！

三兄弟面对全堡压力，只得同意了在三家院子的品字中间建义学。周莹见自己的计谋得逞，拿出五千两纹银，一下从品字中间圈出三十亩面积，只给吴氏三兄弟院子间留下一条能通行大车的巷子。

周莹不显山不露水地宰割了吴氏三兄弟一块地，落了个办义学的好名声，给安吴堡办了一件好事。

义学堂建成开学后，大白天里，孩子们整天吵吵闹闹，吴氏三兄弟再也没安静过，隔两堵墙，声音隔不住，有啥法？

以后几年里，吴尉武、吴尉梦、吴尉龙家婚丧大事缺银子花，又把原分给三大院的五百亩土地卖给了周莹，吴尉龙在泾阳县城开的店铺、当铺和房地产也垮了。在此之前，他们如果还有与周莹论短道长的底气的话，到了此时已经没有一点资本了。

老骆荣亲领工匠，日夜守在吴氏坟园，用了两年多时间，修整好了安吴堡东门外柏树林里的坟园，在坟茔前建了碑楼，请名人写了碑文石刻，竖起了墓碑，坟茔前石人、石马、华表、牌坊等排立两行，空地植柏栽松，还特别修了三座精工雕刻制作的花牌坊，将荒芜的墓地修整成了颇具特色的坟墓建筑群。

工程竣工后，周莹只得率吴氏人丁前往祭奠，并向骆荣表示感谢。谁料，老头子此时已是灯油耗尽，祭奠仪式刚开始，便一头栽倒在地，两腿一蹬没了气。周莹伤感道："老人家死在了吴氏坟园里，是吴家名副其实的忠臣呀！"

周莹本来不愿修整吴氏祖坟，修好了，外人不明其中曲折，反说她是个孝女，称赞她为吴氏光耀了门第，荣耀了祖宗。

周莹驰骋江湖，生意兴隆，财源滚滚，人羡人妒，讥言赞誉，褒贬不一，是非曲直，传说纷纭，可谓是应验了那句古老的俗话：寡妇门前是非多。对手们骂也骂了，咒也咒了，告也告了，大凡能派上用场的阴谋诡计和稀奇古怪的手段，在与周莹的较量中，全都登过场，亮过相，但到头来，失败的总是发动攻击的人。

外面的世界精彩无比，自己的商业王国更是风光无限。周莹对于不时传进自己耳朵的风言风语，造谣中伤，甚至恶意攻击，最初曾发出过几次耿耿于怀的愤怒吼声，后来听得多了、疲了、厌烦了，就懒得过问，更懒得听了。

然而，树欲静，风却不止。

西安城里有一家颇有名声和实力的酱菜园"九重天"，东家兼大掌柜徐大雷是个捐了银子买得一顶六品红顶帽的财主。认识他的商贾们凡知他底细的，对其人品多会一笑带过，因为此君仗着从老子手里继承到手的万贯家业，从小便寻花问柳，偷鸡摸狗，结交江湖下九流，学了点三脚猫的本事，和西安城里的黑社会势力相互勾结，相互利用，狼狈为奸，一心想在商贾队伍里占有一席之地，好坐上商界头一把交椅，成为西安商界的龙头老大。其父生前靠经营土地为生，从未涉足商业买卖，从本质上讲，他骨子里根本就没有经商做买卖的天赋，但他在成为不劳而获的土财主后，偏偏要就短避长，先在大差市开了一家"红云楼"妓院，继而在骡马市开了一家杂货店。用他的话说，开"红云楼"是为结交三教九流提供一个场所；开杂货店是为练手脚，学会咋做生意，咋发财，待有了经验，再放开手脚大干一番。世人总会有一天知道我徐大雷是怎样一个人物。

徐大雷还真有点运气，红云楼开张不久，因从江南买进五名国色天香、能歌善舞的美女做台柱子而声名大噪，嫖客如潮而至。三教九流，七十二行各路中有钱有权有势人物，在五名美女面前丑态百出，把大把银子撂在了红云楼。尝到做皮肉生意甜头的徐大雷喜得眉开眼笑，胃口更大，一不做二不休，第三个年头将红云楼扩展了二十二个房间，从江南又买进六名艺伎，一心从女人身上为自己创造出百万财富。因嫖客众多，生活用品需量大增，他的杂货店买卖也获益日多。有了银子，徐大雷接受了狐朋狗友建议，为寻求靠山，保红云楼的安全，他拿出四万五千两银子一路打通关节，结交各级官吏，最后捐得一顶六品乌纱，虽是不挂牌的空衔，但却为他行走江湖，出入官场，广交各界名流，提供了诸多方便。不知底里的人，一听他瞎好是个六品的官，自然得另眼看待了。

有了品级官衔，又有了一定经济实力的徐大雷，有一天不知哪根筋跳了起来，信步转悠到西大街，行至名号为“九重天”的门口，鼻子一吸，闻到了酱菜的香味，心想：我他妈咋没吃过这样香的酱菜呢？进去看看是啥东西，好了买几个提回去慢慢受用。

徐大雷拐进了九重天酱园铺面，挨个儿闻着嗅着酱菜的味儿，闻着嗅着手就伸了出去，这个罐罐挖一块，那个盆盆里捡一条，不停地往嘴里塞，又不停地往地上吐。酱菜园五大间铺面里，靠着三面墙和柜房，四周足足摆了一百三十多种酱菜。徐大雷任着自个性儿品味，嚼几下便将嘴里的菜吐出来，转眼间羊屎蛋一般散落一地。坐在柜房后的酱园二掌柜一看，急了眼，走出柜房笑对徐大雷说：“先生，请你不要动手拿酱菜品尝，酱菜是很讲究洁净的腌制菜，客人若乱动手乱品尝，就坏了酱菜买卖规矩，随地乱吐也不甚雅观。”

徐大雷养成了无赖泼皮性子，一听二掌柜话中有刺，顺手抓了一把酱菜往地上一撒骂道：“老子品尝你酱菜是看得起你们，你狗眼看人低，以为老子买不起酱菜咋的？”

二掌柜忙说：“先生你误解了我话的意思。”

“我长着耳朵是喝风还是放屁？”徐大雷吼道，“你以为我听不出你是人话还是屁话？”

徐大雷一撒菜一吼叫，惊动了在楼上算账的九重天大掌柜，楼梯响处，大掌柜问道：“吵啥？吵啥？”

二掌柜见大掌柜从楼上下来，几句话便讲清了原因，大掌柜转身面对徐大雷说：“这位先生若仅仅因了一句话而大动肝火，实在没有必要，何况先生所作所为也实在欠妥。”

徐大雷还没听完大掌柜的话，开口便脏话出口道：“你也是猪拱屎尿堆，只说自个儿拱出来的香。老子尝也尝了，吐也吐了，撒也撒了，吼也吼了，你开个价，要老子赔多少银子才完事？”

大掌柜见徐大雷是个没烧熟的货，心里气不打一处来，顺口说：“先生既然愿赔偿小号损失，倒也干脆，你交一百两银子走人吧。”

徐大雷哈哈大笑说：“我还以为你敢把我活剥了，想不到也是个胆小鬼，一百两对我徐大雷来讲算他妈个屁。”说完，从袖筒里掏出一张银票，往地上一撂说：“拿去买纸烧去，多的数算我打发叫花子了。”

徐大雷挺胸昂头，大摇大摆出门走了。九重天大掌柜、二掌柜和在场的伙计们全愣在原地没动，因为他们谁也不认识徐大雷，尽管以前他们都听说过徐大雷的传说，也知道徐大雷是红云楼的东家，是有着六品衔的挂名官儿，一个在商界名声极坏的泼皮无赖。想不到，他们偏偏开罪了这个令人摇头顿足的冤家！

九重天大掌柜拾起地上银票，见是一张五百两的官银兑换票，知道事情变得复杂严重了。

九重天大掌柜还没想好如何化解和徐大雷结下的疙瘩，便接到第一封黑社会的警告帖子；七天后，九重天运送酱菜的车辆在途中被砸；第十二天头上，酱菜作坊被人投毒，一万多斤酱菜被迫倒进粪坑；紧接着外出采购原料的几名伙计路上遭劫被打，损失惨重。连二连三的事故，让九重天陷入惊惶恐惧之中。大掌柜报官不仅没带来安定，相反麻烦更多。被折腾得心惊肉跳的九重天东家，走投无路下，拿着五百两银票去拜徐大雷，向徐大雷求饶说：“徐爷，是我有眼无珠，不识泰山。你大人大量，放九重天一马，我会一辈子对你感恩戴德不尽。”

徐大雷一摊双手说：“我徐大雷做了啥让你感恩戴德事，让你九重天大掌柜如此虔诚？不过话又说回，若想消灾，五百两银子不够，你记住，神鬼官匪都一样，见钱眼开，慈悲为怀。”

九重天大掌柜问：“你开个价，多少银子才能化解你我间的恩恩怨怨？”

徐大雷往起一站，大声说：“我给你三万五千两银子，你把九重天酱园盘给我，咱们便井水不犯河水。”

九重天大掌柜傻了眼，气得浑身直哆嗦，说：“你不如拿刀杀了我。九重天经过我十五年辛苦经营，才扎稳了根，成为西安一家知名酱菜店。现在九重天的总资产为十五万二千两，你竟想用三万五千两窃为己有，你这是打劫呀！”

徐大雷哈哈大笑说：“打劫咋了？明对你讲，你若识时务，把九重天酱园盘给我，我决不亏待你，仍让你当大掌柜，每年给你一万五千两银子养家糊口。你若敬酒不吃吃罚酒，最后连一两银子也拿不到手。”

半辈子兢兢业业，勤勤恳恳，心地善良，憨厚诚实，本本分分的九重天大掌柜被徐大雷的无赖行为和狠劲吓得不知所措。三个半月后，九重天在有关官吏们见证下，换了新的营业执照，东家成为徐大雷，原东家变成徐大雷聘用的大掌柜。徐大雷名下又多了一个招财进宝的行业。当时，西安城内外酱菜园只有两家大号，徐大雷用非常手段夺得九重天后，由于资金得到充实，管理人员多数留在原岗位，大掌柜虽为徐大雷聘用，但那份对创业和守业时倾入的感情，却无法忘却，因此生意不仅没受到影响，反而不断扩大营业范围，仅用时不到两年，便占领了西安酱菜业一半市场。

周莹将从四川抽回的资金在潼关开办了一家酱菜酿制作坊后，由于知人善任，用重金从四川聘请高手任技师、雇工人，酿制的酱菜融合了川秦两地技艺，香辣脆爽、质优价适，仅过了三冬两夏，便赢得豫陕交界两地十数县平民百姓的喜爱，成为居家过日子离不开的小菜，因而销量大增，生意日渐红火。随着潼关酱菜知名度不断提高，他们又开发出坛装、瓶装、袋装等一系列工艺来。酱菜销路也由近及远，走出潼关，东过黄河远至京师，跨汾水远至太行山麓，西翻秦岭远至汉中，南抵丹江，进入武汉三镇。在潼关酿制的酱菜中，酱笋、酱螺丝、八宝菜、糖蒜等更以其南北兼容的特殊风味赢得交口称赞而成为珍品，成为百姓礼尚往来，走亲访友必不可少的四样菜。潼关酱菜走红后，为占领西安市场，周莹在西安开了一家店号为“一品香”的酱菜园，与在西安站住脚的老字号九重天酱园搞起了竞争。一开始，周莹指示一品香大掌柜，本着薄利多销原则，最大限度争取客户，扩大知名度，尽快在西安市场站住脚，并定下了品种要全，口味要好，质量要高，做出品牌来，力争成为人们一日三餐不可少的菜品的目标。为此目的，周莹曾再三启发伙计多动脑子想办法，用心去满足客户需求，个别品种甚至可赔钱卖，以迎合客户先入为主的心理。周莹对酱菜的经营策略很快收到成效。仅半年时间，原九重天酱园的固定客户中，不断有人转移方向进了一品香，成为一品香的客户。一些偶吃小菜的人，也把一品香作为自己首选之地，隔三岔五走进去，买点回去佐餐食用。九重天营业额日渐减少，加之随着营业额的下降，产品积压，库存加大，便凸显出人多无事的弊端，成本自然降不下来。一品香开业第一个账年下来，九重天第一次出现亏损数字。终日忙于寻方设点算计他人，很少过问九重天具体经营情况的徐大雷，从大掌柜嘴里得知亏损数字后，不相信自己耳朵似的说：“不会吧，是不是你们把账给算错了？”大掌柜说：“账不会算错，仅因卖不出去而坏掉变质的酱制品，一年下来就损失二千一百两银子！”徐大雷问道：“还有啥原因？”大掌柜说：“一品香抢去了我们的老客户，进九重天的人少了，货自然卖出去的就少；货卖得少，库存自然加大，资金周转时间延长，管理费用增加。如此循环，必然亏损。”

“一品香是谁开的字号？”徐大雷并不知道一品香的实力，也从没问过一品香的事，因此问道，“你们咋不早点提醒我西安酱菜市场有了新的竞争对手？”

大掌柜苦笑道："你一年到头进过几次九重天？我骑上骡子可街转，一年也难找到你几次，咋向你报告嘛！"

徐大雷一想，大掌柜说得也是个理，自己整年泡在女人窝里，和朋友、兄弟寻乐，哪还记得九重天和杂货铺杂七杂八的事？若因亏损而骂九重天上上下下，也说不过去，但若不出这口气，老子活着也窝心。于是一拍桌子对大掌柜说："亏了两三千两银子算个屁，别往心里放，过几天，你们看我咋样给咱把亏的银子寻回来。"

徐大雷说要把亏损银子寻回来的话放出去没五天，经过多方探听，终于从管理商业的官吏嘴里探知，一品香酱菜园的东家是泾阳县安吴堡吴氏家族的当家人小寡妇周莹。待追根问底，心里多少有了点谱后，心想，周莹虽是女人，但却不是一般的女人，更不是一般的寡妇，在官场里、商贾中、百姓心目里，她都有一定影响和地位，仅一个"护国夫人"头衔，就足可使自己头上捐来的六品乌纱变成垫屁股的破布，但若不能从她身上找回一品香给我造成的亏损，我他妈一个堂堂正正男子汉，咋能在人前再说硬话？事传出去，我当鳖，往后谁还买我的账？

徐大雷并没胆量公然向周莹挑明叫板，但却要在人前证明他并不害怕护国夫人，于是便在暗中动手脚，唆使与他称兄道弟的黑势力，在一品香门前制造事端，挑起斗殴，乘机砸了一品香。一品香大掌柜不知底细，在店铺遭砸当天便报了官，要求追查肇事凶手。徐大雷知道，官家不出十天，必会找到他问东问西，因为西安城内外的黑势力，不会为他当替罪羊，一旦被查紧了，定会把他供出来，毕竟，一品香的主子周莹不是一般人物，西安府衙里还没有敢和"护国夫人"公然作对的官吏存在。

徐大雷见一品香被砸得稀烂，酱制品满地皆是，暗中笑出了声说了一句"恶气总算出了"。因此，当西安府衙捕头一进红云楼还没向他开口，他便把捕头拉进一名妓女房里，顺手把一摞百两银票塞给捕头说："今儿个我请老兄，银子由我出，老兄尽情快乐个够。"

捕头得了银票，又玩了女人，只得对他说："徐兄，你哪家店铺不去砸，为啥非要在太岁头上动土？护国夫人你惹得起吗？"

"小弟只是为了出口恶气。"徐大雷坦然认账说，"老兄放心，我一定下不为例。"

一品香大掌柜报官同时，亲自到安吴堡向周莹做了禀报，请示如何办？周莹认为是偶发事件，地方上打架斗殴经常发生，城门失火，殃及池鱼的事不足为奇，家什坏了修修，酱菜抛撒了扫扫，门面破了补补，花几个钱，算不了什么。

所以对一品香大掌柜说："算啦，小不忍则乱大谋，回去把店重新收拾一下，照常开业。只要你们对客人态度好，服务热情周到，加上价格合理，买的人多了，就不怕损失收不回来。"

一品香大掌柜根据周莹指示，回到西安，果然没有再找官府，经过内部修理，重新开始了营业。西安府捕头见一品香没再追究，乐得静观其变，白白收了徐大雷给的银两。

徐大雷见周莹无任何反应，以为女人胆子就是小，吓唬一下就尿尽了，在人面前吹嘘显能时，口无遮拦，把自己暗中唆使人砸一品香的事抖搂个干净。不料，隔墙有耳，没过几天，徐大雷的话原封不动传进了安吴堡。周莹听完，脸往下一沉，骂道："不知天高地厚的混蛋，他徐大雷是什么鸟，居然找到我头上来搭窝，我看他是活腻了。"

平时很少动肝火的周莹一发怒，徐大雷算是碰到了刀尖上，一场不见风不见雨，但却充满你死我活气味的较量，在西安商界就此拉开了序幕。

27

周莹接报大怒，悄无声息地由安吴堡进了西安，住进芦进士巷经过修缮一新的躬亲居密宅，决心要给徐大雷一个终生难忘的教训。

周莹继承吴尉文遗产时，西安仅有吴氏商号两处，固定资产满打满算十万两银子，她接手经营管理七年后，商号拓展为十三个字号，总资产达到八十二万两银子，房屋资产达到四十二万多两，经营商品种类由当初的二十六种，增加到二百七十余种，包括了衣食住行方面，第八个年头又在西安西关开了一爿钱庄。为了避免树大招风，她对商号的掌柜和相与们一再交代，对外各打各的旗号，一律不准对外人讲是周莹的伙计，更不准打周莹的旗号招揽生意买卖，免得官府生法找麻烦。因此，周莹的名字在西安商界并没多大声望，连西安商会的头领们，也只把她当作渭北的土财主看待，认为一个年轻寡妇，本事再大，也难在商场掀起什么风浪来，所以，当周莹住进芦进士巷躬亲居，决心要为西安商界除害铲恶时，西安商界竟没有人能捕捉到一点有关信息。

周莹对徐大雷进行了摸底，弄清了他的真实情况后，决心要为西安商界拔掉这颗插在他们心中、让他们感到心悸的钉子，给黑势力来个下马威。经反复思量，周莹决定由一品香来发动这次除害斗争。此时正值酱菜销售旺季，周莹到了西安，传一品香大掌柜张青到了她在西安火神庙后的秘密住宅，说："张青，你回去立即贴出告示，从明天开始，把酱菜售价降低二成卖。"

张青不知周莹用意，急道："少奶奶，全部酱菜降价二成，一品香不赔光才是怪事!"

"赔光赔尽，我不责你失职，更不会罚你。"周莹道，"你照我的话办，明儿个派人去潼关，让常荣连夜送五万斤酱菜到西安，你只管往外卖就是了。"

张青迟迟疑疑，但见周莹态度坚决，只得遵命照办，回到一品香便在店外张贴出告示，公布了酱制品降价二成的决定，然后派人在各条大街贴出一百多张内容相同的告示。西安城内居民很快便知道了一品香酱菜降价消息，当天晚上，进一品香买酱菜的人便多了起来。

徐大雷得知一品香酱菜制品降价消息已是四天后的事，因为九重天大掌柜找到他时，他正在西安城外和自己的新情妇如胶似漆地乐和中。

徐大雷听了报告，匆匆跑到一品香门口看了看，问了几个人一品香酱菜价格，才信所传非虚。此时他没了砸九重天酱园时的勇气，更少了挑衅一品香时的胆量，因为西安府有关官吏已经警告过他，别去摸老虎的屁股，你徐大雷在周莹眼里，连一只狗也不如，咬不住她事小，一旦反被她逮住，蹲八年十年大牢算你命大。他怎敢拿自己身家性命当赌注呢！可是眼睁睁地看着一品香抢自己生意，心有不甘，心想，你一品香用降价拆我的台，没门儿。回到九重天便下令："小寡妇敢降价，我徐大雷不是给吓大的，从现在开始，我们跟上她，降，看它一品香有多少存货?"

九重天掌柜摇摇头，不置可否地拿出笔墨写了告示，贴了出去。

徐大雷跟进降价二成的告示贴在九重天店门外，周莹便命张青贴出新告示：降价三成。

徐大雷气不打一处来，咆哮中跟了上去：降价三成。

周莹得知常荣将五万斤酱制品送进了一品香，立即命张青贴出降价四成的特大告示。

气晕了头的徐大雷，不问青红皂白，便让九重天掌柜贴出降价五成的大红告示。

徐大雷终于占了上风，买酱菜的人迅速转进了九重天。徐大雷见状，咧开大嘴哈哈大笑道："狗日的小寡妇，你也会下软蛋呀!"

徐大雷降价五成告示一出，周莹令张青立即请几个外地经营酱制品的大客户到了西安饭店，周莹亲自出面接待说："请诸位帮个忙，酒后到九重天酱园，把他们全部库存与作坊所有酱菜吃进，我不会让诸位白跑腿。”

几个酱货经销商，第一次见到周莹，又惊又喜，深感荣幸，因为，在三秦境内，能见到赫赫有名的护国夫人，在商界跺一脚便山摇地动的安吴堡主子，那可是做梦也难想到的事。几个人没等酒足饭饱，一抹嘴齐声说：“少奶奶说哪里话，别的事我们干不了，跑跑腿，动动嘴的事没麻达。我们这就去九重天，等把少奶奶要办的事办好再回来吃喝不迟。”

几个人分次前后错开时间，进了九重天酱园，把全部存货及酱菜作坊里的半制成品，一两不剩地扫了个干净，连夜装车出城，直奔潼关周莹的酱菜作坊而去。

九重天酱园货架一空，作坊里半制成品也断了档，周莹立即命张青撕去降价告示，恢复原价销售。

徐大雷跟在周莹屁股后，连连降价过程中，根本没问过酱菜实际成本，更没问掌柜跟风可能引发的风险与后果。而原本是九重天酱园东家和创办人的大掌柜，在被徐大雷强制吃掉后，心里怀的仇恨从未泯灭，见他和周莹争高斗低，幸灾乐祸还来不及，哪里还能为自己仇人出谋划策，于是顺着他的杆往上爬，时不时还说上一两句煽风点火的话。徐大雷以为自己决策不会出麻达，便一条路跑到黑，直到完全钻进周莹设置的圈套，也没能发觉自己已走上了不归之路。

九重天酱园货光人空，徐大雷似乎脑子也冷静下来，听完账房先生报告的算账结果，一下傻了眼，张大了嘴就是说不出话来。短短不过一个月时间里，九重天酱园降价二至五成中间，共卖出各种酱制品十八万多斤，扣除成本和纳税，净赔了二万二千多两银子，等于九重天酱园一年利润的三成。最糟糕的是，作坊空了，赶制加工，没两个月时间，别想拿出像样品种上柜台。没货卖，九重天除唱空城计外，只有关门停业或者购进他人酱制品卖，而购进他人的货，成本增加，利润有限，等于是为他人作嫁衣裳，得不偿失。正在左右为难、举棋不定的徐大雷，见打探一品香情况的店伙计回来，一问方知一品香所有酱菜恢复原价，徐大雷一声大叫，一口血便吐在地上。

徐大雷此时才明白自己上了周莹的当，钻进了周莹的圈套，心里那个气，几乎把他的肺憋炸，他咬牙切齿地骂道：“咱走着瞧，我徐大雷若不给你小寡妇一点厉害看，你就不知道马王爷长了三只眼。”

周莹一次买进九重天十二万斤酱制品，实际上仅花了六万斤的钱，减去降价卖出的一万五千斤货，扣除再加工及运输等费用，白白落了三万多斤酱菜，把降价损失补齐还长出两万来斤。徐大雷在与周莹的较量中，第一个回合是彻底失败了。

徐大雷不能叫九重天酱园关门停业，更不能让货架上只摆空罐子空缸、空盆，唱空城计不是他的性格。于是他让大掌柜去从其他酱菜作坊进货，以维持门面，避免日久天长，九重天的牌子被人遗忘。

派出去进货的人回来报告，各个作坊供货价上涨了三成，若零售，利就谈不上，往外再批发，不会有人要。徐大雷进不成退不得，摸着后脑勺问大掌柜："你说该咋办?"

"有尿没尿撑住尿吧。"大掌柜仍是不紧不慢地说，"戏唱到这地步，若顶不住，非砸台不可。"

徐大雷看看大掌柜，长出一口气说："那就先少进点，把门面给咱撑住再作道理。"

周莹在购进九重天酱园全部存货时，就对各酱品作坊发了话，徐大雷的九重天酱园若找上门进货，一律提价三成。各酱品作坊对周莹不敢开罪，怕惹了她引火烧身，往后日子不好过，只好遵她吩咐，全给九重天酱园打出了高价牌。

周莹知道败下阵去的徐大雷，绝不会善罢甘休，一个泼皮无赖若能吃一堑长一智，改邪归正，黑社会黑势力早就断子绝孙了。为了不给他留下喘息之机，周莹在骡马市徐大雷开的杂货店对门，也开了一家有五间门面的杂货店，徐大雷店里有的，她全有，没有的也进，而在价格上全部以低于徐大雷店的价格往外卖。两家杂货店唱起对台戏，谁的价格便宜自然便卖得多卖得快。徐大雷的杂货店自周莹的杂货店开张，营业额便一天比一天差，半年没出，杂货店便出现亏损，后又苦苦支撑了几个月，元气始终无法恢复，一直处于死不死、活不活的状态。徐大雷其间组织了两次人马，对周莹的杂货店进行骚扰，不料两次都损兵折将，让围着周莹杂货店日夜转的西安府衙役给逮个正着。原本就有前科的三个头儿，不仅没拿到徐大雷许下的银两，反而入了牢狱。因为徐大雷怕自己被关进大牢，当捕头们找他取证时，他矢口否认了全部指责，用银子封住了捕头和官吏们的嘴。

骡马市杂货店的较量，仍以徐大雷失败而告终。当徐大雷的杂货店关门停业时，他口袋里的银子又少了一万四千多两。问题是银子少了事小，还有红云楼一棵摇钱树，他并不在乎一两万银子，但是连连败北，颜面丢尽，连狐朋狗友们也当面笑他：光从女人裤裆下爬，还算什么男子汉?

徐大雷对周莹的恨，此时已到了咬牙根程度。

周莹下定决心要打落水狗，为西安商界拔掉这根心头刺，所以对徐大雷的一举一动都盯住不放，一旦瞅准时机，便会对他痛下杀手。

周莹本来就对开妓院，从女人身上榨取血汗钱深恶痛绝，所以到上海后，把吴尉文投资的妓院果断转让，当得知徐大雷也是一个靠吸取女人血汗捞银子发财的泼皮无赖后，便策动西安的官吏们到红云楼去查烟，并许愿，谁去查烟有收获，她给一千两银子做奖赏。世人皆知，妓院是抽大烟的地方，十嫖九抽，司空见惯，不足为怪。小官们见周莹给千两银子的奖赏，谁与银子有仇？于是一辈子也没进过妓院门的人也来了兴趣，约朋喊友，脱掉官袍，腰牌往怀里一揣，扮成嫖客进了红云楼去踏路。

周莹的策动和许诺立竿见影，西安府衙有关官员，终于摸清了红云楼既嫖又抽的底细，连有多少杆烟枪，多少盏烟灯也搞了个一清二楚，随后，突然袭击红云楼，一次便逮住二十几个烟鬼嫖客，当场搜查出上百两烟膏和六十多杆烟枪。最令查烟官员感到意外的是：他们不仅当场抓住一个七品知县，而且抓住正躺在烟床上作陪，吞云吐雾的红云楼主子、有着六品官衔的徐大雷。当官的嫖娼抽大烟，虽然算不上犯了啥大罪，可传出去，免不了被人指骂，讥笑。按照大清律条，徐大雷被处以五万两银子罚款，红云楼遭查禁，挂名的六品乌纱也被撸掉。

徐大雷在接二连三打击下，脑子乱成了糨糊，越想越气越恨周莹，越想越往牛角里钻。一天，一气儿喝了半斤凤翔烧酒，借酒劲发了疯，掂了一把三尺剑闯进一品香店里，挥剑便砍，一连砍碎了十几个酱菜盆。一品香伙计们见状，立即抄起棍棒迎上去，想把他手中剑打掉，不料徐大雷三脚猫本事派上用场，他左挥右砍，一连伤了三个人，最后一气儿把五间店面里的酱菜缸、盆、罐、盘全砸了个碎。当西安府巡街的官兵闻报赶到，一品香已变成名副其实的酱菜池了。

徐大雷进了大牢，为保住命，便拿银子买关节，赔偿一品香经济损失。结果九重天酱园和红云楼被折价转让。周莹让张青出头露面，出了不到六万两银子全盘端了过来。待徐大雷走出大牢，红云楼已变成西京客栈，九重天也换上一品香的总店招牌。

周莹以出人意料的策略手段与财富权势双管齐下，除掉西安商界的害群之马。西安城内外的商贾们在感激之余，也不免心存惊惧不安，那些暗中较劲一心想把周莹赶出西安，企图削弱她影响力的人，更是心神不宁，生怕露出马脚，也落个徐大雷的下场。原来怀疑周莹经营管理能力和智慧的人，通过徐大雷事件，改变了目光，对周莹的胆略和魄力，再也不敢小瞧了。

西安商会的理事和首脑们，全面了解到周莹击败徐大雷的全部经过后，深深地意识到未来西安商界的真正威胁，不是来自男人们的相互倾轧，而是来自安吴寡妇深不可测的政治与经济实力的挑战。他们承认，在胆略与智慧上，由几十人组成的商会领导集团，并不是周莹的对手，在用人与人才的储备上，他们更没有周莹瞻前顾后的长远目标，更缺乏周莹与对手较量的果敢谋略。她既有过以武力降服占山为王的匪首的显赫战绩，又有过制叛逆于手下，保护吴氏资产分文无损的纪录。一个女子出阁不到一载，便成为统治一个大家族，用铁一般手腕消除异己、独霸一方的强者，连当今的皇帝和慈禧老佛爷也另眼相看，这实在让人吃惊，也证明了周莹这个女人确确实实不是庸碌之妇，确确实实是关中和渭水南北商界的佼佼者，是一个足可独写自己历史的女人。对这样一个女人，西安商会的首领们，谁敢小看一眼，又有谁敢不往心里放呢？

然而，周莹从默默无闻的小寡妇到声名远播，一直是独来独往的人物，极少与西安商界发生直接关系，从来没有和商会的首领们接触过，更没拜访过一名西安的富商巨贾。因为她一开始从商便立下规矩，把主要精力用在渭北土地上，尽可能将吴尉文传到她手里的商业网络集中，然后攥成一个拳头往外打。在这一经营理念和思想指导下，她步步为营，年年视情况变化而调整商业网点，已把相对分散的资金集中在几种主要的生意上。安吴堡的财富在她调度下，有限的资金发挥了最大的作用，从而保证了她在商场上的游刃有余。她并不想成为左右西安商会的人物，更没想过把资金集中到西安投资兴业，她在西安投资满打满算不过百万银两。至于西关钱庄，则是为己服务的权宜之计，仅仅是想在往来西安会客访友，处理必要事务时有个属于自己的舒适场所，有个支付消费的字号，免得进进出出都得带银子揣银票。发生把徐大雷打败的非常事件，并非出自她的本意，如果不是徐大雷把挑衅的剑尖指向她的一品香，她绝不会想到做出为西安商界除害的事。世上许多事往往会出乎人们意料，也因此会形成多种不同的认识、不同的传说。多数人认为徐大雷被周莹斗败并最终被逐出商界，是大快人心事，今后西安商界，将不会再出现徐大雷这样横行霸道，恃强凌弱，勾结黑势力，不断制造麻烦的蝇营狗苟小人，而商会的头领们中则有人认为：除一害虽大快人心，但危险信号则是：周莹将乘势向西安商业其他领域发动征伐，强行兼并，称霸西安。

为了防止如此局面出现，西安商会的首领们各怀心事，聚集一处，商讨起应对办法来。经过你争我吵，找不到一致认同的办法时，有人提议，先别想得太远太复杂，干脆去请周莹出山，给她一个会长头衔，以敛其勃勃野心，免得发生不快之事，影响咱们共同利益。再说，她当上商会头儿，总不能自拆自台，搞亲者痛仇者快的蠢事吧？

多数人一想，有理，于是一致通过提议：请周莹出山，主持西安商政，当商会的头儿。

商会的头头们请一品香的大掌柜张青和安吴堡在西安总商号的大掌柜路安桦出面，转告周莹他们想拜见之事，希望周莹能够会见。

周莹听到路安桦和张青禀报，有点莫名其妙，心想：和西安商界头头们我素无往来，更不曾与他们有过利害关系，拜会我做啥？难道来为徐大雷求情，或是来兴师问罪？见无道理，不见也无理由可推辞，我现既在西安，见见也无妨，了解一下这些商界的大佬们到底有啥话要说，有啥事想办？于是她对路安桦和张青说："你们去回复他们，三天后我在西安饭店与他们见面。"

周莹不想让西安商会的头头们知道自己在西安的秘密住处，所以选在西安饭店作为会见地点。西安饭店大掌柜和周莹相识已四年之久，对周莹口味喜恶了解得清清楚楚，只要周莹走上二楼坐定，不用吱声，他就会安排得停停当当，并保准让周莹满意而去。

第三天头晌，太阳升到大半空时，头戴黑纱镶钻面纱，身穿玄色绸缎绣白花褂裤的周莹乘轿车，在王坚、史明、白蛟、段仁智和谋士陈文洛簇拥下，携红玉和一名老妈子出现在西安饭店。提前抵达的西安商会头头们，听到通报声，一个个赶忙离座，脸全转向头戴面纱、步履轻盈走进门的女人，睁大了眼睛。

没见过周莹的西安商会头头们，虽知走在前边的是周莹，但在没见到她庐山真面目之前，都瞪大眼睛流露出好奇之心。

西安饭店大掌柜把周莹引到主座前，将红木金花宽背椅往后拉了拉，周莹这才转身站定，取掉面纱，冲站立的西安商会头头们说："承蒙各位先生久候，周莹在此深表歉意，望诸位先生多多谅解。"

西安商会的头头们被这个面庞若满月，凤眼露威，气度不凡的女人震慑住了，会长和十二位理事忙说："少奶奶事务缠身，能挤出宝贵时间会见我等，已是我等荣幸，我等应感谢少奶奶才是。"

周莹道："如此讲，我们都无须客套了。"

商会会长说："少奶奶请坐。"

周莹道："诸位先生请坐。"

会长等坐定后，见王坚等人仍站在周莹身后，笑道："请诸位先生入座吧。"

周莹这才发话道："周莹代他们谢过会长。"

王坚、陈文洛这才分左右坐在周莹两边，白蛟、段仁智、史明则在一张方桌前坐下。红玉和老妈子则仍立于周莹身后，随时准备听周莹传唤。

周莹未动桌上茶点，而是端起红玉放在面前的景泰蓝盖碗，轻轻拨动了一下茶碗中的漂浮茶叶，慢慢品了一口茶，然后放下茶碗道："承蒙诸位先生看得起周莹，屈身西安饭店与周莹相见，不知诸位先生有何教诲，周莹愿洗耳恭听。"

会长已是半百老头儿，但身板直挺，面色红润，看得出是个懂得保养的人，见周莹开口遵礼守规蹈矩，忙说："西安商会同人委托我等向少奶奶表示衷心感谢，感谢少奶奶为西安商界除掉徐大雷这个祸害，少了一个害群之马，西安商界就多了一分安宁。"

周莹道：“自古便有恶有恶报一说，徐大雷并非是我周莹所除，而是他违犯了大清律条，是罪有应得，这个功劳记在周莹名下，会长实在是高看了周莹。”

会长说：“少奶奶胸怀光明磊落，我等望尘莫及啊！”

周莹道：“不知诸位先生还有何事与周莹面商？”

会长听周莹口气，不敢再借故而言他，于是开门见山直奔主题说：“少奶奶，我等前来拜会有一要事与少奶奶相商。”

“若我力所能及，自不会推辞。”周莹道，“不知是何要事，还请先生明示。”

会长说：“目前西安商界领导乏力，许多事项无法展开，对此我等深感愧疚不安，经同人们研究，一致同意请少奶奶出面，主持西安商事，以振兴西安商业，扩大财源，利国利民，不知少奶奶能赏光屈就否？”

原来如此。周莹几乎没等会长话音落地，便一笑言道：“诸位好意周莹首先谢过，只是诸位对我周莹能力估计过高了，我之所以出头露面，实乃不得已而为之，安吴堡吴氏一族数百张嘴要吃要喝要活，总得有一个相对稳定的财源，为此，我不得不接过先公的衣钵。我并无心与西安商界朋友争高比低，一决雌雄。实说了，我的根基在安吴堡，主要投资并不在西安，亦无意在西安扩大投资，更谈不上什么来西安统领商界的野心。所以，周莹再次谢过诸位好意，并衷心祝愿诸位在西安商界不断扩大财富，年年登高，岁岁有余，财源茂盛。”

西安商会头头们本不是真心实意请周莹出山主持商会工作，只是怕她进入西安后坐大变强，威胁到自己的生存空间，才走了此棋，以探虚实。现在周莹胸怀坦荡，掷地有声，大家心里一块石头落了地，脸上泛起了笑容，不约而同地用掌声回报着周莹，算是对她无私表白的认可。

会长等掌声一停忙说：“我等出自一片至诚，少奶奶不肯屈就，着实令我等倍感失望！”

周莹笑道：“请诸位多多谅解周莹实无此心，我可以告诉诸位，我在西安投下的银两，还占不到西安商界总投资的零头，杯水车薪怎能泛起波涛，诸位同行尽可放心！”

西安钱庄界的领衔人物苏小坡欠身笑道：“少夫人太过自谦了，据苏某所知，西关西市钱庄骡马市道源钱庄均系少夫人拥有，目前客户已遍及西安各界，实力令我等侧目呀！”

周莹一听，暗想：这位半老头儿消息还真灵，连我开钱庄的事也一清二楚，看来他们找上门的真正目的，并不是请我与他们同心协力振兴西安商业，而是试探我对西安商界持何种态度，怕我蝗虫吃过界，侵扰了他们的利益，我倒是得小心些了。想到此，说道：“恕在下不知先生怎样称谓，先生所言西关、骡马市两处钱庄，实非周莹所拥有，而是周莹姨表妹资产，周莹表妹现居上海，故委托周莹代为管理西安银号事宜。”

苏小坡笑道：“苏某不知详情，少夫人见笑，莫怪在下唐突了！”

周莹说：“苏先生言重了。”

在西安经营金店的韩城大商人柳如云是西安商会常务理事，平时十分注意周莹动向，虽未谋过面，但对周莹为人性格与行事作风却有所了解，听了她与苏小坡对话，知她对他们的拜访目的心生怀疑，故把自己钱庄说成为表妹财产，无非是不想暴露在西安的实际投资，以防节外生枝。财不外露是商人普遍心态，周莹也不例外。为防止双方第一次见面不欢而散，柳如云忙离座抱拳说：“少夫人，柳某虽是第一次与少夫人谋面，但对少夫人营商智慧与魄力，却深为敬佩。如少夫人能与我等协力共济，开西安商界新天地，秦商群龙无首状况必将得到改变，从而扭转秦商日渐衰败之势，重振昔日雄风，再与晋商、徽商一决雌雄。”

周莹摇头道：“柳先生高估了周莹。今日秦商已远非明清早期之秦商，经过战乱，财力物力远非昔日。目前，政局形势日渐险恶，周莹一介弱女子，焉能成为率领商会重振雄风的举旗人呢？”

柳如云说：“少夫人太过自谦了，少夫人平息扬州胡玉佛逆叛一举，是何等壮烈感人，何愁不能率领秦商再创一次奇迹呢？”

周莹说：“孟老夫子曾言：‘君子可欺以其方，难罔以非其道’。我并非找借口推卸可承负的责任，而是我实在没有成为领导人物的真才实能，还望柳先生体谅一二。”

西安商会会长听言欠身问了一句：“少夫人今后准备在西安商界做何打算？”

周莹冷笑中心想，终于露出尾巴来了，但嘴里却说：“维持现状，不求有功，但求无过。”

西安商会的头头们，不由得发出了笑声，会长说：“少奶奶胸襟高怀，一言九鼎，义重德厚，我等自愧不如。”

周莹见西安商会会长把话说到此步，完全显露会见自己的真实意图，态度瞬间来了个一百八十度转变，话变得不容商量道：“现在我仍在西安兴业从商，刚才说过，我将保持现状不等于停止商业上正大光明地竞争，希望诸位能言出必行，莫对我投资的行业进行挤压侵扰，我定会遵循今日承诺，不再向西安扩张。咱们君子协议，一言为定。”

周莹此言一出，西安商会头头们齐声道：“一言为定，一言为定。”

“一言既出，驷马难追。”周莹爽快地说，“诸位如发现我周莹再向西安投入一两银子，可将我安吴堡踏成平地。”说到此，周莹起身道：“我们就此别过。”

28

周莹创造了财富，更会使用手中的财富。她先后动用巨额资金，将安吴堡与口镇，用建筑物和花园连接改造成一座全新的居民点，口镇成为泾阳通往淳化等北部地区物资集散的中转站，并曾一度成为渭北地区的商贸集镇。此时的周莹，要风得风，要雨得雨，生活过得如蜜一样甜，由泾河修石渡拾回的女儿吴惠岚和了了和尚抱送安吴堡东大院的义子周依尘与红玉的女儿已经绕膝缠身，每当周莹回到东大院，三个孩子便围绕在左右，虽非亲生骨肉，但却胜似亲生，母子们笑啊闹啊，终日其乐融融，充满了人生情趣，周莹再也找不到身边无子女时那种发自心底的伤感。

安吴堡经过周莹十多年治理，风调雨顺，民富堡强，没了对手的周莹，成为安吴堡真正说一不二的女皇，在不甘寂寞中，放开了手脚，一心要在渭北商界干出一番可留名于青史的事业来。

周莹三十五岁生日那天，吴尉龙一心想从周莹嘴里听到择子立嗣，过继吴庚几个字，但等到天黑尽，也没能听到。沉不住气的吴尉龙硬着头皮进了东大院，找到周莹说："侄媳，眼下吴庚已长成大小伙子了，你再不过继他为子嗣，还要等到何年何月呀？"

周莹一时语塞，不知如何回答为好，正在左右为难时，陈文洛、王坚等人结伴走进房来，见吴尉龙在场，众人观其颜面便知他找周莹的目的所在，老于世故的陈文洛嘿嘿笑道："五爷是不是为吴庚的事和少奶奶商量过继的事呀？"

吴尉龙见瞒不过众人，只得说："眼下吴庚年过十七，已到了成家立业年纪，再不过继东大院，往后就更难说了。"

陈文洛听完，哈哈大笑，提高嗓门儿说："处事以圆为要义，继业以忠诚而立。五爷不会不知道古训之要义所在吧？"

吴尉龙听在耳里，脸一下红到耳朵根，狠狠看了陈文洛一眼，二话没说，转身甩臂，头也不回地摔门而去。

在场的人见吴尉龙愤愤而去，忍不住笑出声来。陈文洛见状说："我之所以出言不逊，是吴尉龙忘却了大小老少之别，他不应该私闯少奶奶房门，迫少奶奶择他儿子为吴氏继承人。如果此事传扬出去，世人不知会编造出怎样的笑料来，望少奶奶善思善断。"周莹听完陈文洛一番言语，不由得心想，今夜多亏陈文洛等人不请自到，如若不然，我真不知道该如何面对吴尉龙的逼迫呀！

第二天早饭过后，周莹让王坚去告诉吴尉龙："吴庚过继事缓后再议。在此之前，请五爷不要再为此事去找少奶奶纠缠不休了。"

吴尉龙冷笑道："你回去对周莹讲，她如不认吴庚为子继承吴氏祖业，百年后，她的名字绝写不进吴氏族谱，想进祖坟更是没门儿。"

王坚也冷笑说："眼下尚说不清道不明的事，放到百年后岂不成了一团乱麻，谁能替你们吴家搞清呀！"

事过没有几天，在一个无雨夜，夜宿寇家花园刚落成的"耕读书屋"处理各地商号来往信函的周莹，睡到半夜时突然又喊又叫，把睡在外间房里的女仆惊醒，赶紧进门问道："少奶奶又做啥噩梦了？"

周莹开门气喘吁吁道："快去叫王坚来。"睡在隔壁的王坚立即披衣进门，周莹让他坐在炕前椅子上，惊魂未定地说："我梦见我一个人被困在一座孤零零的小岛上，小岛四周波浪滔天，天空雷雨交加，岛上洪水四溢，我拼命跑进岛上一个洞穴里，不料刚进洞，便见一条蟒蛇向我扑过来，张开血盆大口就要咬住我时，从洞顶掉下一条五尺有余的青花蛇，一口咬住蟒蛇的七寸，蛇身紧紧缠住了大蟒脖子，直到大蟒被活活缠死，我才喊出声来。"

王坚说："大难不死，必有后福。你放一百个心，从今往后，你在安吴堡坐天下，没人能从你手里夺一丝权力了。"

周莹苦笑道："前边的路是黑的，咋个走下去，说实话，我心里还真没底。"

王坚说："人到山前自有路，只要心明胆正，再难走的路，也挡不住你朝前的步子，何况还有我伴在你身旁，哪怕天塌地陷，我也不会丢下你自顾自逃命。"

周莹听得心头一热，拉住王坚的手，坐在炕上拉起家常来。

这天雨过天晴，早饭后，周莹和王坚还在商量寇家花园收尾工程中需要重新改进的好几处工程，史明来到了花园耕读书屋，对周莹说："少奶奶，耀州商号又遭到强人抢劫！"

周莹愣了一下说："福无双至，祸不单行。口镇和淳化两处商号被抢劫案子还没破，耀州商号又遭劫，地方官吏们全变成了废物，往后商家咋敢放手做生意嘛！"

风起风停，由不得人们的想法，雨大雨小，更是老天爷说了算。周莹设在口镇、淳化两地店铺被抢劫三个月后，官衙还没破案，从耀州又传来店铺被抢劫的消息。这一回周莹的损失就不是一两万两银子的小数了。耀州粮棉行准备下收购棉花的三万五千多两银子和五万两银票，昨夜被一帮强盗眨眼间洗劫一空，掌柜和账房先生被劫匪打伤。由于案情严重，一下轰动了周围县府，各个衙门联手出动，四乡搜寻线索。周莹得报，也动了真格的，除派出自己手下人马协助官府办案外，还拿出两万两银子资助官府办案花销，对自己的各处店铺门面也加强了防范措施，增加了人手。

接着，口镇、淳化的钱庄、布店、粮行和土特产杂货栈又被抢，周莹得报连夜带人赶到口镇、淳化，清查了损失，报官立案后回到安吴堡，坐下来左思右想，也没想出是哪个山头的强盗，吃了豹子胆，敢在自己头上拔毛。因为远近的土匪强盗、山大王们，对周莹无不敬而远之，“不怕官，不怕兵，单怕周莹发威风”早已成为远远近近强人们的口头禅，他们知道开罪周莹的后果是什么，因此多年来，周莹所拥有的全部资产财富，没受到多大的威胁。让她想不到的是：怎么几天之内，突然冒出一伙不知天高地厚的亡命徒来，把矛头对准了自己，接连抢劫口镇和淳化两地属于自己的商号？

周莹和她的谋士们在一起进行研究分析，想从中找出蛛丝马迹来，争取能向官府提供更多线索，达到早日破案，安抚人心目的。但是，研究过来分析过去，谋士们从内到外，由外到内，对所有可疑人物进行排队后，也没能找到任何线索。谋士陈文洛为此私下和王坚说：“我怀疑抢劫的主谋可能是对少奶奶性格十分熟悉，对口镇、淳化几个商号情况相当了解的人。劫匪为什么不抢人与值钱的店铺，反而选中账房存银不足万两的口镇和不足八千两的淳化两个店铺？”

王坚说：“我看这个中原因在抓到劫贼前，很难说。也许是小股土匪窃贼，小试牛刀，达到探路目的，或是想摸摸少奶奶的脉，看她财产被劫被抢后做何反应，然后再根据动静大小采取下步进退。所以，我认为眼下要解决的不是抓犯案者，而是要弄清楚劫匪究竟下一步可能采取何种行动，再次向少奶奶脸上泼黑抹腥，让安吴堡主子丢人现丑破财。”

周莹急不到点子上，谋士们一时也弄不出一个头绪来，没法子，只得花银子让官府尽快破案。自古钱是人的胆，周莹肯出银子，各有关县衙捕头衙役自然不再等闲视之，经渭北各县通力合作，终于见到了成效。耀州周莹名下商号遭抢劫一个半月后，派出的暗探们经过对各个山头排查摸底，终于探得线索，获得可靠信息，捉拿住两名参与抢劫的疑犯。经过审问，才发现抢劫口镇、淳化、耀州几处店铺门面的主凶是乾州梁山王梁飞虎。

周莹得知是梁飞虎抢了她商号，并没感到意外，因为白蛟、段仁智闯安吴堡时，梁飞虎曾派出百名兵卒助阵。当时，梁飞虎力不从心，只能投石问路，试试深浅，摸摸周莹的脉，看看她到底有多大本事。不意白蛟、段仁智投降了周莹，他才收起蠢蠢欲动，与周莹单打独斗再较量的野心，闷下头来。经过数年养精蓄锐，不甘过紧巴日子的梁飞虎，突然时来运转，良机天降，有人找上门来建议他对周莹搞长途奔袭，给周莹不断制造麻烦，等把她搞到六神无主，兵力分散，难以对他形成威胁时，再一举攻进安吴堡，把渭北大财主周莹的金银财宝一掳而空，到那时，他梁山王就可安享晚年，坐享清福，逍遥自在了。当梁飞虎接受了来人建议，认为长途奔袭，旁敲侧击，不失为一种风险小收获大的好办法和削弱分散周莹精力的上上策，这样做，不仅能达到小风险发财易的目的，而且能躲过官府和周莹对他的怀疑。谁能想到，他会从乾州长途跋涉到异地他乡搞一家伙呢？

梁飞虎做事有个特点，凡认准了的，即便欠周全，也会先干了再说。因此，在接受他人建议半个月后，便选择了最不被人看重和注意的口镇、淳化两地进行试点踩踏，然后再放开手脚对准大点的商业店面进行长途奔袭。

口镇是一个村镇，而淳化县男丁有限，只要行动迅速，不留痕迹，不死人，劫财到手，拍屁股走人，官家想捉住把柄不容易。所以，当口镇、淳化周莹商号遭劫后，谁也没有想到是乾州梁山王梁飞虎干的。乾州、泾阳、淳化县太爷们也的确想不到，梁飞虎会搞蝗虫吃过界的极易引火烧身的危险买卖，在山大王们的规矩里有一条不成文的规定：画地为牢，互不侵犯。而梁飞虎偏偏钻了这一行规的空子，在谁都不敢惹众怒的情况下，偏偏把手伸进了他人的势力地盘，用梁飞虎的话说，这叫手伸长不缺粮，脚跑快外财滚滚来。也因此，当暗探们探知抢劫口镇、淳化、耀州等周莹商号时，乾州府衙门的捕头们吃惊道：“梁山王梁飞虎放着安生不安生，破了山规树了敌，又开罪了小寡妇周莹，真是自己找死，睁着眼往刀尖上碰，难道他疯了不成？”

周莹一方面行文给乾州府知府，促请捉拿梁飞虎归案，一方面积极准备亲上梁山，找梁飞虎算账。乾州府知府收到周莹文书，知梁飞虎不归案，就可能引发周莹反目上告，一旦如此，自己就难自圆其说了。但若真的对梁飞虎来真格的，一仗取胜还罢了，一旦失手，乾州府这小小的城郭，就别想有安宁日子了。因此骂道：“你梁飞虎自不量力，本官奈何不了你？你能对付得了周莹？你小子算活到头了。”话说是说，但也得出兵装装样儿，不然对上对下，对周莹都无法交代。为了一仗取胜，乾州府知府从各县调集了四百多名精兵强将，亲自率军开到了梁山。

梁飞虎在梁山称王几十年，从没把小小的乾州府往眼里放。以前，省督衙门，巡抚衙门、州衙门曾先后十二次派兵围剿梁山，梁飞虎来了个打不过就走人，官兵一到，便鞋底抹油，钻山沟翻土梁，爬山跳涧，蹚水过河，穿林入洞，溜之大吉；官兵一撤，再回到山寨当他的山大王。如此反复，梁山变成一座打不烂拔不掉的强盗窝。梁山老百姓虽然心里不痛快，可梁飞虎尚有自知之明，兔子不吃窝边草的帮规几十年不变，有时在外发了财，拿出个零头来，施点小恩小惠，帮助帮助梁山穷得揭不开锅的人。如此一来，他在梁山不仅扎住了根，而且还落了人缘，官兵来围剿他，梁山人不害他也不帮助官兵，双方和平共处，保住了他几十年相安无事。

眼下官兵又一次进了梁山找他算账，他心知肚明是抢劫周莹的事露了馅，但他并没把来自各县的官兵往心上放，在他看来，这些平时欺压百姓养尊处优的兵卒们，上了战场，全是脓包，经不住三砍两杀便鞋底抹油，仓皇逃窜。当他率队迎战乾州府的兵马时，一看没精打采不成队形的官兵，忍不住哈哈大笑道："奶奶个屁，你乾州府衙门人死光了不成？你们睁大眼看看，一个个熊样儿，还想和我梁山王对阵！四百多个脓包虚大汉，不够我梁山王手下一拨拉，听爷的话，快快收兵回府，免得把小命丢在梁山。"

乾州府知府在马上瞪了梁飞虎一眼说："死到临头，你梁飞虎还口出狂言，我看你是活腻了。"

梁飞虎一听，眼也一瞪，提提手中大刀说："你别吹死牛装英雄，放马过来，咱们见见高低。"

乾州府知府再不搭话，命总管衙门兵马的武教头上前迎战。这武教头面目赤黑，人高马大，双腿一夹坐骑，便冲出阵来。两个人一个使青龙偃月刀，一个持长枪，一个马上，一个马下，在一片槐林外战到了一块。

梁飞虎这次没鞋底抹油是他预先得暗探报告，上梁山的官兵中，真正上过阵见过大阵面的没几个，全是各县临时集合到一块的看门守城的老弱残兵，战斗力有限。梁飞虎想在这些官兵面前扬扬威，打他个一仗心寒十年，免得动不动就上门来找自己晦气。

两人你来我往三十几个回合，本不善使用青龙偃月刀的梁飞虎，这时才后悔上阵前拿错了武器。手使长枪的武教头，武艺虽比不上梁飞虎，也从没和他交过手，上得阵后，抖擞精神，决心在四百多兵马面前表现表现，让他们今后别再小瞧了自己的顶头上司，加之在马上，用不着跑动，耗费力气自然就比梁飞虎小。三十个回合过后，不分胜负，武教头心想，梁飞虎还真是个人物，一把四十五斤重青龙偃月刀能抡圆几十个回合，可见蛮力不小，我若在五十个回合内打不倒他，后果就难预料了。想到此，精神往上一提，手里加大力量，枪的进攻速度变快，一连几枪，硬生生逼得梁飞虎往后退出七八步。躲过几枪后，梁飞虎头上汗珠便流下来，心里直骂：奶奶个屁，今儿个吃亏就吃在错信了探报上！但他手中的刀却不敢怠慢，使出浑身解数才架住武教头的枪，正成为强弩之末时，一匹白马嘶鸣之中冲进阵内，对梁飞虎说："梁兄，让我来收拾这颗芝麻粒儿。"

梁飞虎见有人接应自己，立即拖刀下阵，忙让人抬过来自己平时使用的飞天叉来，把大刀往地上一摔骂道："奶奶个屁，今日几乎吃了大意的亏。"

接住武教头长枪，让梁飞虎退阵的不是别人，正是山西街周莹公馆的原管家兰军。

兰军的祖居在乾州梁山，其父兰布丁十五岁离开梁山，投靠到三原县孟店村周玉良门下养马，第二年因成绩突出，被周玉良看中，由马倌成为护家庄丁小头目，负责周宅一、二号院安全，三年后武功大进，成为能单打独斗的武师之一，不到二十岁升任周氏十七座大院总护院教头领班。马三阳血洗火烧孟店村时，兰布丁血战到最后一口气，身上十九处负伤，断气时手扶大刀，嘴巴大张，保持着怒吼对敌的姿势，直到官兵出现也没倒下去。

兰布丁战死，其妻被大火烧死。兰军因当时到梁山看望爷爷奶奶未归，和姐姐保住了性命。孟店村毁于战火后，兰军跟姐姐回到梁山跟爷爷奶奶过日子，周海潮伤愈重新白手起家后，家中生活富裕时，把兰军从梁山接回，让他和周莹共同拜师读圣贤书，习武强身，以报其父卫家保庄功绩。

兰军长周莹两岁，按孟店村风俗，周莹称他为哥哥，两人可谓是青梅竹马的兄妹了。兰军十六岁那年，周海潮死于非命，兰军在埋葬周海潮后，离开了孟店村周家，投靠在吴尉文名下，成为吴尉文设在三原县城商号的护卫。周莹嫁到安吴堡成为吴氏家族继承人后，在三原县山西街购置了一座公馆，便把兰军安排到公馆当护院兼管家。她想过，亲不亲一家人，虽然几年未见兰军，但两人青梅竹马，两小无猜，现又聚在同一屋檐下，把山西街公馆交他管理错不了。

山西街周莹公馆虽不甚宏伟气派，但在三原县城里仍算得上一座豪宅，院内整洁无杂，室内豪华典雅，古董字画举眼入目。平时人丁虽少，但每年花销都在六万两银子上下，所以，在吴氏族人眼里，山西街周莹公馆的护院兼管家，是一个令人眼馋的肥差。兰军被选中，无疑是掉进了福窝窝。

兰军十分感激周莹对自己的信任重用，走马上任后，一个心眼用在公馆的安全管理上，只要周莹出现在公馆里，每时每刻，只要喊一声，兰军便会出现在面前。周莹对自己这个青梅竹马的异姓哥哥，从没设防过。

兰军习文爱武，一身本领，拳头了得，三原县城里没人敢在他面前指手画脚，说是道非。时间一久，兰军飘飘然了，对自己约束放松，在周莹不在三原县城的时候，自以为天下老子第一的他，便忘乎了所以。

俗话说："人闲出坏事，狗狂挨砖头。"一天黄昏后，从不近女色的兰军，信步在街道上逛游，走到县城中心十字路口时，一个风骚的年轻女子一头扑进了他的怀抱，双臂一抱，搂住他脖项说："兰爷，你咋一个人瞎逛呀？"

兰军一愣，睁大眼一看面前的女子，心里一愣说："三原县城里还有如此美若天仙的女子，我兰军算白活了二十多岁，至今也不知女人是什么滋味！"

年轻女子见兰军没生气，撒娇道："兰爷如不嫌弃小女子，不妨到我寒舍小叙如何？"

兰军不知犯了什么病，神使鬼差中，居然跟在那女子身后，拐了两个弯，走进一条小巷，进入一个街门虚掩的小院。那一夜，兰军让那女子折腾了一个够，直到第二天太阳老高了，那女子还拥他在怀中，不让他起身离去。

兰军陷入女色中不能自拔时，手里的银子就越变越少，不到半年，他无处抓挖银子时，心一横，牙一咬，拿出公馆里生活专用银两，填进了无底洞里。越陷越深的兰军为弥补空缺，便拿周莹放在公馆书房里的字画古董去变卖，拆东墙补西墙地过了三四个月。一天，周莹住进山西街公馆，准备给乾州府知府庆祝五十大寿送礼时，翻查了几遍，也没找到在西安买回来的那幅《寿桃图》，便叫来兰军问道："我买的《寿桃图》放在哪里，你给我找找。"

兰军知道坏了事，因为半个月前，他把那幅《寿桃图》卖了二百五十两银子，给了自己暗养的女人小凌燕。

周莹这才发现自己的青梅竹马同村哥哥，原来也犯了吃里扒外的坏毛病，经过查账清库，见在不到九个月的时间里，兰军居然贪污挪用了公馆一万二千两生活用银，偷卖了她收藏的三幅字画，一个景德镇瓷瓶。

怒火心生的周莹，狠狠骂了兰军一顿，指着房门说："你立即给我滚出大门去，从今往后，不要让我再看见你！"

兰军因欲失常，打了自己饭碗，走投无路下，悄然回到了梁山爷爷家。闷在家中无脸见乡亲父老的兰军，开始对自己所作所为，还真有点后悔莫及，可过了不久，他冷笑一声说："好汉做事有什么可追悔处？车到山前必有路，我就不相信，离开了周莹，今后我就不能过日子？我要让周莹看看，离了她的山西街公馆，我兰军照样会吃香喝辣。"

梁山王梁飞虎知道兰军走投无路时，哈哈大笑道："这真是天赐给我梁山一把挖金刨银的利铲呀！"小头目们不明白，问道："大当家的，这话咋讲呢？"

梁飞虎说："我们在周莹身上用心这么久，至今也没弄清她内部财富分布情况，想进入安吴堡又力不从心。兰军从小和周莹青梅竹马，周莹行事秘密总不能全部瞒过兰军的双眼，如果我们能从兰军嘴里挖出点有价值的东西来，周莹的银窖大门就关不紧闭不严了。"

梁飞虎亲自出马，进了兰军爷爷的家门，和兰军屈膝而坐，从早谈到晚，终于撬开了兰军的嘴。于是，兰军把周莹各地商号内部情况分别画成图纸，交给梁飞虎说："要想得到周莹的金银财宝，你眼睛不能死盯着安吴堡，你想想，谁家的老巢能让人轻易攻下？如果你能乘其不备，攻远弃近，所获可能少些，但总比一无所获强百倍吧？"

梁飞虎对兰军意见十分欣赏，说："老弟言之有理，我如果几年前想到这一点，早把周莹的金银财宝掳进梁山来了！"

为了笼住兰军，梁飞虎说："兰军兄弟，眼下周莹已把你赶出了门，兄妹情义就一刀两断了，我看为往后日子能过在人前，你就跟老哥干好了。棒子客也是人，能过好日子，照样人前马后光彩照人。"

兰军想了想说："老哥不嫌兄弟穷酸，今后兄弟就跟着你了！"

梁飞虎当夜就把兰军拉进了山寨，当着全山寨人马，和兰军结拜了金兰。梁山王梁飞虎为把兰军死死拢住，便把有梁山美女之称的自己小妾给了兰军，兰军有了梁山美女，乐不思蜀了。

兰军成为梁飞虎山寨第三把手后，把离开三原县山西街时，顺手从周莹公馆盗出的一个钧窑瓷瓶，作为礼物献给了梁飞虎。

梁飞虎手拿钧窑瓷瓶，嘴中啧啧称赞："这可是宝呀，老哥这一辈子还是头一次获得如此古董。"从此，两人心往一处想，决心要把周莹手里的银子、宝贝搞到手。

梁飞虎用美色勾住了兰军，根据兰军提供的信息，想验证一下兰军话是真是假，他选择了口镇、淳化两地做试验点，派出三十多名手脚利落，能跑腿踢脚弄拳的喽啰，让兰军引路指点，劫了两处周莹商号。事过，官府喊了三个月就没了劲，于是又派出原班人马，劫了耀州棉粮行。岂料刚尝到甜头，便被官府盯上，招来了乾州府人马围剿。

乾州府官兵中没人见过兰军，所以当兰军替下梁飞虎，与武教头打到一块时，武教头心里纳闷：怎么半路杀出个程咬金来？没听人说过梁山有能马战的山贼呀？

兰军头次上阵，还真有点胆大不知羞的劲头，枪一挺就朝武教头冲了过去。兰军一挥枪，武教头一侧，脑子里一闪，不由得啊了一声："他长得和周莹三原县山西街公馆兰军一模一样，难道——"

兰军性格凶悍，当了多年护院武师，对玩枪弄棒却甚为专心，平时又经常和王坚、史明、项云、白蛟、段仁智等武师过招，因此，学的功夫很杂，十八般兵器都能来几手，尤其对枪颇有研究，一条枪拿在手，一枪八花十六变，如出水蛟龙一般，一扫一大片，威力无比。他见武教头盯住自己，便一挺枪扑了上去，把武教头逼得只有招架之功，没有还手之力。

本来，乾州府知府领兵出现在梁山时，和梁飞虎说好了的，兰军尽量不要露面，免得风声走漏，让周莹知道可不是玩的。兰军和梁飞虎知道，一旦把周莹招进梁山，他们就算走到了底，再想往外跑就难了。所以两个人商量决定，除非万不得已，兰军绝不能掺和进与乾州府的较量中。开始，兰军还能沉住气，盘在槐树林一棵树上，静观梁飞虎和武教头斗过来打过去。看来看去，他对武教头的武功摸到了点底细，发现武教头原来也是个半瓶子醋，没多大能耐。再加上他年轻气盛，当看到梁飞虎体力不支时，便忘了两人商定的话，从树上纵身跳到马背，拖了枪便驰出槐树林，挺枪替下了梁飞虎。

29

兰军虽在社会上闯荡了多年，和许多人过过招，但真正能否与官兵对阵，心里并没多少必胜把握，真的上了战场初试身手，就少了点随机应变，所以，当和武教头过了十几招后，武教头扬长避短，佯装敌不住兰军，掉转马头，往后就跑，兰军不知是计，策马便追。不料刚追出十几丈远，武教头勒马回枪，直向兰军心窝刺来，这招回马枪，是马上较量转败为胜的绝招，自古到今，许多名将都栽在回马枪下，所以当兰军发现武教头给自己施了这要命一招，急得向后一个倒身，双脚往后一缩，从马镫中拔了出来，不等武教头回枪再刺，便从马上滚落在地。武教头见他硬生生躲过自己的回马枪，心中不免一惊道："没看出这小子还真有胆有识，在眨眼间死里逃生。"其实，兰军求生本能救了自己一命，在坠马落地同时，凶残本性突然爆发，丢枪的手顺势往怀里一掏，两只金钱镖在他坠地一瞬间，射向了从马上向他刺来的武教头。武教头根本没料到兰军还有如此一手，躲闪不及，一支镖插进了他的小腿，另一支则射中了他的坐骑。马中了金钱镖，往前冲出一丈来远，一头栽了个跟头，把武教头摔了个脸朝天。兵卒们一见主帅坠下战马，观战压阵的千总一挥手中的刀，弓箭手们一阵乱射，逼退了梁山王梁飞虎往上冲的人马，抢回武教头后，不甘失败的千总大吼一声，迎着梁飞虎便杀过去。

双方兵马在梁山塬槐树林外打过来杀过去，从日头当空一直僵持到日头偏西，虽互有伤亡，但谁都没占到多少便宜。

梁飞虎一看日头，心想，再僵下去，一旦官府援兵到，自己三百多喽啰非被包饺子不可，打不赢就跑是老规矩，今儿个咋给忘了？于是当机立断，长长吹了一声呼哨。喽啰们听到呼哨声，一声吼，往上猛打猛冲了一阵，逼退了官兵，回身就往槐树林里钻，准备跳出圈子往沟里撤退。可是跑进林子没几十步，带头撤退的梁飞虎猛地收住脚步，百多喽啰先后都停在了原地，面对突然出现在槐树林中挡住他们去路的人马，一时愣住了。

梁飞虎冷眼一瞧，心一下从头凉到了脚后跟，原来他认出骑在马上挡住自己去路的不是别人，而是自己从前的同伙、老相识、老朋友白蛟和段仁智。这两个早已投降归顺周莹的人出现，不用问，便知道已是周莹到了梁山。

梁飞虎当了快一辈子山大王，大江大河都闯了，想不到老了老了，却撞在一个女人的枪尖上。梁飞虎和他的全部人马被周莹和官兵围在梁山槐树林里，再想逃跑已是上天无路，入地无门了。逃不了，拼死一冲，保不准能突破一个缺口，逃出几十条性命。梁飞虎脱了衣服光着膀子，手挥飞天叉大吼道："弟兄们，拼了吧，今儿个不是鱼死就是网破，往外冲啊！"

参战的两方三家兵马，混战到一起，槐树林里刀枪碰击的声音，伴着喊杀声，在梁山上空回荡着。一阵砍杀后，梁飞虎的人马哪经得住官兵和周莹的马队合力围杀，待看清围在自己四周的喽啰剩下不到百人时，梁飞虎长叹一声，抛掉手中飞天叉说："好汉做事好汉当，我梁飞虎是梁山首领，要杀要砍由你们，我只求你们放过我那些还活着的弟兄们，因为他们家中老少需要他们养活啊！"

梁飞虎和未战死的喽啰，除少数钻进槐树林深处逃出活命外，全成了官兵的俘虏。

王坚在被俘的喽啰中发现了兰军，才知道抢劫周莹的事，全是兰军与梁飞虎共谋而为。

周莹出现在梁山，协助官兵一举歼灭了梁山王梁飞虎人马。乾州府知府喜出望外抱拳说："多谢护国夫人解下官之危，若不是护国夫人及时赶到，就又叫梁飞虎跑掉了！"

周莹说："不客气，保一方平安不只是官府的事，百姓也有一份责任。再说，梁飞虎抢了我周莹，我怎能坐视不理，任他逍遥法外？"

梁飞虎被囚车押下梁山时，知府派兵到山寨抄了他的老窝，没收山寨所有财产，然后放一把火，烧了有几十年历史的强盗巢穴，然后才收兵回营。

乾州府知府听完周莹讲述进梁山经过，才知道周莹得知他兵发梁山时，立即点了人马尾随进入乾州地界。她从白蛟、段仁智嘴里早已了解到梁飞虎欺软怕硬的秉性，分析梁飞虎这次定会按一贯作风对待乾州府的围剿，把乾州府根本不往眼里放。因为此前，乾州府知府三次发兵梁山，三次都被梁飞虎给撵了回去，无功而返。这次再发兵梁山，自然不会发生啥大变化。她心里清楚，乾州府缺兵少将，发兵只不过是走过场摆样子给上司衙门看罢了。所以她认定，乾州府知府兵发梁山，准能拖住梁飞虎。常言说：骄兵必败，无防必溃，麻痹必[illegible]。梁飞虎的轻敌，最终必将招来杀身之祸。于是，她悄悄将马队扮成商队带到[illegible]太平岭，探马回报乾州府兵发梁山与梁飞虎交上手后，才策马飞驰梁山，潜到双方对阵的地方，一瞧周围地势环境，她明白，梁飞虎若打不过官兵，必然靠槐树林做掩护逃跑，于是带领马队悄悄绕到槐树林后，堵住了梁飞虎退路。

梁飞虎之所以选择在槐树林外旷地迎战乾州府兵马，也是考虑到进退方便，一钻进槐树林，迟早撤退就有了保证，只是他对自己太过自信，而忽视了应有的警惕，事前并没有在槐树林周边安排流动哨，以防不测。周莹则偏偏乘他疏忽留下的空隙，抄了他的后路。而这一切安排，都是出自对梁山地形地貌十分了解，对梁飞虎个性十分熟悉的白蛟之手。

梁飞虎悔恨已晚，但并不打算求饶，他知道，即便喊破了嗓子，磕破了头，也白搭。自己占山为王与官兵作对几十年，搬出任何一条罪状来，都可判个砍头抛尸之刑。贪生怕死是死，站着挺胸昂头还是死，既死就死出个样样来，让乾州知府和百姓也知道，咱梁飞虎死了也是块料，是个腰不弯，腿不软，硬硬朗朗的六尺男子汉。如此想的梁飞虎在官兵把他关进囚车时，见周莹正在与知府讲话，忍不住叫了一声周莹，周莹抬头见是梁飞虎，便站起身说："你梁飞虎终究没能逃出法网。"

梁飞虎嘲笑地说："吴少奶奶，护国夫人，我梁飞虎死也值，因为上断头台，有人作陪，黄泉路上照样热闹。只是诰命夫人你做梦也不会想到，陪伴我走上黄泉路的不是别人，而是你公馆的前管家，从小与你青梅竹马走到今天的哥哥兰军。哥抢妹子，梁飞虎当了几十年山大王，强盗头，还是头一回见到。能与堂堂护国夫人的哥哥绑在一条绳上，死也开心着哩！"

周莹被梁飞虎说得顿时脸红了又青，恨不得找条地缝钻进去。

乾州府知府听了梁飞虎所说，才知道被活捉住的、用金钱镖把武教头打下马的战将，真是自己见过一面的周莹的管家兄弟，遂叹道："少奶奶，恕下官不知底里，我看先解了兰军绳子，押乾州审问清了，再做道理如何？"

"王子犯法，与庶民同罪。"到了这地步，当着数百官兵面，她能说出那样话吗？因此周莹毫不心软，大义凛然道："兰军今天敢偷敢抢他妹子，明天就敢抢夺其他人，祸国殃民，虽然他案发口镇、淳化、耀州，但被擒于梁山，并犯有伤害命官之罪，知府大人是乾州之主，自当论律而定。"说完，回身接住王坚递过的马缰，扶鞍上马，向知府抱拳道："多谢大人，周莹就此告别。"然后一挥手，带着自己马队驰下山坡，绝尘而去。

乾州府知府将兰军打入死牢后，心想，周莹一定会念及兄妹之情，上门来让我从轻处理兰军，可是左等右等却不见周莹的面，反接到梁山兰老汉为孙子求情的信函和银子，由于猜不透其中奥秘，便写了一封信派人送进了安吴堡。

周莹看完乾州府知府信函，立即让账房将五百两银票送到梁山兰云山老汉手里，并转告他说："养虎遗患，自古为忌，兰门不幸，此为天意，周莹劝老叔公再勿做无谓徒劳，花冤枉银子，还是静候官府从公而断为好。"

兰云山为救孙子，卖掉仅有口粮地，将银子送进了乾州府衙，待收到周莹送过来的银票，知周莹已经知道他卖地救兰军的事，所以收下五百两银子后，听了周莹的叮咛，听天由命了。

周莹下了梁山，乾州府知府按律惩办了大小土匪，铲除了压在乾州百姓心头的一害。消息迅速传遍渭北各地，人心大快中，极大地震慑了各地大大小小的山大王们，地方治安得到改善，百姓无不拍手称快，齐声赞扬周莹积了大德，行了大善。周莹听到耳朵里，啼笑皆非，她本想灭了梁飞虎，追回自己的十几万被抢走银两，不料乾州府知府在惩办了全部参与抢劫的匪徒，刀斩了梁飞虎后，只退回给她四万五千两银子，近六万两银子没了影儿。乾州府知府说："抄了梁飞虎老窝，只抄出现银四万五千两，其他银两据梁飞虎交代，全发给山寨人丁和家小维持生活了。"周莹瞧了瞧送进安吴堡的四万五千银两，说道："碰见这种官，算我们倒霉，认吧！"

王坚忍不住苦笑道："乾州府知府心还算不太狠，换了另一个知府，他一两银子不给，你能把他咋的？"

周莹说："自古道，民与官论理，如同与虎谋皮。我周莹虽然银子多点，可在官家面前，总是弱者，和官家斗，永远占不到便宜。把银子入库吧！"

这天周莹正在伏案作画，王坚入内禀告说："南乡举人百里求见。"

周莹一听自己老师来见，忙放笔道："快请他老人家进来吧。"

百里是泾阳、三原地域内颇有名气的学究，曾为周莹的老师，对公益事业热情始终不减，令人感动。今日前来求见，周莹心想，老夫子不知又会生出什么新花样来？

周莹把一身素袍的百里迎进客厅侍座，朝老师行师礼后笑道："谈古论今，老师知识渊博，论述精辟，学生定当洗耳恭听，以受教诲。"

红玉奉上香茶，百里并未动茶碗，而是先翻看了看置于桌正中的一本大字本，说："这准是惠岚的功课了。"

周莹道："请老师不吝赐教，小女子将受益匪浅。"

百里说："老朽老矣，面对后生，何敢再谈当年之勇。说实话，惠岚这一手楷书，功力透纸，非少奶奶同岁临池功力所比了。"

周莹对百里评价认同道："老师所言，周莹同感，来日惠岚若在书法上能有所成，周莹无所求矣！"

百里捋须笑容满面，话锋一转，直奔主题，道出了自己进安吴堡的目的。

原来泾阳县所处渭河北岸平原，古称渭泊，远古时乃一大湖，唯山湖通海，故含盐卤质。后大湖渐渐填淤变为桑田，其淀质为泥沙及黄壤，有水挟入者，有风扬播者。由于盐卤质久而不化，关中地区土地含盐碱重，虽经数千年风化垦殖，土质大有好转，但到清末时期，蒲城、富平、渭南一带，仍为荒瘠之地，泾阳、三原、临潼、大荔等地，掘井取水，碱含量很大，苦而发涩，食之不甜，灌田有害。虽有泾水、冶水、清河、浊河、石川河和渭河贯通其间，郑国渠亦久用于灌溉，但经历代战乱，沧桑巨变，渠毁水废，每遇气候干燥，常酿为苦旱之灾。据古今历史记载，自商周至清宣统三千余年中，有事实可查考的灾荒竟达一百六十六次之多。其中水灾十五次、蝗灾十二次、蝗兼旱灾十次、蝗兼水灾一次。其余一百二十七次皆为旱灾，平均每二十年有一次旱灾。若以近代由明清之交算起，五百年中，旱灾就有四十八次，平均每十年一次。由此可见关中地区旱灾之频繁，饥荒的凶烈了。远如明崇祯十三年，近如光绪三、四两年，因旱灾百姓饿死大半，其惨状令人不忍目睹。也因此关中便有了"十年一大旱，五年一小旱"的农谚流传下来。

为了防旱救民于水火，历朝历代通过兴修水利，筑渠垒坝建塘灌溉农田来解决面临的灾害袭击，才保护了民生，促进了生产。

百里说了一大堆，大概是口干了，这才端起茶碗一口气喝了半碗，然后捋着胡子笑道："我索性再讲个故事给你听吧。"

百里想了一会儿，才开始讲他的故事：

"秦始皇即位初年，准备按计划逐步吞并六国，实现统一中国的宏伟目标，当时，秦国兵强马壮，唯粮食因常年干旱不能保证产量，兴兵之事受到影响。秦始皇正苦于无策，忽有人报告说，有一韩国人自称有振兴水利、提高粮食产量之策，希望觐见皇上。秦始皇听报大喜，忙令韩国人入朝，经问，方知献策人叫郑国，是个水利专家。郑国向秦始皇讲了振兴水利的好处，秦始皇听得津津有味，不断点头夸奖郑国见地独特，颇具吸引力，最终采纳了郑国意见，派郑国去勘察水源地形，为兴修水利做前期准备。

"郑国奉秦始皇令，在关中地区翻山越岭，涉水蹚河，开始了勘察工作，后来辗转抵达泾河源头，经过一番勘测，向秦始皇报告说，在泾河流域可以修一条能灌溉数百万亩土地的引水工程，解决泾河下游泾渭平原遇旱而灾的根本问题，达到既治标又治本的目的。秦始皇看过他奏请审批的引水工程图纸，立即下令拨银调匠，组织人马，浩浩荡荡开进泾河流域，开始了筑坝开渠引水的浩大工程建设。正当引泾工程紧张施工时，有人对秦始皇说：郑国原来是韩国派到秦国的间谍，是为削弱秦国国力，免于吞并弱韩而来。秦始皇一听，雷霆大发，怒道：‘这还了得，欺骗到我头上来，不是自找死吗！’于是下令要斩郑国。郑国被抓押解至朝廷，秦始皇亲自审问时，郑国面对秦始皇，神情自若，立而不跪。说：‘我原来是奉命到秦国当间谍的，可是入秦后，皇上信任我，让我修水利，为民解难，引泾水利工程若全部建成，对秦国有莫大好处，若杀了我，渠修不成，你钱白花了不说，农业生产必然要受到影响，缺少粮食，军队靠吃啥去打仗，你靠啥实现统一中国的愿望?’秦始皇听了，心想，对呀，郑国说得句句有理，于是恕郑国不死，命令他戴罪立功，按原计划继续领导引泾工程建设。十年后，一条宽一丈余，长三百里的引泾水渠，终于完工。秦始皇念他有功于秦国，便将水渠定名为郑国渠。郑国渠放水后，用填淤之水灌田浇地，把渭北泽卤变成了沃壤，亩产一石多粮，关中从此变为‘田肥美，民殷实’的天府之地。兵多将广粮足后，秦始皇便大举兴兵，一举吞并了六国，统一了中国，开创了一代伟业。后来，楚汉战争爆发，水利设施维修失时，到了汉武帝太始二年，郑国渠在经历了一百多年奔流不息后，原来建的大堰毁了，汉武帝得报，派了赵中大夫白公奉旨勘测重建，白公经一番努力完成勘测工作时，终于弄清了堰是毁于河床下降之故，在原址恢复十分困难，便将渠口向上游移了两千三百五十丈，另筑拦河石堰，宽长皆为百步，后称郑白渠。

“郑白渠经过千百年养护使用，到了清朝乾隆二年，渠又颓坏，如今只能灌礼泉、泾阳、三原三县六万多亩地了！水利失修，遇旱人就得饿肚皮，死人。少奶奶已见过了，要不你能拿出三百多万斤粮食赈济灾民?”

百里讲完自己要讲的故事，还没开口说进安吴堡的目的，周莹便说道：“你是借古人打我的脸呀！兴修水利，我自然支持，这是利国利民的好事，若冷眼旁观，上对不起祖先，下对不起乡里乡亲。老师你知道我对此可谓是擀面杖吹火——一窍不通，拿上银子往水里撂，我能干吗?”

“这么说，你同意出资兴办水利?”百里一听高兴地说，“我先代表四乡父老姐妹向你作揖了。”说着，真的离座就向周莹抱拳躬身揖礼。

周莹急起身扶住百里道：“老师，你老要折我阳寿啦!”

百里说：“实对你讲，为兴修水利，我前前后后已忙多时，跑了几百里路，拜访了数十家豪门富宅，说来可怜，嘴皮磨出了老茧，仅募得九千两纹银!”

“你老详细讲讲，准备修哪里，怎样修，工程大小，需时长短，需多少银两?”周莹认真道，“若一乡半水，事情好办，大了，就得联络四乡八县绅士商贾豪门富宅，取得官府支持，才能有所作为。”

“官府靠得住吗?”百里说，“自鸦片战争至今，朝廷已腐败透顶，贪官污吏横行，买官卖官成风，置民众于水火，怕洋人如畏虎，杀百姓如拍蚊蝇，这样的朝廷官吏，你想让他拿钱为民造福，全是白日做梦！所以说，要解百姓于水火，眼下唯有自救一条路。”

周莹点头道：“这话也有道理，官府指望不上，只能靠民间力量办力所能及的事了。”

百里这才将想办的事向周莹从头到尾说了一遍，最后说：“眼下最可靠，见效快，花钱少的水利工程，莫过于恢复郑白渠。郑白渠一旦修复，目前仅能浇灌六万多亩地的龙洞渠，就可集上下之水灌十倍以上土地。泾、三、高、礼等县农家就会从中受益，吃不上饭的人家就会大量减少。”

周莹虽不懂水利，但也知恢复郑白渠灌溉功能，绝不是几句话的事，除需要雄厚资金保证外，尚要有足够的技术力量，大批的劳工和后勤保障，而这些，则不是某一个或几个人能为的事，缺少了这些不可少的条件，理想再好，计划再周详，也会变成一张能看不能派上用场的白纸。因此，她问百里：“你老能招募到足以胜任的专家和工匠吗？你对郑白渠淤塞毁坏情况做过实地勘察吗？对工程所需银两做过计算吗？有人愿意为修复郑白渠而与各方联络，坚持始终，解决所遇到的难题吗？工程所需劳力招募、管理等诸多具体事宜，怎样安排？你老心中可有数?”

百里一时语塞，他还真没想到这许多看似简单，实则烦琐复杂多变的具体问题，所以想了片刻才说：“我只考虑到只有先找到愿出钱的主，再考虑具体的事，若没人愿掏钱，榨干我这把老骨头，也走不到老龙头，勘察郑白渠有啥用处?”

周莹一听，心里笑不是叹不是，但又不愿伤了老人自尊和执着于公益的一片热心，便说：“你老看这样好不好？我先资助一万两银子，你老组织懂行的人，去对废弃的郑白渠故道做番实地勘察。如果工程量不大，花销有限，能在短期内疏通，我便去找官府，请官府出头露面，募捐筹集资金。我想官府再无能，再腐败，总不至于连明摆着的可在朝廷面前表功请赏的事也不闻不问。”

百里想，周莹的话有道理，便说：“有你资助，勘察郑白渠就不愁了，我这把老骨头，就是撒在郑白渠道上，也心满意足啦。”

时过半月，百里又进了安吴堡，对周莹说，他找到十几名懂行识水知地理的专家和工匠，他们愿和他一道去勘察郑白渠故道，周莹没再多问，给了他一万两银票说："祝你老旗开得胜。"

四个月很快过去，百里和他的朋友们踏勘完郑白渠废毁故道，背着一捆勘踏记录资料、图纸和对工程估算工料，三进安吴堡。周莹不厌其烦地一一看过，由于对工程缺乏应有知识，很难得出一个同意和否定的准话来，但她看懂了百里等人所绘图形、工程估算。从勘察记录资料上看，恢复郑白渠，需由泾谷吊儿嘴开始。吊儿嘴山高峰突，谷深百丈以上，山陡石坚，要在上面修堰筑坝引水入渠谈何容易！再看文字说明，百里等拟通过修引水洞、回水洞、河堰低堤、洞闸等作为配套工程，全需由会技术懂行的工匠完成，只有整挖旧渠开新渠可由普通民工为之，全部工程下来，少则需时五年，多则需经十年不间断劳动，要花去一百万两以上银子，这还不包括工程意外花销。在如此长的工期内，谁敢保不发生病伤之事？请医用药，也需一笔银两。估计下来，没有一百四五十万两银子做基数，就无法着手安排修复郑白渠工程，郑白渠故道也只能是一条无用的废渠了。

周莹想，掏一百四五十万两银子用在水利上，虽然是一桩千秋功业的大事，但对一个商人来说，在拿出这一大笔钱以前，不能不预先考虑能否得到应有的回报。在中国历史上，还找不到一个不问结果便盲目投资于公益事业而不求任何回报的先例。

周莹陷入沉思与左右为难中，想了许久，才说："百里老，我将这些东西留下，待我请专家们看过后，争取官府意见，听听他人看法。若专家官府与愿资助此项工程的人多数认为可行时，我一定当仁不让，搞一次大的募集资金活动，争取能叫郑白渠起死回生；若专家等多数人认为行不通，我们再另作他议如何？"

百里热情不减，想得未免有点过于简单，他以为只要周莹肯掏钱，郑白渠就能通过他的努力，再现流水欢畅的美好景象，实现他为之奋斗不息的夙愿。虽然他对官府不抱有任何期望，但听周莹如此讲，在未听到自己设想被否决前，他不想也不能驳回周莹的意见，所以，强颜为欢地说："那我就等你消息吧。"

百里告辞走了，周莹面对一大堆写满字画满图的纸张，发起了呆。

红玉忍不住笑出声说："这下可难住了咱家大小姐，你这回该知道，天下麻烦事多如牛毛，你能管过来？要我说，你还是把这一堆纸让百里老师背回去，免得他老了老了还想成精，公益事业不是他这个吃饭还得靠别人赏银子的人能干出来的！"

周莹扑哧笑道："你个丫头家懂个啥？百里人虽穷，但他热心于公益事业的精神，却值得我们尊敬。咱泾阳县、渭北地区和关中若多几个百里，保不准郑白渠早二十年前就修复了！"

红玉嘴一撇说："你还嫌百里这号人少哇？多了，你就别想安生啦，打搅不说，三天两头伸手要银子，你受得了吗？"

周莹不愿和红玉多磨嘴，说："你去把王坚请来，我有事和他商量。"

红玉动手想把桌上堆的那些纸收拾起来再去叫王坚，周莹说："别收拾了，一会儿我叫王坚把这些东西先送给西安府知府樊增祥看了再说。"

红玉转身出了房门，周莹则瞧着桌上的纸堆忍不住苦笑起来。

30

周莹为把百里的夙愿落到实处，尽可能让自己的老师在晚年如愿以偿，便把一堆资料图纸一捆，写了一封信，让王坚到西安处理一品香和西京客栈等的事务，顺路捎到樊增祥手里。樊增祥见多识广，作为一个地方官员，对地方上各种事务自然常常问及，所以看完百里勘察郑白渠故道与修整设想和估计需用资金等材料后，亲自到了安吴堡，对周莹说："夫人好意和抱负，樊某十分敬佩，但恕樊某唐突，夫人不是郑国、白公，更不是李冰，今皇上与秦皇汉武更无法相比，夫人想出资助百里实现终生夙愿，实乃白日做梦！"

周莹道："依樊大人之见，郑白渠将永远是一条死渠了？"

"樊某不敢武断，更无法预测郑白渠未来能否起死回生，以利农耕，但可以肯定，在你我有生之年，郑白渠不会有何种惊人变化。"樊增祥说，"我十分敬佩百里老人一片热情，其诚其心可嘉，可惜他生不逢时，也太高估了当今世事人心。从他这些杰作可以看出，他并不是一位真正的水利家，我虽不甚了解水利工程，但也略知皮毛。当初郑国十年修成郑国渠，耗费了秦国一载之资；白公筑白渠，历时三年有余，耗金百万，民工死伤惨重；今若要修复郑白渠少则费银二百万，多则二百五十万两以上，在十年内能完成算是皇天保佑，况在兵荒马乱之秋，十年能有几日用于劳作，谁出面负责保证施工安全？"

"如果由我牵头发出呼吁，众人拾柴火焰高，百里老的夙愿就有可能在有生之年实现。"周莹说，"我担心，我们直言面对百里，老人很可能因失望而绝望！"

"夫人好心，樊某不敢非议，不妨一试。"樊增祥笑道，"夫人若能在一年内筹集到十万两银，樊某愿将乌纱垫在郑白渠下做垫石。况且，当前的国运时局又是如此……"

"樊大人所指——"周莹话没说完便把话头打住。

“夫人不必言明，你我心中有数就行了。”樊增祥一笑带过说，“樊某仅是就事论事而已。话又说回来，若论经济实力，夫人要拿出百万银两用于公益事业，只不过等于将建成的寇家花园从地面上铲掉一次，既伤不了筋又动不了骨，但却永远再看不到寇家花园所带给夫人的欢愉。拿钱往水里撂，这种事怕任何人都不会为，也不能为吧?”

周莹点头认同道：“多谢樊大人提醒周莹。”

樊增祥则说：“望夫人能听樊某之谏，若为留清名于后人，最好能尽力而为，在地方上办一些短期内见效，能看得见摸得着，花钱少众人能获益的慈善之举，比搞这种花大钱见效慢，搞不好得不偿失的事要好。”

樊增祥的建议一出口，周莹连连点头道：“承蒙樊大人指教。”

樊增祥也笑道：“这件事关系重大，假若夫人出面为百里摇旗呐喊，必将惊动陕甘总督衙门和京师，一旦出现骑虎难下局面，上上下下都会十分被动，所以下官才不经夫人同意，便进了安吴堡，还请夫人原谅樊某不恭之过。”

周莹忍不住笑道：“樊大人客气了，周莹感谢还来不及呢，何谈不恭嘛。”

周莹为了感谢樊增祥不辞辛劳过渭河上嵯峨，在内宅设宴招待樊增祥，并将樊增祥介绍给白蛟、段仁智等未曾见过面的武师相识。临走，樊增祥又收了周莹赠送他的一对玉扇，一柄镶金玉如意和一张一万两可兑换官银的银票。樊增祥高高兴兴地打道回府后，周莹又把百里的那捆宝贝派白蛟送到乾州知府衙门请教，乾州府负责农田水利建设的官员们看完后，把意见写在信函里，送还了周莹。乾州府水利官员在信中写道：我等经过认真研究后发现，百里老先生建议与实际相距甚远，综观陕西现有技术和经济力量，尚无法在短期内完成这一事关千秋大业的工程建设!

周莹把西安、乾州官员与专家的意见讲给百里听时，百里的失望溢于言表。他也曾向几位年过六旬的老人谈到郑白渠的恢复工程，老人们都是当地农田水利建设的能手，对他的设想表示了有保留的研究，一致认为是个脱离实际，无望建成的工程，只是他不想过早放弃自己的理想，把最后的希望寄托在了周莹身上。可他忽视了一点，她不是朝廷命官，仅是受到朝廷表彰的地方乡绅，地方官吏们尊敬她，甚至怕她，是看在皇帝和老佛爷的情分上，并不是看在护国夫人的权势上。

百里迷信于周莹的财富和影响力，自然就免不了产生某种错位感觉，在把自己的热情融入公益事业的同时，也铸造着难以如愿的苦恼。

百里因失望引发的痛苦，令周莹吃惊匪浅，她眼前的百里，突然间变得神情颓废，无精打采中垂下了头颅，猛地苍老了许多。周莹的心不禁哆嗦了一下，暗叫道：老头儿经不住理想破灭的打击啊！

周莹急忙对百里说："你老千万不要丧气，郑白渠重建虽难获成功，但并不等于老师夙愿彻底无望。老师你看这样办好不好，我资助你办些有利乡里的实实在在的事，你既热衷于农田水利建设，就择几处不动大手脚，短期内又能见效益的工程来做，我出银子就是了。"

周莹的话听进耳朵里，百里好像服下一服兴奋剂，瞬间精神大振，脸色也由白变红，连声说："好，好，好，我一定要办成一两件对后人有利的事来，不然死了也不甘心啊！"

百里真的按照周莹所讲，把心思用在周莹希望能够办到的事情上。为了摸清泾阳、三原、高陵水利的全面真实情况，老头儿背起干粮袋，顶风冒雨，不避寒暑，来来往往奔波了半年时间，终于拿出一套兴修水利农田的切实可行方案，周莹再没说长道短，按照百里工程预算，如数把银票交到他手里说："祝你老马到成功。"

百里拿到手银子，在泾阳城四乡选择地方，打了二十四眼深井，解决了两万来人口数千头牲畜的用水困难，随后又将龙泉以下淤塞的渠道疏通，在人流多的地方于疏通的龙泉渠上建了九座桥，将支渠延伸一百多里，第一次把原郑白渠引进高陵县和泾阳接壤的地区，在泽泊处挖排水渠，引地下盐碱积水入渭河，降低了地下水位，减少了盐碱侵蚀。全部工程历时两年余，花去十万多银两。周莹死后，因吴氏家族后人不准她入祖坟，受她恩惠的四乡百姓，便在渠岸择地修了一座庙，塑了她的像，封她为水娘娘，以表彰她为民造福功绩。只是令百里遗憾终生亦令周莹深感叹息的是：她无法借百里之手，看到郑白渠下再加上一个"周"字的愿望成真。当初百里向她鼓吹重建郑白渠时，曾向她提及名垂青史的事，从而打动了她的心。原本她曾打算为此拿出一二百万两纹银，甚至更多，可惜的是：地方官吏们不支持还泼冷水，动摇了她的决心，她又没有寻访能工巧匠和水利专家共商可行方案，加之政局动荡，暴力频繁，最终导致一个宏大的抱负胎死腹中。如果说，她支持百里从事治标不治本的实践，为乡里做了好事，是一种弥补遗憾方法的话，这种把钱花在沙滩上的方法，随着时光的流逝，最终只能成为盐碱滩上的苦菜花，淹没在茫茫原野里。

周莹在遗憾中审视着时局变迁，也审视着自己的事业、自己的人生、自己的痛苦与欢乐。她很实际，十分明白自己在现实中的地位，未来命运，在与人斗和为事业奋斗的同时，不时思虑着未来会出现怎样的结局。因此，她对自己创造拥有的财富并不十分放在心上，她对金钱看得很淡很淡，更不愿成为一个守财奴。尤其在兰军被关进大牢，她拒绝宽恕他后，进一步认识到金钱并不能为她买到遂心如愿的一切，留下金山银山给谁呢？倒不如为乡里做些有益的事。在此种思想支配下，她便不惜财力，凡能成名之事或能有益于公众之事，皆愿为之。三原县有一处著名建筑龙桥，始建于明万历十九年，用时十二年始告竣工，后在顺治、乾隆年间多次维修，增饰续建，而成为中国桥梁史上一颗艺术明珠，但至光绪年间，历尽沧桑，桥的花墙倾倒，石栏损坏。省督衙门只喊不修，三原县衙又财政不足，至周莹成名于四方，财富万千时，桥几近败毁，三原县知县便找到周莹，求其资助，以救龙桥于危旦。周莹亲自勘察龙桥后，解囊捐资，龙桥才从风雨飘摇中重现辉煌，成为三原县八景中最负盛名的艺术杰作。

周莹资助百里完成的泾阳四乡水利工程，随之发挥了作用，缓解了泾阳县境遇旱而窘的局面，直到中华民国十九年，杨虎城出任陕西省政府主席时，为解泾、三、高遇旱而灾的问题，邀水利专家李仪祉修泾惠渠实现了百里当年夙愿。李仪祉在设计泾惠渠路线走向时，有些地方便是沿百里设计、周莹出资建成的原渠道延伸而成，如今高陵县有个名为磨子桥的村庄，就是当年周莹采纳百里建议，以磨盘为桥基建造的一座桥梁。桥梁建成后，参与建桥的人随遇而安，形成了一个自然村落，后人曾为周莹立庙并传颂她，她确也受之无愧。

关中地区是帝王将相聚集之地，尊孔之风千年不衰，各县大都建有尊崇孔子兴学育人的孔庙。但不知何故，唯泾阳县城孔圣人有祠无庙，且早已残败变形，周莹自小读孔圣贤书，是个尊孔的忠实信徒，对此很不以为然。她决心要改变泾阳教育落后的现状，兴文庙、办义学，倡导孔圣之说，和无知进行对抗。于是极力鼓吹建文庙、办义学的意义和重要性，并出资修建文庙。泾阳的塔很有名，城隍庙也颇具规模，周莹想：如果文庙建成后占不到一定位置，就失去了自己鼓吹尊孔建文庙的目的，所以对负责设计和施工的工匠们再三强调："泾阳文庙要建成一座与西安文庙并驾齐驱的建筑，银子花多少，我出多少。"

周莹修文庙消息一传出，从各地闻讯赶到泾阳的能工巧匠成百上千，各献画卷、图纸，竞争十分激烈。经请专家多次审评，周莹采纳专家们的建议，综合各家所长，最终和县衙官吏、社会名流等共同确定设计方案后，选址购地，破土动工，开始了泾阳历史上第一座文庙的建设。

一开始周莹便提出在正殿之后，加建能对学生施教的房舍，落成后招生聘师，办起泾阳历史上第一座民办的最大学堂，为泾阳培养未来的栋梁之材。

废寝忘食的周莹，把精力用在文庙建设上后，把商业运作的管理权交由王坚负责，一连三年，除每年结算和下一年运营安排外，几乎没离开过泾阳县城一步。

三年的心血和辛劳，展现在泾阳人眼前时，文庙以它前所未有的建筑风格、实用价值、建筑规模、精美艺术，一下赢得泾阳和渭北人的一致肯定和称赞。文武官员纷纷赶到泾阳，专程到泾阳文庙参观祭奉，向周莹表示祝贺。

周莹第一次为自己的所作所为感受到了真正的骄傲和自豪，她对王坚和所有与她在一起生活的人说："挣的银子堆成山，不如在文庙义学堂里学一天。因为银子挣得越多，心肠会变得越冷越黑，而在学堂里读孔圣教诲，心胸会变得更加宽阔，其乐无穷啊！"

吴尉武看着周莹天天忙着修庙办学，把吴氏财产全交给王坚管，心里犯了嘀咕。一天，吴尉武找到吴尉梦说："周莹和王坚有私情，把吴家的财产管理权交给了王坚，日后不就变成王家的财产了？咱得去找她，让她把王坚赶走。"

吴尉梦说："总得有人证物证，才能说周莹与王坚有私情，没人证物证到时候周莹一百个不承认，咱当叔的红嘴白牙，总不能说胡话吧？"

吴尉武说："周莹和王坚私通，安吴堡老少皆知，还能是假？我们只管当她的面说就是了。"

头脑简单的吴尉武、吴尉梦，真的率领两家老小，向周莹发动了攻击。

一个风雨交加的黄昏，吴尉武、吴尉梦按原安排，率领两家老少嫡亲二十多口，把周莹堵在寇家花园水榭中。当时周莹正和王坚在一起品茗，听丫鬟小倩弹琵琶。水榭里、八角亭内檀香青烟缭绕，香气宜人，两人偶尔耳语几句，像是一对初恋的情人一般，脸上布满发自内心的笑意。正在这时，水榭九曲桥头传来一阵喧哗，周莹问："谁在吵闹，怎忘了规矩？"丫鬟正想出去看究竟，史明走进水榭说："少奶奶，南北大院二位爷和家人闹着要见你，我阻也阻不住，你看咋办？"

"让他们进来，"周莹说，"免得他们与你胡搅蛮缠。"

史明负责寇家花园的保卫和周莹的安全，见周莹发话，转身走出水榭，把吴尉武、吴尉梦等二十几人带进来。

周莹示意王坚坐在原处，然后一动不动瞅了一眼浑身水湿的吴尉武、吴尉梦一眼说："风雨交加，还有闲心到花园来！我当晚辈的，也真服了你们。说吧，啥事如此急着要办？"吴尉武见周莹根本没把自己和吴尉梦放在眼里，也没好气地说："你把王坚留在自己宅子里，终日卿卿我我，像什么话？传到安吴堡外，人们会骂我们吴家人亏了先人，你不害臊我们也觉臊脸皮，我们现在来找你，是让你要么与王坚一刀两断，将他打发走，从此不准再进安吴堡；要么你回娘家过活，我们眼不见心不烦。"

周莹一听，火往头上涌，但却强压住怒气说："你们还有啥要说，一次说完，免得浪费时间，让我恶心。"

吴尉梦接住周莹话说："你以小犯上，目无尊长，不经家族同意，擅自将吴氏商务管理权赋予王坚，公然违反了祖规律制，如果我们不闻不问，任你胡为，还成何体统？"

周莹仍不动声色，说："我以后不会再给你们胡说八道的机会，谁有啥只管往完说。"

吴尉武、吴尉梦先没了词，来时气壮如牛的劲头，在周莹毫无顾忌的态度面前，反没有了勇气。

周莹见他们再没话可说，已看透了他们色厉内荏，心虚胆怯，因此冷笑着说："你们整天吃了饭，没事找事，自寻烦恼到底为了啥？吴家五房分家多年各过各的，咱们早已井水不犯河水，你们管得着我东大院的事吗？有本事管吗？作为长辈，三叔、四叔，三婶、四婶，你们对晚辈如果是出于爱护而责难我，我若说一个不字，是我不孝，骂也罢，打也行，我绝不会叛逆不从。而今天你们兴师动众来找我问罪，扣在我头上的罪名，亏你们能说出口来。我让王坚管理商务是我的权力，王坚我信得过。事实证明，他管得很好，三年里没发生任何大小过错，试问三叔、四叔，如果你们也有管理商务的本事，你们的日子能过到现在这种捉襟见肘的困窘吗？能把偌大一份家产糟蹋得山穷水尽吗？

"你们还有颜面指责我与王坚，你们在外花大把大把银子嫖娼淫乐，哪一点符合你吴家祖宗制定的家法戒律？吴聘生前曾让我逃婚另择婿而嫁，我周莹为了维护你吴家声誉和脸面，把泪往肚子里咽，把苦往心里塞，伴吴聘走完他苦多于欢乐的短暂人生，我哪一点对不起你吴家列祖列宗？你们大哥死后，虽留下几十万两银子的资产，可经得住你们兄弟四个人挥霍吗？如果不是我周莹倾尽全力，保住了这一份资产，你们闹着分家时，能分到手的有几个铜钱、几两银子，你们心中比我更明白。是我周莹在你们大哥不幸遇难后，挽救了你们吴氏一族，你们不感激我也就罢了，今天居然恩将仇报，来向我兴师问罪，你们大错特错了。明告诉你们，别说是你们两家二十几口，就是二百二十几口人一齐上，也休想动周莹我一根头发，一个护国夫人若在你们面前变成了罪人，慈禧老佛爷的圣颜往哪里搁？皇上的脸往哪搁？你们别忘了，周莹头上还有二品诰命夫人的凤冠，你们未免太自不量力了！"

周莹一顿劈头盖脸的数落，把吴尉武、吴尉梦和他们的家人说得目瞪口呆，哑口无言。就在他们你看我我看你时，周莹又放出一句狠话来："三叔、四叔，三婶、四婶，今天我把话搁在这里，如果你们今后再敢胡说八道，在人前丢你吴家的人，逼急了，我便带上全部资产，改嫁他人，另立门户。到那时咱们恩断义绝，再想找我周莹帮助只能是痴心妄想了。"周莹这一手还真打中了吴尉武、吴尉梦的要害。他们虽然与周莹分了家，但现在日子越过越困窘，每逢拮据时，只要找到周莹，念在亲情分儿上，周莹每次都会为他们排忧解难，尽管是她斗败了他们，使自己的叔公失去了原有的经济地位，但她从没想过让他们走投无路，变成没落无救的乞讨者。她只想让他们生活在自己的光环下，让他们的无能衬托出她治家创业的真实本领。

从来没能全面了解周莹所思所想的吴尉武、吴尉梦，也从来没能认识到周莹的所作所为对于吴氏家族兴衰的决定意义，和作为吴氏家族重新振兴的凝聚力量的作用，错过了依靠周莹智慧和经济与社会影响力，把一分为五的家族重新团结到一块的大好时机。他们完全忽视了周莹性格的两面性，假若一开始他们能抓住周莹心地善良的一面，加以鼓励和张扬，分裂的局面就可能避免，他们自然不会落到如此被周莹嗤之以鼻的窘境。

吴尉武、吴尉梦真的怕出现周莹携业而飞，改嫁而去的局面，因为他们一旦真的失去周莹这个既怕又无奈，既恨又离不开的晚辈，他们很可能失去借周莹名声保住的那份尊荣。

太阳的余晖在风雨中失去了全部色彩，一片灰蒙蒙的天，飘洒着淅淅沥沥的雨丝，寇家花园水榭里的气氛是那样的阴沉和冷漠，暗淡的光透过竹帘的缝隙，洒照在不同表情的面孔上，把麻木、无奈、愤怒、讥讽、怨恨照得一清二楚，沉默中没有一个人愿意先打破僵局。

周莹似乎已失去应有的耐性，见无人再说话，吴尉武和吴尉梦黑虎着脸坐在那里，一动不动，她忽地离座而起，说了句："红玉，送客——"

红玉听到主子命令，走到吴尉武、吴尉梦面前，轻声道："三爷、四爷请吧——"

吴尉武、吴尉梦两兄弟没动，而他们的妻儿老小则先怯场了，一个个无趣地离座而起，向水榭外走去。九曲桥上的脚步声，伴着风雨声议论声组成一曲无精打采的合奏，消失在寇家花园上空。吴氏两兄弟十分尴尬地冲盛气凌人的周莹，同声发出最后然而却是无力的抗议："周莹，算你狠，算你厉害——"

望着吴尉武、吴尉梦慢慢走去的背影，周莹回身大声说："红玉，让人上灯，我们继续听琵琶品茶。"

31

周莹见邓监堂突然出现在面前，忍不住尖叫了一声，就忙离座而起说："监堂老板，你可回来了，这几天，我一合住眼睛，就看见你在策马驰骋于大草原的身影。咋样，这次甘南和青藏之行还顺利吧？"

邓监堂把手里提的一竹筒酥油放在桌上，笑道："托你的福，这次甘南和青藏五个半月行走，不但开了眼界，增加了知识，而且对咱国土的广阔壮美富饶，有了全新的认识。如果此行有什么遗憾的话，那就是在少数民族地区，不断扑进眼中的贫苦百姓令人心酸的生活景况，实在让人难以相信大清帝国的臣民们，至今仍生活在饥寒交迫中呀！"

"也许正因此，大清帝国才陷入了四处烽火狼烟的血腥风雨中，连咱们这些商人在出门远行时，每时每刻都感到危险追在屁股后边。"周莹感慨道，"半月前，我刚把梁山王梁飞虎送上断头台，兰军发配到了新疆。"

"为啥？"邓监堂问道。

"兰军勾结梁飞虎，先后抢劫了咱们口镇、淳化、耀州的店铺。"周莹说，"为此，我白白损失了十多万银两！"

"人心不古，当哥的抢妹子，兰军真的是忘恩负义呀！"邓监堂说，"不过事已如此，追悔莫及，你如能从中吸取些教训，往后在用人上不再感情用事，损失十几万两银子也不冤枉。"

周莹忍俊不禁道："还是老叔点到了痛处。当初我发现兰军的毛病时，如果不把他撵出门，也许不会招来一场劫数，死了那么多人，连青梅竹马的哥哥也成了囚徒！"

红玉把茶水放在邓监堂身边茶几上说："邓叔，你给我们带回啥东西来了？"

邓监堂指指桌上竹筒说："我给你们带回一筒草原牧民们吃的酥油，让你们尝鲜。"

"酥油？"红玉笑道，"是啥东西呀？"

"回头你一尝就知道了。"邓监堂端起茶碗喝了一口茶说，"在草原上，酥油可是牧民们离不开的食品，就像咱们天天离不开小麦面一样。"

红玉拿起竹筒看了看，转身退出房门拐进了自己房里，放好酥油筒，出房门到厨房去安排招待邓监堂的午饭。

邓监堂放下茶碗，对周莹说："这次外出，才知道咱们的泾砖茶在甘肃、青海和西藏受欢迎的原因，也听到他们对泾砖的改进意见。当初多亏听了你的话，我才亲自跟随马队上路，要不然，绝不会听到牧民们能对咱们泾砖茶发自肺腑的心声。"

"牧民们都是咋样评说咱们的泾砖的？"周莹兴趣很浓地问道，"你带去的泾砖销量如何？"

"这次外出，除甘南、青海、藏北原购的六百件泾砖外，我临行前又增加了三百五十件货，连同二百件棉布，共出动骡马一百六十五匹，大车十二辆，回到泾阳时，一匹骡马未少，一辆车未损，载回来一千八百张牛皮，五百张马皮，你算算我们挣了多少银子？”邓监堂说到这里，端起茶碗又喝了一口茶接着说：“另外，我还带回三十二份共十一万两银子的供货合约。”

周莹看了邓监堂与客户签的供货合约，高兴地说：“泾砖茶经过三年多努力，终于打开了西部地区的市场，这证明你老的心血浇灌出的花朵结果了，我们一定要为你老庆功，咱泾阳总算有了自己的一个名牌商品。”

邓监堂微笑着说：“我活到这把年纪，总算没白活。话又说回来，如果不是你周莹眼里有神，把我这个在商场上败下阵的老头子利用，让我重读茶经，我邓监堂就是有上天入地的能耐，也难开拓出一寸荒地来。从这一点上说，你周莹比我高明十倍，我老头子从心眼里彻底服你了。”

周莹忙说：“看老叔你说的，你老脑子里装的经验，够我几辈子学的，我所以能做一点事，全仰仗众人帮助。一个人本事有大小，我想过，能够集大家智慧之人，才可能在事业上获得某种成功，我就沾了这点光。不知你老准备咋样改进泾砖茶的质量，降低泾砖的成本，让更多贫苦的牧民、少数民族，都能买得起泾砖茶喝呢？”

“咱们现用泾砖茶原茶，为江南产，长途运费太高，我考虑再三，从今天起，咱把原料产地往近选选，我打算走一次陕南，就近收购原茶，制作出高质量低成本的泾砖茶来，如果成功，就会占领西部更大份额的市场。”邓监堂胸有成竹地说，“另外，我还考虑，把现生产泾茶重量进行改进，变单一五斤砖为四两、八两、一斤、二斤、五斤五个量级，银子多少的人都能买得起，都能喝上咱们生产的泾砖。”

周莹连声说：“你老的想法好得很，我完全支持你的意见。所需银两我立即给你安排，啥时动身去陕南，你老决定。”

邓监堂在安吴堡吃过午饭，乘马回到泾阳县自己窝里，经过十几天休整，安排了茶坊生产，试制出四两、八两、一斤、二斤四种分量规格包装的泾砖后，带上三名年轻相与，取道宝鸡翻越秦岭，进了汉中。

邓监堂研制的泾砖茶系红茶，对原茶要求与绿茶相比，在茶叶摘取时间上不甚苛求，大凡在雨前摘取的茶叶，经过铺晒，即可软和成一堆，用手揉搓，去其苦水，搓后再晒，至手捻不黏，再加布袋盛贮压紧，需三时之久，待其发烧变色，茶师们谓之上汗，汗后仍晒，以干为度，即成原茶。把原茶制成砖茶，则是进行再加工，其配料比重十分严格，多则茶质骤变，少则不足成型，破坏了原茶质地。制茶是个细心活，需十足的耐性，急躁近利绝对制不出好茶来。大江南北的茶叶种类虽然繁多，说到底只有红、绿两类之分，只是根据茶叶采摘时间不同，做青茶的原茶多在三月采摘，为头茶；四月底五月初采摘的则为二茶，六月初采摘的为荷花，七月则为秋露，这时采摘的原茶，是做红茶的基本原茶，产量较大，选中产地后，和茶农协商，价格相对便宜，一般都会有较大利润可图。邓监堂未研制砖茶前是茶叶经销商，在选择茶叶产地进货时，走的是老辈人走的茶道，江南成为他的首选地就成为一种自然。受聘于周莹后，成为泾阳茶业行中第一把手，他决心通过自己的努力，借助周莹的财产，实现自己存在心中数十年的梦想，研制出属于自己独具风格的茶品来。

邓监堂的性格决定了他凡事不领先的作风，在克服茶业行情大萧条的袭击，帮助周莹的茶叶营销走出困境后，营销形势好转，利润年增时，他把自己决定研制茶砖的想法讲给了周莹听。周莹对制茶工艺一窍不通，但对邓监堂的想法颇感兴趣，心想，试制新茶品无非是花些银子的事，就是砸了锅，也伤不了元气，只要他想干，就让他研制好了。成功，自然能为安吴堡招财进宝；失败，最坏不过把不能喝的茶叶当柴火烧。于是拍板说："老叔要研制只管下手干，所需银子从柜上拿，不足时，我让莫人杰给你拨。"

周莹当机立断，增加了邓监堂研制砖茶的信心，经过先后两年多时间的反复实验，在一无经验，二少资料的情况下，硬是凭着一股狠劲，把泾砖研制成功。泾砖茶的问世，开创了陕西茶商研制新茶品的先河，给中国茶叶种类增加了一道全新的风景线，弥补了中国茶叶只能散制的缺陷，很好地解决了茶叶运转过程中的难题。

红茶性热，能起到消化寒性食品，暖胃驱寒，强身健体的作用，这对长年以动物乳制品、牛羊肉为食品的草原牧民和生活在高寒山区的少数民族来说，是不可或缺的必需品之一。红茶在长期运转过程中因包装不当造成的损失，令茶商们非常头痛，一心想找到一个比较安全并能减少损耗的办法。邓监堂一次在喝晚茶过程中，吃烤馍片饮红茶时，脑子里突然闪出一个念头，把末子红茶如果压制成干馍片一样的东西，不就解决了远途运转过程中包装破损造成的损失了吗？这个想法在他脑子里一直存在，所以每到江南进货，便到茶坊去观察红茶的炮制工艺，想从中捕捉到一个可供参考的将茶成型的办法来。可是多年过去了，他见到的制茶办法仍是一晒二揉三炒，汗后仍晒，以干为度，或存缸窖久藏保茶香的老办法。加之他把精力集中在营销上，一直到他经营茶叶失败归隐，也没能研制出他心中的茶饼来。

周莹给他提供了重新研制茶饼的机会，经过两年多围着茶坊炒锅转下来，红茶压制成了茶饼，经过各茶庄的试销，走进市场前，在和周莹研究给茶饼取一个什么名字时，周莹笑道："这茶饼像块砖头，不用布袋装在口袋里，也散不了。

它诞生在咱泾阳县，是邓老爷子研制出来的新茶种，我看为了纪念这一茶种的问世，就把它取名为泾砖茶吧。”

邓监堂一听拍手说：“泾砖茶，泾砖茶名字不错，有纪念意义，我赞成，就叫泾砖茶好了。”

于是“泾砖茶”成为泾阳县城，成为秦商有史以来研制出的第一茶叶品种，没出两年工夫它便成为中国西北地区农牧民们最喜欢的一种茶叶品种。原因十分简单：泾砖运转方便，质量好，价格适中，多数人能买得起，喝得起，尤其是农牧民们，喝泾砖茶既可暖胃驱寒，帮助克食和消化，又可强身健体。价廉物美的东西，谁会视而不见呢！

由于交通不便，经过长途运转，本来价廉物美的泾砖茶，到了边疆和草原及少数民族地区，售价就成倍增加。邓监堂在西行过程中，和农牧民接触后，对他们的意见听在耳朵时，心想，这个问题如不能解决，泾砖茶要想拓展更大市场，怕是困难不小了。所以，他一回到泾阳，便和周莹谈起了改变原料进货产地，努力降低泾砖茶成本，在包装上进行改进，变单一包装为多元包装的事。周莹像支持他研制泾砖茶时一样，二话没说，同意了他的意见，因此，当他踏上汉中土地时，对随他到汉中的相与们说：“汉中和安康是咱陕西人的茶叶库，以前咱们舍近求远，把眼睛全盯在江南茶乡，是上了老先人们的当，现在咱们要学会用自己家乡的原茶，炮制出价廉物美的泾砖茶来，努力去满足西北地区百姓的生活需要，这才是咱们应该做的好事。”

其实，陕西茶业生产兴于唐，到唐朝中期茶叶已遍及陕西南部地区，只是到了明清时期，江南交通水陆相通。茶叶产地地处秦巴大山丛中的汉中、安康地区因交通不便，茶商纷纷舍近求远，陕西茶叶生产受到影响，产量锐减，质量下降，退出了中国茶乡名典，成为地域性的产茶地。邓监堂在周莹赞同支持下继承了茶商木士元开创泾砖茶的衣钵，决心通过革新工艺，降低成本，提高产品质量。所以抵汉中后，遍访茶乡，和茶农们联络感情，建立友谊，先后用时三月有余，走遍了汉中、安康所有产茶的县乡村庄，通过先定产预付定金的收购办法，和茶农们签订了供货合约一百六十单、总值达到十二万两银子的陕南原产秋茶。邓监堂满载而归，回到泾阳时，对周莹说：“一百六十单合约，可满足我们两年泾砖茶生产所需原茶，运转费可减少三分之一，原茶价格比江南原茶便宜了三成，单此两项足可让泾砖茶销量保持三年。我相信，我们的泾砖茶销量，将会占到甘肃、青海、西藏等地红茶市场的六成份额。泾阳县的泾砖茶，也将因此再度名扬全国，成为中国茶文化中一朵散发芬芳清香的茗品。”后来的事实证明，邓监堂的预言并非无的放矢，妄言虚说。泾阳产泾砖茶在周莹生前，连续十多年，一直是西北地区最畅销的茶叶品种之一、边茶贸易的拳头品牌。邓监堂和周莹先后故去后，由咸阳茶商木士元开创，邓监堂、周莹光大的泾砖茶，生产失去资金支持和技术指导，无声无息地退出了中国茶叶市场。三秦茶商也失去了一个拳头产品。

邓监堂的陕南行，复苏了陕南茶叶生产的生机，周莹很好地把握住了这一时机，把因经济萧条失去的茶叶市场，再度收复回来，重现了吴尉文当初领导陕西茶叶市场的盛况，邓监堂也因此坐上了秦商专营茶叶的头把交椅，他研制的“天泰牌泾砖茶”也成为中国茶叶生产史上声名远播的名茶之一，而永远留在历史的记忆里。

日子总是在悲喜中逝去。秋后的一个中午时分，正在西安芦进士巷躬亲居与西安各商号大掌柜们开会协商来年商业营销计划的周莹，见谋士陈文洛手提马鞭走进会议室门，笑着问：“什么急事，这时候赶来？”

陈文洛见在场的全是西安各商号大掌柜，没啥可回避的，便随手拉过一把椅子坐下来，对周莹说：“少奶奶，山西运城盐栈又出事了。七天前一场无名大火，烧毁运城盐业半条街，各盐栈损失惨重，报信人现在安吴堡等候少奶奶决断。”

周莹一听，忙问：“咱运城盐栈伤着人没有？”

陈文洛说：“没有，大火随风燃烧，盐栈的相与们被官兵从火中救出，只是吸了烟，不碍事。”

“没伤着人，我就放心了。”周莹说，“烧了几百担盐，损失点银子，是不幸中大幸。袁中庸可知盐栈着火的事？”

“袁中庸在盐栈着火第四天，就由永济到达运城处理善后。”陈文洛把一封信递给周莹说，“这是袁中庸写给少奶奶的亲笔信。”

周莹接信在手，看完后对在场的西安各商号大掌柜们说：“今天会就开到这吧，明天咱们继续研究来年西安市场营销等问题。现在，我和陈文洛研究一下这盐栈大火过后的事。”

大掌柜们离去后，周莹又把袁中庸来信看了一遍说：“从袁中庸信上看，运城盐栈一条街过火之处已变成废墟，他损失三百二十担库存，连同房折合二万六千五百多银子。我想让文洛兄代我前往运城处理善后，力争用最短的时间，恢复运城盐栈营销。否则，今冬明春晋盐运销陕甘计划将会受到影响，陕甘豫市场一旦失守，安吴堡每年损失就不是十万二十万收入了。”

“少奶奶意思是督促袁掌柜抓紧修缮过火建筑物，尽快恢复营运？”陈文洛说，“我想知道，重修运城盐栈银两如何解决？”

周莹说："袁中庸知道该咋办，我不会给他一两银子。"

陈文洛笑道："袁中庸这回怕要皱眉头了。"

周莹不以为然地说："他口袋里有多少家底，我心里有数。二万六千五百两银子，他拿得起。"

陈文洛说："我到时照少奶奶吩咐，对袁中庸说好了。我今晚回安吴堡，明天就出发。"

"你到运城处理完盐栈火灾善后，不要急于回来，顺道代我巡察一下豫西和南阳两地各商号营销情况，回程路过商州，看看龙驹寨中转站库存情况，督促他们尽快将商品运出。"周莹叮咛道，"豫西和南阳两地近来买卖起色不大，你了解一下是何种原因，帮助各商号出些点子，给他们鼓鼓劲。记住：气可鼓而不可泄，只要各地商号掌柜、相与积极性调动起来。安吴堡的日子就好过多了。"

陈文洛明白周莹让他代其巡察豫陕的良苦用心，表态说："少奶奶放心，你既然把巡察晋豫陕安吴商号的重任压在我肩上，我就会全身心完成赋予我的使命。"

周莹和陈文洛吃过午饭，送他到大门影壁墙边说："希望你四十天后回来时，能给我带回令人眉开眼笑的好消息。"

陈文洛出得躬亲居街门，从拴马桩上解下坐骑缰绳，翻身上马，从草滩过渭河回到安吴堡已是星月当空时分，他进到莫人杰房间，见莫人杰还在灯下算账，便笑道："你老总不能不要命地白天黑夜连轴转吧？"

莫人杰放下手中笔，抬头望着陈文洛说："事无大小，早晚都得干，不如早点干完，省得合住眼睛睡不安生。少奶奶如何处理运城盐栈着火的事？"

陈文洛坐下来，自己倒了一杯水咕咚咕咚喝完才说："少奶奶让我代表她前往运城处理善后，并顺道巡察晋豫陕各地商号，让我明天就动身上路，四十天头上回到安吴堡。"

莫人杰拿过水烟袋，吹燃火纸，咕噜咕噜吸了两口烟说："少奶奶年轻时，隔几年巡察一次各地商号，现在少奶奶再想亲自巡视各地商号，怕有点力不从心了。近来我发现她精神时常恍惚，让她找大夫看看，她总借口推辞。说让你代她巡察晋豫陕三省自己商业网点，我想在你之后，她还会派出有关人员分头到各地去巡察。否则，她将会坐卧不宁，担心鞭长莫及情况下，保不准从某个环节出现不可预测的麻烦，到时难免会发生忙和尚赶道场的蠢事来。"

陈文洛深有同感地说："少奶奶真不容易啊！搁在我身上，双手想捂住十三个省的商业网点，只怕是顾了头顾不了尾呀！"

两个人谈了半炷香工夫，选定了陈文洛随从人员后，莫人杰说："文洛，你回去睡吧，随你巡察的几个人，我分头去通知他们，明天午后出发，天黑前赶到渭南，第四天早早就进了运城县城。”

陈文洛一行六骑，扬鞭绝尘，离开安吴堡，日夜兼程，第四天夕阳晚霞似火中，走进被大火烧得面目全非的运城盐业一条街时，见各盐业店铺的伙计们正在废墟中劳动，一堆堆烧得发黑的盐像一座座坟包，布满了原本生机勃勃的整个一条街。

袁中庸听得马嘶，回头一瞧，撂下手中一根烧焦的木檩，喊道：“文洛老弟，你可来了！”喊声没落，已与陈文洛拥抱在一起。

一座用过火砖木临时搭建的席棚里，只有三张木板床，一个大案子，袁中庸领陈文洛一行六人进入席棚后说：“随便坐吧，眼下只能如此，慢待诸位了。”

陈文洛坐在砖垒的台子上说：“难为你们，袁掌柜，少奶奶让我代表她连夜赶来，向你们表示慰问。希望你们能尽快恢复营业，让运城盐栈的幌子永远飘扬在运城。”

袁中庸脸上没一点气馁的样儿，说话仍是大嗓门儿：“这场火烧得让人抓不住头脑，一声炸雷，不知击中了几处燃火点，雷走当空，风声呼啸，火借风势，瞬间烧了半条街，共有三十七户商铺毁于火中。让人想不通的是，雷打了，风刮了，老天爷竟然没掉一滴眼泪，硬生生让大火吞了半条街，你说这老天爷可憎不可憎！”

盐栈刚上任的掌柜丁一儒，是个三十二岁的壮年汉子，接了退休养老归里陈书运的班刚二十八天，便遇到火神爷照顾，因此接住袁中庸话音说：“老天爷还算不错，放了一把火，可没要一个人的命，三十七户商号总共一百七十九口人丁，大火过后没少一个，算是不幸中的大幸了。”

“亏了大火发生在白天，”袁中庸说，“要是在夜里烧起来，后果不堪设想了。”

丁一儒说：“老天良心还不算太坏。大火过后，日子咋往前过，眼下就要看少奶奶如何决定了。不知文洛兄给我们带来的是喜还是忧？”

陈文洛笑道：“有袁大掌柜在顶大梁，运城盐栈的天塌不下来。少奶奶让我告诉大家，旧的不去，新的不来。火神爷既然拿走了咱们原来的家底，咱们就从头做起，重新开张，把运城盐栈的幌子竖得更高些。大伙把心放在肚子里，齐心协力往前闯就是了，少奶奶等着大家的好消息呢。”

在场的盐栈同人，全开怀笑了。

袁中庸说：“我就知道少奶奶绝不会丢下着火的运城盐栈，任它自生自灭。文洛带给我们的不仅仅是少奶奶暖心窝子的话，而且把对我们的希望也带了来，信心也带了来。这就足够了，其余的事，就看大伙咋样干了。”

笑挂在所有人脸上，丁一儒等人自大火烧了盐栈，第一次发出爽朗的笑声。

有过一次起死回生经历的盐栈相与们，有了自己老板的信任，信心倍增。修缮盐栈决定做出第二天，施工队住进工地，丁一儒在临时席棚处，把继续营业的牌子挂了出来。他决心尽早把远方来的顾主们的目光，吸引到自己简陋的营业场地来，让运城盐栈的诚信大旗在大火过后的废墟上，尽快放射出新的光辉。

陈文洛一行在运城待了十一天，见重建工程进展顺利，丁一儒是个干事的汉子，袁中庸凡事亲躬。二人一丝不苟的作风，令他佩服不已，所以在第十二日早晨，告别袁中庸、丁一儒等人，驰马离开运城，晓行夜宿，六人六骑穿山过河，一路行来，倒也不甚寂寞。各商号对陈文洛一行的巡察，不仅积极配合，而且有问必答，进展得十分顺利。第三十二天头上，陈文洛一行出南阳取道镇平，路过南召，穿西峡，进入陕南商州境内，在商南县小歇第三次给马换掌后，沿当年李自成兵败逃进商州路线，过武关，抵达丹江上游重镇龙驹寨时，直接走进周莹设在龙驹寨丹江岸畔、紧靠龙驹寨水旱两用码头的货物中转站天荣货栈下马。

谋士陈文洛代表周莹巡察晋豫陕三省属下商业网点沿途，风景万千闪进眼底，六人并没放在心上，他们知道周莹的脾性，如果贪玩，把时间用在游山玩水上，延误了时间，这位少奶奶会毫不客气地把脸一吊，说出她永远不愿说的话，甚至粗话来。她一生最恨的是三种人：一、口若悬河，说得多做得少，一事无成者；二、不分时间地点，任性而为，把工作当儿戏，心不在焉者；三、胸无大志，不学无术，懒散贪婪，阳奉阴违，搬弄是非，好大喜功者。为此，她先后辞退了十一名商号掌柜、六名账房先生、九名相与，使她旗下的雇员们成为同行业中遵纪守规干实事的队伍。

陈文洛一行六人，正是在这种纪律约束下，行进在晋豫陕大地上。天荣货栈占地十六亩，建有五十二间房，三十八名伙计，四间门面，养有二十六匹骡马，十二辆铁轮货运大车，在龙驹寨五十二户挂布幌的布匹行业中，实力最为雄厚。货栈掌柜见陈文洛风尘仆仆进得门来，忙起身抱拳迎上前去说：“文洛老弟真乃稀客呀!”

陈文洛抱拳回礼说：“少奶奶命小弟巡视豫陕晋各处商号，方有机会到龙驹寨拜见商龙兄!”

商龙命人收拾房屋，待陈文洛一行洗漱毕，稍事休息后，方说：“大事小事，吃饱喝足后再议。文洛弟请随兄填饱肚皮再说。”

龙驹寨虽然藏在深山河谷之中，但是一条丹江穿山越岭，西行三百余里，翻过秦岭便到西安；车行三百余里，取道淅川顺丹江而下，便可直达武汉。自古龙驹寨因江水清澈，水深浪急，川道平坦，地厚土肥，河运业发达，水旱两用码头便成为商家发财致富的必争宝地。明王朝中期，龙驹寨成为秦地南货北运集散地后，秦商通过丹江，出西峡，取淅川，直奔丹江口入武汉三镇，南北贸易渠道畅通无阻。极大地推动了秦地商业活动的发展。所以，龙驹寨一应山珍海味，山货土特产，绫罗绸缎，西洋货物都可买到。周莹成为安吴堡主子后，布匹买卖越做越大，对龙驹寨天荣货栈更加器重，每次派谋士们替她出巡，都要把龙驹寨天荣货栈列为重点。

陈文洛是第一次代周莹出巡商务，所以办事特别谨慎认真，一路走来，事无巨细，打破砂锅问到底。当步入饭厅，一看饭桌上摆得满满当当，惊道："乖乖，到了龙驹寨居然能吃到如此丰盛大宴！"

商龙笑道："在龙驹寨，像如此宴席，乃属平常，一桌下来，酒水在内，也不过是三两五钱银子。"

"当真?"陈文洛入座说，"这一桌饭到安吴堡，也得八两花销。"

商龙笑道："安吴堡不出山珍海味，而龙驹寨山珍成堆，随吃随买，海味来自武汉，十分便当。价格也不贵，安家过日子，龙驹寨是个好地方。"

"有山有水，山清水秀，自然是居家好地方。"陈文洛说，"可惜我等无福享受，只能走马观花，当一次匆匆过客了。"

"你回安吴堡向少奶奶提出要求，到龙驹寨来，我把大掌柜让给你如何?"商龙说，"我年已花甲，该告老回乡，安享晚年了。"

"商兄差矣，你怕还得继续干下去。眼下少奶奶根本没考虑过让你告老回乡，相反，她想让你把龙驹寨这片码头地盘再扩大些，在商州再设几个点，把商州山货土特产作为招财进宝的宝贝，卖到武汉三镇和沪杭去。"

商龙摇头说："人过六十不夸勇。我怕是难以胜任了。"

陈文洛见商龙对此话题并不感兴趣，一转话题问道："眼下天荣货栈还有多少布匹茶叶、食盐没转运到三原?"

"尚有二千七百匹白布，四百匹苏缎，三百匹杭锦，五百匹印花布和五百担盐、三千斤茶搁在库里。"

"要抓紧时间把货运到三原，我离开安吴堡时，咱们西街布行库存只有三十天销量，现三十六天已过，期间你们运过去多少货?"

"运过去半个月销量。"

"得尽快把库存运过去，不然会造成脱销。"

"我正为库存运不过去焦急呢!"

"为啥?"

“十八盘踏道被洪水、泥石流给冲毁已二十多天了，还没人抢修。”

“你们应去催地方官吏嘛。”

“不顶用，县老爷说，抢修踏道银子解决不了，他总不能让人饿着肚子上山吧！”

“踏道毁得严重不严重？”

“听载运行驭手们说：骡马已无法通行，人空手往上爬也很吃力。”

“踏道一断，货运不出去，时间拖下去，问题就严重了。”陈文洛坐不住了，往起一站说，“商兄，立即让人备马，我要到踏道看看情况，回头再想办法解决货运问题。”

商龙让马坊备了七匹货栈马，陪同陈文洛一起出龙驹寨，直奔龙驹寨通往商州的必经之道商山十八盘而去。

商山十八盘，一上一下四十余里，左侧临丹江，悬壁断崖，百仞有余，右侧山连山，河道纵横，石丛遍布，一条人工开掘出的盘山道，多依阴坡蜿蜒，植被屡遭破坏，土石裸露，一旦遇到大暴雨山洪或连阴雨袭击，山体经雨水浸泡一旦松动，便会发生坍塌，引发山体滑动和泥石流灾害。小面积山体坍塌或滑坡现象，地方官员还可派出兵丁进行抢修，遇到大面积坍塌的滑坡或泥石流袭击，地方官吏只能坐等上司衙门拨银再修了。

陈文洛和商龙驰马赶到十八盘，往山上走不到三里，便被塌下的泥石挡住去路，马无法绕过，一些急于赶路的行人，冒险绕山渠寻路向前，多数走不出几里便原路返回。一问，他们异口同声地说：“为赶路把命搭进去划不来！”陈文洛爬到高处往十八盘上看了一会儿，满眼都是泥石流，山体裸露，心里叫苦不迭说：“看这样子，要修好十八盘被毁的踏道，上一千劳力干半个月怕也难让车马安全通过！”

历史上商州境内的十八盘，是座水土流失十分严重的山体，因系土石结构，植被得不到很好保护，每逢暴风雨，便发生山体滑坡和泥石流灾害，可谓防不胜防，因此，成为一条“盲肠”路段。由于水毁频繁，官府往往不愿拿上银子填无底洞，每遇滑坡泥石流，积极抢修的人越来越少，商贾们扛不住了，只得硬着头皮捐献银子进行抢修。由于每次只治标不治本，久而久之，这里便成为商州官道上的一处痼疾，商州府衙前后换了几任官员，一直到大清朝寿终正寝，十八盘仍是一座让路人见愁的“盲肠”路段！

“这么大工程量，仅靠龙驹寨力量，很难完成。”商龙说，“到目前，龙驹寨还没接到商州府知府如何抢修十八盘踏道的决定。”

陈文洛转身往山下走着说：“踏道晚修通一天，龙驹寨商家就多损失一天。

货物运不出去，到头吃亏的还是商家自己。”

“货物不能按时交到买主手里，失信赔银子，损失可想而知了！”商龙说，“我为货运睡不稳吃不香啊！”

回到龙驹寨，陈文洛对商龙说：“你找一个熟悉丹江河道的人做向导，设法顺丹江河床绕过十八盘山，把信送到安吴堡，告诉少奶奶踏道被毁的情况，做好思想准备，以免到时布匹脱销引起纠纷就难办了！”

龙驹寨虽是水旱码头、货物集散中心，但毕竟深藏于大山中，信息传递手段原始，全靠人传马送。商龙接受陈文洛建议，出了十两银子，才找到一个在丹江上打鱼为生的渔夫，驾渔舟逆丹江而上，用两天一夜时间，才把陈文洛派回安吴堡送信的武师丁迅送到十八盘西南麓上岸，雇了一匹马驰往安吴堡。

周莹接到陈文洛、商龙联名告急信函，连夜赶到三原县城召见西街布行掌柜朱玉如问道：“库里布匹还有多少存量？”

“色布尚有一千余匹，还在加工印染的有六百匹，丝绸类还有三百六十匹。”朱玉如说，“如果龙驹寨近几天还把货运不到，给甘肃、宁夏两地发货就得延后了。”

“商州秦岭十八盘踏道又被洪水和泥石流冲毁，路断了，十天半月内路怕修不好呀！”

朱玉如急道：“咱西街布行可从没失信于买主过，如不能按时发货，甘肃、宁夏两地按时收不到布匹，损失我们赔偿不说，咱们诚信受到怀疑，问题就严重了。”

“甘肃、宁夏两地总供货量是多少？”

“染色布二千四百匹，印花布七百匹，丝绸五百匹。载运行掌柜已来和我联系过，他们最迟十天头上来出货发运。”

“你立即把盛天元布庄在库布匹吃过来，按时给甘肃、宁夏发货。龙驹寨踏道抢修的事我设法和商州府知府联系，请他们能速速把踏道修通。”

朱玉如不敢怠慢，第二天一大早便进了盛天元布庄。按批发价一次吃进染色布八百匹、丝绸二百五十匹、印花布五百匹。盛天元掌柜有些不解地问：“玉如兄，西街布行咋从我这里进起货了？”

“不瞒老兄，西衙布行加工的布出现一些问题，要重新回锅，一时赶不上交货，我只得买你的布先交了货再讲。不然有失诚信呀？”

盛天元掌柜笑道：“原来如此。”

时过二十天后，盛天元布庄掌柜一查供货合约，急了，一看库账，说了一声：“糟糕，供川北三千匹色布从哪里补呀！”

他并没接到盛天元龙驹寨货栈由于十八盘踏道被泥石流阻塞，无法送货的信息，把库存售空时，还不见龙驹寨运货过来，等派人前往龙驹寨催货，走到十八盘山麓，才知踏道不通，结果信誉受到影响，把挣的西街布行的银子全赔给客户还不够，只得从银库拿出八百多两银子。

周莹命西街布行掌柜朱玉如从盛天元布庄买进布匹，按时发货第三天，便带领王坚、段仁智等十八名随员，驰马进了商州，直接找到商州府知府，说明来意，请知府全力抢修十八盘水毁踏道，恢复商运通道。

商州府衙位于城内莲花池东岸，建筑十分简陋，房屋久未修缮，房顶已长满茅草，十分寒酸。周莹看在眼里，忍不住叹了一声对王坚等人说："秦岭十八盘踏道抢修不及时，怪不得知府呀，光看看这衙门，就知道这知府是咋样过日子了！"

新任商州府知府见护国夫人来访，十分吃惊，问："护国夫人不辞鞍马之苦到商州来，有啥需下官效劳之处吗？"

周莹说："秦岭十八盘踏道被洪水和泥石流冲毁已经一月有余，大人为啥还不调集工匠修复呀？"

"护国夫人有所不知，我已命人前往勘察踏道，抢修工程量和所需工匠、银两数字，上报巡抚衙门一个多月了，还没见到批示。商州山大沟深，人烟稀少，我拿不出银子来办其他事啊！"

"大人向上司衙门索要多少抢修银两去修复踏道？"

"五万六千两银子能如数拨下来就阿弥陀佛了！"

"大人你看这样办是否可行？我先给你六万两银子，请你立即调集工匠，集中力量，用最短时间把十八盘踏道修通。如果在秋收前还修不好，关中商家积压在龙驹寨的货物运不出山，赔偿买主损失事小，失约造成的信誉损害比丢银子还可怕！"

"如果夫人出银两事就好办了。"知府高兴地说，"我手里有了银子，三天内便把人领上十八盘，争取在一个半月里，把被洪水和泥石流冲毁的十八盘踏道修通。"

周莹命王坚取出六万两银票，交给知府说："周莹愿与第一批上十八盘的工匠们，一齐前往十八盘看看实际情形。"

知府闻言大喜，立即命有关官员调集人马，各带工具，连夜出动，带领二百多名工匠开往十八盘。

周莹问："二百人手够用吗？"

知府说："二百人手自然不够，这些懂技术的工匠到了地方，再招龙驹寨和十八盘附近村庄农夫。只要上到八百人，十八盘踏道就能在一个半月后重新见到车来人往，龙驹寨积压的货物就不用发愁运不出山了。”

知府陪同周莹一齐到了十八盘西山脚，在临时搭起的席棚内稍做休息后，一同上到十八盘，居高临下观看了山洪和泥石流造成的破坏，山石夹杂着烂泥，把踏道冲毁得断成一截截，有的地方泥石堆成了小山。周莹叹道：“这工程量不小呢。”

周莹心想：给我六万两银子，我怕连一块巨石也无法断开。不当官不知办事难，当个商州府知府更难，光每年山洪暴发操的心，就够熬煎了！

周莹到山脚席棚，吃了点随从带的糕点对知府说：“大人还有什么困难需要我解决，周莹将尽力而为。”

知府笑道：“护国夫人给下官六万两银子用来抢修踏道，已是功德无量的事，下官岂敢再得寸进尺。如有困难，下官想法解决，不敢再麻烦护国夫人了。”

周莹让王坚骑马踏水过到丹江南岸，找来一名渔夫问道：“从十八盘西山脚到龙驹寨，走水路你有把握吗?”

渔夫说：“由我们村到龙驹寨顺丹江往下，要经过七个险滩，要过十几里山峡，枯水季节，只能行载重不到二担的平底船，我们打鱼用的渔船，只能乘两个人。我活了三十八年，只顺水去过一次龙驹寨，因为险滩暗礁太多，来回去一趟，得提着脑袋才能行。”

周莹想冒险闯出一条路来，把积压在龙驹寨的货物尽快运出秦岭山谷，可听了渔夫所述，只得打消顺江而下的念头。

商州府知府是个忠于职守的官，拿到周莹六万两银子，对巡抚衙门批示银两已不再往心里放，亲自在十八盘下坐镇三天，看着所需民工上齐，才打道回府。

一个半月转眼过去，十八盘上所有被山洪冲毁、泥石流淹没的路段，经过八百多人日夜挖掘，铲除修复，加固木柱后踏道焕然一新，在庆祝踏道重新开通时，商州府知府对数十家商户货运队伍说：“这次十八盘踏道能提前修复的功臣是护国夫人、龙驹寨天荣货栈东家周莹。她急大家所急，在商州府衙资金缺少，无力抢修踏道情况下，慷慨解囊，捐资六万两，才有了今天踏道重开的结果……”

龙驹寨所有商户知道又是周莹出资把踏道修复后，联名写信给周莹表示感谢说：“护国夫人巾帼豪气，胸阔百川，慷慨救难，解商家燃眉之急，不愧为秦商万世之表。”

周莹看完同人们来信，摇头一笑，自语道：“古人说吃亏是福，这话果然不错。你看我掏银子修踏道，看起来是吃了亏，但另一方面却得到了意想不到的收获，我得到的人心远比银子的分量重啊！”

32

随着义和团事起，三原哥老会与红灯照联为一体，关中地区的形势变得紧张起来。官府对出现的任何动乱都会毫不留情地镇压。陕西巡抚端方借机大开杀戒，搞得人心惶惶，商业活动受到严重影响。从各地传进安吴堡的消息使周莹坐立不安，巨大的压力正在使她做出某种不愿做出的选择。

一天近午，王坚由甘肃平凉回到安吴堡，向周莹讲到甘肃回民趁义和团起事，再次揭竿反清时说：“甘肃地广民穷，土地贫瘠，百姓根本经不起战乱之扰，加之眼下商势动荡，民不聊生，少奶奶在甘肃的投资也岁收锐减，是否考虑撤资或并合，以防灾难降临时措手不及，造成灾难性的损失？”

“撤回甘肃资金并不难，难就难在牵一发而动全身。”周莹说，“看来大清现在是多事之秋，我们在甘肃的投资，都是生活不可或缺的东西，一旦撤并，必然影响当地百姓生活而招来抱怨，对今后产生的影响如何，就很难说准了！”

“眼下还不能预料将来的影响如何。”王坚说，“该断不断，是从商的第一大忌，少奶奶若看见劫后惨景，就会同意王坚之见，下决心先把平凉的店号关掉，资金全部撤回安吴堡。”

周莹盯着王坚道：“甘肃形势真的那么可怕？”

王坚说：“我能在少奶奶面前撒谎吗？”

周莹道：“你为啥不当机立断呢？”

王坚笑道：“你是主子，我是奴仆，哪有奴仆擅自做主的道理呢？”

周莹扑哧笑了：“你这会儿倒胆怯了，竟不敢自作主张。你已回来了，让谁再去平凉完成撤资善后？”

“让史明、白蛟和陈文洛三个人去，两个武师一个谋士，文武配合做事不致乱了手脚。”王坚说，“平凉眼下总资产约为六十六万两，除去安置当地伙计的费用，可拿回四十八万上下的银子，周转流动银为二十一万五千两，银号存银为三十七万两，可全部撤回。房产暂不处理，以静观世事变化，待安定下来后，再图进入，也好有个立足之地。”

“就照你说的办吧。”周莹拍板道，“回头你写信给扬州问问那里情况，我近来老是梦到扬州出了事，可至今也没见到朱少敏、钱荣书信，信差去了二十天，还不见回来，叫人心揪得慌！”

“立即再派一个信差到扬州。”王坚果断地说，“事不宜迟，扬州一旦出了问题，安吴堡就会塌下半边天。”

“我担心和害怕的也正是如此呀。”周莹道，“但愿皇天保佑扬州平安无事。”

王坚伏案挥笔，一口气分别写了给扬州朱少敏、钱荣，山西袁中庸。河南胡平安，武汉武玉泉的信，要他们接信后，立即报告自己的经营情况和当地社会治安形势，他们对突发事件准备采取的对应措施，尽快将库存利润解回安吴堡。信写完，又亲自找来两个信差，向他们做了交代和叮咛，吩咐信差日夜兼程把信送到各地并带回复信。

十六天头上，前往河南、山西信使回到安吴堡；第二十二天黄昏，赴扬州、武汉信差返回。两路信差带回的消息，忧喜参半。河南胡平安因年事已高，在风雨中受寒病倒后卧床不起，已无法料理总号工作，要求周莹速派员接任。而扬州的钱荣则因在随船给客户送盐的途中，不慎跌在铁锚上受伤，所以，许久未向安吴堡汇报经营情况。武汉武玉泉和山西袁中庸则报告他们所管理的总号，并未受到义和团起事的影响，买卖仍是遂心如愿。

为了派人前往河南接任胡平安的工作，王坚请示周莹说：“你看是就地提拔胡平安的副手出任大掌柜呢，还是在安吴堡人中选派合适的人？”

“对河南总号二掌柜情况你我都了解不多。”周莹说，“我倾向由安吴堡现有人手中选派能者前往为好，不然，河南总号就没有我们耳目了。”

两个人讨论过来研究过去，最后决定让谋士陈文洛到河南当大掌柜，接替胡平安管理河南总号。陈文洛不仅脑子灵活，点子多，人也老成，账项清楚，跟周莹多年，对从商积累了不少经验，管理好一个总投资四十七万两银子的商业网点，不会有多大困难。

由甘肃处理完撤资任务的陈文洛，听完周莹让他到河南洛阳接替胡平安出任大掌柜的决定后，想了片刻说：“少奶奶信任文洛，我当肝脑涂地，尽力而为，把河南总号管理好，创造更多财富，回报少奶奶知遇之恩。不过，我有一个要求，到河南后，我将在不违背少奶奶意愿下，对商号原有人事进行必要调整，因为此前有人对我说过，河南总号里有人暗中拉帮结派，若不及时解决，必将构成对安吴堡管理权威的挑衅和威胁。”

周莹说：“我既让你去当大掌柜，你就放开胆去干。到任后，你可放开手脚，照你的意愿对总号进行整顿，只要对经营管理有益，哪怕把河南总号重新翻个过，我也不会说你出了格。”

陈文洛精神焕发道：“有少奶奶这句话，我陈文洛知道该怎么办了。”

陈文洛只身去了河南洛阳，时过两年四个月，河南总号的生意由原来的四个网点发展到七个网点，账年利润增加二成六，成为周莹一个新的利润连年增加的总号。

为防突发事件可能引发的意外，周莹在研究时局可能发生的变化后，对自己名下的全部商业店铺网点，做了一次较大的调整，先后撤并了二十三个网点，把小县城安全无保障的点全部撤掉，向较安全的州府所在地集中资金，扩大供货量，以弥补撤点造成的损失。

对时局的敏感和快速的反应能力，使周莹逃过了一次次劫难，在动乱时期，未及时撤点的商户损失惨重，后悔自己为什么不能像周莹一样未卜先知，防患于未然？

随着威望不断提高，周莹在商界的一举一动都成为同行的关注焦点。有几家经营货运的老板，找到周莹诉苦说：由于各地治安情况恶化，他们运送货物过程中，屡屡发生货物遭抢、人员受伤事件，损失越来越大，各镖局对过载行失去了往日的热情，一般情况下都不愿接镖，若长此下去，过载行就无法生存下去。为了避免类似事件的再次发生，他们要求周莹能出头露面来主持过载行货运，理由一是周莹的威望名声，足可以让劫匪们望而却步。二是周莹手下有足够的力量，保护货运途中安全。安吴堡内武师众多，不乏一顶一的高手，对付山匪窃贼不在话下。三是周莹的话只要说出去，各地官衙都得掂量掂量，不会轻易拒她于衙门外，这样就增加了对劫匪的威慑力，破案的机会就会增加，损失自然会相对减少。

周莹起初对过载行掌柜们的要求不置可否，因为对于货运的经营管理她并不在行，虽然在她的旗下，山西总号袁中庸、扬州裕隆全朱少敏、钱荣都有各自的货运队伍，但主要是服务于自身，而且多为水路货运，由渭北向外转运的商品全是陆地运输，条件相对艰苦得多，运行路线也复杂得多。眼下各地社会秩序不好，官府治安措施不力，强盗四起，窃贼成群，要保证运输途中安全，不是凭某人名声和威望权势大小就能解决的问题，因此，她只说了句：“让我考虑后再回答诸位仁兄如何？”便客客气气地送走了来访者。

事说巧就巧。在周莹打发走过载行老板们半个月后，周莹由三原县运往陇西的一批商品进入陇县境内后遭到抢劫，损失了五万七千多两银子。过载行老板找到王坚，哭丧着脸说：“王总管，我拿啥赔呀？我们早就求少奶奶出头来管过载行的事，她老人家来了个不开尊口，这下可好，土匪强盗抢到她头上来了，你说该咋办呀？”

王坚只能安慰过载行老板说：“事发生了，急也没用，至于赔偿问题，我向少奶奶请示后再说。”

周莹听了王坚汇报，让他通知过载行老板把运货的车把式找来，问清被抢详细经过后再做道理。

王坚不敢怠慢，亲自到三原县城找到过载行，把运送商品的车把式们叫到一块，问清了遭抢劫的全部经过，没停点返回了安吴堡。

周莹根据王坚汇报，亲笔写了一封给陕西陇县知县的信函，请他能过问一下，尽可能把劫匪缉拿归案。

信差将信送出第五天，周莹到了三原县，召见了几家过载行掌柜，和他们研究如何保护货运安全的问题。

三原县城内共有十家过载行，承担着渭北地区及周边地区货运业务，共拥有车辆二百六十多辆，驮骡三百五十多匹，独轮鸡公车百十辆，年货运量在八百万担左右，占渭北地区全年货运量的四成七，是个年年盈利的行当。常言说：事无十年旺，人无百年春。自 1887 年起，各地治安形势变坏，货物运往各地，途中多有意外发生，抢劫事件月月增加。按照行规，凡货物不能安全运达目的地交收货方时，需照价赔偿货主损失。货运开始偶发事件多，赔偿不存在多大问题，可再有钱，也经不起接二连三往外拿呀！过载行为避免意外损失，便停止了省外和陕南的货运业务。货运量少了，收入自然减少，到周莹过问货运事时，三原货运业仅剩下五家勉强维持。

五家过载行大掌柜和周莹研究来商量去，众口一词：请周莹加入自己行列，以改变行业总体下滑的不景气状况。

周莹心里明白，如果自己的货物再次被劫，各商号货源无法保证，连锁反应一出，买卖就没法做下去。她想通过重新组合，把五家过载行的人力财力拧成一股绳，以应对当前的危机。当周莹把自己意见摆在桌面上时，几个过载行的大掌柜几乎同声说：“少奶奶说咋办，我们没意见，只要能做到不出事或少出事就行。”

周莹的意见很明确：五家过载行统一管理制度，统一接货，统一安排运送，共同承担风险，避免因内部竞争出现的让利自损现象再度发生，利润则按运货量多少平均分成，待治安形势好转后各过载行有权重新做出选择。为使各过载行老板们放心，周莹将五万银两作为风险保证金转入统一的货运账内，各过载行掌柜见周莹行事无私，光明磊落，不谋一己之利，当场便签了合伙统一管理三原货运业务的合约。为保证途中安全，周莹又派出五名武师和二十名有一定武功底子的家丁作为保镖，通过陕西巡抚准许，购买了五支火枪，对长途运输进行押运。中断了的省外货运业务，重新恢复了运转。过载行老板们的利益得到保证，自然要对周莹感恩戴德，五体投地了。可惜的是：他们到死也没能意识到周莹的这一同行业统一管理经营的实验模式可贵在什么地方，有哪些好处。而周莹在实验获得成功时，也没能意识到她创造的这一经营管理模式，在商业经济管理上最终会给后世留下什么影响。

1900年，八国联军借口义和团运动危害到了他们的安全利益，举兵向北京发动了围歼义和团的战争，腐败无能的大清帝国，开始想借外国军队消灭掉刀枪不入的义和团，不料事与愿违，八国联军在此借口掩护下，对大清帝国发动了不宣而战的侵略战争。随着八国联军攻破北京外城，面临国破家亡，江山社稷不保的慈禧，弃京城于水火，携光绪皇帝和文武群臣，仓皇逃出北京，日夜兼程，逃到西安。

北京被八国联军攻陷，慈禧携皇上外逃消息传到安吴堡时，正在洗浴的周莹，急忙披上浴袍走到外间，对在门外守候的红玉喊了一声："红玉，快去把白蛟、段仁智叫来，让他们到书房候我。"

王坚随周莹回到书房时，白蛟、段仁智业已在座。

周莹进门没坐定便说："白兄、段兄，二位得辛苦一番，你们连夜出发，到河南走一趟，看看中州形势变化大小，民心如何，然后争取一下陈文洛意见，我想知道他如何看待八国联军攻陷北京，慈禧老佛爷携皇上逃出京城的事。"

白蛟、段仁智相互看了一眼，同声说："少奶奶放心，我们会尽快赶回复命。"

白蛟、段仁智快马加鞭离开安吴堡的第二天，袁中庸由山西永济送来信函，说传闻慈禧太后和皇上为躲开八国联军围堵追击、义和团围堵，逃到山西祁县后突然不见了踪影；有人说逃难的群臣们群龙无首，各自逃命途中有的被强人洗劫一空，有的落入义和团之手。由于众说不一，山西形势乱成了一锅粥，许多商家遭抢。为防不测，他拟将山西总号银两全部押解回安吴堡，请周莹批示。周莹见到袁中庸信函，当即命王坚亲率六名武师、四十名庄勇，连夜赶往山西永济，将永济全部库银解回安吴堡。袁中庸带回全体渭北伙计回到安吴堡待命。

周莹在袁中庸回到安吴堡后说："小心不会错，安吴堡怕也得早做准备，把贵重财物密藏，不怕一万只怕万一，万一关中也乱了，首当其冲的将是我们这些财主。"

袁中庸说："想到了就动手，任何时候，小心谨慎都不会错。"

第二天，周莹便将几个心腹召集到她书房里，将密藏珍贵财物的决定告诉了他们，要求他们一定要保守秘密，在任何情况下都不准吐露一个字给外人。

周莹的决定，在她生前，除参加藏宝的几个心腹知道外，就连红玉也无法说清藏宝的确切地方。周莹死后，为了找到被周莹藏起来的财宝，各路强人和权贵们在安吴堡不仅上演出一幕幕寻宝掘宝抢宝的丑剧，而且引发一次次的残酷杀戮，这自然是后话了。

白蛟、段仁智从河南回到安吴堡，向周莹报告了他们在河南见到的情况，转达了陈文洛对八国联军攻陷北京，慈禧逃出京师的看法。陈文洛只让白蛟、段仁智向周莹转告一句话：改朝换代平常事，静观其变从容应对；大清命运天注定，敲响丧钟非洋人。

周莹对陈文洛的话，将信将疑，但她对陈文洛的料事能力并不怀疑，将因北京被八国联军攻陷引起的恐慌一扫而光，对义和团引发的战争有了新的认识，生活又恢复了往日的安逸舒适、任性与奢华。

令周莹感到意外的是：西安府新任的知府未经预先联系，突然出现在安吴堡，见到周莹开口便说："少奶奶快收拾，立即跟我到西安。"

正在书房读《商贾便览》的周莹一怔道："啥事看你急的，你先说清讲明再走不迟嘛。"

知府说："老佛爷和皇上到西安啦!"

周莹一惊："真的?"

知府笑道："我敢哄你，不想要脑袋了?"

周莹问："老佛爷啥时到西安的?"

知府说："我知道时，皇上和老佛爷已住进皇城三天了。"

周莹忍不住笑道："西安知府不知老佛爷和皇上何时进的西安城，让外人知道了能笑掉大牙。"

知府不以为然地说："特殊时期嘛，老佛爷和皇上对此宽宏大量着呢。"

周莹没再说什么，立即回到自己居室，换上二品诰命夫人的凤冠霞帔，然后在贴身衣袋里装了一摞大额银票，让王坚到安吴堡的杂货铺买了六箱三原蓼花糖，六箱三原水晶饼，六箱邠州大红枣，六箱商州柿饼，六箱泾阳酥饺，又到泾茯茶号买了六箱泾砖泾茯茶，取意六六大顺，装上轿车，随西安府知府过渭河进了西安。

轿车走出安吴堡堡门，周莹突然叫停住车，对骑马跟在车后的保镖说："蓝荣，你回去把王坚找来，我有话对他讲。"蓝荣掉转马头，向堡内策马而去。没多大工夫，王坚跟随蓝荣匆匆跑来问："少奶奶，啥事把你急的?"周莹笑道："人一急便丢三落四的。你回去从咱们奶牛中，挑选六头产奶量高的，立即送到西安，我在皇城里等你。"王坚有些不解道："你疯了，谁敢把牛往皇城里赶呀!"

周莹是奉旨进西安拜见逃进西安城的慈禧老佛爷的，知府为避免招人注意，引发不必要误会而延误时间，接到太监传令后只带了一个随从匆匆赶到安吴堡，马不停蹄又陪同周莹返回西安。

知府陪着周莹直接进了西安皇城，拜见慈禧老佛爷。在皇城秦王府内宅较为僻静的一排面南背北的厦房里，脸上疲惫还未全消的慈禧，接见了自进西安皇城后第一个被她召见的女人——她心目中是大清女人楷模的商界女强人，被她赐封为“护国夫人”的周莹。

逃难中的老佛爷身穿平常人家的蓝印花衬衣，保养得油黑的浓发绾成髻子，不见了往日皇太后的威严，看上去倒像慈眉善目的老奶奶，和善而亲切。周莹赶紧跪拜在地说：“民女给老佛爷请安了。”当周莹看到老佛爷面前的茶碗中，漂浮着的紫阳产毛尖茶叶时，她百感交集中流出了眼泪，不由得泣声道：“老佛爷，你老人家可受苦了！”

慈禧平静地说：“苦算不了啥，只要朝廷不倒，江山就永归大清朝，就会重振朝纲，千秋永固。”

周莹擦去脸颊上的泪珠说：“民女来时匆匆，仅给老佛爷带来一些陕西土特产品和糕点，略表寸心，请老佛爷恕周莹不周之罪。”

周莹说罢，李莲英带着几个御林军士兵，将六种三十六箱食品抬进房来，慈禧一一看过后脸上露出笑意道：“周莹一片孝心可嘉。只是我一个人吃饱了，尚有随我到西安的皇亲官员和将士们仍处饥寒中，我于心何忍啊！”

周莹一听忙说道：“老佛爷勿忧，民女周莹愿为太后老佛爷分忧解愁，以报老佛爷知遇之恩。”说到此，从胸襟口袋里掏出一摞可兑换官银的银票双手举过头，递向了慈禧说：“这是三十万两银票，以解燃眉，用作老佛爷在沿途生活之需。”

慈禧将三十万两银票接到手，喜上眉梢，亲手将周莹扶起道：“我代表皇上谢你了周莹，在国难时刻，你能识大体、顾大局，实乃大清之幸，皇上之幸，苍生之幸矣！”

在场的几个文武官员，无不动容地向周莹投去敬佩的目光。

会见结束时，慈禧突然说：“周莹今晚就在皇城住下吧，咱娘儿俩拉拉悄悄话吧。”

周莹一听，连忙下跪在地，向慈禧叩头道：“女儿多谢母亲疼爱。”

慈禧笑声朗朗地说：“有女周莹，我之福也！”

夜幕降临，慈禧手携周莹，一同进入临时改作慈禧寝宫、原为秦王会客的房间。慈禧归座后，指指身边说：“坐在我身边，咱娘儿俩好好拉拉家常。你我都不容易，同病相怜，全是年纪轻轻便守寡过来的女人，肚子里的苦水可以倒几大盆。今儿个，咱娘儿俩给他吐个痛快。”

周莹道：“和母亲比，孩儿的苦算不了什么，因为母亲操劳的是大清帝国繁荣昌盛、安危存亡的大事，女儿操心的仅仅是一个家族，一个安吴堡。母亲是天上的太阳，光照五湖四海，女儿是空中的萤火虫，照亮的仅仅是巴掌大小地方，女儿怎能和母亲比呢？”

慈禧笑容满面道：“看我儿嘴有多巧呀，经你一夸，我真成了天上神仙啦。不过话说回来，谁不坐在这宝座上，都无法知道宝座上的苦。这几十年，娘过得也实在不容易啊！古语云：‘欲治其国者，先齐其家；欲齐其家者，先修其身。心正而后身修，身修而后齐家，家齐而后国治，国治而后平天下’。要做到这点，仅仅靠勤奋是远远不够的，要真正做到做好，就更难了。娘这几十年为了做到这一点，不知经历了多少风风雨雨，涉过多少次汹涌波涛，承受了多大压力。可天不遂人愿啊！眼下大清王朝面对蛮夷，已到了生死存亡关头。娘由北京千里迢迢避难西安，仅仅是为了活命吗？不，娘是为了来日重整山河，重振雄风，让洋人们知道，只要有我慈禧在，大清王朝就会固若金汤；只要有我慈禧在，大清子民就不会沦为亡国奴。儿呀，你相信娘的话吗？”

周莹擦泪道：“孩儿对国家大事知之甚少，但儿相信，娘的努力一定会成功，大清王朝一定会重见光明，你老人家一定会保护皇帝重登北京金銮宝殿。”

慈禧轻轻拍了拍周莹肩膀说：“有儿这句话，娘心里更踏实了。你记住，古人把齐家和治国看得同等重要，甚至认为齐家是本，治国是末。吴氏家族由盛变衰，到了你手里又有了起色，就像娘治国一样，都是有它的规律的。咱娘儿俩每时每刻都大意不得呀。”

周莹说：“娘，你老人家说的是，儿谨遵教诲。”

“咱娘儿俩不扯这永远扯不清的国家大事了。”慈禧话题一转说，“你告诉娘，这些年你是咋过来的？”

周莹回道：“凡事忍为上。有敢撑起一片天的决心，才能享受收获的快乐，靠人不如靠自己。这些年我就是靠着这种信念挺了过来。”

慈禧问道：“你是咋样学会做生意，而且越做越大越好的？”

周莹笑道：“刚接下吴家管理权，儿啥也不懂，可是小时候，我爸做买卖时，经常和我妈讲生意经，我记住了几句，便照猫画虎用在了吴家生意上。后来读了《商家便览》《辨银谱》《客商一览醒迷》等十几本书，心里有了谱，就知道该咋办了。时间一长，经验就多了。”

慈禧说：“贤者居世，会当履义蹈仁，以德自省。立志以仁德建功立业，成圣称贤。我儿做到了这一点，所以就成为三秦女贤商圣，可喜可贺呀。”

周莹说：“女儿没啥特异之处，唯一办法是笨鸟先飞，勤读书多学习。”

慈禧说：“女人好读书者，如今少了，能自立者更少了，大都依附男人，庸碌一生。我儿自强自立，应成为女人们效仿的榜样。”

周莹说：“娘把儿夸成了一朵花——”

慈禧叹道：“一朵花，一朵花，可惜你像娘一样命运不济，早早成了寡妇!”

周莹苦笑道：“人的命，天注定。娘，我相信命运和因果报应，因此，不管遇到多少不幸与挫折，都能以平常心对待。天亏了地补，这不在经商上我倒成功了。”

慈禧一听忍不住笑出声来：“闺女呀，你有如此胸怀，乃大清女人学习的楷模。眼下，天下人个个为了名和利来来往往，熙熙攘攘，心有拘囿，你能打破这个疆界，所以生活得十分自由逍遥。”

周莹说：“娘站在大境界上，无限地为大清帝国千秋基业拓展生存、富裕、强盛空间，其艰难远远超乎庶民百姓的想象。儿则是沧海一粟，在儿心中世界之小，安吴堡一隅耳。尽管如此，它的复杂，也远远超乎儿的想象。因此，儿认为守寡虽然不幸，如能泰然处之，以平常心志判断人生和事物的价值，我们就能看清看准自己的人生价值所在，从而打出一片新天地，活出人生滋味来。”

慈禧频频点头道：“用一种大眼界度过的大人生，娘体会到有用的也仅仅是在于局部展现出的某种辉煌不朽，小眼界度过的小人生，正如苏东坡所讲‘小舟从此逝，江河寄余生呀’!”

周莹认同说：“娘的大境界凌驾万物之上，将万物融合为一体，大清王朝才乘风破浪，冲过重重险滩，娘因此成为大清帝国唯一可以仰视宇宙之大，俯察品类之盛的国母。来日，娘定统领帝国精兵强将把倭寇逐出国门外，重整大清江山，树我中华国威。”

慈禧被周莹说得心旷神怡，眉开眼笑，从逃出北京进入西安，还是第一次忘更漏话家常，置生死于自然。当她把手中茶碗放在茶桌上时，笑问周莹：“我听李莲英说，你因择子立嗣，和几个叔公意见不合而闹翻，至今还未为自己找到一个合适继承人，可是真的?”

周莹忙回答：“谢母亲对儿无微不至的关怀。吴氏虽然多名子孙绕膝，但真正能承大业者，则令人摇头长叹，故儿至今尚未能为吴氏择子立嗣以继祖业。”

慈禧又问：“难道你不想为自己择一位可继承你事业的接班人吗?”

周莹回答：“尚未考虑。因为儿已认了一个义子，一个女儿，每每与他们在一起，也不觉寂寞空虚。”

慈禧说："义子终归名不正，言不顺，将来你百年后，无法继承你百年业基。听娘的话，还是趁你年轻，有管教子女精力时候，早日择子立嗣为上。"

周莹忙跪在慈禧膝前，向慈禧跪拜谢恩道："儿遵母命，回到安吴堡后，立即择子立嗣，以继吴氏祖业。"

慈禧说："我儿免礼。你择子立嗣，娘赐你一顶坐家道台的五品花翎，你百年后，由你儿子继承世袭如何？"

周莹连忙叩头道："谢母亲老佛爷大恩大德。"

慈禧一笑说："免谢了，国家多难时期，我儿择子立嗣，千万不要张扬，把银子用在择子立嗣上没多大意义。记住，好钢要用在刀刃上，银子要使在正地方，这样，为娘赐吾儿的道台乌纱，也就有意义了。"

周莹听了，头一激灵，嘴里没说心里想："老佛爷赐的坐家道台乌纱，何止十万两银子重啊！"

更楼三更鼓声响起时，李莲英再一次提醒慈禧说："老佛爷，三更天了，该就寝了。"

慈禧打了一个哈欠说："倒头一觉醒来，天下不知又要发生多少事了，咱们真该睡觉了。"

正在这时，夜风吹来打更的梆子声。

第二天醒来，太阳已经升起三竿了，周莹正在洗漱，李莲英走进房来问道："周莹呀，安吴堡的王坚是你啥人？"

周莹忙回答道："武师呀，他咋了？"

李莲英笑道："你这武师真有意思，他把六头奶牛从安吴堡赶到西安皇城来了，现在被挡在北门外，老佛爷的护卫刚才来问你，我见你没起来，先让他招呼去了。"

周莹一愣说："王坚赶来的六头奶牛，是我让他给老佛爷和皇上准备下的。老佛爷和皇上在西安没奶喝咋成呢。"

李莲英一听，回身喊了一声："小秦子，快到北门口告诉车东盈护卫，叫他把王坚和奶牛领进皇城来。"

太监小秦子不敢怠慢，应声一溜小跑向皇城北门奔去。

王坚赶着六头牛角上扎着红绸的关中红奶牛，出现在慈禧下榻的门外时，慈禧在李莲英搀扶下立在房门口看着看着，笑出声来："周莹啊，你把奶牛赶进了皇城，倒也是一桩好事，从今天起，我和皇上就可以喝上鲜奶了。"

周莹说："这六头牛每天可下奶六十多斤，够百十人喝呢。"

慈禧说："还是我儿想得周到。"说着，指了指车东盈说："你把奶牛送到马坊去，让他们着专人喂养。”

车东盈和王坚把奶牛赶走后，周莹走到李莲英身旁，悄声问：“车东盈咋成了带刀护卫?”

李莲英扭脸看了看周莹问：“你认识车东盈?”

周莹说：“他是我师兄。”

李莲英说：“车东盈是你们的师傅推荐给大内，大内又推荐给老佛爷的武士之一，如果不是他在老佛爷身边说你这好那好，老佛爷能轻易就认你做义女吗?你得好好感谢你师兄才对。”

周莹突然明白了自己受到老佛爷喜欢的原因，对车东盈的感激之情，即刻溢于言表。

为迎接太后懿旨封赐和皇上册封一品诰命夫人圣旨到安吴堡，周莹在赶回泾阳后，片刻不停地投入紧张的准备。为此她将元朝所建安吴堡古庙迎祥宫修葺一新，在迎祥宫前面突击盖建了一座仿颐和园戏台式样的花台子，作为迎旨和庆祝的地方。一切准备就绪后，周莹让王坚亲自将信息送进陕西巡抚府中，然后在家静等皇城传出何时颁旨安吴堡的消息。

期盼是很焦心的事。王坚每日都要站在安吴堡的门口，向官道方向眺望，一天两天过去了，十天半月又过去，西安皇城内仍没有传出一点消息，不知是谁从西安府知府嘴里逮住一句口风说：慈禧太后想亲自到安吴堡看看，亲自为义女周莹戴上一品诰命夫人的凤冠霞帔。风刮到周莹耳朵里，她有点受宠若惊地喃喃道：“果真如此，安吴堡岂不要名扬天下了?”又过了几天，西安皇城里又传出新的口风说：大臣们极力阻止慈禧老佛爷亲临嵯峨山麓的安吴堡，因为风险太大，仅坐船过渭河渡，就让人操不完的心，一旦遇到风急浪险情况，还不把人给吓死?

风言风语不断，周莹在弄不清哪句话可信的情况下说：“权当没发生任何事，咱还是闲心不操，安安稳稳过日子为好。”于是把派出去探听消息的家丁全叫回了安吴堡。

天下事就那么怪，当周莹把派出去的人叫回第四天头晌，到堡外遛马的王坚刚策马跑出五里来路，就见通向泾阳的路上一队人马向安吴堡走来。王坚勒马停在路边看究竟，人马走近时，他才看清，走在前边的两匹马上，一个是西安府知府，一个像是个三品京官。西安府知府先开口冲王坚说：“王坚兄请快回安吴堡，让少奶奶速做准备，圣旨随后就到。”

王坚没顾上回话，两腿猛一夹马肚子，就往安吴堡奔驰而去。

安吴堡的人一下又忙碌了起来。

修葺一新的迎祥宫和新建起的花台子上，眨眼工夫香烟缭绕，红烛如炬，乐声悠扬。周莹在众丫鬟、武师、家丁前呼后拥下，来到铺了黄沙的花台子下，前后左右查看了一遍，见从三原、泾阳请来的戏班乐师们已各就各位，笑道：“诸位到时候可给咱卖力点，别让朝廷官员们小瞧了咱渭北人。”西安府知府和打前站的一行人马进入安吴堡，在迎祥宫坐下来后，西安府知府把那位三品京官介绍给周莹说：“易大人是礼部三品侍郎，先来看看，免得圣旨到闹出有失礼仪的事来。”

周莹向易侍郎施礼道：“僻乡荒野，不懂皇家礼仪，还望易大人多多指教。”

易侍郎还礼说：“护国夫人过谦了，安吴堡虽远离京城，但夫人的名字下官早已如雷贯耳，今得相见，幸事也。”

稍坐片刻后，易侍郎起身说：“护国夫人，下官想看看夫人迎旨准备情况，若有不足之处，可速做改正。”

周莹也起身道：“易大人请，迎旨全过程均安排在迎祥宫完成，宴席则安排在寇家花园内，礼乐是按大清律制定曲牌准备。”

易侍郎在西安府知府和周莹陪伴下，先检查了花台子上的香案，又听了乐师们的演奏，然后走下花台子，围着台子看了看，见地上黄沙新铺，广场四周红黄蓝白青五色旗和台上两边龙旗交相辉映，气势不凡，连连点头说：“不错，不错，安吴堡人才济济，所想所做，绝不亚于省州府衙所为，怪不得太后老佛爷如此恩宠护国夫人了。”

知府接话道：“护国夫人如今已是皇太后义女，我等应按大清皇家礼仪，对周莹格格三拜六叩了。”

周莹一听笑道：“算了吧！知府大人，我们还是照老规矩见礼为好，不然往后我有啥事需你们帮助，若让皇家礼仪束缚住，谁还敢见我呀！”

易侍郎点头说：“护国夫人不拘小节，乃我等下官之福。话说回来，出没商贾行列，终日和商界打交道，若把格格的威风摆出来，生意买卖可咋做呢？”

太阳升到高空时，鸣锣开道的声音传进安吴堡时，周莹、西安府知府、易侍郎率领先抵安吴堡的官员兵士和东大院全部头面人物，一齐出迎到了安吴堡堡门外。

护旨到安吴堡的御林军马队在鼓乐声中走过时，手持圣旨的李莲英从轿车里出来，周莹一愣，忙迎上去说：“李公公，周莹不知咋样感激才是。”

李公公说：“老佛爷身子骨不适，不能亲自来为少夫人宣旨戴冠，特命奴才代她老人家到安吴堡走一趟。”

周莹搀扶住李莲英说：“多谢公公对周莹关照。”

“一家人不说两家话。奴才在西安期间，有求于少夫人的事少不了，到时少夫人可要多多照顾呀！”李莲英一边往前走一边说，“多事之秋，少夫人能受到老佛爷疼爱实为不易呀！”

“周莹心里知道该咋样孝敬老人家。”周莹笑着说。

李公公在众人前呼后拥下，缓步走过夹道跪迎的人巷，手持圣旨，一直走上了迎祥宫花台子，稍微喘了喘气，在礼乐声中，打开圣旨向跟在身边的周莹说：“周莹接旨。”

周莹连忙走到李莲英面前，跪地叩头道：“草民周莹接旨。”

李公公扯开嗓子念道：“奉天承运，皇帝昭曰……”

李公公宣读完圣旨时，周莹仍愣愣地跪在地上一动不动地望着他，李公公一看，放低声音说：“周莹格格，快接旨谢恩呀！”

周莹这才像从梦中醒来，忙举双手接过圣旨，然后叩头谢恩，三呼万岁后慢慢站起。

原来皇上和皇太后慈禧老佛爷对她的封赐之重，远远出乎她和所有在场人的意料，皇上不但封她为坐家道台，而且赐一品诰命夫人衔，封吴家为资政大夫。如此一来，周莹不但成为慈禧的义女，而且成为集护国夫人、一品夫人、道台于一身的皇家命官，从今往后，她不但在地方官衙里有了发言权，而且也有了影响力。谁敢开罪慈禧老佛爷的千金，开罪皇上亲自颁旨御封的皇家道台、护国夫人、一品诰命夫人？

周莹为了结交朝中权贵，在来传旨的官员们面前，表现出了令男人瞠目的大度与慷慨。当她把圣旨供奉在东大院正厅时，她问王坚道：“你说咱该咋样酬谢这批到安吴堡传旨的爷儿们？”

王坚自然明白她意思，一笑说：“每年腊月二十三，为啥要打发灶王爷上天？为了让灶王爷上天言好事，下界报平安，所以就得花钱买贡糖，给灶王爷嘴上抹点糖。尝到甜味的灶王爷，能再说下界人的坏话给玉帝听吗？”

周莹瞅了王坚一眼说：“那咱们多给上天言好事的传旨老爷们些贡糖，你说咱们应给多少数？”

王坚说：“十万不多，一万不少，这要看对哪种级别的灶王爷了。”

周莹拍板道：“那好，大灶王爷一律两万，不大不小灶王爷一万，小灶王爷五千，跑腿受累的兵士们每人十两不少吧？”

王坚说：“不少，不少。”

周莹让王坚按照西安府知府提供的官吏名单，根据品位高低，将银票一一分包，在宴席开始前，于宴厅门外迎接官吏们赴宴时，不露声色地悄然塞给了每一位官吏。

安吴堡迎旨忙完三天后，一切恢复平静，周莹让王坚备了一份重礼和十万两银票，带上她写给慈禧的信，进了西安皇城。李莲英接到车东盈的报告，到皇城北门外迎接住王坚，走进城洞才说：“莹格格有心，这次给老佛爷送的都是啥礼物?”

王坚说：“礼单上列的一共二十六种，其中西藏木里大寺三世活佛供奉过的一尊金佛像价值连城，新疆乌鲁木齐的羊绒披风，其他的一会儿你全会看到，准保你过一次大眼福。”

李莲英悄声问：“可给老奴我带什么物件没有?”

王坚笑道：“少奶奶还能忘了李公公?”说话间，把一尊重一斤六两的纯金佛像与和田玉鼻烟壶往李莲英手一塞说：“你拿回去慢慢欣赏，总不会失望。”

李莲英看左右没有人，低头瞅瞅手里物件，忍不住啊了一声说：“上次和莹格格讲了一句，想不到格格还当了真，才几天便把我想了几年的东西就给弄到了，回去代我谢莹格格。”

慈禧看过周莹送进西安皇城的礼物和十万两银票，喜得连声说：“莹丫头孝心可嘉，孝心可嘉，此乃国之幸也。”说完回身望着王坚问道：“你就是王坚吗?”

王坚忙回答：“草民正是王坚。”

慈禧说：“一表人才，文武全才。周莹有你在她身边伺候，也是福气啊。我说王坚呀，你可要始终如一，善待周莹，她能有今天，着实不易啊!”

王坚低头回答：“老佛爷放心。”

慈禧立在房正中，对李莲英说：“小李子，你传我口谕，让内务府给王坚一个六品带刀护卫名分，命他此生保护一品夫人周莹身家性命安全。”

李莲英回答：“老奴这就向内务府传达太后老佛爷恩典。”

慈禧转身向后厅走着说：“王坚啊，回到安吴堡告诉周莹，让她多爱惜身体，争取活过百年。”

王坚回答道：“托老佛爷的福。”

33

周莹荣领一品诰命夫人，但却赔了银子和珠宝，她除给了朝廷义母慈禧三十万两银子外，见身边缺少值钱饰品与珍玩的慈禧，脸上时时被愁云所笼罩，便将自己一套价值二十多万两银子的首饰和几十万两银子从南方买来的宽十二屏高三米五的楠木万寿屏风，孝敬了自己的义母，拿出价值十二万多两银子的饰品送给了皇上的几个妃子。银子花到了地方，自能种瓜得瓜，种豆得豆。周莹在朝廷内和慈禧周围的人缘一日比一日好；到慈禧劫难一消，重返北京执掌权位时，周莹的耳目和朋友已遍及朝廷和后宫。周莹的威望达到如日中天地步，事业达到了顶峰，在地方官吏中更是一句话能转动乾坤，与她有交往的官吏，几乎无一例外地对她言听计从。

泾阳到咸阳之间，隔了一条泾河，此河为郑国渠与郑白渠之水源，水深流急，在与咸阳接壤的地方，东岸平原如镜，西岸则塬高十丈以上，往来咸阳泾阳间的行人商旅，必乘船渡河。自古官家在两岸设渡收银，一些穷人买不起船票，万不得已时，胆小不会水的，绕道几十里在水浅处涉水而过，胆大会水者往往冒险泅渡湍流险波，每年都要淹死些许生命。周莹早有在河上架桥想法，无奈河宽流急，无人能治住流沙浊浪。被皇上封为坐家道台后，周莹找到泾阳县知县说："泾河临里坡渡口，应免费让两岸百姓与往来商旅行人过渡，以减少穷人因付不起过渡钱，而每每发生落水溺死之灾祸。"

泾阳县知县为难道："渡口所收之资，除用于船工薪俸，船只打造修补外，尚可弥补县衙不足之资，若免费过渡，其资何来?"

周莹道："区区小数，何足挂齿，从免费过渡之日起，修造船只，船工薪俸，均由我支付，至于县衙不足银两，县太爷自筹可也。"

泾阳县知县拗不过她，只好下令免费过渡，泾河修石渡从那时起，便成了一个过河不收钱的渡口。

周莹名声显赫，威震四方，做了许多有益于穷苦民众的好事，受到周边地区民众的拥戴，成为一名真正的慈善家。

在渭北地区，周莹的人缘无人可比，但走出渭北，她也往往有鞭长莫及的感受。她所经营管理的商业，也在动荡不安的时局中出现力不从心的困难局面；接二连三的打击，使她的资产遭受到严重侵害，损失十分惨重。她的扬州盐业总号裕隆全和各地分号，前后受到冲击，名震江南的裕隆全在一次抢劫中被强人一炬烧成了灰烬，大掌柜朱少敏和二掌柜钱荣不幸遇难，伙计作鸟兽散。任军贤死里逃生，回到安吴堡向周莹做了报告。失去裕隆全这个招财进宝的总号，周莹的财源一下塌了半边天，就在她焦头烂额之际，四川又传来消息，川花总号因天旱库存药材干燥，雷雨中遭电击起火，总号被烧得一片焦黑。接二连三的不幸事件发生，使周莹失去了往日的沉着稳健，机敏果断，当年年终结算，周莹第一次体验到了亏损的心情和感受。

陈文洛接到周莹命他返回安吴堡的信函时，正在为洛阳土匪猖獗犯愁。因为在短短三个月内，他管理的商号店铺三处遭到洗劫，伤了四名伙计，财产损失近九万两银子，搞得人心惶惶，生意受到严重影响，正愁如何向周莹交代。看完周莹信叹道："坐家道台面临严酷的现实，护国夫人变成了焦头烂额夫人了！"

1905年春，从上海传来的消息，几乎把周莹打倒在地。坐镇上海总号的项云传来消息：根据周莹指示，他于一年前为陕西准备建造的洋布厂预订的一百八十万银两设备，在由德国运到上海途中，船遇到台风袭击，沉没在台湾海峡，船上人员和提供设备的代理商，全部葬身鱼腹！晴天霹雳中，周莹一下变得沉默寡言了！

王坚和回到安吴堡的陈文洛等人经过多次商议，为防止事态扩大恶化，向周莹提出建议：把上海、湖北、重庆、四川、甘肃等地全部资金撤回陕西，以防周莹统治的商业王国陷入灭顶之灾。周莹经认真考虑和几夜失眠后，最终还是咬牙同意了王坚、陈文洛等的建议。这样一来，到1906年，周莹的商业布局和实力能及范围，被压挤到渭北一隅的狭长地带，由日进斗金的全盛时期跌到日进银千两的窘境。她一度雄心勃勃的商号体制改革实验，也因时局动乱，人心恐变而夭折，除袁中庸经营管理的安吴堡山西总商号外，连渭北与西安的总商号，也因商品流通渠道受阻而纷纷倒闭，她不得不把勉强维持生计的商号进行了大调整，保证坚守岗位相与们的生计。

生意萧条，经营规模不断萎缩，造成的直接后果是：原靠周莹为生的人纷纷离去，安吴堡往日的繁荣，转眼成为秋风落叶的凄凉景象。

然而，虎死不倒威，蛇大洞穴粗的传统观念，顽固地支配着世人的意识，在外人的眼目中，周莹尽管失去了大片江山，少了许多银两，但家藏财宝，仍居陕西富豪商贾前列。而此时的周莹，已经预感到自己末日将临，处世为人一改昔日豁达豪爽作风，处处小心谨慎，出言斟酌，凡事能躲就躲，能推就推，把商业交往活动范围局限在泾阳、三原、高陵、咸阳、淳化、蒲城、临潼、潼关等地界内。

此时，周莹的养女吴惠岚已年至十八，长得出水芙蓉一般，周莹财大气粗时候，巨富商贾，豪门官吏登门求亲者多如牛毛，几乎踏断周莹门槛。周莹为替女儿物色到一个富贵不能淫，贫贱不变心，能托付终身的女婿，没少伤脑筋。周莹年过不惑后，经常疾病不断，前病好，后病生，老病愈，新病侵，总担心一旦有个三长两短，误了女儿终生。当经济情况急转而下，她的商业王国陷入崩溃危险时候，她才做出抉择，为吴惠岚最终选定了婆家。

周莹决定，风风光光把女儿吴惠岚送进婆家。为此，她将原准备为择子立嗣后给儿子娶妻的财物，皆做嫁妆陪了女儿，另陪送土地二百亩，银五万两，黄金一千两。嫁女时，虽说今非昔比，但也风光无比，仅送嫁的车辆，一辆跟一辆，整整摆出几十里路。

因嫁女而劳心劳力过度的周莹，病卧在了炕上。吴尉武、吴尉梦见她行将耗尽东大院一门之财，怕他们将来从她手中得不到一点好处，正在向周莹施压，要她在还能自理时，立下文书，将她名下资产写在吴氏门下。一生吃软不吃硬的周莹，见吴氏长辈乘己之危，落井下石，心如火焚，痛斥吴尉武、吴尉梦道："我还没死，你们作为长辈的，便盼我早进黄泉，以瓜分我的财产，你们趁早死了这条心。"

与周莹嫁女同时，西安商界因时局之变，引发出资金周转困难，对周莹仍怀有期待的银号钱庄老板们，为能在乱世中挺过难关，选派出代表到安吴堡，恳求周莹看在同行命运分儿上，能助他们一臂之力，从渭北商界同人手中融得一部分资金，帮助西安解决难题。周莹苦笑道："我已快到山穷水尽地步，还有什么力量帮助同人们解难呢？为不使诸位希望而来，失望而归，我只能将渭北银号钱庄诸公请来，你们当面研究协商看能想出啥法子。"

周莹时常胸闷气短，小腹疼痛，她强忍疾病的折磨，在安吴堡主持了最后一次业界会议，并以她个人的威信见证了双方达成协议的全过程，渭北银钱界在政局动乱之秋，冒着极大风险，为西安业界筹措到三百万两现银，帮助西安同人渡过了难关。

岁月的歌，唱到动情处，高潮迭起，激昂慷慨；唱到婉转处，情真意切，动人心弦；而唱到尾声时，悲悲戚戚，无限凄凉。周莹的人生正应了这句词儿，可谓是大起大落，悲喜交错，跌宕起伏。当她卧炕不起的时候，她已意识到自己的人生已经时日不多，当吴尉武、吴尉梦逼她写文书的那一刻，她突然决定了自己人生之歌的尾声。

这一日上午，久病卧炕的周莹让红玉帮自己梳洗打扮一番，穿上平素自己最喜爱的墨绿绣花锦缎袄裤，强打精神，靠在炕柜上，把王坚、陈文洛、史明、白蛟、段仁智、袁中庸、任军贤、谷鸣、项云等一起走过风穿过雨的生死之交和心腹们召到她的炕前说道："你们跟我少也十年有余了，人心都是肉长的，谁好谁坏，谁长谁短、谁乖谁巧、谁亲谁近，咱们心里全都明明白白。我名为吴聘之妻，吴氏掌门人，但吴氏家族并没给过我任何幸福和欢乐。我十八守寡，至今二十四年，内心苦乐你们清清楚楚，原指望立子能继吴门之业，完成吴尉文公公临终遗托夙愿，不料事与愿违，几乎断了吴氏东大院一脉香火。现虽经老佛爷口谕，我立了子嗣，但我已无力将他养大成人！阎王爷已经向我招手了！"说到此，周莹已是泪流满面，泣不成声。坐在炕边的王坚，忙安慰说："少奶奶莫过悲伤，天命如此，望能保重。"

周莹喘了喘气，强笑道：“我若想不通，早就名正言顺改嫁或者上吊死了。可是我没走这一条路，我想在自己活着时，用吴尉文留下的有数财富为活着的人做一点驱寒送暖的事，现在我可以问心无愧地说：我做到了自己想到做到的事，为上千个家庭解决了几十年温饱问题，为安吴堡几十年的平安尽了心。

“今儿个我找你们来，是想在我尚有气力，头脑尚清楚时候，为你们今后生活做出安排。天下没有不散的宴席，将来的日子要靠你们自己过了。”

陈文洛早已泪水洗面，此时哽咽说：“少奶奶，让我陈文洛叫你一声姐姐吧，我的好姐姐，在此时此刻你还为我们的来日操心费神，作为男子汉我感到愧疚啊!”

而袁中庸此时再也憋不住情感的宣泄，放声大哭道：“少奶奶，少奶奶，我袁中庸跟了老爷十八年，跟你跟了二十四年。你们的恩德我没齿难忘，你放心，我会一直跟你到百年之后，否则，我决不离开安吴堡半步。”

周莹痛哭道：“袁叔啊，别尽说傻话了，你们若不在我活着时候平平安安离开安吴堡，我死也合不住眼呀！除王坚作为管家留在我身边，等我死后，看着我入土后再离去外，你们都要先行离去，东大院除留下少数几人准备料理我后事外，近日里都得走，我给他们每人发一千两纹银，布三匹，粮百斤，让他们自去成家立业；庄勇每人发给纹银五百两，布三匹，粮二百斤，让他们各寻新主；一般武师、谋士，每人发给纹银三百两，锦缎二匹，马一匹，请他们各自另找前程；白蛟、段仁智、任军贤、谷鸣、项云每人发给纹银五万两，黄金十两，锦缎十匹，马三匹，玉瓶一个，你们各自找一安身立命之地，不要再入江湖，免我牵肠挂肚！袁中庸和账房先生我已另做安排，下去后你们可到王坚处拿走属你们应得的银两物品，火速返回自己的家，然后另择地而居，以安度余生。”

史明、白蛟、段仁智等人听完周莹安排，哭声一片中齐声说：“少奶奶，少奶奶，我等绝非无义之辈，怎忍心就此离你而去!”

周莹道：“席散曲终，自然的事，迟早我们都要天各一方，再说死生有命，富贵在天，我已无法无力再照顾你们，你们去准备一下尽早走吧!”

白蛟、段仁智、项云、任军贤、谷鸣等人跪别周莹后，各回己房，立即打好行囊，领了银两物品，天黑后出了安吴堡，从此再没在安吴堡露过面，直到传出周莹埋尸荒野后，他们才在更深夜静中到她坟头焚纸跪拜哭了一场。

周莹打发走袁中庸、账房先生，才对谋士陈文洛说：“文洛弟，你既把我当成姐姐，姐姐有一事相求。我死后，若吴氏族里有人居心叵测，往我身上泼脏水，你要站出来，据理驳斥，还我在安吴堡人心中一个公道，我在地下会感激不尽。我已让王坚为你准备下十五万银两，四匹马，两辆车和一些金银珠宝，三天后月夜，你悄声出安吴堡，可择一僻静处重建宅院而居，以防不测。”

前后没出半月，周莹打发走了东大院上百多名小厮、丫鬟、仆妇、庄勇、家丁、武师、谋士等，只留下二十多人在身边。往日的东大院和寇家花园一下陷入无人般的寂静中，就连安吴堡内的杂货店也成为少人问津的地方。

周莹见身边人少了，安静了，这才对王坚说："你跟了我几十年，误了你娶妻生子养女，我深感愧疚痛惜，是我害了你，时至今日，我只能请你原谅！为报答你对我的知遇之恩，呵护之情，我为你准备了五十万银两，五十两黄金和一座庄园，一百亩土地，你可速去接管下来，待我入土后你再将依尘带离安吴堡。那是一处山清水秀的地方，你会感到满意的。一切契约均在我首饰匣底层里，接管到手后，可将喜爱的古玩、字画、金银器皿挑选一些，转出安吴堡，但一定不要让吴氏兄弟知道，免生后患。这些事办妥后，你去潼关、蒲城、三原、高陵、西安、耀州、乾州、淳化、斗鸡台等地，将我所有的店铺商号钱庄，全部资产分给所有伙计。大掌柜、二掌柜可分得其中二成份额，让他们共同经营或分业自立，其余资财分给相与们。我估摸他们可分得三五千两银。至于吴尉武、吴尉梦兄弟他们在我死后，如果有福气，安吴堡内几处的不动产，他们如能协商得手，也足够他们过活了。"

王坚遵照周莹吩咐，用了三个多月时间，办妥了一切，回到安吴堡向周莹做了报告。周莹点头道："我忘记告诉你，西安芦进士巷房，我决定赠送给平岭叔的大女儿李一锋妹妹，火神庙那院宅子献给西安府衙做公益用房。泾阳城厢、三原城厢属东大院房屋全部献给县衙用于公益事业使用。房契与我捐赠文书都放在我书房内，待我死后你当着堡内乡亲们面交给西安、泾阳、三原前来参加我丧礼的官员。另外给惠岚的十五件古玩和金玉器皿，全在密窖里；连同我给她的五十两黄金，一并送过去。给北京的车东盈家送去五万两银和我留给他的一副金手镯，以还他的人情。"

王坚遵照周莹吩咐，亲自将一批金银珠宝送到了惠岚与车家，回到安吴堡后问周莹说："所有人你都给做了安排，小少爷的事你咋不吭一声呢？"

周莹苦笑道："我咋能忘了呢！"

周莹在受到慈禧赐封前，慈禧曾劝她择子立嗣，她应允了慈禧，把吴尉斌的小儿子吴恕抱进了东大院，遵照慈禧不请客、不收礼、不庆贺的旨意，只在安吴堡做了宣示，报泾阳县注册后，取名吴恕写入吴家东大院家谱，并将坐家道台官衔封赐文书授予吴恕世袭。

周莹事先安排，把吴恕托付武师后，把遗留给吴恕的一百万银两，一百两黄金，二百匹布，一百匹绸缎，十二匹骡马，八十亩土地，三原城内布庄财产清册、挑选的账房先生、管家、武师、仆妇、家人名册一一交代清楚，写入遗嘱。

周莹在完成切割分配自己拥有的资财后，心里清净，看破红尘，每日在病炕上翻翻佛经，与王坚红玉谈谈心得，聊天解闷，打发余下的时光。

1909 年，宣统元年秋冬之交，周莹已是气息奄奄，一日深夜，突然醒来，让王坚把她背进藏银与财宝的密窖里，最后对自己创造并仍拥有的财富看了一遍说："人将死前，对生命和财富的留恋是刻骨铭心的。当年我嫁进吴宅时，明明发现吴聘是个短命鬼，但我并没有惊恐和愤怒，更没有流露出任何一点悲痛的情绪，你知道是为啥吗？"

"为啥？"王坚不解地问。

周莹喘了口气说："吴聘虽是个病身子，但对我爱惜有加，知冷知热，百般呵护，他的善良美德和做人的品质，渐渐感染了我。我想，既然吴聘把心交给了我，他的心是热的，我就不能薄情寡义。那样我还能算是一个读过孔孟之书的女人吗？可是，误了我这一辈子啊。"说到此处，周莹已是泪眼婆娑，泣不成声。

王坚叹了口气为这个苦命的女人用手抹去了眼泪，他说："你太善良了，太要强了，我知道你心里比谁都苦！"

"你能理解我，我死也能闭上眼了。"周莹喘着气说，"我留在密窖里的金银财宝，原本是想帮百里老完成他重建郑白渠的愿望，可惜大清王朝政局不稳，官家无能，百里老死也不瞑目，带着终生遗憾走了。我把这些金银留下来，你记住：我死后，如果有朝一日，政局稳定，官家能为民着想时，你就把它捐给朝廷，要求朝廷用这些金银把废毁了的郑白渠重新修复，把咱渭北泾阳、三原、高陵百姓从十年三灾两旱的困境中解救出来，我在阴曹地府也能笑出声来了。"

王坚伤感道："我记住了，一旦时局好转，朝廷稳住了，我就把银两捐出去，用来修复郑白渠。"

周莹此时喘息着说："我断气后，你要立即把两个密窖暗道全部炸毁，让所有人看不出破绽来。这样才能保住这些金银，否则，我的一片苦心就全白费了！"周莹说到此，已经气若游丝了。

王坚悄没声中抱起周莹，回到房中，把她放在炕上时，发现她已经闭上了疲惫的凤眼。在烛光下，这位年仅四十二岁的女人，脸庞是那样的苍白美丽，一双柳叶似的细眉长长地舒展开来，嘴角似乎有一丝淡淡的笑意。此刻，她的一缕香魂已脱离了身披的白绢红绣花睡袍，正缥缥缈缈地升向幽冥世界……

后 记

秦商是明清时期和晋商一起形成的中国最早的商帮，以泾阳、三原为中心，以西北、川、黔、蒙、藏为势力范围，输茶于陇、青，贩盐于川、黔，鬻布于苏、湖，销烟于苏、浙，成为名震全国的商业资本集团。山陕商人联手制造了中国西部商品经济的神话，对明清时代中国经济发挥过巨大的历史推动作用。

“高城相对出，流水在中涵，货泉来宇内，风物似江南。”这是明清时期数百年间泾阳、三原处于西北金融中心和商务总汇的经济优势的生动写照。雄踞于三原县孟店村的周家和泾阳县安吴堡的吴家，曾是秦商的领军人物。周吴两家先祖从官为商，锐意进取，创下了立足泾、三，面向全国的商业网络。到了周莹这一代财力更强大。她十七岁嫁入吴家，在公公、丈夫相继逝去后，她以女儿之身，志存高远，怀抱以商救周、吴两家的理想投身商海，历尽艰难，矢志不渝，努力拼搏，终于使败落中的周、吴两家起死回生，达到事业的鼎盛。在中国封建社会“三纲五常”男尊女卑的环境中，周莹作为一个年轻寡妇忍辱负重，独撑大局，从容应对，力挽狂澜，创建出令同时代男子敬仰的业绩，为国家为民族坚守了一份令后人称道的秦商精神。周莹是一个生活在封建枷锁下的巾帼英雄，是一个值得肯定的且有成就的清末女商人，是一个有衔无权、心地善良的女官吏，是一个人性十足的女慈善家。朝堂和民间给予她很高的评价，慈禧封她为一品诰命夫人并认为义女，民间称她为红颜儒商、护国夫人。百余年来，民间还流传着她的种种故事。

李文德先生从20世纪60年代初，就开始寻访搜集民间传说的“坐家道台”安吴寡妇周莹的传奇故事。史志有关记载几等于零，“文革”中这些仅有资料又被红卫兵查抄，毁于“四旧”的火焰里。但李文德从没气馁，单枪匹马地行走在渭北大地，尽管采访进行得十分艰难，时断时续，经过四十多年，终于拨开历史的烟尘，基本弄清了周莹的生平和业绩。直到新世纪初，才开始动手写故事梗概。由于年事已高，精力健康状况又难以令人乐观，为争取时间早日把故事写出来，不致再发生散落尘封的憾事，他找到了时任咸阳市委宣传部副部长的中国作家协会会员、作家王芳闻女士，请她参加到此书的写作中来，共同完成这部难以预料能否开花结果的著作。王芳闻看完李文德的创作计划和故事梗概，深深被感阳土地上这位女商人、女官吏、女慈善家的事迹感动。周莹身上体现的重名誉、守气节，诚信好礼，忍辱负重，开拓进取的秦商品格是中华民族特有的生命品格和精神文化气质，是中华民族极为宝贵的精神财富。一种强烈的责任感和使命感促使她下决心和李文德先生共同合作完成这部作品，为弘扬秦商文化、发展咸阳旅游事业尽绵薄之力。经过四年多时间的辛勤耕耘，反复修删，终于完成了《安吴商妇》这部关于秦商故事的作品。

2007 年 5 月，初版由太白文艺出版社出版发行后，受到海内外读者和文化艺术界、文学理论界、经济学界、商界广泛好评，西北大学秦商文化研究中心主任、著名中国秦商文化研究学者李刚，著名作家陈忠实、贾平凹、吴克敬、高鸿、杨焕亭，著名评论家肖云儒、雷达、李星、李国平等，一致认为这是一部“开秦商文化先河，具有里程碑意义”的作品。应广大读者的要求，作者在征询了秦商文化研究学者意见，广泛听取著名评论家和作家建议基础上，对原作又进行了严谨的修改并予以再版，力图更加清晰地展现出清朝末年波澜壮阔的秦商发展秘史。在此书的创作和修改的十年过程中，作者先后得到了泾阳县、三原县县委、县政府，孟店村民俗博物馆、安吴堡博物馆以及陕西省图书馆的大力支持，同时得到了中国小说学会会长雷达，中国现代文学馆原常务副馆长周明，秦商文化研究学者李刚，中国国际贸易促进委员会陕西省分会原主任、陕西秦商联合会会长刘阿津先生，《秦尚汇》杂志社出品人黄付平先生、总编辑李战民先生，唐风企业文化传播有限责任公司总经理夏道民先生，太白文艺出版社社长党靖先生、总编辑韩霁虹女士，编辑申亚妮女士、程明先生、刘涛先生、侯琳女士以及著名律师王思政先生等的大力关怀与指导，在此一并感谢。

作　者

2015 年 12 月 30 日